Gabriella
Engelmann

Apfelblütenzauber

Wintersonnenglanz

Über die Autorin:
Die gebürtige Münchnerin entdeckte in Hamburg ihre Freude am Schreiben und fühlt sich im Norden pudelwohl. Nach Tätigkeiten als Buchhändlerin und Verlagsleiterin genießt sie die Freiheit des Daseins als Autorin von Romanen, Kinder- und Jugendbüchern. Seit sie zum ersten Mal an der Nordsee war, träumt sie von einem eigenen Häuschen am Deich, mit einem Garten voller Wildrosen und knorrigen Apfelbäumen.

Mehr zur Autorin:
Instagram: gabriellaengelmann
Facebook: www.facebook.com/AutorinGabriellaEngelmann

GABRIELLA
ENGELMANN

Apfelblüten-zauber

Wintersonnen-glanz

Zwei Romane in einem Band

Besuchen Sie uns im Internet:
www.knaur.de

FSC
www.fsc.org
MIX
Papier aus verantwortungsvollen Quellen
FSC® C083411

Einmalige Sonderausgabe August 2017

Apfelblütenzauber
Originalausgabe April 2015

Ein Imprint der Verlagsgruppe
Droemer Knaur GmbH & Co. KG, München
Redaktion: Friederike Arnold

Wintersonnenglanz
Originalausgabe Oktober 2016

Ein Imprint der Verlagsgruppe
Droemer Knaur GmbH & Co. KG, München
Redaktion: Sabine Franz

Covergestaltung: © Daniela Meyer, München
Coverabbildung: © PaintedLens / Shutterstock.com
Innenteilabbildungen: olillia B. / Shutterstock.com;
Olga Drozdova / Shutterstock.com;
Solomatina Julia / Shutterstock.com
Satz: Adobe InDesign im Verlag
Druck und Bindung: CPI books GmbH, Leck
ISBN 978-3-426-52234-9

2 4 5 3 1

Apfelblüten-zauber

Behüt dich Gott, du Heimaterde

Bevor die Elbe eilt zum Meere,
streift sie ein Land voll Fruchtbarkeit.
Wo leicht im Winde wogt die Ähre,
auf grüner Weid' das Vieh gedeiht,
zur Frühlingszeit wie schneeiger Flaum,
es duftend ruht auf Strauch und Baum.
Und wo zu heißer Sommerzeit
das Obst zur Ernte ist bereit,
da is, wo meine Wiege stand,
o grüß dich Gott, du Altes Land.

Wilhelm Stubbe

1

Alles klar bei dir?«, fragte Stella Samstagabend, als ich mich mit kritischem Blick im Badezimmerspiegel betrachtete.

»Ja, alles super, bis auf die Tatsache, dass ich einundvierzig geworden bin«, antwortete ich, zog eine Grimasse und streckte mir selbst die Zunge heraus.

Stella gab mir einen spielerischen Klaps auf die Hand.

»Und wenn du so weitermachst, sieht man dir das auch bald an«, schimpfte sie und stellte sich neben mich, um ihren Lippenstift nachzuziehen. »Du weißt doch, lebhafte Mimik wirkt zwar sympathisch, ist aber gar nicht gut für den Teint.« Stella, stylish wie immer, trug einen Nude-Ton mit Goldschimmer, der wunderbar zu ihren blonden Haaren passte, und grinste von einem Ohr zum anderen, während sie ihre Wangen aufpustete. Angeblich eine Geheimwaffe, um zarten Knitterfältchen in der Lippengegend den Garaus zu machen, bevor sie die Chance hatten, sich dauerhaft niederzulassen. Ich verwendete einen Lippenstift in einem Rosenholzton, der gut mit meinen Sommersprossen und dem dunklen Bob harmonierte, den ich seit kurzem trug.

»Hey, ihr beiden, wollt ihr hier drin Wurzeln schlagen?«, rief Nina, die dritte Bewohnerin der WG in unserem Haus, das wir seit dem Einzug die *Villa zum Verlieben* nannten, und steckte ihren karottenrot getönten Schopf durch die Tür. Nina und ich wohnten im Erdgeschoss und Stella zusammen mit ihrer Familie im ersten Stock.

Seit nunmehr sechs Jahren lebten wir in dieser charmanten Stadtvilla in Eimsbüttel, an deren weißgetünchter Fassade sich wilder Wein, Blauregen und Kletterhortensien emporrankten, als wollten sie das alte Gemäuer umarmen. Zur Villa gehörte ein großer, wildromantischer Garten, den wir heiß und innig liebten.

Erst waren wir lediglich drei Frauen gewesen, die der Zufall durch eine Wohnungsannonce zusammengeführt hatte. Trotz anfänglicher Reibereien waren wir im Laufe der Jahre echte Freundinnen geworden und verbrachten viel Zeit miteinander.

»In einer halben Stunde kommen die Gäste, und ich könnte echt noch Hilfe mit diesem Polenta-Peperoncino-Brot brauchen, das im Backofen steckt«, sagte Nina und klopfte ungeduldig mit den Fingernägeln an die Tür.

»Komme schon!«, sagte ich und folgte ihr in die Küche. Punkt zwanzig Uhr sollte die Geburtstagsparty im Wintergarten meiner Wohnung beginnen.

Stella stöckelte ein wenig unsicher hinterher.

Seit sie Mutter von zwei entzückenden Kindern war, trug sie Chucks. Ihre vierjährige Tochter, mein Patenkind Emma, hielt sie mindestens ebenso auf Trab wie ihr knapp dreizehnjähriger Stiefsohn Moritz. Da war praktisches Schuhwerk angesagt anstelle von High Heels. Doch heute

wollte sie sich zur Feier des Tages mal wieder als richtige *Frau* fühlen.
Neugierig öffnete ich die Klappe des Backofens und schnupperte.
Ja, genau *so* sollte es duften! Und genau *so* sollte es aussehen. Außen kross gebacken und innen weich wie Rührkuchen.
Unter dem prüfenden Blick von Nina, die gerade versuchte, eine Flasche Prosecco Rosé zu öffnen, zog ich mir gefütterte, mit Rosenmuster bedruckte Küchenhandschuhe über und holte das Blech mit dem Maisbrot heraus. Ich wusste, weshalb Nina so spöttisch grinste: Sie fand mich ein wenig zu mädchenhaft und romantisch, denn im Gegensatz zu ihr liebte ich alles, was bunt, gemustert oder kuschelig war.
»Das sieht ja toll aus«, sagte Stella, trotz eifriger Bemühungen alles andere als eine leidenschaftliche Köchin. Ihre Talente lagen eindeutig im Bereich Styling und Dekoration, weshalb sie erfolgreich als Innenarchitektin arbeitete, sofern die Kinder und ihre Ehe ihr genug Spielraum dafür ließen.
Während ich das Polentabrot vorsichtig anschnitt, um zu prüfen, ob es wirklich gut durchgebacken war, schenkte Nina Stella und mir ein Glas Saft ein. Dann ging sie zum langen Esstisch, um letzte Hand an die Blumendekoration zu legen, die ein Teil meines Geburtstagsgeschenks war.
Als ehemalige Floristin war Nina die Gartenfee unserer Villa und hatte ein echtes Händchen für Blumen, Kräuter und alles Grüne.
Ich trank einen kleinen Schluck und stellte das frisch gebackene Maisbrot auf den Tisch, auf dem schon Salate, reichhaltige Antipasti-Platten und zwei verschiedene Quiches standen.

Meine Eltern steuerten als Dessert selbstgebackenen Apfelkuchen und eingelegte Pflaumen mit Vanilleeis bei. Sowohl die Äpfel als auch die Pflaumen stammten aus unserem Obstgarten im Alten Land, wo ich bis vor knapp sechs Jahren gelebt hatte.

Ich freute mich sehr, beide nach langer Zeit wiederzusehen, denn je länger ich in Hamburgs coolem Stadtteil Eimsbüttel wohnte, desto mehr verblasste meine ländliche Vergangenheit.

Als es an der Tür klopfte, rief Stella: »Das wird Robert sein!«, ging in den Flur, um zu öffnen, und fiel dann ihrem Mann um den Hals. Ich freute mich sehr, dass die beiden immer noch so verliebt waren, denn sie hatten lange gebraucht, um zueinanderzufinden.

Robert, der als Kinderarzt arbeitete, war groß, schlank und hatte ein umwerfendes Lächeln. Seine blauen Augen blitzten, wenn er gute Laune hatte, und dass sein dunkles Haar mittlerweile beinahe vollkommen ergraut war, fiel dann nicht mehr ins Gewicht.

»Alles Gute zum Geburtstag, Leonie – oder sollen wir dich zur Feier des Tages lieber Leonore nennen?«, fragte er und gab mir zur Begrüßung links und rechts einen Kuss auf die Wange.

»Och nee, bloß nicht«, winkte ich ab und nahm das aufwendig verpackte Geschenk entgegen. Das geschmackvolle Papier und die edle Schleife aus Satin trugen eindeutig Stellas Handschrift.

»Wieso Leonore?«, fragte Nina und starrte mich verdutzt an. Ich wurde verlegen. Nur wenige wussten nämlich, dass der Name Leonie eine Abkürzung war.

»Ach, das war so eine Schnapsidee meiner Mutter«, antwortete ich. »Leonore bedeutet, genau wie Eleonore, *Gott ist mein Licht.* Das fand sie so schön, dass sie darauf bestand, auch wenn mein Vater mich lieber Metta oder Tibbe genannt hätte, wie es im Alten Land üblich ist.«
Nina bekam große Augen. »Huch, was sind das denn für Namen? Die habe ich ja noch nie gehört. Also für mich bist und bleibst du Leonie und damit basta!«
Ich hatte keine Zeit, etwas darauf zu erwidern, weil es an der Tür klingelte. Der nächste Besucher war Alexander Wagenbach, Ninas Freund und mein Chef im französischen Bistro La Lune, wo ich als Restaurantleiterin arbeitete.
»Et voilà, hier kommt der Wein«, sagte er strahlend und ging schnurstracks in die Küche, um fünf Flaschen Saint-Émilion und weitere fünf Flaschen Cabernet Sauvignon auf die Anrichte zu stellen. Rosé und Weißwein kühlten bereits seit drei Tagen und würden erst bei Bedarf geöffnet.
Leider war es heute – Ende April – nicht warm genug, um draußen in unserem wunderschönen Garten zu feiern, wie ich es mir eigentlich gewünscht und in den schönsten Farben ausgemalt hatte. Seit Tagen herrschte der für die Jahreszeit typische Wolken-Sonne-Regen-Mix, der diesen Monat zu einem unberechenbaren Faktor bei Planungen aller Art machte.
»Danke, Alex«, sagte ich und öffnete eine Küchenschublade auf der Suche nach dem Korkenzieher. »Ich denke, wir haben genug Wein, oder was meinst du?«
»Und wenn nicht, springe ich rüber ins La Lune und hole Nachschub«, erwiderte Alexander lässig.
Der dunkle Lockenkopf mit dem markanten Kinn und den

warmen Nussaugen hatte immer noch etwas Jungenhaftes, trotz seiner siebenundvierzig Jahre.
Ich mochte Ninas Freund und schätzte ihn als engagierten, strengen, aber stets fairen Chef. Das war in meinem früheren Beruf als Reiseverkehrskauffrau leider anders gewesen. Da hatte ich große Probleme mit einer zickigen Chefin gehabt, die mich zuletzt geradezu aus dem Unternehmen gemobbt hatte. »Du weißt, dass die Getränke mein Geschenk für deine Party sind, und wenn sie nicht reichen, ist es doch sonnenklar, dass ich dafür sorge, dass deine Gäste nicht verdursten müssen«, fuhr Alexander fort, während meine Gedanken sich einen Augenblick lang in der Vergangenheit verfingen.
»Wie viele erwartest du denn?«, fragte Robert, der fachmännisch das Weinangebot studierte. Mit anerkennender Miene drehte er den Saint-Émilion in seiner Hand hin und her und las den Text auf dem Etikett.
»Mit mir zusammen sind wir elf«, antwortete ich.
Außer meinen Eltern, Jürgen und Anke Rohlfs, und meinen Freundinnen und ihren Männern kamen noch zwei weitere befreundete Pärchen.
Nur ich war Single und somit auf meinem eigenen Geburtstag so etwas wie das elfte Rad am Wagen.
»Na, dann sollte das doch reichen«, sagte Robert schmunzelnd. »Die meisten müssen später noch fahren. Schließlich kann sich nicht jeder gleich nach der Party ins Bett plumpsen lassen so wie wir.«
»Außerdem wollen wir uns ja auch nicht betrinken, sondern Leonies Geburtstag feiern«, ergänzte Nina und schmiegte sich an Alexander. In den letzten Jahren war zu meinem

Erstaunen aus der eher kratzbürstigen, überzeugten Single-Frau Nina eine kleine Schmusekatze geworden. In gewissen Momenten jedoch fuhr sie immer noch ihre Krallen aus, zumeist wenn sie befürchtete, zu sehr von Alexander eingeengt zu werden.

Punkt zehn nach acht waren alle Gäste da, ich stand am Kopfende des langen Tisches und hielt eine Rede.

»Auf dich, liebste Leonie. Danke, dass wir diesen Tag mit dir feiern dürfen, und danke, dass du so bist, wie du bist«, sagte Nina, als ich geendet hatte, und erhob ihr Glas.

Meine Eltern lächelten, aber mir fiel auf, dass sie diesmal nicht so liebevoll miteinander umgingen wie sonst. Mein Vater war ungewöhnlich blass, meine Mutter hatte dunkle Ringe unter den Augen.

Ob sie Sorgen hatten, von denen ich nichts ahnte?

»Ich kann mich dem, was Nina gerade gesagt hat, nur anschließen. Gibt es irgendetwas Besonderes, das du dir für dein neues Lebensjahr wünschst?«, fragte Stella.

Ich überlegte einen Moment, bevor ich eine Antwort gab. Fragen wie diese waren nicht mit einem Satz zu beantworten.

»Im Grunde nur, dass alles so bleibt, wie es ist, und dass es euch, meinen Lieben, gutgeht«, sagte ich.

Während ich diesen Wunsch laut aussprach, wurde mir warm ums Herz. Ja, es stimmte wirklich: Momentan hatte ich alles, was ich mir nur wünschen konnte.

Gute Freundinnen, mit denen ich zusammen in dieser wunderschönen alten Villa in einem angesagten Hamburger Stadtteil lebte.

Die Arbeit im La Lune machte mir großen Spaß, denn

Alexander ließ mir in vielem freie Hand und war ein toller Chef.
Ich war gesund, und meinen Eltern ging es zum Glück gut. Dass es immer noch keinen Mann in meinem Leben gab, gehörte für mich in der Zwischenzeit so zum Alltag, dass es mich kaum störte.
Ich war immer noch froh darüber, dass ich nach Hamburg gezogen war, um meinen Horizont zu erweitern. Ich war auf Abenteuersuche gegangen – und nicht enttäuscht worden.
Und dieses Abenteuer sollte noch nicht zu Ende sein. Ich blickte gespannt in die Zukunft und fragte mich, was das Leben an Erlebnissen und Erfahrungen für mich bereithielt.
»Dann trinken wir darauf, dass das Glück uns nicht im Stich lässt«, ergriff nun Nina das Wort und zwinkerte mir zu. »Auf eine tolle Party und ein erfülltes neues Lebensjahr! Wir haben dich lieb.«
Gerührt erhob ich mein Glas und lächelte alle an, während ein tiefes, warmes Glücksgefühl mich durchströmte.
»Bevor wir alle gleich rührselig werden, lasst uns essen, ich bin am Verhungern«, sagte ich, um meine Verlegenheit zu überspielen. »Also, das Büfett ist eröffnet. Lasst es euch schmecken. Schön, dass ihr da seid.«

2

Obwohl wir bis zwei Uhr morgens gefeiert hatten, erwachte ich am Sonntag wie jeden Tag um sieben. Das war ein wunderbarer Geburtstag gewesen, an den ich mich noch lange voll Freude erinnern würde.

Durch den Spalt des gekippten Fensters drang das Zwitschern der Vögel herein, die im Garten ihre Nester gebaut hatten. Verzückt lauschte ich der Melodie dieses frühen Sonntagmorgens und döste. Doch schon zehn Minuten später fiel mir ein, dass meine Küche nach der Party leider einem Schlachtfeld glich, da ich gestern Nacht viel zu müde gewesen war, um alles aufzuräumen, was an sich nicht meiner Art entsprach. Allein der Gedanke an das Chaos genügte, um mich aus dem Bett zu treiben, auch wenn ich viel lieber ausgeschlafen hätte.

»Warum hat Mama mich bloß so erzogen, dass ich nichts liegen lassen kann?«, murmelte ich nachdenklich und ließ meine Beine über den Rand des Eisenbettes baumeln, das ich mir vor einem Jahr gekauft hatte. Vorder- und Rückenteil waren gedrechselt und weiß lackiert. Bunte Kissen und eine gequiltete Tagesdecke, die ich vor lauter Müdigkeit vergessen hatte, vom Bett zu nehmen, verliehen dem Ganzen etwas sehr Gemütliches. Mein Schlafzimmer war so kuschelig, dass ich manchen grauen Sonntag lesend im Bett verbrachte. Diese Betttage wurden nur unterbrochen durch einen kleinen Kaffeeplausch mit Nina oder bei Stella, oder ich schaute mir auf der Couch lümmelnd eine Liebesschnulze auf DVD an. In diesen Momenten beglückwünschte ich mich selbst dazu, dass ich alles tun konnte, wonach mir der Sinn stand. Nicht auszudenken, wenn mich jemand womöglich bei Regen und Kälte zum Spaziergang an der frischen Luft verdonnert oder – noch schlimmer – dazu gedrängt hätte, mit ihm ins Fitnessstudio zu gehen.

Nein, nein, es war alles in allem gut so, wie es war, bis auf wenige graue Tage, an denen mich der Blues überfiel, weil Nina und Stella mit ihren Partnern unterwegs waren und mir klarwurde, dass ich als Einzige von uns dreien ein Single-Dasein führte.

Gähnend und ein wenig nachdenklich schlüpfte ich in meine weinroten Puschelpantoffeln und ging in die Küche.

Dabei wäre ich fast über meinen betagten Kater Paul gestolpert, der sich im Flur langgemacht hatte und seinen Kopf am Flickenteppich rieb.

»Morgen, Paulchen«, begrüßte ich ihn, was dieser mit einem freundlichen Schnurren quittierte. »Wo steckt denn Paula?« Anstatt mir maunzend zu antworten und mir zu verraten, wo seine Liebste abgeblieben war, folgte der Kater mir in die Küche und hockte sich vor den Futternapf, in dem nur noch zwei Anstandskügelchen Brekkies lagen. Ich füllte frisches Wasser und Dosenfutter in die Näpfe und beschloss, mir erst einmal einen Kaffee zu kochen, ehe ich mit dem Aufräumen begann. Während ich Espressopulver in die Bodum-Glaskanne häufelte, dachte ich über die Party nach.

Es hatte Spaß gemacht, nach längerer Zeit mal wieder so viele Gäste zu empfangen, denn ich liebte es, für andere zu kochen und sie zu verwöhnen. Alle hatten den Abend sichtlich genossen, sich angeregt unterhalten und beinahe alles aufgegessen. Später hatten wir den Teppich beiseitegerollt, die Musik laut aufgedreht und ausgelassen getanzt. Auch dies war einer der vielen Vorteile unserer Wohnsituation: Wir mussten auf niemanden Rücksicht nehmen und konnten so viel Lärm machen, wie wir wollten.

Gerade als ich überlegte, ob ich zuerst die Weingläser spülen oder lieber den Tisch feucht abwischen sollte, klingelte das Telefon. Zehn vor acht an einem Sonntag.

Wer konnte das sein?

Nachdem ich mich mit Namen gemeldet hatte, wusste ich, wer ebenfalls so früh auf den Beinen war: meine Mutter!

»Bist du aus dem Bett gefallen?«, fragte ich.

»Sozusagen«, antwortete sie und klang abgehetzt. »Hast du einen Moment Zeit, oder störe ich?«

»Nein, nein. Ich wollte gerade aufräumen, aber das kann auch warten«, sagte ich und setzte mich mit dem dampfenden Kaffee an den Tisch, mit Blick auf die Terrasse und den Garten.

Draußen blühten hellblaue Wicken, rosa Ranunkeln und Tränendes Herz in einem dunklen Pink, grüner Hirtentäschel und Kamille. Diese Blumen stellten die ersten Frühlingsboten dar, die unseren eher wilden Garten verschönten, auch wenn die Natur nach einem langen, bitterkalten Winter diesmal sehr spät dran war.

»Also, was ist los? Hast du Ärger mit Papa? Ich finde, ihr beide wart gestern ein bisschen merkwürdig drauf«, sagte ich und trank einen Schluck. Das heiße, zartbittere Getränk bahnte sich den Weg über meinen Gaumen und würde hoffentlich bald seine Wirkung entfalten.

»So ähnlich«, erwiderte meine Mutter vage.

Oh nein, ich wusste es!

War womöglich einer von beiden krank und wollte mir gestern nicht den Geburtstag verderben?

»Keine Sorge, Leonie, bei uns ist so weit alles in Ordnung, falls du einen Schrecken bekommen haben solltest, zumindest größtenteils. Es ist nur so, dass dein Vater und ich … also vielmehr ich … ab jetzt für eine Weile getrennte Wege gehen werden.« Es dauerte einen Moment, bis die Worte dem Sinn nach bei mir angekommen waren. Ich verstand zwar den Wortlaut, aber nicht die Bedeutung.

»Ich plane eine … Reise … und ich weiß noch nicht genau, wann ich wieder zurückkomme. Könnte sein, dass ich längere Zeit weg sein werde.«

Mit einem Schlag ging es in meinem Kopf zu wie auf einem überfüllten Bahnhof. Von irgendwoher hörte ich eine Alarmsirene schrillen, und Menschen redeten lautes, wirres Zeug in einer Sprache, die ich nicht beherrschte.

»Leonie? Leonie, Spätzchen, bist du noch da?«

Spätzchen hatte meine Mutter mich zuletzt genannt, als ich zehn war.

»Ja, doch, ich bin noch da«, stammelte ich verwirrt und umklammerte mit der einen Hand den Kaffeebecher. Mit der

anderen hielt ich das Telefon, um das meine Finger sich bereits verkrampften. Das durfte doch alles nicht wahr sein!
»Jetzt mal bitte der Reihe nach, Mama«, versuchte ich, mich selbst zu beruhigen und ein wenig Ordnung in dieses Chaos zu bringen. Sonst wäre ich verloren.
»Mach keine so kryptischen Andeutungen, sondern erzähl mir, was los ist, ich werde sonst gleich irre.«
Ich hörte meine Mutter tief einatmen.
»Also gut! Wie du vielleicht weißt, gehen mir das Leben im Alten Land, der Obsthof und die ganze Arbeit mit der Vermietung und dem Hofladen ein wenig auf die Nerven, genau wie dein Vater.«
Oh nein, wie kam das denn jetzt bitte?
»Nein, das wusste ich nicht«, unterbrach ich meine Mutter, weil ich wirklich zum ersten Mal davon hörte. »Ich dachte immer, du liebst dieses Leben. Und Papa.«
»Ja, das tue ich im Grunde auch, aber zurzeit habe ich das Gefühl, in einem Hamsterrad gefangen zu sein, und deshalb will ich für eine Weile hier raus, genau wie du vor sechs Jahren.«
Das wiederum konnte ich bestens verstehen.
»Und wo willst du hin? Auch nach Hamburg? Und für wie lange?«, hakte ich nach, während meine Gedanken sich überschlugen. Meine Mutter machte es spannend. Während sie offenbar Formulierungsschwierigkeiten hatte, schaute ich aus dem Fenster und bemühte mich, ein wenig von der Anspannung abzubauen, die sich um meine Brust legte wie ein Schraubstock.
»Nein, ich plane eine größere Tour. Ich will schließlich was erleben. Daher denke ich an eine Kunstreise quer durch

Europa. Ich will nach Florenz, Paris und nach Figueres, das Dalí-Museum anschauen.«

»Und was sagt Papa dazu?«, fragte ich atemlos.

Wer würde währenddessen die Kunden im Hofladen bedienen?

Wer kümmerte sich um die Vermietung der Zimmer und die Versorgung der Feriengäste?

Papa hatte, was das anging, zwei linke Hände und konnte sich noch nicht einmal ein Spiegelei braten. Nur auf dem Obsthof war er der erfahrene, kompetente Geschäftsmann, der dafür sorgte, dass es ihm und meiner Mutter an nichts fehlte.

»Er ist natürlich alles andere als begeistert, wie du dir sicher vorstellen kannst«, murmelte meine Mutter und wirkte mit einem Mal bedrückt.

Hatte ihre Stimme bei der Aufzählung der Reiseziele noch frisch und jung geklungen, hörte sie sich jetzt an wie eine Frau, die Ende des Jahres dreiundsechzig wurde. »Aber weißt du was? Mir ist das ehrlich gesagt gerade egal. Ich habe mich mein Leben lang überwiegend nach seinen Wünschen und Bedürfnissen gerichtet. Habe meinen Plan aufgegeben, nach dem Studium Kunst zu unterrichten, um eine Familie zu gründen und mit Jürgen die Obstplantagen zu bewirtschaften und alles andere aufzubauen, was heute zu unserem Hof gehört. Jetzt bin ich mal dran!«

Das stimmte natürlich!

Ich erinnerte mich an unzählige Male, an denen meine Mutter mich in Hamburg besuchen wollte, um mit mir in Ausstellungen, ins Museum oder Theater zu gehen. Doch bis auf wenige Ausnahmen war immer irgendetwas dazwischengekommen. Natürlich konnte man dies nicht immer meinem Vater in die Schuhe schieben. Die Arbeit auf einem Hof war eben manchmal unkalkulierbar, und Pläne mussten oft zurückgestellt werden.

Allerdings geriet meine Mutter mit ihren Träumen immer mehr ins Hintertreffen, was sich nun scheinbar rächte.

»Jetzt, wo du es sagst, kann ich dich verstehen«, antwortete ich. »Und du hast alles Recht der Welt, dir eine Auszeit zu gönnen. Das wird auch Papa sicher ähnlich sehen. Wann willst du denn los?«, fragte ich, überlegte aber, wie das alles funktionieren sollte. Im Grunde mussten meine Eltern jemanden einstellen, der meine Mutter ersetzte. »Wirst du alleine fahren, oder kommt noch jemand mit?«

Ich ging im Geiste die Bekannten meiner Mutter durch. Allesamt nette, warmherzige und hilfsbereite Frauen. Aber für jede stand die Familie und die Sicherung des Einkommens an erster Stelle.

Eine echte Freundin wie Stella und Nina gab es im Leben meiner Mutter nicht.

»Nein, ich mach das alleine«, antwortete sie auch prompt, und ich meinte ein leises Zittern in ihrer Stimme zu hören. Für jemanden wie sie war das ein großer Schritt.

Wenn sie überhaupt Urlaub gemacht hatte, dann zusammen mit meinem Vater. Und das meist nur im Winter, wenn keine Saison für Feriengäste war und auch nichts geerntet, eingekocht oder im Hofladen verkauft werden musste.

»Im Übrigen habe ich eine Annonce geschaltet, um eine Kraft zu suchen, die mich im Laden ersetzt und sich um die Gäste kümmert. Sobald ich eine gefunden habe und alles geregelt ist, fahre ich los.«

Ich versuchte, mir das Gesicht meines Vaters vorzustellen, wenn in seinem Haus eine wildfremde Person herumwirbelte, um Frühstück für die Gäste zu machen und Kuchen für den Verkauf im Hofladen zu backen. Schon immer hatte Papa eine Putzhilfe kategorisch abgelehnt. Was würde er also dazu sagen?

»Dein Vater bezeichnet das alles als totalen Unfug, wie du dir denken kannst«, fuhr meine Mutter fort, und ich wünschte mir mit einem Mal, wir würden dieses Gespräch nicht am Telefon führen. Schließlich betraf ihre Entscheidung ein Stück weit die ganze Familie. Doch anscheinend war es ihr ein Bedürfnis, mit mir allein zu sprechen.

»Auf jeden Fall drücke ich dir die Daumen, dass du schnell jemanden findest, der dich halbwegs ersetzen kann und den Papa auch akzeptiert. Ich finde es gut, wenn du endlich mal etwas für dich machst. Wenn ich dich unterstützen kann, sag es mir.«

»Das ist ganz lieb, Spätzchen«, flüsterte meine Mutter. »Danke.« Dann hörte ich im Hintergrund die Stimme meines Vaters, der wieder irgendetwas suchte und natürlich als Erstes meine Mutter fragte, wo es sein könnte.

»Du, Leonie, ich muss leider auflegen. Jürgen braucht mich, wir telefonieren ein andermal, ja?«, sagte meine Mutter. »Und danke für den gestrigen Abend. Es ist schön, dass du dich in Hamburg so wohl fühlst und so nette Freunde hast. Also, mach dir noch einen schönen Sonntag. Bis ganz bald.«

Danach klackte es in der Leitung, meine Mutter hatte aufgelegt. Ich saß eine ganze Weile da und schaute hinaus, ohne wirklich mitzubekommen, was dort vor sich ging.

All meine Gedanken und Gefühle galten meiner alten Heimat, die plötzlich so lebendig vor meinem inneren Auge stand, als hätte ich sie nie verlassen: das Alte Land, das durch die drei Nebenflüsse der Elbe in drei sogenannte Meilen gegliedert wurde. Ein weites, fruchtbares Marschgebiet, durchzogen von Kanälen und Deichen, dazwischen kleine, schnuckelige Dörfer mit windschiefen Fachwerkhäusern. Über den weitläufigen Obstplantagen spannte sich ein tiefblauer Himmel, wie man ihn sonst nur am Meer fand.

Hinter den Deichen glitzerte das Wasser der Elbe, auf der weiße Segelboote dahinglitten wie Spielzeugschiffe.

Ich dachte an die heißen Sommer, in denen ich im Schatten der Apfel- und Kirschbäume mit meinen Puppen gepicknickt hatte. In denen Papa mich mit dem Gartenschlauch nass gespritzt und sich mit mir Federball-Duelle geliefert hatte. Mir lief das Wasser im Munde zusammen, als ich mich an all die Köstlichkeiten erinnerte, die meine Mutter für uns gekocht und gebacken hatte: Pfannkuchen mit Apfelschnitzen, Grießbrei mit Pflaumenkompott, Kirschkuchen und Holunderküchle. Es gab selbstgemachten Johannisbeerwein und knackfrischen Salat aus dem Nutzgarten neben dem Haus. Meine Freundinnen und ich naschten heimlich von den Erdbeeren oder schnappten uns im Vorbeigehen eine der kleinen, aromatischen Strauchtomaten, die ich heute noch liebte.

Ich erinnerte mich an Bootsfahrten mit meinem Vater auf der Lühe, wo am Deich das Haus meiner Eltern lag.

Ein Ort zum Träumen, ein Ort zum Glücklichsein.

Natürlich hatte auch meine Mutter das Recht darauf, glücklich zu sein, und ich würde alles dafür tun, um sie dabei zu unterstützen.

Ein wenig angespannt von diesem schwierigen Gespräch stand ich schließlich auf.

Ich würde jetzt die Küche putzen und mich dann wieder ins Bett legen und schlafen.

Irgendetwas sagte mir nämlich, dass ich in der nächsten Zeit all meine Kräfte brauchen würde.

3

Montagmorgen erwachte ich mit einem leichten Dröhnschädel und dem unguten Gefühl, dass sich nach der Entscheidung meiner Mutter, dem Alten Land für eine Weile den Rücken zu kehren, Schwierigkeiten einstellen würden.

Da das La Lune montags Ruhetag hatte, konnte ich es zum Glück langsam angehen lassen.

In der Regel nutzte ich diesen Tag, um all die Dinge zu erledigen, die im Laufe der vergangenen Woche liegengeblieben waren. Doch an diesem Morgen fehlte mir die nötige Ruhe, weil ich unablässig an meine Eltern dachte.

Müde und ein bisschen genervt saß ich drei Stunden später in der Speisekammer, meinem derzeitigen Lieblingscafé, nur wenige Schritte von unserer Villa entfernt, und hoffte darauf, dass meine Laune sich ein wenig besserte.

»Na, Leonie, wie geht's?«, fragte Jonas, der sympathische Besitzer, und zwinkerte mir freundlich zu. »Café au Lait und eine Brioche, wie immer?«

»Oh, mein Gott, bin ich wirklich so schrecklich eingefahren?«, fragte ich erstaunt und setzte mich an den schmalen

Tisch vor dem Panoramafenster. Da, wo ich eigentlich immer saß, wenn der Platz frei war.

Von hier aus blickte man auf den Pappelstieg mit seinen schnuckeligen Geschäften und konnte das quirlige Treiben auf der Straße beobachten. »Aber selbst wenn es so ist, hätte ich gern beides.«

Jonas grinste und stellte sich an die Kaffeemaschine.

Derweil blätterte ich in der neuesten Ausgabe der *Gala* und registrierte erstaunt, als ich kurz aufblickte, dass es zu regnen begonnen hatte. Dicke, graue Tropfen klatschten auf den Holzboden der Terrasse, und schon flüchteten die Gäste ins Café.

Aus den Boxen ertönte sanfte Musik, die ich zunächst gar nicht zuordnen konnte. Eine glockenhelle Stimme sang *It's funny but I had no sense of living without aim – the day before you came.*

Ich lauschte der Sängerin, die genauso traurig klang, wie ich mich manchmal fühlte, wenn plötzlich das Gefühl von Einsamkeit an mir nagte.

And rattling on the roof, I must have heard the sound of rain – the day before you came.

»Hier, dein Kaffee und die Brioche. Lass es dir schmecken.«

Ich zuckte zusammen, ich fühlte mich, als hätte Jonas gerade meine geheimsten Gedanken und Sehnsüchte erraten. Hektisch schüttete ich Zucker in den Milchkaffee, obwohl ich mir das vor einiger Zeit abgewöhnt hatte. Die Musik wechselte nun zu einem fröhlicheren Lied, wofür ich sehr dankbar war.

War es eigentlich meine Bestimmung, gute Tochter, tolle Freundin, liebevolle Patentante und engagierte Mitarbeite-

rin zu sein – oder konnte das Leben noch mit etwas anderem aufwarten?
Andere waren mit über vierzig sogar schon zum zweiten Mal verheiratet, hatten drei Kinder oder ließen sich gerade scheiden. Nur ich lebte mein Leben tagaus, tagein ohne größere Höhen und Tiefen.
Ob es dieses Gefühl der langweiligen Gleichförmigkeit war, das meine Mutter dazu trieb, aus ihrem Trott im Alten Land auszubrechen?
Oder liebte sie meinen Vater womöglich nicht mehr?
Hatte sie sich vielleicht sogar in einen anderen verliebt?
Bei diesem Gedanken erschrak ich zutiefst, obgleich sich alles in mir sträubte, das zu glauben.
Mein Vater und meine Mutter hatten den Bund fürs Leben geschlossen und, um das zu besiegeln, sogar eine Altländer Hochzeitsbank vor dem Rathaus in Jork aufstellen lassen, wie es in diesem Landstrich seit Ewigkeiten Brauch war.
Zum Preis von ungefähr einhundertsiebzig Euro konnte man sich und seinem Schatz ein Liebesdenkmal erschaffen.
Doch nun hatte dieses Denkmal Risse bekommen, und ich befürchtete, dass die Entscheidung meiner Mutter folgenschwere Konsequenzen haben würde. Schließlich kannte ich meinen Vater.
Jürgen Rohlfs war trotz seiner Herzlichkeit ein Altländer Dickschädel, wie er im Buche stand.
Wenn ihm etwas in die Quere kam, war mit ihm nicht gut Kirschen essen, und man ging ihm besser aus dem Weg, bis er sich wieder beruhigt hatte.
Wer auch immer ihm im Haushalt und bei der Vermietung behilflich war, hatte jetzt schon einen schweren Stand.

»Ah, hier steckst du«, holte eine Stimme mich aus meinen düsteren Gedanken, und als ich aufsah, blickte ich in die blitzenden Augen von Stella, die ihre kleine Tochter an der Hand hatte. Ich stand auf, hob mein Patenkind hoch und gab ihm einen Kuss auf die zarte Wange. Dann setzte ich die blondgelockte Emma wieder auf den Boden, weil sie das Gesichtchen verzog und bestimmt weitaus mehr Lust hatte, im Café herumzuwandern, als sich von mir herzen zu lassen.
»Wieso arbeitest du denn heute nicht?«, fragte ich Stella verwundert und bot ihr den Stuhl neben mir an.
»Ich hatte einen Arzttermin und nehme mir heute einfach mal außerplanmäßig frei. Deshalb habe ich Emma auch aus der Kita abgeholt, ich mache nachher einen kleinen Ausflug mit ihr. Hoffentlich hört es bis dahin auf zu regnen.«
»Schöne Idee«, sagte ich und beobachtete amüsiert, wie Emma zielsicher auf die Treppe zur Galerie des Cafés zusteuerte, weil sie wusste, dass es dort oben ein Spielzimmer gab. Augenblicklich ergriff Stella die Hand ihrer Tochter und brachte sie nach oben, wo dem Lärm nach zu urteilen bereits einige Kinder herumtobten.
Es gefiel mir, dass sich Stella mittlerweile von der Karrierefrau auf der Überholspur zu einer hingebungsvollen Mutter gewandelt hatte.
Ursprünglich war in ihrem Lebensplan kein Platz für eine Familie vorgesehen, weil sie neben ihrem Beruf als Innenarchitektin noch eine Affäre mit einem verheirateten Mann gehabt hatte. Doch dann war sie dem sympathischen und attraktiven Witwer Robert Behrendsen begegnet und schon kurze Zeit später schwanger geworden, sehr zur Freude ihrer Mutter, der Reederswitwe Katharina Alberti.

»Emma ist jetzt erst einmal eine Weile beschäftigt, denn sie hat ein Date mit Sascha, dessen Mutter so nett ist, ein Auge auf die beiden zu haben, während ich mit dir was trinke«, erklärte Stella, als sie zurückkam. Zu Jonas gewandt sagte sie: »Einen Kräutertee, bitte«, schnappte sich meine Brioche vom Teller und biss ein Stück ab.

»Keinen doppelten Espresso wie sonst?«, fragte ich verwundert. »Ist alles okay mit dir?«

»Ja, mehr als das. Ich habe zurzeit nur keine Lust auf Kaffee, und das ist auch besser so«, antwortete Stella so strahlend, dass mit einem Mal alles sonnenklar war.

»Du bist wieder schwanger«, sagte ich aufs Geratewohl, und Stella nickte. Was für eine Überraschung, in der Villa würde es wieder Nachwuchs geben! Und vor allem ein wahres Wunder, wenn man bedachte, dass Stella bereits sechsundvierzig war. »Wow, das sind ja Wahnsinnsneuigkeiten! Ich freue mich so für dich. Seit wann weißt du es? Und was sagt Robert dazu?« Fragen über Fragen, die ich alle auf der Stelle beantwortet haben wollte.

»Ich ahne es seit knapp zwei Wochen, aber soeben ist es amtlich geworden. Nur Robert weiß noch nichts von seinem Glück. Ich will es ihm heute Abend beim Essen sagen. Schade, dass ihr heute Ruhetag habt, ich hätte ihm die schöne Nachricht gern im La Lune erzählt. Aber ist das nicht irre?«

Ja, das war es in der Tat. Seit gestern kam ich ja kaum mehr hinterher. Auf der einen Seite die Sache mit meinen Eltern, die ich noch immer nicht recht verdaut und über die ich noch mit niemandem gesprochen hatte.

Und nun Stellas Schwangerschaft.

»Ist alles in Ordnung mit dir?«, fragte Stella und schaute

mich prüfend an. »Überlegst du gerade, ob du ein zweites Patenkind verkraften kannst?«

»Nein, das ist es nicht«, entgegnete ich.

Sollte ich Stella erzählen, was sich in meiner Familie abspielte, obwohl sie gerade so etwas Aufregendes erfahren hatte? Sie mochte meine Eltern und hatte schon viele Male ein paar entspannte Tage mit mir und Emma auf dem Hof und in dem wunderschönen Garten verbracht, der der ganze Stolz meiner Mutter war.

Schließlich entschied ich mich, ihr meine Sorgen anzuvertrauen, schließlich war auch sie so etwas wie meine Familie. Stella hörte mir in aller Ruhe zu.

Unterdessen hatte es aufgehört zu regnen, und in den Pfützen auf dem Kopfsteinpflaster spiegelte sich die Sonne.

Von oben hörte ich Emma vergnügt quietschen.

»Nun lass den Kopf nicht hängen, Leonie«, sagte Stella schließlich. »So schlimm, wie du es dir ausmalst, wird es bestimmt nicht. Nimm dir die ganze Sache nicht so sehr zu Herzen und vertrau darauf, dass sich alles finden wird. Dein Vater ist ein erwachsener Mann, und ihr habt doch nur drei Gästezimmer, nicht wahr? Anke wird gewiss nicht fahren, bevor sie nicht einen vollwertigen Ersatz gefunden hat. Du weißt doch, wie perfektionistisch sie ist. Keine Angst, die beiden werden sich schon nicht trennen, dazu lieben sie sich viel zu sehr. Und sollte es doch wider Erwarten schieflaufen, sind Nina und ich ja auch noch da.«

»Du hast bestimmt recht«, meinte ich seufzend und fasste schon wieder ein wenig Mut, weil Stella mir so gut zuredete. Dennoch regte sich ein leiser Zweifel in mir, so gern ich auch geglaubt hätte, dass sich die Probleme meiner Eltern bald wieder in Wohlgefallen auflösen würden. »Ich sollte die beiden einfach machen lassen. Sie sind schließlich erwachsen und müssen selbst wissen, was sie tun.«

Obwohl mein Kopf mir sagte, dass dies die bessere Einstellung war, signalisierte mein Bauch mir das genaue Gegenteil. Höchste Zeit, auf andere Gedanken zu kommen, sonst würde dieser Tag in Trübsal enden. »Willst du die andere Hälfte von meiner Brioche? Du musst doch jetzt für zwei essen«, fragte ich.

Verschmitzt lächelnd nahm Stella meinen Teller und sagte: »Ich dachte schon, du fragst nie.«

Während sie genüsslich aß, überlegte ich, wie das Leben in der Villa sich wohl mit einem neuen Baby gestalten würde. Und wie Emma wohl auf ein Geschwisterchen reagieren würde? Außerdem war da noch Moritz, der mit seinen fast dreizehn Jahren immer mehr zum Eigenbrötler wurde und sich, sooft es ging, vom Rest der Welt abkapselte. Mit einem pubertierenden Teenager fertig zu werden war nicht ganz einfach.

Nachdem Stella und ich noch eine Weile über ihre Schwangerschaft geplaudert hatten, trennten wir uns. Stella wollte mit Emma zum großen Abenteuerspielplatz im Stadtpark und ich einen kleinen Schaufensterbummel machen, da es in der Nähe einige Geschäfte mit süßen Babysachen gab. Ich hatte große Lust, jetzt schon etwas für ihr Kind zu kaufen.

Doch anstatt wie geplant den Pappelstieg hinunterzugehen, fand ich mich zu meinem eigenen Erstaunen am U-Bahnhof Christuskirche wieder und stieg in die Linie eins, um zum Hauptbahnhof zu fahren.

Von da aus würde mich die S-Bahn nach Buxtehude bringen.

4

Als ich während der Fahrt Richtung Stade an der S-Bahn-Station Fischbek aus dem Fenster schaute, tauchten in meinem Blickfeld grüne, satte Weiden, Pferdekoppeln, Kleingartenkolonien, Getreide- und Maisfelder auf.

Ich liebte den Anblick der weiten, unverbauten Landschaft, die einen angenehmen Kontrast zu Hamburg bildete, wo man häufig nur von Hauswand zu Hauswand schaute.

Es sei denn, man war am Ufer der Elbe oder der Alster.

Das ländliche Idyll wurde nur durch ein gespraytes *Fuck off* an der Betonmauer kurz vor dem Bahnhof Buxtehude gestört.

Auch hier lebten offenbar Menschen, die hin und wieder ihren Frust loswerden mussten.

»Na, du machst ja Sachen«, sagte Papa vergnügt, als er mich am Bahnhof abholte. »Ich dachte, ich hör nicht recht, als du vom Handy aus angerufen hast. Hattest wohl Sehnsucht nach uns, was?«

Er umarmte mich, drückte mich an seine breite Brust und streichelte meine Haare.

Automatisch stellte ich mich auf die Zehenspitzen, denn mein Vater war ziemlich groß. Mit seinen fünfundsechzig Jahren sah er immer noch gut aus, auch wenn ich mich daran gewöhnen musste, dass seine kurzen Haare schlohweiß geworden waren. Doch die blauen Augen und das Grübchen am Kinn verliehen ihm etwas Jungenhaftes.
»Ich freue mich, dass du uns wieder besuchen kommst. Wie lange bleibst du?«
»Nur bis heute Abend«, antwortete ich und löste mich aus seiner Umarmung. »Das heißt, vorausgesetzt, du hast später nichts vor und kannst mich wieder zum Bahnhof bringen.« Die Bemerkung *Oder Mama macht das* wagte ich nicht laut auszusprechen.
Was wusste ich schon davon, wie mein Vater sich momentan fühlte?
War er gekränkt?
Fühlte er sich ungerecht behandelt?
Oder gar abgeschoben?
»Ach, nur so kurz«, kam die enttäuschte Antwort. »Kannst du denn nicht wenigstens über Nacht bleiben? Wir könnten ein Gläschen Johannisbeerwein trinken und ein bisschen reden. Oder Scrabble spielen.«
Ich hakte mich bei ihm unter, während wir zu seinem Wagen gingen, einem alten Mercedes, der immer wieder herummuckte und recht häufig in der Werkstatt war. Doch Papa hing an ihm und behauptete felsenfest, eine Reparatur sei immer noch günstiger, als sich eines dieser Modelle zu kaufen, die eh nur so lange hielten, wie es die Garantie versprach. Manchmal wusste ich nicht, ob das die berühmte Altländer Knauserigkeit war oder einfach nur Nostalgie.

Wir fuhren an Steinkirchen, das sich innerhalb der zweiten Meile befand, an Obstplantagen, Höfen und Marktständen vorbei und parkten wenig später vor unserem Haus am Lühe-Deich. Es lag am Ende des Deichhufendorfes, gleich hinter einer Kurve.

Ich stieg aus, atmete die frische, saubere Luft ein und bestaunte einmal mehr den Eingang des großen Fachwerkhauses, das so typisch für diese Gegend war: Seine Prunkpforte schmückten geschnitzte Trauben, ein Symbol für Fruchtbarkeit.

Das weiße Ständer- und Balkenwerk unterteilte das Backsteingemäuer, das dadurch hell und freundlich wirkte, genau wie die grünen Fensterläden.

Das Reetdach legte sich wie eine wärmende Mütze über das Haus.

Rechts wohnten meine Eltern, in der linken Haushälfte waren die Feriengäste untergebracht.

»Ist immer wieder schön, hier zu sein«, sagte ich lächelnd und spürte, wie mich ein wohliges Gefühl überkam. Dieser Ort am Deich strahlte echte Ruhe aus.

Kaum zu glauben, dass sich hinter diesen Mauern eine Ehekrise abspielte.

»Spätzchen, da bist du ja«, rief meine Mutter freudig und umarmte mich.

Im Gegensatz zu neulich sah sie heute zehn Jahre jünger aus. Ihre Haare schimmerten in einem warmen Kastanienton, und sie trug eine enge Jeans und eine schmal geschnittene Bluse, die ihre zierliche Figur betonte. Dichte, dunkle Wimpern umkränzten ihre grünen Augen.

Eine attraktive Frau, auch mit zweiundsechzig.

»Ich freue mich so sehr, dass du gekommen bist. Magst du ein Stück Kuchen? Oder lieber eine Suppe? Hab gerade eine Spargelcreme mit neuen Kartoffeln gemacht.«
»Danke, Mama, vielleicht später, ich habe vorhin erst mit Stella und Emma gefrühstückt. Sie ist übrigens wieder schwanger, was sagst du dazu?«
Mein Vater blickte uns irritiert an. Mit solchen Themen konnte er nichts anfangen.
»Wenn ihr mich sucht, ich bin draußen beim Boot«, brummelte er und schlurfte mit hängenden Schultern davon. Kopfschüttelnd schaute meine Mutter ihm hinterher und bedeutete mir, auf dem Sofa Platz zu nehmen. Sofort versank ich in der weichen, hellblauen Couch und den vielen bunten Kissen, die meine Mutter zum Teil selbst bestickt hatte. Wir hatten beide eine Vorliebe für bunte, fröhliche Farben.
»Das freut mich aber für Stella und Robert«, sagte sie und lächelte. »Aber wird das dann nicht ein wenig eng für sie in der Villa?«
Darüber hatte ich noch gar nicht nachgedacht.
»Keine Ahnung«, antwortete ich. »Aber wie ich Stella kenne, zieht sie irgendwo eine Trennwand ein oder lässt einen Raum auf dem Dachboden ausbauen.«
Flüchtig streifte mich der Gedanke, Stella und ihre Familie könnten womöglich ausziehen.
»Bist du denn wegen unseres gestrigen Telefonats hier, oder hattest du einfach Sehnsucht nach deiner alten Heimat?«, wollte meine Mutter wissen und schenkte Tee ein. Augenscheinlich stand sie gerade auf Cranberry, eine neue Fruchtsorte in diesem Haushalt.
Und bestimmt nicht nach dem Geschmack meines Vaters,

der von jeher die Ansicht vertrat, man sollte nur regionales Obst und Gemüse einkaufen und keinen neumodischen Kram wie Physalis oder Papaya aus exotischen Ländern importieren.

»Ja, ich bin hier, weil ich gern mit euch reden möchte. Wenn du weg bist und es Probleme mit deiner …«, ich suchte nach dem passenden Wort, »… Vertretung … gibt, dann hat das unweigerlich auch Konsequenzen für mich. Du kennst doch Papa. Er wird als Erstes bei mir anrufen, wenn er nicht weiterweiß.«

Meine Mutter nickte nachdenklich. »Daran habe ich natürlich auch gedacht. Deshalb ist es mir so wichtig, jemanden zu finden, der absolut zuverlässig ist und dem Jürgen vertraut.« Dann erhellte sich ihre Miene wieder. »Und ich glaube, ich habe die Richtige gefunden. Metta Dicks will sich ein bisschen Geld dazuverdienen, denn sie spart auf die Renovierung und den Ausbau ihres Hauses, das sie und ihr Mann gerade gekauft haben.«

Metta Dicks?!

Woher kannte ich nur diesen Namen?

Dann fiel es mir wieder ein: Die hübsche, etwa einundzwanzigjährige Blondine war vor zwei Jahren die Apfelkönigin, gewesen. Sie stammte – wie ich – aus dem Landkreis Steinkirchen und war überall wegen ihrer freundlichen, hilfsbereiten Art beliebt. Ich sah ihr Foto im *Altländer Tageblatt* vor mir, wie sie in ihrer Tracht – einem weißen Kleid, einer schwarzen Jacke mit Flügelärmeln, Silberschmuck und einer roten Schärpe – dastand und dem Betrachter ein breites, warmes Lächeln schenkte.

Auf dem Kopf trug sie einen Flunkkranz aus künstlichen

Blüten und mit einer Art Ohren, die Mühlenflügel darstellen sollten.
Wenn jemand geeignet war, den Platz meiner Mutter zu übernehmen und Papa notfalls Paroli zu bieten, dann Metta Dicks! Außerdem war sie im Landfrauenverein Jork engagiert und konnte sich da notfalls Rat oder Hilfe holen.
Ein Stein fiel mir vom Herzen.
Natürlich war ich jederzeit gern bereit, meinem Vater unter die Arme zu greifen und ihn häufiger zu besuchen als sonst. Aber ich hatte einen Beruf, der meine volle Aufmerksamkeit und meine Kraft erforderte, und ich wohnte zudem nicht gerade um die Ecke. Auf zwei Hochzeiten tanzte es sich nun mal nicht besonders gut, und ich hatte nicht vor, mir ein Bein zu brechen.
»Und wovon hängt es ab, ob Metta für dich arbeitet?«, wollte ich wissen und trank genüsslich einen Schluck von dem süßlich-herben Cranberrytee. Mein Vater konnte sagen, was er wollte. Diese Frucht schmeckte ausgesprochen köstlich.
»Davon, ob dein Vater sie mag«, antwortete meine Mutter und strich den gestärkten Läufer aus Leinen glatt, der auf dem Couchtisch aus hellem Eichenholz lag und natürlich keine einzige Falte hatte. »Sie kommt Mittwochabend zu uns zum Essen, und dann sehen wir weiter. Bitte drück mir die Daumen, dass es klappt, Leonie.«
»Na klar, das mache ich«, versprach ich und stand auf, um zu meinem Vater zu gehen. Er sollte nicht das Gefühl haben, meine Mutter und ich verbündeten uns gegen ihn. Schließlich hatte er schon genug zu verdauen. »Ich schau mal eben nach Papa, okay? Wir können ja nachher gemeinsam Kaffee trinken.«

»Mach das, Spätzchen«, sagte meine Mutter, schien jedoch mit ihren Gedanken bereits woanders zu sein.

Bevor ich mich zum Bootssteg aufmachte, ging ich im Garten meiner Eltern auf und ab, der wie immer sorgsam gepflegt war.

Für die Altländer war es selbstverständlich, den gesamten Besitz stets tipptopp in Schuss zu halten, so dass niemand – auch kein noch so missgünstiger Nachbar – einen Anlass fand, um sich zu echauffieren. Im Bemühen, nach außen gut dazustehen, bepflanzten manche extra wegen der Touristen ihre zur Straßenseite gelegenen Vorgärten mit Obstbäumen. Vor dem Garten und parallel zum Deich verlief ein schmaler Weg, eine Holztreppe führte über den Deich zum Ufer der Lühe.

Wie immer amüsierte ich mich über den blechernen, länglichen Briefkasten, der an ein amerikanisches Modell erinnerte und befestigt war wie ein Flaggenmast. Es war lange her, seit ein Postbote mit dem Rad über den Deich gefahren war und Briefe in den Kasten geworfen hatte.

Heutzutage passierte das alles auf der dem Ort zugewandten Seite des Hauses, wo man mit dem Auto vorfahren und parken konnte, falls Pakete ausgeliefert wurden.

Einen Moment lang verharrte ich auf der Deichkrone, schaute mich um und erinnerte mich an die unzähligen Male, an denen ich an dieser Stelle mit meiner Jugendliebe Henning gestanden hatte.

Von hier aus waren wir zu langen Spaziergängen oder Fahrradtouren aufgebrochen oder hatten einen unserer Lieblingsplätze, den Imbiss Wellenreiter am Anleger der Lühe-Schulau-Fähre, aufgesucht.

Liebgewonnene Rituale aus einer längst vergangenen Zeit, als ich noch geglaubt hatte, eine stabile Partnerschaft sei das einzig wahre Glück auf der Welt.

»Willst du da oben übernachten, oder hilfst du mir mit dem Boot?«, hörte ich meinen Vater fragen. Der Wind trug seine verzerrte Stimme über den Deich. Wenn Papa so schroff klang, ging es ihm nicht gut, das hatte ich im Laufe der Jahre gelernt.

Also rief ich: »Bin gleich da«, und hüpfte wie früher als Kind die Holztreppen hinunter zum Steg.

Um ihn herum hatte man Eisenpfähle in den Boden gerammt, auf denen Blechbüchsen montiert waren. Umzäunt war er von einer doppelten Reihe dicker Taue, in denen sich Blätter verfangen hatten. Im Gras steckten zartviolette Blumen ihre Köpfchen zwischen den Halmen hervor, als wollten sie hallo sagen. Hier, am Ufer des gemütlichen Tideflusses, hatte sich kaum etwas verändert. Das Alte Land schien auf wunderbare Weise aus der Zeit gefallen zu sein.

»Pass auf, dass du nicht ausrutschst«, sagte mein Vater und nahm meine Hand. »Heute Nacht hat es geregnet, und die vermoosten Stellen auf dem Holz sind sehr, sehr glitschig.«

Meine Hand lag eine ganze Weile in seiner, während wir, ohne zu reden, das Boot betrachteten, das träge auf dem Wasser schaukelte. Die Jolle mit dem Namen *Das grüne Herz* war zur Hälfte mit einer blauen Plane bedeckt und sah so schick und gepflegt aus wie eh und je.

Woran also werkelte mein Vater?

Mein Blick fiel auf eine Plastikplane, einen Farbeimer und einen Lackierpinsel, die auf dem Steg standen.

Das war so typisch für meine Eltern: Es gab immer etwas zu

tun, zu planen, zu reparieren, zu putzen und zu ordnen. Wann kamen die beiden eigentlich jemals zur Ruhe?
»Hat Mama dir erzählt, was sie vorhat?«, fragte mein Vater schließlich, und ich nickte stumm. »Dann ist's ja gut«, antwortete er, bevor er wieder in längeres Schweigen verfiel. Vermutlich gab es für ihn nichts mehr zu sagen.
Es war das erste Mal, dass ich meinen Vater so resigniert erlebte, und es fiel mir nicht leicht, damit umzugehen.
Als sich plötzlich Kumuluswolken am Horizont auftürmten und unaufhaltsam in unsere Richtung schoben, steckte mein Vater den Pinsel, den Eimer und die Plane in eine Tragetasche, die er aus seiner ausgebeulten Cordhose zog.
Er könnte sich ruhig mal neue Klamotten leisten, dachte ich und überlegte, wie wohl meine Mutter seinen Kleidungsstil fand. Einerseits bewunderte ich die Bescheidenheit meines Vaters. Eitel war er nun wahrlich nicht.
Andererseits ließ er sich gehen, der absolute Sargnagel für jede Beziehung.
»Und was sagst du zu dem ganzen Schlamassel?«, grummelte er.
Achtung, jetzt war Vorsicht geboten!
»Ich finde es eine gute Idee, sich eine Auszeit zu nehmen. Dann könnt ihr euch beide sortieren«, antwortete ich und hoffte, dass ich meinen Vater nicht auf die Palme brachte. »Pausen sind wichtig, und in eurem Fall vielleicht hilfreich. Sieh es doch mal positiv: Ihr könnt beide tun und lassen, was ihr wollt, und braucht keine Rücksicht auf den anderen zu nehmen. Du kannst so lange und so laut Fußball schauen, wie du willst. Und Mama kommt endlich dazu, dorthin zu reisen, wo sie immer schon hinwollte. Ihr seid in einem Al-

ter, in dem man das Leben genießen sollte. Also nutzt diese Chance.«

»Das klingt ja beinahe so, als wären wir uns gegenseitig ein Klotz am Bein und hätten nur noch wenige Wochen zu leben«, sagte mein Vater und vergrub seine Hände noch tiefer in die Taschen. »Ich brauche keine Auszeit von deiner Mutter. Von mir aus kann alles so bleiben, wie es ist.«

Ich seufzte tief. Diese Reaktion war bezeichnend. Hauptsache, es lief alles nach einem geregelten Plan.

»Mir ist ein bisschen kalt«, sagte ich. »Lass uns reingehen und Suppe essen. Mama hat extra gekocht. Außerdem beginnt es bestimmt gleich zu regnen.«

Erstaunlicherweise trottete mein Vater mir hinterher. Er murmelte: »Das mit dem Essen sollte ich wohl besser noch ausnutzen, solange Anke da ist. Ich werde ihre gute Küche vermissen.«

Ich wusste nicht, ob ich schmunzeln oder ihm eins auf die Nase geben sollte. Und ich betete inständig, dass der vor mir liegende Abend nicht allzu nervenaufreibend werden würde.

5

Dienstagvormittag versuchte ich mich auf der Rückfahrt von Buxtehude nach Hamburg auf den Roman zu konzentrieren, den meine Mutter mir geliehen hatte, doch leider wollte mir dies nicht recht gelingen.
Zu intensiv spukten Bilder und Gesprächsfetzen des gestrigen Abends und des heutigen Vormittags in meinem Kopf herum.
Weil mein Vater sich das so sehr gewünscht hatte, war ich schließlich doch über Nacht geblieben. Wie gut, dass ich für solche Fälle meine wichtigsten Kosmetika, einen Pyjama und Kleidung zum Wechseln im Schrank meines früheren Kinderzimmers aufbewahrte.
Nachdem ich am Hauptbahnhof in die U-Bahn Richtung Eimsbüttel umgestiegen war, überrollte mich eine Welle tiefer Traurigkeit.
Meine Eltern hatten dermaßen voneinander abgekapselt gewirkt, als lebte jeder auf einem eigenen Stern.
Das gemeinsame Gespräch, das ich mir gewünscht hatte, war nicht zustande gekommen, weil sie offenbar kein Interesse daran hatten, die familiäre Situation zu dritt zu bespre-

chen. Stattdessen nutzten beide jede erdenkliche Gelegenheit, um über den anderen zu schimpfen, sobald dieser das Zimmer verlassen hatte.

Meine Mutter mokierte sich über die Schwerfälligkeit und die zunehmende Spießigkeit meines Vaters, Papa attestierte wiederum meiner Mutter eine Midlife-Crisis, die in seinen Augen dadurch hervorgerufen wurde, dass sie zu viele Bücher las und überwiegend kitschige Filme schaute.

»Flausen im Kopf, nichts als Flausen!«, hatte er geknurrt, und ich hatte nicht die Energie aufgebracht, ihm zu sagen, dass Flausen und Sehnsüchte zwei Paar Schuhe waren.

Schließlich war es die Aufgabe meiner Mutter, ihrem Mann zu erklären, was ihr fehlte und was sie sich von ihrem weiteren Leben erhoffte, und nicht meine.

Beinahe bereute ich meinen Besuch.

Egal, wie alt sie waren: Kinder sollten niemals gezwungen sein, tiefere Einblicke in elterliche Differenzen zu bekommen, geschweige denn womöglich Partei zu ergreifen, dachte ich leicht verärgert.

Doch schon kurze Zeit später gewannen Mitgefühl und Sorge wieder die Oberhand. Schließlich liebte ich meine Eltern, und es tat weh, mit anzusehen, wie sie sich gegenseitig das Leben schwermachten. Sie waren doch beide nicht mehr ganz jung, und lebenserfahren. Wieso bereitete es ihnen dann so große Schwierigkeiten, sich das Leben schön zu gestalten und den anderen so zu nehmen, wie er war?

»Wie siehst du denn aus, hast du die Nacht durchgemacht?«, holte mich die Stimme meines Chefs Alexander aus den Grübeleien, nachdem ich das La Lune betreten hatte. Ich antwortete: »So ungefähr«, und ging ohne weitere Erklärung in den Raum, der den Mitarbeitern zur Verfügung stand. Das La Lune war ein schickes, eher puristisches französisches Restaurant, das abends ausschließlich mit Kerzen illuminiert wurde.

Auch heute stapelten sich hier wieder unausgepackte Weinkartons, noch nicht verräumtes Dekomaterial und zahlreiche Kochbücher auf dem Tisch und den Stühlen.

Ein kurzer Blick auf das Reservierungsbuch zeigte mir, dass es nach der Öffnung um achtzehn Uhr hoch hergehen würde: Wir erwarteten zwei größere Gruppen, und auch sonst war jeder Tisch ausgebucht. Eine kleine Sensation, denn nach dem immer mehr schwächelnden Einzelhandel steckte auch die Gastronomie in einer Krise.

Das bekam auch Alexander Wagenbach bitter zu spüren und musste lernen, damit zu leben, dass seine finanzielle Situation ein einziges Auf und Ab war. Doch heute schien uns ein guter Abend bevorzustehen, und ich würde alles in meiner Macht Stehende tun, um unseren Gästen einen unvergesslichen Abend zu bereiten.

»Bonjour, Gaston, wie geht es Ihnen?«, fragte ich, um schon im Vorfeld die Stimmung unseres durchaus kapriziösen Chefkochs aus Avignon aufzuhellen. »Haben Sie auf dem Isemarkt alles bekommen, was Sie brauchen?«

Gaston Mercier war gerade dabei zu kontrollieren, ob der Azubi die Blattsalate auch gründlich genug gewaschen hatte. Unser Koch war Perfektionist, und kaum etwas – oder jemand – fand Gnade vor seinem kritischen Blick.

Auf dem Markt war er mittlerweile beinahe gefürchtet, denn er schnupperte an jeder Tomate, befühlte jede Wein-

traube und kostete jeden Käse, ehe er sich dazu durchringen konnte, etwas zu kaufen.
Stimmte die Qualität nicht, bestrafte Gaston den Händler erst mit einer Schimpftirade und dann mindestens einen Monat lang mit Nichtachtung. Erst nach Ablauf dieser Frist entschied er, ob er den Verkäufern eine zweite Chance gab.
»Im Großen und Ganzen ja«, brummelte der Maître de Cuisine und stellte den Salat beiseite. »Allerdings müssen wir dringend über eine Änderung der Karte sprechen.«
»Nanu?«, fragte ich verwundert und hoffte inständig, dass Gaston nicht wieder irgendwelche kulinarischen Kapriolen schlagen wollte, die Alexander und ich ihm mühevoll ausreden mussten.
»Entweder erhöhen wir in der nächsten Zeit die Preise, oder wir finden günstigere Anbieter für bestimmte Waren. Soweit ich es überblicke, stimmt unsere Kalkulation nicht mehr.«
Oh nein, bitte nicht noch irgendwelche Scherereien!
Doch sosehr ich auch Probleme fürchtete, ich musste Gaston zeigen, dass ich ihn und seine Bedenken ernst nahm.
»Alles klar. Ich spreche mit Alexander, und wir finden noch diese Woche einen Termin. Danke, dass Sie mitdenken«, sagte ich mit fester Stimme und ärgerte mich insgeheim darüber, dass Alexander die Dinge in den letzten Monaten ein wenig hatte schleifenlassen. Sein Nebenjob als Restaurantkritiker und seine Beziehung zu Nina lenkten ihn immer mehr von seinem eigentlichen Beruf ab.
»Das ist meine Aufgabe, schon vergessen?«, antwortete Gaston, der unverkennbar anders über die Sache dachte, und ging zur Kühlkammer.

Für ihn war das Gespräch beendet – er hatte jetzt eindeutig Wichtigeres zu tun, genau wie ich.
Heute mussten die neuen Dienstpläne geschrieben und die wichtigsten Restaurant-News auf der Facebook-Seite des La Lune gepostet werden. Zudem galt es noch zu checken, ob Alexander alle Unterlagen für den Monatsabschluss der Buchhaltung beisammenhatte.
Um kurz nach zwanzig Uhr war ich so weit mit allem fertig und betrat den Gastraum, wo bereits das Leben tobte: Die Geräuschkulisse zeugte davon, dass wir komplett ausgebucht und die Gäste bester Stimmung waren und einander anscheinend viel zu erzählen hatten.
Zunächst würde ich die beiden Gruppen begrüßen. Zum einen war da eine Geburtstagsgesellschaft, für die später noch der Kuchen von einer Patisserie angeliefert werden würde. Und zum anderen die Gäste einer Jubiläumsfeier der Firma Traveldream. Als ich an ihren Tisch trat, traute ich meinen Augen kaum und bekam augenblicklich weiche Knie.
Saß da etwa Thomas Regner, mein ehemaliger Chef bei der Reisebürokette Traumreisen? Oder sah er ihm nur sehr ähnlich?
Thomas Regners breites Lächeln ließ keinen Zweifel daran, dass er es tatsächlich war, und auch er freute sich über unser Wiedersehen. Und das, obwohl ich ihm vor fast vier Jahren einen Korb gegeben hatte, als er mich bat, mit ihm auszugehen.
In diesem Moment fragte ich mich, was mich damals eigentlich davon abgehalten hatte, diesem attraktiven Mann eine Chance zu geben.

»Wie geht es Ihnen, Frau Rohlfs?«, fragte er, stand auf und gab mir die Hand. Sie fühlte sich warm, zart und zugleich fest an. »Sie sehen toll aus, wenn ich das sagen darf. Diese neue Frisur steht Ihnen wirklich gut.«

Reflexartig fuhr ich mir durchs Haar. Es kam mir immer noch merkwürdig vor, dass ich jetzt einen Bob trug.

Für meinen Geschmack fehlten am Nacken etliche Zentimeter.

»Danke«, sagte ich etwas verunsichert, weil mindestens zehn Augenpaare mich neugierig musterten. Doch ich kannte keinen von früher.

Offenbar war Thomas Regner zu einer neuen Firma gewechselt und hatte die alte nicht umbenannt, wie ich zunächst vermutet hatte. »Aber reden wir nicht von meiner Frisur, sondern von Ihnen. Meine Güte, ist das eine Überraschung, Sie nach so langer Zeit wiederzusehen. Geht es Ihnen gut?«

Als ich spürte, dass ich einen knallroten Kopf hatte und alle am Tisch uns beobachteten, schaltete ich auf Betriebsmodus um: »Ist denn so weit alles zu Ihrer Zufriedenheit? Kann ich Ihnen noch etwas zu trinken bringen lassen?«

»Danke. Es läuft alles bestens«, antwortete Thomas Regner und setzte sich wieder. »Vielleicht haben Sie ja nachher einen Augenblick Zeit, um mir zu erzählen, wie es Ihnen ergangen ist?«

»Bestimmt«, murmelte ich und nickte den Gästen freundlich zu, bevor ich mich an die Geburtstagsgesellschaft am nächsten Tisch wandte. Ich musste mich dringend auf meine eigentliche Aufgabe konzentrieren, statt wie ein Schulmädchen zu erröten, nur weil ein früherer Verehrer unerwartet aufgetaucht war und mich angelächelt hatte. War ich etwa so ausgehungert nach männlicher Bestätigung?

»Das ist ja der Oberknaller«, sagte Nina, der ich im Flur der Villa begegnete, als ich kurz vor Mitternacht nach Hause kam und ihr von Thomas Regner erzählte. Der Abend war nicht nur aus diesem Grund turbulent und anstrengend gewesen. Nun konnte ich es kaum erwarten, meine Pumps und das enge Kleid gegen Puschen und den Schlafanzug zu tauschen. Nina musterte mich: »Hast du denn noch Lust auf einen Schlummertrunk, oder willst du gleich ins Bett? Ich komme gerade aus dem Kino und würde gerne noch ein bisschen mit dir quatschen. Außerdem platze ich gleich vor Neugier.«

Ich überlegte einen Augenblick.

Einerseits war ich todmüde, mir hing die vergangene Nacht bei meinen Eltern immer noch nach, andererseits war ich merkwürdig aufgekratzt.

»Einen Tee werde ich wohl noch überstehen, bevor ich endgültig zusammenbreche«, sagte ich.

»Also, Pyjamaparty. Bei dir oder bei mir?«

»Gern bei dir. Aber gib mir noch fünf Minuten Zeit, um mich umzuziehen, ja?«

Etwa zehn Minuten später ließ ich mich in meinen gemütlichen Schlafsachen aufs Sofa plumpsen und kuschelte mich in die Wolldecke, die Nina immer für mich bereithielt, weil sie wusste, wie schnell ich fror.

Auch sie hatte sich inzwischen umgezogen und eine Kanne Roibuschtee gekocht, den wir beide sehr gern tranken.

Ich musste lachen, weil Nina ihren Schlafanzug mit dem

Kermit-Motiv trug, den Stella ihr geschenkt hatte, nachdem Nina den Gartenteich mit Fröschen besiedelte, deren Gequake uns zuweilen nachts den Schlaf raubte.
»Also schieß los!«, sagte sie und schaute mich mit großen Augen an. »Wie war es, Thomas Regner nach all der Zeit wiederzusehen? Hat er nach deiner Telefonnummer gefragt? Werdet ihr euch treffen?«
Obwohl ich mich darüber ärgerte, konnte ich nicht verhindern, dass mir erneut heiße Röte ins Gesicht schoss.
War ich wirklich so aufgeregt, weil ich meinen ehemaligen Chef getroffen hatte? Oder rührte dieser Zustand eher daher, dass seit langem kein Mann mehr nach meiner Handynummer gefragt hatte und ich mich allmählich zu fragen begann, ob ich überhaupt noch attraktiv war?
»Es … es war … nett«, stotterte ich und verbrannte mir vor Nervosität die Zunge am heißen Tee. »Er sieht trotz der grauer werdenden Haare gut aus, er ist immer noch sympathisch und hat dieses freundliche Lächeln.«
Oh, mein Gott!
Ich saß zu mitternächtlicher Stunde einer Frau in einem Frosch-Pyjama gegenüber und redete wirres Zeug, nur weil ein Mann mir mal ein bisschen Aufmerksamkeit geschenkt hatte.
Wie alt war ich? Neun?
»Er hat nur gefragt, ob meine alte Nummer noch aktuell ist«, antwortete ich und spürte, wie mir bei dem Gedanken daran, er könne wirklich anrufen, schwummerig wurde.
»Möchtest du denn, dass er sich meldet?« Nina fixierte mich mit ihren Katzenaugen. Wenn sie mich so ansah, gab es kein Entkommen.

Sie selbst hatte ein nicht ganz unkompliziertes Verhältnis zu Männern und zur Liebe, was immer wieder zu Spannungen mit ihrem Freund Alexander führte. »Ich meine … es hat sich doch einiges bei dir geändert, seit er das letzte Mal versucht hat, dich zu daten.«
Stimmt!
Ich hatte mich bemüht, in Hamburg ein eigenständiges Leben, ohne einen Mann an meiner Seite, zu führen. Seitdem war ich viel erwachsener und souveräner in meinem Job geworden, aber in Sachen Liebe hatte ich keinen rechten Plan. Früher hatte ich von einer großen Familie geträumt, von einer Partnerschaft, die mir Sicherheit gab. Doch in Hamburg hatte ich gelernt, mich in erster Linie auf mich selbst zu verlassen und das Thema Beziehung hintanzustellen. Außerdem hatte ich in dieser Zeit keine tollen Männer kennengelernt.
Diejenigen, die mir gefielen, waren liiert.
Und die, die frei waren und sich für mich interessierten, hatten es nicht geschafft, mich dauerhaft für sie einzunehmen.
»Ich lasse es einfach auf mich zukommen, ob er sich meldet oder nicht«, sagte ich und wusste in diesem Augenblick nicht so genau, ob das wirklich dem entsprach, was ich mir wünschte.
Dummerweise musste ich mir eingestehen, dass mich Thomas' warme braune Augen nicht kaltgelassen hatten. »Im Übrigen muss ich es sogar auf mich zukommen lassen, weil ich seine Handynummer damals zerrissen und in den Papierkorb geworfen habe«, fuhr ich fort. Ich dumme Kuh! So konnte das ja nichts werden.

»Ja, ich erinnere mich«, erwiderte Nina grinsend und schenkte uns Tee nach. »Und du hast damals einfach behauptet, du hättest einen Freund, obwohl das gar nicht stimmte. Dann müssen wir wohl abwarten, was das Schicksal mit dir vorhat. Irgendwas muss heute in der Luft liegen, denn Alexander hat mich gefragt, ob wir nicht endlich zusammenziehen wollen.«
»Hey, das sind ja Neuigkeiten«, entgegnete ich, wenngleich mich das eigentlich nicht überraschte.
Schließlich wusste ich, dass Alexander an Nina hing und dass sie mit schönster Regelmäßigkeit auf die Bremse trat, wenngleich sie sich im letzten Jahr für ihre Verhältnisse sehr für ihn geöffnet hatte. »Und was hast du geantwortet?«
»Dass ich noch ein wenig Bedenkzeit brauche«, sagte Nina und schaute auf einmal sehr ernst drein. »Du weißt, dass ich kein besonderer Fan des Modells Zusammenwohnen bin. Der Alltag zerstört auf Dauer jede noch so schöne Beziehung. Irgendwann wird der andere zur Gewohnheit, man hat ihn satt, und einem fallen nur noch die Fehler auf. Und ehe du es dich versiehst, kommt eine andere daher, und du wirst schneller betrogen, als du das Wort *Trennung* aussprechen kannst. Nee, nee, nicht mit mir. Ich liebe Alexander und finde das mit uns gut so, wie es ist.«
Oh nein, dachte ich innerlich seufzend.
Nicht schon wieder dieses Zögern.
Nicht schon wieder diese Ängste, die meiner Ansicht nach daher rührten, dass Nina aus einem zerrütteten Elternhaus stammte und, bevor sie Alexander kennengelernt hatte, von ihrem damaligen Freund hintergangen worden war.
Wenn ich daran dachte, wie lange Alexander damals ge-

braucht hatte, um Ninas Herz zu erobern und ihr Vertrauen zu gewinnen, konnte sie von Glück sagen, an einen Mann geraten zu sein, der sie so sehr liebte und so duldsam war. Hoffentlich brachte Alexander auch diesmal genug Geduld auf!

Er hatte sehr um Ninas Liebe gekämpft, doch sie spielte immer noch – ohne dies zu beabsichtigen – Beziehungs-Pingpong mit ihm.

6

Gebannt starrte ich auf die Website von Traveldream, denn ich war am Ziel meiner Suche: Vor mir erblickte ich, zum Greifen nahe, die Kontaktdaten von Thomas Regner.

Zuvor hatte ich bereits in den einschlägigen sozialen Netzwerken nach ihm gesucht und ihn gegoogelt.

Doch herausgekommen war dabei nicht besonders viel, außer dass ich nun bestens über seinen beruflichen Werdegang seit meiner Kündigung bei Traumreisen im Bilde war. Er hatte es geschafft, die Karriereleiter im Reisebusiness ein ganzes Stück höher zu klettern.

Doch was mich eigentlich interessierte, war sein Beziehungsstatus, wie es bei Facebook so schön hieß.

Dummerweise hatte ich nämlich gestern Abend vor lauter Aufregung vergessen, darauf zu achten, ob er einen Ehering trug.

Doch andererseits: Was sagte so ein Ring schon wirklich aus?

Trug er keinen, hatte er vielleicht eine Freundin.

Trug er einen, bedeutete das nicht automatisch, dass seine Ehe auch glücklich war.

Aber warum sollte ein attraktiver, sympathischer Mann wie er eigentlich solo sein?

Ich ging wieder offline. Was sollte ich mir den Kopf über Thomas Regner zerbrechen? Stattdessen rief ich meine Mutter an, um ihr viel Erfolg für den Abend mit Metta Dicks zu wünschen. Weil im Alten Land jedoch niemand ans Telefon ging, beschloss ich, mich mit Yoga abzulenken und etwas für meine Fitness zu tun. Doch kaum hatte ich die Yoga-DVD in den Player gelegt, klopfte es an der Tür: Es war Stella.

»Kannst du zwei Stunden auf Emma aufpassen, bis ihre Babysitterin kommt, um sie abzuholen?«, fragte sie und wirkte ziemlich aufgelöst. Ihre Augen waren gerötet, offensichtlich hatte sie geweint. »Roberts Mutter hatte einen Schlaganfall, und nun müssen wir beide sofort ins Krankenhaus. Moritz bringe ich gleich zu einem Freund, für ihn ist also gesorgt. Nur für Emma nicht, weil meine Mutter dummerweise gerade verreist ist.«

Das Blut rauschte in meinen Ohren, mir wurde leicht schwindelig. Wie schrecklich.

Ich mochte Rose Behrendsen sehr.

»Oh, mein Gott, das ist ja furchtbar«, sagte ich und nahm Stella in den Arm. »Ist es sehr schlimm? Kann ich irgendetwas tun, außer Emma zu nehmen?«

Stella löste sich aus meiner Umarmung, putzte sich die Nase und wischte sich mit der Hand eine Träne aus dem Augenwinkel.

»Momentan wissen wir leider nichts Genaues. Die Ärzte machen wohl noch irgendwelche Tests mit ihr.«

Ich dachte nach. Wenn ich Alexander fragte, ob ich spontan freihaben dürfte, konnte ich auf Emma aufpassen.

»Lass mich nur mal eben schnell telefonieren, dann weiß ich, ob ich mich die ganze Zeit um Emma kümmern kann«, bot ich an und sah, dass Stellas Miene sich ein wenig erhellte.
»Würdest du das wirklich tun?«, fragte sie.
Ich nickte und wählte die Nummer meines Chefs. Alexander war ebenfalls schockiert, ließ Stella und Robert Grüße ausrichten und versprach, die Abendschicht im La Lune höchstpersönlich zu übernehmen.
»Du bist ein Schatz«, bedankte ich mich und legte auf.
»Und du bist auch einer, und zwar ein ganz großer«, sagte Stella, die das Telefonat aufmerksam verfolgt hatte. »Jetzt geht es mir schon ein kleines bisschen besser. Lieb, dass du Emma nimmst. Ich habe Essen für sie vorgekocht, und sie hat genug neue Spiele, um einen Laden damit aufzumachen. Sie findet es bestimmt super, wenn sie hier unten bei dir schlafen kann, wenn dir das recht ist.«
»Aber natürlich«, versuchte ich Stellas Bedenken zu zerstreuen, der das Ganze irgendwie unangenehm zu sein schien. »Ich freue mich doch, wenn ich endlich mal wieder Zeit mit meinem Patenkind verbringen kann.«
Eine Stunde später fuhren Stella und Robert in die Klinik, und ich spielte auf dem Teppich *Obstgarten* mit Emma, freudig beäugt von Paul, der immer wieder seine Krallen in die Spielkarten schlug. Paula lag seelenruhig in ihrem Körbchen und maunzte ab und zu leise. Vermutlich fing sie im Traum gerade Mäuse.
»Gewonnen, gewonnen«, rief Emma nach der ersten Runde und klatschte stolz in ihre zarten Händchen.
Daraufhin erschrak Paul und verließ murrend den Teppich, um sich zu Paula in den Katzenkorb zu kuscheln.

»Glückwunsch, Süße, das hast du ganz toll gemacht«, lobte ich Emma, die an sich noch ein bisschen zu klein für das Spiel war, weshalb ich ihr immer wieder half.
Doch sie liebte die bunten Bilder des Raben, der das Obst zusammensammelte und auf dem Cover einen angebissenen roten Apfel zwischen seinen Flügeln hielt, die wie Hände aussahen. Das Karten-Set hatte meine Mutter Emma geschenkt, als sie mit Stella zu Besuch in Steinkirchen gewesen war.
Einträchtig spielten wir zwei weitere Runden, bis Emma Hunger bekam. Wie immer kam er nahezu überfallartig, und man tat gut daran, ihn möglichst gleich zu stillen, sonst verwandelte sich die zauberhafte Kleine binnen Sekunden in ein Raubtier.
»Wann kann ich essen?«, fragte sie voller Ungeduld, während ich die Tomatensuppe mit Reis und vegetarischen Klößchen erwärmte, die Stella mir vorhin gebracht hatte. Emma stand neben mir, die Hände energisch in die Hüften gestemmt, und beobachtete mich misstrauisch.
»In ungefähr fünf Minuten«, antwortete ich und rührte den Eintopf sorgfältig um, damit ja nichts anbrannte.
»Warum geht das bei Mama immer schneller?«, wollte Emma wissen und zog einen Flunsch.
Weil deine Mama eine Mikrowelle hat, mir persönlich diese Dinger aber unheimlich sind, dachte ich.
In diesem Moment klingelte das Telefon, doch ich ließ den Anrufbeantworter anspringen.
Ich zuckte kurz zusammen, als der Anrufer sich mit Thomas Regner meldete und freundlich um Rückruf bat.
»Wer war'n das?«, erkundigte sich Emma prompt, als ich die

Suppe in ihren Lieblingsteller mit den Schmetterlingen am Rand füllte. Dann schnitt ich eine Scheibe Brot für sie ab.

»Jemand, für den ich früher mal gearbeitet habe«, antwortete ich. »Aber der heißt doch Alegsander?«, fragte Emma – aus ihrer Sicht folgerichtig. »Nein, Süße, für Alexander arbeite ich jetzt«, erklärte ich Emma den Unterschied zwischen Gegenwart und Vergangenheit, während sie ihre Suppe löffelte. »Ich habe vor fünf Jahren in einem Reisebüro gearbeitet. Und daher kenne ich diesen Thomas.«

»In einem … Reisebüroooo? Was is' 'n das?«, fragte Emma mit großen Kulleraugen und legte plötzlich so energisch den Löffel beiseite, dass die Tomatensuppe quer über das Tischtuch spritzte. Als sie sah, was sie getan hatte, schlug sie erschrocken die Hand vor den Mund und zog eine Grimasse, so dass ich lachen musste.

»Man geht in ein Reisebüro, wenn man Urlaub machen möchte, und lässt sich dort etwas empfehlen«, begann ich mit meiner Erklärung und überlegte, ob es überhaupt noch Reisebüros geben würde, wenn sie alt genug war, um ohne ihre Eltern zu verreisen. »Danach kann man sich besser entscheiden, ob man lieber ans Meer will oder in die Berge. Und genau das habe ich früher gemacht, als du noch nicht geboren warst.«

Emma legte ihre blasse Stirn in Falten und schien angestrengt nachzudenken.

»Aber du gehst doch jetzt immer durch das Restoraaant von Alegsander und fragst die Menschen dort, wie es ihnen geht«, sagte sie schließlich und schaute mich unsicher an. Ihre Kinderwelt stand augenscheinlich kopf.

»Das ist richtig«, sagte ich und nickte. »Denn ich habe im

Reisebüro gekündigt und dann bei Alexander im La Lune angefangen.«

»Und warum?« Emma war unfähig, weiterzuessen, und bedachte mich mit einem Blick, als wäre ich eine feenhafte Erscheinung.

»Weil es mir dort nicht mehr so gut gefiel und meine Chefin nicht besonders nett zu mir war«, antwortete ich, bereute diesen Satz aber sofort. Wie sollte ich ihr klarmachen, dass diese bösartige Doris Möller mich so lange gemobbt hatte, bis ich die Lust an meinem Beruf verlor?

»Das ist ja doof«, sagte Emma ernsthaft. Ich konnte sehen, wie es in ihrem Köpfchen arbeitete. »Meinst du, ich kann in meinem Kindergarten kündigen?«

Ich verschluckte mich an meiner Suppe und musste husten, woraufhin Emma mir hilfsbereit auf den Rücken klopfte.

»Gehst du denn nicht gern in die Kita?«, fragte ich besorgt, nachdem ich einen Schluck Wasser getrunken hatte.

»Nee. Ich finde Frau Rosenbaum doof«, murmelte Emma. »Sie ist gemein zu mir. Morgen werde ich kündigen.«

»Wieso ist sie gemein zu dir? Was hat sie denn getan?«, erwiderte ich.

»Sie will, dass wir Sport machen«, antwortete Emma und schaute dabei genauso gequält drein wie ich früher, als in der Schule Bundesjugendspiele auf dem Programm standen. »Sie sagt, dass das gesund ist. Und auch frische Luft. Aber ich mag das nicht immer.«

Ich musste wider Willen lächeln.

Auch wenn Emma nicht mit mir verwandt war, waren wir uns zweifellos ähnlich.

Nach dem Essen durfte sie noch ihr heißgeliebtes Sand-

männchen schauen, und später kuschelten wir uns in mein Bett. Ich las ihr aus *Pettersson und Findus* vor, eines ihrer absoluten Lieblingsbilderbücher. Emmas warmen, kleinen Körper zu spüren war etwas ganz Besonderes.
Auf einmal sehnte ich mich nach eigenen Kindern, nach einer Familie, und merkte, dass ich diesen Wunsch zuweilen ganz bewusst verdrängte, weil es zu sehr schmerzte.
Als Emma – eher untypisch für sie – in meinen Armen die Augen zufielen, lag ich noch eine Weile da. Ich wollte den tiefen Schlaf des kleinen Zauberwesens nicht stören und genoss es, ein Teil ihres Lebens zu sein.

7

Am Freitag hatte ich Tagschicht im La Lune und musste deshalb schon um zehn Uhr beginnen, obwohl mir der Sinn überhaupt nicht nach Arbeit stand.

In den letzten beiden Tagen war zu viel passiert, und ich kam nicht zur Ruhe.

Roberts Mutter Rose war schließlich den Folgen ihres schweren Schlaganfalls erlegen und würde kommende Woche auf dem Ohlsdorfer Friedhof beigesetzt werden. Ich konnte es nicht glauben, dass diese wunderbare alte Dame nun für immer aus unserem Leben verschwunden war.

Nina hatte sich mit Alexander gestritten, weil er nicht damit klarkam, dass sie sich so sehr dagegen sträubte, mit ihm zusammenzuziehen.

Und meine Mutter traf erste Vorbereitungen für ihre Europareise, da Metta Dicks es tatsächlich geschafft hatte, meinen Vater von sich zu überzeugen und ihm glaubhaft zu versichern, dass sie beide bestens miteinander auskommen würden.

Außerdem hatte ich eine Verabredung mit Thomas Regner.

Als Emma an dem Abend eingeschlafen war, hatte ich ihn

zurückgerufen. Wir hatten nett geplaudert und entschieden uns, am Sonntag etwas zu unternehmen. Was genau, stand allerdings noch nicht fest.
Zurzeit wusste ich nicht, was ich als Erstes tun sollte, und fühlte mich überfordert: Ich musste unbedingt noch eine Beileidskarte für Stella und Robert besorgen und einen Kranz für das Grab bestellen.
Heute Abend war ich mit Nina verabredet, die sich bei mir ausheulen wollte, wie sie es schon im Vorfeld angekündigt hatte. Außerdem musste ich noch mit meiner Mutter besprechen, wie häufig ich während ihrer Abwesenheit nach meinem Vater schauen sollte, so wie vieles andere mehr, das noch geregelt werden musste, bevor sie fuhr.
Außerdem musste noch die wichtigste aller Fragen geklärt werden: Wohin wollte ich am Sonntag mit Thomas?
War ein Spaziergang an der Elbe wirklich eine gute Idee?
Und was, falls es regnete?
Ruhig, Leonie, ganz ruhig. Das schaffst du alles, probierte ich mir selbst Mut zu machen und stieß mit Alexander zusammen, der gerade aus seinem Büro kam.
Er sah übernächtigt aus und trug seine schlechte Laune vor sich her wie einen Bauchladen.
Als ich ihn mit einem fröhlichen »Guten Morgen. Willst du auch einen Espresso?« begrüßte, erntete ich als Dankeschön nur einen finsteren Blick.
»An diesem Morgen ist überhaupt nichts gut«, knurrte er. »Kannst du mir mal bitte erklären, was Nina momentan wieder reitet? Ganz ehrlich: Diese Frau ist schwerer zu knacken als ein Panzerschloss. Ich hab allmählich die Faxen dicke.«

Oh nein! Bitte nicht noch ein Paar, das mich in seine Beziehungsprobleme hineinziehen wollte. Ein Gespräch mit Nina reichte völlig.
»Nimm's nicht so schwer. Du kennst doch Nina. Sie braust immer mal auf, kriegt sich aber genauso schnell wieder ein. Gib ihr einfach ein bisschen Zeit, und dir auch. Das wird schon wieder. Ich koche uns jetzt erst mal Kaffee, und dann quatschen wir, okay?«, versuchte ich Alexander zu beruhigen.
»Zeit, Zeit«, brummte Alexander. »Ich kann dieses Wort echt nicht mehr hören! Wie lange will Nina denn noch warten? Bis wir zusammen im Altersheim einchecken?«
Darauf wusste ich allerdings auch keine Antwort und kochte stattdessen Espresso.
Nachdem wir uns beide an einen der Holztische am Fenster gesetzt hatten und den starken, belebenden Kaffee schlürften, bekam Alexander wieder ein wenig Farbe im Gesicht.
»Hat Gaston eigentlich schon mit dir darüber gesprochen, dass wir entweder die Preise erhöhen oder für einige Produkte neue Anbieter suchen müssen?«, fragte ich, um ihn von seinem Beziehungsdilemma abzulenken.
»Bitte nicht noch so ein Stressthema«, stieß Alexander genervt hervor. »Allmählich denke ich ans Auswandern, so wie deine Mutter. Vielleicht sollte ich zusammen mit ihr wegfahren. Ich hab echt die Schnauze voll von Hamburg und diesem ganzen Mist hier! Nur Ärger, nichts als Ärger.«
Trotz Alexanders offensichtlicher Verzweiflung musste ich grinsen, weil ich mir ausmalte, wie meine Mutter und er Europa unsicher machten und fröhlich Kunstwerke bestaunten, während hier alles zusammenbrach. Aber womöglich war es

gar keine so schlechte Idee, wenn Alexander verreiste. Dann würde Nina ihn endlich mal vermissen und ihn mehr schätzen lernen.
Nachdem ich ihm klargemacht hatte, dass er sich als Besitzer des Restaurants dringend um die Belange seines Küchenchefs zu kümmern hatte, setzte ich mich an meinen Schreibtisch, um zu erledigen, was seit gestern angefallen war.
Als ich das nächste Mal auf die Uhr schaute, war es halb zwei. Draußen musste der Mittagstisch in vollem Gange sein, und auch ich verspürte allmählich Hunger. Anstatt etwas im La Lune zu essen, würde ich einkaufen gehen, denn ich hatte Nina angeboten, für uns zu kochen. Eventuell wollte auch Stella vorbeikommen. Also keine Rohmilchprodukte, notierte ich innerlich, weil Stella ja jetzt schwanger war. Ansonsten aßen wir alle drei für unser Leben gern einfach nur guten Käse mit einem knusprigen Baguette und Oliven und tranken ein schönes Glas erdigen Rotwein dazu. Allerdings kam auch Letzteres für Stella nicht in Frage.

Gegen halb neun standen Nina wie auch Stella vor der Tür.
»Hallo, ihr beiden Hübschen«, sagte ich und bat die beiden ins Wohnzimmer. Dort hatte ich für uns am flachen Couchtisch gedeckt und, einer spontanen Eingebung folgend, einen orientalischen Abend vorbereitet.
»Das sieht ja wieder wundervoll aus bei dir«, sagte Stella begeistert. »Diese drei silbernen Leuchten sind ein Traum! Wo hast du die her?«
»Von Butlers«, antwortete ich und grinste, weil ich genau wusste, dass Stella niemals einen Fuß in einen dieser günstigen Geschenkeläden setzen würde. Wohingegen ich mich

wie ein kleines Kind darüber gefreut hatte, die Lampen, die aussahen wie aus Tausendundeiner Nacht, in unterschiedlichen Größen zu einem bezahlbaren Preis ergattert zu haben. Auch wenn ich im La Lune ganz gut verdiente, musste ich mit meinen Finanzen haushalten.

»Tja, Madame, du weißt vermutlich noch nicht einmal, wo dieser Laden ist«, meinte Nina gereizt und öffnete das Türchen der kleinsten Leuchte, hinter der ein pinkfarbenes Teelicht in einem Glasbehälter steckte.

Ich zuckte zusammen, weil ihr Tonfall mich an unsere Anfangszeit in der Villa erinnerte, als Nina und Stella sich häufiger gegenseitig angegiftet hatten.

Zum Glück hatte sich das aber nach einer Weile gelegt, und beide waren gute Freundinnen geworden.

»Was ist denn mit dir los?«, fragte Stella. »Sind wir heute mal wieder ein wenig biestig?«

»Was heißt denn ›mal wieder‹?« Nina schnappte nach Luft, und ich begann hektisch den Taboulé-Salat auf die kleinen Schüsseln zu verteilen, die neben den Tellern standen.

Danach reichte ich den Korb mit Fladenbrot herum. Ich hasste Streit und hatte keinen Nerv dafür, heute Abend Friedensrichterin spielen zu müssen.

Stella setzte sich auf eines meiner bunt bestickten Sitzkissen, während Nina, die Hände in die Hüften gestemmt, breitbeinig im Zimmer stehen blieb. Sie wirkte wie eine unerbittliche Kriegerin, eine Haltung, mit der nicht nur Alexander ab und an seine Probleme hatte.

»Ich meine ja nur, dass du zurzeit ein wenig launisch zu sein scheinst«, antwortete Stella und schob sich ein Stück Brot in den Mund. Die Schwangerschaft hatte ihr immerhin nicht den Appetit verdorben. Stumm setzte Nina sich, nahm sich ebenfalls ein Stück Brot und brach unvermittelt in Tränen aus.

»Oh, mein Gott, was habe ich bloß angestellt?«, fragte Stella entsetzt und nahm sie in den Arm. Auch ich kniete mich neben Nina.

»Du hast nichts falsch gemacht«, schluchzte sie und putzte sich mit der Papierserviette die Nase. »Es ist nur … ich bin so durcheinander und unsicher. Einerseits liebe ich Alexander, andererseits kann ich mir überhaupt nicht vorstellen, hier wegzuziehen«, stieß sie hervor. »Ich wünschte, ich wäre wie du, Stella. Du weißt, wo dein Platz im Leben ist, und bist nun sogar zum zweiten Mal schwanger.«

»Ach du meine Güte«, murmelte ich nachdenklich, schockiert darüber, dass ich bislang keine Gedanken daran verschwendet hatte, dass das Zusammenleben mit ihrem Freund für Nina automatisch den Auszug aus der von ihr innig geliebten Villa bedeutete. »Hat Alexander denn keine Lust, zu dir zu ziehen?«

Noch während ich diese Frage aussprach, kannte ich die Antwort. Ninas Wohnung war zu klein.

»Alexander würde am liebsten mit mir auf dem Land wohnen, wo es nicht so hektisch zugeht wie hier. Ihn nerven das Restaurant und auch die Stadt mittlerweile. Sein größter Traum ist es, irgendwo in einem hübschen Häuschen mit Garten zu hocken und in aller Gemütsruhe Kochbücher zu schreiben. Wenn es nach ihm ginge, sogar irgendwo am Meer.«

Ich dachte an die angespannte Lage des La Lune und ertappte mich dabei, dass ich ihn bestens verstehen konnte.

Auch ich sehnte mich immer mehr nach sauberer Luft, Ruhe und Stille, konnte all das aber jederzeit haben, wenn ich meine Eltern im Alten Land besuchte.

»Aber wäre das denn gar keine Option für dich?«, fragte Stella, die nach wie vor den Arm um Nina gelegt hatte. »Du weißt, dass ich dich lieber hier in meiner Nähe habe, aber denk auch an deine Beziehung zu Alexander. Wollt ihr denn nicht eine Familie gründen?«

»Müssen denn alle immer dasselbe tun?«, fragte Nina, nun wieder ganz die Kratzbürste. »Kann nicht jeder auf seine Weise glücklich werden? Ich stemme mich ja gar nicht grundsätzlich gegen alles, sondern will einfach nur nicht gedrängt werden. Ist doch schließlich auch mein Leben und nicht nur das von Alexander.«

»Das stimmt allerdings«, sagte Stella, und auch ich musste meiner Freundin recht geben.

Jeder sollte auf seine Weise glücklich werden.

Also würden Alexander und Nina einen Kompromiss finden müssen, andernfalls sah ich schwarz für ihre Beziehung.

8

Sonnenstrahlen kitzelten meine Nase, und ich sprang ausnahmsweise einmal schwungvoll aus dem Bett.

Dann öffnete ich die Vorhänge, lehnte mich eine Weile aus dem Fenster und bestaunte den Garten.

In den vergangenen Tagen waren nach und nach neue Blüten aufgegangen, wie immer ein Verdienst Ninas, die zurzeit noch häufiger draußen herumwerkelte als sonst. Tulpen, Narzissen, Maiglöckchen und Stiefmütterchen bildeten bunte Farbtupfer, die auf Anhieb gute Laune machten. Bald würde Nina mit der Aussaat der Sommerblumen beginnen, und wir konnten demnächst Kräuter wie Oregano, Bohnenkraut, Thymian, Liebstöckel und Beifuß ernten. Gartenarbeit ist wie Meditation für mich, lautete Ninas Mantra, was ich gut verstehen konnte.

Mir ging es mit dem Kochen genauso.

Nach einem gemütlichen Sonntagsfrühstück gönnte ich mir den Luxus eines Schaumbads, denn ich hatte noch ein wenig Zeit, bis ich mich mit Thomas Regner an den Landungsbrücken treffen wollte. Ich gab einen Badezusatz in das Wasser, der nach Kokos und Vanille duftete, und stellte

den tragbaren CD-Spieler an. MP3-Player waren nicht mein Ding, auch wenn Nina und Stella mich deshalb hänselten.
Während die Wanne volllief, durchsuchte ich meine CD-Sammlung und stieß dabei auf die *Complete Singles Collection* von Abba. Natürlich erinnerte mich dies sofort an den Song *The Day Before You Came,* den ich neulich im Café Speisekammer gehört hatte. Ob das ein Zeichen war?
Zu den Klängen von *I have a dream* ließ ich mich in das wohlig duftende Schaumbad gleiten und dachte, dass ich mir diesen Genuss in Zukunft wieder häufiger gönnen würde.
Dann wanderten meine Gedanken zu Thomas.
Ich hatte ihn beinahe fünf Jahre lang nicht mehr gesehen und ihn auch bislang noch nie privat getroffen. Entweder hatten wir uns in dem Reisebüro in Eppendorf getroffen, in dem ich arbeitete, oder in der Firmenzentrale an der Alster.
Während ich *Take a Chance on Me* mitsummte, seifte ich mich ein und träumte davon, endlich wieder einmal von jemandem zärtlich berührt zu werden. Allein sein konnte ich zwar ganz gut, aber natürlich sehnte ich mich wie jeder Mensch nach Liebkosungen, Streicheleinheiten und Sex.
Es war lange her, seit ich zuletzt einen Mann geküsst oder gar mit ihm geschlafen hatte.

Um fünf vor zwölf stieg ich aus der U-Bahn und ging mit einer Mischung aus Vorfreude und Nervosität hinunter zum Pier, von dem die Fähre Richtung Finkenwerder abfuhr. Es dauerte eine Weile, bis ich Thomas zwischen den vielen Menschen entdeckte, die auf der Brücke standen und Fotos

vom Hafen machten oder sich ebenfalls mit jemandem trafen.
Er wartete, lässig ans Geländer gelehnt, und lächelte, als er mich sah. Als Kontrast zu seinem sonstigen Business-Outfit trug er heute eine Jeans, ein hellgraues Longshirt mit V-Ausschnitt, darüber eine dunkelblaue Jacke im Vintage-Look und coole Boots. Sein bräunliches, mit grauen Strähnen durchzogenes Haar war diesmal nicht so glatt gekämmt, sondern leicht wellig. Insgesamt sah er beinahe zehn Jahre jünger aus als neunundvierzig. Und äußerst attraktiv!
»Da sind Sie ja«, sagte er zur Begrüßung und gab mir einen Kuss auf die Wange. »Toll, dass es endlich geklappt hat.«
»Ja, das finde ich auch«, murmelte ich und strich mir kurz über die Stelle, an der seine Lippen meine Haut gestreift hatten. »Wollen wir los?«
»Wenn Sie es eilig haben, müssen wir das wohl«, erwiderte er belustigt. »Aber können Sie mir vorher noch einen Gefallen tun? Vergessen wir bitte dieses förmliche Sie. Sie arbeiten nicht mehr für mich, also würde ich Sie lieber duzen, wenn das okay ist.«
»Gute Idee«, stimmte ich zu und spürte, wie merkwürdig es sich anfühlte, meinen früheren Boss auf einmal Thomas zu nennen.
»Na dann, die nächste Fähre legt in fünf Minuten ab.«
Wie immer war es am Pier rappelvoll, und man hatte Mühe, sich einen Weg zur Fähre zu bahnen. Anbieter von Hafenrundfahrten priesen lautstark die Besonderheiten ihrer Barkassen, von irgendwoher ertönten die Klänge eines Schifferklaviers. Touristen bestaunten kitschige Hamburg-Souvenirs, die hier in Massen angeboten wurden – und es legten

Fähren mit riesigen Plakaten der Musicals *König der Löwen* und *Phantom der Oper* ab.
Das war der Hamburger Hafen, wie ich ihn liebte!
Nachdem wir zusammen mit vielen anderen Passagieren an Bord der Linie 62 gegangen waren, fragte Thomas unvermittelt: »Wollen wir einen spontanen Abstecher ins Alte Land machen? Wir hatten zwar vor, in Övelgönne spazieren zu gehen, aber wir könnten stattdessen genauso gut in Finkenwerder den Bus nehmen, nach Cranz fahren und uns die Apfelblüte anschauen. Du kommst doch von dort, nicht wahr?«
»Woher wissen Sie, äh, du das denn?«, fragte ich erstaunt.
»Ich hatte schon mal deine Personalakte in der Hand«, antwortete Thomas amüsiert. »Schließlich wollte ich dich damals zur Leiterin des Ressorts Single-Reisen für Frauen machen.«
»Ach ja, na klar«, entgegnete ich und fragte mich, was Thomas eigentlich von mir wollte. Er hatte von Anfang an keinen Hehl daraus gemacht, dass ich ihm gefiel, ohne aber jemals anzüglich oder gar fordernd zu werden. Aber galt sein Interesse meinen beruflichen Fähigkeiten oder mir als Frau?
»Die Zeit bei Traumreisen fühlt sich für mich an, als hätte sie in einem anderen Leben stattgefunden. Aber zurück zu deinem Vorschlag: Es ist noch ein bisschen zu früh für die Apfelblüte. Dieser Winter war lang und hart, und in manchen Nächten haben wir immer noch Bodenfrost. Aber in zwei, drei Wochen müsste es eigentlich so weit sein. Ich beobachte täglich das Blütenbarometer und bin daher immer auf dem Laufenden.«
»Was ist denn um Himmels willen ein Blütenbarometer?«, fragte Thomas überrascht.

»Das ist eine Website, auf der der Tourismusverband des Alten Landes über den aktuellen Stand der Blüte und den Reifegrad von Obst informiert. Das ist superpraktisch. Soll ich dir Bescheid sagen, wenn die Blütezeit beginnt?«

»Ja, gern«, sagte Thomas lächelnd und deutete auf den Teherani-Bau an den Docklands, an dem die Fähre gerade vorbeifuhr. »Wie findest du übrigens dieses Gebäude? Würdest du darin arbeiten wollen?«

»Wieso fragst du? Willst du mir wieder einen Job anbieten?« Auf einmal war ich enttäuscht.

Thomas' Interesse schien nur rein beruflicher Natur zu sein.

»In diesem Fall muss ich dir sagen, dass mir der Job im La Lune immer noch Spaß macht und dass ich viel zu große Angst davor hätte, mitsamt meinem Büro in die Elbe zu stürzen. Keine Ahnung, wie die Leute sich da drin fühlen, für mich wäre das ein Alptraum! Schau dir nur mal die Spitze an. Sie sieht aus, als könnte sie jeden Moment abbrechen.«

Thomas lachte und strich sich eine Haarsträhne hinters Ohr.

An Deck der Fähre war es zugig, obwohl die Sonne schien.

»Du bist also immer noch eine kleine Angsthäsin«, stellte er vergnügt fest. »Ich habe gehofft, dass sich das vielleicht ein bisschen gelegt hat.«

»Wenn du auf meine Angst zu verreisen anspielst, bin ich schon besser geworden«, ging ich in die Defensive. »Letztes Jahr war ich sogar zusammen mit Nina und Stella auf Lanzarote und bin noch nicht einmal durchgedreht, als ich fünf Stunden in diesem engen Flugzeug saß.«

Dass ich eine Beruhigungstablette genommen und meine

Freundinnen abwechselnd Händchen gehalten hatten, verschwieg ich wohlweislich.
Aber so war das eben: Ich hatte eine blühende Fantasie und nicht besonders viel Vertrauen in Situationen, die ich nicht kontrollieren konnte.
»Tut mir leid, ich wollte dich nicht kränken«, entschuldigte Thomas sich. »Und um deine Frage zu beantworten: Nein, ich will dir keinen Job anbieten, sondern nur einen schönen Tag mit dir verbringen.«
»Aber hast du denn gar keine Freundin oder Frau, mit der du am Sonntag spazieren gehen kannst?«, rutschte mir die Frage aller Fragen heraus, die ich sogleich bereute.
Manchmal sprach ich schneller, als ich dachte.
»Seit etwa zwei Monaten nicht mehr«, antwortete Thomas.
Mit einem Mal war das Jungenhafte aus seinem Gesicht verschwunden, und er wirkte wie versteinert.
Das sah verdammt nach Liebeskummer aus! »Meine Freundin ist ausgezogen, und nun bin ich wieder Single, wie man so schön sagt. Und damit sonntags ziemlich alleine, da meine Freunde alle Familie haben oder das Wochenende mit ihren Partnerinnen verbringen.«
»Und wer hat sich von wem getrennt?«, hakte ich nach, weil es nun auf diese eine Frage auch nicht mehr ankam. Ich wollte unbedingt herausfinden, ob ich gerade als Trostpflaster für ein angeknackstes männliches Ego herhalten sollte – oder ob Thomas derjenige war, der diese Beziehung beendet hatte.
»Kommt es wirklich darauf an, wer die Dinge zuerst beim Namen nennt?«, fragte er nachdenklich. »Wenn es um die reine Formalie geht, habe ich den Mut gehabt auszuspre-

chen, was Manuela ebenfalls gespürt hat: dass unser gemeinsamer Weg an dieser Stelle zu Ende war. Wir haben uns weder gestritten, noch hat einer von uns beiden den anderen belogen oder gar betrogen. Wir haben einfach unterschiedliche Erwartungen ans Leben, und irgendwann wurde es Zeit, uns einzugestehen, dass sich nur etwas ändert, wenn wir einander loslassen. Die andere Alternative wäre gewesen zu heiraten, aber so was geht ja bekanntlich oft schief.«

Ich dachte an meinen Jugendfreund Henning und seine ganz konkrete Vorstellung vom Glück, die er bereits in jungen Jahren so genau formulieren konnte. Ebenso wie er genau gewusst hatte, dass *ich* unabdingbar zu diesem Lebensplan gehörte.

»Ja, das kenne ich irgendwoher«, murmelte ich.

Auch ich hatte einen Traum gehabt: In diesem Traum war ich verheiratet und Mutter von vielen Kindern und lebte im Grünen. Doch dann war mir klargeworden, dass eines fehlte – der Teil von mir, der nichts mit Familie zu tun hatte. Der Teil, der mich ausmachte.

Schließlich war ich nach Hamburg gegangen, um diesen Teil zu finden, und das hatte ich zum Glück auch geschafft.

Unterdessen war die Fähre am Museumshafen angekommen.

Rechts von uns ragte das Seniorenwohnstift Augustinum in den blauen Himmel. Traurig dachte ich daran, dass dort Roberts Mutter Rose bis zu ihrem Tod gelebt hatte.

»Und, was wollen wir machen? Bleiben wir bei unserem ursprünglichen Plan und steigen hier aus, oder fahren wir doch weiter nach Finkenwerder?«, fragte Thomas und riss mich aus meinen Gedanken.

»Ich bin für Övelgönne«, entschied ich. Zum einen war ich länger nicht mehr dort gewesen, zum anderen freute ich mich auf den Spaziergang am Elbstrand und einen Besuch im Strandkiosk, dem neuen Café direkt neben der Strandperle.
Also verließen wir die Fähre und bestaunten zunächst die historischen Segelboote, die hier im Museumshafen vor Anker lagen. Liebevoll gepflegt und restauriert und teils für Besucher zugänglich.
»Kannst du segeln?«, fragte ich Thomas, der eines der Boote besonders eingehend betrachtete. Es war wirklich wunderschön und ähnelte mit seinem dunklen Holz einem Piratenschiff.
»Ja, ein wenig. Und du?«
»Leider nein, obwohl mein Vater eine Jolle hat. Ich bin zwar schon oft mit ihm rausgefahren, aber ich habe nie einen Segelschein gemacht«, antwortete ich und dachte an meinen Vater, wie er neulich am Ufer der Lühe gestanden und so schrecklich verloren gewirkt hatte. Ich probierte mit aller Kraft, den Gedanken an die Ehekrise meiner Eltern abzuschütteln, denn ich wollte mir nicht den Tag verderben lassen.
»Wie lange wart Manuela und du eigentlich zusammen?«, nahm ich den Faden wieder auf. »Oder bin ich zu neugierig?«
Thomas lachte und nahm ein Stöckchen, das ein puscheliger, karamellfarbener Labradoodle ihm vor die Füße gelegt hatte. Er warf es, und der Hund jagte begeistert hinterher. Dann schnappte er sich das Holzstück und trug es wie eine Trophäe zwischen den Zähnen, als er in die Elbe sprang.
Labradore und Wasser, dachte ich vergnügt. Als Kind hatte ich einen solchen Hund gehabt.
Ihn bekam man auch nur schwer aus der Lühe, und meine

Mutter brachte Stunden damit zu, ihn mit dem Handtuch trockenzutreiben oder zu föhnen.
»Manuela und ich kennen uns seit dem Studium und leben, pardon, lebten seit einer gefühlten Ewigkeit zusammen«, sagte Thomas. Ich brauchte nicht lange nachzurechnen, um zu wissen, dass er mich damals um eine Verabredung gebeten hatte, obwohl er in einer Beziehung war.
»Und wieso hast du mich dann gefragt, ob wir miteinander ausgehen wollen? Hattet ihr da gerade Stress?«
Thomas räusperte sich.
»Ertappt«, sagte er verlegen. »Wir durchliefen tatsächlich eine Phase, in der zwischen uns kräftig die Fetzen flogen und wir kurz davor waren, uns zu trennen. In dieser Zeit habe ich dann dich kennengelernt und war so bezaubert von deiner liebenswürdigen, hilfsbereiten Art, dass ich für einen Moment den Kopf verloren habe. Aber du hattest ja damals leider einen Freund und wolltest dich nicht mit mir treffen.«
»Dann hatte ich ja Glück, dass ich damals nicht auf deine Avancen eingegangen bin«, erwiderte ich.
Dass das mit dem Freund eine Lüge gewesen war, musste ich Thomas ja nicht auf die Nase binden. Nicht auszudenken, in welchen Schlamassel ich womöglich geraten wäre, wenn ich mich damals anders entschieden hätte.
Ich wusste von Stella, die lange Zeit die Geliebte eines verheirateten Mannes gewesen war, wie kräftezehrend, zermürbend und teilweise unerträglich so etwas sein konnte. Wie gut, dass sie Robert getroffen hatte!
»Aber jetzt ist Manuela aus meinem Leben verschwunden, und du bist hier«, sagte Thomas und schaute mich so liebe-

voll an wie lange keiner mehr. »Darf ich dich fragen, ob es einen Mann in deinem Leben gibt?«

»Nein.« Ich schüttelte den Kopf und schaute auf die Elbe. Die Wellen rollten über die Steine ans Ufer. Am Horizont sah man die Kräne der Hafendocks, und immer wieder fuhren gigantisch große Containerschiffe vorbei.

Das Leben war zumeist ein langer, ruhiger Fluss, aber eben nicht immer.

»Soso, du bist also gerade solo. Gut für mich«, sagte Thomas. »Was hältst du davon, wenn wir uns am Strandkiosk einen Kaffee holen und uns ans Elbufer setzen? Ich würde gern erfahren, was du in den letzten Jahren so getrieben hast. Wie dir die Arbeit im La Lune gefällt, und was du so in Zukunft vorhast.«

»Klingt gut«, antwortete ich, und so reihten wir uns in die Warteschlange am beliebten Elbkiosk ein, der heute garantiert Rekordumsatz machte.

Am Ende eines langen Nachmittags voller intensiver Gespräche, nach einem langen Spaziergang Richtung Teufelsbrücke und einem Essen im Portugiesenviertel am Hafen war ich total aufgedreht. Es machte Spaß, mit Thomas zusammen zu sein und mal mit jemand anderem als Stella und Nina zu quatschen. Jemandem, der eine andere Weltsicht hatte. Er war klug, witzig, charmant und tat alles, um mir zu gefallen, das war unübersehbar.

»Darf ich dich wieder anrufen, um ein nächstes Date abzumachen? Ich hätte Lust auf Kino«, fragte Thomas, als er mich spätabends nach Hause brachte.

Beglückt über die Aussicht auf ein Wiedersehen erwiderte ich: »Aber klar.«

»Dann bis bald«, sagte Thomas und gab mir einen Kuss auf die Wange, den ich immer noch auf meiner Haut spürte, als ich eine Stunde später im Wintergarten saß und einen Tee trank.

Dieser Tag mit Thomas war aufregend und anregend zugleich gewesen.

Ich war mir nur nicht im Klaren darüber, was ich genau empfand, dazu war ich viel zu aufgewühlt.

Aber eines wusste ich: Ich freute mich darauf, ihn wiederzusehen.

9

Bin ich froh, mal wieder zwei zusammenhängende Tage freizuhaben, dachte ich am Montagmorgen und atmete die Frühlingsluft ein.
Früher hatte ich mich immer vor Montag gefürchtet.
Als Kind, weil dann wieder die Schule begann.
Und später als Erwachsene, weil ich nach dem Wochenende ins Reisebüro musste. Wie sehr sich die Dinge doch änderten!
Nun hatte ich montags immer frei und war in der luxuriösen Situation, meinen Job zu lieben.
Und seit gestern sah es sogar danach aus, als könnte ein neuer Mann sich einen Platz in meinem Herzen erobern!
Beschwingt spazierte ich durch das Viertel, grüßte hie und da Nachbarn oder Ladenbesitzer, die genau wie ich gerade ihren Tag begannen. Dann öffnete ich eine Tür, durch die ich länger nicht mehr gegangen war.
»Mensch, dass du mal wieder da bist«, freute sich Maria, die Besitzerin des portugiesischen Cafés, als sie mich bemerkte. »Ich dachte schon, du magst uns nicht mehr. Nina lässt sich ja leider auch kaum noch bei uns blicken.«

Marias Mann Fernando war gerade dabei, die Vitrine mit den gekühlten Getränken auszuwischen, und nickte mir ebenfalls freundlich zu.
»Tut mir leid, dass ich euch untreu geworden bin«, antwortete ich etwas zerknirscht. Früher war ich wirklich beinahe jeden Montag hier frühstücken gegangen.
»Ach was, untreu«, lachte Maria. »Man will doch nicht jeden Tag Kartoffeln essen, nicht wahr? Also, meine Liebe, worauf hast du Appetit?«
Nachdem ich meine Bestellung aufgegeben hatte, erkundigte Maria sich nach Nina und Stella. Ich erzählte, dass Stella wieder schwanger war und dass Alexander gern mit Nina aufs Land ziehen würde.
»Wie die Zeiten sich ändern«, sagte Maria und strahlte über das ganze Gesicht. »Aber was ist mit dir, Leonie? Willst du denn ewig alleine bleiben?«
Kaum hatte sie die Worte ausgesprochen, schlug sie entsetzt die Hand vor den Mund. Fernando gab einen Knurrlaut von sich, und ich musste lachen.
»Keine Sorge, du darfst so was fragen«, beruhigte ich Maria. »Doch ich fürchte, ich kann dir zurzeit nichts anderes sagen, als dass ich gestern ein Rendezvous und einen traumhaften Tag an der Elbe hatte.«
»Das hört sich doch gut an«, meinte Maria und zwinkerte mir zu.
Ich vertiefte mich in die neueste Ausgabe des Stadtmagazins *Szene,* doch meine Gedanken schweiften immer wieder zu Thomas – und zu meinen Eltern, bei denen alles von Tag zu Tag konkreter wurde.
Am kommenden Wochenende würde ich sie in Steinkir-

chen besuchen, um mit meiner Mutter zurück nach Hamburg zu fahren, bevor sie Montagmorgen nach Paris flog. Metta Dicks begann heute mit der Einarbeitung, und nun ging es nur noch darum, dass mein Vater mitspielte.

Die Liebe nimmt manchmal seltsame Wege, schoss es mir durch den Kopf, und ich seufzte. Hoffentlich tat die Auszeit meinen Eltern gut und brachte sie nicht noch weiter auseinander.

Nach dem Frühstück bei Maria fuhr ich spontan in die Innenstadt, um mir für das nächste Date mit Thomas etwas Neues zum Anziehen zu kaufen. Meine letzte Shopping-Tour war schon eine ganze Weile her.

Bestens gelaunt stieg ich am Jungfernstieg aus der U-Bahn und ging zur Buchhandlung Felix Jud. Nachdem ich ein schönes Bilderbuch für Emma gefunden hatte, verließ ich die Arkaden und wollte gerade zur Einkaufsstraße Große Bleichen abbiegen, als mein Handy klingelte.

Es war Alexander.

Er hat doch wohl nicht wieder Stress mit Nina, dachte ich und erwog kurz, nicht ans Telefon zu gehen. Schließlich war heute mein freier Tag, und ich wollte wirklich einmal abschalten. Doch andererseits meldete sich Alexander montags nur in äußerst dringenden Fällen.

»Na, was gibt's?«, fragte ich, setzte mich auf einen Poller mit Blick auf das Alsterfleet und blinzelte in die Sonne, deren Strahlen meine Nase kitzelten, so dass ich niesen musste.

»Das möchte ich ehrlich gesagt nur ungern am Telefon besprechen«, antwortete Alexander. »Ich würde dich nicht fragen, wenn es nicht wirklich wichtig wäre, aber können wir uns sehen? Wo bist du denn gerade?«

»In der Poststraße«, sagte ich. »Ich könnte aber in zwanzig Minuten im La Lune sein, wenn du willst.«
»Nein, nein, ich komme zu dir. Treffen wir uns doch in einer Viertelstunde in dem Café hinter Zara«, schlug er vor, und ich willigte ein, froh, dass ich meinen Stadtbummel nach dem Gespräch fortsetzen konnte.
Nachdem ich aufgelegt hatte, begann ich mir jedoch Sorgen zu machen.
Alexander hatte nicht gut geklungen.
Es musste etwas passiert sein, nicht der übliche Beziehungsstress mit Nina, die mir bestimmt schon davon erzählt hätte. Also konnte es sich nur um etwas Berufliches handeln.
Und genauso war es auch!
»Leonie, ich weiß gar nicht, wie ich es dir sagen soll«, stammelte Alexander, nachdem wir beide einen Kaffee bestellt und uns an einen Tisch mit Blick auf das Alsterfleet gesetzt hatten. Er musste auf dem Rad förmlich hergeflogen sein, denn er war außer Atem und hatte Schweißperlen auf der Nase.
»Am besten einfach raus damit«, entgegnete ich beunruhigt. Würde ich etwa meinen Job verlieren?
»Also gut«, antwortete Alexander und kippte ein Glas Wasser hinunter, bevor er seinen Espresso trank.
»Die Stadt will das Gebäude abreißen, in dem das La Lune untergebracht ist«, sagte er. Fassungslos starrte ich ihn an.
Es gab unzählige Baustellen in Hamburg, und viele Häuserzeilen waren in den letzten Jahren demontiert oder gesprengt worden, um neue Wohn- und Bürokomplexe zu errichten.
Über dem Restaurant befand sich nur eine Etage mit zwei

Mietwohnungen. So gesehen war eindeutig noch »Luft nach oben«.

»Aber dürfen die das denn so einfach?«, fragte ich und bemühte mich, durch regelmäßiges Ein- und Ausatmen meinen Puls zu beruhigen. Was würde aus den Mietern werden? Was aus dem La Lune, seinen Mitarbeitern, Alexander und mir?

»Ja, sie dürfen, denn sowohl das Gebäude als auch das Grundstück gehören der Stadt Hamburg. Und die möchte dort ein neues Haus bauen, in dem mindestens zwanzig Mietparteien wohnen können. Du weißt ja selbst, wie angespannt der Wohnungsmarkt zurzeit ist. Ich hab's dir wahrscheinlich nie gesagt, aber ich habe nur einen befristeten Pachtvertrag für das Restaurant, und der läuft in einem halben Jahr aus.«

Um mich begann sich alles zu drehen. So, das war's also!

Ich würde in einem halben Jahr arbeitslos sein.

Und wer würde mich dann nehmen? Ich war schließlich keine gelernte Gastronomin, sondern lediglich eine Quereinsteigerin. In meinen alten Beruf als Reiseverkehrskauffrau konnte ich nicht mehr zurück. Und selbst wenn ich es gewollt hätte: Wie lange gäbe es im Zeitalter der Online-Buchungen überhaupt noch Reisebüros?

Und wer nahm schon eine Angestellte im Alter von einundvierzig, die zudem seit fünf Jahren nicht mehr in diesem Beruf gearbeitet hatte?

»Hey, Leonie, das ist nicht das Ende der Welt«, versuchte Alexander mich zu trösten, während meine Tränen sich unaufhaltsam ihren Weg bahnten.

Was war eigentlich gerade los?

An meinem Geburtstag war doch noch alles in Ordnung gewesen.
Vielleicht hätte ich mein Glück besser nicht beschreien sollen?
»Willst du denn einen neuen Standort für das La Lune suchen?«, fragte ich, obwohl ich die Antwort eigentlich kannte.
Alexander würde kein solches Gesicht machen, wenn er vorhätte, das Restaurant irgendwo anders neu zu eröffnen.
Traurig schüttelte er den Kopf.
»So leid es mir auch tut, dich damit in Schwierigkeiten zu bringen, aber das kann und will ich nicht. Ich habe hart für unseren Erfolg gearbeitet, genau wie du. Ohne Gaston und dich wäre das La Lune nicht das, was es heute ist, und dafür bin ich euch beiden sehr dankbar. Aber ich spüre deutlich, dass es für mich Zeit ist, neue Wege zu gehen. Ich habe einfach keine Freude mehr daran, tagaus, tagein im Restaurant zu sein und um die Gunst der Gäste zu buhlen. Ich würde mich gern wieder frei fühlen, um die Dinge zu tun, für die mir zurzeit die Muße fehlt. Gott sei Dank habe ich genug Geld und kann mir das eine Weile leisten.«
Obwohl ich enttäuscht war, konnte ich Alexander die Entscheidung nicht übelnehmen. Jeder sollte so leben, wie er es sich wünschte.
Wer weiß, wie ich in einer solchen Lage gehandelt hätte?
Dennoch fühlte ich mich vollkommen überrumpelt.
»Tja, da kann man dann wohl nichts mehr machen«, bemerkte ich und bemühte mich, die Fassung zu bewahren.
»Sei mir nicht böse, aber ich würde jetzt gern nach Hause fahren, um das alles in Ruhe zu überdenken.«

»Aber natürlich, mach das«, antwortete Alexander, stand auf und umarmte mich. »Wir sprechen uns. Und ruf an, wenn du noch Fragen hast oder reden willst. Ich möchte dich ja schließlich nicht hängenlassen.«

Als ich wieder zu Hause war, ließ ich mich weinend auf die Couch fallen. Obwohl Alexander mir versichert hatte, mich an befreundete Gastronomen und andere Firmen weiterzuempfehlen, fühlte es sich so an, als hätte ich keine berufliche Zukunft.

Oh, mein Gott, was sollte denn jetzt aus mir werden?

Paul und Paula sprangen zu mir aufs Sofa und schmiegten sich an mich, als wollten sie mich trösten. Ich streichelte sie, während ich fieberhaft überlegte, wie ich demnächst die Miete und das Katzenfutter bezahlen sollte.

10

Am nächsten Morgen erwachte ich mit Kopfschmerzen und einem kratzenden Hals. Ich hatte die halbe Nacht wach gelegen und mich, geplagt von Zukunftsängsten, im Bett herumgewälzt.

Oh nein, jetzt bitte nicht auch noch krank werden!, dachte ich entsetzt und musste prompt niesen.

Bis zur Abendschicht blieb mir noch Zeit, die ich unbedingt nutzen musste, um wieder fit zu werden, da Alexander heute einen wichtigen Termin mit einem Kochbuchverleger hatte.

Mühsam quälte ich mich aus dem Bett, um mir eine Kanne Salbeitee zu kochen. Doch schon beim Weg in die Küche hatte ich das Gefühl, meine Beine würden gleich wegsacken.

Nachdem ich die Katzen versorgt und in den Garten hinausgelassen hatte, sank ich erschöpft auf einen Küchenstuhl. Mein Kopf fühlte sich wie Watte an, und mir war heiß.

Verdammt, jetzt hatte ich auch noch Fieber!

Vom Hausflur hörte ich Stimmengewirr. Das waren bestimmt Stella, Moritz und Robert, die zur Beerdigung von

Roberts Mutter fuhren. Nach langen Diskussionen hatten sie sich dafür entschieden, dass Emma sich am Grab von ihrer über alles geliebten Großmutter verabschieden durfte. Während der Beisetzung würde eine Cousine von Robert auf sie aufpassen.

Ich unterdrückte einen Anflug von Selbstmitleid, der mir wieder die Tränen in die Augen trieb. Was sollte nur aus mir werden?

Energisch rief ich mich zur Ordnung: Was war so ein bisschen Ungewissheit im Vergleich zum Verlust eines geliebten Menschen?

Pragmatisch maß ich Fieber.

38,5 Grad, so ein Mist!

Fassungslos schaute ich auf das Thermometer. Wie hatte ich mich denn derart erkälten können?

Auf einmal fiel mir wieder ein, wie es an Deck der Elbfähre gezogen hatte. Vielleicht war es keine gute Idee gewesen, dass ich aus Eitelkeit meine Mütze zu Hause gelassen hatte.

Gerade als ich zwei Paracetamol-Tabletten eingenommen hatte, klingelte das Telefon, es war Nina.

»Alexander hat mir erzählt, was passiert ist«, sagte sie anstelle einer Begrüßung und klang genauso bedrückt, wie ich mich fühlte. »Liebes, das ist wirklich Pech. Es tut mir so leid für dich!« Beinahe hätte ich gekichert, weil Nina mich noch nie *Liebes* genannt hatte.

Kosenamen unter Freundinnen waren ihr ein Greuel, und sie machte stets einen großen Bogen um Frauen, die sich mit *Süße* oder *Schätzchen* anredeten.

»Ja, mir auch«, krächzte ich und trank einen großen Schluck Tee.

»Soll ich heute Abend vorbeikommen und wir quatschen ein bisschen?«
»Nee, lass mal lieber«, winkte ich ab. »Ich hab Grippe. Wenn ich es schaffe, mich zu dopen, gehe ich nachher zur Arbeit. Wenn nicht, lege ich mich ins Bett und schlafe mich gesund. Ich will dich nicht anstecken.«
»Oje«, antwortete Nina mitfühlend. »Du hörst dich ja wirklich schlimm an. Seit wann hast du das denn?«
»Seit heute Morgen. Aber du kennst mich, in drei Tagen bin ich wieder fit! Und dann können wir unser Treffen gern nachholen.«
»Brauchst du denn etwas?« Nina klang ehrlich besorgt.
»Nein, nein, es geht schon. Ich hab noch tiefgefrorene Kürbissuppe von meiner Mutter, und auch genug Medikamente. Ich muss einfach nur schlafen.«
Und in Ruhe darüber nachdenken, wie es weitergeht, ergänzte ich in Gedanken.
Nachdem ich mich von Nina verabschiedet und ihr einen schönen Tag gewünscht hatte, verkroch ich mich wieder ins Bett.
Ich musste dringend gesund werden, denn ich wurde im La Lune gebraucht. Und am Samstag erwarteten mich meine Eltern, damit ich nach dem Rechten sah, bevor meine Mutter zu ihrer großen Reise aufbrach.

Als ich am späten Nachmittag aus einem komatösen Schlaf erwachte, wusste ich, dass es keinen Sinn hatte, mich ins Restaurant zu schleppen. Ich würde mir nur selbst schaden und womöglich andere Mitarbeiter anstecken.
Außerdem wollte ich den Gästen den Anblick meiner rot-

unterlaufenen Augen und meiner Triefnase ersparen, die nun komplett verrücktspielte. Zudem nieste ich in einer Tour, so dass es fast schon schmerzte. Hatte ich überhaupt noch genügend Taschentücher im Haus? Immer noch leicht benommen, wählte ich Alexanders Nummer, um mich – zumindest für heute – krankzumelden. Da ich nur seine Mailbox erreichte, hinterließ ich ihm eine Mitteilung und meldete mich auch bei der Kellnerin ab, die an diesem Abend arbeitete.

Als ich mich wieder erschöpft ins Kissen sinken ließ, klingelte es an der Tür. Sicher der Paketbote, dachte ich und beschloss, liegen zu bleiben.

Normalerweise nahm ich alles für die Bewohner der Villa an, aber ich fühlte mich viel zu schlapp, um an die Tür zu gehen. Doch derjenige ließ nicht locker. Schließlich klopfte es, und ich hörte eine Frauenstimme sagen: »Ich bin's, Nina. Mach auf!«

Stöhnend robbte ich mich aus dem Bett und öffnete.

»Was machst du denn hier?«, fragte ich verwundert. »Musst du nicht arbeiten?«

Nina trug eine Tüte unterm Arm und schob sich an mir vorbei.

»Nicht wenn meine beste Freundin krank ist, weil mein Freund ihr so schlechte Nachrichten zumutet«, antwortete sie, und ich folgte ihr in die Küche. Dort packte sie frisches Obst, Joghurt, fertigen Milchreis, Rotbäckchensaft, Schokolade und zwei Zeitschriften auf den Tisch.

»Oh, Milchreis und die *LandLust*«, freute ich mich wie ein kleines Kind. Wie gut sie mich doch kannte.

»Und nicht zu vergessen, Rotbäckchensaft, für eine Extraportion Eisen«, sagte Nina und befühlte meine Stirn. »Rote Wangen hast du allerdings schon. Und du glühst wie ein Backofen. Also: husch, husch zurück ins Bett. Ich koche frischen Tee und bringe dir den Milchreis. Keine Widerrede, ich meine es ernst!«

Nur allzu gern fügte ich mich Ninas Anweisungen und legte mich wieder hin. Ich freute mich, dass sie gekommen war und sich um mich kümmerte.

Seit ich zusammen mit Stella und Nina in der Villa wohnte, hielten wir drei zusammen wie Pech und Schwefel und waren füreinander da.

»Hui, hier muss mal dringend frische Luft rein«, stellte Nina fest, als sie zu mir ins Schlafzimmer kam, und zog die Nase kraus. »Darf ich aufmachen?«

Ich nickte matt. Sie öffnete das Fenster und setzte sich auf einen Stuhl neben dem Bett. In der Tat war Nina eine attraktive, interessante Frau, und ich verstand sehr gut, dass Alexander sich Hals über Kopf in sie verliebt hatte. Heute wirkte sie allerdings ähnlich angeschlagen wie ich.

»Und, wie fühlst du dich jetzt?«, fragte sie, und ihre Augen nahmen auf einmal einen warmen Ausdruck an.

»Geht so«, antwortete ich und hörte, wie kläglich meine Stimme klang. »Mir macht die Sache mit dem La Lune zu schaffen, wie du dir sicher denken kannst.«

Nina nickte und schaute zu Boden.

Dann hob sie den Kopf, in ihren Augenwinkeln schimmerten Tränen.

»Ich will auch nicht, dass sich etwas ändert. Wir hatten doch bislang so ein schönes Leben. Der Einzige, der Hummeln im Hintern hat, ist Alexander, und wir müssen das jetzt aus-

baden. Ganz ehrlich: Mich kriegen keine zehn Pferde aufs Land. Was soll ich denn da machen? Und wer sagt eigentlich, dass Alexander mit seinen Büchern auf lange Sicht genug verdienen wird, um über die Runden zu kommen?«
Darüber hatte ich noch gar nicht nachgedacht.
»Wenn ihr in den Umkreis von Hamburg zieht, brauchst du doch deinen Job nicht zu kündigen«, ermutigte ich sie. »Du hast dann zwar einen weiteren Fahrtweg, aber das ist nicht so schlimm. Dann hast du endlich mal Zeit, in Ruhe zu lesen oder auf deinem iPod Musik zu hören.«
»Ach was, das kann ich doch auch, ohne wegzuziehen«, erwiderte Nina schniefend und putzte sich die Nase. »Ich will nicht weg von euch und damit basta! Seine Kochbücher kann Alexander auch in Hamburg schreiben.«
Plötzlich schlug sie sich mit der Hand an die Stirn. »O bitte entschuldige, Leonie. Ich bin eine echt miese Freundin. Du verlierst gerade deinen Job, und ich fasle hier von irgendwelchen Luxusproblemen. Hast du denn schon eine Idee, was du machen willst?«
Ich erinnerte mich an die Zeit, als Nina ihre Anstellung im Blumenmeer verloren hatte, weil die damalige Besitzerin mit ihrem Mann nach Frankfurt gezogen war. Damals war Nina genauso mutlos gewesen. Doch dank Stellas Hilfe hatte sich schließlich noch alles zum Guten gewendet, und nun arbeitete sie bei Koloniale Möbel, was ihr große Freude machte.
»Ich habe ehrlich gesagt nicht den blassesten Schimmer«, antwortete ich. »Du kennst meine Situation. Ich bin Quereinsteigerin und als solche nicht so leicht zu vermitteln.«
»Kann Thomas dir denn nicht helfen?«, fragte Nina. »Der

hat doch einen Superjob in einem großen Reiseunternehmen und fand schon damals, dass du gute Arbeit geleistet hast. Vielleicht ist es ja ein Zeichen, dass er ausgerechnet jetzt wieder aufgetaucht ist.« Beim bloßen Gedanken daran, wieder in einem Großunternehmen zu arbeiten, zog sich sofort alles in mir zusammen.

»Nein, die Reisebranche kommt für mich nicht in Frage. Eher gehe ich irgendwo kellnern oder setze mich an die Supermarktkasse«, erwiderte ich. Außerdem wollte ich Thomas auf keinen Fall um einen Gefallen bitten oder gar wieder in derselben Firma arbeiten wie er. Dass wir uns nun privat angenähert hatten, wollte ich nicht aufs Spiel setzen. Sobald ich wieder gesund war, würde ich den Hamburger Stellenmarkt durchkämmen und mich notfalls bei der Agentur für Arbeit beraten lassen.

»Das kann ich gut verstehen«, seufzte Nina. »Es ist immer besser, nicht von einem Mann abhängig zu sein, egal wie sehr er in dich verliebt ist. So, jetzt aber Schluss mit solchen Gesprächen, schließlich sollst du wieder gesund werden. Willst du vor der Glotze abhängen? Ich könnte gut ein bisschen Ablenkung gebrauchen und du auch.«

Ich nickte erschöpft. Jetzt konnte ich eine Weile in irreale Traumwelten mit garantiertem Happy End abtauchen.

11

Zu meiner großen Erleichterung war ich Samstag wieder so weit hergestellt, um meine Eltern wie geplant zu besuchen.
Die Tage davor hatte ich mich halb krank durchlaviert, und zu meinem Bedauern musste ich das Treffen mit Thomas canceln. Ich fühlte mich einfach zu schlapp.
Heute musste ich zum Glück nicht mit der Bahn ins Alte Land fahren, da Stella beruflich in Stade zu tun hatte und anbot, mich nach Steinkirchen zu bringen.
So konnte ich entspannt neben ihr auf dem Beifahrersitz lümmeln.
»Bist du eigentlich sehr enttäuscht, dass dein Kino-Date mit Thomas geplatzt ist?«, fragte Stella, während sie durch die Gläser ihrer stylishen Sonnenbrille den Straßenverkehr beobachtete wie ein Luchs seine Beute.
Zwischen all den riesigen Lkws zu fahren, die ihre Fracht zum Containerbahnhof brachten, erforderte ein hohes Maß an Konzentration. Deshalb waren wir beide jedes Mal froh, wenn wir Waltershof hinter uns gelassen hatten und endlich ins Alte Land kamen, wo sich die Dörfer, Obsthöfe, Planta-

gen und Bäume aneinanderreihten wie die Perlenkette der Altländer Blütenkönigin. Nicht mehr lange, dann würde die Luft anstatt nach Abgasen berauschend süß nach Blüten duften.

»Aufgeschoben ist ja nicht aufgehoben«, murmelte ich, weil mich gerade wieder die Müdigkeit übermannte. Wäre der Termin bei meinen Eltern nicht so wichtig gewesen, wäre ich noch im Bett geblieben. »Es lief eh nichts besonders Gutes, also versuchen wir es nächste Woche noch mal. Aber wie geht es eigentlich Robert? Hat er die Beerdigung einigermaßen gut überstanden?«

In den letzten Wochen hatte ich Stellas Mann kaum zu Gesicht bekommen. Doch ich hoffte, dass er sich über meine Beileidskarte und den Kranz für seine Mutter gefreut hatte. Ich hatte extra Flieder und Rittersporn gewählt, Rose Behrendsens Lieblingsblumen.

»Ehrlich gesagt weiß ich das nicht so genau. Immerhin sind innerhalb von zehn Jahren zwei Menschen gestorben, die er sehr geliebt hat«, antwortete Stella.

Roberts Frau war einem Krebsleiden erlegen, weshalb der Kinderarzt seinen kleinen Sohn Moritz hatte allein großziehen müssen, bis Moritz in Stella eine liebevolle Stiefmutter gefunden hatte. »Auf der einen Seite freut er sich wie verrückt über meine Schwangerschaft, auf der anderen Seite trauert er natürlich, und es ist schwer, an ihn heranzukommen. Außerdem entwickelt er plötzlich eine große Sehnsucht nach Husum, die ich mir nicht erklären kann.«

»Schließlich hat er da lange sehr glücklich mit seiner Familie gelebt und seine Praxis dort gehabt«, sagte ich. »Vermutlich ist diese Stadt für ihn so eine Art Sinnbild für schöne

Zeiten. Meinst du denn, er würde gern wieder dorthin zurückziehen?«
»Oh, mein Gott, ich hoffe nicht«, entfuhr es Stella. Genau das schien sie wohl zu befürchten.
Wir schwiegen und betrachteten die Landschaft, die an uns vorüberzog, jede in ihre Gedankenwelt versunken.
Als nach einer Weile das Estesperrwerk von Cranz auftauchte, wusste ich, dass ich bald zu Hause war.
Ein schönes Gefühl.
Ich nahm mir vor, am Sonntag hierherzufahren, wenn ich es früh genug aus den Federn schaffte, um mich an meinen Lieblingsplatz zu setzen und die Aussicht auf das Blankeneser Ufer und den Leuchtturm zu genießen.
Seit meiner Grippe hatte sich mein innerer Wecker dummerweise von sieben auf neun verstellt. Und ich hatte Dienstagabend die Spätschicht im La Lune. Am besten ließ ich mich von meiner Mutter wecken. Vielleicht begleitete sie mich sogar.
»So, da sind wir«, sagte Stella kurz nach dem Ortsschild Steinkirchen und parkte vor dem Haus meiner Eltern. »Ich würde ja gern noch einen Tee mit euch trinken, aber ich fürchte, ich komme dann zu spät zu meinem Termin in Stade. Grüß die beiden bitte von mir und wünsche deiner Mama eine schöne Reise.«
»Ja, mach ich«, antwortete ich und wollte ihr gerade einen Schmatzer auf die Wange geben, als mir einfiel, dass ich sie vielleicht noch anstecken könnte. »Danke fürs Mitnehmen und viel Erfolg bei deinem Termin, wir sehen uns dann morgen Nachmittag.«
Ich winkte Stella noch eine Weile, als sie auf der Einfahrt wendete und die Straße hinunterfuhr.

»Schade, dass Stella keine Zeit hat«, sagte meine Mutter, die aus dem Haus gekommen war und mich umarmte. »Wer weiß? Vielleicht ist das Baby ja sogar schon da, wenn ich wieder zurück bin.«

Ich schrak zusammen.

Hatte meine Mutter wirklich vor, so lange wegzubleiben?

»Äh, ja, vielleicht«, murmelte ich leicht verwirrt und ging mit ihr ins Haus. Dort erwarteten mich eine heiße Fliederbeersuppe mit Klößchen aus Eischnee und ein sichtlich schlechtgelaunter Vater.

»Hallo, Papa«, begrüßte ich ihn und bemerkte mit Sorge, dass er noch mitgenommener aussah als beim letzten Mal. »Geht's dir gut?«, fragte ich überflüssigerweise.

Mit hängenden Schultern und Grabesmiene saß er am Esstisch und machte eine wegwerfende Handbewegung.

»Wie soll es einem schon gehen, wenn man seit Tagen über irgendwelche Koffer stolpert, ständig das Dröhnen der Waschmaschine in den Ohren hat und deine Mutter mir andauernd Listen der Dinge macht, auf die ich in nächster Zeit achten muss. Ich frage mich, wozu wir eigentlich für viel Geld Metta angeheuert haben.«

Na, das konnte ja heiter werden!

Ich setzte mich ihm gegenüber und versuchte, durch ein Lächeln gute Laune vorzutäuschen. Wenn das so weiterging, hielt ich es keine fünf Minuten aus. Vermutlich war es auch klüger, die Schließung des La Lune erst einmal unerwähnt zu lassen, bevor die gereizte Stimmung noch überhandnahm.

»Ach, Jürgen«, seufzte meine Mutter und verteilte Suppe in die tiefen Teller. »Nun tu nicht so, als müsstest du alles alleine machen. Ich wollte nur sicherstellen, dass ihr beide auch an alles denkt, während ich weg bin.«

»Sind die Gästezimmer eigentlich gerade alle belegt?«, fragte ich, um mir ein besseres Bild zu machen.

Die Vermietung der drei Zimmer lief nämlich nicht immer konstant. Mal ertranken meine Eltern in Buchungsanfragen, dann gab es wieder Durststrecken. Den beiden ging es durch die Einkünfte aus dem Obsthof zum Glück sehr gut, dennoch war die Vermietung der Fremdenzimmer für den Umsatz nicht ganz unwichtig. Genau wie die Einnahmen aus den Verkäufen im Hofladen. Man wusste schließlich nie, wie die Kirsch- und Apfelernte ausfielen.

»Ab Montag schon, denn da treffen die ersten Gäste zur Apfelblüte ein«, antwortete meine Mutter.

Sie war mit diesen Dingen so genau, dass sie, selbst wenn man sie aus dem Tiefschlaf riss, wusste, wer wann anreisen und wie lange bleiben würde.

»Wir erwarten Elsa Martin, eine Autorin, die hier einen Krimi schreiben will«, fuhr meine Mutter fort. Bei dem Wort *wir* räusperte sich mein Vater und tauchte missmutig den Silberlöffel in seine Fliederbeersuppe.

Doch meine Mutter ließ sich davon nicht aus dem Konzept bringen. »Und dann kommt noch Otbert von Düren, der lange Zeit die erste Geige bei den Hamburger Philharmonikern gespielt hat. Das dritte Zimmer bewohnt wie immer Frau Steinmetz, aber die kennst du ja.«

Ja, ich kannte Frau Steinmetz.

Sie wohnte, seitdem ich denken konnte, eine Woche bei uns, sobald die ersten Apfelblüten ihre Kelche öffneten. Eine bescheidene, unauffällige ältere Dame, von der man nur wenig hörte und sah. Da klangen die beiden anderen Gäste schon deutlich spannender!

»Cool«, entgegnete ich. »Ein Musiker und eine Autorin? Wie kommt das denn? Wurdet ihr in irgendwelchen Kulturmagazinen erwähnt?«

»Das liegt bestimmt daran, dass deine Mutter sich in Literaturkreisen und seit neuestem auch auf diesem Fatzebuk herumtreibt«, knurrte mein Vater. »Ständig knipst sie Fotos vom Haus, vom Garten oder den Apfelblüten und schickt sie in der Weltgeschichte herum. Aber das ist nicht richtig, wenn du mich fragst.«

»Das heißt Facebook und posten«, verbesserte ich meinen Vater grinsend. Zu meiner Mutter gewandt sagte ich: »Echt, so was machst du? Seit wann denn?«

»Seit Metta mir gezeigt hat, wie's geht. Im La Lune macht ihr das doch auch. Wir haben zwar im Gegensatz zu euch erst neunundsiebzig Liker, aber wir arbeiten dran. Das heißt, Metta wird das übernehmen. Im Übrigen hat sie mir auch dabei geholfen, einen Blog einzurichten, damit ich von meiner Reise berichten kann.«

Mir fiel beinahe der Suppenlöffel aus der Hand.

Mama wollte BLOGGEN?

»So, Anke, jetzt ist aber Schluss«, fuhr mein Vater auf und schlug mit der flachen Hand auf den Esstisch. »Kann man hier denn nicht mal in Ruhe sein Mittagessen essen?«

Ich erschrak, denn mein Vater neigte eigentlich nicht zu aggressiven Ausbrüchen, und ich wusste nicht, ob ich lachen oder weinen sollte.

Auf der einen Seite war ich unglaublich stolz auf meine Mutter. Auf der anderen Seite tat es weh, mit anzusehen, wie sehr sie meinen Vater verletzte. Natürlich war das nicht ihre Absicht, aber mein Vater empfand ihr Verhalten als persönliche Kränkung und Angriff.

»Weißt du was, Mama? Du kannst mir das alles in Ruhe beim Spazierengehen erzählen. Ich wollte nämlich gern zum Este-Sperrwerk.« Ich musste vermeiden, dass die Situation weiter eskalierte.

Meine Mutter nickte stumm, offenbar hatte sie mit einem Mal schlechte Laune.

»Papa, meinst du eigentlich, dass wir dieses Jahr eine gute Ernte haben?«

Zum Glück ließ mein Vater sich durch diese Frage besänftigen und war kurze Zeit später wieder voll in seinem Element. Er erzählte von den rund viertausend Bienenstöcken, die gerade auf den Plantagen in der Region aufgestellt worden waren, um die blassrosa Blüten zu bestäuben und damit eine reiche Ernte zu sichern. Danach folgte ein Vortrag über das große Bienensterben, das die Obstbauern im gesamten Land in große Sorge versetzte. Ich freute mich über das gelungene Ablenkungsmanöver und betete innerlich, dass mir weitere Querelen erspart blieben. Schließlich hatte ich genug mit mir selbst zu tun.

Nach dem Essen zog mein Vater sich zu seinem Mittagsschlaf zurück.

Diese Gelegenheit nutzte meine Mutter, um mir ihr neues, schickes Netbook zu zeigen, das sie mitsamt einem Internet-Stick auf die Reise mitnehmen wollte.

»Ist es nicht fantastisch?«, sagte sie verzückt und streichelte über die pinkfarbene, glänzende Oberfläche. »Und es wiegt gar nicht viel.«

»Ja«, erwiderte ich und nahm ihre Hand. »Lass dir von Papa nicht die Vorfreude auf deine Reise verderben. Ich finde es super, was du alles auf die Beine stellst. Sobald er sich an die neue Situation gewöhnt hat, wird er bestimmt erkennen, was für eine tolle Frau du bist, und stolz auf dich sein.«

»Das glaubst aber auch nur du«, murmelte meine Mutter und bekam einen bitteren Zug um den Mund. Doch dann straffte sie die Schultern, zog ein Buch aus ihrem Regal und gab es mir.

Mord am Leuchtturm lautete der Titel.

Die Autorin war Elsa Martin.

Wo hatte ich diesen Namen schon einmal gehört?

Neugierig drehte ich den Roman um und betrachtete die rückseitige Innenklappe. Dort prangte das Foto einer attraktiven Frau Mitte fünfzig, die selbstbewusst in die Kamera lächelte.

Kein Wunder, denn Elsa Martin war eine echte Bestsellerautorin, ihre Bücher wurden in viele Sprachen übersetzt und hatten sich bereits millionenfach verkauft.

»Und die wohnt ab morgen hier«, erklärte meine Mutter mit zufriedener Stimme. »Schade, dass ich nicht mehr da bin, denn ich hätte sie zu gern kennengelernt.«

Ja, das war schon was, eine Bestsellerautorin quartierte sich bei meinen Eltern in Steinkirchen ein, um an ihrem neuen Roman zu arbeiten.

»Vielleicht sehe ich sie ja, wenn ich Papa das nächste Mal besuche«, antwortete ich.

Um mich und meine Mutter zu beruhigen, hatte ich mir nämlich vorgenommen, so bald wie möglich wieder herzu-

kommen. »Kommst du denn jetzt mit zum Estesperrwerk? Ich war schon so lange nicht mehr da.«
»Ja, gern.« Meine Mutter nickte. »Dann kann ich auch gleich die neue Kamera ausprobieren.«
Also legten wir meinem Vater einen Zettel auf den Tisch und nahmen das Auto meiner Mutter. Zum Fahrradfahren fehlte mir die Kraft, und trotz der Sonne wehte ein ziemlich kühler Wind.
»Ich weiß zwar nicht, warum es dir hier so gut gefällt«, sagte meine Mutter, als wir eine Viertelstunde später parkten. »Aber wenn es dir Spaß macht.«
Voller Vorfreude ging ich zusammen mit ihr zum Fähranleger Cranz–Blankenese. Schon von weitem sah ich die Silhouette des Leuchtturms am gegenüberliegenden Ufer und beobachtete, wie die Möwen ihre Kreise am strahlend blauen Frühlingshimmel zogen.
Als Kind hatte ich stundenlang hier gesessen und auf das andere Elbufer und den Süllberg mit den weißen Häusern geschaut, die sich an den Hang schmiegten.
Die Fassaden der alten Villen im Blankeneser Treppenviertel erschienen mir damals wie Schlösser aus dem Märchen.
Und auch später mochte ich diesen besonderen Platz immer noch sehr.
Der Anblick des Wassers der Elbe, die, je nach Lichteinfall, mal grau und mal grün schimmerte. Das schlickige Ufer mit den felsigen Steinen und dem hohen Schilf, das in das Wasser hineinragte wie kleine Halbinseln.
Meine Mutter fotografierte alles, was ihr vor die Linse kam, anscheinend wollte sie schon für ihre Reise üben. Dann entdeckten wir ein Schild am Fähranleger:

Hier eröffnet am 15. Mai der Fähr-Kiosk Elbherz.
Ich freue mich auf Sie! Markus Brandtner

Unfassbar! Genau davon hatte ich schon als Kind geträumt: von einem Café, an dem man hier an diesem wunderbaren Ort im Sommer ein Eis essen und im Winter Punsch trinken konnte.

Die schwarze Schiefertafel mit der Ankündigung hing an der Wand eines weißen Häuschens mit rotem Ziegeldach und hellblauen Sprossenfenstern. Das größere Fenster auf der Seite zum Fähranleger war mit einem Rollladen gesichert.

»Das sieht ja ansprechend aus. Hier kann man bestimmt Zeitschriften und Getränke kaufen, genau wie an einem Bahnhofskiosk«, sagte meine Mutter, die das Gebäude interessiert beäugte und umrundete.

Ich konnte den fünfzehnten Mai kaum erwarten, denn ich platzte beinahe vor Neugier. Wer war dieser Markus Brandtner, und wie war er auf die Idee gekommen, genau hier das Elbherz zu eröffnen?

12

Nachdem sie sich von meinem Vater verabschiedet hatte, brachte ich am Montagmorgen meine Mutter zum Flughafen. Schrecklich, wie distanziert meine Eltern miteinander umgegangen waren, ja, sie hatten beinahe verlegen gewirkt.

Bald schon würde meine Mutter in Paris sein und kehrte ihrem Leben im Alten Land für unbestimmte Zeit den Rücken.

Und mein Vater blieb allein zu Hause zurück.

»Mach's gut, mein Spätzchen, und pass auf dich auf«, sagte sie und presste mich so fest an sich, dass mir kaum noch Luft zum Atmen blieb. Wir kämpften beide mit den Abschiedstränen und taten so, als würde uns das alles nichts ausmachen.

»Und du schickst mir eine SMS, sobald du gelandet bist, ja?«, bat ich, wie es früher meine Mutter getan hatte, wenn ich in den Ferien mit Freundinnen wegfuhr. »Und vergiss bitte nicht, dein Handy regelmäßig aufzuladen.«

Ups, hatte ich das eben wirklich gesagt?

»Ja, Mama«, lachte meine Mutter und drückte mich ein letztes

Mal, bevor sie durch die Sicherheitskontrolle musste. »Pass auf Jürgen auf, und auf dich. Und wenn was ist, ich bin immer erreichbar für euch, das weißt du doch, nicht wahr? Hab keine Hemmungen, dich zu melden, wenn du mich brauchst.«
»Ja, das weiß ich«, murmelte ich und musste dagegen ankämpfen, nicht loszuheulen. »Guten Flug.«
Nachdem meine Mutter durch die Kontrolle gegangen war, drehte sie sich erneut um und warf mir eine Kusshand zu. Sie trat die längste und aufregendste Reise ihres Lebens an, während mein Vater auf dem Hof hockte und Trübsal blies. Ich würde ihn in der nächsten Zeit jeden Tag anrufen, auch wenn das bestimmt anstrengend werden würde.
In melancholischer Stimmung ging ich zum Airport-Shuttle, um nach Eimsbüttel zu fahren. Es war kurz vor zwölf.
Als ich die Haustür der Villa aufschloss, blieb ich einen Moment im Hausflur stehen und atmete tief durch. Dann musste ich schmunzeln, weil Nina eine lustige Postkarte an unsere Notiz-Pinnwand geheftet hatte, die auf der Kommode stand. Hier legten wir die Post und kleine Geschenke hin oder hinterließen Nachrichten.
Außerdem sorgte Nina immer für einen üppigen, fantasievollen Blumenstrauß. Auf der Karte stand: *Alles wird wieder gut, versprochen!* Darauf war eine Katze zu sehen, die ziemlich nass geworden war. Solche kleinen Aufmerksamkeiten verschönerten das Leben in der Villa.
Wie es Papa jetzt wohl ging, nachdem meine Mutter den halben Kleiderschrank und das Badezimmer leer geräumt hatte?
Betrachtete er gerade den Zahnputzbecher, in dem nur noch eine Zahnbürste steckte?

In meiner Wohnung blinkte der Anrufbeantworter. Eine Nachricht meiner Frauenärztin, die mich an den nächsten Vorsorgetermin erinnerte, und eine von Thomas Regner. Er machte den Vorschlag, anstatt ins Kino zu gehen, eine DVD bei ihm zu schauen, eventuell gemeinsam zu kochen, falls ich mich wieder gesund genug fühlte.
Meine gedrückte Stimmung hob sich augenblicklich.
Hm … Ob Thomas vielleicht heute Zeit hatte?
Ich konnte nach der Krankheit und dem turbulenten Wochenende bei meinen Eltern durchaus Aufmunterung und Abwechslung gebrauchen. Außerdem hatte ich frei und morgen erst Spätschicht im La Lune.
Oder wirkte das, als wäre ich leicht zu haben?
Dieser Gedanke irritierte mich, denn ich war schon viel zu lange raus und kannte die aktuellen Dating-Spielregeln nicht. So dumm und altmodisch das vielleicht klang: Ich glaubte felsenfest daran, dass Männer einen ausgeprägten Jagdinstinkt besaßen, und ich wollte nicht zur leichten Beute werden. Außerdem hatte Thomas sich vor nicht allzu langer Zeit von Manuela getrennt. Ich hatte damals fast ein Jahr gebraucht, bis ich über die Beziehung mit Henning hinweg war, obwohl ich sie beendet hatte.
Wie sagte Meg Ryan so schön in *Harry und Sally,* einem meiner absoluten Lieblingsfilme: »Du hast vielleicht nur die Chance, seine Übergangsfrau zu werden.«
Aber war ich mir für diese Rolle nicht zu schade?
Oder stand ich mir mit meinen Ängsten selbst im Weg?
Fragen über Fragen, auf die es nur eine einzige Antwort gab: Ich musste es ausprobieren!
Also griff ich nach dem Telefon und wählte Thomas' Handy-

nummer. »Hallo, hier ist Leonie«, sagte ich, nachdem er sich gemeldet hatte. »Ich wollte mal testen, wie spontan du bist.«
»Kommt drauf an, worum es geht«, antwortete Thomas gutgelaunt. »Wenn du mir vorschlägst, mich endlich um meine Steuer zu kümmern, müsste ich passen. Wenn du aber heute Zeit hast, sag ich nur, komm vorbei.«
Es war also abgemacht, wir hatten eine Verabredung zum Abendessen.

Punkt zwanzig Uhr stand ich vor seinem Haus in der Nähe des Eppendorfer Baums, unweit von meinem ehemaligen Arbeitsplatz, dem Reisebüro Traumreisen.
Regner und Michelsen stand auf dem Klingelschild.
Ich zuckte kurz zurück, bevor ich den Knopf drückte.
Wieso hatte Thomas das Schild noch nicht ausgetauscht?
Der Türsummer ertönte, und ich stieg mit einer Mischung aus Irritation und Vorfreude die knarzenden Treppen des stilvollen Altbaus aus der Gründerzeit in den dritten Stock hinauf. Kurz bevor ich oben angekommen war, hätte ich jedoch am liebsten wieder auf dem Absatz kehrtgemacht und wäre mitsamt der Flasche Weißwein und den Weintrauben, die ich als Präsent dabeihatte, wieder nach Hause gegangen. Was tat ich eigentlich hier?
Doch dummerweise hatte ich keine Chance mehr zu flüchten, da Thomas bereits in der Tür stand und mich charmant lächelnd begrüßte. Durch den Hausflur zog der Duft von frischen Kräutern und Knoblauch.
»Ich hoffe, du hast Hunger«, sagte Thomas und nahm mir den Wein und die Trauben ab. »Der Risotto ist nämlich gleich fertig.«

»Ja, hab ich«, antwortete ich, obwohl das ein bisschen geschwindelt war. Ich folgte ihm in die typisch hanseatische Altbauwohnung mit einem langen Flur, von dem links und rechts die Zimmer abgingen. Zwei waren durch eine Schiebetür mit bunten Glasintarsien miteinander verbunden. Obwohl in der Tat ein paar Möbel und auch Bilder fehlten, wirkte alles sehr heimelig und vor allem geschmackvoll. Die Wand im Flur war ochsenblutfarben gestrichen, die Küche in kräftigem Kobaltblau.

War dies die Handschrift von Manuela?

»Das nenne ich aber mal eine mutige Farbe«, sagte ich und schaute mich in der Wohnküche um, während Thomas den Risotto umrührte und den mitgebrachten Weißwein in den Kühlschrank stellte.

»Am Anfang dachte ich, dass ich das auf Dauer nicht aushalte, aber irgendwann habe ich mich daran gewöhnt. Mittlerweile finde ich es sogar schön. Dennoch möchte ich hier bald einiges verändern, falls ich nicht sogar umziehe. Aber ich habe einfach zu wenig Zeit, um mich um solche Dinge zu kümmern.«

Genau wie um das Klingelschild, dachte ich und drapierte die Weintrauben in einer Schüssel, die auf der Anrichte stand.

»Außerdem ist die Wohnungssituation in Hamburg nicht gerade entspannter geworden«, sagte ich und schaute fasziniert zu, wie routiniert Thomas mit dem Kochlöffel umging. Risotto gehörte zur höheren Kunst des Kochens, wie Gaston mir schon mehrfach bestätigt hatte.

Sollte ich Thomas vielleicht von den neuen Wohnungen erzählen, die auf dem Grundstück des La Lune gebaut werden sollten?

»Holst du bitte den kleingeschnittenen Spargel aus dem Kühlschrank?«, bat Thomas mich und gab zwei Teelöffel Wein an den Reis. Vorsichtig hob er den grünen Spargel darunter. Danach verteilte er den dampfenden Risotto auf zwei tiefe Teller und häufelte gebratene Lachswürfel und Parmesanspäne darauf.
»Hey, das sieht ja aus wie im Restaurant«, sagte ich beeindruckt. Ich liebte Männer, die kochen konnten.
»Dann wollen wir mal sehen, ob es auch so schmeckt«, antwortete Thomas lächelnd und stellte die Teller auf den Küchentisch, auf dem schon Wasser und Weißweingläser standen. Und tatsächlich – das Essen war köstlich.
Aber ich war viel zu aufgeregt, um es wirklich zu genießen. Also tat ich das, was ich leider häufig tat, wenn ich nervös war: Ich begann zu brabbeln.
Ich erzählte von Gaston, vom La Lune, von meinen Eltern und von Paris – bis Thomas irgendwann die Gabel beiseitelegte, aufstand, zu mir ging und mich ohne Vorwarnung küsste. Ich war sprachlos! Mich hatte so lange niemand mehr geküsst, und ich fühlte mich, als wäre ich direkt in den Himmel katapultiert worden.
»Hey, das war toll«, murmelte Thomas mit rauer Stimme. Seinen Worten folgten Berührungen, die mir einen Schauer nach dem anderen über den Rücken jagten.
Ich war aufgestanden, schmiegte mich an Thomas' Brust und ließ es zu, dass seine Hand sich unter das Top schob, das ich unter meinem leichten Häkelpulli trug, der mir über die Schulter gerutscht war.
Als er schließlich eine besonders empfindliche Stelle an meinem Hals küsste, war es um mich geschehen.

Jetzt war mir alles egal.
Alles, was ich wollte, war, mich endlich wieder als Frau zu fühlen.
Ich wollte puren, reinen Sex und verschwendete keinen Gedanken an das Morgen. Ich gab Thomas' Verführungskünsten nach und ließ mich fallen.
Atemlos ineinander verkeilt, sanken wir auf den Küchenboden.

13

Sex auf dem Küchenfußboden, das ist ja heiß!«

Nina schaute mich bewundernd, ja beinahe neidisch an, als ich ihr am nächsten Tag beim Frühstück von meinem Date mit Thomas erzählte.

Zum Glück hatte sie heute frei, sonst wäre ich vor lauter Mitteilungsdrang vermutlich geplatzt.

»Ich wünschte, Alexander und ich würden so was mal wieder machen«, sagte sie gedankenverloren, während ich immer noch den Duft von Thomas' Rasierwasser in der Nase hatte und seine Hände auf meiner Haut spürte. »War es denn so gut, wie es sich anhört?«

»Es war toll«, antwortete ich ein wenig verlegen. »Ich bin selbst ganz überrascht, dass ich das getan habe. Schließlich war das erst unsere zweite Verabredung. Und er war immerhin mal mein Boss.«

»Aber das ist schon Ewigkeiten her, genau wie dein letzter Sex«, entgegnete Nina und biss genussvoll in ihr Croissant, woraufhin sich die Krümel quer über den Tisch verteilten. »Ich hoffe, ihr habt aufgepasst?«

Ninas Frage rührte dummerweise an den Teil des vergangenen Abends, der nicht so romantisch gewesen war. Ich verhütete nämlich nicht (warum auch?), und natürlich wollte ich nichts riskieren. Was wusste ich denn schon über diesen Mann? Doch zum Glück war Thomas nicht nur ein routinierter Koch, sondern auch erfahren im Umgang mit Kondomen, was die Sache erheblich erleichterte.

»Und wo hatte er das Teil?«, fragte Nina. »Etwa in der Hosentasche?«

»Genau«, sagte ich. »Und eben das macht mir Sorgen. Das bedeutet nämlich, dass seine Einladung nur ein Ziel hatte, nämlich, mit mir ins Bett zu gehen. Er war sich wohl verdammt sicher, dass es klappen würde.«

Der Jäger hatte seine Beute erlegt.

Doch was würde er jetzt mit ihr anfangen?

»Nun sei mal nicht so negativ«, versuchte Nina meine Bedenken zu zerstreuen. »Das bedeutet nur, dass er sich gewünscht hat, mit dir zu schlafen, und sich verantwortungsbewusst verhalten hat. Das ist doch super.«

»Und wieso hat er dann eine angebrochene, fast leere Packung in seinem Badezimmerschrank?«

»Du hast in seinem Badezimmer herumgeschnüffelt?« Nina wirkte ehrlich entsetzt. »Warum das denn? Dieser Mann ist erwachsen, seit zwei Monaten Single … und wer weiß? Vielleicht haben er und seine Manuela ja auf diesem Weg verhütet. Das heißt gar nichts. Entspann dich lieber ein bisschen, anstatt dir durch so einen Quatsch den Tag verderben zu lassen.«

Wenn das bloß so einfach wäre!

»Du hast ja recht«, murmelte ich, bemüht, den schalen Beigeschmack loszuwerden. »Ich weiß auch nicht, was mich

geritten hat, in seinem Bad herumzustöbern. Wenn das jemand bei mir machen würde, würde ich ausrasten. Au Mann, ich schäme mich.«
Es klopfte. Vor der Tür stand Stella, die die Zeit zwischen zwei Terminen nutzen wollte, während Emma im Kindergarten und Moritz in der Schule war.
»Sehr schön, ihr seid beide daheim, und es gibt sogar Croissants«, sagte sie und setzte sich zu uns an den Esstisch.
Nina grinste. »Wenn du so weitermachst, wirst du richtig fett werden. Aber Gott sei Dank hast du einen gesunden Appetit, und dir ist nicht so übel wie damals bei Emma.«
»Danke, Nina, du bist charmant wie eh und je«, konterte Stella und strich sich eine Extraportion Himbeermarmelade, die ich gestern aus dem Alten Land mitgebracht hatte, auf das Croissant. »Sagt mal, irre ich mich, oder herrscht hier grad miese Stimmung? Ist was mit deinen Eltern, Leonie?«
»Nein«, antwortete ich. »Mama ist heil in Paris angekommen, hat schon erste Fotos vom Café de Flore und dem Montmartre auf ihrem Reise-Blog gepostet, und Papa geht es auch ganz gut. Metta scheint alles dafür zu tun, sich bei ihm einzuschmeicheln. Sie hat sogar Kohlrouladen für ihn gemacht.«
»Das ist ja super«, sagte Stella. »Kohlrouladen sind echt kompliziert, speziell für mich als Totalausfall in der Küche. Ich freue mich so für deine Mutter. Sie hat sich eine Abwechslung verdient.«
»Leonie hatte übrigens gestern Sex mit Thomas Regner und befürchtet jetzt, dass er nur mit ihr ins Bett gehen wollte«, fiel Nina Stella unvermittelt ins Wort.

Seit wir drei befreundet waren, gab es keine Geheimnisse zwischen uns, das war ein ungeschriebenes Gesetz.
»Wow, herzlichen Glückwunsch!«, meinte Stella und strahlte über das ganze Gesicht. »Und? War's schön?«
Den letzten Teil von Ninas Satz hatte Stella entweder nicht richtig verstanden, oder sie ignorierte ihn geflissentlich.
»Ja«, seufzte ich.
»Hast du bei ihm übernachtet?«, fragte Stella.
»Nein, hab ich nicht. Ich hab mir heute Morgen um eins ein Taxi genommen. Das war mir dann doch alles ein wenig zu intim.«
Nina begann zu lachen und verschluckte sich an ihrem Kaffee.
»Du bist genauso bekloppt wie ich«, prustete sie und wischte sich die Lachtränen aus den Augenwinkeln. »Mit 'nem halbfremden Mann das Kamasutra auf dem Küchenboden durchturnen, aber es zu intim finden, neben dem anderen am nächsten Morgen aufzuwachen. Echt großartig.«
»So sind eben moderne Frauen«, sagte Stella. »Ich habe in der ersten Nacht nur bei Robert im Bett geschlafen, weil ich zu viel Wein intus hatte, um ins Gästezimmer zu gehen. Erst als ich wieder halbwegs nüchtern war, habe ich mich vom Acker gemacht. Wir wollen eben das Tempo bestimmen – was ist so verkehrt daran? Nina möchte ja noch nicht mal mit Alexander zusammenziehen.«
Ninas Lachen erstarb.
Abrupt stand sie auf und öffnete das Küchenfenster.
»Was haltet ihr davon, wenn wir draußen weiterquatschen? Im Garten ist es so schön, und frische Luft kann nicht schaden. Außerdem muss ich noch Unkraut jäten. Der Giersch

macht sich gerade überall breit und überwuchert meine anderen Blumen.«
Wir nahmen die halbvolle Kaffeekanne und unsere Becher und folgten Nina in den Garten. Es war nicht zu übersehen, wie viel Liebe und Sorgfalt sie auf die Beete verwendet hatte.
Sobald das Gemüse reif war, konnten wir Zucchini, Tomaten, Salat, Mangold und grüne Bohnen ernten.
»Nina, du verdienst deinen Titel als Gartenfee«, stellte Stella fest. »Ich war in letzter Zeit viel zu selten hier, um zu bemerken, was du hier schon wieder alles bewerkstelligt hast.«
»Und der Giersch ist doch eigentlich ganz hübsch, ärgere dich nicht über ihn«, sagte ich. »Ich habe übrigens ein tolles Rezept für eine Giersch-Tarte. Das sollten wir unbedingt mal ausprobieren. Klang nämlich superköstlich.«
Nina war sichtlich geschmeichelt.
»Und genau weil es hier so schön ist, will ich nicht weg«, antwortete sie mit leicht belegter Stimme. »Ich liebe Alexander und möchte mit ihm zusammen sein. Aber ein Leben auf dem Land kann ich mir echt nicht vorstellen. Das bin ich einfach nicht. Auch wenn ich das Gärtnern liebe. Hier ist es doch so paradiesisch.«
»Alexander weiß das und wird sicher nicht versuchen, dich so zu verbiegen«, sagte ich aufmunternd. »Er will doch auch, dass du glücklich bist. Und wenn hier nun mal dein Zuhause ist, dann werdet ihr einen Weg finden, dass das so bleibt.«
Stella bückte sich und sammelte einige vertrocknete Blätter ein und steckte sie in einen kleinen Beutel, dessen Inhalt später auf den Kompost kam. »Robert zeigt seit Roses Tod auch plötzlich Anwandlungen, umziehen zu wollen. Er

denkt, es sei gut für ihn und Moritz, wieder zu den familiären Wurzeln zurückzukehren. Aber ich will nicht nach Husum, auch wenn ich dieses Städtchen entzückend finde. Ich hoffe sehr, dass sich das bald legt.«

Eine Weile standen wir schweigend da.

Nur das Singen der Frühlingsvögel und das Summen einer Biene waren zu hören.

Plötzlich beschlich mich eine Vorahnung. Offensichtlich standen wir drei an einem Wendepunkt unseres Lebens.

Doch wohin würde dieser Wendepunkt uns führen?

14

Bald darauf rief Thomas an, der wissen wollte, wann ich Zeit für ihn hatte. Ich versprach, ihm Bescheid zu geben, sobald ich meinen Dienstplan kannte. Leider war Alexander so häufig unterwegs, dass ich meine Termine noch stärker als sonst mit ihm abstimmen musste.

Doch heute, am Freitag, war er im Restaurant und offenbar in Plauderlaune.

»Kann ich dich einen Moment sprechen, Leonie?«, fragte er.

»Ja, klar«, antwortete ich und setzte mich zu ihm an die Bar, wo er gerade einen Espresso macchiato trank. »Was gibt's?«

Irgendwie hoffte ich immer noch, dass er es sich anders überlegen und das Restaurant an einem neuen Standort wieder eröffnen würde.

»Am besten komme ich wohl gleich auf den Punkt, Leonie. Ich habe von einem Verlag das Angebot bekommen, eine Reihe kulinarischer Reiseführer zu schreiben«, begann Alexander. »Der erste soll über das Elsass sein, der zweite über die Toskana und der dritte über die Provence. Im Erfolgsfall werde ich das Ganze weiterführen. Das Projekt ist so reizvoll und wird so gut bezahlt, dass ich einfach nicht nein sagen kann.«

Alexander schaute mich an wie ein kleiner Junge, der seiner Mutter gesteht, dass er auch noch mit dreizehn gern Playmobil spielt. Irgendwie rührend.

Doch was würde Nina von alldem halten?

»Aber das ist ja toll. Herzlichen Glückwunsch.«

Ich freute mich für ihn, auch wenn ich durch seine Entscheidung gezwungen war, mir sehr schnell einen neuen Job zu suchen. »Wann willst du denn damit anfangen? Und was ist aus deinem Plan geworden, eigene Kochbücher zu schreiben?«

»Wenn es nach denen geht, am besten gestern. Was aber wiederum bedeuten würde, dass ich ab sofort keine Zeit mehr für das La Lune habe. Das mit den Kochbüchern läuft mir nicht weg, vielleicht kann ich ja sogar parallel daran arbeiten, wenn ich auf Reisen bin.«

Auf Reisen, weit weg von Nina.

»Mach dir mal keine Gedanken über das La Lune, ich bin ja schließlich auch noch da«, beeilte ich mich, ihn zu beruhigen. »Wenn du eine weitere Kellnerin mit Teamleitungserfahrung einstellst, kriegen wir das schon hin.«

»Ehrlich?« Alexander schien ein Stein vom Herzen zu fallen.

»Ehrlich«, antwortete ich. »Aber was sagt Nina dazu? Ihr wärt dann eine ganze Weile getrennt.«

»Sie weiß noch nichts davon, denn ich wollte zuerst mit dir sprechen, damit die Situation im La Lune geklärt ist. Ich würde sie allerdings sehr gern mitnehmen. Vielleicht tut das unserer Beziehung gut und schweißt uns enger zusammen.«

Das wagte ich allerdings zu bezweifeln.
So romantisch Alexanders Idee auch war, wie sollte Nina das machen? Sie hatte schließlich einen Job und würde ihn bestimmt nicht aufs Spiel setzen.
»Verstehe«, sagte ich vage. »Und ich hoffe, dass sie es genau wie ich grandios findet, sich durch das leckere Angebot von Restaurants zu futtern und in schönen Hotels zu schlafen.«
Alexander sah nicht besonders überzeugt aus, rang sich aber ein Lächeln ab. »Wir werden sehen«, sagte er leise. »Aber was ist mit dir? Hast du schon eine Idee, was du nach der Schließung machen willst? Du weißt, dass ich dir helfe, so gut ich kann.«
Autsch! Das tat weh!
Nach der Schließung klang so furchtbar endgültig.
»Ich habe leider absolut keine Ahnung. Kannst du mich nicht als Assistentin gebrauchen? Oder als Co-Autorin? Nein, im Ernst. Ich konnte mich noch nicht dazu aufraffen, mich mit irgendwelchen Job-Börsen zu beschäftigen oder einen Blick ins *Hamburger Abendblatt* zu werfen. Ich weiß ja noch nicht einmal, ob ich überhaupt in der Gastronomie bleiben will.«
Alexander seufzte laut. »Ach, Leonie, ich hab so ein schlechtes Gewissen deinetwegen. Ich wünschte wirklich, ich könnte mit dem Finger schnippen und dir genau den Job herbeizaubern, von dem du immer schon geträumt hast.«
Von dem ich immer schon geträumt hatte?
Beschämt stellte ich fest, dass ich eigentlich keine Karrierefrau, sondern eher ein Familienmensch war. Ich arbeitete zwar gern, aber mir fehlte dieses spezielle Gen, das Men-

schen wie Stella immer wieder zu beruflichen Höchstleistungen antrieb.

Aber vielleicht mangelte es mir auch nur an einer entsprechenden Vision?

»Ich denk mal drüber nach, was das sein könnte«, erwiderte ich und schaute auf meine Uhr. Höchste Zeit, an den Schreibtisch zu gehen und die Annonce für Alexanders Vertretung zu schalten. »Und wenn ich die Antwort weiß, testen wir, ob du nicht doch zaubern kannst. Bis später.«

Als ich in mein Büro kam, sah ich das Lämpchen des Anrufbeantworters blinken, mein Vater hatte drei Nachrichten hinterlassen. Er klang außer Atem und hatte anscheinend vollkommen vergessen, dass seine Tochter auch ein Handy besaß.

»Ruf mich sofort zurück, es ist etwas Schlimmes passiert. Daheim erreiche ich dich nicht.«

Ich geriet in Panik.

Hatte meine Mutter einen Unfall gehabt?

Auch die nächsten beiden Nachrichten brachten keinerlei Klärung, außer dass mein Vater von Mal zu Mal ärgerlicher klang. Also wählte ich die Nummer im Alten Land, innerlich bereits gewappnet für die nächste Katastrophe.

»Da bist du ja endlich«, sagte er vorwurfsvoll.

»Was ist denn passiert?«, fragte ich und zwang mich, ruhig zu bleiben. Jetzt war nicht der richtige Zeitpunkt, um ihn über die Vorzüge von Mobiltelefonen aufzuklären.

»Metta Dicks hat Probleme mit ihrer Schwangerschaft und muss das Bett hüten. Leonie, ich weiß nicht, was ich machen soll. Wir haben das Haus voller Gäste.«

Mir fiel beinahe der Hörer aus der Hand.

Das konnte doch nicht wahr sein!
Meine Mutter war gerade mal fünf Tage weg, amüsierte sich bestens, und bei uns brach schon alles zusammen.
Und seit wann war Metta Dicks schwanger?
Davon war vorher keine Rede gewesen!
»Kannst du kommen, Liebes?«, bat mein Vater mich mit flehentlicher Stimme, während ich mich bemühte, einen kühlen Kopf zu bewahren. Blitzschnell lotete ich alle Möglichkeiten aus.
Die eine war, meine Mutter zu bitten, ihre Reise abzubrechen, die andere, sofortigen Ersatz für Metta zu finden.
Die dritte bestand darin, selbst das Ruder zu übernehmen.
»Beruhig dich«, bat ich Papa, obgleich ich selbst kurz vor dem Ausrasten war. »Ich spreche gleich mit Alex und frage ihn, ob ich ein paar Tage zu dir kommen kann. Sobald ich das geklärt habe, melde ich mich wieder, ja?«
Innerlich brodelnd ging ich zurück ins Restaurant, wo Alexander gerade mit Gaston die Speisekarte durchging. Gaston wirkte ebenfalls genervt. Kein Wunder, schließlich verlor auch er bald seinen Arbeitsplatz und musste sich etwas Neues suchen.
»Ich störe nur ungern«, unterbrach ich die beiden. »Aber ich müsste dich dringend sprechen, Alexander.«
Dieser schickte Gaston in die Küche zurück und versprach, später mit ihm die Gerichte der folgenden Woche zu planen.
»Was ist denn passiert? Du siehst ja furchtbar aus«, fragte Alexander besorgt.
Ich schilderte ihm die Situation. Zum Glück kannte Alex meinen Vater gut genug, um zu wissen, dass dieser niemals in der Lage sein würde, drei Feriengäste zu versorgen. Und so

sagte er das einzig Richtige: »Fahr hin, sobald du die Stellenanzeige fürs La Lune aufgegeben hast. Hoffentlich findest du schnell Ersatz für diese Metta und kannst bald zurückkommen. Ruf an, wenn du weißt, wie lange du wegbleiben musst. Das mit den Vorbereitungen für das Buch bekomme ich schon irgendwie hin.«

Dankbar fiel ich ihm um den Hals, schickte in Windeseile die Anfrage an die Agentur für Arbeit und eine Zeitarbeitsfirma ab, checkte meine To-do-Liste der kommenden Tage, bevor ich zur Villa fuhr, um zu packen.

Vollkommen durcheinander warf ich alles in den Koffer, was mir gerade in die Hände fiel. Sobald das erledigt war, fütterte ich Paul und Paula und schrieb einen kurzen Brief an Nina und Stella mit der Bitte, sich um die Katzen zu kümmern und meine Pflanzen zu gießen.

Zuletzt rief ich Thomas an, erreichte aber nur seine Mailbox.

Nachdem ich ihm eine Nachricht hinterlassen hatte, schloss ich die Tür ab und atmete einen Moment lang tief durch.

So, wie es aussah, würde ich mich in nächster Zeit weder um einen neuen Job kümmern noch mich mit Thomas treffen können.

»Das bist du ja«, sagte mein Vater, der mich an der Bahnstation in Buxtehude abholte. »Bis wann kannst du bleiben?«

Ich setzte mich neben ihn ins Auto und holte tief Luft. Nein, ich würde mich jetzt nicht darüber aufregen, dass er als Erstes wissen wollte, wie lange ich ihm helfen konnte, sondern die liebende Tochter sein, die sich um das Wohlergehen ihres Vaters kümmerte.

»Zumindest so lange, bis ich jemanden gefunden habe, der Metta ersetzen kann. Ich telefoniere nachher mit der Vorsitzenden des Landfrauenvereins und melde mich bei der Agentur für Arbeit. Aber was ist eigentlich los mit Metta? Und wusstet ihr von ihrer Schwangerschaft?«

Mein Vater startete den Motor, der zunächst ein wenig herummuckte, und fuhr dann los. »Also ich habe heute zum ersten Mal davon gehört. Keine Ahnung, was sie deiner Mutter erzählt hat. Aber wenn ich so was auch nur geahnt hätte, hätte ich diesem Arrangement nicht zugestimmt, das kannst du mir glauben.«

»Aber schwanger zu sein ist doch keine Krankheit«, protestierte ich. »Es hätte genauso gut alles glattgehen können. Im wievielten Monat ist sie denn?«

Mein Vater räusperte sich, ein untrügliches Zeichen dafür, wie unangenehm ihm dieses Thema war.

»Soweit ich weiß, Anfang des dritten. Und genau da liegt auch das Problem: Die Ärzte sind besorgt, dass sie das Baby verlieren könnte, wenn sie sich nicht an die strikt verordnete Bettruhe hält.«

Nun verstand ich, weshalb Metta zuvor nichts von ihrer Schwangerschaft erzählt hatte. Wäre alles normal gelaufen, hätte es nämlich keinen Grund gegeben. Bis sie in den Mutterschutz ging, war meine Mutter längst wieder zurück. Zumindest hoffte ich das.

»Es wird schon alles gutgehen«, sagte ich. »Und, sind die neuen Gäste nett?«

»Frau Steinmetz ist wie eh und je viel auf Achse«, antwortete mein Vater. »Dieser Geiger ist da schon eine andere Marke. Er scheint recht launisch zu sein und hat sich beschwert,

dass es heute Morgen mit dem Frühstück nicht so ganz geklappt hat.«
Ich musste lächeln.
»Das Ei war zu hart, der Kaffee zu dünn, und ich habe keinen Obstsalat gemacht. Aber ich finde, dass das auch keiner von mir erwarten kann, schließlich bin ich kein Hausmann. Für diese Dinge war immer deine Mutter zuständig.«
»Dann wird es vielleicht mal Zeit, dass du es lernst«, erwiderte ich. »Fürs Eierkochen haben wir eine Eieruhr, fürs Obstschälen ein Messer. Was hältst du davon, wenn wir das morgen früh gemeinsam machen? Das ist alles kein Hexenwerk, glaub mir.«
Mein Vater grummelte etwas Unverständliches, und ich schaute aus dem Fenster.
Es schien die Sonne, es war wunderbares Wetter. Weshalb sollte ich mir die Laune verderben lassen? Es würde sich schon alles wieder einrenken.
Ich durfte mich jetzt nur nicht kirre machen lassen.
»Immerhin ist diese Krimiautorin ganz sympathisch«, fuhr mein Vater fort, während wir die schier endlos lange Straße entlang der Obstplantagen Richtung Jork entlangfuhren. Hellrosa, weiße und pinke Blüten, so weit das Auge reichte. Zwischen den Baumreihen blühte Löwenzahn, sonnengelbe Tupfer auf dem saftig grünen Grasteppich. Ein Postkartenidyll! »Sie hat spontan ihre Hilfe angeboten und neuen Kaffee gekocht. Nett von ihr, nicht wahr?«
Etwas in seinem Tonfall ließ mich aufhorchen.
»Ja. Kommt sie denn gut mit dem Schreiben voran?«
»Nun, auch da gab es eine kleine Panne«, antwortete mein Vater. »Deine Mutter hatte ihr zugesagt, dass es im ganzen

Haus WLAN gibt, doch als sie ins Internet wollte, brach die Verbindung zusammen. Ich fürchte, ich muss heute noch einen Techniker kommen lassen, damit er das wieder in Ordnung bringt. Ich habe Elsa versprochen, dass sie heute Abend wieder online sein kann.«

Elsa, soso.

»Und hast du schon jemanden angerufen, der sich darum kümmert?«

Mir schwante nichts Gutes.

»Ich dachte, du könntest vielleicht Henning bitten vorbeizukommen. Der kann doch so was. Und dann wird's auch nicht so teuer.«

»Oh nein, das werde ich garantiert nicht tun. Henning hat echt anderes zu tun, als sich um so einen Kleinkram zu kümmern.«

Außerdem wollte ich meinen ehemaligen Jugendfreund auf gar keinen Fall um Hilfe bitten, weil er dies schnell falsch interpretieren konnte.

Es sah so aus, als wartete hier wirklich jede Menge Arbeit auf mich. Aber es half nichts, zu jammern und mich selbst zu bemitleiden.

Je eher ich die Dinge in Angriff nahm, desto schneller würde der Alltag meines Vaters wieder in halbwegs gewohnten Bahnen verlaufen, und ich konnte wieder nach Hamburg fahren.

Zurück in *mein* Leben.

15

Oh, mein Gott, was war das?
Benommen rieb ich mir die Augen und wusste zunächst nicht, wo ich war. Meine Hand tastete in der Dunkelheit nach der Uhr.
Es war Samstagmorgen, halb sechs.
Das scheppernde Geräusch, das mir den Nerv raubte, stammte offensichtlich vom Wecker, der allerdings ganz anders aussah als meiner. Er hatte – wie früher üblich – einen Metallstift, der laut gegen die beiden Glocken auf dem knallroten Gehäuse schlug. Dann fiel es mir wieder ein: Ich befand mich in meinem Zimmer im Alten Land, und das Ding auf dem Nachttisch war mein alter Wecker aus Kindertagen.
Doch diesmal war ich nicht hier, um Urlaub zu machen, sondern um meinem Vater zu helfen. Deshalb musste ich auch gleich aufstehen, um das Frühstück für die Feriengäste zu machen.
Um Zeit zu sparen, entschied ich mich für eine Katzenwäsche, ausgiebig duschen konnte ich, sobald alle versorgt waren. Gähnend trottete ich ins Badezimmer, in dem deutliche Spuren von Papas Morgentoilette zu sehen waren:

Spritzer von weiß-grüner Zahnpasta verliefen quer über das Waschbecken, sein Handtuch lag zusammengeknüllt auf der Ablage der Badewanne neben der Duschkabine. Ich strich es glatt und hängte es an die Stange am Heizkörper. Dann kippte ich das Fenster, weil der Spiegel beschlagen war.

Bevor ich mir das Gesicht wusch, reinigte ich mit flüssiger Handseife notdürftig das Waschbecken.

Danach putzte ich mir die Zähne und band meine Haare zum Zopf.

In den letzten Wochen waren sie wieder ein gutes Stück gewachsen, und ich musste mich bald entscheiden, ob ich mir wieder einen Bob schneiden lassen wollte.

Einigermaßen erfrischt trat ich auf den Flur und reckte mich, bevor ich die Treppe hinunter in unsere Küche ging. Dort saß bereits mein Vater und las das *Altländer Tageblatt,* vor sich einen Becher dampfenden Kaffee.

»Du kannst ja doch Kaffee kochen«, sagte ich und holte mir ebenfalls einen Becher aus dem Hängeschrank.

»Das ist löslicher«, knurrte mein Vater. Doch dann lächelte er unvermittelt. »Weißt du, wie jung du plötzlich aussiehst?«, fragte er und sah mich liebevoll an. »Du musst dich gar nicht schminken, du bist auch so sehr hübsch. Und der Zopf steht dir wirklich gut. Zöpfe standen dir immer schon.«

Ich nahm mir das Glas mit dem Pulverkaffee und häufelte zwei Löffel in meinen Becher. Dann goss ich heißes Wasser hinein.

»Morgen, Papa, hast du gut geschlafen?«, fragte ich, gab ihm ein Küsschen auf die Stirn und setzte mich neben ihn

auf die Küchenbank. »Na, was gibt es Neues im Alten Land?«
Als ich realisierte, dass sich »neu« und »alt« in diesem Satz widersprachen, musste ich kichern.
Ich konnte mich beim besten Willen nicht erinnern, dass hier jemals etwas Spektakuläres passiert war.
Außer vielleicht der mysteriöse Brand im Jorker Restaurant Herbstprinz, über den die Gerüchte nie verstummt waren. Angeblich hatte die Besitzerin eine Affäre mit dem Koch gehabt, der wiederum erst ihren Mann ermordet und dann das Restaurant in Brand gesteckt hatte.
»Nichts, was dich interessieren dürfte. Außer natürlich, dass heute Blütenfest ist und unsere Blütenkönigin gekrönt wird. Aber das weißt du ja sicher«, antwortete mein Vater und faltete die Zeitung zusammen.
Tatsächlich.
Am Samstag fand das traditionelle Blütenfest mit einem Umzug durch Jork statt. Wenn es die Zeit erlaubte, war ich meist dabei gewesen, doch heute hatten andere Dinge Priorität. »Und wie geht's dir heute Morgen? Wie war die Nacht in deinem alten Bett?«
»Ganz okay«, meinte ich gähnend und trank meinen Kaffee aus. Nachdem wir ein wenig geplaudert und jeder eine Scheibe Graubrot mit Butter und Honig gegessen hatte, wurde es Zeit, nebenan das Frühstück für Frau Steinmetz, Frau Martin und Herrn von Düren zuzubereiten.
»Holst du eigentlich die Brötchen, Papa, oder soll ich?«, fragte ich, als ich die weidengeflochtenen Körbchen aus dem Schrank nahm.
»An sich wollte Metta die mitbringen«, antwortete mein

Vater und fuhr sich durchs schüttere Haar. »Aber ich kann auch gern gleich zu Bäcker Bartels rüberspringen. Also, Leonie, was brauchen wir?«

Ich notierte rasch meine Bestellung auf dem Zettelblock, der immer in der Küche bereitlag, und war froh, dass ich mich schon von Kindesbeinen an für die Vermietung der Ferienwohnungen interessiert hatte und für alles, was damit zusammenhing.

»Und bring bitte auch noch drei Liter Milch mit, wenn sie welche haben«, rief ich ihm hinterher. Nach dem Frühstück würde ich die Vorratskammer einer genauen Inspektion unterziehen und eventuell später selbst zum Einkaufen nach Jork oder Stade fahren.

Ich ging in den Trakt, wo sich die Ferienwohnungen befanden.

Im Haus war es mucksmäuschenstill, alle Gäste schienen noch zu schlafen. Es roch etwas abgestanden, weshalb ich die Tür öffnete, um frische Altländer Morgenluft in den Flur zu lassen.

Ich schnupperte einen Moment und atmete tief ein.

Wenn der Wind aus Nordosten kam, brachte er Seeluft mit, und man fühlte sich beinahe wie in einer Pension am Meer, erst recht, wenn die Möwen kreischten.

Das Doppelhaus hatte zwei separate Eingänge und zwei eigene Terrassen, um den touristischen Bereich so gut wie möglich von dem privaten zu trennen. Im Erdgeschoss befanden sich die Küche, das Ess- und Wohnzimmer der Gäste sowie ein kleiner Haushaltsraum. Auch die größte der drei Ferienwohnungen war hier unten untergebracht. Sie bot Platz für drei Personen, mit direktem Zugang zur Ter-

rasse und dem Garten, den man aber auch von außen betreten konnte.
Die beiden oberen Wohnungen waren jeweils für ein bis zwei Gäste gedacht und über eine Holztreppe zu erreichen.
Die Einrichtung bestand überwiegend aus hellem, rustikalem Holz, allerdings ohne altmodisch zu wirken, dafür hatte meine Mutter gesorgt.
Überall standen dekorative Trockensträuße oder Zimmerpflanzen, hingen hübsche Aquarelle mit typischen Motiven aus der Gegend. Die weiße Bettwäsche hatte ein Muster mit kleinen, roten Äpfeln. Auf die flauschigen Badetücher waren Kirschen gestickt, auf die Gästehandtücher Pflaumen.
»Guten Morgen, Sie müssen Leonie sein«, ertönte auf einmal eine helle Frauenstimme, und ich schrak zusammen.
Ich blickte in die dunklen Mandelaugen einer attraktiven, rothaarigen Frau.
»Und Sie sind Elsa Martin«, gab ich zur Antwort und ergriff die Hand, die sie mir lächelnd entgegenstreckte. »Aber wieso sind Sie denn schon so früh auf den Beinen? Ich fürchte, ich brauche noch ein bisschen, bis ich mit dem Frühstück so weit bin. Mein Vater holt gerade Brötchen.«
»Ich bin gar nicht so früh auf den Beinen, sondern immer noch«, antwortete die Krimi-Autorin mit geheimnisvollem Lächeln. »Von daher werde ich mich direkt nach dem Frühstück hinlegen. Sie brauchen mein Zimmer also erst am Nachmittag zu machen, wenn ich wieder wach bin.«
Oh, mein Gott, die Zimmer!
Daran hatte ich gar nicht mehr gedacht.
Ab vierzehn Uhr öffnete der Hofladen, und ich musste dort

Waren verkaufen. Wie sollte ich denn um Himmels willen beides gleichzeitig schaffen?

Ich verspürte den Impuls, meine Mutter anzurufen, damit sie ihre Reise unterbrach und wieder zurückkam. Doch das war natürlich Unsinn. Irgendwie würde ich das schon hinkriegen, wenn ich halbwegs ruhig blieb.

»Gegen elf kommt übrigens ein Techniker vorbei, der dafür sorgt, dass das WLAN wieder funktioniert«, sagte ich.

Gut, dass unser Nachbar Herr Jessen, gelernter Elektrotechniker, sich bereit erklärt hatte zu helfen.

»Schön, schön«, antwortete die Autorin. »Ich hatte schon befürchtet, komplett von der Außenwelt abgeschnitten zu sein, was für mich als Autorin eine Katastrophe wäre. Der Handyempfang hier ist übrigens auch schlecht, wussten Sie das? Und zu allem Überfluss sind die Altländer nicht gerade besonders nett und hilfsbereit, wenn man sie um einen Gefallen bittet. Bis auf Ihren Vater natürlich. Der ist sehr charmant.«

Ich runzelte die Stirn. Mein Vater und charmant?

Das war ja etwas ganz Neues. »Hach, Sie können sich überhaupt nicht vorstellen, welch eine Odyssee ich hinter mir habe«, fuhr Elsa Martin fort, und ihre Stimme bekam einen dramatisch-exaltierten Unterton. »Ich bin gestern den ganzen Tag durch Jork geirrt, in der Hoffnung, ich könnte irgendwo einen Computer benutzen, um mich in meinen Mailaccount einzuloggen. Aber Pustekuchen. Bis auf einen zauberhaften jungen Mann im Lottoladen war keiner bereit, mir zu helfen.«

Ich schluckte betreten.

Ja, die Altländer hatten durchaus so ihre *Momente,* das konn-

te ich leider nicht leugnen. Allerdings konnte ich mir auch sehr gut vorstellen, dass Elsa Martin mit ihrer etwas nervigen Art nicht gerade auf Gegenliebe stieß.
»Dieser junge Mann hat angeboten, auf der nächsten Gemeindesitzung einen WLAN-Hotspot für die Region zu beantragen, das ist längst überfällig, wenn Sie mich fragen.«
»Das ist doch ein guter Vorschlag«, stimmte ich zu, dachte aber insgeheim immer noch darüber nach, wie ich den heutigen Tag am effektivsten organisierte. Notfalls musste Papa eben Dienst im Hofladen schieben, oder eine seiner Mitarbeiterinnen aus dem Büro, denn ich konnte mich ja schlecht zweiteilen. »Genießen Sie erst einmal das Frühstück. In einer halben Stunde ist es fertig. Und schlafen Sie sich aus. Wenn Sie wieder wach sind, haben Sie auch Internet.«
Mit diesen Worten machte ich auf dem Absatz kehrt und ging in die Küche, um den Obstsalat zuzubereiten, frischen Orangensaft zu pressen, eine Quarkspeise zu machen und den Tisch zu decken, damit heute keiner mehr Grund zur Klage hatte.
Währenddessen dachte ich über unseren Gast nach.
Ich konnte mich nicht recht entscheiden.
War Elsa Martin eine Diva?
Oder war sie zu Recht verärgert über die Pannen, die sie hier erlebt hatte?
Kaum hatte ich begonnen, das Obst aus der Vorratskammer zu waschen und zu entsteinen, war mein Vater auch schon wieder mit den Brötchen da.
Eine halbe Stunde später war alles vorbereitet für Frau Steinmetz, Frau Martin und den Geiger der Hamburger Philharmoniker, der mich besonders interessierte.

Mein Vater hatte ihn als launisch bezeichnet, und ich hoffte sehr, dass das nicht stimmte.

»Kann ich nicht einfach dich engagieren, mein Schäfchen?«, fragte mein Vater, als ich dampfenden Kaffee in die drei kleinen Thermoskannen für die Gäste füllte. »Du machst das alles genauso perfekt wie deine Mutter.«

Das fehlte gerade noch!

So gern ich meinen Vater auch unterstützte, ich wollte so bald wie möglich zurück nach Hamburg.

»Das ist lieb, aber ich habe schon andere Pläne«, sagte ich. Dass ich bald arbeitslos sein würde, hatte ich ihm immer noch nicht gesagt, weil ich wusste, wie sehr ihn das aufregen würde. »Apropos: Kannst du heute bitte die Schicht im Hofladen übernehmen oder für eine Vertretung sorgen? Ich muss hier noch klar Schiff machen und kann das Zimmer von Frau Martin erst heute Nachmittag putzen, wenn sie ausgeschlafen hat.«

»Schicht im Hofladen? Das klingt aber verlockend«, zwitscherte plötzlich jemand. »Würde es Sie stören, wenn ich Ihnen einen Besuch abstatte, Herr Rohlfs?«

Dabei klimperte Elsa Martin mit den Wimpern, als wolle sie mit meinem Vater flirten. Überhaupt hatte sie sich für das Frühstück ziemlich aufgebrezelt. Sie trug ein tief dekolletiertes Kleid und kirschroten Lippenstift.

»Nein, nein, ganz im Gegenteil«, antwortete mein Vater, dessen Gesicht wieder Farbe bekommen hatte. »Es wäre mir eine Ehre! Brauchen Sie das als Recherche für Ihr Buch?«

»Wer weiß, wer weiß«, flötete Elsa Martin affektiert, und ich verspürte das dringende Bedürfnis, mir Watte in die Ohren zu stopfen.

Zum Glück betrat in diesem Moment ein alter Herr, den ich auf ungefähr achtzig Jahre schätzte, das Esszimmer und stellte sich mir formvollendet als Otbert von Düren vor.
Es hätte mich nicht gewundert, wenn er mir einen Handkuss gegeben hätte, denn der Violinist trug ein Anzug-Jackett und eine Fliege. Sein schlohweißes Haar war ebenso akkurat geschnitten wie sein Bart und seine Hände und Fingernägel sehr gepflegt. Nur die leicht milchigen Augen verrieten, dass Otbert von Düren nicht mehr der Jüngste war.
»Freut mich sehr, Sie kennenzulernen«, sagte ich. Ich fand ihn auf Anhieb weitaus sympathischer als die kapriziöse Krimi-Autorin. »Bitte setzen Sie sich. Möchten Sie ein Rührei oder ein Spiegelei? Und nehmen Sie Kaffee oder Tee?«
»Gern Tee und Eier im Glas, wenn Sie die zubereiten können«, bat Herr von Düren, und sein Tonfall klang eher bescheiden als launisch.
»Aber natürlich«, entgegnete ich und musste innerlich schmunzeln. Eier im Glas, mit kleingehacktem Schnittlauch gekrönt, gehörten zu meinen Kindheitserinnerungen, genau wie Malzkaffee und Grießbrei mit Zucker und Zimt.
»Also ich nehme kein Ei, das ist mir zu ungesund. Denken Sie nur an das furchtbare Cholesterin«, tönte Elsa Martins hohe Stimme durch das Zimmer, nachdem sie sich an ihren Platz gesetzt hatte. Es gab zwei kleine Tische und einen größeren für die Bewohner des Zimmers im Erdgeschoss.
Als Letzte erschien Frau Steinmetz, die mich beinahe schüchtern begrüßte, obwohl sie seit vielen Jahren zu unseren Stammgästen gehörte.

»Das ist aber schön, Sie mal wiederzusehen, Frau Rohlfs, Sie waren ja lange nicht mehr hier«, sagte sie und gab mir ihre zarte Hand, die sich anfühlte wie eine Feder.

»Ich freue mich auch«, antwortete ich. »Geht es Ihnen gut?«

»Ach, muss ja«, murmelte die Dame, heute ganz in Grau gekleidet, während sie ein wenig hilflos mitten im Zimmer stand. Offenbar überlegte sie, an welchen Tisch sie sich setzen sollte.

Dies nahm Otbert von Düren netterweise zum Anlass, aufzuspringen und Frau Steinmetz einen Platz anzubieten. Errötend nahm sie sein Angebot an, und ich war erleichtert. Immer schon hatte es mich bedrückt, wenn die Gäste einzeln an einem Tisch saßen, ohne miteinander zu reden. Keine noch so schöne Musik konnte darüber hinwegtäuschen, dass hier Menschen versammelt waren, die – aus welchen Gründen auch immer – gezwungen waren, allein zu verreisen.

Entschlossen, für gute Stimmung zu sorgen, legte ich eine Klassik-CD in den Player und widmete mich der Zubereitung der Eierspeisen.

Während ich den Schnittlauch aus einem der Kräutertöpfe auf der Fensterbank mit dem Wiegemesser klein hackte, wanderten meine Gedanken zu Stella und ihrer Familie, zu Nina und Alexander – und nicht zuletzt zu Thomas, der meine Gefühlswelt ziemlich in Aufruhr gebracht hatte.

Wenn ich Frauen wie Elsa Martin oder Frau Steinmetz beobachtete, spürte ich, dass ich keine Lust hatte, auf Dauer allein zu sein, denn das war ich nun lange genug gewesen.

16

Wie lange wirst du denn bleiben?«, wollte Nina wissen, als ich sie nach dem Sonntagsfrühstück in der Villa anrief. Augenscheinlich verbrachte sie den Tag ohne Alexander.

»Das hängt ganz davon ab, wie schnell ich einen Ersatz für Metta bekomme. Ich habe schon eine Anzeige über die Website des Landfrauenvereins geschaltet und bei der Agentur für Arbeit angefragt. Und wie geht's so in Hamburg? Kommt Alexander denn gut ohne mich klar? Und wie läuft es mit euch beiden?«

Nina erzählte, dass Alexander sie gebeten habe, ihn auf seine Reise ins Elsass zu begleiten, und dass es meinen beiden Lieblingen bestens gehe. »Aber ehrlich gesagt weiß ich nicht, wie er sich das vorstellt. Ruth Gellersen wird sich bedanken, wenn ich einfach so zwei, drei Monate im Laden fehle. Außerdem kann ich mir keinen Verdienstausfall leisten.«

Ruth Gellersen war die Besitzerin von Koloniale Möbel und lebte die meiste Zeit in der Schweiz.

»Kannst du denn nicht deinen Jahresurlaub nehmen?«,

schlug ich vor. »Ihr müsst doch nicht die ganze Zeit zusammenglucken, außerdem könntet ihr durch einen Tapetenwechsel und neue, gemeinsame Erlebnisse Schwung in eure Beziehung bringen.«

Während ich dies sagte, schämte ich mich beinahe, denn schließlich war *ich* die Single-Frau unseres Kleeblatts und konnte daher nur rein theoretische Tipps geben.

»Ich denk drüber nach«, versprach Nina, klang aber alles andere als überzeugt. »Lass du aber auch nicht den Kopf hängen, und komm bald wieder heim. Nicht dass du uns noch im Alten Land verlorengehst.«

Nachdem wir das Telefonat beendet hatten, putzte ich die drei Fremdenzimmer. Zum Glück waren alle Gäste sehr ordentlich, so dass das Nötigste innerhalb kürzester Zeit erledigt war. So blieb mir noch eine Stunde Pause, bis ich zum Hofladen fahren musste. Am Wochenende kamen viele Touristen aus dem Hamburger Umland, um spazieren zu gehen, die Apfelblüte zu bestaunen und regionale Produkte einzukaufen. Es würde also voll werden. Ich dachte kurz daran, dass Thomas vorgeschlagen hatte, einen kleinen Abstecher hierher zu machen. Vielleicht würde ich ihn nachher anrufen und fragen, ob er morgen im Büro früher Schluss machen konnte und mich hier besuchte.

Um frische Luft zu schnappen, ging ich zu Fuß zum Laden. Nach zehn Minuten erreichte ich den Teil unserer Obstplantage, auf dem mein Vater Äpfel, Kirschen, Pflaumen und seit neuestem Aprikosen und Pfirsiche anbaute, die er mit großem Gewinn weiterverkaufte.

Unser Obsthof war mit insgesamt knapp achtzig Hektar einer der größten der Region. Die meisten anderen Höfe

hatten nur an die zwanzig bis fünfundzwanzig Hektar, doch auch sie erwirtschafteten regelmäßig gute Erträge.
Mittlerweile standen die Obstbäume in voller Pracht, und ich konnte mich kaum an ihrem Anblick sattsehen.
Fasziniert bestaunte ich auch diesmal wieder das Meer von rosa-weiß schimmernden, zarten Blüten, während die Äste sich sanft im Frühlingswind wiegten.
Jede Apfelsorte hatte andere Blüten, und ich war immer wieder hingerissen, welche Wunderwerke die Natur hervorbrachte. Nicht lange, dann würden sie auf den Boden herabregnen, wo sich ein weicher Blumenteppich bildete.
»Oh, da bist du ja schon«, begrüßte Papa mich freudig lächelnd, als ich vor dem Laden eintraf.
Er stapelte gerade Holzkisten mit Marmelade, Honig, Kartoffeln und selbstgemostetem Apfelsaft auf eine Sackkarre.
»Hilfst du mir?«
Ich rollte die Karre in den Laden, der genauso war, wie man sich einen klassischen Hofladen vorstellte: schlicht, einladend rustikal, gebaut wie eine kleinere Scheune. Den Mittelpunkt bildeten der Verkaufstresen und die Regale, in denen auch getrocknete Kräuter, Gewürze und Tee präsentiert wurden.
Vor dem Laden stand ein Walnussbaum, dessen Früchte wir im Herbst ernten würden, allerdings nur für unseren privaten Bedarf. Unter dem Baum luden fünf runde Holztische mit Stühlen zum Verweilen ein. Im Sommer war es dort im Schatten angenehm kühl und lauschig. Früher hatte hier eine Schaukel gehangen, auf der ich als Kind stundenlang gesessen und vor mich hin geträumt hatte.
»Seit dem letzten Mal hat sich nichts verändert«, sagte ich, als

mein Vater mit mehreren ineinandergeschobenen Weidenkörben hereinkam, die ebenfalls im Laden verkauft wurden und neben den Obstkisten zu den absoluten Verkaufsschlagern gehörten.

»Ist das jetzt was Gutes oder eher was Schlechtes?«, fragte er augenzwinkernd und stellte die Körbe auf den Verkaufstresen neben die altmodische Registrierkasse. Der Laden würde in zehn Minuten öffnen, bis dahin gab es noch einiges zu tun.

»Es ist auf alle Fälle beruhigend«, antwortete ich lächelnd. Und das stimmte auch.

Der Duft des Holzes, der Anblick der selbstgemachten Delikatessen, das Bodenständige taten der Seele gut.

Ich konnte absolut verstehen, dass diese Oase der Ruhe so manchen gestressten Großstädter geradezu magisch anzog.

Einige Minuten später wimmelte es von Kunden, und wir hatten beide Hände voll damit zu tun, zu beraten, zu verpacken, auszuwiegen und weitere Obstkisten aus dem Schuppen hinter dem Laden heranzuschaffen.

»Unfassbar, wie sehr die Leute auf diese Dinger abfahren«, sagte mein Vater kopfschüttelnd, als es einen Moment lang leer war und wir einen Kaffee trinken konnten, den ich in der Thermoskanne mitgebracht hatte.

»Und ich finde es unfassbar, dass du gerade abgefahren und Dinger gesagt hast«, entgegnete ich grinsend. »Aber ob du's glaubst oder nicht, du findest diese Dinger momentan in sämtlichen Land– und Wohnzeitschriften. Man kann sie zu Regalen zusammenbauen, an die Wand hängen, bepflanzen und nach dem eigenen Geschmack bemalen oder bekleben. Außerdem bieten wir sie im Gegensatz zur Konkurrenz für

vier Euro an, das darfst du nicht vergessen. Da kommen die Leute natürlich lieber zu uns.«
Papa runzelte die Stirn: »Was verlangen die anderen Läden denn für die Kisten?«
»Bis zu sechs Euro das Stück«, sagte ich. »Wusstest du das denn nicht?«
Mein Vater schüttelte den Kopf. »Nein! Aber gut, dass du es sagst. Ab sofort kosten sie fünf Euro fünfzig.«
Flugs war er auch schon dabei, mit Kreide den neuen Preis auf die schwarze Schiefertafel zu schreiben. »Und wie findest du den Laden insgesamt so? Du warst ja lange nicht hier und hast daher einen anderen Blick als ich betriebsblinder Maulwurf. Vielleicht müsste ja hier und da noch etwas verändert werden, von dem ich ebenso wenig weiß wie von den Preisen unserer Mitbewerber.«
Ich schaute mich erneut um, diesmal deutlich kritischer. Es war ein traditionelles Ambiente, das einem überwiegend älteren Publikum gefiel. Aber sprach es auch junge Leute an? Obwohl ich eine Menge dazu zu sagen und auch einige Ideen gehabt hätte, wusste ich, dass nun Vorsicht geboten war. Ich wollte meinen Eltern nicht zu nahe treten. Immerhin führten sie ihren Pensionsbetrieb und den Laden seit vielen Jahren äußerst erfolgreich.
»Gib's zu, du traust dich gerade nicht«, sagte mein Vater und lächelte mich über den dampfenden Kaffeebecher hinweg an. »Also stell dir einfach vor, ich frage dich in deiner Rolle als … sagen wir mal, Reise- und Gastronomieexpertin. Bitte tu mir den Gefallen und sei ehrlich.«
Beim letzten Teil des Satzes zuckte ich zusammen, denn es war allerhöchste Zeit, meinem Vater reinen Wein einzu-

schenken und zu sagen, dass ich bald ohne Job dastehen würde. Zum Glück waren wir gerade allein im Laden.

»Weil du gerade von Ehrlichkeit sprichst …«, begann ich mit klopfendem Herzen. »… das La Lune wird in wenigen Monaten geschlossen, weil das Haus abgerissen wird. Alexander wird das Restaurant aufgeben und in Zukunft hauptsächlich Reiseführer und Kochbücher schreiben. Für mich und die anderen Angestellten bedeutet das, dass wir uns bald eine neue Stelle suchen müssen.«

So, nun war es endlich raus!

Die Miene meines Vaters verfinsterte sich, und er brachte nur »Oh nein, nicht schon wieder« hervor.

Bestimmt dachte er an die Zeit vor vier Jahren, als ich Knall auf Fall bei Traumreisen gekündigt hatte, ohne etwas Neues in Aussicht zu haben. Damals hatte ich erfreulicherweise wieder etwas gefunden, aber die Zeiten waren härter geworden. Und meine Eltern machten sich immer Sorgen um mich.

Mit einem tiefen Seufzer nahm mein Vater mich in den Arm. »Aber wieso hast du das denn nicht gleich gesagt, Schäfchen?« Er strich mir liebevoll durchs Haar. »Weiß Anke davon?«

Erstaunt registrierte ich, dass er meine Mutter plötzlich Anke statt Mama nannte.

»Ich wollte euch nicht beunruhigen, schließlich habt ihr beide genug mit euren Problemen zu tun. Mach dir bitte keine Gedanken, das wird schon wieder. Ich finde bestimmt bald einen Job.«

Ich war zwar keineswegs so sicher, aber ich wollte meinem Vater zuliebe Zuversicht ausstrahlen.

»Davon bin ich felsenfest überzeugt. Eine Frau wie Leonie nimmt doch jeder mit Kusshand!«, sagte plötzlich eine männliche Stimme hinter uns. Wieso hatte ich nicht bemerkt, dass jemand in den Laden gekommen war?
Mein Vater und ich lösten uns hastig voneinander und drehten uns um. Mich traf beinahe der Schlag, als Thomas plötzlich vor mir stand.
Ich hatte doch vorhin noch daran gedacht, ihn einzuladen. Konnte der Mann Gedanken lesen?
»Was machst du denn hier?«, fragte ich mindestens so verwirrt, wie mein Vater aussah. Thomas war wirklich spontan und offenbar immer für eine Überraschung gut.
»Im Alten Land ist gerade Apfelblüte, die ich mir immer schon mal ansehen wollte. Außerdem ist heute Sonntag und strahlend schönes Wetter. Und *du* bist hier. Brauche ich noch mehr Gründe?«
Ich beobachtete aus den Augenwinkeln, wie mein Vater Thomas von oben bis unten abscannte, was diesen jedoch nicht zu irritieren schien. Er war schon immer souverän gewesen und nicht leicht aus der Fassung zu bringen, wohingegen mich die Situation peinlich berührte.
Schließlich hatte ich das Wiedersehen mit meinem Ex-Chef meinen Eltern gegenüber mit keiner Silbe erwähnt.
Doch unverkennbar hatte mein Vater an Thomas und seiner direkten Art Gefallen gefunden. Lächelnd reichte er ihm die Hand und stellte sich vor: »Hallo, ich bin Jürgen Rohlfs, Leonies Vater.«
»Und ich heiße Thomas Regner, bin Leonies Ex-Chef bei Traumreisen und wollte Ihre Tochter entführen. Darf ich, oder brauchen Sie sie?«

»Von mir aus gern, ich komme schon alleine klar«, antwortete Papa, und ich freute mich, da ich wusste, dass das gelogen war. Wie lieb von ihm, dass er auf mich Rücksicht nahm. »Na los, ihr beiden. Macht euch einen schönen Tag. Aber lass bitte dein Handy an, für den Fall, dass ich dich in der Pension brauche.«
»Danke, du bist der Beste«, antwortete ich mit dem Anflug eines schlechten Gewissens. Zu Thomas gewandt sagte ich: »Und was hast du vor?«
Irgendwie glaubte ich zu träumen, so sehr überraschte mich sein Besuch.
»Wie wäre es mit dem Estehof?«, schlug Thomas vor und führte mich zu seinem BMW, den er am Wegrand geparkt hatte. »Ich hab so viel Gutes darüber gelesen, dass ich dich gern dorthin einladen würde. Das Essen soll fantastisch sein, genau wie die Terrassenplätze am Anleger. Ich hoffe, du hast Hunger.«
»Und ob«, sagte ich und setzte mich neben ihn auf den Beifahrersitz. »Der Estehof ist wunderschön, da wollte ich schon lange mal wieder hin.«
Vorhin hatte ich noch geglaubt, Thomas eine ganze Weile nicht mehr sehen zu können, und nun saß ich auf einmal neben ihm im Auto.
Ein klarer Fall von *Synchronizität,* wie Nina es nannte, wenn Dinge sich scheinbar wie von Zauberhand ineinanderfügten, als hätte ein Regisseur seine Finger im Spiel.
Ich hätte eher gesagt, dass es ganz natürlich war, dass zwei Menschen, die sich mochten, das Bedürfnis verspürten, möglichst viel Zeit miteinander zu verbringen.
Wie auch immer, es fühlte sich so gut an, mit Thomas über

die Landstraße Richtung Königreich an die Grenze zur dritten Meile nach Estebrügge zu fahren. Vorbei an den Fachwerkhäusern mit den hübsch geschmückten Giebeln und Prunkpforten und den Klappbrücken, die über die Elbkanäle führten. Das Leben hielt immer wieder Überraschungen für einen bereit.

Man muss die Feste feiern, wie sie fallen.

17

Oh Mann, es ist total öde ohne dich«, maulte Stella, als wir Montagmorgen telefonierten. »Wann kommst du endlich wieder nach Hause?«

»Mit etwas Glück Mittwochabend oder Donnerstag«, antwortete ich, während ich eine Tasse Tee trank. Die Feriengäste hatten bereits zu Ende gefrühstückt, und nun nutzte ich die kurze Pause, um mit Stella zu quatschen, bis ich die Zimmer putzen musste. »Nachher stellen sich drei Bewerberinnen vor. Zwei von ihnen kommen von der Agentur für Arbeit, die andere durch Empfehlung des Landfrauenvereins. Drück mir die Daumen, dass sie geeignet sind und Papa sie akzeptiert.«

»Das mache ich auf jeden Fall, allein schon aus egoistischen Gründen. Ich soll dich übrigens schön von Emma grüßen, die dich daran erinnern möchte, dass du mit ihr in das neue Eismeer bei Hagenbecks Tierpark wolltest. Oder in den Wildpark Schwarze Berge. Sie liebt übrigens das Buch, das du ihr neulich aus der Stadt mitgebracht hast.«

»Sag ihr, dass wir das ganz bald machen. Und gib ihr bitte heute Abend einen dicken Gutenachtkuss, okay? Aber was gibt es sonst Neues bei euch? Was macht dein Bauch?«

»Dem geht's zum Glück bestens, auch wenn mein Gyn mich behandelt, als wäre ich ein rohes Ei. Allmählich kann ich den Begriff Risikoschwangerschaft nicht mehr hören. Außerdem muss ich bald eine Entscheidung wegen des Fruchtwassertests treffen, und du weißt ja, was das alles nach sich zieht.«
Oh ja, dieser Test war ein heikles Thema und wurde immer wieder kontrovers diskutiert. Die Frage, die sich werdende Eltern stellen mussten, war, ob sie im frühen Stadium der Schwangerschaft wissen wollten, ob ihr Kind in irgendeiner Form behindert zur Welt kommen würde.
»Wie denkt Robert darüber?«, fragte ich, obwohl ich mir vorstellen konnte, dass er es darauf ankommen ließ, schließlich liebte er Kinder.
»Ich sehe ihn erst morgen Abend wieder, weil er gerade in Husum ist, um seine Schwägerin und die Großeltern von Moritz zu besuchen. Er hat heute und morgen frei, aber sobald er wieder da ist, besprechen wir das mit dem Test. Und bei dir: Bist du schön fleißig? Hast du was von Thomas gehört?«
»Ich hab nicht nur von ihm gehört, sondern auch Besuch von ihm bekommen. Er stand gestern plötzlich vor mir im Laden, ich dachte, ich seh nicht recht. Papa hat jetzt Sternchen in den Augen und wittert eine baldige Hochzeit«, kicherte ich in Gedanken an das Gespräch, das wir gestern am späten Abend geführt hatten, nachdem Thomas mich zurück nach Steinkirchen gebracht hatte. »Irgendwie übernimmt er gerade die Rolle meiner Mutter, verkehrte Welt. Kann aber auch sein, dass er nur händeringend darauf wartet, dass ich endlich den Versorger bekomme, den er sich

immer für mich gewünscht hat. Insbesondere, weil ich ihm endlich erzählt habe, dass das La Lune bald dichtgemacht wird.«

»Möchtest du Thomas denn heiraten?«, fragte Stella und klang so ernst, als wäre die Frage nicht nur rein hypothetisch.

»Spinnst du?«, fragte ich entsetzt. »Ich kenne ihn doch kaum. Wir haben uns gestern zum dritten Mal privat getroffen. Nee, nee, so gefühlsverkitscht bin selbst ich nicht.«

»Na ja, ich hab das in der Tat nicht ganz ernst gemeint«, sagte Stella und lachte. »Aber was habt ihr gemacht? Hattet ihr heißen Sex hinterm Apfelbaum? Im Haus deiner Eltern wolltest du sicher nicht, oder?«

Nun musste ich auch grinsen. Nach einem Spaziergang durch das malerische Örtchen Estebrügge, bei dem wir ganz vertraut Händchen gehalten hatten, speisten wir fürstlich im Estehof.

Zu dem dreihundert Jahre alten Gasthof gehörte ein verwunschener, wilder Garten mit eigenem Bootsanleger. Thomas erzählte von seiner Arbeit und ich von meinen Eltern und meiner baldigen Arbeitslosigkeit.

Trotz der ernsten Gesprächsthemen hatten wir viel gelacht und waren im Anschluss zur Holländer Klappbrücke gegangen, um uns nach dem üppigen Essen die Beine zu vertreten. Dort hatten wir wild herumgeknutscht, und Thomas hatte vorgeschlagen, ein Hotelzimmer zu nehmen.

Ja, es prickelte wirklich zwischen uns, das konnte ich nicht anders sagen.

»Wir haben uns beherrscht, wir sehen uns ja wieder in Hamburg«, antwortete ich, ohne weitere Details preiszuge-

ben. Dieses süße Geheimnis behielt ich ausnahmsweise für mich.
Ich wollte ganz in Ruhe meine Gefühle für Thomas sortieren.
War er nur ein Flirt, jemand, mit dem ich ins Bett ging, oder hatte unser Verhältnis ein größeres Potenzial?
Stattdessen schwärmte ich von den leckeren Gerichten im Estehof und dem romantischen Garten mit den kleinen Nischen, in denen Tische und Stühle standen, was Nina bestimmt sehr gut gefallen würde.
»Da sollten wir drei mal zusammen hingehen. Vielleicht könnt ihr mich ja abholen, wenn mein Vater mich hier nicht mehr braucht«, sagte ich.
»Coole Idee«, erwiderte Stella. »Ich frage Nina, ob sie kann. Zu zweit können wir dir vielleicht ein bisschen mehr aus der Nase ziehen, was Thomas betrifft. So, jetzt muss ich aber los, um die Zutaten für einen Kuchen zu kaufen. Emma soll morgen einen Kuchen in den Kindergarten mitbringen, und ich stehe mit dem Backen auf dem Kriegsfuß, wie du weißt. Vermutlich mache ich es wie Sarah Jessica Parker im Film *Working Mum* und kaufe einen fertigen, den ich später so bearbeite, dass er aussieht wie selbst gemacht.«
Ich schmunzelte, weil ich den Film kannte und mir bestens vorstellen konnte, wie Stella den Kuchen mit einem Nudelholz beackerte, damit er weniger perfekt aussah.
»Und welche Sorte willst du nehmen?«
Natürlich kannte ich Emmas Vorliebe für jede Art von Rührkuchen. Neben Zitrone stand bei ihr Schokolade ganz oben auf der Hitliste, genau wie bei mir.
Aber Obstkuchen mochte sie auch.

»Irgendetwas Simples. Die anderen machen daraus bestimmt wieder einen Wettbewerb für die *Mutter des Jahres* und kommen mit Cupcakes, Muffins oder diesen hippen Cake-Pops. Also werde ich einfach cool dagegenhalten und so etwas wie Marmorkuchen backen. Meinst du, ich schaffe das?«

»Na klar kriegst du das hin«, ermutigte ich sie. »Notfalls rufst du mich an, und ich coache dich per Telefon. Oder du lädst dir ein Back-Video auf dein iPad. Pass nur auf, dass kein Teig draufspritzt. Übrigens wusstest du, dass heute der Tag des Apfelkuchens ist? Soll ich dir vielleicht das Rezept für Mamas berühmten Blechkuchen mit Mandeln verraten? Der ist leicht zu machen und schmeckt absolut köstlich.«

Stella war begeistert von meinem Vorschlag und notierte sich sogleich das Rezept.

Apfelblechkuchen mit Mandeln

Teig:
400 g Mehl oder Dinkelmehl
200 g Butter, 1 Prise Salz
1 Ei, 150 g Zucker, 2 TL Backpulver
1 TL Zitronenreibsel

Guss:
150 ml saure Sahne, 3 Eier
1 EL Speisestärke, 5 EL heller Blütenhonig

Mandelcreme:
120 g Butter, 120 g Zucker
5–6 EL Sahne, 80 g Rosinen
200 g gem. Mandeln
15 mittelgroße Äpfel
1 Päckchen gehobelte Mandelblättchen

Zubereitung:
Einen Streuselteig herstellen und auf einem gefetteten Backblech fest andrücken, dabei den Rand hochformen. Eier mit Honig, saurer Sahne und der Speisestärke für den Guss verquirlen.
Für die Mandelcreme Butter, Zucker und Sahne aufkochen. Mandeln hinzufügen und drei Minuten köcheln lassen. Rosinen in die Creme rühren und den Topf vom Herd nehmen. Die Äpfel schälen, halbieren und Kerngehäuse ausschneiden. An der Oberfläche die Äpfel mit einigen Schnitten einritzen. Auf den Teig mit der runden Seite nach oben auflegen, den Guss gleichmäßig darübergießen und die Mandelcreme darauf verteilen. Mandelblätter aufstreuen und im Backofen bei ca. 180° C ca. 40 Minuten backen.

»Mmh, das klingt lecker und total einfach«, sagte Stella und versprach, sich wieder bei mir zu melden, sollte sie wider Erwarten meine Hilfe brauchen.
Nachdem wir uns voneinander verabschiedet hatten, wanderten meine Gedanken wieder zu Thomas und dem gestrigen Abend. Irgendwie war es beinahe zu schön gewesen, um wahr zu sein: Bilderbuchwetter, ein anregendes Ge-

spräch über meine berufliche Zukunft (Thomas war der Meinung, ich sollte mich selbständig machen), erotisches Knistern, gepaart mit zärtlichen Umarmungen.
Dennoch fehlte etwas, ohne dass ich sagen konnte, was. Es war aber auch möglich, dass ich mich zurzeit einfach von der Situation überfordert fühlte und daher meine Empfindungen nicht so recht einordnen konnte. Am besten wartete ich ab, bis ich wieder in Hamburg war.

Wenige Stunden später hatte ich eine neue Herausforderung zu bewältigen: Nur eine der drei Bewerberinnen kam halbwegs in Frage. Die fünfzigjährige Sonja Mieling aus Mittelnkirchen schien zwar kompetent zu sein, aber auch sehr resolut, was meinen Vater ein wenig abschreckte. Jahrelang war er es gewohnt gewesen, mit Samthandschuhen angefasst und mit bestimmten alltäglichen Dingen nicht belästigt zu werden.
Doch ich versuchte, ihm klarzumachen, dass ihm nichts anderes übrigblieb, als sich mit Frau Mieling zu arrangieren. Schließlich hatte ich ihr versprochen, mich noch am selben Abend zu melden. Wenn es mir gelang, meinen Vater zu überzeugen, sollte sie gleich morgen früh anfangen, damit ich sie bis Ende der Woche einarbeiten konnte.
Ich hatte sowieso vor, bis zur Eröffnung des Elbherz in Cranz am Mittwoch zu bleiben, weil ich mir auf gar keinen Fall die Erfüllung meines Kindertraums von einem Kiosk an der Elbe entgehen lassen wollte.
Alexander wusste Bescheid, dass es noch ein Weilchen dauern würde, und hatte zum Glück in der Zwischenzeit eine Teamleiterin für das La Lune gefunden. Wie sie ihren Job machte, würde sich zeigen, aber ich hoffte das Beste.

»Und du willst diese Frau wirklich engagieren?«, fragte mein Vater, als wir später zusammen zu Abend aßen. Ich hatte Bauernfrühstück gemacht, das ihm sichtlich schmeckte, denn er nahm sich eine zweite Portion.
»Sie ist gut geeignet für den Job«, entgegnete ich und spießte eine Gabel grünen Salat auf, den ich als Beilage zubereitet hatte. »Gib ihr einfach eine Chance, okay?«
Mein Vater nickte wortlos und trank einen Schluck dunkles Bier.
»Hast du eigentlich was von Anke gehört?«, fragte er und leerte sein Bier in einem Zug.
»Ich habe vorhin kurz mit ihr telefoniert und ihr von Frau Mieling erzählt«, sagte ich. »Sie war sehr erleichtert, dass es einen Ersatz für Metta gibt. Offensichtlich fühlt sie sich wohl in Paris. Sie hat im Café eine sehr nette französische Malerin kennengelernt, die gut Deutsch spricht und die sie spontan in ihre *mas* in der Provence eingeladen hat«, fuhr ich fort und bemerkte, wie die Mundwinkel meines Vaters nach unten sackten.
Mit einem Mal stand Elsa Martin vor uns, die in diesem Teil des Hauses nichts zu suchen hatte. Wenn Gäste Hilfe benötigten oder Fragen hatten, riefen sie in der Regel über das Haustelefon an oder klingelten an der Eingangstür. Keiner von ihnen hatte sich je erdreistet, einfach so in unserer Küche aufzutauchen.
»Tut mir leid, dass ich hier hereinplatze, aber Sie haben weder auf meine Anrufe reagiert noch auf mein Klingeln«, erklärte die Krimi-Autorin und blickte auf unsere Teller. »Mmh, das duftet ja köstlich. Was ist das?«
»Bauernfrühstück«, antwortete mein Vater und wirkte auf

einmal wie ausgewechselt. »Und es schmeckt genauso hervorragend, wie es duftet. Möchten Sie probieren? Meine Tochter ist wirklich eine fantastische Köchin.«

Bevor ich protestieren konnte, stand er auf und füllte einen Teller.

Dann nahm er Besteck und eine Serviette aus der Anrichte und legte alles auf den Tisch. »Mögen Sie Rotwein?«, wollte er wissen, und ich fühlte Wut in mir aufsteigen.

Wie kam er bitte schön dazu, einen Gast zu uns an den Tisch zu bitten, ohne mich zu fragen?

Außerdem hatte ich die Portion, die nun in Elsa Martins Magen landen würde, als Mittagessen morgen für meinen Vater vorgesehen. Er brauchte es sich nur aufzuwärmen, während ich Sonja Mieling einarbeitete.

»Ich liebe Rotwein«, antwortete Elsa Martin begeistert, woraufhin mein Vater die Vorratskammer neben der Küche durchsuchte und schließlich mit einem Jahrgangs-Bordeaux wiederkam, den ich meinen Eltern zu einem besonderen Anlass geschenkt hatte.

»Und was gibt es so Dringendes?«, fragte ich Frau Martin und ärgerte mich darüber, dass man meine Gereiztheit so deutlich hörte.

»Ich wollte fragen, ob ich länger bleiben kann«, entgegnete sie, während mein Vater ihr den edlen Rotwein einschenkte. »Die wunderschöne Umgebung und die Luft tun mir unheimlich gut, beflügeln meine Fantasie und inspirieren mich auf jede nur erdenkliche Art und Weise. Und was kann man sich als Autorin mehr wünschen?«

Mein Vater lächelte zufrieden, und ich konnte mich kaum noch beherrschen.

Was ging hier denn ab?
Flirteten die beiden etwa miteinander?
»Tut mir leid, aber ich fürchte, wir sind die nächste Zeit komplett ausgebucht«, gab ich reflexartig zurück, obwohl das nicht stimmte. »Aber ich kann Ihnen gern eine andere Pension hier in der Gegend empfehlen, wenn Sie möchten.« Der letzte Teil des Satzes war der reinen Höflichkeit geschuldet. Irgendetwas sagte mir, dass es besser war, wenn Elsa Martin ganz schnell abreiste.
»Bist du dir da sicher, Schäfchen?«, mischte sich mein Vater ein und stand auf, um das Reservierungsbuch zu holen, das auf der Kommode im Flur neben dem Telefon lag.
Nachdem er seine Lesebrille aufgesetzt hatte, entdeckte auch er, was ich längst wusste. Frau Martins Zimmer war die kommenden vier Wochen frei. Erfreut rief sie aus: »Nun, da haben Sie sich wohl getäuscht, Frau Rohlfs. Ach, wie schön, dann ist das also abgemacht!«
Dann redete sie ohne Punkt und Komma über die Arbeit an ihrem Krimi. Anfangs hörte ich noch einigermaßen interessiert zu, doch allmählich kam ich zu dem Schluss, dass Elsa Martin ziemlich narzisstisch war. Am liebsten hörte sie sich selbst reden. Seltsamerweise schien das meinen Vater nicht zu stören, obwohl er es sonst nicht mochte, wenn Frauen zu viel quatschten. Er hing an ihren Lippen, lachte über jeden noch so dummen Witz und schenkte weiter fleißig Wein nach. Irgendwann wurde es mir zu dumm, als reine Statistin neben Elsa zu sitzen, und ich verabschiedete mich unter dem Vorwand, dringend telefonieren zu müssen. Hoffentlich kam mein Vater schnellstmöglich zur Vernunft und merkte selbst, dass diese Frau ein Plagegeist war.

18

Oh, mein Gott, ist das heiß hier. Haben Sie die Heizung an?«

Irritiert blickte ich von meiner Einkaufsliste auf, während sich Sonja Mieling mit einem Exemplar des *Stader Tageblatts* kühle Luft zufächelte. Die Wangen der sonst eher blassen Frau mit dem mausgrauen Kurzhaarschnitt waren hochrot, auf der Spitze ihrer markanten Nase und der schmalen Oberlippe hatte sich ein feiner Schweißfilm gebildet.

»Nein, hab ich nicht«, antwortete ich und reichte unserer neuen Mitarbeiterin ein Glas kühles Leitungswasser.

Für Stella, Nina und mich war es zwar noch eine ganze Weile hin, bis wir in die Wechseljahre kamen, aber ich kannte diese Symptome von meiner Mutter. »Gehen Sie einen Augenblick in den Garten, dann wird es bestimmt gleich besser«, sagte ich und öffnete die Tür.

Nachdem Sonja meinen Rat befolgt hatte, notierte ich die Einkäufe für die kommende Woche. Wir waren tatsächlich ausgebucht, da Otbert von Düren sich für drei Wochen eingemietet hatte und es Elsa Martin dank meines Vaters gelungen war, ihren Aufenthalt um vierzehn Tage zu verlängern.

Nur Frau Steinmetz würde am Samstag abreisen, doch es hatten sich bereits für denselben Tag zwei Freundinnen angekündigt, die ihr Zimmer übernehmen würden.
Sonja Mieling hatte sich von der ersten Minute an als verständige, kompetente Kraft erwiesen, die umgänglicher war als anfangs gedacht, was sogar mein Vater zugeben musste. Als Mutter von drei erwachsenen Kindern war sie durch nichts so schnell zu erschüttern und froh, Geld zum Familieneinkommen dazuverdienen zu können. Schließlich gab es zurzeit nicht allzu viele Jobs in dieser Gegend, erst wieder in der Erntezeit.
Als Sonja Mieling zurückkam, sah sie wieder entspannter aus, und ich ging in mein Zimmer, um Nina anzurufen. Frau Mieling räumte währenddessen den Geschirrspüler aus.
»Na, klappt es mit morgen?«, wollte ich wissen.
»Ich höre um drei im Laden auf, dann holt Stella mich ab, und gegen halb fünf sind wir in Steinkirchen, vorausgesetzt, wir kommen nicht in einen Stau«, antwortete Nina fröhlich. »Ist das okay?«
»Ja, das ist super«, sagte ich. »Momentan ist das Wetter so schön, dass wir draußen sitzen können. Das wird bestimmt traumhaft. Aber was machen eigentlich Paul und Paula?«
Obwohl ich wusste, wie rührend Nina und Stella sich um meine beiden Katzen kümmerten, kam ich mir jedes Mal vor wie eine Mutter, die ihre beiden Kinder verließ.
»Ich fürchte, du musst die beiden auf Diät setzen«, erwiderte Nina lachend. »Und ihnen klarmachen, dass das mit dem Sheba-Futter nur eine Ausnahme ist.«
»Oh nein«, brummte ich, weil ich wusste, wie lange es dau-

ern würde, die beiden verwöhnten Katzen wieder von ihrem Gourmetfutter-Trip abzubringen.
»Tut mir leid«, verteidigte sich Nina. »Wenn ich mich um die beiden kümmere, fühle ich mich immer wie eine Oma, die auf ihre Enkel aufpasst. Und du weißt ja, dass man bei Großmüttern immer sehr viel mehr darf als bei den Eltern.«
»Alles klar, Oma«, sagte ich vergnügt. »Vergiss deinen Gehstock nicht, wenn du morgen kommst. Und die Lesebrille.«
Nachdem ich aufgelegt hatte, starrte ich eine Weile an die Zimmerdecke. Konnte ich meinen Vater wirklich guten Gewissens allein lassen? Obwohl er sich nach Kräften bemühte, den Eindruck zu vermitteln, es ginge ihm bestens, spürte ich, wie sehr er in Wahrheit darunter litt, dass meine Mutter nicht hier war. Anders als viele Paare unserer Generation waren es die beiden gewohnt, beinahe jede Minute zusammen zu sein. Sich an Neues zu gewöhnen fiel den meisten Menschen schwer, erst recht meinem Vater, der bekanntermaßen ein ziemliches Gewohnheitstier war.
Um mir Rat zu holen, rief ich bei meiner Mutter an, die gerade auf dem Weg in den Pariser Stadtteil Saint-Germain-des-Prés war, um das berühmte Café de Flore zu besuchen.
»Ooooh, ich freue mich ja schon so«, plapperte sie drauflos und klang aufgeregt wie ein Teenie. »Gleich sitze ich an einem der Tische, an denen schon Simone de Beauvoir, Jean-Paul Sartre und Picasso ihren Kaffee getrunken haben. Unfassbar, nicht wahr?«
Ich verkniff mir die Bemerkung, dass das Mobiliar seit jener Zeit garantiert mehrfach ausgetauscht worden war, um meiner Mutter die kindliche Freude zu lassen.
»Ja, das ist Wahnsinn«, antwortete ich und wog ab, ob ich

meine Bedenken wegen meines Vaters nicht besser für mich behalten sollte. Schließlich hatte ich meine Mutter seit einer Ewigkeit nicht mehr so lebendig und gut gelaunt erlebt.
»Und wie lange bleibst du in Paris?«
»Nur noch drei Tage. Danach fahre ich mit Jacqueline in ihre *mas* in der Nähe von Lourmarin. Wusstest du, dass Albert Camus dort begraben liegt und seine Tochter in diesem Dorf auf einem Schloss wohnt, das ihm gehört hat? Ich wünschte, du wärst hier, ich weiß, wie sehr dir das alles gefallen würde.«
»Sorry, aber mit den Grabstätten von Dichtern kenne ich mich nicht so aus. Freut mich aber, dass du so viel Spaß hast. Wie lange willst du eigentlich bei Jacqueline bleiben?«
»Das hängt ganz davon ab, wie wir uns verstehen … und ein bisschen davon, wie es bei euch aussieht. Läuft es denn gut mit Sonja Mieling?«
Gott sei Dank hatte meine Mutter trotz ihrer Begeisterung über ihre Reise uns nicht vergessen.
»Sie ist zwar als Typ nicht ganz Papas Geschmack, aber sie hat die Dinge einigermaßen im Griff. Ich bleibe bis morgen Nachmittag und gehe heute Abend zur Eröffnung des Elbherz in Cranz. Sollte es Probleme geben, fahre ich halt wieder ins Alte Land, sofern Alexander mich entbehren kann. Ist ja zum Glück nicht so weit.«
»Oh, die Eröffnung ist schon heute?«, murmelte meine Mutter. »Unglaublich, wie schnell die Zeit verfliegt. Auf jeden Fall wünsche ich dir einen schönen Abend. Amüsier dich, nach dem ganzen Stress der letzten Tage.«
»Ich bin gespannt auf deinen Blog-Beitrag und Fotos aus dem Café de Flore«, entgegnete ich. »Du machst das übrigens toll. Bin stolz auf dich. Also dann, mach's gut. Bis bald.«

Ich legte auf.
»War das Anke?«, hörte ich meinen Vater fragen. Wie lange stand er schon im Zimmer?
»Ja«, antwortete ich und steckte das Ladegerät in mein Handy. »Ich soll dich schön grüßen.«
»Oh, danke«, sagte Papa beinahe verlegen.
Plötzlich fragte ich mich, ob es klug gewesen war, zu schwindeln. Meine Mutter hatte nämlich gar keine Grüße ausgerichtet, zu sehr war sie in Gedanken schon im Café de Flore.
»Was ich noch wissen wollte: Hast du dir überlegt, wer Frau Mieling vertritt, wenn sie freihat?«
»Nein, das ist gar nicht nötig. Frau Mieling wird durcharbeiten und den ihr zustehenden Urlaub am Ende ihrer Tätigkeit am Stück nehmen. So hatte es Mama auch mit Metta Dicks vereinbart. Aber was ist los mit dir? Du guckst so bedropst aus der Wäsche.«
»Ach, es ist nichts weiter«, winkte mein Vater ab, griff sich jedoch an den Bauch. »Das wird bestimmt wieder.«
Alarmiert horchte ich auf. Mein Vater war nur selten krank. Jetzt schien es ihm aber nicht gutzugehen. Er wirkte eingefallen und war ziemlich blass.
»Hast du Bauchschmerzen?«, fragte ich.
»Ein bisschen, aber das ist nicht so schlimm.«
»Dann koche ich dir einen Fencheltee und mache dir eine Wärmflasche. Und du legst dich inzwischen ins Bett, okay?«
Zu meinem Erstaunen protestierte mein Vater nicht, sondern murmelte: »Danke, das ist lieb von dir«, und trottete ins Schlafzimmer. Besorgt schaute ich ihm hinterher. Hatte etwa das Telefonat mit meiner Mutter sein Bauchweh ausgelöst?

Kurze Zeit später saß ich an seiner Bettkante. Mein Vater hatte leicht erhöhte Temperatur, wie ein Blick auf das Thermometer zeigte. Dass er freiwillig Fieber maß und sogar wusste, wo sich das Thermometer befand, grenzte an ein Wunder und konnte nur eines bedeuten: dass es ihm schlechtging.

»Du machst Sachen«, sagte ich kopfschüttelnd, während er den leicht bitteren Kräutertee schlückchenweise trank und angewidert den Mund verzog. »Soll ich Dr. Olters holen?«

Seit ich denken konnte, war Dr. Olters der Arzt unserer Familie und machte immer noch Hausbesuche, obwohl das heutzutage kaum noch üblich war. Dies gehörte zu den sympathischen Seiten des Landlebens, und mir wäre es lieber gewesen, wenn er einen fachmännischen Blick auf meinen Vater geworfen hätte.

Doch mein Papa wollte seine Ruhe und sich gesund schlafen, wie er es formulierte. Also ließ ich ihn allein und ging nach unten zu Sonja Mieling.

Sie arrangierte gerade frische Blumensträuße für die Gäste, bevor sie den Dienst im Hofladen übernehmen musste. Akelei, Wicken, Phlox und Levkojen vermischten sich zu einer wahren Blütensinfonie. Im Garten blühte bereits der Flieder und verströmte seinen betörenden Duft.

»Manchmal hilft auch ein Kräuterlikör gegen Magenverstimmung«, sagte Sonja Mieling, nachdem ich ihr mitgeteilt hatte, dass mein Vater krank im Bett lag und heute nicht im Laden helfen konnte. »Ich bringe ihm heute Abend ein Fläschchen von meinem selbstgemachten vorbei.«

»Danke, das ist wirklich sehr lieb von Ihnen. Aber ruhen Sie sich lieber aus, denn Ihre Arbeitstage hier sind nicht gerade kurz. Und ab morgen bin ich wieder in Hamburg und kann Sie nicht mehr unterstützen.«

»Ach was«, winkte sie energisch ab. »Die Arbeit ist doch ein Spaziergang im Vergleich, als meine drei Kinder noch klein waren und mein Mann ständig nur rumnörgelte. Hier kann man wenigstens ungestört eins nach dem anderen wegarbeiten. Und die Gäste sind ausgesprochen nett. Frau Martin hat mir heute Morgen sogar einen handsignierten Krimi geschenkt.«

Am späten Nachmittag vergewisserte ich mich noch einmal, dass mein Vater wirklich nicht wollte, dass Dr. Olters nach ihm sah, und brachte ihm einen Haferbrei, allerdings ohne Zucker. Mein Vater lag matt und immer noch ziemlich bleich im Bett und hatte gerade ein Sudoku-Rätsel gelöst, um, wie er sagte, *seine grauen Zellen auf Trab zu halten.*

»Ist es okay, wenn ich nachher zur Eröffnung des Elbherz gehe?«, fragte ich besorgt.

»Aber natürlich, Schäfchen. Ich weiß doch, wie sehr du dich darauf freust. Geh nur. Sollte was sein, rufe ich den Doktor an. Außerdem hat Frau Martin sich freundlicherweise bereit erklärt, heute Abend eine ganz persönliche Lesung für mich abzuhalten«, erklärte mein Vater, während er den Brei löffelte, und ich meinte so etwas wie Stolz aus seiner Stimme herauszuhören.

Eine ganz persönliche Lesung?!

Die Alarmglocken in meinem Kopf schrillten dermaßen laut, dass ich befürchtete, er könnte sie hören.

Was zum Teufel hatte diese Frau vor?

Wollte sie die Gunst der Stunde nutzen und sich meinen Vater schnappen, während meine Mutter in Frankreich war? Oder war sie ohne jeden Hintergedanken nett zu ihm?
Ich musste unbedingt etwas über das Privatleben von Elsa Martin herausfinden.
Doch bis zur Eröffnungsfeier des Elbherz musste ich noch einiges erledigen. An diesem Abend wollte ich besonders schick aussehen.

19

Ich wusste es, ich wusste es«, jubelte Henning, als er mich sah, und umarmte mich so stürmisch, dass ich beinahe hinfiel. »Es war sonnenklar, dass du dir die Eröffnung des Kiosks nicht entgehen lassen würdest. Ich kann mich noch gut an unsere Spaziergänge erinnern, als du gesagt hast, das hier sei der perfekte Ort …«

»… bis auf die Tatsache, dass man hier kein Eis essen und Punsch trinken kann«, ergänzte ich und strich meinen locker gestrickten Pulli aus silbergrauer Seidenwolle glatt, der durch die Umarmung meines Ex-Freundes leicht zerknittert worden war. »Aber wo sind denn Sabine und die Jungs?« Da von Hennings Frau und seinen Zwillingssöhnen Jan und Tewes weit und breit nichts zu sehen war, musste ich davon ausgehen, dass sie entweder keine Zeit gehabt hatten oder Henning es darauf angelegt hatte, mich allein zu treffen.

»Sabine schaut zusammen mit Freundinnen *Shopping Queen*, und die Jungs sind auf einem Geburtstag in Finkenwerder«, antwortete Henning. »Dieser enge Jeansrock und der neue Haarschnitt stehen dir absolut fantastisch«, fuhr er fort, mich anzuschwärmen, und ich wurde verlegen. Denn leider

konnte ich dieses Kompliment nicht erwidern. Die anfängliche Platte, die ich schon vor fünf Jahren entdeckt hatte, hatte sich zu einer Halbglatze entwickelt, wodurch Henning erheblich älter wirkte.
Aus dem leichten Bauchansatz war eine veritable Wampe geworden, die er versuchte, durch ein locker fallendes Karohemd zu kaschieren. Die zarten Fältchen hatten sich in Furchen verwandelt. Kurz: Henning sah aus wie Mitte fünfzig statt wie Mitte vierzig.
Dass er auch noch seinen Kopf schief legte, so, wie er es früher stets getan hatte, um besondere Intimität mit mir herzustellen, machte die Sache nicht besser. Ich nannte das damals den *Lassie-Blick*.
»Wieso ist denn dein Vater nicht hier? Und wie geht's deiner Mutter? Gefällt ihr Paris?«, fragte er, sichtlich darum bemüht, mich in ein längeres Gespräch zu verwickeln.
Auch wenn mich Hennings Interesse anrührte, hatte ich keine Lust darauf, dass er die nächsten Stunden wie eine Klette an mir hing. Bevor ich auf die erste seiner vielen Fragen antworten konnte, stand ein großer, breitschultriger Mann mit einem Tablett vor mir und bot uns mit freundlichem Lächeln etwas zu trinken an: »Wir haben Prosecco mit Holundersaft, Apfelschorle, Diekpedder, Bier und Mineralwasser. Willkommen im Elbherz.«
»Das ist ein schöner Name«, erwiderte ich erfreut und nahm ein Glas Diekpedder. Für dieses Altländer Nationalgetränk mischte man 0,2 l Liter naturtrüben Apfelsaft mit einem Schnapsglas Obstler. Manche tranken ihn gern kühl als Aperitif, andere im Winter heiß, um sich aufzuwärmen. Ich mochte beides. »Sind Sie der Besitzer?«

»Ja, ich bin Markus Brandtner«, antwortete er und reichte Henning das gewünschte Bier. Dabei blickte er ihn mit seinen bernsteinfarbenen Augen an, die gut mit seinen rotblonden Haaren und dem rotblonden, kurzgeschnittenen Bart harmonierten. Ich ertappte mich dabei, wie ich auf seine leicht gebräunten, muskulösen Unterarme starrte, die mit goldenen Sommersprossen übersät waren. »Verraten Sie mir denn auch, wie Sie heißen?«
Nun galt dieser warme Blick mir.
»Das ist Leonie Rohlfs«, antwortete Henning und legte seinen Arm besitzergreifend um meine Schulter.
Ich verspürte den Impuls, den Arm wegzuschlagen, beließ es aber bei einem leicht gequälten Lächeln. Schließlich wollte ich Henning nicht brüskieren.
»Dann wünsche ich Ihnen und Ihrem Mann noch einen schönen Abend, Frau Rohlfs«, sagte Markus Brandtner und wandte sich den nächsten Gästen zu.
»Sag mal, spinnst du?«, zischte ich. »Was sollte das denn? Ich bin durchaus in der Lage, meinen Namen selbst zu sagen!«
Henning machte ein zerknirschtes Gesicht und zuckte mit den Schultern.
»Keine Ahnung, was da eben in mich gefahren ist, Leonie. Tut mir leid, das war echt dämlich von mir.Vermutlich habe ich gedacht, dass du dich auf der Stelle in diesen Typen verlieben würdest, denn er sieht echt gut aus, und …«
»Was und? Und da dachtest du, ich fahr Leonie mal in die Parade, damit sie sich heute Abend erst gar nicht amüsiert.«
»Nein … das war so natürlich nicht gemeint … sorry …«, stammelte Henning und sah so geknickt aus, dass es mir sofort leidtat, dass ich ihn so angefahren hatte.

»Schon gut«, antwortete ich und trank meinen Diekpedder in einem Zug leer. »Komm, gehen wir zum Kiosk.«
Die Terrasse des Elbherz war mit bunten Blumen bepflanzt. Auf dem Holzboden standen Bistrotische, eingedeckt mit weißen Tüchern. Die Mitte jedes Tisches schmückte ein Einmachglas mit einer dunkelblauen Kerze, die in hellblauem Wasser schwamm.
Um das Glas herum waren blau-weiß karierte Herzen aus Holz befestigt, die an einem dünnen Draht hingen. Diese Deko wäre auch was für das Esszimmer unserer Pension, dachte ich und setzte im Geiste Blumendraht und Schwimmkerzen auf meine Einkaufsliste. Ob Markus Brandtner die Gläser fertig gekauft oder jemanden in seinem Team hatte, der gern bastelte?
Insgesamt waren zur Eröffnung an die fünfzig Gäste gekommen, was mich sehr freute. Im Alten Land konnte man sich nämlich nie sicher sein, ob Neues akzeptiert oder boykottiert wurde. Doch vermutlich wussten die Altländer, wie wichtig es für die Region war, den Gästen eine Anlaufstelle zu bieten, falls die Elbfähre mal wieder wegen Niedrigwassers ausfiel und die Passagiere am Anleger auf die nächste warten mussten. Zu gern hätte ich den Besitzer gefragt, woher er kam und wie er auf die Idee mit dem Elbherz gekommen war. Doch Markus Brandtner hatte zusammen mit einem jungen, blonden Mädchen alle Hände voll zu tun, seine Gäste mit Fingerfood zu versorgen und für Zeitungsfotos zu posieren.
Dieses Event war ein echtes Highlight für die Lokalpresse.
»Willst du noch hierbleiben, oder hast du Lust, mit mir essen zu gehen?«, fragte Henning, und ich lächelte. Das mit

dem Essengehen war hier in der Gegend nämlich so eine Sache: Außer in den Hotels in Jork fand man kaum etwas, das man guten Gewissens als Restaurant bezeichnen konnte. Und der Estehof in Estebrügge war etliche Kilometer entfernt. Es gab nur eine Dönerbude und einen etwas besseren Imbiss. Nur die Kuchenliebhaber kamen nachmittags in den Cafés und den Obsthöfen auf ihre Kosten.

»Das geht leider nicht, weil ich bald wieder nach Hause muss, um nach Papa zu schauen«, antwortete ich, ohne diesen Umstand wirklich zu bedauern. »Er hat eine Magenverstimmung, und ich möchte sichergehen, dass mit ihm alles in Ordnung ist, bevor ich morgen wieder zurück nach Hamburg fahre.«

»Ja, klar, das verstehe ich«, sagte Henning, wirkte jedoch ziemlich enttäuscht. »Ist aber trotzdem schade, denn ich hätte echt gern mal wieder länger mit dir gequatscht. Das mit dem Mailen klappt ja leider nicht so richtig.«

Mit dieser Bemerkung spielte er darauf an, dass ich auf seine Nachrichten entweder sehr spät oder nur knapp antwortete, weil ich vermeiden wollte, dass er sich meinetwegen Hoffnungen machte. Was auch immer in seiner Ehe mit Sabine schieflief, ich wollte damit nichts zu tun haben!

Henning war ein Teil meiner Vergangenheit, und ich mochte ihn. Aber zu einer dauerhaften Freundschaft mit regelmäßigem Kontakt reichte es nicht – dazu lebten wir in zu unterschiedlichen Welten.

»Soll ich dich fahren?«

»Nein danke, ich würde gern noch einen Moment bleiben. Außerdem bin ich mit dem Rad da«, entgegnete ich und spürte, wie ich allmählich ungeduldig wurde. Würde Hen-

ning denn nie verstehen, dass das mit uns endgültig vorbei war?
Wie deutlich musste ich denn noch werden?
»Also gut, dann sehen wir uns vielleicht ein andermal. Ich geh dann jetzt«, sagte er, gab mir ein Küsschen auf die Wange und trottete mit hängenden Schultern davon.
Nun hatte ich endlich Gelegenheit, mit Bekannten meiner Eltern und Leuten aus Jork zu plaudern. Obwohl ich aufmerksam dem neuesten Klatsch aus der Region lauschte, wanderte mein Blick immer wieder zu Markus Brandtner, der gelegentlich auch zu mir herübersah, bis er irgendwann wieder mit dem Tablett vor mir stand und mir erneut etwas zu trinken anbot.
»Danke, für mich nur noch ein Glas Wasser, ich muss nämlich gleich noch Fahrrad fahren«, sagte ich und verlor mich einen Moment in seinen Augen.
»Na dann will ich Sie nicht zu etwas verführen, das Sie hinterher bereuen«, antwortete Markus Brandtner und zwinkerte so charmant, dass ich kurz versucht war, mit einem flirtigen Spruch zu kontern.
Doch zum einen fiel mir keiner ein, zum anderen bekam ich ein schlechtes Gewissen wegen Thomas.
Da es mittlerweile ziemlich kühl wurde, beschloss ich, lieber aufzubrechen.
Also verabschiedete ich mich von Markus Brandtner und wünschte ihm und seiner Kollegin viel Erfolg, was beide mit einem Lächeln quittierten. Markus Brandtner sagte: »Hoffentlich sehen wir uns wieder«, und ich überlegte, ob er damit wirklich mich meinte oder nur einen Stammgast für das Elbherz gewinnen wollte. Gedankenverloren ging ich

zum Fahrradständer, an dem ich mein altes, heißgeliebtes Hollandrad angeschlossen hatte. Danach trat ich fest in die Pedale. Die Luft duftete nach frisch gemähtem Gras, Frühsommer und Apfelblüten.

Da die Strecke geradlinig verlief und mir keiner entgegenkam, streckte ich übermütig die Beine zur Seite, wie ich es als Kind getan hatte. Über mir zog ein Bussard seine Kreise, und ich lauschte dem fröhlichen Zwitschern der Vögel, die versteckt im Geäst der vielen Bäume saßen, die meinen Weg säumten.

Mit einer merkwürdigen Mischung aus Verwirrung, leichter Wehmut und Sehnsucht dachte ich an Thomas und an unser Wiedersehen, das wir für Samstagabend geplant hatten.

Doch mit einem Mal erschien mir Hamburg weit weg.

Der Abend mit den alten Bekannten hatte mir wieder einmal gezeigt, wo meine Wurzeln lagen, die ich meinte, vor sechs Jahren auf immer gekappt zu haben. Die Landschaft, die Dorfgemeinschaft, diese unvergleichliche wechselvolle Natur hatten mich mit einem Mal wieder gefangen genommen.

Außerdem konnte ich nicht leugnen, dass mir der Besitzer des Elbherz auf Anhieb gefallen hatte.

Aber wie konnte das sein? Ich war doch gerade im Begriff gewesen, mich auf Thomas einzulassen?

Erschrocken bemühte ich mich, das Bild von Markus Brandtner aus meinen Gedanken zu verbannen, denn da hatte er nichts zu suchen!

Nun gut, er sah toll aus, das musste ich zugeben.

Und er hatte mit der Ausstattung des Elbherz Geschmack und einen Sinn fürs Geschäftliche bewiesen. Aber das war noch lange kein Grund, ihn plötzlich mit Thomas zu vergleichen.

Leonie Rohlfs, lass diese blödsinnigen Gedanken!, schimpfte ich mich und war froh, als ich in Steinkirchen ankam, weil es mich mit einem Schlag in die Realität zurückholte.

Im Zimmer meines Vaters brannte Licht, die Vorhänge waren bereits zugezogen. Ich schob das Rad in den Carport und öffnete die Haustür.

Aber was war das?

Aus der ersten Etage drang ein übertrieben klingendes Lachen, ein untrügliches Zeichen, dass Elsa Martin bei meinem Vater war.

Aber was gab es denn bei einem Krimi zu kichern?

Und wieso war sie im Schlafzimmer meines Vaters?

»Na, geht's dir wieder besser?«, fragte ich, nachdem ich die Tür geöffnet hatte, ohne zuvor anzuklopfen.

»Danke, ein bisschen«, antwortete mein Vater, der gegenüber von Elsa Martin auf dem Bett saß. Immerhin war er angezogen und hatte die Tagesdecke über das Ehebett gebreitet. Auf dem Nachttisch neben ihm standen eine Likörflasche und ein halbvolles Schnapsglas.

»Wie war denn die Eröffnung?«, erkundigte sich Elsa Martin in einem Tonfall, als wäre es das Normalste der Welt, dass sich Gäste im Schlafzimmer meiner Eltern herumtrieben.

Mein Vater hingegen schien sich unbehaglich zu fühlen. Nervös rutschte er auf der Decke hin und her und leerte das Glas in einem Zug. Gut, dass meine Mutter das nicht sah!

»Ganz schön«, erwiderte ich. »Aber jetzt würde ich gern kurz mit meinem Vater unter vier Augen sprechen. Wenn Sie also so nett wären, uns alleine zu lassen.«

Elsa Martin nahm den Rausschmiss scheinbar ungerührt hin, schaute auf ihre goldene Armbanduhr, runzelte die Stirn und klappte ihren Krimi zu. »Oh, du meine Güte, es ist ja schon so spät«, sagte sie. »Ich wünsche Ihnen von ganzem Herzen gute Besserung, lieber Jürgen. Wir sehen uns morgen.«

Mit diesen Worten rauschte sie aus dem Zimmer, wie eine Diva, die von der Theaterbühne abtrat.

Ich schaute ihr kopfschüttelnd hinterher, als sie mit klappernden Absätzen die Holztreppe hinunterging.

»Was hat diese Frau in eurem Schlafzimmer zu suchen?«, fragte ich in genau dem Ton, den mein Vater früher angeschlagen hatte, wenn ich Mist gebaut hatte, was allerdings nur äußerst selten vorgekommen war.

»Sie war so nett, mir einen Kräuterschnaps zu bringen. Du weißt doch, dass sie mir heute Abend Gesellschaft leisten wollte, weil ich krank bin«, antwortete mein Vater, vermied es jedoch, mich anzusehen. »Aber wieso bist du denn schon so früh wieder da? War's denn nicht nett?«

»Lenk jetzt bitte nicht ab, Papa«, entgegnete ich und fühlte, wie ich von Sekunde zu Sekunde wütender wurde.

War das seine Art, sich für die Reise meiner Mutter zu rächen?

Oder fand er Elsa Martin am Ende tatsächlich anziehend?

20

Donnerstagmorgen erwachte ich mit dem Gefühl einer tonnenschweren Last auf meiner Brust.

Ich hatte die halbe Nacht wach gelegen und mir den Kopf über Elsa Martin zerbrochen. Bevor ich zu Bett gegangen war, hatte ich die Autorin gegoogelt. Wenn die Informationen im Netz stimmten, war sie nach zwei gescheiterten Ehen (die letzte mit einem wesentlich Jüngeren) zurzeit solo und suchte *nach einem gestandenen Mann, an dessen breiter Schulter* sie sich *anlehnen* könne. Das Alter spielte für sie anscheinend keine entscheidende Rolle. Sie wünschte sich in erster Linie jemanden mit emotionaler Reife und Lebenserfahrung, einen Fels in der Brandung, der mitten im Leben stand.

Erstaunlich, was manche alles bei einem Interview von sich preisgaben! Entgeistert hatte ich den Rechner ausgeschaltet. Danach war ich ins Bett geschlüpft, das in der Zwischenzeit empfindlich ausgekühlt war. Trotz der frühsommerlichen Temperaturen tagsüber waren die Nächte noch kalt, und ich hatte wie immer Eisfüße, was das Einschlafen ziemlich erschwerte.

Aber nun war ein neuer Tag angebrochen, der eine Entscheidung erforderte! So, wie es aussah, musste ich meinen Aufenthalt im Alten Land verlängern, bis mein Vater endgültig genesen und Elsa Martin abgereist war.
Es war nur so ein vages Gefühl, aber eine innere Stimme sagte mir, dass ich vor dieser Frau auf der Hut sein musste. Sollten alle Stricke reißen, konnte ich meine Mutter immer noch bitten, wieder nach Hause zu kommen.
Gähnend räkelte ich mich. Ich musste dringend mit Alexander sprechen, aber auch Nina und Stella Bescheid geben, damit sie sich heute Nachmittag gar nicht erst auf den Weg machten. Obwohl es erst halb acht war, wählte ich Alexanders Nummer, um ihm auf die Mailbox zu sprechen, und bekam ihn zu meiner Verwunderung sofort ans Telefon.
»Du bist ja früh auf«, begrüßte er mich verschlafen. »Was gibt es denn?«
»Nenn mich paranoid, aber hier passieren gerade merkwürdige Dinge«, antwortete ich und schilderte ihm meine Befürchtungen in Hinblick auf Elsa Martin. Alexander reagierte verhalten.
»Lass die beiden doch ein bisschen flirten«, sagte er und versuchte, meine Bedenken durch ein Lachen zu zerstreuen. »Deinem Vater tut die Aufmerksamkeit bestimmt gut. Ich verstehe ja, dass du dir Gedanken machst, aber du musst nicht gleich den Teufel an die Wand malen.«
»Und wenn doch?«, widersprach ich mit einem mulmigen Gefühl im Bauch. Mein Vater wäre schließlich nicht der erste Mann auf dieser Welt, der sich, weil er sich gekränkt fühlte, verführen ließ.

Und genau das sagte ich Alexander auch. »Okay, dann bleib eben länger, wenn du dich damit besser fühlst. Das verletzte Ego eines Mannes sollte man nicht unterschätzen, wie ich aus eigener Erfahrung weiß. Allerdings will ich damit nicht sagen, dass dein Vater so dumm ist, auf die Avancen einer Frau hereinzufallen, die offenbar nichts unversucht lässt.«
Ich dachte sogleich an Nina und überlegte, ob in seinen Worten nicht etwas mitschwang, das auch sie aufhorchen lassen würde.
Hatte Alexander jemanden kennengelernt?
»Sag mal, Leonie …«, fuhr er zögerlich fort. »Nur mal so als Idee. Meinst du, ich könnte das La Lune schon früher schließen? Gaston hat nämlich ein sensationelles Angebot von einem Restaurant in der HafenCity bekommen, müsste allerdings am ersten Juni anfangen. Auch unsere Kellner haben sich schon nach Alternativen umgeschaut und vielversprechende Jobs in Aussicht.«
Mein Herz rutschte auf der Stelle etliche Etagen tiefer.
Im Grunde bedeutete das, dass ich gar nicht mehr im Restaurant gebraucht wurde. Aber was war dann mit meinem Gehalt?
Galt mein Vertrag überhaupt noch?
»Das klingt aber eher nach einer bereits beschlossenen Sache, mach einfach, was du für richtig hältst«, antwortete ich ruhig, obwohl ich meinen Ärger und Frust kaum unterdrücken konnte. »Das ist natürlich eine einmalige Chance für Gaston und die anderen.«
Alle hatten berufliche Optionen, nur ich nicht!
»Danke für dein Verständnis, Leonie«, sagte Alexander. »Es tut mir auch ehrlich leid, dass ich dich in diese Situation

gebracht habe. Aber derzeit überschlagen sich die Dinge, und alles sortiert sich neu. Dein Gehalt bekommst du natürlich weiter, schließlich steht es dir vertraglich zu. Du hast also jetzt frei, solltest nur irgendwann vorbeikommen, um deine Sachen zu holen. Und wir werden noch eine Abschiedsparty feiern. Ach übrigens, hat Nina dir erzählt, dass wir uns getrennt haben?«

Mir fiel beinahe der Hörer aus der Hand.

»Nein, hat sie nicht«, erwiderte ich geschockt. Das wurde ja immer bunter! »Was ist denn passiert?«

»An sich nichts Besonderes, oder zumindest nichts, worüber wir uns nicht früher schon gestritten hätten. Ich habe ihr vorgestern Abend gesagt, dass ich das La Lune zum Ende des Monats dichtmachen und eher ins Elsass fahren will, um an meinem Reiseführer zu arbeiten. Und ich habe sie nochmals gebeten, mich entweder auf meiner Reise zu begleiten oder sich während meiner Abwesenheit Gedanken zu machen, ob wir zusammenziehen wollen.«

Mit anderen Worten: Alexander hatte Nina die Pistole auf die Brust gesetzt. Und das konnte Nina überhaupt nicht leiden.

Diese Trennung war offensichtlich eine panische Übersprunghandlung und hatte nichts mit ihren wahren Gefühlen zu tun.

»Und nun habt ihr euch getrennt, anstatt eine gemeinsame Zukunft zu planen«, bemerkte ich traurig. Fünf Jahre waren eine lange Zeit, die man meines Erachtens nicht so einfach über Bord werfen sollte.

Und schon gar nicht aus so einem lächerlichen Grund!

Doch in Ninas Augen war das Problem sicherlich alles andere als lächerlich. Es ging bei ihr – wie immer – um Vertrauen, das schon seit ihrer frühesten Kindheit durch die Trennung ihrer Eltern erschüttert worden war. Sie hatte das Gefühl, sich Alexander mit Haut und Haaren auszuliefern, wenn sie mit ihm aufs Land zog.

»So weh es auch tut, ich glaube allmählich selbst, es ist besser so«, nahm nun Alexander wieder den Gesprächsfaden auf. Doch zwischen dem, was er sagte, und wie er sich tatsächlich fühlte, lag garantiert ein himmelweiter Unterschied. Ich wusste ganz genau, wie er litt, denn er liebte Nina abgöttisch. »Außerdem will ich niemanden zu seinem Glück zwingen. Entweder sie liebt mich und will mit mir zusammen sein oder eben nicht.«

»Vielleicht tut euch beiden eine Auszeit gut.« Ich bemühte mich, positiv zu klingen. »Da kommt das Angebot von deinem Verlag doch gerade recht, dann bist du viel unterwegs. Das wird dich auf andere Gedanken bringen. Für mich ist es in Ordnung, wenn du das La Lune schließt, denn irgendwie ist jetzt sowieso der Wurm drin. Außerdem kann ich mich so um meinen Vater kümmern.«

Mittlerweile war die anfängliche Wut Pragmatismus gewichen.

»Ach Mann, Leonie, du bist ein echter Schatz, weißt du das? Warum wehrst du dich dagegen, dass ich dir einen neuen Job beschaffe? Du hättest genau wie Gaston im Handumdrehen eine Anstellung, wenn du nur möchtest.«

Ich dachte noch lange über Alexanders Worte nach, nachdem wir uns voneinander verabschiedet hatten.

Doch genau wie Nina sich innerlich gegen einen Umzug sträubte, so sehr widerstrebte es mir, nahtlos von einem Job

in den nächsten zu schlittern, obwohl ich das Gefühl hatte, mein Leben komplett überdenken zu müssen.
In meinem Kopf nahm Thomas' Idee, mich selbständig zu machen, immer mehr Gestalt an, auch wenn ich keinen blassen Schimmer hatte, womit – und woher das Geld für eine solche Unternehmung kommen sollte.
Doch nun rief ich erst einmal Nina an, die vermutlich gerade auf dem Weg zur Arbeit war. Sie klang müde und abgespannt, erwähnte jedoch die Trennung von Alexander mit keiner Silbe.
Wahrscheinlich wollte sie nicht am Telefon darüber reden.
Als ich ihr sagte, dass ich meinen Aufenthalt im Alten Land verlängerte, fragte sie: »Kann ich ein paar Tage bei euch bleiben? Ich habe eh noch jede Menge Resturlaub. Den könnte ich jetzt nehmen, bevor er verfällt. Ruth Gellersen hat mir schon angedroht, mich rauszuwerfen, wenn ich mir nicht endlich mal freinehme.«
Ich schmunzelte, den Tonfall von Ninas sympathischer Chefin konnte ich mir lebhaft vorstellen. Sie war nämlich der Ansicht, dass Nina viel zu viel Zeit im Laden verbrachte.
»Natürlich bist du auch für länger herzlich willkommen. Ich freu mich, bis nachher.«
Auch Stella würde kommen, musste allerdings am selben Abend wieder zurück zu Robert und den Kindern.
Nachdem ich so lange telefoniert hatte, musste ich mich nun endlich um meinem Vater kümmern. Doch der lag nicht im Bett, sondern saß putzmunter in der Küche und trank seinen Morgenkaffee, als wäre nichts geschehen.
Allerdings setzte er eine schuldbewusste Miene auf, als er aufstand und mir ein Gutenmorgenküsschen gab.

»Ist mit dir wieder alles in Ordnung?«, fragte ich, schenkte mir ebenfalls einen Kaffee ein und setzte mich neben ihn auf die Bank.
»Ja, alles bestens, ich habe zum Glück keine Schmerzen mehr«, murmelte mein Vater. »Wann fährst du denn heute los?«
»Es gibt eine kleine Änderung«, verkündete ich und nahm mir ein Brötchen. »Ich fahre später, Nina besucht mich für ein paar Tage. Sie kommt heute Nachmittag zusammen mit Stella. Vorausgesetzt, dass dir das recht ist.«
»Natürlich, du weißt doch, wie gern ich dich hierbehalte und wie sehr ich deine Freundinnen mag«, erwiderte mein Vater. »Aber was ist mit deinem Job? Wirst du denn nicht mehr gebraucht?«
Als ich ihm erzählte, dass das La Lune schon Ende Mai geschlossen werden würde, huschte ein Lächeln über sein Gesicht.
Doch dann wurde seine Miene wieder ernst, und er runzelte die Stirn. »Du bekommst aber noch ordnungsgemäß dein Gehalt, oder?«
Ich nickte und bestrich das Brötchen mit Butter und Hagebuttenmarmelade, die ich letzten Herbst zusammen mit Mama eingekocht hatte. Diese Beeren zu verarbeiten erforderte ein wenig Geduld. Am besten gelang es, wenn man die Früchte zuvor einfror oder auf den ersten Frost wartete.
Ob ich Kürbissuppe mit Kürbisbratlingen und Hagebuttenmarmelade kochen sollte, die mein Vater so gern aß?
»Weißt du schon, was du nach der Schließung machen willst?«, fragte mein Vater und war nun wieder ganz der Alte, besorgt um das Wohlergehen seiner Tochter.

»Leider nein.« Ich seufzte. »Aber ich habe ja zum Glück genug Zeit, darüber nachzudenken, da Alexander mir momentan noch Gehalt zahlt.«
»Wie ich dich kenne, willst du nicht wieder zurück in die Reisebranche. Wie wäre es denn mit einem Job in einem anderen Restaurant? Alexander wird dir doch sicher ein tolles Zeugnis schreiben.«
Ich spürte, wie Unmut in mir aufstieg.
Solch eine Unterhaltung am frühen Morgen zu führen war echt anstrengend.
»Wie gesagt, Papa. Ich habe zurzeit nicht den Hauch einer Ahnung. Daher bleibe ich noch hier, um zu einer Entscheidung zu kommen und darauf aufzupassen, dass du keinen Unsinn machst.«
Mein Vater schien den Wink mit dem Zaunpfahl zu verstehen, betreten senkte er den Kopf.
In diesem Augenblick wurden wir von Sonja Mieling unterbrochen, die wissen wollte, welchen Kuchen sie heute für den Verkauf im Hofladen backen sollte.
»Wir könnten ruhig mal etwas Neues probieren«, schlug ich in einem Anfall von Unternehmungslust vor. »Backen Sie vorerst nur den üblichen Puffer und ein Blech Butterkuchen, und ich wälze derweil mal die Backbücher, in Ordnung?«
Mein Vater schaute uns an und lächelte.
»Deine Mutter hat neulich gesagt, dass sie dringend neue Bücher kaufen müsste, weil sie die alten Rezepte schon alle durchhat.«
»Dann weiß ich jetzt, was ich zu tun habe«, sagte ich und stand auf. Ich würde zur Buchhandlung in Jork fahren und

anschließend bummeln gehen. Seit ich hier war, hatte ich noch keine Gelegenheit dazu gehabt. »Bin in zwei, drei Stunden wieder zurück.«

Kurz darauf schwang ich mich aufs Rad und fuhr zum historischen Zentrum des Alten Landes. Auf dem Weg dorthin passierte ich Plantagen mit Apfel- und Kirschbäumen. Die Blüten wurden von den Bäumen geweht und drehten in der Luft kleine Pirouetten, bevor sie wie zartrosafarbener Schnee auf dem Boden liegen blieben. Fasziniert von diesem Blütentanz hielt ich immer wieder an, um ihn zu bestaunen.

Dann radelte ich an zahlreichen Höfen mit prunkvollen Bauerngärten und üppigen Auslagen auf Obstkarren vorbei (als Kind hatte ich in den Ferien Obst an Passanten verkauft). An wunderschönen Fachwerkhäusern mit den berühmten Prunktoren und am Museum Altes Land, in dem man Trachten, Möbel, Werkzeuge und vieles andere aus der Region bestaunen konnte.

Vor meinem Lieblingsladen Berthas Tochter, in dem Wohnaccessoires, Kleidung und Schmuck verkauft wurden, stellte ich das Rad ab und betrachtete das Schaufenster: Mehrere weißlackierte übereinandergestapelte Obstkisten dienten als Regal.

Darin standen henkellose Becher in allen möglichen Farben. Einige mit Äpfeln und Birnen als Motiv, andere waren gestreift, geblümt oder mit Sternen verziert. In die Kiste darüber waren Türknaufe aus Porzellan geschraubt, die jedes noch so schlichte Möbelstück im Handumdrehen in ein echtes Schmuckstück verwandelten. Zu Hause hatte ich mit solchen Knöpfen eine einfache Ikea-Kommode verschönert, so dass manche dachten, sie sei besonders teuer gewesen. Mein Blick blieb an einer weißen Porzellankanne hängen, deren Rand mit roten Herzen bemalt war. Auf dem Bauch prangten rote Blumen mit grünen Blättern, was an eine Blumenwiese erinnerte. Diese Kanne würde ich mir auf alle Fälle kaufen, wenn nicht sogar drei, damit ich auch Stella und Nina eine Freude machen konnte.

Bevor ich jedoch in einen Shoppingrausch verfiel, musste ich in die danebenliegende Buchhandlung, das Bücherstübchen. Hier fanden die Altländer eine kleine, feine Auswahl an Titeln aller Sparten. Schräg gegenüber lag die Bücherei von Jork.

»Guten Tag«, grüßte ich gut gelaunt, allerdings waren nur wenige Kunden im Laden, zwei Frauen und ein Mann in Lederjacke, der mit dem Rücken zu mir stand und in Reiseführern aus der Region blätterte.

Zielsicher steuerte ich auf die Abteilung Kochen & Backen zu und nahm das erste Buch, das mir in der Auslage ins Auge fiel. Es war ein Backbuch der Moderatorin Enie van de Meiklokjes, optisch im Design der fünfziger Jahre. Ich mochte Enie, die mich dazu animierte, alles sofort auszuprobieren, was sie an süßen Köstlichkeiten zubereitete.

»Das wollen Sie doch nicht wirklich kaufen? Die Frau war mal Moderatorin bei Viva, die kann garantiert nicht backen«, sagte eine männliche Stimme, und ich blickte verwundert auf. Vor mir stand – der Mann mit der Lederjacke – Markus Brandtner, Besitzer des Elbherz, und lächelte mich provokativ an.

21

Bevor ich etwas entgegnen konnte, überrumpelte Markus Brandtner mich gleich ein zweites Mal: »Hätten Sie zufällig Zeit, einen Kaffee mit mir zu trinken, wenn Sie hier fertig sind? Ich war gestern nämlich ein bisschen enttäuscht, dass Sie nur so kurz geblieben sind. Also muss ich die Gunst der Stunde nutzen.« Ich dachte kurz an Thomas und verspürte ein leises Schuldgefühl.

Warum war ich bloß so aufgeregt?

Schließlich ging es nur um eine Tasse Kaffee.

Und Zeit hatte ich auch.

Daher antwortete ich: »Sehr gern«, und schlug das urgemütliche Galerie-Café Evers gegenüber mit den plüschigen Sofas und Stühlen vor.

»Dann gehe ich schon mal vor«, sagte er, lächelte charmant und bezahlte an der Kasse. Ich wandte mich wieder den Backbüchern zu. Doch mit der Konzentration war es vorbei, weil ich kaum glauben konnte, was soeben passiert war.

Was sollte ich von dieser spontanen Einladung halten?

Und sollte ich Thomas davon erzählen?

Dabei fiel mir siedend heiß ein, dass er noch gar nicht wusste, dass ich länger bei meinem Vater bleiben würde als geplant, so sehr hatten mich die Sache mit Elsa Martin und mein Telefonat mit Alexander durcheinandergebracht. Ich musste ihn unbedingt noch anrufen, bevor Stella und Nina kamen.
Entschlossen, auf die Backkünste von Enie zu vertrauen, entschied ich mich für das Buch, bezahlte und ging zum Café.
Als ich mich gegenüber von Markus Brandtner auf das mit gestreiftem Leinenstoff bezogene Sofa setzte, hatte ich immer noch das Gefühl, etwas Verbotenes zu tun.
»Ich bin froh, dass Sie gekommen sind und nicht in letzter Sekunde noch Reißaus genommen haben«, sagte er mit einem schelmischen Lächeln, das auf Anhieb mein Herz erwärmte.
Er hatte etwas von einem Lausejungen an sich, obgleich er bestimmt so alt war wie ich, wenn nicht sogar einen Tick älter. »Sie können anstelle von Kaffee natürlich auch gern Tee haben oder Kuchen. Ich lade Sie ein.«
»Nein, nein, Kaffee ist genau richtig«, beeilte ich mich zu versichern, obwohl mir eher nach Valium war.
Nachdem wir beide bestellt hatten, trat ein kurzes Schweigen ein, das dadurch verstärkt wurde, dass außer uns niemand im Café war.
»Verraten Sie mir, wie Sie auf die Idee mit dem Elbherz gekommen sind?«, fragte ich, einerseits, um meine Verlegenheit zu überspielen, andererseits, weil es mich wirklich interessierte.
Und verraten Sie mir bitte auch gleich, ob Sie verheiratet sind?

Oh, mein Gott!
Was war denn auf einmal mit mir los?
Vor wenigen Tagen hatte ich noch in den Armen von Thomas gelegen, und nun suchte ich die Hände eines mir völlig Fremden nach einem Ehering ab. Doch da war keiner.
Markus Brandtner trank einen Schluck Kaffee und schaute mich über den Rand seines Bechers hinweg an.
»Ich bin letztes Jahr mit der Fähre von Blankenese nach Cranz gefahren, um mit einem Freund eine Mountainbike-Tour durchs Alte Land zu machen«, erklärte er und blickte aus dem Fenster, als verberge sich der Rest der Geschichte hinter den nostalgischen Spitzengardinen. »Wir waren gut gelaunt, alles lief super, bis auf einmal das Wetter umschlug, es einen heftigen Temperatursturz gab und wie aus Eimern zu schütten begann. Wir hatten unsere Tour exakt so getimt, dass wir fünf Minuten vor Abfahrt der Fähre am Anleger waren.«
Ich ahnte, was jetzt folgte.
»Doch dummerweise fiel die Fähre wegen Niedrigwassers aus, auch wenn uns das angesichts des Starkregens als absolute Farce erschien. Die Tafel am Anleger war leider auch keine besonders große Hilfe, denn auf ihr stand nur, dass so etwas gelegentlich passieren könne und man einfach auf die nächste Fähre warten solle.«
»Aber hat Ihnen der Kartenkontrolleur auf der Überfahrt von Blankenese nicht gesagt, dass so etwas hin und wieder vorkommt?«, fragte ich verwundert. Normalerweise hatte das Personal die Aufgabe, die Fahrgäste darauf hinzuweisen, dass auch bei der Elbe der Tidengang eine große Rolle spielte.

»Nein, das hat er vergessen«, antwortete Markus und schaute auf einmal grimmig drein. »Er war nämlich so damit beschäftigt, mit den beiden Frauen neben uns zu flirten, dass ihm dieses unwichtige Detail offenbar entfallen ist.«
Ich überlegte kurz, ob die beiden Frauen wohl die Freundinnen von Markus und seinem Kumpel waren.
»Und was passierte dann? Hatten Sie beide wenigstens einen Schirm dabei? Oder Regenjacken?«, korrigierte ich mich sofort, weil Markus' Gesicht auf einmal einen belustigten Ausdruck annahm.
»Leider weder noch«, antwortete er. »Und uns waren außerdem die Getränke ausgegangen, und wir hatten rasenden Hunger. Also erkundeten wir die Umgebung nach einem anderen Transportmittel. Doch wie sich herausstellte, scheinen die Busse hier ebenso unzuverlässig zu sein wie die Fähre. Mit anderen Worten: Es hat zwei weitere Stunden gedauert, bis wir schließlich mit dem Bus nach Finkenwerder gekommen sind und dort auf eine andere Fähre Richtung Blankenese umsteigen konnten, wo wir das Auto geparkt hatten.«
Ich sah die Situation förmlich vor mir.
»Am Anleger Teufelsbrück haben wir uns dann erst mal eine XXL-Portion Currywurst mit Pommes und ein großes Bier bestellt, um wieder runterzukommen«, fuhr Markus Brandtner fort. »Und dabei kam mir dann die Idee mit dem Elbherz. Schließlich wäre das alles nur halb so wild gewesen, wenn es am Anleger irgendetwas gegeben hätte, um sich unterzustellen oder aufzuwärmen.«
»Hatten Sie denn zuvor etwas mit Gastronomie zu tun?«, fragte ich, beeindruckt von so viel Enthusiasmus und Pio-

niergeist. Außerdem überlegte ich, wie ich den leichten süddeutschen Einschlag in seinem Tonfall deuten sollte. Kam er aus Franken oder aus dem Allgäu?

»Mir gehört ein Cateringunternehmen in München«, sagte Markus. »Von daher weiß ich, wie's funktioniert. Was ich aber nicht weiß, ist, wie man mit den Altländern klarkommt, wie die so ticken. Bislang sind sie mir ehrlich gesagt ein Rätsel.«

Wie zum Beweis zog er einen Bildband mit dem Titel *Drei Meilen Altes Land. Het Groene Hart. Dat Ole Land* aus dem Leinenbeutel der Buchhandlung. Daneben legte er zwei aktuelle Reiseführer.

»Und jetzt wollen Sie mit Hilfe von Literatur dem Geheimnis der Altländer Mentalität auf die Spur kommen?«, erwiderte ich amüsiert. »Na, da haben Sie sich ja ganz schön was vorgenommen.«

»Jetzt machen Sie mir bitte keine Angst«, entgegnete Markus und sah mit einem Mal wirklich aus wie ein kleiner Schuljunge.

Ich konnte ihn mir lebhaft mit kurzen Lederhosen, roten Wadlstrümpfen und brav gescheiteltem Haar vorstellen.

»Ich frage mich sowieso schon, ob das Ganze nicht eine vollkommen hirnrissige Idee war.«

»Nun, ich stamme von hier und könnte Ihnen ein bisschen was erzählen«, schlug ich vor. »Ich lebe zwar seit sechs Jahren in Hamburg-Eimsbüttel, fahre aber regelmäßig hierher zu meinen Eltern. Ich kann Ihnen ein wenig Nachhilfe in Sachen Umgang mit Einheimischen geben.«

Markus Brandtner lächelte erfreut, streckte seine rechte Hand über den Tisch und legte sie auf meine.

»Dieses charmante und großzügige Angebot würde ich sehr gern annehmen, allerdings unter zwei Voraussetzungen.«

Nanu?

»Wir sollten uns duzen, da ich mich bei dem Sie zwanzig Jahre älter fühle. Und zweitens müssen Sie oder vielmehr du mir versprechen, dass dein Mann damit einverstanden ist.«

Mein Mann?

Wovon zum Teufel sprach Markus da?

Doch dann fiel es mir wieder ein: Henning hatte am Abend der Eröffnung des Elbherz so getan, als wären wir ein Paar. Dieses Missverständnis musste ich unbedingt aufklären!

Dann dachte ich an Thomas.

Je länger wir uns unterhielten und je mehr ich das Gefühl hatte, dass Funken zwischen Markus und mir sprühten, desto mieser fühlte ich mich.

War es wirklich okay, was ich hier tat?

»Aber natürlich«, lautete das einhellige Urteil meiner Freundinnen. Die beiden waren kurz nach meiner Rückkehr aus Jork mit Stellas Auto eingetroffen, und ich freute mich riesig, sie zu sehen. Wir beschlossen, spazieren zu gehen. Eine wunderbare Gelegenheit, um ihnen von Markus und dem unverhofften Kaffeekränzchen zu erzählen. Während wir über den Deich zum Lühe-Anleger gingen, schaukelten rechts von uns hübsche, farbenfrohe Boote auf dem blaugrauen Wasser, über uns strahlte die Sonne. Im Vorgarten eines Hauses stand ein großer, rot-weiß gestreifter Leuchtturm.

Es roch ein wenig nach Regen, obwohl weit und breit keine Wolke zu sehen war.

»Hat Thomas dir denn in irgendeiner Weise signalisiert, dass er sich eine feste Beziehung mit dir wünscht?«, fragte Nina, die heute fast grau im Gesicht war, sich nur nachlässig geschminkt und vergessen hatte, sich die Haare zu waschen.
Die Trennung von Alexander schien ihr zuzusetzen.
Allerdings hatte sie Stella offenkundig noch nichts davon erzählt, sonst hätten wir bestimmt darüber gesprochen und nicht über meinen kleinen Flirt mit Markus Brandtner.
Das war so typisch für Nina.
Trotz aller Offenheit und Freundschaft zwischen uns verschloss sie sich zuweilen wie eine Auster.
»Nein, hat er nicht«, antwortete ich betreten. »Aber das ist in unserem Alter irgendwie auch schwierig. Man fragt den anderen schließlich nicht mehr, ob er mit einem gehen will.«
Stella hakte sich bei mir unter.
»Süße Leonie, willst du mit mir geeeeehhhheeeen? Bütte, bütte sag ja und sei die Meine«, deklamierte sie mit kindlicher Stimme. »Aber jetzt mal im Ernst. Es geht doch gar nicht darum, ob und was Thomas will, sondern um dich. Du scheinst diesen Markus ja attraktiv zu finden, sonst würden wir jetzt nicht schon seit einer halben Stunde über ihn sprechen.«
Ups, hatte ich wirklich so lange monologisiert?
Nun kam auch Nina in Fahrt: »Stella hat recht. Wenn dir Markus besser gefällt als Thomas, solltest du dem nachgeben. Was verbindet euch beide denn bislang großartig? Gut, ihr habt einmal miteinander geschlafen, aber mehr auch nicht. Außerdem würde ich die ganze Sache nicht so kompliziert machen. Triff dich mit Markus, schau, wie das so ist, und

dann kannst du immer noch entscheiden. Insofern ist es doch gut, dass du noch länger im Alten Land bleibst. Ich habe nur eine Bitte!«

Ich zog die Augenbraue nach oben.

»Ach ja? Und die wäre?«

»Du musst mir versprechen, nicht auf Dauer deine Zelte hier aufzuschlagen. Wir brauchen dich in der Villa!«

In diesem Moment begann Stella zu husten.

Nina klopfte ihr beiläufig auf den Rücken, und ich kramte in meiner Tasche nach einem Zitronenbonbon, das ich ihr gab.

»Was auch immer geschieht, Nina, eines ist klar: Ich möchte um nichts auf der Welt das Leben mit euch in der Villa missen. Also keine Sorge, ihr werdet mich nicht los.«

»Aber vielleicht mich«, kam es nun kleinlaut von Stella, die das Bonbon auswickelte und so lange mit dem Papier knisterte, bis Nina es ihr entnervt aus der Hand riss.

»Was soll das heißen, vielleicht mich?«, fragte sie und wirkte so aufgebracht, als hätte Stella ihr damit gedroht, ihren Garten zuzubetonieren.

»Robert hat mir gestern Abend gesagt, dass er gern wieder in seiner alten Praxis arbeiten würde«, flüsterte sie und vermied jeglichen Blickkontakt mit Nina und mir. »Der einzige Kinderarzt in Husum ist in Pension gegangen, und Robert fühlt sich jetzt verantwortlich, weil es in der ganzen Region keinen gibt, der als Vertretung in Frage käme. Außerdem hat er in den letzten Monaten so viel Stress in der Klinik gehabt, dass er sich danach sehnt, wieder sein eigener Herr zu sein.« Nina und ich blieben abrupt stehen.

»Na prima«, rief Nina wütend und kickte einen vor ihr lie-

genden, größeren Stein ins Wasser. Dieser verfehlte nur knapp den Kopf einer Ente, die gerade mit ihren Jungen friedlich auf der Lühe schwamm.
»Und was hast du darauf geantwortet? Du hast dich sicherlich geweigert, oder?! Du wolltest doch gar nicht nach Husum, schon vergessen? Wenn ihr euch jetzt alle vom Acker macht, hätte ich genauso gut mit Alexander auf seine dämliche Kochtour gehen können, anstatt mich von ihm zu trennen.«
»Du hast bitte was gemacht?«, fragte Stella, nun genauso blass um die Nase wie Nina. »Aber wieso das denn? Warum wehrst du dich mit Händen und Füßen dagegen, glücklich zu sein, und schmeißt die Beziehung mit einem tollen Mann weg, nur weil du Schiss hast, dich enger an ihn zu binden?«
Nun stand Nina kurz vor einer Explosion.
Sie ballte ihre Hände zu Fäusten und presste den Kiefer zusammen.
»Im Gegensatz zu dir mache ich mein Glück nicht von einer Beziehung abhängig«, blaffte sie. Mir blieb die Luft weg.
»Das hat Stella doch auch gar nicht gesagt«, bemühte ich mich, zwischen den beiden Streithennen zu vermitteln. »Da sie verheiratet ist und nun auch noch ein Kind von Robert erwartet, muss sie sich mit ihm absprechen, genau wie er mit ihr. So ist das nun mal, wenn man eine Familie hat. Und was die Trennung von Alexander betrifft, hat sie recht. Ich finde es falsch, dass du ihn hast gehen lassen.«
Nun sah Nina komplett rot: »Denkst du etwa, ich kenne mich mit dem Thema Familie nicht aus, nur weil meine eigene kaputt ist?«

Sie schrie so laut, dass man ihre Stimme garantiert noch im nächsten Ort hören konnte.
Nun versuchte auch Stella, Nina zu beschwichtigen.
»Das hat Leonie nicht gemeint, sie wollte mir nur zur Seite stehen. Und es stimmt: Ich muss mich mit Robert absprechen, weil wir unser Leben miteinander teilen und zwei Kinder haben. Und bald sind es sogar drei. Ich bin wirklich nicht begeistert von der Vorstellung, von Hamburg wegzuziehen. Aber ich sehe auch, wie fertig Robert zurzeit ist und wie sehr ihn der Job stresst. Nach dem Tod seiner Mutter hat er keinen Grund mehr, in Hamburg zu bleiben, also sucht er nach Alternativen, die ihm das Leben erleichtern. Und ich möchte ihn dabei unterstützen.«
Nina erwiderte nichts, sondern verschränkte die Arme vor der Brust wie ein bockiges Kind.
Hilflos schaute ich aufs Wasser, als könnte die Lühe mir einen Ratschlag geben.
Warum musste immer alles so kompliziert sein?
»Bitte beruhigt euch wieder«, sagte ich. »Was haltet ihr davon, beim Hofladen vorbeizufahren, etwas von Sonjas Kuchen einzupacken und es uns im Garten gemütlich zu machen? Wir stellen die Liegestühle auf und tanken ein bisschen Sonne. Und dann können wir in Ruhe über alles reden.«
Stella und Nina nickten und sahen sich an. Mir fiel ein Stein vom Herzen.
Ich hasste Streit. Und Auseinandersetzungen mit meinen beiden besten Freundinnen waren für mich das Schlimmste überhaupt. Danach kam gleich die Befürchtung, dass unsere Wohngemeinschaft in der Villa zum Verlieben eines Tages

auseinanderbrechen könnte. Doch genau dies schien unvermeidbar, wie sich im Laufe des Nachmittags herausstellte.
»Robert hat einen Makler beauftragt, den Wert der Villa zu schätzen«, sagte Stella, während wir Apfel-Butterkuchen aßen und Tee tranken. »Aber keine Sorge: Noch ist nichts entschieden. Robert will nur wissen, was das Haus wert ist, um besser planen zu können. Er weiß genau, was ein Verkauf für euch, für uns alle, zur Folge hätte.«
Eine unheimliche Stille breitete sich über dem Garten aus. Nur das leise Rattern eines Traktors in der Ferne war zu hören.
»Das ist jetzt nicht wahr, oder?«, sagte Nina, die als Erste ihre Sprache wiederfand. »Du weißt doch, was ein Verkauf bedeutet. Die neuen Eigentümer werden die Miete entweder so drastisch erhöhen, dass wir es uns nicht mehr leisten können, dort zu wohnen, oder sie werfen uns wegen Eigenbedarfs raus.«
In Stellas Augen schimmerten Tränen.
Ich hatte einen dicken Kloß im Hals und das Gefühl, gleich zu ersticken. Ein Leben ohne meine Freundinnen?
Womöglich umziehen?
Das konnte ich mir beim besten Willen nicht vorstellen.
»Nun geht doch nicht gleich vom Schlimmsten aus«, flehte Stella, die sich krampfhaft anstrengte, Fassung zu bewahren, uns an. Ihre Unterlippe bebte. Schließlich musste sie uns gegenüber die Interessen ihres Mannes verteidigen, ohne dabei sich selbst, ihn und unsere Freundschaft zu verraten.
»Ich möchte doch auch in der Villa bleiben«, fuhr sie fort.
»Meint ihr, ich will die ganze Zeit in Husum rumhocken und Däumchen drehen?«

»Wohooo, ich fang gleich an zu weinen. Das sind doch echte Luxusprobleme, Stella, und das weißt du auch«, giftete Nina und riss ein Grasbüschel aus dem Rasen.
»Könntest du bitte an was anderem herumzupfen?«, bat ich sie und war insgeheim darauf gefasst, dass Nina nun endgültig ausrasten und mir einen Blumenkübel an den Kopf schmeißen würde. Doch sie tat nichts dergleichen, sondern sprang auf. Ich konnte sie sehr gut verstehen, denn mir ging es im Grunde nicht anders als ihr. Mit dem einzigen Unterschied, dass ich nicht sauer auf Stella war, sondern auf das Schicksal, das uns dreien gerade riesige Knüppel zwischen die Beine warf.
»Wie wird es wohl Moritz gehen, wenn er die Schule wechseln muss?«, fragte ich Stella, während Nina durch den Garten tigerte, um sich abzureagieren.
Emma würde dieser Umzug garantiert nichts ausmachen, denn sie fand überall schnell neue Freunde, aber Moritz?
Bei der Vorstellung, mein Patenkind nicht mehr regelmäßig sehen zu können, traten nun auch mir die Tränen in die Augen. Emma, mein kleiner Sonnenschein.
Ich würde sie schrecklich vermissen.
»Ich weiß es nicht, ehrlich«, flüsterte Stella, offensichtlich am Rande ihrer Kräfte. »Er ist eh schon so verschlossen, wie pubertierende Teenager eben so sind.«
Dann brach sie in Tränen aus.
Nina beobachtete uns, gab sich aber schließlich einen Ruck und kam wieder zurück an den Tisch. Unvermittelt umarmte sie Stella und wiegte sie in ihren Armen. »Schschhh … nicht weinen. Es tut mir leid, dass ich eben so hart und ungerecht zu dir war. Ich bin ja auch gar nicht wütend auf

dich, sondern auf die Situation. Wir schaffen das schon. Hör bitte auf, dir Vorwürfe zu machen, und hör auf zu weinen, sonst flenne ich auch gleich los.«

Nur allzu gern hätte ich Ninas Optimismus geteilt.

Aber würde sie recht behalten?

22

Was ist das denn?«, grummelte Nina am nächsten Morgen und warf sich stöhnend zur Seite.

Dabei stieß sie mit ihrem Fuß gegen meine Wade, das Bett war zu eng für uns beide. »Mach das Ding aus, mir fallen gleich die Ohren ab.«

Ich tastete im Halbdunkel nach dem Wecker und drückte den Aus-Knopf. Dann setzte ich mich auf, schob mir ein Kissen in den Rücken und gähnte.

»Sorry, dass ich dich geweckt habe, Nina. Schlaf einfach weiter, wir sehen uns nachher beim Frühstück«, antwortete ich, selbst noch ein wenig benommen. Der gestrige Tag war ziemlich emotional gewesen, und wir hatten beide am Abend etwas zu tief ins Glas geschaut. Nach dem Streit wegen der Villa waren wir nicht mehr zum Estehof gefahren, sondern hatten belegte Brote gegessen und Wein getrunken. Stella war schließlich erschöpft nach Hamburg zurückgefahren. Ich verspürte einen dumpfen Schmerz hinter den Schläfen und fuhr mir mit der Zunge über den trockenen Mund. Nachdem ich weitere zehn Minuten sitzend vor mich hin gedöst und über die neue Situation mit der Villa, meinen Vater, Thomas und Markus nachgedacht hatte, stand ich schließlich auf, weil ich mich vollkommen überfordert fühlte und dringend einen starken Kaffee brauchte. Außerdem wollte ich meinen Vater sehen, bevor er wieder in seinem Betrieb verschwand.

»Na, Schäfchen, alles klar?«, begrüßte Papa mich in der Küche und lächelte schelmisch. »Du bist ein bisschen käsig. Brauchst du ein Aspirin?«

»Gute Idee«, murmelte ich und stellte mich an die Kaffeemaschine. Gut, dass Sonja sie schon angestellt hatte. »Ging ja gestern hoch her bei euch«, fuhr mein Vater fort und musterte mich neugierig. »Hattet ihr drei Streit, oder hab ich da was falsch verstanden? Also nicht dass ich gelauscht hätte. Aber ihr wart sehr laut, vor allem Nina.«

Ich setzte mich neben meinen Vater auf die Sitzbank. Zwei Becher Kaffee, eine Kopfschmerztablette und eine Dusche würden mich hoffentlich bald wieder ins Lot bringen.

»Ja, es gab einige Probleme, aber wir haben uns zum Glück wieder vertragen. Auslöser für den Streit war, dass Stella wahrscheinlich mit Robert und den Kindern nach Husum zieht und die Villa eventuell verkauft werden soll.«

Papa runzelte die Stirn, während er ein Aspirin aus der Küchentischschublade holte und es mir gab.

»Das ist ja ein Ding. Dann verlierst du im schlimmsten Fall den Job und dein Zuhause«, schlussfolgerte er in seiner gewohnt sachlichen Art. »Haben Robert und Stella denn mal darüber nachgedacht?«

»Aber natürlich haben sie das«, antwortete ich. »Noch ist ja nichts weiter passiert, außer dass demnächst ein Makler den Wert des Hauses schätzen wird. Also mache ich mich am besten nicht verrückt. Beide würden niemals etwas tun, das Nina und mir schaden würde.«

»Gut, wenn du das so gelassen siehst«, erwiderte mein Vater, schien mir jedoch nicht zu glauben. Natürlich kannte er mich und meinen Hang, mir schnell Sorgen zu machen. »Aber versprich mir, dass du sagst, wenn ich dir helfen soll. Du weißt, dass Anke und ich immer für dich da sind.«

Das war allerdings sehr beruhigend.

Und tröstlich.

Nachdem der Kaffee meine Gehirnzellen ein wenig auf Trab gebracht hatte, fiel mir wieder ein, dass ich Markus heute den Obsthof zeigen wollte.

»Sag mal, Papa, kann ich heute Nachmittag bei dir vorbeikommen und den Besitzer des Elbherz im Betrieb herumführen? Markus Brandtner ist noch relativ neu hier und würde sich gern umschauen. Er interessiert sich für Obstanbau.«

»Nanu?«, fragte mein Vater verwundert. »Markus Brandtner, soso … dabei habe ich mich doch gerade erst an diesen Thomas gewöhnt. Natürlich kannst du das gern machen, ich bin allerdings nicht da, weil ich später noch einen Termin habe. Aber ich gebe Britta, meiner Sekretärin, Bescheid.«

»Und wo bist du?«, fragte ich neugierig.

Er rutschte unruhig auf der Bank hin und her.

»Ich zeige Elsa Martin die Gegend.«

Bevor ich etwas erwidern konnte, schob er hinterher: »Für den Roman!«

In diesem Moment kam Nina herein.

Sie war blass und gähnte. Ich sprang auf, um ihr einen Becher Kaffee einzugießen.

»Moin, Jürgen. Moin, Leonie. Danke, du bist meine Rettung«, murmelte sie, umklammerte den heißen Kaffee wie einen Rettungsring und setzte sich zu uns an den Tisch. Über ihrem karierten Schlafanzug trug sie einen dunkelblauen Frotteebademantel, der meiner Ansicht nach längst hätte entsorgt werden müssen. »Und? Alles klar?«

»Ja, alles klar«, echoten mein Vater und ich gleichzeitig, vermieden jedoch jeglichen Blickkontakt.

Ich dachte an Elsa und er vermutlich an Markus.

»Leider habe ich jetzt keine Zeit, mit euch beiden Hübschen zu plaudern«, sagte mein Vater. »Ich muss los. Also, Mädchen, macht euch einen schönen Tag, wir sehen uns heute Abend.«

»Na, ob der so schön wird nach den News von gestern«, brummte Nina und schlürfte ihren Kaffee.

Stumm brüteten wir eine Weile vor uns hin.

»Schade, dass wir nicht genug Geld haben, um die Villa zu kaufen«, ergriff Nina schließlich das Wort.

»Ich würde es sofort tun.«

Die Villa kaufen?! Ein Supervorschlag. Aber leider vollkommen unrealistisch.

»Ich auch«, antwortete ich. »Aber dummerweise habe ich gerade meinen Job verloren. Und selbst wenn ich ihn noch hätte, könnte ich mir das niemals leisten.«

»Du deinen Job – und ich meinen Freund«, bemerkte Nina bitter. »Das wäre allerdings wirklich ein guter Zeitpunkt für einen Neustart. Nina Version 2.0 sozusagen. Stell dir vor: Ich als Hausbesitzerin und Vermieterin. Vielleicht sollte ich mal meinen Vater fragen, ob er nicht ein bisschen Kohle rausrückt. Oder ob er für mich bei der Bank bürgt. Wenn wir beide uns zusammentun, müsste das doch klappen. Außerdem haben deine Eltern Geld.«

»Nina, ich weiß nicht«, entgegnete ich. »Mir schwirrt sowieso schon der Kopf. Noch mehr Stress kann ich echt nicht brauchen. Und du auch nicht, wenn du ehrlich bist. Ich würde an deiner Stelle lieber überlegen, ob Alexander und du nicht doch noch einen gemeinsamen Weg findet. Hast du mal daran gedacht, deine familiäre Situation mit einem Therapeuten aufzuarbeiten? Solange du keinen Frieden mit deinem Vater gefunden und die Trennung deiner Eltern nicht akzeptiert hast, kannst du auch keine glückliche Beziehung führen. Das glaube ich zumindest.«

Nina verzog das Gesicht.

»Also ehrlich, Leonie, seit Stella ihr Burn-out hatte und dich mit diesen Psycho-Ratgebern versorgt hat, könnt ihr beide einem manchmal wirklich auf den Zünder gehen. Mein Vater ist – bitte entschuldige, wenn ich jetzt so drastisch werde – ein egoistischer Arsch, der all seine Studentinnen ins Bett zerrt, die nicht bei drei auf den Bäumen sind. Was sollte es mir bitte schön helfen, wenn ich mich mit ihm auseinandersetze? Soll ich etwa Verständnis für sein machohaftes Verhalten entwickeln? Nein, nein, das kannst du dir echt abschminken.«

»War ja nur so eine Idee«, murmelte ich und fühlte, wie mein Nacken sich allmählich zu einem Brett versteifte. »Sag mir lieber, worauf du heute Lust hast: Wollen wir nach Stade zum Bummeln, eine Radtour machen oder mit der Lühe-Schulau-Fähre die Elbe entlangschippern? Ich will heute irgendwas Schönes unternehmen, sonst werde ich noch irre. Allerdings muss ich um drei wieder zurück sein, weil ich Markus den Hof und den Betrieb zeigen möchte. Das dauert aber nur eine knappe Stunde.«

Nina gähnte herzhaft.

»Was dagegen, wenn ich mich wieder aufs Ohr haue und wir sehen nachher weiter? Ich hab heute Nacht schlecht geschlafen, fühl mich grad mit allem überfordert und könnte Ruhe gebrauchen. Du hast ja recht, ich muss erst mal den ganzen Mist mit Alexander verdauen. Vielleicht war es wirklich falsch, ihn in den Wind zu schießen.«

»Okay«, gab ich zurück und war insgeheim froh über Ninas Entscheidung, sich noch einmal hinzulegen.

Wenn sie so mies drauf war wie in den vergangenen Tagen, war sie nämlich eine echte Nervensäge. Und eine Meisterin darin, sich selbst im Weg zu stehen. »Ich gehe zu Sonja Mieling rüber und schaue, ob unsere Gäste alles haben, was sie brauchen. Bis später dann. Schlaf gut.«

Nina winkte mir matt hinterher, als ich die Küche verließ. Sonja wischte gerade die Bilderrahmen mit einem feuchten Lappen ab.

Dabei summte sie fröhlich vor sich hin.

Wenigstens eine, die heute gute Laune hatte!

»Morgen, Frau Mieling. Ihnen scheint die Arbeit ja wirklich Spaß zu machen«, begrüßte ich sie.

»Ja, das stimmt«, antwortete sie mit einem strahlenden Lächeln. »Das Haus und der Garten sind wunderschön. Sie und Ihr Vater sind nett, und die Gäste ebenso. Was will ich also mehr?«

Wahnsinn, manche Leute waren so einfach zufriedenzustellen. Von dieser Haltung konnte ich mir eine Scheibe abschneiden.

»Guten Morgen, die Damen, ist das nicht ein prachtvoller Tag?«, erklang auf einmal Elsa Martins helle Stimme auf dem Flur, und ich zuckte zusammen. Irgendwie war ich allergisch gegen diese Frau! Ihr ging es offenbar nicht so, denn sie lächelte mich an, als wäre ich ihre beste Freundin. »Ich finde es übrigens ausgesprochen entzückend von Ihrem Herrn Vater, dass er sich heute die Zeit nimmt, mir persönlich die Gegend zu zeigen, obwohl er so viel zu tun hat. Und dann auch noch in einer Kutsche! Ist das nicht romantisch? Ich wollte immer schon mal in einer Kutsche fahren.«

Sonja Mieling rollte mit den Augen, was Elsa Martin zum Glück nicht sah.

Ich musste schwer an mich halten und brachte nur heraus: »Viel Spaß.« Dann wandte ich mich Sonja Mieling zu.

Es reichte schließlich, wenn eine Person aus unserer Familie Elsa Martin Aufmerksamkeit schenkte.

Aber musste es ausgerechnet mein Vater sein?

23

Schäumend vor Wut ging ich auf dem Deich vor dem Haus auf und ab.

Diese dämliche Elsa Martin!

Wie zum Teufel hatte die Frau es geschafft, meinen Vater dazu zu überreden, sich in eine Kutsche zu setzen? Für ihn seit jeher der Inbegriff von Kitsch, genauso wie Gondeln in Venedig oder Himmelbetten.

Vergebens hatten meine Mutter und ich ihn früher bekniet, mit uns einmal eine solche Fahrt zu unternehmen. »Das ist nur was für Touristen und Spinner!«, hatte er behauptet und sich jegliche weitere Diskussion energisch verbeten.

Und nun kam diese Frau daher, musste nur ein wenig mit ihm flirten und ihm Komplimente machen, und schon änderte er seine Meinung.

Er hatte sich sogar gestern in Stade eine neue Hose und zwei neue Hemden gekauft. Beides hatte ich in seinem Zimmer entdeckt.

Ich war kurz davor, meine Mutter anzurufen und ihr zu sagen, wie sehr sich mein Vater gerade zum Affen machte.

Doch sie war so glücklich in Jacquelines *mas* in der Provence, wo sie gerade einen Malkurs machte.
Wütend stapfte ich über den Deich, bis mir einfiel, dass ich Thomas dringend anrufen musste.
Doch leider konnte ich keine Verbindung zu seinem Handy herstellen. Aber natürlich, wie konnte ich das bloß vergessen: Die gesamte Region war ein einziges Funkloch! Ich musste also wohl oder übel vom Festnetz im Haus meiner Eltern anrufen.
Mit einem Mal war ich richtig sauer.
Sauer auf meine Eltern, die sich wie zwei Pubertierende benahmen.
Sauer auf Nina, die sich in meinem Bett vergrub, anstatt sich von uns helfen zu lassen und um ihre Beziehung zu Alexander zu kämpfen.
Sauer auf Alexander, dass er das La Lune schloss und mich im Stich ließ.
Sauer auf Robert, dass er die Villa verkaufen wollte.
Und sauer auf Elsa Martin, die die labile Stimmung meines Vaters schamlos ausnutzte.
Vor allem aber war ich sauer auf mich.
Wo waren alle die psychologischen Grundsätze aus Stellas Ratgebern geblieben?
Wieso befolgte ich nicht meinen Vorsatz, mich mehr abzugrenzen?
Für mich selbst einzustehen, ohne mich von anderen beeinflussen zu lassen?
Wieso ließ ich mich auf einmal trotz meiner sich anbahnenden Beziehung mit Thomas von einem Mann wie Markus Brandtner aus der Bahn werfen?

Wo waren mein Selbstbewusstsein und mein Kampfgeist?
All das war mir irgendwo zwischen Zukunftsängsten und der Sorge um meine Eltern abhandengekommen.
Doch damit musste jetzt Schluss sein!
Wenn ich nicht aufpasste, entglitt mir mein Leben.
Die Einzige, die momentan halbwegs mit beiden Beinen auf der Erde stand, war Stella.
An ihr würde ich mir ein Beispiel nehmen.
Und der erste Schritt war, mir Markus aus dem Kopf zu schlagen und mich auf Thomas zu konzentrieren.
Ich musste nur noch diese Hofbesichtigung hinter mich bringen, ihm etwas über das Alte Land erzählen, und dann würde er wieder aus meinem Leben verschwinden.

»Meine Güte, das ist ja viel größer, als ich dachte«, rief Markus erstaunt aus, nachdem wir auf dem Obsthof angekommen waren und Britta mir den Schlüssel für die Betriebsräume ausgehändigt hatte.
Wir standen in der großen, kühlen Halle mit den Förderbändern, Sortieranlagen, Gabelstaplern, Kisten, Paletten und Etikettiermaschinen, die gebraucht wurden, um die Äpfel nach der Ernte zu verarbeiten. »Wie viele Mitarbeiter habt ihr?«
»Insgesamt zehn Festangestellte. Dazu kommen in der Saison noch die Erntehelfer aus dem Umland oder Osteuropa. Da ist ganz schön was los, wie du dir vielleicht vorstellen kannst.«
Markus nickte und betrat die Brücke, von der aus man auf das Wasserbassin schauen konnte, in dem die Äpfel nach Größen geordnet schwammen und anschließend zum Eti-

kettieren weitergeleitet wurden. Derzeit waren es nicht so viele wie sonst, die neue Ernte kam erst Ende August.
Gerade kippte ein Gabelstapler eine Kiste Elstar, die meistverkaufte Apfelsorte, ins Wasser. Markus beobachtete das Schauspiel mit großen Augen.
»Das ist absolut irre!«, sagte er begeistert, und ich führte ihn zu dem Scanner, der die Größe der Äpfel ermittelte. Danach wurden sie etikettiert und per Hand in Kartons verpackt.
»Es ist wichtig, darauf zu achten, dass die Äpfel keine Druckstellen bekommen und immer mit dem Stiel nach oben in die Kartons gelegt werden«, erklärte ich, mittlerweile ebenfalls wieder fasziniert von dieser Welt, in der ich groß geworden war.
»Magst du eigentlich Äpfel?«
Markus' Frage kam so überraschend, dass sie mich kurz aus dem Konzept brachte. Dann musste ich lachen.
»Ob du's glaubst oder nicht, jetzt wieder. Ich trinke zwar immer noch keinen Apfelsaft, weil ich den echt nicht mehr sehen kann, aber ich liebe Apfelkuchen, Mus und Äpfel pur. Für mich sind sie nicht nur Obst, eher so was wie ein Lebensgefühl. Und du?«
»Ich vertrage sie leider nicht«, antwortete Markus und beobachtete den Fahrer des Gabelstaplers, wie er übereinandergestapelte Kisten auf ein Hochregallager verfrachtete. »Mich juckt es sofort im Hals, und ich bekomme einen Hustenanfall. Aber ich liebe Äpfel.«
»Dann musst du unbedingt mal den Finkenwerder Herbstprinz probieren. Der schmeckt nicht nur fantastisch, den vertragen selbst die sensibelsten Allergiker. Momentan ist er zwar nicht mehr zu kriegen, aber im September wieder.

Dann kannst du ihn dir sogar selbst auf unserer Plantage pflücken, wenn du magst.«
»Aber nur, wenn du mitkommst«, meinte Markus lächelnd.
Ein wenig verärgert registrierte ich, dass mich seine Bitte alles andere als kaltließ.
»Das kann ich dir leider nicht versprechen, weil ich noch gar nicht weiß, ob ich hier bin.«
Und ob es überhaupt angebracht ist, den Kontakt zu dir aufrechtzuerhalten, ergänzte ich in Gedanken.
»Ach stimmt, du wohnst ja in Eimsbüttel«, antwortete Markus. »Aber du kommst doch bestimmt zur Ernte, nicht wahr? Außerdem finden zu dieser Zeit das Apfel- und Kürbisfest, die Hoftage und alles Mögliche statt, um Touristen anzulocken.«
Ich lächelte.
Markus hatte sich anscheinend gut informiert.
»Ja, ich werde wohl kommen. Schon allein, um im Hofladen auszuhelfen. Außerdem mag ich diesen Trubel irgendwie, auch wenn das Ganze eine ziemliche Touristenattraktion geworden ist. Aber wir leben ja hier schließlich von den Gästen.«
Inzwischen hatten wir die Halle verlassen und standen draußen, wo man einen sagenhaften Blick auf die Obstplantagen hatte.
Die weißen Kirschblüten, die tellerförmigen Blüten der Pflaumen, die zartrosa Apfelbäume, eine Farbenpracht, so weit das Auge reichte.
Darüber ein stahlblauer Himmel mit einigen Schäfchenwolken.
»Wenn man sich das alles so ansieht, bekommt der Ausdruck

Blütenzauber ein echtes Gesicht«, seufzte Markus ergriffen. »Aber wieso habt ihr eigentlich einen Hofladen, wenn ihr eure Äpfel in so großem Stil vertreibt?« Er stand dicht – viel zu dicht – neben mir.

»Der Obsthof meiner Eltern war nicht immer so groß«, erklärte ich und beobachtete einen Schwarm Schwalben, der über die Plantage hinwegflog. »Ursprünglich hatten meine Eltern fünfundzwanzig Hektar in der Nähe unseres Wohnhauses am Deich. Als ich klein war, wohnten nur wir drei dort, später hat mein Vater angebaut, damit wir vermieten können. Genauso verhielt es sich mit dem Obstanbau. Meine Eltern arbeiteten viel und konnten nach und nach immer neue Grundstücke aufkaufen, weshalb unser Grund und Boden über weite Areale des Alten Landes verteilt ist. Der Hofladen spielte in meiner Kindheit eine genauso wichtige Rolle wie der Obstkarren an der Straße nach Jork, wo ich Obst verkauft habe. Viele hier kennen mich schon von klein auf und nennen mich Leonie Apfel.«

»Soso, Leonie Apfel«, wiederholte Markus amüsiert, während wir ein Stück in die Plantage hineingingen.

Plötzlich huschte zwischen den Baumreihen etwas an uns vorbei. Ein Feldhase, den wir offenbar aufgeschreckt hatten.

»Dann danke ich dir, Leonie Apfel, dass du mich herumgeführt hast. Musst du denn gleich zurück in die Pension?«

Ich dachte an Nina und Thomas und entschied mich, vernünftig zu bleiben.

»Ja, leider, ich hätte gern noch mit dir geplaudert. Aber meine Freundin ist gerade zu Besuch und steckt in einer Krise. Daher will ich sie noch ein wenig aufpäppeln, bevor sie wieder nach Hamburg fährt.«

Markus machte ein enttäuschtes Gesicht.
»Schade. Dann hoffe ich, dass es deiner Freundin bald bessergeht. Danke nochmals für den interessanten Nachmittag, ich hab sehr viel gelernt. Vielleicht kann ich mich mal revanchieren und dich ins Elbherz einladen. Meld dich, wenn du vorbeikommen willst. Hier ist übrigens meine Handynummer.« Er gab mir seine Visitenkarte, die ich in mein Portemonnaie steckte.
Ich brachte Markus zu seinem Auto und winkte ihm hinterher, als er vom Hof fuhr.
Was für ein sympathischer Mann.
Klug, witzig und interessiert.
Gäbe es Thomas nicht, ich würde mich Knall auf Fall in ihn verlieben, das spürte ich ganz deutlich.
Kaum war Markus außer Sichtweite, zückte ich mein Handy und schrieb eine SMS an Thomas. An dieser Stelle hatte ich ausnahmsweise Empfang.

Freue mich auf unser Wiedersehen.
Leonie

Dann radelte ich zurück zum Haus.
Nina lag immer noch im Bett und sah nicht wesentlich besser aus als heute Morgen.
»Na, wie war's mit Markus?«, fragte sie, stopfte sich das Kissen in den Rücken und setzte sich auf.
»Nett«, antwortete ich ein wenig lahm und setzte mich neben sie auf die Bettkante. In meinem Inneren herrschte ein Gefühlswirrwarr, und ich wollte nicht darüber nachdenken, warum ich Markus mehr als nur nett fand, geschweige denn

darüber sprechen. »Und wie geht's dir? Hast du noch geschlafen?«
»Blöderweise nicht richtig«, sagte Nina und rieb sich die Augen. »Aber vielleicht war das gar nicht so schlecht, weil ich mir Gedanken gemacht habe über das, was du gesagt hast und was Stella versucht hat, mir klarzumachen. Vielleicht sollte ich mich wirklich mit meinem Vater aussprechen.«
Wow!
»Und als Frau der Tat habe ich gleich Nägel mit Köpfen gemacht und Papa angerufen, um zu fragen, ob ich ihn ein paar Tage besuchen kann. Morgen früh fahre ich!«
Ich war sprachlos.
Und ich freute mich.
Egal, wie dieses Treffen verlief, es wurde vor allem eines deutlich: Ninas Kampfgeist war wieder erwacht, und sie war bereit, sich den Dingen zu stellen.
Wenn es zu einer Versöhnung zwischen Vater und Tochter kam, bestand vielleicht Hoffnung, dass auch Nina und Alexander wieder zueinanderfanden.
»Das ist sehr mutig von dir. Ich bin stolz auf dich«, sagte ich, und Nina lächelte dankbar.

24

Hey, das wird schon«, sprach ich Nina Mut zu, als wir Samstagvormittag in Buxtehude standen und auf die S-Bahn nach Hamburg warteten. Ich hatte mir das Auto von meinem Vater geliehen, um sie zum Bahnhof zu bringen.

Zweifelnd verzog Nina das Gesicht und umklammerte mit beiden Händen ihren Rucksack.

»Außerdem zwingt dich kein Mensch dazu, zu bleiben«, fuhr ich fort. Schließlich kannte ich sie: Sobald ein Notausgang in Sicht war, fiel ihr vieles leichter.

»Und ich kann dich wirklich jederzeit anrufen, wenn meine Familie mir auf die Nerven geht? Und wenn's was Neues in Sachen Hausverkauf gibt, meldest du dich, ja?«, bat Nina in einem für sie untypischen weinerlichen Tonfall.

»Na klar, das hab ich dir versprochen. Ich bin immer erreichbar, es sei denn, ich stecke in einem Altländer Funkloch. Aber morgen bin ich ja auch wieder in Hamburg.«

Ein verhaltenes Lächeln erhellte ihr Gesicht. Es fiel mir schwer, mit anzusehen, wie sehr die sonst so starke Nina unter dem drohenden Verkauf der Villa und der Trennung

von Alexander litt. Trotzdem war ich immer noch der festen Überzeugung, dass die beiden das schon hinbekommen würden. Ich umarmte sie und wünschte ihr eine gute Fahrt nach Göttingen, wo ihr Vater nun lebte.
Nachdem die S-Bahn abgefahren war, blieb ich noch eine Weile gedankenverloren stehen.
Wie gern hätte ich Schicksal gespielt und Alexander und Nina wieder zusammengebracht. Und die Villa gekauft. Doch im Augenblick konnte ich nichts weiter tun, als für Nina da zu sein, wenn sie mich brauchte, und in jeder Hinsicht das Beste zu hoffen.
Spontan entschloss ich mich, durch die Innenstadt von Buxtehude zu bummeln, bevor ich wieder nach Steinkirchen zurückfuhr.
Buxtehude, diese Märchen- und Hafenstadt, hatte alles, was ich liebte: schnuckelige Fachwerkhäuser, mit Geranien bepflanzte Blumenkästen, ein imposantes Rathaus mit Ratskeller, einen historischen Stadtgraben und nicht zu vergessen die engen Gassen mit individuellen Lädchen und Cafés. Doch am liebsten mochte ich den Gedenkstein für das Grimmsche Märchen *Der Hase und der Igel*.
Obwohl ich mich als Kind bei manchen Märchen gefürchtet hatte, begeisterte es mich, dass eines von ihnen direkt in meiner Nähe beheimatet war. Ich liebte den putzigen Igel, der mit keckem Blick dem Hasen beim Rennen zusieht.
Dass der Hase am Ende des Wettlaufs stirbt, verdrängte ich. Nicht alle Märchen nahmen ein gutes Ende.
Ich war schon eine ganze Weile durch die Straßen mit den nostalgischen Laternen gebummelt, die mit pinkfarbenen Petunien geschmückt waren, als Thomas anrief.

»Hallo, wie läuft's bei dir?«, fragte er gut gelaunt. »Hast du vor, Wurzeln im Alten Land zu schlagen, oder kommst du irgendwann auch mal wieder nach Hause?«
Fast hätte ich ihm erzählt, welche Sorgen ich mir wegen des drohenden Verkaufs der Villa und wegen meines Vaters und Elsa machte. Doch irgendetwas hielt mich davon ab. Stattdessen antwortete ich: »Morgen Nachmittag bin ich wieder da.«
»Wie schön, dann kann ich dich endlich wieder in meine Arme schließen«, erwiderte Thomas. »Ich bin schon gespannt, was du alles erlebt hast. Außerdem fehlst du mir, wenn ich ehrlich bin.«
Und sogleich bekam ich wieder ein schlechtes Gewissen wegen Markus, das ich nach Kräften ignorierte.
Wir plauderten noch eine Weile. Dann fuhr ich nach Steinkirchen zurück. Ich brannte darauf, zu erfahren, wie der Ausflug meines Vaters mit Elsa Martin verlaufen war.
Als ich das Auto in der Einfahrt parkte, polierte mein Vater gerade das Messingschild neben unserer Haustür. Samstags hatte er immer frei und musste nur in Ausnahmefällen auf den Obsthof.
»Hallo, meine Kleine. Ist Nina gut weggekommen?«, fragte er und streichelte mir zur Begrüßung flüchtig die Wange. »Schade, dass sie schon wegmusste, sonst hätten wir uns heute einen gemütlichen Abend machen können.«
»Dann machen wir das eben zu zweit.« Ich freute mich, dass er so fröhlich war. »Das Wetter ist schön, wir könnten grillen.«
Zwar wusste ich, dass mein Vater Grillen viel zu aufwendig fand, aber zu meiner großen Überraschung lächelte er zustimmend.

»Warum nicht. Dann schaue ich gleich mal nach, ob wir noch Kohle und einen Anzünder haben. Und wir sollten schnell einkaufen fahren. Was hältst du davon, wenn wir das auf dem Steg machen? Dann können wir beim Essen aufs Wasser schauen.«

Nun war ich komplett irritiert!

War das wirklich mein Vater oder nur eine Kopie, die aussah wie er? Erst fuhr er mit der Kutsche, und dann wollte er am Bootssteg grillen?

»Ja, Paps«, antwortete ich, erstaunt über seinen plötzlichen Sinneswandel, und entschied mich, sein Verhalten nicht weiter zu hinterfragen. »Dann schaue ich am besten gleich, was wir alles brauchen, und düse nach Jork, bevor die Geschäfte schließen. Du kannst ruhig hierbleiben und weiter herumwerkeln.«

In diesem Moment klingelte das Gästetelefon im Flur.

Wir griffen beide zeitgleich zum Hörer, doch mein Vater war eine Sekunde schneller als ich.

Seinem Gesichtsausdruck nach zu urteilen, war Elsa Martin die Anruferin, denn er strahlte, als hätte jemand ein Licht in ihm angeknipst. Sein Lächeln und seine plötzlich säuselnde Stimme gefielen mir gar nicht.

Oder genauer gesagt: Es machte mir Angst.

Was, wenn er sich in diese Frau verliebte?

Oder, noch schlimmer, bereits verliebt war?

»Tut mir leid, meine Liebe, aber diesen Abend verbringe ich mit meiner Tochter«, hörte ich ihn jedoch zu meiner Erleichterung sagen. »Leonie fährt nämlich morgen wieder zurück nach Hamburg.«

Elsa Martin schien ziemlich viel zu sagen zu haben, denn

mein Vater lauschte stumm. Anstatt die Einkaufsliste zu schreiben, blieb ich neben dem Apparat stehen, nicht bereit, mich auch nur einen Millimeter wegzubewegen. Meinem Vater schien meine Nähe unangenehm zu sein, wie ich an seiner angespannten Körperhaltung erkennen konnte.
Doch das war mir egal!
»Ja, alles klar, ich melde mich«, sagte er nach einer gefühlten Ewigkeit mit einer Spur von Ungeduld. »Und viel Erfolg beim Schreiben. Ich bin schon sehr gespannt auf das Ergebnis.« Dann legte er auf.
»Weshalb sollst du dich bei ihr melden?«, fragte ich und beäugte ihn misstrauisch. Mein Vater blätterte im Anmeldebuch und checkte die Buchungsdaten.
»Elsa Martin möchte ihren Aufenthalt hier gern noch weiter verlängern«, erklärte er, vermied es aber, mich anzusehen.
Das konnte doch nicht wahr sein.
»Ah ja. Das klappt«, murmelte er und notierte die Daten auf dem Block. Mir stockte der Atem. Blieb Elsa Martin tatsächlich noch drei Wochen? So lange konnte ich nicht hierbleiben, um auf die beiden aufzupassen. Ich fluchte innerlich, dass das Zimmer frei war, und wunderte mich gleichzeitig darüber. Es war schließlich Apfelblüte. Gab es wirklich so viel Konkurrenz durch andere Pensionen?
Doch jetzt würde ich erst einmal einkaufen und keinen Streit vom Zaun brechen, bei dem ich unweigerlich den Kürzeren ziehen würde. Schließlich gehörte das Haus, und damit auch die Fremdenzimmer, meinen Eltern.
Vielleicht ergab sich ja heute Abend die Gelegenheit, in aller Ruhe mit ihm zu sprechen.

»Ist das nicht himmlisch?«, seufzte ich und betrachtete den Abendhimmel. Den kleinen runden Tisch von der Terrasse, zwei Stühle und den Grill hatten wir auf den Steg geschleppt. Ich hatte den Tisch festlich gedeckt und eine Vase mit hellrosa Ranunkeln und zartviolettem Leimkraut daraufgestellt. Mein Vater hatte vorsorglich warme Fleecedecken aus dem Haus geholt.

Ein Windlicht würde uns später in der Dämmerung etwas Helligkeit spenden, ebenso wie zwei Fackeln, die ich im Keller gefunden hatte und die nun im Gras neben dem Steg steckten. Vor uns schaukelte das Boot friedlich auf der Lühe. Und über uns stimmten die Vögel ihr Abendlied an, ein Hauch von Nordsee lag in der Luft.

»Ja, da hast du recht«, sagte mein Vater und legte Grillkohle nach. Auf dem Rost lagen Maiskolben, Fisch und Schafskäse, den ich mariniert, mit getrockneten Tomaten und Oliven bestreut und in Alufolie gewickelt hatte. Dazu gab es einen großen gemischten Salat. »So etwas müssten wir viel öfter machen.«

»Aber dann macht das doch! Mama würde sich bestimmt freuen«, antwortete ich und tat den Salat in zwei kleine Schalen. Der Duft von frischen Gartenkräutern stieg mir in die Nase, und ich konnte es kaum erwarten, das knackfrische Grün mit den hauchdünn geschnittenen Radieschen zu essen.

»Geht es Anke gut?«, fragte mein Vater, und ich meinte ein leichtes Zittern in seiner Stimme zu hören. »Ist sie schon bei dieser Freundin in Südfrankreich? Ich habe versucht, mir ihren Blog anzuschauen, doch ich habe ihn nicht gefunden. Und telefonieren will sie ja zurzeit nicht mit mir.«

Dass mein Vater, der mit dem Internet auf Kriegsfuß stand und so etwas seiner Sekretärin Britta überließ, versucht hatte, Mamas Blog zu lesen, rührte mich.

Vielleicht würde sich ja doch alles wieder einrenken!

»Sie klang fröhlich, als wir gestern gesprochen haben«, sagte ich und hätte mir am liebsten auf die Zunge gebissen. Es war bestimmt nicht klug, gegenüber meinem Vater zu erwähnen, wie sehr meine Mutter fern vom Alten Land aufblühte.

Sie schmiedete bereits Pläne, eine kleine Galerie oder eine Malschule zu eröffnen. Am Telefon hatte sie so zufrieden gewirkt wie schon seit Jahren nicht mehr.

»Kein Wunder«, fuhr ich fort, »die Provence ist ja auch ein Traum, gerade im Frühjahr. Und wann hat man schon mal die Gelegenheit, in einer schnuckeligen *mas* zu wohnen und einfach so in den Tag hineinzuleben. Das könnte ich mir ehrlich gesagt auch gut vorstellen.«

»Bitte fang du jetzt nicht auch noch damit an«, entgegnete mein Vater und seufzte tief. »Was ist denn eigentlich so toll daran, andauernd unterwegs zu sein? Ihr habt doch hier alles, was ihr braucht, um glücklich zu sein, oder etwa nicht? Es würden wohl kaum so viele Menschen hier Urlaub machen, wenn es im Alten Land nicht wunderschön wäre.«

»Natürlich ist es hier schön, genau wie in Hamburg. Aber es ist auch wichtig, gelegentlich seinen Horizont zu erweitern und die Dinge aus einer anderen Perspektive zu betrachten«, widersprach ich aus vollem Herzen.

Mein Vater grinste.

»Und das sagt ausgerechnet meine Tochter, die damals ihren Job im Reisebüro gekündigt hat, weil sie so große Angst davor hatte, zu verreisen?«

Nun musste ich auch lächeln. Er hatte recht.

»Aber seitdem habe ich mich verändert und einige Ängste abgelegt«, antwortete ich, und mein Vater nickte. »Wie war eigentlich die Kutschfahrt mit Elsa Martin? Ich gebe zu, ich bin ein bisschen neidisch, weil du dich früher immer geweigert hast, mit Mama und mir in eine Kutsche zu steigen.«

»Du hast es gerade selbst gesagt: Dinge ändern sich«, entgegnete er mit einem schelmischen Lächeln. »Aber mal im Ernst. Deine Mutter fehlt mir zwar, aber ich beginne allmählich, mich an diesen Zustand zu gewöhnen. Vielleicht ist es wirklich besser, wenn wir eine Zeitlang getrennte Wege gehen. Dann kann sich jeder seine Gedanken machen.«

Ich horchte auf. Warum klang mein Vater auf einmal so abgeklärt, fast … gleichgültig? So sprach man nur, wenn man sich von Menschen löste.

25

Freudig begrüßten Paul und Paula mich, kaum dass ich am Sonntag die Wohnungstür geöffnet hatte. Ich beugte mich hinunter, um meine Süßen zu kraulen, was diese mit einem wohligen Schnurren belohnten.

»Ihr habt mir gefehlt«, murmelte ich, nahm Paula hoch und drückte sie an meine Wange.

Ein Leben ohne Katzen?

Unvorstellbar!

Nach einer ausgiebigen Schmuserunde stellte ich die Waschmaschine an und öffnete die Fenster, um zu lüften.

Heute war ein grauer, eher kühler Tag, kaum zu glauben, dass ich gestern noch bis spät in die Nacht mit meinem Vater am Ufer der Lühe gesessen und in den Sternenhimmel geschaut hatte. Es war mir nicht geheuer, dass ich ihn mit Elsa Martin allein gelassen hatte. Aber er war erwachsen, und ich hatte schließlich mein eigenes Leben, das ich neu ordnen musste.

Am frühen Nachmittag wollte ich zu Thomas, der mich sehnsüchtig erwartete, wie er mir gestern am Telefon versichert hatte. Doch zuvor ging ich noch auf einen Sprung zu

Stella, um hallo zu sagen, mich für die Katzenbetreuung zu bedanken und Emma zu knuddeln. Sie war gerade sehr beschäftigt damit, ihre Spielzeugsammlung zu begutachten, und hatte sämtliche Puppen und Kuscheltiere um sich herum auf dem Teppich verteilt.

»Na, meine Süße, hast du auch alle beisammen?«, fragte ich mit amüsiertem Blick. Auch wenn ich es nicht mochte, wenn Kinder mit Spielzeug überhäuft wurden, drückte ich bei meinem Patenkind ein Auge zu.

Hauptsache, sie war glücklich.

Als sie mich sah, sprang Emma auf und warf sich in meine Arme. Ich wirbelte sie im Kreis herum und bedeckte ihr Gesichtchen mit Küssen. Diesmal hatte sie nichts gegen meine Zärtlichkeiten einzuwenden, im Gegenteil, sie schmiegte ihre zarte Wange an meine und flüsterte: »Hab dich lieb.«

Gerührt musste ich gegen Tränen ankämpfen, denn in solch einem Augenblick wünschte ich mir nichts sehnlicher als ein Kind. Und ich wusste, dass es in einer anderen Wohnung furchtbar einsam werden würde ohne ihr Lachen.

Doch es blieb keine Zeit, trübsinnigen Gedanken nachzuhängen, denn Emma forderte mich energisch auf, ihr die Namen aller Puppen und Plüschtiere zu nennen – angesichts der Vielzahl keine leichte Aufgabe.

»Was macht ihr beiden Hübschen denn da?«, fragte Stella lächelnd und brachte ein Tablett mit drei Bechern heißer Schokolade ins Zimmer. Nachdem sie es auf Emmas Tisch abgestellt hatte, setzte sie sich zu uns auf den Boden. »Fragst du Tante Leonie ab?«

Anstatt zu antworten, grinste Emma und stand auf, um sich

ihren Kakao zu nehmen. Stella war blitzschnell bei ihr, um zu verhindern, dass ihre Tochter kleckerte. Während wir genüsslich die heiße Schokolade tranken und Emma einer der Puppen Zöpfe flocht, brachte ich Stella auf den neuesten Stand und erzählte ihr, dass Nina zu ihrem Vater gefahren war, um sich auszusprechen.

»Ein mutiger Schritt«, antwortete sie. Weiter kamen wir nicht, weil Emma ein Zelt für sich und ihre Puppen bauen wollte.

Also half ich Stella, eine Leiter mit zwei Bettlaken zu verhüllen, während Emma sämtliche Kissen von ihrem Bett abräumte und sie auf dem Boden unter der Leiter verteilte. Danach stellten wir ihre Nachtleuchte neben die Kissen und löschten das Licht.

»Das habe ich als Kind auch immer gemacht«, flüsterte Stella, als wir das Zimmer verließen. Emma hatte beschlossen, dass es für sie und ihre Plüschtiere Zeit sei, ein kleines Nickerchen zu halten.

Ich kicherte. Als ich klein war, hatte ich mich als Winnetous Schwester verkleidet und mich standhaft geweigert, die schwarze Langhaarperücke mit den geflochtenen Zöpfen abzulegen, obwohl die Karnevalszeit längst vorbei war. Auch mir hatte eine verhüllte Leiter als Zelt gedient.

»Trinkst du noch einen Kaffee mit mir? Ich würde gern wissen, wie es noch mit Nina war. Ist ja schließlich eine große Nummer für sie, wenn sie sich mit ihrem Vater trifft«, sagte Stella.

Ich schaute auf die Uhr.

Wenn ich mich noch hübsch machen und pünktlich bei Thomas sein wollte, musste ich mich beeilen.

»Tut mir leid, aber ich bin gleich mit Thomas verabredet. Was hältst du von morgen Vormittag? Oder hast du Montag Kundentermine?«
Stella nahm ihr Smartphone und scrollte durch ihren Kalender. Dann schüttelte sie den Kopf.
»Nein, habe ich nicht. Wollen wir zusammen frühstücken?«
Wir vereinbarten, uns um zehn zu treffen, und verabschiedeten uns.

Als ich vor Thomas' Wohnhaus in Eppendorf stand und klingelte, bemerkte ich, dass er endlich ein neues Schild angebracht hatte.
Manuelas Name war verschwunden.
Beschwingt stieg ich die Treppe hinauf und lag kurze Zeit später in Thomas' Armen. Ich atmete seinen wohlvertrauten Duft ein und genoss seine Berührung, die mir sofort Gänsehaut verursachte, wenngleich ich mich dabei ertappte, dass ich immer wieder Markus vor mir sah.
Leidenschaftlich küsste Thomas mich auf den Mund und murmelte mir »Endlich bist du da« ins Ohr, obwohl ich mir mit einem Mal nicht mehr sicher war, ob es sich richtig anfühlte. Ich versuchte mit aller Macht, jeglichen Gedanken an Markus zu verbannen. Ich war hier mit Thomas, hatte mich auf das Wiedersehen mit ihm gefreut und wollte unser Zusammensein genießen.
Nachdem wir eine ganze Weile im Flur geknutscht hatten, nahm Thomas mich bei der Hand und zog mich ins Schlafzimmer. Dort erwartete mich ein wahres Meer von Kerzen, deren Schimmer den grauen, unfreundlichen Tag in ein warmes Licht tauchte.

»Möchtest du ein Glas Sekt?«, fragte er, und ich überlegte einen Augenblick. Alkohol am Nachmittag?
Doch morgen hatte ich nichts weiter vor, als mich mit Stella zum Frühstück zu treffen. Und warum sollte ich mich nicht mal fallenlassen, statt mir ständig das Hirn zu zermartern.
»Gern«, antwortete ich, und Thomas stand auf und ging in die Küche. Ich stellte mich ans Fenster und blickte hinunter auf die Straße.
Zum wiederholten Mal fiel mir der große Gegensatz zwischen Eimsbüttel und Eppendorf auf. In beiden Stadtteilen standen beeindruckende Altbauten und Patriziervillen, doch die Leute, die darin wohnten, hätten nicht unterschiedlicher sein können.
Während bei uns in Eimsbüttel überwiegend bodenständige Mieter zu finden waren, Studenten und Kreative, lebte hier die Upperclass, das wusste ich, da ich lange genug in Eppendorf gearbeitet hatte.
Um sich eine Wohnung wie die von Thomas leisten zu können, musste man sehr gut verdienen.
Ich zog unser heimeliges Viertel mit dem charmanten Dorfcharakter einem Leben in Eppendorf vor, wo ein Porsche neben dem anderen parkte, selbst Babys teuerste Designermode trugen und man an den Wochenenden nach Sylt oder zum Golfen fuhr.
Ob Thomas sich hier wirklich wohl fühlte?
Erstaunt stellte ich fest, dass ich im Grunde kaum etwas über ihn wusste, obwohl wir früher sogar im selben Unternehmen gearbeitet hatten.
»Voilà, hier kommt dein Sekt«, riss seine fröhliche Stimme

mich aus meinen Grübeleien, und schon hatte ich ein Glas in der Hand, das so filigran war, dass ich Angst hatte, es zu zerdrücken. »Im Grunde ist es gar kein Sekt, sondern ein Veuve Cliquot«, ergänzte er und stellte sich neben mich ans Fenster. »Was gibt es denn da draußen so Spannendes?« Er küsste meinen Hals. Dann wanderten seine Lippen zu meinem Ohr hinauf, was mich überhaupt nicht anturnte.
»Ach, nichts«, antwortete ich und entzog mich seiner Berührung. »Ich wollte nur sehen, welchen Ausblick du hast.«
»Gefällt er dir?«, fragte Thomas ein wenig belustigt.
»Er ist schön«, erwiderte ich knapp.
Nachdem wir einander zugeprostet hatten, spürte ich, wie die feinen Luftblasen des edlen Getränks auf meiner Zunge perlten und ihr Aroma entfalteten.
Ich trank nur selten Champagner und konnte kaum einen Unterschied zu einem guten Prosecco erkennen.
»Gibt es einen bestimmten Grund, warum wir mit Champagner anstoßen? Hast du etwas zu feiern?«, fragte ich.
»Braucht es denn dafür immer einen Anlass?« Verwundert zog Thomas eine Augenbraue hoch und leerte sein Glas in einem Zug. Dann stellte er es auf die Fensterbank, nahm mir meines aus der Hand und küsste mich erneut. »Sagen wir einfach, dass ich mich über deine Rückkehr freue«, flüsterte er und führte mich zu seinem breiten Bett, das aussah, als stammte es aus einem amerikanischen Film.
Das Zimmer war im *Beachhouse*-Style eingerichtet, Designer wie Ralph Lauren oder Tommy Hilfiger hätten ihre helle Freude daran gehabt.
Wir legten uns auf die schwere, dunkelblau-rot gestreifte Tagesdecke, und Thomas begann behutsam, mich auszuzie-

hen. Mit der einen Hand öffnete er die Haken meines BHs und zog mit der anderen die Schublade seines Nachttisches auf.
Er bedeckte meinen nackten Bauch mit Küssen und legte eine Schachtel Kondome neben sich, während ich überlegte, weshalb ich so gar nicht in Stimmung war. Außerdem erinnerte diese Geste mich an unser erstes Mal, und plötzlich überfiel mich ein ungutes Gefühl.
»Ist irgendwas?«, fragte Thomas irritiert, weil ich mich zurückzog.
Ich schloss die Knöpfe meiner Bluse und setzte mich hin. Mit einem Mal hatte ich das Bedürfnis, sofort zu klären, ob wir eine Zukunft hatten oder ob ich für Thomas nur ein kleiner Appetithappen für zwischendurch war.
»Werden wir das jetzt immer so machen?«, fragte ich mit klopfendem Herzen.
»Was machen? Ich verstehe nicht ganz«, erwiderte Thomas und setzte sich ebenfalls auf.
»Das mit den Kondomen. Natürlich ist es richtig, sie zu benutzen, schließlich wollen wir beide Safer Sex praktizieren. Aber wir könnten nächste Woche genauso gut einen Test machen, und wenn das Ergebnis da ist …«
»Und wie willst du dann verhüten? Nimmst du die Pille?«
Thomas machte ein dermaßen ernstes Gesicht, dass ich es beinahe bereute, mit diesem Thema angefangen zu haben.
»Nein, nehme ich nicht, weil das ab vierzig nicht gerade gesundheitsfördernd ist. Aber es gibt auch noch andere Möglichkeiten.«
Ich wollte gerade weitersprechen und etwas von Diaphragma und Spirale sagen, als Thomas mir das Wort abschnitt:

»Sorry, Leonie, aber das kommt nicht für mich in Frage. Ich will keine Kinder und möchte nicht hereingelegt werden.«
Ich fühlte mich, als hätte er mir eine schallende Ohrfeige verpasst. Dass er keine Kinder wollte, war eine Sache, die ich erst einmal sacken lassen musste. Aber dass er mir so etwas Gemeines unterstellte, entbehrte jeder Grundlage.
»Wie kommst du darauf, ich könnte dich austricksen?«, fragte ich und spürte, wie mir immer heißer wurde. Ich war so wütend, dass ich am liebsten aufgesprungen und aus der Wohnung gestürmt wäre. Unser Wiedersehen verlief überhaupt nicht so, wie ich es mir vorgestellt hatte.
»Du bist über vierzig, und ich weiß, dass du Kinder magst. Deine biologische Uhr tickt also, wie man so schön sagt.«
»Und diese Tatsache allein reicht, dass du mir so ein mieses Verhalten zutraust?«
Ich fragte mich, was ich jemals an Thomas gefunden hatte. Sein Gesichtsausdruck war plötzlich kalt und abweisend.
»Das tue ich nicht, ich treffe nur Vorsichtsmaßnahmen, was mein gutes Recht ist. Manuela hat behauptet, die Pille zu nehmen, und hat sie heimlich abgesetzt, wie ich durch Zufall herausgefunden habe. So etwas wird mir ganz bestimmt kein zweites Mal passieren.«
»Und was hast du gegen Kinder?«, fragte ich, fassungslos über Thomas' harte Worte.
Er war aufgestanden und ging im Schlafzimmer auf und ab wie ein Tiger im Käfig.
»Es stimmt nicht, dass ich keine Kinder mag, ich möchte nur keine eigenen«, erklärte er. »Ich möchte weiterhin viel reisen, so viel arbeiten, wie ich möchte, und mich nicht einengen lassen. Ich liebe meinen Job, will in Zukunft noch

mehr verdienen, irgendwann eine Wohnung in Kampen kaufen und das Leben genießen.«

»Ist das der wahre Grund für deine Trennung von Manuela?«, fragte ich, mit einem Mal eher traurig als wütend.

Wie konnte man sich nur so vehement gegen etwas wehren, das zu den schönsten Geschenken im Leben zählte?

Und wie konnte man nur so oberflächliche Wertvorstellungen haben?

Thomas nickte und senkte den Kopf.

Ich schlüpfte in meine Schuhe, die vor dem Bett standen, ich wollte nur noch eines: weg von hier.

»Sorry, Thomas, aber ich gehe jetzt. Ich weiß, dass das für dich überraschend kommt, aber ich habe das Gefühl, dass es besser ist, wenn sich unsere Wege an dieser Stelle trennen. Auch wenn es definitiv zu früh ist, um über Dinge wie Familienplanung zu reden, ist es gut, dass ich jetzt weiß, wie du darüber denkst. Und ich kann dir nur sagen, dass wir vollkommen abweichende Vorstellungen von Glück haben und in unterschiedlichen Welten leben.«

Thomas schaute mich mit undurchdringlicher Miene an, unterbrach mich jedoch nicht. »Danke für die schöne Zeit, die wir zusammen hatten, mach's gut.« Ich ging zur Tür und öffnete sie.

Thomas machte keine Anstalten, mich aufzuhalten.

Und wenn ich ehrlich war, war ich nicht traurig darüber.

Ich war wütend.

Und enttäuscht.

26

Ich weiß nicht, was ich sagen soll.«
Stella schaute mich fassungslos an, als ich ihr am Montagmorgen beim Frühstück von dem verunglückten Date mit Thomas erzählte.
»Geht mir ganz genauso«, antwortete ich und trank einen Schluck Tee.
»Hat Thomas sich danach bei dir gemeldet?«
Ich schüttelte den Kopf.
Nach meiner Rückkehr in die Villa hatte ich eine ganze Weile auf das Telefon gestarrt und überlegt, ob ich ihn anrufen sollte. Doch dann hatte ich mich dagegen entschieden. Lieber vertraute ich darauf, was mein Körper mir signalisiert hatte – Ablehnung. Außerdem kam ich immer noch nicht darüber hinweg, dass Thomas so materiell und egoistisch war.
Zur Ablenkung schaute ich mehrere Folgen von *Gilmore Girls,* und im Laufe des Abends wurde mir immer klarer, dass Thomas und ich wirklich nicht zueinander passten.
Dennoch schmerzte die Enttäuschung.
»Wenn du noch nicht mal Lust hattest, mit ihm zu schlafen,

ist das bestimmt die richtige Entscheidung«, sagte Stella und schaute mich nachdenklich an. »Und wer weiß, was später noch alles gekommen wäre. Du kennst ihn schließlich kaum, was sich schon daran gezeigt hat, wie er über gewisse Dinge denkt. Im Übrigen wünsche ich dir von Herzen einen Mann, der Kinder mit dir haben will, der deine Vorstellungen vom Glücklichsein teilt. Wer weiß? Vielleicht war dieses kurze Techtelmechtel nur eine Art Warm-up für etwas, das noch auf dich wartet.«

Natürlich wusste ich, dass Stella recht hatte.

Aber wie wahrscheinlich war es, dass ich mit einundvierzig noch den idealen Mann treffen würde, der zu mir passte?

Bis ich Thomas begegnet war, war ich mit meinem Leben zufrieden und im Einklang gewesen.

Oder hatte mir das zumindest erfolgreich vorgemacht.

Mir war bis dahin nicht bewusst gewesen, wie sehr mir Zärtlichkeit und Nähe in Wahrheit gefehlt hatten. Und nun sollte auf einmal alles vorbei sein, nur weil Thomas keine Familie gründen wollte? Plötzlich bekam ich Torschlusspanik.

»Und wenn ich seinen Wunsch akzeptiere?«, flüsterte ich, während Tränen über meine Wangen liefen. »Ich weiß doch gar nicht, ob ich überhaupt schwanger werden kann.«

»Das kommt nicht in Frage, hörst du? Ich verbiete dir, dich wegen eines Typen so kleinzumachen.«

Stella war puterrot im Gesicht und sah aus, als würde sie jeden Moment platzen. »Du willst Kinder. Also red keinen Unsinn, sondern such dir lieber jemanden, mit dem du diesen Traum verwirklichen kannst. Du bist noch nicht zu alt, schau mich an. Ich bin sechsundvierzig.«

Sie strich sich über den Bauch, der sich mittlerweile ein klein wenig über den Bund ihrer weißen Jeans wölbte. Einen Augenblick verspürte ich einen Anflug von Neid. Ihre Schwangerschaft war schließlich ein Wunder, der Beweis dafür, dass im Leben unvorhergesehene Dinge passieren.
»Apropos Kind. Robert hat ein Angebot für ein Häuschen mit Garten in der Nähe eines Kindergartens und einer Schule in Husum, das ideal für uns fünf wäre. Allerdings ist die Voraussetzung, es zu kaufen, natürlich …«
»… der Verkauf der Villa«, ergänzte ich seufzend.
Oh Mann. Was hatte ich dem Universum eigentlich getan, dass es mit mir derart hart ins Gericht ging?
Vielleicht sollte ich auch meine Sachen packen und verreisen, genau wie meine Mutter und Alexander.
»Leonie, es tut mir so leid«, sagte Stella und schaute so betreten drein, dass es mir einen Stich versetzte. »Im Moment kommt es eh schon total dicke bei dir, und nun setzen Robert und ich noch eins drauf. Ich konnte heute Nacht nicht schlafen, weil ich solche Angst davor hatte, es dir zu sagen. Kannst du mir bitte verzeihen, dass ich Nina und dich in eine solche Lage bringe?«
Am liebsten hätte ich mich, wie Emma manchmal, schreiend auf den Boden geworfen und »Nein, nein« gebrüllt. Doch ich war nicht mehr vier.
»Wenn ich nur wüsste, was das alles zu bedeuten hat, könnte ich mit diesem ganzen Mist besser umgehen«, murmelte ich mehr zu mir selbst. »Wie kann es sein, dass mein Leben noch bis vor ein paar Wochen vollkommen in Ordnung war und nun mehr oder minder in Trümmern vor mir liegt?«
»Erinnerst du dich noch daran, als Nina und du mich in der

Klinik in Bad Bramstedt besucht habt?«, fragte Stella. »Damals war mein Leben auch ein kompletter Scherbenhaufen. Ich hatte mich von Julian getrennt, weil der partout seine Frau nicht verlassen wollte, ich war sowohl seelisch als auch körperlich am Ende, depressiv, ohne Perspektiven und habe gedacht, ich würde mich nie wieder aus diesem Zustand befreien können.«

Oh ja, ich erinnerte mich noch sehr gut an die schmale, leichenblasse Stella, die in jeglicher Hinsicht überfordert und am Ende ihrer Kräfte war. Damals trauerte sie nicht nur um eine verlorene Liebe, sondern stand beruflich vor dem Nichts. Zum Glück schmerzte mich die Trennung von Thomas weniger, als ich gestern noch gedacht hatte.

»Oder nimm Roberts Situation, nachdem seine Frau gestorben war und er nicht wusste, woher er in seiner tiefen Trauer die Kraft nehmen sollte, Moritz ein guter Vater zu sein und ihn gleichzeitig über den Verlust seiner geliebten Mutter hinwegzutrösten.«

Ich ließ Stellas Worte auf mich wirken.

Womöglich durchliefen alle Menschen im Leben bestimmte Phasen, in denen sie glücklich waren – und wiederum andere, in denen alles schier unerträglich schien.

Hatten wir alle nur den Anspruch auf ein kleines Stück vom Glück, das nicht von Dauer war?

»Ich weiß, was du mir damit sagen willst, Stella«, antwortete ich. »Im Grunde so etwas wie *Nach Regen folgt Sonnenschein*. Oder – auch immer wieder gern genommen: Wenn sich eine Tür schließt, öffnet sich die nächste.«

»Oder: Wenn du glaubst, es geht nicht mehr, kommt von irgendwo ein Lichtlein her.«

»Hinfallen, aufstehen, Krone richten.«
»Es gibt ein Licht am Ende des Tunnels.«
»So geht es in der Welt, der bunten! Mal ist man oben und mal unten!«
Ein Zucken um Stellas Mundwinkel verriet, dass sie ein Lachen unterdrückte. Auch in mir drängte ein Glucksen nach oben. Auf einmal begannen Stella und ich so schallend zu lachen, als hätten wir soeben den besten Witz unseres Lebens gehört.
Und schon zogen die dunklen Wolken meiner Seele weiter. Sie verschoben sich zwar nur ein kleines Stück, aber immerhin.
»Was ich übrigens noch erzählen wollte«, sagte Stella, nachdem unser Lachanfall verebbt war. »Robert wird die Villa nur unter der Voraussetzung verkaufen, dass ihr beide drin wohnen bleiben dürft. Also mach dir keine Sorgen.«
Wenigstens ein kleiner Hoffnungsschimmer am Horizont.
Wie sagte Oscar Wilde doch so schön:

Am Ende wird immer alles gut. Und wenn es das nicht ist, ist es auch nicht das Ende.

27

Freitagmorgen – und immer noch keine Nachricht von Thomas.

Anscheinend war es Zeit, den Tatsachen ins Gesicht zu sehen: Das mit uns beiden sollte ich endgültig abhaken.

Ziellos schlich ich durch die Wohnung und schaute verloren aus dem Fenster. Ich spürte eine tiefe Verunsicherung, und Zukunftsängste hatten mich abermals fest im Griff.

Meine Zeit im La Lune war vorbei, und in der kommenden Woche musste ich meine persönlichen Sachen aus dem Büro räumen und alles abarbeiten, was noch liegengeblieben war. Dramatische Filmmusik von Klassik Radio drückte meine Stimmung noch mehr.

Stella war unterwegs, Nina immer noch bei ihrem Vater.

Weit und breit kein Mensch, dem ich meinen Kummer anvertrauen konnte, bis auf meine Mutter.

Obwohl ich mir fest vorgenommen hatte, sie nicht mit meinen Problemen zu behelligen, griff ich irgendwann zum Telefonhörer.

Doch leider erreichte ich nur die Mailbox.

Enttäuscht starrte ich weiter aus dem Fenster, an dem dicke, silbergraue Regentropfen hinabliefen. Seit Montag hatten wir schlechtes Wetter, Besserung war laut meteorologischer Prognosen nicht in Sicht.

»Mein Gott, ist das frustrierend!«, sagte ich zu Paul, der um meinen Knöchel strich, während Paula friedlich in ihrem Körbchen schlummerte. Beklommen dachte ich an die Apfelblüte im Alten Land und daran, dass die Bienenvölker zu diesem Zeitpunkt die Blüten bestäuben mussten, damit später Äpfel wuchsen.

Im Gegensatz zur Stadt bedeutete die Wetterlage auf dem Land für die Bewohner meist etwas viel Existenzielleres. Es ging nicht darum, zu wissen, ob man ein Regencape benötigte oder die Sonnenbrille, sondern ob die Ernte gut ausfiel und damit die Einnahmen ganzer Familien gesichert waren. Wie es Papa wohl ging?

Er hatte sich nicht gemeldet, und auch ich verspürte wenig Lust, ihn anzurufen.

Um nicht vollends in meiner trüben Stimmung zu versinken, tat ich das, womit ich mich auch in den vergangenen Tagen beschäftigt hatte: Ich mistete aus.

Zuerst hatte ich mir die Küche vorgenommen, in erster Linie das Gewürzregal und die Besteckkästen. Danach hatte ich alle Schränke durchsucht, bis ich schließlich im Badezimmer angekommen war. Im Flur standen zwei Kartons, die ich mit schwarzem Edding beschriftet hatte: *Zu verschenken* und *Flohmarkt*. Unglaublich, wie viel Kram sich seit meinem letzten Umzug vor gut fünf Jahren angesammelt hatte.

Dann hatte ich meinen Schreibtisch im Wohnzimmer durchforstet, in dem ich alles aufbewahrte, was mit dem Job zusammenhing. Wehmütig betrachtete ich den Inhalt des Schnellhefters mit meinen beiden Verträgen von Traumreisen und dem La Lune.

Meine Anstellung im Reisebüro war seit langem Geschichte, die in Alexanders Restaurant würde es bald sein.

Als Nächstes fiel mir der dicke Ordner in die Hand, in dem ich alle Unterlagen zu meinem Ideen-Konzept *Single-Reisen für Frauen* abgelegt hatte.

Damals wollte Thomas mich zur Ressortleiterin machen, doch ich hatte gekündigt und mich geweigert, mit ihm auszugehen. Nachdenklich ließ ich mich auf das Sofa sinken.

In dem Moment klingelte das Telefon.

Es war meine Mutter, die auf den Anrufbeantworter sprach und sagte, wie sehr sie es bedauerte, dass wir uns schon zum zweiten Mal an diesem Tag verpassten.

»Doch, doch, ich bin da«, rief ich in den Hörer, nachdem ich vom Sofa aufgestanden und zum Telefon gesprintet war, argwöhnisch beobachtet von Paul, der ein missfälliges Maunzen von sich gab. »Hallo, Mama, wie geht's im Paradies? Ist das Wetter schön?«

»Es ist wunderschön, ich wünschte, du wärst hier«, antwortete sie fröhlich. »Alles blüht und duftet, die Natur präsentiert sich in wunderbaren Farben, an denen ich mich nicht sattsehen kann, ich genieße jede Sekunde. Jacqueline ist eine zauberhafte Frau und Gastgeberin, du würdest sie bestimmt auch mögen. Aber jetzt rede ich nur von mir. Wie sieht's bei euch aus? Kommt ihr klar, du und Jürgen?«

Nun nannte sie meinen Vater auch schon Jürgen.

Konnte sich in so kurzer Zeit so viel verändern?, fragte ich mich entsetzt.

»Ach, an sich ist alles okay«, beeilte ich mich zu versichern, weil ich mich schämte, dass ich Trost suchte. Ich war schließlich kein kleines Kind mehr, das zu Mutti rannte, wenn etwas schieflief.

»Was ist los, Leonie?«, fragte sie. »Ich kenne dich und weiß, wie du klingst, wenn du dir Sorgen machst. Also, was ist passiert?«

Nun brachen alle Dämme, und ich berichtete schluchzend von der Schließung des La Lune, vom drohenden Verkauf der Villa und von der missglückten Liaison mit Thomas. Nur eines ließ ich aus: den neu erwachten Unternehmungsgeist meines Vaters und seine Begeisterung für Elsa Martin. Schlussendlich sagte meine Mutter genau das, was man in einem solchen Augenblick hören wollte: »Ich setze mich in den nächsten Flieger. Die Provence kann warten, du bist jetzt wichtiger!«

Doch obwohl ich mich über dieses liebevolle Angebot freute, protestierte ich.

»Nein, nein, das machst du auf gar keinen Fall. Du hast dir diese Zeit in Frankreich verdient. Ich werde schon eine Lösung finden. Du kennst mich: Ich bin ein Stehaufmännchen.«

»Ja, das bist du, und das bewundere ich auch an dir«, entgegnete sie. »Aber auch Stehaufmännchen brauchen manchmal ein wenig Hilfe und jemanden, der sie in den Arm nimmt. Warum besuchst du mich nicht in der Provence? Du hast frei, kannst eh nichts machen – und etwas Abwechslung wird dir bestimmt guttun. Das mit Sonja Mieling und Papa klappt doch ganz gut, wie mir scheint, nicht wahr?«

Vollkommen überrumpelt von ihrem Vorschlag, dachte ich nach.

Aber warum eigentlich nicht? Vielleicht waren ein bis zwei Wochen südfranzösische Sonne genau das, was ich jetzt brauchte. Immerhin bekam ich noch Gehalt, und Urlaub stand mir in vollem Umfang zu.

»Aber ist Jacqueline das auch recht?«, wollte ich noch wissen, bevor ich endgültig kapitulierte.

»Ganz bestimmt, Spätzchen. Ich habe ihr schon so viel von dir erzählt, dass sie dich gern einmal kennenlernen würde. Sie ist eine begeisterte Gastgeberin und liebt es, Menschen um sich zu haben. Also: Wann kommst du?«

Einige Stunden später war alles geklärt. Nachdem Jacqueline tatsächlich erfreut zugestimmt hatte, hatte ich mich an den Rechner gesetzt und einen Flug gebucht.

Ich würde Sonntagvormittag nach Marseille fliegen, wo meine Mutter und Jacqueline mich mit dem Auto abholen würden. Somit hatte ich noch den gesamten Freitag und Samstag Zeit, mich um alles zu kümmern, vorrangig darum, dass Paul und Paula versorgt waren. Und ich musste meinen Vater informieren!

Zunächst reagierte er eher verhalten, als ich sagte, dass ich mich zu einer spontanen Reise entschlossen hatte. Doch dann begriff er wohl, dass ich auf andere Gedanken kommen wollte, und freute sich für mich.

»Genieß die Sonne, denn hier sieht es in nächster Zeit nicht allzu gut aus«, sagte er und seufzte schwer. »Man hat das Gefühl, die dunklen Wolken fallen einem gleich auf den Kopf. Guten Flug, und lass von dir hören, wenn du angekommen bist, ja? Frau Mieling und ich halten derweil hier die Stellung.«

Beschwingt von der Aussicht auf ein tolles Abenteuer brachte ich die Entrümplungskartons auf den Dachboden und tat den blauen Sack in den Müll. Dann durchsuchte ich meinen Schrank nach Sommerkleidung, untermalt von den fröhlichen Klängen der französischen Sängerin Zaz.

Ich trällerte *Comme ci, comme ça* und freute mich plötzlich wie ein kleines Kind auf die bevorstehende Reise.

28

Das ist ja wie im Bilderbuch«, rief ich beinahe ehrfürchtig aus, als sich Jacquelines Auto die Bergstraße Richtung Gordes entlangschlängelte.
Links und rechts Weinberge, Olivenhaine, Villen und Häuser, eines hübscher als das andere. Vor den Straßencafés saßen Leute in der Sonne, aßen zu Mittag, unterhielten sich lebhaft und tranken Pastis. Wir fuhren an einem mittelalterlichen Brunnen vorbei, das Zentrum des Dorfplatzes, an dem abends mit Sicherheit Boule gespielt wurde.
»Wenn man erst einmal hier ist, will man nicht wieder weg«, stimmte Jacqueline lachend zu und wich hupend einer Katze aus, die sorglos über die Straße trottete.
Die neue Freundin meiner Mutter sprach erstaunlich gut Deutsch, sie hatte einen charmanten, starken Akzent. Als die beiden mich vom Flughafen abgeholt hatten, hatte ich sie sogleich in mein Herz geschlossen. Jacqueline Duvall war Anfang sechzig und hatte ein etwas derbes, beinahe bäuerliches Gesicht. Ihr Teint war von der Sonne gegerbt, ein Zeichen dafür, dass sie schon länger nicht mehr in Paris lebte, wo man sehr darauf achtete, die Haut nicht durch die Ein-

wirkung von zu viel Sonne zu ruinieren. Im Gegensatz zu meiner Mutter war sie ungeschminkt und trug ihr dickes, graues Haar zu einem Zopf geflochten. Ihre Füße steckten in bequemen, flachen Sandalen, die zusammen mit ihrem weiten Kleid dazu beitrugen, dass die Malerin deutlich fülliger wirkte, als sie tatsächlich war.

Abgesehen von ihrem herzlichen Lachen war das herausstechendste Merkmal an Jacqueline ihre knubbelige Kartoffelnase, die sich jede andere Frau hätte operativ korrigieren lassen.

»Wann sind Sie denn von Paris hierhergezogen?«, erkundigte ich mich.

»Vor drei Jahren«, antwortete sie und überholte zügig einen Wagen, der Holzfässer auf seinem Anhänger geladen hatte. »Die mas besitze ich seit zehn Jahren und bin zu Anfang gependelt. Doch irgendwann war ich es leid, immer wieder meine Koffer zu packen und mich um zwei Haushalte kümmern zu müssen, also bin ich ganz in die Provence umgesiedelt.«

Ich dachte an Hamburg und das Alte Land.

Beides hatte seinen Reiz. Und bis vor wenigen Wochen hatte ich noch geglaubt, auf Dauer in Hamburg leben zu wollen. Doch zum ersten Mal seit gut fünf Jahren war ich mir nicht mehr so sicher.

»Und wie ist es mit dir? Oh, pardon, ich darf doch du sagen, oder?«, fragte Jacqueline und schaute in den Rückspiegel, während meine Mutter auf dem Beifahrersitz schmunzelte. »Lebst du lieber in der Großstadt?«

»Diese Frage ist nicht so einfach zu beantworten«, entgegnete ich und bestaunte die Lavendelfelder, die in der Ferne in Sicht kamen. Dieses Lila war unvergleichlich. Und der rote

Klatschmohn zauberte Farbkleckse in das Feld, wie von Claude Monet gemalt. »Im Grunde fühle ich mich dort am wohlsten, wo Menschen sind, die mir etwas bedeuten.«

»Ah, home is where the heart is«, entgegnete Jacqueline fröhlich, wobei sie das H verschluckte.

»Ja, so ähnlich«, antwortete ich und dachte an Nina, Stella, Emma, Moritz und Robert. Wie lange würden wir noch in der Villa wohnen, die genau dieses Herzstück bildete, das für mich so wichtig war? Das Zentrum meines Lebens, in dem ich mich bis vor kurzem noch so aufgehoben gefühlt hatte.

Jacqueline hielt in der Einfahrt eines einfachen Steinhauses, vor dessen Tür schwere Steinkübel standen, in denen alle möglichen Blumen wild durcheinanderblühten.

Die *mas* war am Hang gebaut. Hinter dem Häuschen erstreckte sich ein Grundstück, auf dem zahllose Obst-, Kastanien- und Olivenbäume standen. Schafe weideten ganz in der Nähe, und ein laues Lüftchen trug das melodische Klingeln der Glöckchen zu uns herüber.

Kein Wunder, dass meine Mutter sich hier so wohl fühlte.

»Ist das nicht ein Traum?«, fragte sie prompt und nahm mich in den Arm, kaum dass ich ausgestiegen war. »Ich kann es gar nicht glauben, dass du jetzt hier bist.«

»Ganz ehrlich? Ich auch nicht«, sagte ich lachend und schmiegte mich an sie.

Tatsächlich konnte ich mich nicht erinnern, dass ich jemals spontan verreist war. Stella war beinahe aus allen Wolken gefallen, als ich sie gebeten hatte, ganze zwei Wochen auf meine Katzen aufzupassen.

»Kommt rein. In der Küche wartet eine wunderbare Bouillabaisse auf euch«, sagte Jacqueline und nahm meinen Koffer, ehe ich sie daran hindern konnte. Wir folgten ihr ins Haus. Drinnen war es relativ kühl, im Hochsommer bestimmt ein Segen. »Ich schlage vor, deine Mutter bringt schnell dein Gepäck nach oben, und du kommst mit mir.« Jacquelines Vorschlag klang eher nach einer energischen Anweisung, und ich ging mit ihr in die Küche.

»Oh, mein Gott, das ist ja unglaublich«, sagte ich, als ich eintrat. Der Boden war mit bunten – offenbar handbemalten – Fliesen bedeckt, von der keine der anderen glich. Die Wände waren rau verputzt und bis zur Höhe von einem Meter ebenfalls gekachelt, allerdings in einem einheitlichen, zarten Vanilleton. An einer kobaltblauen Leiste hingen Kupferpfannen in allen erdenklichen Größen. Auf dem riesigen, gusseisernen Herd konnte man für eine ganze Kompanie kochen. »Hast du oft Gäste?«, fragte ich, fasziniert vom heimeligen, künstlerischen Ambiente dieses Raums, den ich am liebsten sofort fotografiert hätte, um meine Hamburger Küche nach seinem Vorbild umzugestalten.

»Gelegentlich«, antwortete Jacqueline und lächelte verschmitzt.

»Sehr oft«, warf meine Mutter ein, die gerade in die Küche kam, und streichelte meinen Arm. »Hier finden regelmäßig Essenseinladungen statt, die man eigentlich eher als Gelage bezeichnen müsste. Jacqueline hat einen großen Freundeskreis …«

»… und viele hungrige Künstlermäuler zu stopfen«, ergänzte sie und stellte sich an den Herd, um die Fischsuppe zu erwärmen, die in einem großen silberfarbenen Topf auf der eingelassenen Kochplatte stand. Während sie den Eintopf mit einem langstieligen Holzlöffel umrührte, stieg mir der Duft von Zwiebeln, Knoblauch, frischen Tomaten und Sellerie in die Nase. Meine Mutter holte ein in Papier eingeschlagenes Baguette aus dem Küchenschrank, wickelte es aus und legte es auf ein Holzbrett auf den blauen Holztisch, an dem vier Baststühle mit bunt bestickten Kissen standen.

Jacqueline und sie wirkten wie ein eingespieltes Team, das sich seit Jahren kannte. Wirklich erstaunlich nach so kurzer Zeit.

»Kann ich euch helfen?«, wollte ich wissen, auch wenn ich am liebsten stehen geblieben wäre, um all die schönen Dinge zu bewundern. Die antike Wanduhr links vom Herd, die geflochtenen Weidenkörbe, die mit leeren Flaschen und Kaminholz gefüllt waren. Die große Kalebasse aus dunkelgrünem Glas, die zwei antiken Kaffeemühlen auf dem Sims über dem Herd. Die handbestickte Schürze am Haken an der Tür.

»Nein, nein, lass nur«, wehrte Jacqueline ab und schenkte Rotwein in dickwandige, kleine Gläser. »Setz dich hin und trink einen Schluck. Deine Mutter macht nur eben die Rouille fertig, und dann können wir essen.«

»Mmh, das klingt köstlich«, antwortete ich und dachte an die sämige Soße aus Olivenöl, gehackten Brotkrumen, Chili, Knoblauch und Brühe, die Gaston im La Lune stets zur Fischsuppe gereicht hatte. Dann trank ich einen Schluck, obwohl ich Alkohol tagsüber nur schlecht vertrug.

Doch ich war im Urlaub.

»Kannst dich ja nach dem Essen hinlegen«, sagte meine Mutter mit einem heiteren Lächeln. »Wir machen das auch.« Nanu?

Was war denn auf einmal aus meiner sonst so disziplinierten Mutter geworden? Ich konnte mich nicht erinnern, dass sie tagsüber dem Müßiggang gefrönt hätte, außer wenn sie krank war. Noch nicht einmal an Feiertagen, im Gegensatz zu meinem Vater, weil wir häufig Besuch hatten und es immer etwas vorzubereiten gab.
Und nicht zu vergessen die Feriengäste und der Hofladen.
»Mmh, ist die köstlich«, schwärmte ich, nachdem ich den ersten Löffel Bouillabaisse gekostet hatte. »Welche Sorte Fisch hast du dafür verwendet?«
»Merlan, Drachenkopf und Lippfisch«, antwortete Jacqueline mit zufriedenem Gesichtsausdruck und roten Wangen. »Ich habe alles heute Morgen fangfrisch vom Markt geholt, bevor wir losgefahren sind, um dich abzuholen. Du kochst doch auch gern, nicht wahr?«
Ich nickte und tunkte ein Stück Baguette in die Rouille, die meine Mutter in Tonschüsselchen gefüllt hatte. Auch sie hatte rosige Wangen vom Wein und wirkte überglücklich.
»Ja, das habe ich von Mama gelernt. Sie ist, außer dir natürlich, die beste Köchin, die ich kenne.«
»Das liegt an der Leidenschaft und Hingabe, mit der sie die Dinge tut«, erwiderte Jacqueline und deutete auf einen Spruch auf einer Kreidetafel an der Wand gegenüber. Dort stand:

Ich arbeite mit Ruhe
Und ich esse und schlafe ebenso.
Paul Cézanne

»Diese Worte hat Cézanne im Jahre 1899 geschrieben, und ich halte mich ebenfalls daran. Hingabe für das, was man tut, ist die Essenz des Lebens, der Quell des Glücks«, erklärte Jacqueline, und ich dachte, dass dieser Leitspruch vielen gestressten Großstädtern und Workaholics zu denken geben würde. Der Maler des Lichts, dessen zahllose Werke zu den bedeutendsten des neunzehnten Jahrhunderts zählten, war siebenundsechzig Jahre alt geworden, für die damalige Zeit durchaus ein stolzes Alter. »Möchtest du dir mal sein Atelier ansehen? Es ist ganz in unserer Nähe.«

Ich nickte.

Plötzlich klingelte mein Handy, und ich zuckte zusammen. »Oh, das ist mir aber peinlich«, entschuldigte ich mich. Ein Mobiltelefon erschien mir in dieser pittoresken, friedvollen Umgebung vollkommen fehl am Platz. Das Telefon steckte in meiner Handtasche, die ich im Flur hatte liegen lassen, und ich sprang auf, um es auszuschalten.

Doch bevor ich das tun konnte, hatte der Anrufer schon aufgegeben. Henning, wie ich mit einem Blick auf das Display feststellte.

Was wollte der denn von mir?

Ich war froh, dass er sich nach unserem Abend im Elbherz nicht mehr bei mir gemeldet hatte.

Jacqueline und meine Mutter unterhielten sich in der Küche, und ich überlegte, ob ich Henning zurückrufen sollte. Da erhielt ich eine SMS.

Habe deinen Vater und eine Frau in Stade gesehen. Die beiden standen vor einem Restaurant am Hafen und haben sich geküsst. Ich dachte, das solltest du wissen.
Alles Liebe, Henning

Drehte mein Vater jetzt völlig durch?
Was sollte ich machen? Sollte ich meiner Mutter davon erzählen?
Nachdem ich eine Weile im Flur unschlüssig mit dem Handy herumgestanden hatte, rief meine Mutter nach mir. »Ist alles in Ordnung, mein Liebling?«
»Ja, ich bin gleich da«, antwortete ich, während ich fieberhaft überlegte. Verdammt! Hörten die Probleme denn nicht mehr auf? Am liebsten hätte ich meinen Vater angerufen, um ihn zu fragen, ob er noch ganz richtig tickte. Doch Schreie und Vorwürfe würden alles zweifelsohne verschlimmern.
Und mal wieder hieß es, einen kühlen Kopf zu bewahren.

29

Was war das?
Krähte da etwa ein Hahn?
Benommen rieb ich mir die Augen und versuchte mich darauf zu besinnen, wo ich war. Mit geschlossenen Lidern tastete ich nach dem Wecker und traute meinen Augen kaum, als ich sie mühsam geöffnet hatte: Es war fünf Uhr morgens.
Und ich lag definitiv nicht in meinem eigenen Bett.
Verwirrt starrte ich an die Decke. Über mir hing ein Baldachin aus hellgelbem Organza. Meine Bettwäsche war ebenfalls gelb, allerdings mehr ins Orangefarbene gehend, so viel konnte ich im dämmrigen Morgenlicht erkennen. Sobald mein Gehirn auf Funktionsmodus geschaltet hatte, fiel mir wieder ein, dass ich in Jacqueline Duvalls breitem und kuscheligem Gästebett lag. Gähnend richtete ich mich auf und horchte auf das Krähen des Hahns, ein Geräusch, das man noch nicht einmal mehr im Alten Land hörte. Ob der wohl jemals aufgibt?, fragte ich mich, nachdem das Tier nach fünf Minuten immer noch nicht müde geworden war. Ich streckte meine Beine aus dem Bett mit dem ungewöhnlich hohen

Rahmen und ließ sie einen Moment baumeln, bevor ich in meine Pantoffeln schlüpfte. Dann griff ich nach dem Bademantel, der am Holzpfosten des Himmelbetts hing, und zog ihn an. Ich tappte zum Fenster und öffnete es. Sofort strömte würzige Luft herein, die nach Lavendel, Honig und Holz duftete. Ich befühlte den Rahmen des hellblau gestrichenen Fensterladens und dachte daran, dass Nina sich immer so etwas für unsere Villa gewünscht hatte.

»Na, wo steckst du, du Störenfried?«, rief ich und verrenkte mir beinahe den Hals. Doch der Hahn war plötzlich verstummt. Binnen Sekunden hatte ich ihn auch schon wieder vergessen, viel zu sehr war ich vom atemberaubenden Anblick überwältigt: Bäume, getaucht in roséfarbenes Morgenlicht, das von zartvioletten Wolkenschwaden durchzogen wurde. Unter mir lag ein traumhaft schöner Bauerngarten, den Jacqueline mit ebenso viel Liebe hegte und pflegte, wie sie kochte.

Meine Freude wurde allerdings durch Hennings verstörende SMS getrübt.

Zu meinem großen Erstaunen hatte ich wenigstens halbwegs gut geschlafen. Ich würde meine Kräfte noch brauchen.

Ein Spaziergang war jetzt genau das Richtige, also zog ich mich an. Duschen konnte ich später immer noch.

Bekleidet mit Jeans, Chucks und einem Sweatshirt schlich ich die Treppe hinunter ins Erdgeschoss. Ich ging nach draußen und durch die Pforte, die den Garten vom Rest des Hanggrundstücks trennte.

Knorrige sattgrüne Bäume. Unter meinen Füßen quietschte das Gras, über mir zwitscherten Vögel.

Im Hintergrund ragte majestätisch der Mont Ventoux auf, ein 1912 Meter hoher Berg, der den Kelten als heilig galt und zu den provenzalischen Voralpen gehörte. Eine Weile bestaunte ich den Ausblick. Dann merkte ich, dass ich Hunger bekam, und schlenderte wieder zurück zum Haus. Und dann sah ich Jacqueline auf mich zukommen.

»Du bist ja früh aus dem Bett gefallen«, sagte sie lächelnd. »Zuerst dachte ich, du seist eine Touristin, die unerlaubt auf dem Grundstück herumläuft. Hat Chouchou dich geweckt?«

»Chouchou?«, fragte ich verdutzt, während mein Atem kleine Wölkchen bildete. Es war lausig kalt, Zeit, dass die Sonne ihre wärmenden Strahlen übers Land schickte.

»Der Hahn«, erwiderte Jacqueline. »Ist *un peu bizarre,* den alten Herrn Herzchen zu nennen, ich weiß. Aber wir alle haben ihn – trotz seines nervigen Krähens – ins Herz geschlossen und hoffen, dass ihm ein langes Leben beschert ist.«

»Das hoffe ich natürlich auch«, antwortete ich und beschloss, mir gleich nachher Ohrstöpsel zu besorgen. »Und du? Stehst du immer so früh auf, oder hattest du nur Angst, ich könnte eine Einbrecherin sein?«

»Ich bin sogar oft schon um vier wach«, erklärte Jacqueline zu meinem großen Erstaunen. »Das ist für mich die beste Zeit, um Skizzen zu machen oder zu malen. Alles ist still, die Welt hält den Atem an. Ich liebe das.«

»Aber wie schaffst du es, mit so wenig Schlaf den Tag zu überstehen?«, fragte ich verwundert. Immerhin waren wir gestern bis kurz nach Mitternacht aufgeblieben, hatten geplaudert, Wein getrunken und um elf Uhr abends noch ein

Stück Tarte au Chocolat gegessen, etwas, das ich mir sonst niemals erlauben würde.
»Et voilà, ich trinke Unmengen grünen und schwarzen Tee, das hält wach. Und ich lege mich jeden Nachmittag zwischen drei und fünf Uhr hin, wenn ich die Möglichkeit dazu habe. Nach dem Aufstehen gönne ich mir einen Mokka und Plätzchen, und schon bin ich wieder frisch wie ein junges Mädchen.«
Jacqueline gluckste vergnügt, und ich bekam eine Ahnung davon, wie sie früher einmal gewesen war. »Aber wollen wir nicht lieber hineingehen? Du siehst aus, als wäre dir kalt. Komm mit, ich koche uns einen schönen heißen Tee.«
Ich folgte ihr ins Haus, froh über die Aussicht auf ein wärmendes Getränk und ein Honigbrot.
Meine Mutter schien noch tief und fest zu schlafen.
Nachdem der Tee aufgebrüht war und ich mir eine Scheibe Baguette geschmiert hatte, setzten wir uns an den Holztisch. Eindringlich musterte Jacqueline mich über den Rand ihres Bechers hinweg.
»Machst du dir über irgendetwas Sorgen?«, fragte sie, und ich fühlte mich augenblicklich ertappt.
»Woran merkst du das?«, entgegnete ich, um Zeit zu gewinnen. Vielleicht konnte ich ihr ja von Hennings SMS erzählen. Immerhin mochte sie meine Mutter sehr. Andererseits war das natürlich ziemlich riskant und indiskret.
»Ich bin Malerin und kann daher in Gesichtern lesen«, erklärte Jacqueline ohne die geringste Spur von Eitelkeit oder Arroganz in der Stimme. Sie besaß eine gute Beobachtungsgabe, genau wie ein Sänger eine gute Stimme, ein Schauspieler mimisches Talent brauchte, um erfolgreich zu sein.

»Gestern waren deine Gesichtszüge weich und gelöst. Heute Morgen hast du einen harten Zug um den Mund, und diese Falte hier«, Jacqueline zeichnete mit dem Finger die Stelle auf meiner Stirn nach, »ist nun wie ein tiefer Graben anstelle des feinen Rinnsals von gestern. Was bedrückt dich denn?«
Ich dachte daran, mit wie viel Begeisterung und Wärme meine Mutter von ihrer neuen Freundin gesprochen hatte, und beschloss, alles auf eine Karte zu setzen. Ich war kurz vor dem Platzen und musste irgendwohin mit meinen Gefühlen. Stockend begann ich von Elsa Martins Versuchen zu erzählen, meinen Vater zu becircen. Nun schien sie damit Erfolg gehabt zu haben.
Jacqueline schwieg und schlürfte mit geschlossenen Augen den starken, bittersüßen Jasmintee.
Mein Herz pochte, weil ich nicht wusste, wie sie reagieren würde. Womöglich musste ich mir gleich einen Vortrag über meine Indiskretion anhören und dass ich als Tochter kein Recht hatte, mich in die Beziehung meiner Eltern einzumischen.
Doch Jacqueline sagte etwas ganz anderes.
»Die Dinge kommen, wie sie kommen. Es hat keinen Sinn, sie aufzuhalten.«
»Äh, wie meinst du das?«, fragte ich maßlos irritiert. »Bedeutet das, dass ich Hennings SMS nicht erwähnen soll? Dass ich meine Mutter im Unklaren darüber lassen soll, dass ihr Mann gerade im Begriff ist, sie zu betrügen, oder es womöglich sogar schon getan hat?«
Jacqueline nickte.
»Ja, genau das meine ich. Die beiden sind erwachsen, sie sind auf Distanz gegangen, um ihre Gefühle füreinander auszu-

loten und zu spüren, wie es sich anfühlt, ohne den anderen zu sein. Wenn sich am Ende dein Vater in diese Frau verliebt und mit ihr glücklich wird, soll es so sein.«
Ich schluckte schwer, weil ich spürte, dass sie recht hatte. Dies war der Lauf der Dinge.
Der Lauf des Lebens.
Und wer war ich, Beziehungsgott spielen zu wollen?
»Wie habt ihr beide euch eigentlich kennengelernt?«, fragte ich.
»Ich saß im Café de Flore und las einen Roman. Deine Mutter setzte sich an den Nebentisch und probierte herauszufinden, welches Buch ich in der Hand hatte, bis ich sie schließlich bat, sich zu mir zu gesellen.«
Diese Szene konnte ich mir lebhaft vorstellen.
»Und? Welcher Roman war es?«
»*Im Café der verlorenen Jugend* von Patrick Modiano«, antwortete Jacqueline. »Ein wunderbares Buch über das Leben und die Liebe. Ich kann es dir gern leihen, wenn du magst.«
Ich nickte erfreut.
Hier hatte ich bestimmt genug Muße zum Lesen.
»Gern. Und was passierte dann?«
Jacqueline lächelte versonnen.
»Nun, wir plauderten über Literatur, deine Mutter erzählte von ihrer Reise und wie sehr sie immer davon geträumt hatte, einmal auf den Spuren all der bedeutenden Künstler zu wandeln, für die dieses Café so etwas wie ihr Wohnzimmer gewesen war. Schließlich summte sie eine Melodie, die ich kannte, und damit war klar, dass das Schicksal uns zusammengeführt hatte.«
»Was war das für eine Melodie?«

Ich konnte mich nicht erinnern, meine Mutter je singen gehört zu haben.
»Es war das Chanson *Café de Flore* von Maria Bill, einer österreichischen Sängerin, die ich sehr mag, genau wie deine Mutter.«
Maria Bill, Maria Bill.
Ich dachte an die kleine Plattensammlung meiner Mutter, konnte mich jedoch nicht an die Sängerin erinnern. Hatte Mama überhaupt einmal in aller Ruhe Musik gehört?
Jacqueline begann leise zu singen:

Weißt du noch in Paris, Café de Flore,
aufgeregt, pünktlich stand ich davor.

»In meinem Sonnengeflecht ein Gewühl … Das ist so … poetisch«, wiederholte ich den Text der Strophe. Diese CD musste ich mir unbedingt besorgen.
»Ja, nicht wahr?«, entgegnete Jacqueline lächelnd. »Es war vorherbestimmt, dass deine Mutter und ich uns treffen sollten. Ich glaube, Anke hat sich sehr lange nach einer Seelenverwandten gesehnt.«
Ich nickte.
Jacquelines Worte erinnerten mich an meine Freundschaft mit Stella und Nina, denen ich niemals begegnet wäre, hätte es nicht diese Wohnungsannonce gegeben.
Plötzlich rief jemand fröhlich: »Bonjours, mes amies!«
Meine Mutter war also wach.
Nach einem ausgiebigen Frühstück und einer erfrischenden Dusche fragte ich sie, ob es in der Nähe eine Drogerie oder eine Apotheke gebe.

»Bist du krank?«, erwiderte sie und streichelte mir übers Haar. Ich erklärte, dass ich dringend Ohrstöpsel brauchte, um mich gegen Chouchous morgendlichen Mitteilungsdrang zu wappnen, woraufhin sie zu kichern begann. »Ich hätte dich warnen müssen, der alte Hahn ist noch fit für sein Alter. Was hältst du davon, wenn wir zum Bummeln nach Gordes fahren? Ein wunderschöner Ort, und Ohrstöpsel kriegen wir dort auch.«

Eine halbe Stunde später saßen wir in Jacquelines Auto und fuhren zu dem malerischen Bergdörfchen, das Jahr für Jahr Scharen von Touristen anzog. Zum Glück waren gerade keine Ferien, sonst wäre es womöglich unerträglich voll gewesen. Nachdem wir Ohropax in der Apotheke gekauft hatten, bestaunten wir die Auslage einer Boutique, wo Decken und Kissen drapiert waren. Sie ähnelten denen in Jacquelines Gästezimmer.

»Ich wusste gar nicht, dass es so viele verschiedene Gelbtöne gibt«, sagte ich bewundernd, nachdem wir uns eine Weile die Nase am Schaufenster platt gedrückt hatten.

»Das ist die berühmte Gelbfärberei der Provenzalen, die ihre Stoffe mit Pflanzen wie Sumach färben, der wächst an den Hängen des Mont Ventoux«, erklärte meine Mutter. »Dieser ins Orangefarbene gehende Ton wird *couleur baise ma mio* genannt, was übersetzt so etwas wie Farbe eines Kusses für meinen Liebsten bedeutet. Ist das nicht romantisch?« Sie strahlte über das ganze Gesicht und sah so glücklich aus, dass es mir einen Stich versetzte, wenn ich an meinen Vater und diese schreckliche Elsa Martin dachte. Ich schüttelte mich bei dem bloßen Gedanken daran, dass ihre blutrot bemalten Lippen die meines Vaters geküsst hatten.

»Ja, das stimmt«, murmelte ich geistesabwesend.
Sollte ich wirklich Jacquelines Rat befolgen und meiner Mutter nichts von den Eskapaden meines Vaters erzählen? Irgendwie schien es nicht richtig. »Wollen wir einen Café au Lait trinken?«, fragte ich und deutete auf einen letzten freien Tisch am Brunnen auf dem Marktplatz. »Wir haben zwar gerade erst gefrühstückt, aber ich könnte gut einen zweiten Wachmacher vertragen, weil ich so früh aufgestanden bin.«
»Gute Idee«, sagte meine Mutter, und so setzten wir uns an den freien Platz mit Blick auf das bunte, quirlige Treiben im Zentrum von Gordes. Nachdem wir bestellt hatten, streckte meine Mutter wohlig seufzend ihr Gesicht der Sonne entgegen, die gerade ihre volle Kraft entfaltete. »Ist das nicht absolut fantastisch? Am liebsten würde ich hier für immer bleiben.«
Dieser Satz genügte, um mich in meiner Entscheidung zu bestärken. Ich atmete einmal tief durch, nahm meinen ganzen Mut zusammen und berichtete ihr, was sich während ihrer Abwesenheit alles getan hatte. Ich schloss mit den Worten: »Und zu allem Überfluss habe ich gestern eine SMS von Henning bekommen, der Papa und diese Frau dabei beobachtet hat, wie sie sich geküsst haben.«
Kaum hatte ich die Worte ausgesprochen, klangen sie vollkommen absurd in meinen Ohren. »Es tut mir so leid, Mama. Ich habe echt überlegt, ob ich dir das alles sagen soll. Aber du hast ein Recht darauf, zu wissen, was hinter deinem Rücken abgeht.« Ich versuchte, den Gesichtsausdruck meiner Mutter zu deuten.
Das Schweigen war wie eine hohe Mauer zwischen uns und

nur schwer auszuhalten. Ich hatte meine Mutter mit einer unliebsamen Wahrheit konfrontiert und meinen Vater kompromittiert.

Oder noch deutlicher: Ich hatte ihn in die Pfanne gehauen und mich auf die Seite meiner Mutter gestellt.

Welche Tochter tat so etwas?

»Ach, deshalb warst du gestern Abend so neben der Spur, ich habe mich schon gewundert«, sagte meine Mutter, deren Wangen allmählich wieder Farbe bekamen, und räusperte sich. »Zuerst dachte ich, es sei wegen dieser Jobsache. Aber dabei hat Jürgen sich danebenbenommen, und du musst es nun ausbaden.«

Dann lächelte sie, und mir fiel ein Stern vom Herzen. Sie schien mir nicht böse zu sein.

»Danke, dass du so mutig warst und es mir gesagt hast. Das ist dir bestimmt nicht leichtgefallen.«

Ich schüttelte den Kopf und kämpfte mit den Tränen.

»Diese Geschichte mit Jürgen tut zwar sehr weh, aber sie kommt genau zur richtigen Zeit, weil ich gerade mein gesamtes Leben überdenke. Ich fühle mich in diesem Landstrich so wohl, als hätte ich immer schon hier gelebt, es ist ein bisschen wie nach Hause kommen, so seltsam das für dich klingen mag. Dass ich in Paris Jacqueline getroffen habe, ist auch so eine merkwürdige Sache, die ich durchaus als Schicksal bezeichnen würde. Genau wie die Tatsache, dass sich diese Elsa Martin offensichtlich in Jürgen verliebt hat.«

Ich war baff.

Sollte das etwa heißen, dass meine Eltern nach der langen Zeit auseinandergingen, nur weil meine Mutter eine karmi-

sche Verbindung zu Südfrankreich verspürte und mein Vater auf eine überdrehte Autorin auf Männerfang hereingefallen war?
Ich dachte an Thomas. Daran, wie schnell dieses zarte Pflänzchen im Keim erstickt worden war.
Ich dachte an Nina und ihre plötzliche Trennung von Alexander.
War denn heutzutage keiner mehr bereit, für die Liebe zu kämpfen? Musste man immer gleich alles hinwerfen, wenn es schwierig wurde?
»Na, was denkst du?«, fragte meine Mutter mit einer Mischung aus Besorgnis und Belustigung. »Überlegst du, ob ich spinne?«
Oje, was sollte ich darauf antworten?
Am besten die Wahrheit.
»Spinnen nicht gerade, aber ich muss sagen, das geht bei euch beiden alles gerade ziemlich schnell. Vor gut fünf Wochen erfahre ich zum ersten Mal, dass ihr eine Krise habt und du dich offenbar schon seit längerem nicht mehr wohl im Alten Land und mit Papa fühlst. Und nun eröffnest du mir, dass du am liebsten auf Dauer hier leben möchtest, und ich muss von Henning erfahren, dass Papa eine andere küsst, kaum dass ich weg bin. Das ist in der Tat ein bisschen viel auf einmal.«
»Wäre es denn wirklich so schlimm, wenn wir uns trennen und jeder seiner Wege gehen würde?«, fragte meine Mutter. »Wir haben eine lange, glückliche Ehe geführt, wir haben gemeinsam den Hof aufgebaut und vergrößert, wir haben dich bekommen. Es geht nicht darum, die Vergangenheit schlechtzumachen oder etwas zu bereuen oder gar rückgän-

gig machen zu wollen, sondern darum, nach vorne zu schauen. Wir sind zwar beide über sechzig, aber auch wir haben eine Zukunft. Und wir haben ein Anrecht darauf, diese Zukunft so zu gestalten, dass wir glücklich sind. Oder möchtest du später zwei frustrierte, vom Leben enttäuschte Alte im Seniorenheim besuchen?«

Ich schluckte schwer, denn ich konnte mir nicht vorstellen, dass meine Eltern irgendwann einmal alt, womöglich krank und gebrechlich oder gar pflegebedürftig sein würden.

»Wenn es dich glücklich macht, dann bleib hier«, murmelte ich bedrückt. »Auch wenn es mir so unwirklich vorkommt. Aber was ist mit Papa? Nur weil er Elsa Martin geküsst hat, wissen wir beide doch überhaupt nichts über seine wahren Gefühle. Vielleicht veranstaltet er diesen ganzen Zirkus nur, weil er deine Aufmerksamkeit wecken möchte. Oder um dich eifersüchtig zu machen. Steht denn dein Entschluss wirklich fest?«

Meine Mutter nickte, und es war, als legte sich ein schweres, eisernes Band um meine Brust. Mein einstiges Elternhaus gab es nicht mehr.

»Und wann sagst du es Papa?«

»Sobald ich mit dir über deine Zukunft gesprochen habe, denn mir schwebt da so etwas vor.«

Aha?!

»Ich wollte dich nämlich fragen, ob du eventuell die Vermietung und den Hofladen übernehmen möchtest, damit Papa damit nicht mehr belastet wird. Du hast doch im Augenblick keinen Job in Aussicht, eure WG in der Villa löst sich wahrscheinlich auf, und ich weiß, dass dir das Spaß machen würde. Du bist eine herzliche und aufmerksame Gast-

geberin, eine fantastische Köchin, und du liebst das Alte Land mehr, als dir vielleicht bewusst ist.«
Mein Kopf schwirrte, und um mich herum drehte sich alles. Trotzdem musste ich lachen.
»Was ist so witzig?«, fragte meine Mutter irritiert.
»Ich musste gerade an die Szene in *Vom Winde verweht* denken, in der Ashley Wilkes zu Scarlett sagt: ›Glaub mir, es gibt etwas, das du weit mehr liebst als mich, und das ist Tara.‹«
Nun lachte auch meine Mutter.
Dieser Film war, neben der Sissi-Trilogie, unser erklärter Lieblingsfilm, den wir gefühlte eine Million Mal geschaut hatten.
Ich dachte an den süßlich-intensiven Duft der Apfelblüten, an die summenden Bienen, an den weiten, blauen Himmel. An unser Boot *Das grüne Herz* und den Deich an der Lühe. Konnte es sein, dass mein eigentlicher Platz im Leben im Alten Land war?

30

Da seid ihr ja wieder«, brummelte mein Vater, als er uns Sonntagmittag am Flughafen abholte. Er umarmte mich kurz, wohingegen er meine Mutter kaum ansah. »Hattet ihr einen guten Flug?« Meine Mutter schaute etwas verlegen drein, und auch ich fühlte mich unwohl.

Nach zwei erholsamen, herrlichen Wochen in Südfrankreich waren wir nun also wieder zurück im Alltag und damit unausweichlich mit der Ehekrise meiner Eltern konfrontiert. Es hatte sich gezeigt, dass beide dringend miteinander reden mussten, und zwar nicht nur über ihre, sondern auch über meine Zukunft, weshalb meine Mutter sich entschlossen hatte, mit mir zurückzufliegen.

»Ja, hatten wir«, antwortete meine Mutter, die ebenfalls keinerlei Anstalten machte, meinen Vater zu umarmen.

Ich gab ihm einen Kuss auf die Wange. »Danke, dass du uns abholst.«

»Ging nicht anders, das Taxi hätte schließlich ein Vermögen gekostet«, knurrte er und dirigierte uns zum Parkhaus. Nachdem wir das Gepäck im Kofferraum des alten Mercedes verstaut hatten, stieg meine Mutter hinten ein, der Platz,

auf dem ich sonst immer saß. Somit fiel mir die undankbare Aufgabe zu, neben meinem Vater zu sitzen, Smalltalk zu machen und die angespannte Situation zu überspielen.
Als wir losfuhren, betete ich inständig, dass Elsa Martin sich mittlerweile eine andere Bleibe im Alten Land gesucht hatte. Meinen Vater direkt nach ihr zu fragen, traute ich mich nicht. Und erst recht nicht in der Gegenwart meiner Mutter.
Während wir durch den Flughafentunnel und dann in Richtung Waltershof fuhren, erkundigte ich mich nach dem Hofladen, der Arbeit auf dem Obsthof und nach Sonja Mieling. Mein Vater antwortete einsilbig, seinen Bemerkungen war jedoch zu entnehmen, dass zu Hause zum Glück alles im Lot war.
Meine Mutter tat währenddessen so, als würde sie schlafen. Ich wünschte, ich hätte es ebenso machen können.
Nachdem wir den Containerhafen hinter uns gelassen hatten, tauchten schon bald die ersten Obstplantagen auf.
Nun war die Blütezeit vorbei, und im Frühsommer dominierten kräftigere Farben die Landschaft: das Rot der Altländer Häuser, das Grün der Plantagen und Felder und das Blau der Elbe.
Da die Fahrt nach Steinkirchen weitestgehend schweigend verlief, stellte ich das Radio an, um die bleischwere Stille zu übertönen.
Wenn meine Eltern mich früher von einer Reise abgeholt hatten, hatten wir fröhlich durcheinandergequatscht.
Doch nach mehreren Telefonaten während meines Aufenthalts in der Provence hatte sich alles verändert. Ich dachte mit Schaudern daran, wie konsequent, um nicht zu sagen, uner-

bittlich meine Mutter sich gegenüber meinem Vater gezeigt hatte.

Sie hatte keinen Hehl daraus gemacht, dass sie von seiner Knutscherei mit Elsa Martin wusste und wie sehr sein Verhalten sie verletzte. Obwohl mein Vater beteuerte, dass Elsa ihn dazu verführt und er den Kuss gar nicht erwidert habe, ließ meine Mutter sich nicht umstimmen und beraumte eine Familiensitzung an.

Während des ersten Telefonates hatte ich danebengesessen, immer noch voller Hoffnung, dass die Dinge sich wieder einrenken würden.

Dass Elsa Martin sich meinen Vater mit ihren rotlackierten Fingernägeln gekrallt hatte, konnte ich mir bestens vorstellen. Aber man musste fairerweise auch sagen: Mein Vater hatte durch sein Verhalten einem solchen Überfall Tür und Tor geöffnet. Was musste er auch mit Elsa Martin Kutsche fahren und essen gehen?

Bestimmt zerriss sich schon das halbe Alte Land das Maul darüber. Klatsch verbreitete sich hier schneller als ein Buschfeuer im australischen Outback.

Nach einer Ewigkeit hielt mein Vater endlich in der Einfahrt vor unserem Haus. Als ich ausstieg, atmete ich den würzigen Duft der Blüten der Holunderbüsche ein, die links neben dem Haus standen. Ich würde die Blütenköpfe ernten, um Gelee oder Marmelade daraus zu kochen. Und die Erdbeeren im Garten und den Rhabarber, der bald reif war.

Stella und Nina liebten meine selbstgemachte Erdbeer-Rhabarber-Marmelade und freuten sich schon auf Nachschub. Ich hatte sie angerufen, um zu sagen, dass ich zuerst noch

ins Alte Land fahren würde, bevor ich in die Villa nach Hamburg zurückkehrte.
Zu meiner großen Verwunderung sah ich mein Elternhaus mit der rosenumrankten Fassade nun mit anderen Augen. Hier würde also wahrscheinlich mein künftiger Arbeitsplatz sein, mein Lebensmittelpunkt. Wenn man mich ließ, würde ich sowohl bei der Vermietung der Fremdenzimmer als auch im Hofladen einiges verändern.
Der Vorschlag meiner Mutter, beides zu übernehmen, hatte mir keine Ruhe mehr gelassen. Im Urlaub verging beinahe kein Tag, an dem ich nicht irgendwelche Ideen in mein Notizbuch geschrieben hatte.
Was Stella und Nina wohl zu meinen Plänen sagen würden? Noch hatte ich sie nicht eingeweiht, weil beide sehr beschäftigt waren. Nina war vom Besuch bei ihrem Vater zurück und wagte gerade eine zarte Annäherung mit Alexander. Und Stella suchte händeringend in Roberts Namen einen Käufer für die Villa, der bereit war, Nina und mich als Mieter zu akzeptieren, falls wir dort wohnen bleiben wollten. Ich freute mich schon auf unser Wiedersehen, denn ich vermisste die beiden.
»Sieht aus, als möchtest du hier Wurzeln schlagen«, sagte mein Vater halb spöttisch, halb liebevoll, weil ich immer noch gedankenverloren vor der Eingangstür stand. Meine Mutter hatte ihm natürlich von ihrem Vorschlag erzählt. Allerdings wusste ich nicht, wie er darüber dachte, da er sich Bedenkzeit ausgebeten hatte.
»Ich bring mal eben die Sachen nach oben«, verkündete meine Mutter, die ebenfalls etwas unschlüssig auf der Einfahrt herumstand und vertrocknete Rosenblüten abzupfte.

»Lass mal, ich mach das schon«, protestierte mein Vater und nahm ihr den Koffer aus der Hand.
Meine Mutter wohnte in einem der Ferienzimmer, so hatten die beiden es miteinander vereinbart.
»Wenn du dir den Rücken verrenken willst, nur zu«, konterte meine Mutter, und ich verdrehte innerlich die Augen. Das konnte ja heiter werden.
»Besser ich als du«, gab mein Vater zurück, was ich schon wieder so süß fand, dass ich die beiden am liebsten gepackt, geschüttelt und gefragt hätte, wo eigentlich das Problem lag. Mein Vater hing immer noch an meiner Mutter, das sah ich am Leuchten seiner Augen.
Als ich meiner Mutter in die erste Etage folgte, bemerkte ich, dass die Tür zu Elsa Martins ehemaligem Zimmer offen stand. Sonja Mieling putzte das Fenster.
Die Krimi-Autorin war also abgereist, welch ein Glück.
»Hallo, Frau Mieling«, sagte ich, während meine Mutter das Zimmer nebenan bezog. Es duftete nach Kernseife: frisch und sauber.
»Ach, da sind Sie ja wieder«, erwiderte Frau Mieling und ließ das Fensterleder in den Plastikbottich gleiten, der auf der Fensterbank stand. »Und wie war Südfrankreich?«
»Einfach traumhaft. Aber hier ist es natürlich auch sehr schön.«
»Freut mich.« Sonja Mieling schmunzelte. »Und jetzt, wo Frau Martin abgereist ist, ist es hier deutlich entspannter. Die Dame hat mich nämlich ganz schön auf Trab gehalten mit ihren Extrawünschen. Je länger sie sich hier breitgemacht hat, desto schlimmer wurde es. Zum Schluss hat sie auch die anderen Gäste genervt.«

Ich horchte auf, verkniff mir jedoch jegliche Nachfrage. Alles, was zählte, war, dass Elsa Martin – aus welchen Gründen auch immer – das Feld geräumt hatte. Deshalb sagte ich: »Dann will ich Sie nicht länger stören, wir sehen uns später«, und ging nach nebenan zu meiner Mutter.

Es war ein ungewohnter Anblick, sie hier und nicht im Elternschlafzimmer zu sehen.

»Wann wollen wir denn mit Papa reden?«, fragte ich, während sie ihre Kleidung in den Schrank hängte.

»Heute Abend, nach dem Essen. Ich taue etwas aus der Kühltruhe auf, und danach setzen wir uns zum Reden vielleicht entweder auf die Terrasse oder unten an den Steg. Bis dahin lege ich mich aber noch einen Moment hin, wenn dir das recht ist.«

»Aber natürlich, schlaf schön«, sagte ich, amüsiert darüber, dass meine Mutter das Ritual aus der Provence anscheinend beibehalten wollte.

Plötzlich schoss Sonja aus Elsa Martins Zimmer: »Beinahe hätte ich es vergessen, unten liegt ein Brief für Sie.«

Verwundert ging ich mit ihr in die Küche, wo sie mir den Umschlag gab.

Weder war er mit einem Absender versehen, noch klebte eine Marke darauf. Gespannt öffnete ich ihn. Wer hatte mir geschrieben und sich sogar die Mühe gemacht, den Gruß persönlich vorbeizubringen?

Eine Sekunde später kannte ich die Antwort, da ich zuallererst die Unterschrift las: Markus Brandtner.

Wow, was wollte der denn von mir? Und wieso meldete er sich auf diesem förmlichen Weg? Er hätte doch auch anrufen können.

Zu meiner Überraschung lud Markus mich ein, mit ihm im Hofcafé Elfriede in Mittelnkirchen zu Abend zu essen. Definitiv das Highlight des Tages!
»Gute oder schlechte Nachrichten?«, fragte Sonja Mieling, die mich neugierig musterte.
»Eher gute«, antwortete ich, darum bemüht, mir ein Lächeln zu verkneifen. Sie musste ja nicht wissen, dass ich mich wie verrückt freute. Ich steckte die Einladung wieder zurück in den Umschlag und überlegte, wann ich überhaupt Zeit für Markus hatte, schließlich standen dringende Entscheidungen an.

Nachdem wir gegessen hatten, tagte am frühen Abend in der Küche der Familienrat, wie mein Vater unser Treffen spöttisch nannte.
»Also, liebe Anke, wie stellst du dir das mit mir und deiner Tochter vor?«, fragte er und schaute meine Mutter herausfordernd an.
Meine Mutter räusperte sich, bevor sie antwortete.
»Wie wir bereits besprochen haben, würde ich mich gern ausklinken und die Arbeit mit den Gästezimmern und dem Hofladen Leonie überlassen. Zurzeit hat sie ja leider keine berufliche Perspektive und verliert vielleicht durch den geplanten Verkauf der Villa langfristig ihre Wohnung, falls der neue Besitzer auf Eigennutzung besteht. Sie hat ein Gespür für Menschen und Freude daran, Gäste zu bewirten. Deshalb ist sie in meinen Augen geradezu prädestiniert, meine Nachfolgerin zu werden.«
Mein Vater nickte und fuhr sich mit dem Daumen über das leicht stoppelige Kinn, während sie fortfuhr: »Ursprünglich

habe ich gedacht, für Leonie eine Wohnung in der Umgebung zu mieten. Mittlerweile könnte ich mir aber auch vorstellen, dass wir beide ausziehen und uns etwas Neues suchen. Dann kann Leonie hier alles nach ihren Vorstellungen umgestalten, im Haus wohnen und eventuell sogar weitere Zimmer zur Vermietung nutzen.«

Ich fiel aus allen Wolken.

Wann hatte meine Mutter denn diesen Einfall gehabt? Mein Vater schien sich ebenso überrumpelt zu fühlen, denn sein Gesichtsausdruck wurde hart, und seine Stimme überschlug sich beinahe: »Heißt das, dass du die endgültige Trennung beschließt, ohne darüber zuvor mit mir zu reden?«, empörte er sich vollkommen zu Recht.

»Am besten lasse ich euch jetzt alleine, damit ihr unter vier Augen miteinander sprechen könnt«, sagte ich, nahm meine Jacke und meine Tasche und stand auf.

Was war denn nur auf einmal in meine sonst so vernünftige Mutter gefahren?

Mich beschlich das unheimliche Gefühl, sie gar nicht richtig zu kennen. Seitdem sie auf dem Trip war, sich selbst zu finden, benahm sie sich manchmal wie ein launischer Teenager, der ohne Rücksicht auf Verluste versuchte, seine Interessen durchzudrücken.

Außerdem tat sie so, als wäre ich noch ein Kind, für das man Dinge regeln musste.

»Ja, lass uns alleine«, stimmte mein Vater zu. »Ich glaube, es ist wirklich an der Zeit, Tacheles mit deiner Mutter zu reden. Das kann ja wohl alles nicht wahr sein.«

Ich wartete erst gar nicht ab, was meine Mutter darauf erwiderte, sondern verließ das Haus durch den Garten und ging zur Lühe. Ich brauchte dringend frische Luft und einen klaren Kopf. Noch besser wäre jemand zum Reden gewesen. Doch leider konnte ich mich hier niemandem anvertrauen. Nina besuchte heute mit Alexander das Gelände der internationalen Gartenschau in Wilhelmsburg, und Stella ihre Mutter Katharina in Blankenese. Zu schade, dass ich im Alten Land bis auf Henning praktisch niemanden mehr kannte. Da ging es mir wie Markus, der in den vergangenen Wochen bestimmt auch noch nicht heimisch geworden war und dessen Freunde in München lebten.

Ob ich ihn anrufen sollte?

Ich zögerte.

Sah das nicht so aus, als brauchte er nur mit den Fingern zu schnipsen, und ich kam sofort angerannt?

Andererseits: Er wollte mich sehen, und ich brauchte gerade Gesellschaft. Zum Essengehen war es natürlich jetzt zu spät, aber vielleicht hatte Markus ja Lust auf einen Spaziergang? Ich überließ die Entscheidung dem Zufall und wählte seine Nummer. Wenn er dranging und Zeit hatte, sollte es so sein.

»Das ist ja eine schöne Überraschung«, sagte Markus, als ich ihn auf dem Handy erreichte. »Ich wollte eh in einer halben Stunde schließen. Danach könnte ich dich abholen. Weißt du schon, wo du hinmöchtest?«

Allerdings. Ich wollte mit ihm zu einem meiner Lieblingsplätze im Alten Land, zum alten Borsteler Yachthafen, wo das gemütliche Café Möwennest auf der Deichkrone über der glitzernden Elbe thronte.

»Ja, das weiß ich«, antwortete ich, froh darüber, dass ich den Abend nicht mit meinen zankenden Eltern verbringen musste.

31

Markus parkte sein Auto in unserer Einfahrt, wo ich schon auf ihn wartete. In der Küche flogen zwischen meinen Eltern lautstark die Fetzen.

Natürlich hatten die beiden auch früher gestritten, aber immer in respektvollem Tonfall und stets darauf bedacht, mich möglichst herauszuhalten. Wie es schien, hatte sich zwischen ihnen viel Unausgesprochenes angestaut, und ich tat gut daran, das Weite zu suchen.

»Komm, steig ein«, sagte Markus durch die geöffnete Fensterscheibe seines hellblauen Buckelvolvo, und ich schlüpfte neben ihn auf den Beifahrersitz. »Also, wo soll's hingehen?«

»Fahr bitte Richtung Borstel«, sagte ich und schnallte mich an. Es fühlte sich eigenartig vertraut an, Markus wiederzusehen. Irritiert registrierte ich das wohlige, warme Gefühl, das sich mit einem Mal in meinem Bauch ausbreitete.

»Hallo übrigens.«

»Oh, bitte entschuldige«, entgegnete Markus verlegen lächelnd. »Ich bin noch mit einem Bein im Job und hab darüber glatt meine Manieren vergessen. Also, noch mal von vorne. Hallo, Leonie. Geht's dir gut?«

»Danke, so weit alles okay«, antwortete ich, obwohl das natürlich nicht stimmte. »Und bei dir? Wie läuft das Elbherz?«
Während wir Richtung Jork fuhren, erzählte Markus von den ersten Wochen nach der Eröffnung seines Kiosks.
Auch bei ihm herrschte nicht gerade eitel Sonnenschein.
»Könnte besser laufen, wenn ich ehrlich bin«, sagte er. »Es gibt Tage, an denen ich denke, ja, das wird was. Und dann würde ich wieder am liebsten meine Aushilfe Jenny entlassen. Heute war's aber zum Glück ganz gut. Doch man steckt eben leider nicht drin.«
Ich dachte an die Auslastung unserer Gästezimmer, ebenfalls ein stetiges Auf und Ab. Würde ich mit dieser Unsicherheit klarkommen? Immerhin hing von der Vermietung mein künftiges Einkommen ab.
»Du musst dir Zeit geben«, versuchte ich sowohl Markus als auch mir Mut zu machen. »Das mit dem Elbherz muss sich erst herumsprechen. Von Vorteil ist, wenn du in den Reiseführern und in Magazinen über die Region erwähnt wirst und sie am besten noch einen Fernsehbeitrag über dich machen. Sprich doch mal mit dem Tourismus-Verband, ob sie dich dabei unterstützen.«
»Hast du nicht Lust, mir zu helfen?«, fragte Markus und setzte wieder dieses entwaffnende Lausbubenlächeln auf. Diese Mischung aus jungenhaftem Charme und erwachsenem, reifem Mann fand ich sehr anziehend, und ich spürte ein freudiges Kribbeln in der Magengegend. Doch ich bemühte mich trotzdem, cool zu bleiben und mir nichts anmerken zu lassen. »Wie sieht's denn bei dir aus?«, wollte er wissen. »Irgendwie werde ich nicht ganz schlau aus dem, was du machst. Mal bist du in Hamburg, dann im Alten

Land, dann wieder in Südfrankreich. Bist du rastlos, oder gibt es einen Grund für dein Hin-und-her-Gehopse?«
Oje.
Wie sollte ich ihm in wenigen Worten meine vertrackte Lage erklären, ohne dass es klang, als wäre ich eine Loserin, die auf die Unterstützung ihrer Eltern angewiesen war.
»Das erzähle ich dir alles gleich bei einem Drink«, antwortete ich. »Und da sind wir auch schon.«
Hinter dem Ortsschild Borstel führte die Straße an rotgeklinkerten Einfamilienhäusern mit üppig bepflanzten Gärten und knorrigen Apfelbäumen vorbei zum Yachthafen.
Ich erblickte an einer Fassade ein Schild, auf dem *Gästehaus am Hafen* stand, und entschied mich, der Pension einen neuen Namen zu geben, sollte ich sie wirklich übernehmen.
»Hier kannst du übrigens parken.«
Markus stoppte den Volvo und schaute neugierig aus dem Fenster. Vor uns lag ein Seitenarm der Elbe, umrandet von Laubbäumen und hochgewachsenem Schilf. »Wieso kenne ich diese Gegend eigentlich nicht? Es ist herrlich hier.«
»Vermutlich hast du intuitiv darauf gewartet, dass dir eine charmante Reiseführerin alles zeigt«, entgegnete ich grinsend. Ja, es war ein besonderes Fleckchen Erde. Am Ufer des Borsteler Museumshafens, der zum südlichen Teil des Naturschutzgebietes gehörte, ankerte ein historischer Segler, der Stolz des Vereins Borsteler Hafen, und verlieh diesem Platz die maritime Atmosphäre, die ich so sehr liebte. »Guck mal da hinten, die Tjalk Annemarie.«
Wir bestaunten das alte Schiff. »Früher hieß die Tjalk noch Frieda, bis sie 1938 als Fischereifahrzeug nach Keitum auf Sylt verkauft wurde. Dort bekam sie den Namen Annema-

rie, bevor man sie schließlich hierherholte«, erklärte ich und spürte, dass meine Worte klangen, als würde ich aus einem Reiseführer vorlesen.

»Hättest du mal Lust auf eine Bootstour?«, fragte Markus und knipste Fotos von dem antiken Segler. »Die Elbe ist doch bestimmt perfekt geeignet für diese Art von Trips.«

»Aber leider nur, wenn du ein erfahrener Segler bist«, widersprach ich. »Gerade an dieser Stelle gibt es heimtückische Strömungen, die leider immer wieder tödliche Unfälle zur Folge haben.«

Markus hörte auf zu fotografieren und schaute mich beinahe entschuldigend an.

»Okay, blöder Vorschlag. Ich kann zwar segeln, möchte dich aber auf gar keinen Fall in Gefahr bringen. Lass uns also lieber etwas Harmloseres machen. Zum Beispiel einen Deichspaziergang. Wahnsinn, schau dir diesen blitzblauen Himmel an. Kitschig wie auf einer Postkarte …«

In der Tat zogen Schäfchenwolken über unsere Köpfe hinweg, wie ein Spiegelbild der Schafe, die jedes Jahr im Frühling auf die Elbdeiche getrieben wurden.

Schafe waren im Alten Land sehr beliebt, weil sie das wachsende Gras kurz hielten, Mäuselöcher mit ihren Hufen zutraten und damit auf natürliche Weise die Grasnarbe verfestigten.

»Fast wie bei uns daheim in Bayern. Warst du eigentlich schon mal da, oder zieht es dich eher in die Provence?«, fragte Markus.

Das kleine Wort »uns« versetzte mir einen Stich. Würde Markus überhaupt hierbleiben, wenn das Elbherz nicht lief? Bestimmt war es klüger, auf Abstand zu gehen, bevor er mir

noch besser gefiel und dann vielleicht bald mir nichts, dir nichts wieder aus meinem Leben verschwand.
»Klar war ich schon mal dort«, sagte ich. »Ich war häufiger in München, am Ammersee, am Chiemsee, und Starnberg gefällt mir besonders gut. Außerdem hatte ich immer schon ein Faible für die Schlösser von König Ludwig und kenne sie fast alle.«
Markus schmunzelte. »Heißt das, dass du im Grunde deines Herzens eine kleine Prinzessin bist?«
Verschämt dachte ich an meine kindlich-romantischen Träumereien und erwiderte: »Das verrate ich dir erst, wenn wir uns besser kennen.«
Dann rannte ich die nächste Treppe hinauf auf den Deich, von wo aus man einen einzigartigen Blick auf die Apfelplantagen hatte. Endlose Reihen von Bäumen erstreckten sich vor uns. Ich freute mich schon, wenn die reifen Äpfel ihren fruchtigen Duft verströmten.
Unterhalb des Deiches verlief ein Radweg, der zum nächstgelegenen rot-weiß geringelten Leuchtturm und in die anderen Ortschaften führte, und ich ertappte mich bei dem Gedanken, bereits den nächsten Ausflug mit Markus zu planen.
Hinter den Plantagen ragten die Dächer der Fachwerkhäuser auf und wirkten aus der Distanz wie Bauten aus Lego. Alles war so friedlich, bis auf gelegentliche Schreie der Möwen.
»Da hinten ist ja noch ein Hafen, den konnte man von unten gar nicht sehen«, rief Markus.
Ich drehte mich nach rechts zu den weißen Yachten, die auf dem Wasser der Elbe schaukelten, und strahlte, weil mir die

Überraschung gelungen war. Gut, dass es um diese Jahreszeit so lange hell blieb.
»Das ist der Altländer Yachtclub. Liegt ziemlich versteckt«, erklärte ich. »Hier gibt es übrigens einhundertzwanzig Liegeplätze. Wollen wir hin?«
»Was für eine Frage«, entgegnete Markus und sprintete den Deich entlang, ausgelassen wie ein kleines Kind, das auf den nächsten Spielplatz zustürmt. Ich lief ihm hinterher, meine Laune besserte sich von Minute zu Minute.
Was die Zukunft auch immer bringen würde, hier fühlte ich mich fast wie im Urlaub, und dieses Gefühl wollte ich auskosten. Der Wind spielte mit den Segeln, und die metallenen Ösen schlugen gegen den Mast. Ein Glockenspiel, welches das vor uns liegende Bild klangvoll untermalte: Am Rand des Hafenbeckens lagen bunte Ruderboote, aufgebockt auf einem Holzpodest, das an einer mit Dotterblumen bewachsenen Erhöhung errichtet worden war. Ich legte den Kopf schräg und strengte mich an, die Namen der auf dem Kopf stehenden Boote zu entziffern.
Markus tat es mir gleich. »Gelbe Gefahr«, las er lachend vor. »Wer gibt denn seinem Schiff so einen Namen?«
»Effi ist aber auch kein Knaller«, entgegnete ich und betrachtete die Slipanlage, von der aus die Boote zu Wasser gelassen wurden. Das Elbufer war an dieser Stelle von hohen Herkulesstauden, Strandhafer und violetten Blumen umsäumt, die denen am Anleger unseres Hauses ähnelten.
Wir gingen auf einen der Stege, die natürlich nur von Bootsanliegern betreten werden durften. Doch das war mir herzlich egal. Markus war hingerissen. Unter uns klatschte das Wasser gegen die Reling, und ich wähnte mich einen

Augenblick lang in Saint-Tropez oder Portals Nous auf Mallorca.

Nachdem wir eine Weile herumflaniert waren, entdeckte Markus schließlich das Café Möwennest, das über dem Yachthafen lag und die Besucher mit seinem charmanten Namen anlockte.

Mich erinnerte Möwennest an die Dolly-Bücher von Enid Blyton, die ich als Kind in Rekordzeit verschlungen hatte.

Die Fassade des quadratisch gebauten Cafés war im unteren Drittel ochsenblutrot getüncht, im oberen weiß. Es hatte ein schräges Flachdach, so dass der Bau wie ein Bungalow wirkte, vor den eine Terrasse an die Deichkrone gebaut worden war. Der Boden des Möwennests war mit Terrakottafliesen ausgelegt, die Möblierung bestand passend dazu aus rustikalem, hellem Holz.

»Geschmackvoll«, sagte Markus, nachdem wir alles inspiziert hatten. »Und gar nicht so urig, wie ich es in der Gegend erwartet hätte, sondern beinahe puristisch. Wollen wir draußen sitzen?«

Ich nickte, und wir setzten uns an einen freien Tisch.

»Das ist jetzt die Gelegenheit, endlich mal wieder das Nationalgetränk der Altländer zu trinken. Magst du auch einen Diekpedder, wenn ich mir einen bestelle?«, fragte ich.

Kurz darauf hielten wir beide ein Glas mit heißem Apfelpunsch in den Händen und kuschelten uns in Fleecedecken, weil es recht kühl geworden war. Vom Hafenbecken zog mittlerweile feuchte Luft herauf. Ich bereute es, dass ich offene Schuhe trug, und wickelte mir die Decke um die nackten Beine.

»Ein fantastischer Ausblick, man will gar nicht mehr wieder

weg«, schwärmte Markus zu meiner großen Freude. »Könntest du dir eigentlich vorstellen, wieder hier zu leben?«
Diese unerwartete Frage brachte mich schlagartig in die Realität zurück. Auf so vieles hatte ich immer noch keine Antwort.
Ob meine Eltern einen Kompromiss gefunden hatten?
»Du wirst es kaum glauben, aber genau danach sieht es im Augenblick aus. Meine Eltern planen, ihr Haus an mich zu übergeben, damit ich es zu einer Pension umbauen lassen kann. Außerdem würde ich den Hofladen übernehmen.«
»Und was heißt, es sieht danach aus?«, fragte Markus interessiert. »Hast du dich noch nicht entschieden? Oder willst du lieber deinen jetzigen Job behalten?«
Ich erzählte ihm von meiner unsicheren Lebenssituation, die Eheprobleme meiner Eltern ließ ich allerdings außen vor und tat so, als ob es beiden in erster Linie darum ging, sich nach und nach aus dem Berufsleben zurückzuziehen und die Nachfolge zu regeln.
»Das ist ja …«, Markus schien nach den passenden Worten zu suchen, »… krass. Auf einen Schlag den Job und das Zuhause zu verlieren ist echt heftig. Das tut mir wirklich leid, das muss sehr schwer für dich sein.«
»Ja, das ist es manchmal«, antwortete ich mit einem dicken Kloß im Hals. Markus sprach das aus, womit ich zu kämpfen hatte, und schien genau zu verstehen, wie ich mich fühlte.
Der zweite Diekpedder wärmte nicht nur, sondern löste die Zunge und würde vieles hoffentlich bald in einem milderen Licht erscheinen lassen. Dass Markus so deutlich seine Anteilnahme zum Ausdruck brachte, war eine echte Wohltat.
In der Zwischenzeit war es fast dunkel geworden, der Voll-

mond trat zwischen den dunklen Wolken hervor und tauchte die Umgebung in ein magisches Zwielicht. Plötzlich schöpfte ich neue Hoffnung, dass sich alles finden würde.
»Wie ist dein Leben bisher so verlaufen?«, wagte ich nach einer Weile zu fragen. Markus wurde mir immer sympathischer, in seiner Gegenwart fühlte ich mich wohl und entspannt.
»Bist du dir sicher, dass du an einem solch schönen Abend eine traurige Geschichte hören möchtest?«
»Wenn du sie mir anvertrauen möchtest, dann gern. Meine war doch auch nicht gerade erheiternd.«
»Also gut«, begann Markus und seufzte tief. »Ich bin ins Alte Land gekommen, weil meine Frau und ich uns getrennt haben und ich das Leben in München so satthatte. Alles, was mir lieb und teuer gewesen ist, ist im letzten Jahr zerbrochen, und ich bemühe mich, Abstand zu gewinnen, bevor ich verrückt werde.«
Ich konnte nicht umhin, mich einen Moment ein wenig zu freuen, als ich hörte, dass Markus getrennt lebte.
»Christine und ich haben vor sechs Jahren geheiratet. Wir wollten unbedingt Kinder. Es war eine lange, harte Tortur. Als es dann endlich klappte, verlor Christine das Kind, genau wie vier Jahre später das zweite. Nach der zweiten Fehlgeburt waren wir beide am Ende mit unseren Kräften und konnten uns gegenseitig keinen Halt mehr geben. Christine flüchtete sich in den Reitsport, meldete sich bei fast jedem internationalen Turnier an und reiste nur noch durch die Weltgeschichte. Und ich tat im Grunde dasselbe und vergrub mich in meiner Arbeit in der Cateringfirma.«
In der Tat eine traurige Geschichte, die nicht leicht zu ver-

kraften war. Nachdenklich trank ich meinen Punsch und probierte mir Markus' Leben im fernen München vorzustellen.
Es klang einerseits nach finanziellem Wohlstand, nach einer großen Liebe, andererseits nach viel Einsamkeit und Trauer. Schon oft hatte ich mich gefragt, warum Beziehungen an solchen Verlusten zerbrachen. Wieso entfernte man sich voneinander, anstatt sich gegenseitig zu unterstützen?
Es hatte doch keiner Schuld.
Die Natur, das Schicksal hatte entschieden, dass dieses Paar keine Kinder bekommen sollte. Dies bedeutete natürlich eine große Enttäuschung und für manchen sogar, ein Stück seines Lebensplans aufgeben zu müssen.
Aber es gab doch noch so viele andere Wege, glücklich zu sein. Andere Kinder, die sich über Zuwendung und Liebe freuten. Ich zum Beispiel genoss jeden Moment mit Emma.
»An Silvester haben wir uns entschieden, uns scheiden zu lassen«, fuhr Markus fort. »Dann kam mir der Einfall mit dem Elbherz, und so habe ich Nägel mit Köpfen gemacht …«
»… und hast sowohl deinen Beruf aufgegeben als auch deine Heimat verlassen«, fasste ich zusammen und überlegte, was ich von alldem halten sollte.
War seine Entscheidung mutig, oder war er nur vor Problemen geflüchtet?
»Lass uns auf unsere neuen Lebenswege anstoßen«, sagte Markus. »Ich bin jedenfalls sehr froh, dass ich dir begegnet bin, denn du bist unter den eher verschlossenen Altländern wie ein kleiner Sonnenschein.«
Ich freute mich über seine Bemerkung, die mich zugleich

verlegen machte. Abermals ertappte ich mich bei der Frage, wohin uns das Schicksal führen würde.

»Auf eine vielversprechende Zukunft«, sagte ich schließlich und hob mein Glas. Wir prosteten uns lächelnd zu, während die Sterne über uns strahlten.

32

Als ich Montagmorgen erwachte, war ich wie gerädert. Zum einen hatte ich gestern Abend eindeutig einen Apfelpunsch zu viel getrunken, zum anderen saß mir der Streit meiner Eltern immer noch in den Knochen. Und natürlich die Geschichte mit der gescheiterten Ehe von Markus.

Schlaftrunken setzte ich mich auf und spitzte die Ohren. Doch zum Glück war kein Geschrei zu hören, nur das Läuten der Turmuhr. Sie schlug acht Uhr. Ich blieb noch ein Weilchen liegen und döste.

Stressig würde es später ohnehin noch werden.

Müde kuschelte ich mich in die Daunen, dachte an den vergangenen Abend mit Markus und fühlte mich mit einem Mal wie elektrisiert. Markus war ehrlich, offen, bodenständig, gefühlvoll und äußerst unterhaltsam. Wie hatte seine Frau ihn nur so kampflos aufgeben können?

Als mir der Gedanke kam, ihm Emma vorzustellen, rief ich mich zur Ordnung. Es war totaler Blödsinn, sich in irgendwelche Fantasien hineinzusteigern, solange ich nicht geklärt hatte, wie es weiterging. Außerdem wusste ich doch

gar nicht, ob Markus überhaupt im Alten Land bleiben würde.
Hatte er wirklich mit seiner Vergangenheit abgeschlossen?
Bevor ich darüber nachdenken konnte, ob ich sein Angebot, morgen mit ihm essen zu gehen, annehmen sollte, klopfte es an der Tür. »Leonie, bist du wach? Frühstück ist fertig.«
Die Stimme meiner Mutter klang wie früher, als sie mich zu Schulzeiten geweckt hatte. An manchen Tagen hatte sie mir sogar Kakao ans Bett gebracht, um mir das Aufwachen zu versüßen.
Ich antwortete: »Komme gleich«, und zog mir stöhnend die Decke über den Kopf. Wenn es nach mir gegangen wäre, hätte ich den ganzen Vormittag im Bett verbracht, um mich vor dem zu drücken, was heute noch auf mich wartete. Die Schritte vor der Tür entfernten sich, und ich hörte meine Mutter leise summen. Es war das Lied *Café de Flore* von Maria Bill. Offenbar war sie gedanklich schon wieder in Südfrankreich.
Eine halbe Stunde später saß ich frisch geduscht und innerlich für alles gewappnet am Frühstückstisch, wo mich frische Brötchen und ein Rührei mit aromatischen Gartenkräutern erwarteten. Von meinem Vater fehlte jede Spur, er hatte wohl schon gegessen. Dafür hantierte meine Mutter mit einer solchen Selbstverständlichkeit in der Küche herum, als wäre sie nicht fort gewesen. Neben den drei Gedecken lag der Immobilienteil des *Altländer Tagblattes*. Irgendjemand – vermutlich meine Mutter – hatte dort Annoncen für größere Wohnungen und Häuser angekreuzt.
»Hast du die für mich oder für euch angestrichen?«, fragte ich, während ich die erste Tasse Kaffee trank.

Was Markus wohl für eine Wohnung hatte?

»Für deinen Vater und mich«, gab sie zurück. Lächelnd setzte sie sich neben mich und nahm sich ihren Becher grünen Tee. Mir fiel beinahe die Tasse aus der Hand. »Wie meinst du das, für euch? Heißt das etwa, ihr habt euch wieder vertragen?«

Ich bekam sofort Kopfschmerzen, dieses ständige Auf und Ab ging wirklich an die Substanz.

»Sagen wir mal so: Wir haben gestern alle Karten offen auf den Tisch gelegt, was zwar schmerzhaft, aber auch irgendwie befreiend war. Von Vertragen kann allerdings nicht die Rede sein. Dennoch müssen wir eine gute Lösung für alle Beteiligten finden. Darum ist diese Wohnung vorrangig für deinen Vater gedacht, eventuell aber auch später für uns beide«, antwortete sie. »Wir haben uns darauf geeinigt, dass wir dir das Haus überschreiben und uns etwas Neues, Kleineres suchen, was altersgerecht ist. Du musst ja nicht unbedingt hohe Erbschaftssteuern zahlen, oder?«

Ich hörte mit offenem Mund zu.

Meine Eltern wollten mir das Haus schenken?

»Das bedeutet aber nicht, dass Jürgen und ich wieder zusammen sind«, fuhr meine Mutter fort, während ich innerlich um Fassung rang. »Ich werde, nachdem hier alles geklärt ist, wieder zu Jacqueline fahren, um dort noch Urlaub zu machen. Danach sehen wir weiter. Fürs Erste gründen Papa und ich eine Wohngemeinschaft und unterstützen uns gegenseitig. Nun, was sagst du dazu?«

»Ich weiß nicht. Das muss ich erst mal verdauen«, entgegnete ich immer noch völlig perplex. »Und was soll ich eigentlich alleine mit diesem riesigen Haus?«

»Na, umbauen und ganz nach deinen Vorstellungen gestalten. Wir sind zwar keine Multimillionäre, aber wir haben gut verdient. Also können wir einen Teil des Gewinns in den Umbau und den Kauf einer Wohnung stecken. Dann hast du eine Bleibe, eine neue berufliche Aufgabe und wir ein Altersdomizil, das auch langfristig unseren Bedürfnissen entspricht.«

Unfassbar. Das klang alles so endgültig. Auf den ersten Blick wirkte das alles sehr schlüssig. Doch stimmte das bei näherer Betrachtung auch wirklich?

Ich dachte daran, was die Indianer von der Eisenbahn, dem Feuerpferd, gehalten hatten. Man kam zwar körperlich schnell vorwärts, doch die Seele blieb zurück. Genauso fühlte ich mich.

Alle und alles um mich herum war in Bewegung, man schmiedete Pläne und traf Entscheidungen. Nur ich blieb auf der Strecke und wartete darauf, was diese Entscheidungen und Pläne für Auswirkungen auf mich und mein Leben hatten. Ob ich mich damit wohl fühlte und das alles zu mir passte, war anscheinend zweitrangig.

»Du musst ja nicht gleich hurra schreien«, nahm meine Mutter den Gesprächsfaden wieder auf, weil ich stumm dasaß. »Ich kann verstehen, dass du dich überrumpelt fühlst. Erst die Sache mit Jürgen und mir, dann die Schließung des Restaurants, der Verkauf der Villa … glaub mir, Liebes, Papa und ich wollen nur das Beste für dich. Und warum solltest du nicht wieder hierher zurückkommen? Wo die Menschen dich lieben und du eine Aufgabe hast. Aber ich verstehe auch, wenn du es nicht möchtest. Überleg es dir in Ruhe. Es eilt ja nicht.«

»Ich würde gern noch mit Papa darüber reden«, entgegnete ich. »Weil ich wissen will, wie er sich dabei fühlt. Er hängt an diesem Haus, an seinen Gewohnheiten. Ich kann mir beim besten Willen nicht vorstellen, dass das in seinem Sinne ist.«

Meine Mutter tätschelte mir den Kopf, als ob ich immer noch die kleine Leonie Apfel wäre, die zusammen mit ihren Eltern am Straßenrand Obst an Passanten verkaufte.

Doch aus dem kleinen Mädchen von einst war eine erwachsene Frau geworden, die selbst über ihr Leben entscheiden wollte.

»Jürgen ist im Laden und freut sich bestimmt, wenn du vorbeischaust«, sagte sie.

»Dann fahr ich mal hin«, antwortete ich, schnappte mir ein Butterhörnchen und schwang mich aufs Rad.

Als ich zum Hofladen kam, reparierte mein Vater gerade ein Regal, dessen Dübel sich gelöst hatten. Er schaute verwundert auf, als ich eintrat, und gab mir einen Kuss auf die Stirn.

»Na, geht's gut?« Er sah aus, als hätte er in der letzten Nacht kaum geschlafen.

»Geht so«, erwiderte ich wahrheitsgemäß. »Ich bin ganz schön durcheinander. Erst schmeißt Mama alles hin, dann knutschst du mit dieser Krimi-Tante rum. Mama wird sauer, beschließt die Trennung, und schwuppdiwupp soll ich auf einmal das Haus erben und die Vermietung der Gästezimmer und den Hofladen übernehmen. Heute Morgen erzählt sie mir dann noch was von einer Wohngemeinschaft und Im-Alter-füreinander-da-Sein. Ganz ehrlich: Ich komme da nicht mehr mit.«

Ein Lächeln umspielte die Lippen meines Vaters, die im

Laufe der Jahre dünner geworden waren. Es stimmte schon, er war fünfundsechzig und verdiente es, wie meine Mutter, allmählich eine gemächlichere Gangart einzulegen.

»Weißt du noch, wie du uns früher verrückt gemacht hast, weil du nicht wusstest, ob du mehr in Torsten oder Ralf verliebt warst? Als du dich nicht entscheiden konntest, ob du studieren willst oder eine Ausbildung machen? Hier im Alten Land bleiben oder in die große, weite Welt hinausziehen? Das ist zwar mittlerweile lange her, aber für mich fühlt es sich manchmal an, als wäre das erst gestern gewesen.«

Ich schnappte nach Luft.

Wie alt war ich damals gewesen? Dreizehn? Vierzehn?

Auf alle Fälle in der Pubertät.

»Willst du mir damit sagen, dass Mama und du gerade zu Teenagern mutiert?«, fragte ich halb amüsiert, halb traurig. Irgendwann verkehrten sich die Rollen, und die Kinder mussten für ihre Eltern sorgen.

»Wenn du es so ausdrücken willst, vielleicht. Ich kann verstehen, dass du durcheinander bist. Das bin ich auch, seitdem Anke mir unser gemeinsames Leben sprichwörtlich vor die Füße geworfen hat. Aber ich habe begonnen zu akzeptieren, was passiert ist, und freue mich darüber, dass wir dir hier eine Zukunft bieten können. Und darüber, dass unsere Ehe womöglich doch nicht vor dem Aus steht. Ich würde alles dafür tun, damit wir wieder eine glückliche Familie werden. Und deine Mutter ist zurzeit immerhin um einiges zugänglicher als vor ihrer Abreise.«

Mir schossen die Tränen in die Augen. Ich war gerührt.

So hatte ich das Ganze noch gar nicht betrachtet.

Aus seinen Worten sprach eine tiefe Liebe für meine Mutter

und mich. Ich wusste, wie viel es ihn kosten würde, sich zu verändern.

Doch uns zuliebe wollte er dieses Opfer, diese Anstrengung auf sich nehmen.

Mit einem Mal lagen wir uns in den Armen, und mein Vater wiegte mich hin und her.

Endlich brach alles aus mir heraus, was sich in den letzten Wochen und Monaten angestaut hatte.

Immer hatte ich tapfer sein, gute Miene zum bösen Spiel machen, Verständnis zeigen müssen.

»Schsch, wein nur, kleine Leonie Apfel«, sagte mein Vater und streichelte mir über den Kopf. »Ich weiß, wie sehr du dir wünschst, dass alle sich verstehen. Wie wichtig es dir ist, akzeptiert und geliebt zu werden. Aber du verlierst dich manchmal selbst darüber und bist viel zu duldsam. Sag doch häufiger, was du denkst. Brüll, schlag mit den Türen. Nimm dir, was du haben möchtest. Ich sehe doch am Beispiel deiner Mutter, dass man seinen Frust nicht hinunterschlucken soll, nur damit eitel Sonnenschein herrscht. Anke hätte schon viel früher auf den Tisch hauen müssen.«

»Aber dann hätte sie Streit mit dir bekommen, und das wollte sie nicht«, erwiderte ich schniefend und suchte in der Tasche meiner Jeans nach einem Tempo. »Außerdem solltest du uns Frauen eigentlich kennen. Wir wollen, dass man sich in uns hineinversetzt und ein Gespür dafür hat, was wir uns wünschen, ohne dass wir andauernd darum kämpfen müssen.«

»Dann wären eben die Fetzen geflogen, was soll's. So ein Streit ist schließlich kein Weltuntergang. Aber eine Ehe nach so langer Zeit hinzuwerfen, schon. Außerdem gehöre ich noch zum alten Schlag und nicht zu der Generation von Softies, die gelernt haben, die Gedanken und Wünsche ihrer Frauen zu lesen, bevor diese selbst wissen, was sie wollen. Der liebe Gott hat euch einen Mund gegeben, also macht ihn auf und sagt, was ihr wollt. Nein sagen können wir Männer dann ja noch.«

Er lächelte schelmisch, was ihn zwanzig Jahre jünger erscheinen ließ.

In diesem Moment wusste ich, weshalb meine Mutter sich damals in ihn verliebt hatte. »Also, meine kleine Leonie. Fahr heim zu deinen Freundinnen. Denk über unser Angebot nach, und kau das Ganze so lange mit Stella und Nina durch, bis du weißt, was du willst. Wir drängen dich nicht. Du wirst dich schon richtig entscheiden.«

»Das mache ich, Papa«, antwortete ich. »Wenn ich nämlich hierbleibe, kriege ich keinen klaren Kopf. Außerdem vermisse ich mein Zuhause und die Katzen. Ja, es wird Zeit, wieder nach Hause zu fahren.«

Kurz darauf verabschiedete ich mich von ihm und von meiner Mutter.

In der S-Bahn Richtung Hamburg dachte ich darüber nach, welch ein Geschenk es war, solche Eltern zu haben.

Und so tolle Freundinnen wie Stella und Nina, auf die ich mich wie verrückt freute.

33

Endlich sind wir wieder zusammen«, sagte Nina und streckte ihre Beine mit einem wohligen Seufzer im Gras aus.

Dank des guten Wetters hatten wir uns spontan entschieden, statt eines Abendessens ein Picknick am Gartenteich zu veranstalten. Dazu hatte jede von uns etwas Selbstgemachtes beigesteuert: Nina eine würzige Gazpacho und krosses Olivenbrot. Ich hatte ein Blech herzhaften Altländer Apfel-Zwiebelkuchen gebacken und Stella als Dessert eine Birnen-Quark-Torte.

»Seit deinem tollen Rezept bin ich auf den Geschmack gekommen«, erklärte Stella lachend, nachdem ich ihr Werk bestaunt und gelobt hatte. »Die Kids im Kindergarten und selbst die Erzieherin waren total begeistert. Alle waren beeindruckt, wie toll ich backen kann. Sogar Robert.«

»Pass nur auf, dass du jetzt nicht zur Koch- und Backmutti mutierst«, stichelte Nina, fotografierte das kunstvolle Backwerk aber mit ihrem Smartphone.

»Schickst du Alexander ein Bild, damit er vor Neid kollabiert?«, wollte ich wissen und stellte mich neben sie, um das

Foto zu begutachten, das Nina mit wenigen Handgriffen optisch aufmotzte und per WhatsApp ins Elsass an Alexander schickte.

»Bitte instagrammen Sie unser Essen nicht«, spottete Stella und nahm Nina das Handy weg, ehe sie wusste, wie ihr geschah. Sie hielt es so dicht über den Teich, dass ich Angst bekam, sie würde wirklich Ernst machen und es ins Wasser fallen lassen. Doch Stella lachte und gab Nina das Telefon zurück. »Das war eine kleine Retourkutsche für deine blöde Bemerkung. Aber Schwamm drüber. Lasst uns ein Selfie schießen. Wer weiß, wann wir wieder so tolles Wetter haben.«

»Und wer weiß, wann wir wieder in diesem Garten sitzen«, knurrte Nina. Anscheinend war sie immer noch etwas verärgert, weil Stella ihrem Mann zuliebe dem Verkauf der Villa zugestimmt hatte.

Ich wollte gerade beschwichtigend »Komm, lass es gut sein« sagen, als mir die Bemerkung meines Vaters einfiel und ich mich sofort bremste.

Die Welt würde nicht wegen eines Streits untergehen, eher wegen unterdrückter Gefühle, die einem irgendwann um die Ohren flogen wie der Deckel eines explodierenden Dampfkochtopfs. Wenn die beiden sich zoffen wollten, bitte schön. Sie würden sich auch wieder vertragen.

»Das stimmt allerdings«, murmelte Stella und ließ den Kopf hängen. »Es ist wie verhext. Wir haben unheimlich viele Interessenten für die Villa, aber niemand will sie haben, wenn die Wohnungen vermietet sind. Aber keine Sorge, ich gebe nicht auf. Zum Glück sieht Robert das ganz genauso.«

»Aber wie wollt ihr euch ein neues Haus in Husum kaufen,

wenn ihr das hier nicht zu Geld gemacht habt?«, fragte ich. Robert verdiente zwar sehr gut, aber auch er war keine Gelddruckmaschine.

»Ich habe meine Mutter um einen Kredit gebeten«, antwortete Stella, schnitt das Olivenbrot auf und verteilte je zwei Scheiben auf unsere Teller. Zusehends war sie zu einer umsorgenden Mutter geworden und behielt diese Rolle – vermutlich, ohne es selbst zu merken – bei Tisch automatisch bei. »Und sie hat versprochen, darüber nachzudenken.«

»Gut«, sagte Nina und füllte die spanische Gemüsesuppe in Schalen, die vor uns auf der Picknickdecke standen. »So oder so, es muss bald eine Entscheidung her. Diese ewige Warterei macht mich fix und fertig. Aber bevor wir mit der Vorspeise beginnen, sollten wir darauf anstoßen, dass wir heute, an diesem wunderschönen Abend, endlich wieder beisammen sind. Mädels, ihr habt mir gefehlt.«

Mit diesen Worten erhob sie ihr Glas, und wir prosteten einander zu. Nachdem wir unseren Hunger mit der köstlichen Gazpacho gestillt hatten, ergriff Stella wieder das Wort.

»Zum Glück ist bei mir ansonsten alles paletti. Emma schläft heute Nacht bei ihrer Freundin Molly, Moritz heult sich bei einem Freund über den bevorstehenden Umzug aus, Robert ist mal wieder in Husum, und dem Baby im Bauch geht es bestens. Bei Nina war da schon mehr los.«

Sogleich ergriff Nina die Gelegenheit, sich alles von der Seele zu reden, was sich in den vergangenen Wochen ereignet hatte.

»Wie ihr wisst, hatten Alex und ich mächtig Stress, um nicht zu sagen, ich habe mich von ihm getrennt. Und mir ging es beschissen, auch wenn ich das natürlich nicht gern

zugebe. Ja, ihr dürft euch lustig machen, ich bin heute mal großzügig.«
Stella kicherte, und ich schnitt mir eine weitere Scheibe Brot ab.
»Aber ihr seid zwei sehr kluge Damen«, fuhr Nina fort, »und habt mir dazu geraten, mich mit meinem Vater auszusprechen. Manchmal lasse ich mich ja auch eines Besseren belehren. Und wie sich nun herausgestellt hat, war euer Tipp goldrichtig. Ich finde zwar immer noch, dass mein Herr Erzeuger ein Arsch ist, aber ein verdammt attraktiver und interessanter. Deshalb muss ich leider zugeben, dass ich die Studentinnen, die sich reihenweise in ihn verknallen, irgendwie verstehen kann.«
Verwundert entfuhr mir: »Das ist ja ein Ding«, und auch Stella blickte sie überrascht an.
»Und inwiefern hat dir diese Erkenntnis geholfen, wieder auf Alexander zuzugehen?«, wollte ich wissen.
Nun kam Nina ins Schlingern, wie ich am Zucken ihrer Unterlippe sehen konnte. Sie vergrub ihre nackten Zehen tief im Gras, das dringend mal wieder gemäht werden musste.
»So genau kann ich dir das leider nicht sagen, ich habe schließlich nicht Psychologie studiert. Aber irgendwie hat Dad es geschafft, mir klarzumachen, dass meine Mutter und er nie wirklich zusammengepasst und viel zu früh geheiratet haben. Und dass ihre Ehe aus diesem Grund von vornherein zum Scheitern verurteilt war, zumal es meine Mutter war, die auf rasche Hochzeit gedrängt hatte. Beide hatten vorher noch keine nennenswerten Beziehungen und kaum Erfahrung. Mein Dad war es nach der Geburt meiner Schwester

und mir irgendwann leid, tagaus, tagein mit einer Frau zusammenzuleben, die nur noch Windeln und die Suche nach dem richtigen Kindergarten im Kopf hatte.«
Nina warf Stella einen bedeutungsvollen Blick zu. »So ungern ich so über meine Mutter spreche, aber da ist durchaus etwas dran.«
Mir schoss durch den Kopf, dass auch meine Mutter viel zu lange das Wohlergehen der Familie über ihr eigenen Wünsche gestellt hatte, was nun nach hinten losgegangen war. Wie sehr sich manche Biographien doch ähnelten.
»Möchtest du mir damit etwas sagen?«, fragte Stella, der der Unterton in Ninas Stimme nicht entgangen war. »Findest du es wirklich so verwerflich, wenn Frauen sich um ihre Familie kümmern? Hast du nicht selbst unter der miesen Stimmung bei euch zu Hause gelitten, nachdem dein Vater deine Mutter mehrfach betrogen hatte? Warst du nicht diejenige, die uns immer erzählt hat, wie sehr sie sich ein Abendessen im Kreis der Familie gewünscht hätte?«
Nina runzelte die Stirn. »Nein, das ist ganz und gar nicht das, was ich sagen möchte. Ich begrüße es sehr, wenn sich Eltern – und ich sage jetzt ganz bewusst nicht Mütter – Zeit für ihre Kinder nehmen und darauf achten, dass sie behütet aufwachsen. Trotzdem sollten Frauen, oder auch Väter in der Elternzeit, darauf aufpassen, dass sie ihre Bedürfnisse nicht zu sehr hintanstellen. Je mehr sie mit sich im Reinen sind, desto bessere Eltern sind sie«, antwortete Nina ohne jegliche Spur von Sarkasmus. »Ich habe euch lediglich von dem Scheitern einer Ehe erzählt und was man vielleicht daraus lernen kann. Wir sind zum Glück eine andere Generation, haben andere Möglichkeiten, also sollten wir das nutzen.

Und genau das hat mich an der Geschichte mit Alexander so gestört. Es ging überwiegend um seine Wünsche, seine Träume, seine Pläne.«

»Aber muss nicht immer einer nachgeben? Wenn zwei Partner in entgegengesetzter Richtung mit dem Kopf durch die Wand wollen, was soll denn dabei herauskommen?«, fragte ich nachdenklich.

»Kopfschmerzen und eine kaputte Wand«, entgegnete Stella so trocken, dass wir lachen mussten. »Aber mal im Ernst, was wollt ihr jetzt machen, du und Alexander? Ihr wisst, was ihr aneinander habt und dass ihr euch liebt. Aber zusammenleben könnt ihr scheinbar nicht, oder wie soll ich das verstehen?«

Plötzlich bemerkte ich, dass die Vögel, die soeben noch fröhlich gezwitschert hatten, verstummt waren und sich am Horizont Kumuluswolken bedrohlich auftürmten. Es war merklich schwüler geworden, die Luft war von einem intensiven Blütenduft erfüllt, und Mücken umschwirrten aufgeregt unser Picknick.

»Vielleicht versuchen wir es mit getrennten Wohnungen im selben Haus«, antwortete Nina. »So wie der Bildhauer Diego Rivera und die Malerin Frida Kahlo. Ihre beiden Häuser in Mexiko waren durch eine Brücke miteinander verbunden, so dass sie sich jederzeit besuchen konnten, wenn ihnen der Sinn danach stand. Wir müssten uns im Fall der Fälle allerdings darauf einigen, wo dieses Haus stehen soll. Doch genau darüber können wir beide ganz in Ruhe nachdenken, solange Alexander im Elsass ist. Apropos, er hat dir doch Bescheid gegeben, Leonie, dass er extra für die morgige Abschiedsfeier im La Lune herkommt.«

Ich nickte.
»Das mit den beiden Häusern könnte funktionieren«, befand Stella.
Dann bemerkte auch sie die aufziehenden Wolken. »Ich glaube, wir sollten ganz schnell den Apfel-Zwiebelkuchen essen, bevor es anfängt zu gewittern.«
»Genug von mir«, sagte Nina und wandte sich an mich, »Stella und ich sind natürlich superneugierig, was mit deinen Eltern ist, und wie war's eigentlich in der Provence?«
»Und bist du noch mal diesem Markus über den Weg gelaufen? Oder hast du was von Thomas gehört?«, fragte Stella und biss herzhaft in ein Stück Kuchen.
Bei der Erwähnung von Thomas zuckte ich zusammen. Nicht weil die Erinnerung an ihn schmerzte, sondern weil ich ein schlechtes Gewissen hatte.
Ich hatte ihn nahezu aus meinem Gedächtnis getilgt, und ich wunderte mich, dass ich jemals etwas für ihn empfunden hatte. Als hätte er in meinem Leben niemals eine Rolle gespielt.
»Wo soll ich anfangen? Bei meinem Rendezvous mit Markus, den sternklaren Nächten in Südfrankreich oder beim neuen Lebensmodell meiner Eltern? Oder soll ich lieber erzählen, dass ich das Haus, die Pension und den Hofladen übernehmen kann, wenn es nach meinen Eltern geht?«
Kaum hatte ich den letzten Satz ausgesprochen, donnerte es. Dann folgten kurz hintereinander mehrere Blitze, und es begann zu regnen.
Hastig rafften wir alles zusammen.
»Na, das ist ja echt ein Knaller«, sagte Nina, deren Haare schon ganz nass waren. Rasch stopfte sie die Decke in einen Korb.

»Das kann mal wohl sagen«, bemerkte Stella.

Dann donnerte es ein zweites Mal.

Kaum waren wir in meiner Wohnung, begann es zu hageln. Dicke Eiskörner prasselten auf den Terrassenboden, einige schlugen sogar gegen die Fensterfront, bevor sie auf dem Boden aufkamen und hochsprangen wie Billardkugeln, die über Bande gespielt wurden. Erschrocken hüpften die beiden Katzen zu Nina und mir auf die Couch und rollten sich zwischen uns zusammen, während Stella den Tisch deckte.

»Dieses Jahr spielt das Wetter echt total verrückt«, sagte Nina seufzend und schaute mit traurigem Blick in den Garten hinaus. »Hoffentlich hört der Mist gleich auf, sonst sehe ich schwarz für meine Pfingstrosen. Also, Leonie. Spann uns nicht länger auf die Folter. Heißt das, du ziehst jetzt ins Alte Land, wirst Vermieterin und heiratest diesen Markus, damit er später den Obsthof deines Vaters übernehmen kann? Ist das nicht exakt das Zukunftsmodell, das du damals bei Henning befürchtet hast?«

Auch Stella schaute mich erwartungsvoll an.

Dies war der Augenblick, vor dem ich insgeheim ein wenig Angst gehabt hatte.

Mit Stella und Nina darüber zu sprechen bedeutete auch, eventuell Kritik einstecken zu müssen. Verunsichert war ich sowieso schon.

Andererseits brauchte ich eine ehrliche Meinung, um die richtige Entscheidung treffen zu können.

»Es ist noch gar nichts beschlossen«, begann ich zögerlich. »Der Abend mit Markus war wirklich aufregend, ich bin gern mit ihm zusammen. Doch ich versuche mich zu bremsen, ich will vorsichtig sein. Und natürlich werde ich ihn wiedersehen, obwohl ich noch gar nicht weiß, wann.«

Dann erzählte ich mit nach wie vor gemischten Gefühlen den beiden von Markus' Vergangenheit, seiner gescheiterten Ehe und dem Neuanfang mit dem Elb-Kiosk.

»Aber wenigstens scheint er bindungsfähig zu sein und wünscht sich Kinder.« Stella lächelte breit. »Das ist doch super.«

»Und warum solltest du nicht das Haus zu einer Pension umbauen, Leonie«, sagte Nina zu meinem Erstaunen. »So ungern ich dich auch ans Alte Land verliere. Aber das ist genau dein Ding. Du wirst etwas Einzigartiges daraus machen und damit Erfolg haben, das spüre ich.«

Tränen der Erleichterung schlichen sich in meine Augenwinkel.

Tief in mir hatte sich in den vergangenen Tagen eine Ahnung breitgemacht, dass meine Zukunft tatsächlich in meiner Heimat lag, obgleich ich mir das bis vor kurzem niemals hätte vorstellen können.

Ob Markus in diesem Szenario eine Rolle spielen würde, war nicht abzusehen. Doch darum ging es auch gar nicht. Wichtig war, dass diese Aufgabe mich reizte und ich einen beruflichen Neuanfang wagen wollte. Endlich hatte ich etwas gefunden, wofür ich brennen konnte.

Der einzige Wermutstropfen war, dass ich dann nicht mehr mit meinen Freundinnen zusammenwohnen konnte.

»Scheint, als würde sich hier bald alles auflösen«, sprach Stella nun das aus, was wir alle insgeheim dachten. »Das ist so schade.«

»Aber auch kein Grund zu heulen«, entgegnete Nina barsch,

während ihr die Tränen über die Wangen liefen. »Ach Mann, Mädels, ich werde euch total vermissen.«
»Hör jetzt bitte damit auf, sonst fange ich auch noch an«, sagte Stella, in deren Augen ebenfalls Tränen schimmerten. »Das ist doch nicht das Ende unserer Freundschaft, sondern eine weitere Etappe auf unserem Weg.«
»Das hast du schön gesagt«, wisperte ich. »Egal, was passiert. Egal, wo wir wohnen oder wie viele Kilometer und sonstige Hindernisse uns trennen, wir halten zusammen, und zwar für immer. So, und jetzt Schluss mit der Flennerei, sagt mir lieber, wie ihr Markus findet.«
Ich zückte mein Handy und zeigte den beiden ein Foto, das ich von ihm auf dem Deich gemacht hatte.
»Also den würde ich mir nicht entgehen lassen«, sagte Stella verzückt. »Groß, gut gebaut, markantes, interessantes Gesicht …«
»Und klug sieht er aus. Und nicht so geleckt wie dieser Thomas Regner«, meinte Nina. »Doch, meinen Segen hast du.«
»Ich werde mal schauen, was sich da machen lässt«, antwortete ich und musste lächeln. »Ihr seid auf alle Fälle die Ersten, die davon erfahren.«

34

Auch der folgende Tag stand unter einem melancholischen Stern.

Am Abend trafen sich alle Mitarbeiter im Restaurant La Lune, feierten Abschied und räumten persönliche Dinge aus dem Büro.

Um letzte Details für das Menü zu besprechen, ging ich am späten Nachmittag noch einmal in die Restaurantküche, wo ich einen ungewöhnlich gut gelaunten Maître de Cuisine vorfand.

»Hallo, Gaston, heute so fröhlich?«, fragte ich. Auf der Arbeitsplatte lagen mehrere Bund heller und grüner Spargel und Radieschen und frische Kräuter. Gaston raspelte gerade Gruyère, während er mit halbgeschlossenen Augenlidern vor sich hinsummte.

»Mais oui«, antwortete er, ohne von seiner Arbeit aufzublicken. »Wir feiern heute zweimal Abschied. Und zwar voneinander, aber auch von diesem köstlichen Gemüse. Die Saison neigt sich dem Ende zu, und ich möchte dem Spargel noch ein wenig huldigen, bevor man ihn nur noch als labberige Stangen in dummen Konserven oder Gläsern findet. Es gibt ihn heute in Form eines Spargel-Kräuter-Omelettes. Ein Festessen, Sie werden sehen.«

So viel zum Thema »Gemeinsam das Menü für heute Abend besprechen«. Aus Erfahrung wusste ich allerdings, dass es keinen Sinn hatte, Gaston darauf aufmerksam zu machen. Besser, ich ließ ihm seinen Willen.

»Freuen Sie sich denn, dass das La Lune schließt?«, fragte ich.

»Ich freue mich über meinen neuen Arbeitsplatz am Hafen«, erklärte Gaston, der nun das Wiegemesser nahm und den Estragon zerkleinerte. »Es ist so schön, beim Kochen auf die Elbe und die Containerschiffe zu schauen. Ist fast ein bisschen wie in meiner Heimatstadt Marseille.«

Gaston hatte den Dienst in einem Restaurant an der Elbe bereits angetreten und nutzte seinen heutigen freien Tag, um den Mitarbeitern des La Lune das Abschiedsessen zu kochen.

»Ich bin froh, dass Ihnen der neue Job so gut gefällt«, kam es von Alexander, der gerade in die Küche gekommen war und uns freundlich zunickte. »Mensch, Leonie, du siehst toll aus. Die Zeit in Südfrankreich scheint dir gutgetan zu haben.«

»Sie waren in meiner Heimat?«, fragte Gaston erstaunt und legte das Wiegemesser beiseite. »Wo denn genau?«

Ich erzählte von meiner Reise in die Nähe von Gordes.

Auf der Stelle geriet Gaston in Verzückung. »Ah, ich liebe die Provence. Ménerbes, Roussillon, die Gegend um Avignon. Dort wird fantastisch gekocht, und die Menschen wissen zu leben. Sie schätzen gutes Essen und sind auch bereit, Geld dafür auszugeben, im Gegensatz zu den meisten Deutschen.«

Der letzte Halbsatz wurde von einem missbilligenden Blick

gen Küchendecke begleitet. »Ihr gebt euer Gehalt lieber für Autos aus oder diese unsinnigen Smartphones und wie heißt es noch … Tabletten? Mais non, Tablets. Fleisch kauft ihr beim Discounter und wundert euch dann, wenn es gammelig ist oder voller Antibiotika. Oh, ich kann es kaum erwarten, wieder nach Hause zurückzukehren, um dort meine eigene Brasserie zu eröffnen.«
»Das haben Sie vor?«, fragte ich erstaunt.
»Laut Nina trägst du dich mit ähnlichen Gedanken«, warf Alexander ein. »Überlegst du tatsächlich, die Vermietung der Gästezimmer zu übernehmen?«
Als Gaston dies hörte, stieß er einen begeisterten Schrei aus. »Aber das ist ja fantastisch«, rief er und griff sich mit einer theatralischen Geste ans Herz. »Das ist genau das Richtige für Sie. Endlich haben Sie den Platz, für den Sie geboren sind.« Ich war verblüfft.
So viel Aufmerksamkeit hatte mir der kapriziöse Chefkoch noch nie geschenkt. »Werden Sie dort auch kochen?«
Diese Frage überrumpelte mich allerdings ein wenig.
»Nein, ich denke, eher nicht«, antwortete ich und hatte plötzlich die Vision eines Kochkurses, bei dem Gaston den Kochlöffel schwang und über gute Ernährung philosophierte. »Unsere Pension bietet lediglich Frühstück an, und dabei soll es auch bleiben.«
»Aber was ist mit Picknick?«, ereiferte sich Gaston, nun voll in seinem Element. »Die Leute bekommen Hunger, wenn sie stundenlang Fahrrad fahren oder spazieren gehen. Und soweit ich weiß, gibt es im Alten Land außer den vielen Cafés kaum Gutes zu essen, wenn man mit den Drei-Meilen-Stiefeln unterwegs ist.«

Ich musste grinsen, weil Gaston den Begriff der Sieben-Meilen-Stiefel mit der Einteilung der Region in drei Meilen in einen Topf warf. Doch was er sagte, stimmte.
Wie oft hatten Gäste schon gefragt, ob sie sich in der Küche eine Dosensuppe erwärmen konnten oder ob es einen Pizza-Bringdienst gab. Oder sie schmierten sich für ihre Radtouren ein Brötchen vom Frühstücksbüfett.
»Ich sehe schon, ihr beide seid beschäftigt«, sagte Alexander belustigt. »Dann lasse ich euch mal alleine, denn ich muss noch was im Büro zusammenpacken. Kommst du bitte gleich zu mir, wenn du hier fertig bist, Leonie?«
Ich nickte zerstreut, denn es rotierte in meinem Kopf.
Ich dachte an das leckere Essen, das Nina, Stella und ich gestern Abend genossen hatten, und daran, dass Gastons Vorschlag wirklich Charme hatte: Picknick unter Apfelbäumen … wie romantisch.
»Sie haben nicht zufällig Lust, bei mir anzufangen?«, fragte ich Gaston, wenn auch mit einem Augenzwinkern. Er riss die Augen weit auf, so dass ich Angst hatte, eine seiner Kontaktlinsen könnte herausfallen. Es wäre schließlich nicht das erste Mal, dass wir im Salat, in einem Eintopf oder einer Suppe nach einer Linse suchen mussten.
»Meinen Sie das wirklich ernst?«, fragte er, und einen Moment lang schien ihm die Idee zu gefallen. Doch letztendlich musste er Geld verdienen, um sich den Traum von der eigenen Brasserie erfüllen zu können. Einen Hochkaräter wie ihn konnte ich mir nicht leisten.
Aber vielleicht konnte ich ihn für ein Seminar oder einen Workshop engagieren?!
»Man wird ja wohl mal träumen dürfen«, antwortete ich di-

plomatisch. »Doch eventuell melde ich mich bei Ihnen, wenn ich mit dem Umbau fertig bin.«

Mit einem Schlag wurde mir klar, dass ich mich entschieden hatte.

Ja, ich würde diesen Schritt wagen.

Nicht zuletzt war ich motiviert durch die ermutigende Reaktion meiner besten Freundinnen. Wir hatten noch bis tief in die Nacht zusammengesessen, auch weil wir wussten, dass es künftig wohl nicht mehr so viele Treffen in der Villa geben würde. Sowohl Nina als auch Stella hatten wieder und wieder betont, dass ich diese einmalige Möglichkeit, mir etwas Eigenes aufzubauen, nicht entgehen lassen sollte.

»Machen Sie das«, antwortete Gaston zufrieden lächelnd. »Aber nun raus hier, ich komme schon alleine klar. Alexander wartet auf Sie.«

Ich nahm mir ein Glas Traubensaft und ging ins Büro nebenan, das nun furchtbar karg wirkte, weil bereits fast alle Möbel auseinandergenommen und das meiste in Kisten verstaut war.

»Morgen kommen die Möbelpacker«, erklärte Alexander und beschriftete einen Karton mit schwarzem Edding.

»Und als Nächstes die Abrissbirne«, sagte ich seufzend und strich über die Tischplatte seines Schreibtisches, dem letzten noch intakten Möbelstück im Büro. »Ist schon irre, wie schnell das auf einmal alles geht.«

»Ja, das stimmt«, pflichtete Alexander mir bei. »Und obwohl ich mich auf das Schreiben freue, lässt mich das alles hier natürlich nicht kalt. Immerhin war das La Lune lange Zeit ein fester Bestandteil meines Lebens.«

Wehmut befiel mich, und es kam mir so vor, als hätte ich

erst gestern zum ersten Mal das Restaurant betreten und mich als Leiterin beworben.
Hier hatte ich viel über Gastronomie, Personalwesen und das Leben allgemein gelernt.
Hier hatte ich mit liebenswerten Kollegen zusammengearbeitet.
Und Thomas Regner wiedergetroffen.
Wie es ihm jetzt wohl ging?
Ob er noch ab und zu an mich dachte?
»Übrigens großartig, dass Nina und du euch wieder annähert«, sagte ich, um zu verhindern, dass wir beide noch trübsinnig wurden. »Bin gespannt, wie ihr das mit dem getrennten Zusammenleben löst. Diese Erfahrung wäre für Nina bestimmt eine Bereicherung.«
»Und für mich auch«, erwiderte Alexander lächelnd. »Danke, dass du immer an unsere Liebe geglaubt hast, selbst in finstersten Zeiten. Es ist ein Segen, dass ihr Nina ermutigt habt, sich endlich mit ihrem Vater auseinanderzusetzen. Da wird zwar noch einiges aufzuarbeiten sein, aber ich denke, diese Begegnung war wirklich wichtig für sie.«
»Schon gut, nichts zu danken«, wiegelte ich ab. »Wir wollen einfach, dass ihr zusammenbleibt. So, jetzt lass uns besprechen, was noch zu erledigen ist.«
Binnen Sekunden war jede Form von Gefühlsduselei vom Tisch gewischt, und es galt, nun auch einen formalen Schlussstrich unter meine Zeit im La Lune zu ziehen. Ich übergab Alexander alle Unterlagen für die Buchhaltung und andere wichtige Ordner sowie die Personalakten und Speisekarten der vergangenen Jahre.
Kaum waren wir fertig, rief Markus an.

»Und, alles klar in Hamburg?«, wollte er wissen, und ich ging in mein früheres Büro, um ungestört zu telefonieren.
»Ja«, antwortete ich. »Ich bin gerade dabei, im Restaurant alles abzuwickeln, bevor wir endgültig schließen. Danach beginnt unsere Abschlussparty. Und du?«
»Abgesehen davon, dass im Elbherz gerade wieder tote Hose ist, kann ich nicht klagen. Wann bist du denn wieder im Alten Land? Wir wollten doch zusammen ins Café Elfriede.«
»Ich denke, spätestens in zwei oder drei Tagen. Da ich mich entschieden habe, die Pension zu übernehmen, gibt es eine Menge zu tun. Also fange ich am besten gleich damit an.«
»Du kehrst also in deine alte Heimat zurück und fängst wie ich noch einmal ganz von vorne an. Gratuliere zu diesem Entschluss«, entgegnete Markus und klang ehrlich erfreut. »Das sollten wir unbedingt feiern.«
»Ja, das sollten wir«, antwortete ich und spürte, wie sich abermals ein wohlig warmes Gefühl in meinem Bauch ausbreitete.
Ich konnte es nicht mehr leugnen: Markus hatte es mir schwer angetan, und ich war beglückt, ihn im Alten Land zu wissen, wo auch ich künftig leben und arbeiten würde.
Doch bevor ich mich irgendwelchen Träumereien hingeben konnte, musste ich auflegen.
Es war Zeit.
In fünf Minuten begann das Abschiedsessen.
Und danach ein neuer Abschnitt in meinem Leben.

35

Samstagmittag fuhr ich erneut nach Buxtehude und wurde dort am Bahnsteig von meinem Vater abgeholt.

»Hast du dieses ganze Hin und Her nicht langsam satt?«, fragte er, als wir zum Auto gingen.

»Allmählich wird's in der Tat ein bisschen stressig, das gebe ich zu«, sagte ich. »Und ich bin sehr froh, dass Stella und Nina sich so fürsorglich um die Katzen und meine Post kümmern, sonst hätte das alles gar nicht hingehauen.«

»Willst du Paul und Paula eigentlich mitnehmen?«, fragte er, und mir fuhr der Schreck in die Glieder.

Oje, das hatte ich völlig ausgeblendet. Katzen mochten örtliche Veränderungen nicht, und schon gar nicht in diesem hohen Alter.

»Weiß ich noch nicht. Ich habe sowieso bereits das Gefühl, dass mir der Schädel platzt. Ich schreibe tausend Post-it-Zettel und verteile sie in der ganzen Wohnung, und jede Menge To-do-Listen.«

»Ja, verstehe«, sagte mein Vater lachend. »Du bist einer der am besten organisierten Menschen, die ich kenne.«

Ich bemerkte, dass er weitaus besser aussah als in den vergangenen Wochen. Er war beim Friseur gewesen, war leicht gebräunt und sogar etwas schlanker geworden. »Was glaubst du, weshalb wir das Haus und den Hofladen an dich übergeben wollen? Hab ich dir eigentlich schon gesagt, wie sehr wir uns darüber freuen, dass du zugestimmt hast?«

»Ungefähr eine Million Mal«, antwortete ich.

Erstaunlich, er hatte *wir* innerhalb eines Satzes gleich zweimal benutzt. Waren meine Eltern etwa dabei, sich zu versöhnen? »Ich find's gut, Nina und Stella finden es gut – und ihr auch. Also muss es wohl die richtige Entscheidung sein.«

»Was macht denn eigentlich der Verkauf der Villa? Ist bestimmt leichter, wenn jetzt sogar bald zwei Wohnungen unvermietet sind. Nina ist doch die Einzige, die noch bleiben möchte, nicht wahr?«

Auch die Frage nach der Villa verursachte ein leises Ziehen in meinem Bauch. Denn Nina spielte gerade die Rolle des Kapitäns, der sich, während das Schiff sank, an die Reling klammert, in der Hoffnung, das Ruder doch noch herumreißen zu können. Ich schämte mich sofort für diesen Vergleich. Dennoch wäre mir wohler gewesen, wenn wenigstens Nina und Alexander zusammenziehen würden.

»Stella versucht immer noch, jemanden zu finden, der sie weiter dort wohnen lässt«, erklärte ich. »Ich bin aber ziemlich skeptisch. Wir haben monatlich recht wenig gezahlt, und eine Mieterhöhung zum üblichen Hamburger Marktpreis kann Nina sich nicht leisten. Trotzdem hoffen wir immer noch, dass ein Wunder geschieht.«

Während der Fahrt plauderten wir über die Feier im La Lune und den Abschied von Alexander, der ins Elsass zu-

rückgefahren war, um seinen kulinarischen Reiseführer zu schreiben.
Nina würde ihn für drei Wochen besuchen, denn ihre Chefin hatte ihr Urlaub gewährt. Stella und ich hofften, dass sie und Alexander sich fernab der Probleme in Hamburg wieder zusammenraufen würden.
Doch da war noch etwas anderes, das ich unbedingt wissen musste: »Was ist eigentlich aus Elsa Martin geworden? Ist sie in eine andere Pension gezogen, oder hat sie ihre Recherchen beendet?«
Mein Vater drückte auf die Hupe, weil von rechts ein Mähdrescher zu weit auf unsere Fahrspur drängte.
»Sie ist abgereist, nachdem ich ihr unmissverständlich klargemacht habe, dass bei mir nichts zu holen ist«, antwortete er und schaute konzentriert auf die Straße. Unvermittelt musste ich lächeln. Es war alles gesagt, ich würde nicht weiter nachbohren. Elsa Martin war verschwunden und brauchte sich meinetwegen nie wieder in unserer Gegend blicken zu lassen.
Als wir vor dem Haus hielten, sagte mein Vater: »Als Nächstes müssen wir dir ein Auto kaufen. Ich habe nämlich weder Zeit noch Lust, ständig deinen Chauffeur zu spielen. Henning hat angeboten, dir über einen Freund einen günstigen gebrauchten Golf zu besorgen, der noch gut in Schuss ist. Vorausgesetzt, du findest das nicht spießig.«
Henning, soso. Würde mein Vater denn nie aufgeben?
»Der einzige Einwand, den ich habe, ist, dass ich auf gar keinen Fall das Auto geschenkt haben will«, erwiderte ich. »Schließlich bin ich kein kleines Kind mehr und habe zudem etwas gespart. Ich werde Henning anrufen und fragen, wann

ich mir den Golf anschauen kann. Aber sag mal, wo ist eigentlich Mama?«

Ich hatte erwartet, dass sie mich an der Haustür empfangen würde.

»Die ist heute schon den ganzen Tag im Garten, weil der Hagel neulich leider einigen Schaden angerichtet hat. Außerdem hat sie den Blattläusen und den Ameisen den Kampf angesagt, die seit neuestem im Hausflur herumspazieren. Sie will ihnen mit Lavendel und Essigwasser zu Leibe rücken, weil diese Jacqueline ihr das angeblich empfohlen hat. Ich würde ja an ihrer Stelle den Kammerjäger kommen lassen. Wie sie die Rosen vor den gefräßigen Läusen retten will, musst du sie allerdings selbst fragen.«

Ich wusste, dass man in Südfrankreich Säckchen mit getrocknetem Lavendel verteilte, um sich vor giftigen Skorpionen zu schützen.

»Dann schaue ich mal, ob sie im Garten ist«, antwortete ich und stieg aus dem Auto. »Oder brauchst du mich gerade?«

»Nein«, sagte mein Vater. »Ich muss gleich noch für ein oder zwei Stündchen ins Büro. Nur dass ihr Bescheid wisst, falls ihr mich sucht. Bis später, mein Schatz.«

Meine Mutter schnitt gerade mit der Rosenschere verblühte Blütenköpfe und vertrocknete Stiele ab, als ich das Gartentörchen öffnete. Sie war so sehr in ihre Arbeit vertieft, dass sie mich nicht kommen hörte.

»Meine Güte, hab ich mich verjagt«, sagte sie erschrocken und nahm mich in den Arm.

Ihre Haut und ihre Haare dufteten nach Erde, Sommer und Johannisbeeren. Ich schaute mich im Garten um, der trotz des Hagels zu voller Schönheit erblüht war.

Es hatte genug Regen gegeben, aber auch Sonne im Überfluss. Eine kleine Entschädigung für den vergangenen langen, kalten Winter.

»Rosenmonat Juni«, murmelte ich und schaute versonnen auf die violetten Stockrosen, deren Blütenköpfe majestätisch in den Himmel ragten und die aussahen wie kleine Trompeten. »Obwohl diese Malven ja streng genommen gar keine echten Rosen sind, wie ich von Nina gelernt habe. Sehen aber trotzdem wunderschön aus. Und werden irre hoch.«

Meine Mutter nickte stolz.

An den Spalieren und in den Terrakotta-Töpfen wuchsen hingegen echte Rosen.

Es gab so vieles zu bestaunen: Die gelben Mädchenaugen wirkten wie ein Magnet auf Bienen und Schmetterlinge, die sie umschwirrten wie Verehrer, die um die Gunst ihrer Liebsten buhlten. In den Beeten eiferten weißer und purpurfarbener Sonnenhut mit lilafarbenen Kugeldisteln, Löwenmäulchen, Dahlien, glockenförmiger Clematis und roséfarbenen Tellerhortensien um die Wette.

»Ja, dieser Garten ist ein Traum«, seufzte meine Mutter. »Komm, setz dich, lass uns einen Moment die Sonne genießen, bevor sie hinter dem nächsten Wolkenband verschwindet.«

Sie dirigierte mich zu einem kleinen runden Tisch aus Eisen, der unter dem einzigen knorrigen Apfelbaum stand. Vier Stühle mit gedrechselten Beinen und hellblau-weiß karierten Kissen waren darum gruppiert. Auf den Tisch hatte meine Mutter einen Krug aus weißer Emaille gestellt, die an einigen Stellen bereits abgeplatzt war.

Darin steckte ein Strauß Bauernrosen. Ihre Köpfe waren so groß, dass ich befürchtete, er könnte umkippen.
Einträchtig schweigend saßen wir da und blinzelten in die Sonne. Ein Marienkäfer flog auf meinen Arm und spazierte gemächlich darauf herum.
»Wusstest du, dass die Bauern früher geglaubt haben, dass Marienkäfer ein Geschenk der Heiligen Jungfrau Maria sind?«, fragte meine Mutter, und ich schüttelte den Kopf.
Gleichzeitig versuchte ich stillzuhalten, um den fröhlich krabbelnden Käfer nicht zu stören. Diese possierlichen Tierchen waren bei den Menschen beliebt, weil sie zum einen als Symbol für Glück galten und zum anderen Schädlingen wie Blattläusen oder Spinnenmilben den Garaus machten.
»Die Provenzalen gehen in ihrem Glauben sogar so weit zu denken, dass ein Mann kurz vor einer Heirat steht, wenn ein Käfer auf ihm landet. Die Provenzalinnen wiederum versuchen das Schicksal zu beschleunigen, indem sie sich einen Marienkäfer auf den Zeigefinger setzen und die Sekunden zählen, bis er davonfliegt. Jede Sekunde, die vergeht, bedeutet ein Jahr Wartezeit, bis die Hochzeit stattfindet.«
Genau in diesem Moment breitete der Käfer seine Flügelchen aus und flog davon.
»Beeindruckend, was du so alles weißt«, sagte ich und musste lächeln, weil ich mir vorstellte, wie im Sommer Tausende von Provenzalinnen herumliefen und Marienkäfer einfingen. »Hat dir das Jacqueline erzählt? Wie geht's ihr eigentlich? Und wann fährst du wieder nach Südfrankreich?«
»Jacqueline geht es bestens. Sie hat gerade eine überaus kreative Phase und viele Schüler. Sie liebt es ja, zu unterrichten und unter Menschen zu sein. Und viele Frauen

kommen zu ihren Malkursen. Malen entspannt, ist Balsam für die Seele und eine wunderschöne Möglichkeit, sich auszudrücken. Und Jacqueline ist eine wirklich gute Lehrerin.«
Auf einmal blitzte ein Bild vor meinem inneren Auge auf: Frauen standen an einer Staffelei und verewigten die Blütenpracht in unserem Garten, und Jacqueline ging von einer Schülerin zur nächsten, lobte und gab Ratschläge, während Gaston in der Küche laut summend Quiche für ein Picknick zubereitete.
Aus irgendeinem Grund sah ich immer nur Frauen vor mir, wenn ich an die künftigen Gäste meiner Pension dachte.
»Vielleicht verlässt sie sogar demnächst mal ihr Paradies, um mich zu besuchen. Solange wir kein Haus gefunden und der Umbau hier noch nicht angefangen hat, möchte ich ungern fort von hier. Außerdem wäre es nicht fair dir und deinem Vater gegenüber.«
Das Wort *Paradies* hallte in mir nach und vermischte sich mit den Bildern von Gaston und Jacqueline.
Ja, das war's! Ich würde die Pension *Apfelparadies* nennen, ausschließlich an weibliche Gäste vermieten und Mal-, Koch- und Backkurse anbieten. Vielleicht konnten wir ja sogar eine Sauna einbauen, um auch in der kalten Jahreszeit Pensionsgäste hierherzulocken. Beim Gedanken an den Winter fiel mir Markus' Elbherz ein: Wie wollte er eigentlich den Elb-Kiosk in dieser Zeit am Laufen halten?
Doch das würde ich sicherlich heute Abend erfahren. Ich hatte mich nämlich mit ihm verabredet.
»Wie findest du *Apfelparadies* als neuen Namen für die Pension?«, fragte ich und schaute meine Mutter gespannt an. »Oder ist das zu abgenudelt?«

Sie überlegte einen Moment, bevor sie antwortete.
»Nein, warum nicht. Wir haben es hier doch paradiesisch, und alle Welt kommt hauptsächlich wegen der Äpfel ins Alte Land.«
Ermutigt erzählte ich ihr von all den anderen Ideen, die mir im Laufe der Woche gekommen waren.
Meine Mutter hörte ruhig und aufmerksam zu, nickte hin und wieder und schaute immer wieder in die Ferne, ein Zeichen dafür, dass sie sich alles bildlich vorstellte.
»Im Grunde ist das eine Variante des Single-Reisen-Konzepts, das du mal für Traumreisen und Thomas Regner entwickelt hast«, sagte sie. »Ich fand dein Vorhaben damals schon interessant. Und es passt sehr gut hierher. Das Geld für den Einbau der Sauna sollten wir jedenfalls investieren. Dann kann ich endlich hier saunieren und muss nicht extra nach Stade oder Buxtehude fahren.«
»Nina und Stella werden bestimmt Dauergäste«, sagte ich. Beide verabscheuten es, mit wildfremden Männern in einer überfüllten Sauna zu sitzen. Insbesondere Nina echauffierte sich darüber, wie sie sich laut stöhnend den Schweiß vom Körper klatschten.
»Und Jacqueline würde den Gästen das Malen beibringen. Wegen der Kochkurse könntest du mit den Landfrauen sprechen. Und Handarbeiten ist doch so in. Die eine oder andere würde sich in den Wintermonaten bestimmt gern mit so etwas beschäftigen.«
»Ich sehe schon, es mangelt weniger an Ideen als an der Zeit für die Umsetzung. Am besten mache ich einen Schritt nach dem anderen«, antwortete ich und kramte in der Handtasche nach meinem Notizbuch.

Ich musste alles sogleich aufschreiben, bevor ich vor lauter neuen Einfällen die alten vergaß.
Je länger ich darüber nachdachte, desto deutlicher spürte ich: Ich war endlich auf dem richtigen Weg.
Ein wundervolles Gefühl!

36

Mein Gott, ist das schön. Wieso war ich hier noch nie?«, fragte ich, als Markus und ich wenige Stunden später auf dem kleinen Parkplatz vor dem Hofcafé Elfriede ankamen.

Bevor Markus mich mit dem Rad abgeholt hatte, war ich nervös in meinem Zimmer auf und ab gegangen, hatte im Bad alle fünf Minuten mein Aussehen überprüft und mich dreimal umgezogen, bis ich halbwegs zufrieden mit mir war.

»Vielleicht damit auch ich dir ein Stückchen deiner Heimat zeigen kann«, sagte Markus belustigt, während wir unsere Räder abschlossen.

Ich hatte zwar schon in der Zeitung von diesem Café gelesen, es aber noch nie hierher geschafft, obwohl Mittelnkirchen in der Nähe von Steinkirchen lag. »Schau mal, die beiden Sprüche da oben.«

Meine Augen folgten Markus' Handbewegung – er hatte ausgesprochen schöne Hände. Jemand, vermutlich die Besitzer des Hofcafés, hatten zwei Holzbretter mit weißer Farbe beschriftet und sie an Seilen in die Bäume vor dem Eingang gehängt.

Auf dem einen stand *Genieße den Augenblick,* auf dem anderen *Alles fließt!*.
»Inspirierend«, bemerkte ich und betrachtete den Hof und die angrenzenden Weiden. Dieses idyllische Fleckchen Erde war der perfekte Ort für ein romantisches Rendezvous.
Aber, halt! Hatte ich wirklich ein Date – oder trafen wir uns einfach, weil wir uns sympathisch waren? Natürlich war Markus mir weit mehr als nur das.
Doch ging es ihm umgekehrt genauso?
Am besten blieb ich cool und ließ mich nicht von der traumhaften Szenerie zu einer übersteigerten Fantasie verführen.
Unweit von der Terrasse des Cafés stand eine alte Pferdekutsche, dahinter grasten Pferde und schnaubten, als wir uns der Koppel näherten.
Auf dem Boden vor mir standen locker verteilt Tongefäße mit Ästen, an denen handgetöpferte Kännchen und Tassen baumelten, die sofort das Bedürfnis weckten, sie zu kaufen. In übereinandergestapelten Holzkisten waren Gläser mit eingemachten Früchten aufgereiht, dekoriert mit hübschen Schleifen und selbstgemachten Etiketten.
Jedes noch so kleine Detail verriet die Handschrift von jemandem, der diese Region liebte und Sinn für Schönheit besaß. Markus hatte mit dem Café voll ins Schwarze getroffen!
Mein Blick wanderte zu dem rotgeklinkerten Bau, den man durch eine dunkelgrüne Klönschnacktür betrat. Davor wurden Äpfel, Birnen und Kirschen in Obstkisten zum Verkauf angeboten. Ich nahm mein Smartphone und schoss Bilder.
»Inspiration für euren Hofladen?«, fragte Markus, der ge-

fährlich dicht hinter mir stand, so dass ich sein Aftershave riechen konnte. Er führte mich zu einem hübsch gedeckten Tisch auf der mit Kopfstein gepflasterten Terrasse.

»Schuldig im Sinne der Anklage«, antwortete ich und betrachtete verzückt den Tisch. Auf dem frisch gestärkten Leinentuch stand ein mit Wasser gefülltes Einmachglas. Der Rand war mit Bast umwickelt, an dem Zierkirschen hingen. Beides erinnerte mich ein wenig an das Elbherz.

»Und hast du dich bezüglich eurer Tischdeko hier inspirieren lassen?«, gab ich zurück.

»Bekenne mich ebenfalls schuldig«, sagte Markus und reichte mir die Speisekarte, die mit Steinen beschwert war, damit sie nicht im Sommerwind davonflog.

Unvermittelt fielen mir die Öffnungszeiten ins Auge: Samstag & Sonntag von 11–18 Uhr. Mittwochs bis freitags 13–18 Uhr.

Doch es war halb sieben.

»Ich fürchte, wir müssen woanders essen«, sagte ich bedauernd und zeigte Markus die Karte. Doch er schien unbeeindruckt, stand auf und ging ins Café, wo ihn eine sympathische und äußerst attraktive Frau begrüßte.

Sie umarmte ihn herzlich wie eine alte Freundin.

Dann begleitete sie Markus nach draußen. Verwirrt überlegte ich, in welcher Beziehung sie zu ihm stand. Sie schenkte Markus ein so einladendes Lächeln, dass mir kurz die Luft wegblieb.

So hatte ich mir den Abend wahrhaftig nicht vorgestellt.

»Darf ich bekannt machen: Das ist Henriette, die Besitzerin des Cafés. Henriette beliefert meinen Cateringservice seit langer Zeit mit ihren regionalen Bio-Produkten«, erklärte

Markus, »Henriette, das ist Leonie Rohlfs, eine liebe Bekannte aus Steinkirchen.«
Meine Lippen formten mechanisch den Satz: »Hallo, freut mich«, während ich innerlich beinahe explodierte und am liebsten »Halt, stopp, der gehört mir« gerufen hätte.
Die Bezeichnung *liebe Bekannte* machte die Situation nicht unbedingt besser.
Markus war stets so charmant und verbindlich, dass mir nicht klar war, welche Rolle ich in seinem Leben spielte.
»Henriette macht netterweise für uns eine Ausnahme und öffnet länger«, sagte Markus, während in mir ein emotionaler Sturm tobte, den ich unbedingt unter Kontrolle bringen musste.
»Entscheidet in Ruhe, was ihr essen wollt. Soll ich euch schon etwas zu trinken bringen?«, fragte Henriette ebenso gleichmütig wie Markus. Nachdem wir zwei Saftschorlen bestellt hatten, gewann mein Realitätssinn wieder Oberhand.
Wie hätte Markus mich denn vorstellen sollen?
Als Frau seiner Träume?
Als seine neue Freundin?
Ich sah Nina im Geist die Hände über den Kopf zusammenschlagen.
Wie oft hatte sie mich schon wegen meiner übersteigerten und romantischen Vorstellungen aufgezogen. Deshalb konzentrierte ich mich jetzt auf das Speisenangebot und strengte mich an, nicht daran zu denken, wie eifersüchtig ich auf Henriette reagiert hatte.
»Weißt du schon, was du möchtest?«, fragte Markus und schaute mich an. Eine Sekunde lang verspürte ich den Im-

puls, aufzuspringen und ihn einfach zu küssen, damit endlich mal Bewegung in die Dinge kam.
Während wir aßen, konnte ich meine Gefühle für Markus nicht mehr leugnen. Ich war hin und weg.
Wie er am Tisch saß. Gleichzeitig aufrecht und doch lässig. Wie er aß. Langsam und genüsslich, bedächtig kauend. Nicht viele Männer nahmen sich die Zeit, ein gutes Essen zu zelebrieren.
Außerdem stellte Markus viele Fragen, machte mich auf dieses und jenes aufmerksam, als wäre ich für ihn der Fixpunkt seines persönlichen Universums.
Ich berichtete gerade von dem geplanten Einbau der Sauna im Keller unseres Hauses, als mir wieder einfiel, was mich schon länger beschäftigte. Also unterbrach ich mich selbst und fragte: »Hast du eigentlich darüber nachgedacht, was du in den Wintermonaten mit dem Elbherz machen wirst?«
Insgeheim befürchtete ich, dass Markus spätestens nach dem Ende der Apfelernte feststellen würde, dass sein Kiosk-Café nur in der Hochsaison lief.
»Schließen«, lautete seine Antwort.
Also doch!
Markus würde zurück nach München gehen.
Sofort schnürte sich meine Kehle zu, und ich hatte Mühe, zu schlucken. »Schließen … und die Wintermonate hier genießen«, fuhr er fort. »Vielleicht ab und zu mal verreisen, eventuell etwas Neues lernen. Anfang April öffne ich die Pforten dann wieder. Oder ich lasse mir, ähnlich wie du, etwas für die Nebensaison einfallen. Aber das stelle ich mir schwierig vor, weil das Elbherz etwas abseits liegt.«
Erleichterung überkam mich.

Markus hatte also gar nicht vor, wieder zu verschwinden.
»Aber wie finanzierst du das, wenn diese Frage nicht zu indiskret ist?«
»Keine Sorge, ist es nicht. Ich habe dir doch erzählt, dass ich zusammen mit einem Freund ein erfolgreiches Cateringunternehmen habe. Wenn ich nicht mein ganzes Kapital ins Elbherz buttern muss und keine besonders großen Kapriolen schlage, müsste ich zurechtkommen. Ich zahle hier zum Glück nicht viel.«
»Wo wohnst du eigentlich?«
»Fürs Erste zur Miete bei einer sehr netten alten Dame in einem Fachwerkhaus am Rande von Jork«, antwortete Markus. »Und mit alt meine ich auch alt. Das Haus ist ziemlich sanierungsbedürftig, aber wunderschön. Vor allem der dahinterliegende Garten ist ein echtes Kleinod, um das sich nur leider niemand kümmert, weil die arme Martha Heinrich Arthrose hat und sich kaum noch rühren kann. Bedauerlicherweise hat sie weder Kinder noch Enkel, die ihr helfen können. Also lege ich ab und zu mit Hand an. Ich würde dich ja gern mal zu mir einladen, aber ich weiß nicht, ob Martha das so schicklich findet. Soweit ich weiß, gab es keinen Mann mehr in ihrem Leben, seit sie im Krieg ihren Hermann verloren hat.«
Er schaute so schelmisch drein, dass ich mir nicht sicher war, ob er mich auf den Arm nahm. Doch dann dachte ich: keinen Mann, keine Kinder, keine Enkel.
Für allein lebende, ältere Menschen war das Leben hier kein Zuckerschlecken. Vor allem, wenn sie zu schwach waren, um einzukaufen oder zum Arzt zu gehen.
Ob ich auch mal so enden würde?

Ich bemühte mich, den deprimierenden Gedanken abzuschütteln und mich auf die Gegenwart zu konzentrieren. Direkt über Markus' Kopf baumelte das Brett mit dem Satz *Genieße,* den ich als echte Aufforderung verstand.

»Dann werde ich dich nicht in Verlegenheit bringen«, sagte ich und schenkte Markus ein schiefes Lächeln. Doch mein Versuch, Leichtigkeit vorzutäuschen, schlug fehl.

»Was ist los? Du siehst auf einmal so betrübt aus«, fragte Markus und griff über den Tisch nach meiner Hand.

Diese liebevolle Geste überraschte mich vollkommen, so dass ich eine Sekunde lang nicht mehr wusste, wo oben und wo unten war. Was sollte ich antworten?

Dass ich Angst hatte, eines Tages so zu enden wie diese Martha Heinrich? Einsam, alt und gebrechlich.

Ohne Kinder.

»Ich kenne die alte Dame zwar nicht, aber es gibt hier viele wie sie«, erwiderte ich. »Und es ist so traurig, sie leben allein in großen, alten Häusern, die nach und nach verfallen. Natürlich könnten sie verkaufen und ins Altersheim gehen, aber viele kennen nur diese Gegend, weil sie Tag und Nacht auf den Höfen geschuftet haben, um sich und ihre Familien zu ernähren. Und alte Bäume verpflanzt man nun mal nicht so einfach.«

Markus' Miene wurde ernst, der Griff um meine Hand ein wenig fester, eine Berührung, die mir ein unerklärliches Gefühl von Sicherheit gab. Plötzlich sah Markus aus, als wäre er ganz weit weg.

Wir schwiegen, bis schließlich Henriette die Stille durchbrach, weil sie wissen wollte, ob wir noch Appetit auf ein Dessert hatten.

»Wir haben übrigens vegane Kuchen und Nachspeisen«, sagte sie und schaute uns erwartungsvoll an.
»Ich fürchte, ich muss passen«, entgegnete ich, wohingegen Markus sich für ein Stück Mohnkuchen mit Himbeeren begeisterte. Dafür, dass er so gern aß, war er erstaunlich schlank. Ob er Sport trieb?
Nachdem Henriette gegangen war, um den Kuchen und zwei Espressi für uns zu holen, bestaunten wir den Abendhimmel, der sich zartrosa färbte und sich wie ein seidiges Tuch über uns spannte.
Ein unvergleichliches Schauspiel, das die Natur uns bot. Ja, das Leben war zu kurz, um einen solchen Moment durch Zukunftsängste zu ersticken. Man musste dem Glück Raum geben, sich zu entfalten, sich tief in der Seele einzunisten, damit man für unvorhergesehene Widrigkeiten gewappnet war.
»Feiert man im Alten Land eigentlich die Sommersonnenwende beziehungsweise den Johannistag?«, fragte Markus unvermittelt. »In einer Woche ist nämlich der dreiundzwanzigste Juni, wie ich heute beim Blick auf Marthas Bauernkalender festgestellt habe. Bald werden die Tage wieder kürzer. Rhabarber und Spargel sind bis dahin abgeerntet …«
»… und man kann schon mal drüber nachdenken, wem man was zu Weihnachten schenkt«, witzelte ich, um die melancholische Stimmung zu überspielen.
Bitter und süß lagen häufig dicht beieinander. »Nein, im Ernst. Wir feiern diesen Tag nicht, aber er hat natürlich eine große Bedeutung für die Bauern und die Landwirtschaft. In den Obstanbaugebieten treiben die Laubhölzer neu aus und müssen zum zweiten Mal geschnitten werden. Außerdem

leitet die Sommersonnenwende mit dem Ende der Schafskälte die Erntesaison ein. Und wie ist, pardon, war das bei euch in Bayern? Da entzündet man doch auf den Bergen Johannisfeuer, oder bin ich da auf dem falschen Dampfer?«
Markus grinste. »Berge und Dampfer, welch eine ulkige Kombination. Nein, du hast schon recht. Die Bergbewohner zünden die Johannisfeuer an und werfen eine Strohpuppe ins Feuer, um Dämonen, Krankheiten, aber auch Hagel abzuwehren, die die Ernte schädigen könnten. Das nennt man, warum auch immer, Hanslverbrennen. Hat ein wenig Ähnlichkeit mit dem Biikebrennen auf den nordfriesischen Inseln, wo ich auch immer schon mal hinwollte.«
»Dafür hast du ja genug Zeit, wenn das Elbherz geschlossen hat«, sagte ich und dachte an den herrlichen Ausflug, den Stella, Nina und ich einmal nach Föhr gemacht hatten.
»Das stimmt allerdings. Aber bis dahin ist es ja noch ein Weilchen hin«, meinte Markus.
Mittlerweile war es fast dunkel.
Das zarte Himmelsrosa hatte sich zunächst in ein kräftiges Purpur verwandelt und war schließlich mit dem Nachthimmel verschmolzen. Auf dem Tisch tanzten die Flammen zweier Teelichter miteinander, und ich wäre am liebsten ganz nahe an Markus herangerückt. Doch wie sollte ich das anstellen? So mutig, ihn einfach zu küssen, war ich dann leider doch nicht. Schließlich wusste ich immer noch nicht, ob ich Markus einfach nur sympathisch war – oder er mich auch als Frau reizvoll fand, obwohl er meine Hand vorhin eine Spur länger als nötig gehalten hatte.
»Wie sieht's aus, Leonie? Wollen wir den Johannisabend zusammen verbringen, oder musst du wieder zurück nach

Hamburg?« Markus schaute mir tief in die Augen, und ich glaubte, seinem Blick nicht länger standhalten zu können.
»Nein, muss ich nicht. Und ja, sehr gern«, antwortete ich erfreut. Dieser Vorschlag klang so unglaublich romantisch. »Aber wie stellst du dir das vor? Wollen wir irgendwo einen Stoß Holz abfackeln und ums Feuer herumspringen, um die bösen Geister zu vertreiben?« Herumalbern half, dadurch war ich meinen Gefühlen nicht komplett ausgeliefert.
»Wenn du das unbedingt möchtest, bitte«, gab Markus vergnügt zurück. »Ich dachte eigentlich an etwas anderes. Ich weiß zwar noch nicht genau, was, aber uns fällt bestimmt was Schönes ein.«
Erneut lag seine Hand auf meiner.
Auch wenn darüber hinaus nichts weiter passierte, als dass wir in den Abendhimmel schauten, versprach diese Geste etwas Verheißungsvolles.
Sommersonnenwende, Zeit der Veränderung.
Vielleicht würde sie uns Glück bringen.

37

Wie es schien, war auch für meine Eltern eine neue Zeitenwende angebrochen.

Während mein Vater am gestrigen Sonntag in seinem Boot auf der Lühe Richtung Elbe geschippert war, hatte meine Mutter alle Zeitungen nach Wohnungs- und Häuserannoncen durchforstet und war auf sämtliche Immobilienportale gegangen.

Gemeinsam mit ihr überlegte ich, welche Orte in Frage kamen und wie viele Zimmer die neue Wohnung meiner Eltern haben sollte.

»Was hältst du davon, wenn wir morgen zusammen nach Stade fahren und uns diese beiden Objekte anschauen?«, fragte sie, nachdem sie ihre Auswahl getroffen hatte. Mit der Aussicht auf ein Frühstück im Café im Goebenhaus am Stader Hansehafen musste sie mich nicht lange überreden.

Und so saßen wir nun an diesem Montagmorgen auf der Terrasse des Cafés, vor uns ein leckeres Schweden-Frühstück, und schauten auf den Fischmarkt und die historischen Fassaden, die die Altstadt zu einem Magneten für Be-

sucher machten. Der einzige Störfaktor waren die aufwendigen Sanierungsarbeiten an der Hudebrücke.
Leider hatte sich mein Vater geweigert, mit uns zu kommen. »Ich lasse mich nicht schon im Vorfeld kirre machen und schau mir den ganzen Kram erst an, wenn ich weiß, dass es sich auch lohnt«, hatte er geknurrt, bevor wir losgefahren waren. »Aber pass bitte auf Anke auf. Deine Mutter ist immer so leicht zu begeistern, nicht dass sie sich Unsinn aufquatschen lässt, den ich dann hinterher wieder ausbaden muss.«
Ich versprach ihm, sie in ihrer Euphorie zu bremsen. Sie würde nichts entscheiden, ohne ihn mit einzubeziehen.
Dann waren wir in die heimliche Hauptstadt des Alten Landes aufgebrochen.
Stade war ein beschauliches, hübsches Hansestädtchen, das am Wasser lag und in historischen Gebäuden zahlreiche Museen beherbergte. Das Herz der Stadt bildete der Hansehafen mit dem Fischmarkt und seinem Wahrzeichen, der Statue *Mutter Flint mit dem Stint,* welche die berühmte Stader Fischverkäuferin Margarethe Flint darstellte.
»Noch eine Stunde bis zur Besichtigung, ich bin schon ganz aufgeregt«, sagte meine Mutter und biss in ihr Lachsbrötchen.
»Hoffentlich ist das nicht noch so eine Bruchbude wie das erste Haus. Ist wirklich eine Frechheit, was manche Leute für eine Vorstellung davon haben, was sich verkaufen lässt.«
»Und wie gut sie mit Bildbearbeitungsprogrammen umgehen können«, stimmte ich zu, während mein Blick über den Fischmarkt schweifte. An diesem Platz standen einige der schönsten und prunkvollsten Gebäude der Region. Das

Bürgermeister-Hintze-Haus war zum Beispiel im Stil der Weser-Renaissance erbaut und stammte aus dem Jahr 1621. Touristen flanierten schnatternd an uns vorbei, machten zahllose Fotos und posierten für Selfies. Interessant, wie sich die Welt entwickelte: Neuerdings brauchte man noch nicht einmal jemanden, um ein Foto von sich zu machen, wenn man allein unterwegs war. »Ich fände es wirklich toll, wenn ihr hierherziehen würdet«, sagte ich. »Ich mag Stade.«
Tatsächlich konnte ich mir gut vorstellen, dass meine Eltern sich hier wohl fühlen würden. Die hübsche Kleinstadt war sehr grün, bot viele Einkaufsmöglichkeiten, es gab Ärzte und Apotheken, und man war mit dem Metronom oder der S-Bahn schnell in Hamburg.
»Wie läuft es denn eigentlich mit Papa und dir?«, fragte ich, nachdem wir zu Ende gegessen hatten. »Täuscht das oder versteht ihr euch wieder besser?« Meine Mutter schlief zwar immer noch im Gästezimmer, doch ich hatte nach meinem Treffen mit Markus am Samstagabend Stimmen und leises Lachen aus Papas Schlafzimmer gehört.
»Das verrate ich dir erst, wenn du mir erzählst, was es mit diesem Markus Brandtner auf sich hat. Wenn ich dich so anschaue, mit deinen rosigen Wangen und den strahlenden Augen, würde ich sagen, du bist verliebt.«
Auf einmal fühlte ich mich leicht wie eine Feder. Den ganzen gestrigen Tag hatte ich meine Gefühle für Markus analysiert und versucht, mir einzureden, dass es bloß die Sehnsucht nach Zweisamkeit war, die ihn für mich so anziehend machte.
»Was für ein Quatsch, dir so den Kopf zu zermartern«, hatte Stella gesagt. Ich hatte sie am frühen Nachmittag angerufen,

um mit ihr über mein Gefühlschaos zu reden. »Für mich klingt das so, als hättest du endlich den Mann getroffen, der zu dir passt und der dich glücklich machen kann. Und ihm scheint es ähnlich zu gehen, sonst würde er sich nicht ständig mit dir verabreden wollen.«

»Aber kann das wirklich sein?«, fragte ich zweifelnd. Ich wollte dem vermeintlichen Glück nicht recht trauen. »Läuft das nicht alles zu glatt?«

»Muss denn immer alles so kompliziert sein?«, meinte Nina, die ich kurz darauf im Elsass anrief. Stella hatte aufhören müssen, weil sie auf die Geburtstagsparty ihrer Mutter eingeladen war. »Freu dich doch, anstatt andauernd herumzugrübeln. Mach nicht denselben Fehler wie ich, sondern lass los. Wenn es schiefgehen soll, geht es eh schief. Warum also kostbare Zeit vergeuden?«

»Ja, ich glaube, ich bin verliebt«, sagte ich zu meiner Mutter, erstaunt, wie leicht mir dieser Satz über die Lippen kam. So lange hatte ich ihn nicht mehr ausgesprochen.

»Wie schön, mein Schäfchen, ich freue mich so für dich«, rief meine Mutter aus, sprang auf und umarmte mich so heftig, dass meine Kaffeetasse zu Boden fiel und zerbrach. Eine Kellnerin eilte herbei, um die Scherben aufzufegen und mir einen neuen Kaffee zu bringen. »Wann lernen wir ihn kennen?«

»Das dürfte noch dauern«, antwortete ich. »Ich weiß doch noch gar nicht, ob es ihm genauso geht. Und selbst wenn, möchte ich ihn nicht gleich mit einem Antrittsbesuch bei euch erschrecken.«

Oh, bekam sie das jetzt in den falschen Hals?!

Doch sie erwiderte unbeeindruckt: »Mach, was du für richtig hältst. Ich wollte nur, dass du weißt, wie sehr ich mich freue.«

Dann schaute sie auf die Uhr. »Wollen wir vor dem Besichtigungstermin noch in der Schaumburger Buchhandlung vorbeigehen? Ich möchte mir den neuen Paula-Modersohn-Becker-Kalender kaufen, bevor er vergriffen ist.«

»Das können wir gern machen, aber erst wenn du mir gesagt hast, wie es zwischen dir und Papa steht.«

»Ich dachte, ich hätte es geschafft, dich von diesem Thema abzulenken«, antwortete meine Mutter mit einem schiefen Lächeln. »Aber gut, ich hab's ja versprochen. Bei unserem Gespräch haben dein Vater und ich uns mächtig in die Haare gekriegt. Zuerst mussten wir heulen und dann lachen, weil so vieles auf den Tisch kam, über das wir jahrelang nicht geredet hatten. Das tat weh, war aber auch erleichternd.«

Mir diese hochemotionale Szene vorzustellen wollte mir nicht recht gelingen. Schließlich waren die beiden normalerweise so besonnen und stets darauf bedacht, gute Eltern für mich zu sein.

»Mir war überhaupt nicht klar, dass nicht nur ich Schwierigkeiten mit Jürgen hatte, sondern er umgekehrt auch mit mir«, fuhr meine Mutter fort. »Er hat darunter gelitten, dass ich mich immer mehr von ihm zurückgezogen und nur noch gelesen und Filme geguckt habe, anstatt mit ihm über meine Wünsche und Bedürfnisse zu sprechen.«

Genau das hatte mein Vater neulich zu mir gesagt: Sie hätte sich klarer äußern und auch einmal Streit in Kauf nehmen sollen. »Im Grunde fühlte er sich schon lange nicht mehr von mir geliebt, nicht mehr attraktiv, was natürlich eine

Steilvorlage für diese Elsa Martin war. Mir wiederum hat ihr Interesse an Jürgen die Augen geöffnet. Ich versuchte, ihn mit ihren Augen zu sehen, und habe gemerkt, dass noch viel von dem, was ich an ihm liebe, da ist. Nur habe ich das vor lauter Frustration darüber, dass mein Leben anders läuft, als ich es mir erträumt hatte, nicht mehr wahrgenommen. Dein Vater hat recht. Ich hätte mich mit ihm auseinandersetzen müssen, anstatt ihm die Schuld für alles zu geben, was mir fehlt.«

»Andererseits wärst du sonst aber nie in die Provence gefahren, hättest nie in Jacqueline eine Freundin gefunden und wärst nie eifersüchtig geworden. Also war deine Entscheidung eigentlich richtig«, stellte ich fest.

»Genau das hat Jürgen auch gesagt und mich dann geküsst, dass mir Hören und Sehen verging. Und dann … Also ich will jetzt nicht behaupten, dass sich alles wieder eingerenkt hat, aber ich denke, wir sind auf dem richtigen Weg. Nach Stade umzuziehen könnte einen Neuanfang unter anderen Vorzeichen bedeuten. Die Chance, einen Teil der Fehler der Vergangenheit wiedergutzumachen.«

»Da bin ich aber froh.« Ich war gerührt und erleichtert.

Im Grunde meines Herzens hatte ich ja auch nie geglaubt, dass die beiden sich trennen würden. »Und damit eure Wünsche wahr werden, sollten wir allmählich los. Nicht dass wir noch zu spät zur Besichtigung kommen.«

Nachdem wir gezahlt hatten, spazierten wir zur Stader Traditionsbuchhandlung, die unlängst zu den schönsten Buchhandlungen Deutschlands gewählt worden war - und das zu Recht. Kaum waren wir eingetreten, atmete ich den unverwechselbaren Duft nach warmem Holz, Papier und Büchern ein. Die alten Holzregale, der gedrechselte Tisch und die samtbezogenen Stühle hätten ebenso aus einem Theaterfundus stammen können wie die antike Standuhr und die Präsentationstische für Romane, Bildbände und Kochbücher. Während meine Mutter sich die Kunstkalender ansah, durchstöberte ich das Regal mit den Krimis und stieß sofort auf die Bücher von Elsa Martin.

Mein Gott, war ich froh, dass dieses leidige Kapitel ein für alle Mal zu Ende war. Im nächsten Frühjahr würde an dieser Stelle der neue Titel von Elsa Martin ausliegen und für all ihre Fans einfach der neueste, heißersehnte Krimi sein.

Für mich allerdings würde er stets die Verwundbarkeit der Ehe meiner Eltern symbolisieren. Aber auch den Kick, den beide offenbar gebraucht hatten, um ihre Ehe zu kitten.

»Na, was gefunden?«, fragte meine Mutter und schaute mir über die Schulter. Ich schüttelte den Kopf und hoffte, dass sie Elsa Martins Bücher nicht bemerkte. Wenn sie es getan hatte, ließ sie sich nichts anmerken.

»Wir müssen gehen«, sagte sie, fasste mich unter dem Arm und ging mit mir zur Kasse, wo sie den Kalender und ein Buch über Balkonbepflanzung bezahlte.

Bald darauf standen wir auf der ausladenden Terrasse eines Hauses in der Wiesenstraße, das mich an unsere Eimsbüttler Villa zum Verlieben erinnerte, und schauten aufs Wasser.

»Das ist ja umwerfend«, flüsterte meine Mutter und lächelte.

Ich verstand genau, was sie meinte.

Vor unseren Augen schlängelte sich grüngrau das Wasser des Burggrabens, umgeben von tiefhängenden Trauerweiden und hohen Laubbäumen, deren Stämme von Efeu umrankt waren. Unweit von hier lag das Freilichtmuseum auf der

Insel mit dem Altländer Garten, der musealen Prunkpforte und der weißen Brücke, die in die Altstadt führte.
Der Bahnhof lag ungefähr fünf Minuten zu Fuß entfernt. Zudem gab es sogar einen Carport für den Mercedes meines Vaters.
»Meinst du, es würde Jürgen hier gefallen?«, fragte meine Mutter, als wir durch die hellen Räume mit den hohen Decken und dem dunklen Dielenboden gingen, die in einem guten Zustand waren. In einem Zimmer befand sich sogar ein antiker Kachelofen.
Ich blieb stehen, schloss die Augen und lauschte auf meine innere Stimme, ohne mich von der Maklerin irritieren zu lassen, die eine wahre Lobeshymne auf dieses heißbegehrte Objekt sang. Natürlich würde es für meinen Vater nicht leicht sein, sich hier einzugewöhnen, auch wenn er jetzt offener für Veränderungen war.
Aber wenn ich mir einen Ort auf dieser Welt vorstellen konnte, an dem er sich wohl fühlte, dann hier.
»Ich denke schon«, antwortete ich und öffnete die Augen wieder. »Es wird natürlich eine Umstellung sein, plötzlich in einer Kleinstadt zu leben. Und in einer Wohnung statt in einem Haus, aber es ist wundervoll. Doch, ich glaube, es wird ihm gefallen, wenn du es schaffst, ihn hierherzulotsen.«
»Und vergessen Sie nicht, Sie haben einen prachtvollen Garten«, ergänzte die Maklerin. Wenn sie die Wohnung bekämen, brauchte meine Mutter das Buch über Balkonpflanzen nicht.
»Das habe ich nicht vergessen, keine Sorge«, sagte meine Mutter. Und zu mir gewandt: »Irgendwie habe ich plötzlich das Gefühl, wieder jung zu sein. Schließlich habe ich mal

eine Weile in einer Studenten-WG in Stade gewohnt, als ich deinen Vater kennengelernt habe.«

»Dann wird Papa es hoffentlich genauso empfinden«, antwortete ich und schaute zu, wie meine Mutter den Fragebogen der Maklerin ausfüllte und ihr den Personalausweis zeigte.

»Und jetzt suchen wir einen Glücksbringer für das neue Zuhause«, sagte meine Mutter, nachdem wir uns von der Maklerin verabschiedet hatten. »Ich war schon ewig nicht mehr in dem Antik-Stübchen in der Beguinenstraße. Wollen wir ein bisschen in alten Sachen stöbern?«

So etwas ließ ich mir nicht zweimal sagen.

Wir gingen über die Brücke des Burggrabens zu einem kleinen Antiquitätengeschäft, das auch Stella sicher gefallen hätte. Ich musste unbedingt mit ihr herkommen, wenn sie mich im Alten Land besuchte.

Mir schoss durch den Kopf, dass wir uns nun immer verabreden mussten, wenn wir uns sehen wollten.

Es gäbe keine spontanen Pyjamapartys mehr oder einen kurzen Schwatz im Treppenhaus. Stella zog nach Husum, ich endgültig nach Steinkirchen.

Wo Nina künftig wohnen würde, stand noch in den Sternen.

»Guck mal, diese alte Wasserpumpe«, rief meine Mutter aus, kaum hatten wir den gemauerten, terrassenartigen Vorbau des Fachwerkhauses betreten, in dem das Antik-Stübchen untergebracht war. »Und die Bank mit den Rosen. Kannst du bitte ein Foto von mir machen, damit ich es Jacqueline schicken kann?«

»Gib zu, du machst es eigentlich für deinen Blog und nicht

für Jacqueline«, neckte ich sie und schoss ein Bild, auf dem sie vollkommen beseelt und mindestens zehn Jahre jünger aussah.

Wahres Glück war eben ein besseres Schönheitsmittel als Photoshop.

Die Räume des Antiquitätengeschäfts ähnelten einem verwinkelten Puppenhäuschen. Winzige, ineinander übergehende Zimmer mit wunderschönen Kostbarkeiten: Büchern, Porzellan, Gläsern, Schmuck, Kannen und Silberbesteck, sogar einen Bienenkorb.

Mein Blick fiel auf eine Vitrine, und binnen Sekunden verliebte ich mich in drei roséfarbene, fein ziselierte Gläser mit langem Stiel, die man wohl für Likör verwendete. Ich wusste, dass Stella und Nina ein Faible für so etwas hatten.

»Dieser Satz ist leider nicht mehr komplett«, sagte die freundliche Besitzerin. »Aber da drüben habe ich die Gläser noch in Grün.«

»Nein danke, die Zahl Drei ist perfekt«, antwortete ich und schaute nach dem Preis. Fünfzehn Euro pro Glas waren mehr als fair. »Könnten Sie mir die bitte bruchsicher verpacken?«

Meine Mutter nahm ein Glas und hielt es gegen das Licht. Die hereinfallende Sonne brach sich darin, und das Glas schien von einer Aura umrahmt.

»Die sollen unsere Dreier-Freundschaft symbolisieren und uns immer daran erinnern«, erklärte ich, während meine Kehle sich verengte. Mitfühlend streichelte meine Mutter mir die Schulter.

Wo würden diese Gläser künftig stehen?

In einer unserer neuen Wohnungen?

Oder an einem Ort, wo wir sie jederzeit benutzen konnten, wenn wir uns trafen?
Aber wo sollte dieser Ort sein?
Es hatte ihn einmal gegeben, und nun war diese Zeit vorbei. Hier, in diesem heimeligen Zimmer, hatte ich mit einem Mal das Gefühl, es nicht verkraften zu können, wenn Stella und Nina nach und nach aus meinem Leben verschwanden.
»Keine Sorge, Leonie, ihr werdet euch nicht verlieren«, tröstete meine Mutter mich, während die Antiquitätenhändlerin verwirrt von einer zur anderen schaute.
»Ihr habt schon so viel gemeinsam durchgestanden, da wird euch das bisschen räumliche Trennung nicht auseinanderbringen.«
»Ich habe hier etwas, das Sie vielleicht aufmuntert«, sagte die Besitzerin und reichte mir einen kleinen gläsernen Briefbeschwerer. In das Glas war ein dreiblättriges Kleeblatt eingelassen.
»Aber das kann ich nicht annehmen«, murmelte ich und strich über die glatte, kühle Oberfläche des hübschen Glücksbringers.
»Doch, das können Sie«, sagte sie energisch, und ich wusste, dass jeder weitere Protest sinnlos war. Also bedankte ich mich für diese nette Geste und versprach zum Abschied, bei nächster Gelegenheit mit Stella vorbeizukommen.
Als wir wieder auf der Straße standen, atmete ich tief durch. Meine Mutter hatte recht: Wir drei – das war für immer.

38

Tschüss, ihr beiden, viel Spaß und grüßt mir Hamburg.« Ich winkte meinen Eltern hinterher und ging zurück ins Haus, wo Sonja Mieling in der Küche gerade Einkäufe verstaute.

»Schön, dass die beiden etwas zusammen unternehmen«, sagte sie und setzte sich hin, um den Kassenbon zu überprüfen. »*Phantom der Oper* würde ich übrigens auch gern mal sehen. Aber mein Mann kriegt schon Pickel, wenn ich nur das Wort Musical in den Mund nehme.«

»Das geht meinem Vater nicht anders«, erwiderte ich und nahm ebenfalls Platz. »Er quält sich da nur meiner Mutter zuliebe hin.«

Ich konnte es immer noch nicht fassen, dass er vorgeschlagen hatte, ein Wochenende in Hamburg zu verbringen, um meiner Mutter eine Freude zu machen. Zeigte es doch, dass er zugehört hatte und nun bereit war, über seinen Schatten zu springen. Deswegen hatte ich keine Sekunde gezögert und ihm geholfen, die Musical-Tickets für den heutigen Samstag und eine Nacht in einem schönen Hamburger Hotel zu buchen. Morgen würden sie das Miniaturwunderland am Hafen besuchen, was meinem Vater wohl eher Freude bereitete. Aber schließlich sollte er sich ebenfalls amüsieren.

»Darf ich Sie etwas fragen?«, sagte Sonja Mieling und sah mit einem Mal unsicher aus.

»Aber natürlich«, antwortete ich. »Worum geht's? Soll ich uns Kaffee kochen?«

Sie nickte dankbar. »Um meinen Job. Ich habe neulich mitbekommen, wie Sie sich mit Ihrer Mutter über den geplanten Umbau unterhalten haben, der Mitte Juli losgehen soll, und nun frage ich mich, was dann aus mir werden wird.«

Ach du Schande!

Da planten wir Tag und Nacht die Umgestaltung des Hauses und des Hofladens und vergaßen dabei Sonja Mieling, die beste und umsichtigste Mitarbeiterin, die man sich nur wünschen konnte.

»Könnten Sie sich denn vorstellen, weiter hier zu arbeiten?«, fragte ich. Frau Mielings graue Augen leuchteten auf. »Allerdings wäre ich dann Ihr Boss und nicht mein Vater.«

Sonja lächelte belustigt. »Aber sind Sie das nicht sowieso schon die ganze Zeit?«

Ich musste lachen. Natürlich stimmte das, wenn auch nur inoffiziell.

»Da haben Sie auch wieder recht«, entgegnete ich und löffelte frisch gemahlenen Kaffee in die Filtertüte. »Heißt das denn, dass Sie bleiben? Ich würde mich freuen. Doch ich warne Sie: Es wird mehr zu tun geben als vorher, weil wir zusätzliche Zimmer haben werden. Natürlich verdienen Sie dann auch entsprechend mehr.«

»Gut«, antwortete sie, und damit hatte ich meine erste Mitarbeiterin engagiert. »Aber eines verstehe ich trotzdem nicht. Wie wollen Sie denn hier Gäste beherbergen, wenn das halbe Haus kopfsteht? Handwerker sind ja bekanntermaßen weder besonders leise noch besondere Sauberkeitsfanatiker. Ich hab jetzt schon Panik vor dem ganzen Dreck und Staub, den sie hier aufwirbeln, wenn die Wände eingerissen werden.«

»Wir schließen bis zum Ende des Umbaus«, entgegnete ich und schenkte uns Kaffee ein. Sonja Mieling trank ihren schwarz mit drei Löffeln Zucker. »Deshalb hoffe ich sehr, dass alles pünktlich bis Ende September, Anfang Oktober fertig wird, damit wir wenigstens noch ein wenig von der Apfelernte profitieren können. Aber keine Sorge, währenddessen gibt es hier trotzdem jede Menge für Sie zu tun. Wir müssen alles leer räumen, ausmisten, in Kisten verstauen, den Hofladen umgestalten und …«

»… und zwischendrin auch mal atmen«, fügte Frau Mieling lachend hinzu.

»Das ist wahr«, antwortete ich. Je mehr ich darüber nachdachte, was noch alles zu tun war, desto unruhiger wurde ich.

Zum Glück besuchten Stella und Emma mich nächste Woche, dann hatte ich etwas Ablenkung und mentale Unterstützung. Und das Gefühl, meine Freundinnen nicht endgültig zu verlieren. »Bleibt nur zu hoffen, dass jetzt, nachdem Papa die Wohnung in Stade angeschaut hat und davon begeistert ist, meine Eltern den Zuschlag bekommen und pünktlich umziehen können, sonst wird das sehr knapp.«

»Dann feiern wir die Neueröffnung eben erst Ende Oktober oder Anfang November, wenn die Spätäpfel wie der

Braeburn geerntet werden. Letztlich findet sich doch immer alles, nicht wahr?« Mit diesen Worten trank Sonja Mieling den Becher leer und schaute auf die Uhr. »So, jetzt muss ich aber gehen, wenn Sie mich hier nicht mehr brauchen.«

Nachdem sie weg war, saß ich noch eine Weile am Küchentisch. Es war ungewohnt still.

Bis zur Feier der Johannisnacht mit Markus hatte ich noch drei Stunden Zeit. Eigentlich wollte ich mal wieder eine meiner berühmten Listen schreiben, doch ich wurde ziemlich schnell müde und legte mich hin, um fit für mein Date zu sein.

Pünktlich um acht Uhr war ich ausgehfein und einigermaßen stolz auf mein Aussehen. Meine Mutter hatte recht: Verliebtheit war ein wunderbares Schönheitselixier. Außerdem hatte die Sonne meinem Gesicht, den Armen und dem Dekolleté einen goldbraunen Schimmer verliehen. Ich trug einen kurzen, schwarzen Rock, hohe schwarze Riemchensandalen und ein korallenrotes Top. Darunter meinen Bikini. Denn wir wollten ans Wasser.

»Du siehst bezaubernd aus«, sagte Markus, als ich die Tür öffnete. Ich bedankte mich für das Kompliment und stöckelte ein wenig unsicher hinter ihm her.

Ob dieser wacklige Gang an den ungewohnt hohen Schuhen oder an meiner Nervosität lag, mochte ich nicht weiter hinterfragen, sondern war erleichtert, dass ich es unfallfrei bis zum Auto schaffte.

»Hast du alles zum Baden dabei?«, fragte Markus, als ich meinen randvoll gefüllten Korb in den Kofferraum stellte.

»Ich denke schon«, antwortete ich. Morgen wollte ich mir den Golf anschauen, den Henning mir günstig besorgen konnte. Dann war ich endlich mobil. »Allerdings kann ich dir nicht versprechen, dass ich schwimmen gehe. Obwohl es für Ende Juni ungewöhnlich warm ist, hat die Elbe sich bestimmt noch nicht so aufgeheizt, dass ich mich ohne Überwindung in die Fluten stürze.«
»Tja, dieser Fluss ist eben keine Badewanne«, entgegnete Markus grinsend und startete den Motor. »Aber auch wenn wir nicht baden, ich bin gespannt auf unseren Ausflug nach Bassenfleth. Sagst du mir, wo es langgeht? Ich hab das Ziel zwar selbst vorgeschlagen, aber das Navi zickt wieder rum.«
»Kein Problem, ich kenne mich ja aus«, sagte ich und lenkte ihn nach Hollern-Twielenfleth an den Elbstrand, der als einer der schönsten in dieser Gegend galt.
Wir hielten auf dem Parkplatz hinter dem Deich und erblickten bald ein wunderschönes Areal, das an die Nordsee erinnerte: feinkörniger, weißer Sand, umsäumt von Strandhafer und Bäumen und Hecken. Um nicht auf dem Präsentierteller sitzen zu müssen, führte ich Markus an einen Platz abseits des Trubels, wo wir eine Decke auf dem weichen Boden ausbreiteten und uns hinsetzten.
»Das ist wohl der Twielenflether Leuchtturm«, mutmaßte Markus und deutete auf den weiß-rot geringelten Turm in der Ferne.
Dahinter ragte majestätisch ein Containerschiff auf.
An dieser Stelle musste man – wie an der Strandperle in Hamburg-Övelgönne – beim Schwimmen auf den Wellengang achten, wenn die großen Pötte vorbeifuhren. Kam ein Schiff in Sicht, ging man besser sofort an Land, sonst wurde

das Wechselspiel von Sog und Schwell zu einer tödlichen Gefahr.

»Als Kind war ich oft mit meinen Eltern hier«, sagte ich und bohrte meine nackten Zehen in den Elbsand.

Dann hob ich sie wieder an und sah zu, wie der feine Sand von meinen Füßen rieselte.

»Hast du vor, Strandgymnastik zu machen?«, fragte Markus belustigt, legte sich neben mich und streckte seinen langen, schmalen Körper genüsslich aus.

»Nein, ganz bestimmt nicht«, antwortete ich und legte mich auch auf den Rücken. Eine Weile schauten wir in den Himmel. Nebeneinander – und doch jeder für sich. »Treibst du Sport?«

»Ich jogge gern«, antwortete Markus. »Und ich habe in München sogar Golf gespielt und bin viel bergwandern gewesen. Seit ich hierhergezogen bin, laufe ich allerdings Gefahr, abzuschlaffen.«

»Und vermisst du das Gebirge?« Ich rollte mich zur Seite und stützte mich auf, so dass ich ihn ansehen konnte.

Markus tat es mir gleich.

»Manchmal«, sagte er. »Aber die Landschaft hier entschädigt mich. Denn ich liebe das Wasser. Und die Deiche sind ja auch so etwas wie kleine Berge. Machst du denn Sport? Fehlt dir dein Leben in Hamburg?«

Unser Smalltalk plätscherte vor sich hin, wie sanfte Wellen, die gemächlich aufs Ufer zurollten, während sich in mir ein Gefühls-Tsunami zusammenbraute.

Würde dieser Mann mich jemals küssen?

Oder musste ich mich überwinden und den ersten Schritt tun?

Ich wollte jetzt nicht reden, ich wollte Markus nah sein. Doch irgendetwas schien zwischen uns zu stehen.

»Und, Leonie, wollen wir ins Wasser?«, fragte Markus plötzlich und zog seine Jeans und das T-Shirt aus. Von wegen träge und schlaff. Markus war gut in Form. Nicht zu schlank und durchtrainiert, sondern genau richtig.

»Wenn du meinst«, murmelte ich und schluckte meine Enttäuschung hinunter wie einen Löffel bittere Medizin. Mechanisch legte ich meine Kleidung ab und band die Haare zu einem Knoten. Markus warf einen Blick auf meinen halbnackten Körper, lief jedoch ohne weiteren Kommentar zum Wasser und stand eine Minute später bis zur Hüfte in der Elbe.

»Komm, es ist gar nicht so schlimm, wie du denkst«, rief er, als ich vorsichtig die Zehen meines rechten Fußes ins Wasser tauchte. Brrrrr, das waren bestimmt nicht mehr als achtzehn Grad.

»Nein, es ist noch tausendmal schlimmer«, antwortete ich. Gänsehaut überzog meinen Körper, und meine Zähne schlugen aufeinander.

»Na los, nun mach schon. Ich wärme dich auch«, entgegnete Markus und ließ sich rückwärts ins Wasser fallen.

»Und wie willst du das anstellen? Hast du eine Heizung dabei?«, witzelte ich. Dann fasste ich Mut und watete hinein. Sogleich umschlangen mich seine Arme, und warme, weiche Lippen umschlossen meine.

»Das ist aber mehr als überfällig«, murmelte er dicht an meinem Ohr, während wir uns umklammerten wie zwei Ertrinkende. »Das wollte ich schon machen, als ich dich im Elbherz zum ersten Mal gesehen habe. Aber du musstest ja mit diesem Typen aufkreuzen, der aussah, als würde er mich gleich ermorden, wenn ich dir auch nur einen Zentimeter zu nahe komme.«

Der darauffolgende Kuss stellte alles in den Schatten.

Es gibt so viele Arten zu küssen:

Küsse, die nach Verführung und Johannisbeermarmelade schmecken, aber letztlich zu süß sind.

Fordernde Küsse, viel zu eilig, viel zu flüchtig, um erotisch zu sein.

Liebevolle Küsse, die eher einer zärtlichen Umarmung gleichen, als ein Feuer zu entfachen.

Doch dieser Kuss war beispiellos.

Als es mir gelang, kurz Luft zu holen, blinzelte ich in die Abendsonne, die den Himmel in ein goldenes Licht tauchte, und bemerkte zwei Wolkenbänder, die zu einer liegenden Acht verschmolzen. Infinity, das Zeichen für Unendlichkeit.

Später, als wir ineinander verschlungen auf der Decke lagen und uns gegenseitig wärmten, konnte ich nicht mehr unterscheiden, welches Körperteil zu wem gehörte.

Wären wir allein gewesen, wären wir in diesem Moment vermutlich endgültig miteinander verschmolzen.

»Wollen wir zu mir? Meine Eltern übernachten heute in Hamburg«, flüsterte ich Markus ins Ohr.

»Die beste Idee, die ich seit langem gehört habe«, antwortete er und küsste mich erneut. »Ich kann es kaum erwarten.«

39

Ich erwachte vom Zwitschern der Vögel, das durch das gekippte Fenster drang. Die ersten Sonnenstrahlen fielen ins Zimmer und kündigten den neuen Tag an.
Allerdings war es noch sehr früh an diesem Sonntag, nämlich fünf Uhr morgens. Als ich mich im Bett ausstreckte und mit dem Fuß gegen ein Bein stieß, fiel es mir wieder ein: Ich lag hier nicht allein, sondern mit Markus, der nach unserer ersten Liebesnacht hiergeblieben war und nun so tief schlief, dass ich ihn keinesfalls wecken wollte. Vorsichtig schlüpfte ich aus dem Bett und sammelte meinen Rock, den Slip und mein Top ein, die im ganzen Zimmer verteilt auf dem Boden lagen, und nahm sie mit ins Badezimmer, wo ich mich erst einmal unter die Dusche stellte.
Während das warme Wasser an meinem Körper hinunterlief, schloss ich die Augen. Gestern Nacht hatten wir uns zuerst hastig und halb angezogen auf dem Treppenabsatz geliebt und erst später langsamer und voller Zärtlichkeit im Bett.
Zum ersten Mal in meinem Leben wusste ich es und spürte es mit allen Sinnen:
Es fühlte sich richtig an.

Es fühlte sich echt an.
Es würde von Dauer sein.
Endlich war ich angekommen.
Beseelt zog ich mich an und ging in die Küche, um Kaffee zu kochen.
Mit dem Becher in der Hand ging ich in den Garten, tappte barfuß durch das feuchte Gras, wo roséfarbener und weißer Klee wuchs. Die Sonne blinzelte durch die Zweige der Johannisbeer- und Himbeerbüsche und gab mir einen sanften Gutenmorgenkuss.
Zufrieden seufzend nippte ich am Kaffee und horchte auf die einzigartigen Stimmen zu dieser frühen Stunde: Das Summen der Bienen, das Zirpen der Grillen und das Trillern der Lerchen verwoben sich zu einem fröhlichen Klangteppich.
Ich roch an den Rosen, deren Duft mir besonders intensiv zu sein schien, und schloss erneut die Augen.
In der Nacht der Sommersonnenwende war ich dem Mann meines Herzens, der Liebe begegnet.
Womöglich klopfte nach einer langen Zeit der Enttäuschungen, Sorgen und Ängste wieder das Glück an meine Tür.
»Da bist du ja«, sagte Markus, und ich schrak aus meinen Träumereien hoch. Er umschlang mich von hinten und vergrub seine Nase in meiner Halsbeuge. »Mmh. Du duftest gut. Nach Rosen und Holunder.«
Ich stellte den Becher auf den Boden und küsste Markus. Dazu musste ich mich auf die Zehenspitzen stellen, weil ich keine hochhackigen Schuhe mehr trug.
»Hast du Hunger? Wir könnten am Bootssteg frühstücken«, sagte ich. Mein Magen knurrte.
»Oder an Deck vom *Grünen Herz*.«

Markus' Augen weiteten sich. »An Deck? Das klingt super und schwer romantisch. Aber nur unter einer Bedingung. Sex an Bord muss erlaubt sein.«
»Ich glaube, der Kapitän hat nichts dagegen«, antwortete ich lachend und zog Markus ins weiche Gras.
Eine Stunde später erwachten wir eng umschlungen vom Läuten der Turmuhr der St.-Martini-et-Nicolai-Kirche. Nun hatte ich wirklich Hunger.
Behutsam löste ich mich aus Markus' Umarmung und bereitete in der Küche unser Frühstück zu. Kurz darauf erschien Markus und half mir ganz selbstverständlich.
»Wie isst du denn deine Eier am liebsten?«, fragte er, stellte eine Pfanne auf die Herdplatte und goss Öl hinein. »Spiegel- oder Rührei? Weich gekocht? Im Glas?«
»Das klingt ja wie im Hotel«, sagte ich und dachte: Ist doch zu schön, um wahr zu sein, oder? Doch ich wischte den Gedanken beiseite wie eine lästige Fliege. »Am liebsten mag ich Rührei mit gartenfrischen Kräutern. Ich hole gleich welche und flitze noch zum Bäcker.«
Als ich eine Viertelstunde später wiederkam, fand ich Markus zusammengesunken auf dem Küchenstuhl sitzend vor, das Smartphone in der Hand.
»Ist etwas passiert?«, fragte ich erschrocken, als ich seinen müden, abwesenden Blick sah.
»Das kann man wohl sagen. Ich hatte gerade einen Anruf von meinem Bankberater. Mein Partner hat sämtliche Konten unserer Cateringfirma abgeräumt und ist spurlos verschwunden.«
Ich warf die Brötchentüte achtlos auf den Tisch, zog mir einen Stuhl heran und streichelte Markus' Arm.

»Ich muss nach München, und zwar sofort. Es tut mir leid, dass ich diesen wunderbaren Tag so brutal kaputt mache, aber ich muss alle Hebel in Bewegung setzen, um Ralph zu finden und mein Unternehmen zu retten. Falls das überhaupt noch möglich ist.«

»Aber wie konnte so etwas passieren?«, fragte ich total schockiert. »Hattet ihr schon vorher Probleme? So etwas geschieht ja nicht ohne Vorwarnung, oder?«

»Ralph war spielsüchtig, ist jedoch seit langem clean. Er hat eine Therapie gemacht«, antwortete Markus, der nach wie vor mit zitternden Händen das Smartphone umklammerte. »Ich habe ihm vertraut, weil er sich wieder gefangen hatte. Wenn es anders gewesen wäre, hätte ich ihn niemals als Teilhaber behalten, schon gar nicht jetzt, wo ich mir hier eine neue Existenz aufbaue. Irgendwie hoffe ich ja immer noch, dass ich falschliege und sich alles klärt.«

»Bestimmt«, stammelte ich ratlos. »Sag mir, wie ich dir helfen kann. Soll ich nach Flügen schauen? Ich kann dich auch zum Flughafen bringen. Und ich könnte meinen Vater fragen, was in so einem Fall am besten zu tun ist.«

»Ich wäre dir sehr dankbar, wenn du mir einen Flug buchen könntest, denn ich würde gern herumtelefonieren, um herauszufinden, wo Ralph sein könnte. Vielleicht ist das Ganze nur ein riesengroßes Missverständnis.«

Eine Stunde später hatte er ein Online-Ticket, und ich verabschiedete mich von Markus, der lieber selbst fahren und allein sein wollte. So schwer es mir auch fiel, ihn gehen zu lassen, ich musste seinen Wunsch akzeptieren.

»Wir sehen uns bald wieder, versprochen«, murmelte Markus, küsste mich ein letztes Mal und stieg in seinen Volvo.

Als er von der Einfahrt fuhr, konnte ich mich eine ganze Weile nicht rühren, so erschüttert war ich. Eine Bombe war mit voller Wucht in meinem Leben eingeschlagen und drohte dieses zarte, kleine Pflänzchen Liebe zu zerstören.
Irgendwann schleppte ich mich wieder ins Haus. Ich musste dringend jemandem mein Herz ausschütten.
Es war acht Uhr morgens, und wenn jemand um diese Uhrzeit wach war, dann Stella.
Noch bevor ich ihre Nummer wählen konnte, entdeckte ich, dass ich zwei SMS erhalten hatte.
Die erste war von Nina:

Im Elsass, mit Alexander ist es superschön, ich vermisse euch. Küsschen.

Die zweite von Stella:

Habe grandiose Neuigkeiten. Ruf mich an! Schnell!

Hastig tippte ich auf die Kontaktfavoriten und hatte Stella so schnell am Apparat, als hätte sie nur darauf gewartet, dass ich endlich anrief.
»Wir können die Villa behalten«, jubelte sie ohne ein Hallo. »Na, was sagst du? Ist das nicht genial?«
»Ja … in der Tat«, stotterte ich und musste mich wieder setzen. Der Schlafmangel machte sich bemerkbar.
»Aber wie kommt das denn so plötzlich?«
»Du weißt doch, ich war neulich auf der Geburtstagsparty meiner Mutter«, antwortete Stella, »und habe ihr erzählt, dass du die Pension und den Hofladen deiner Eltern über-

nimmst, weil sie dir das Haus überschreiben. Das muss etwas bei ihr ausgelöst haben, denn sie rief mich gestern Abend an, um Robert anzubieten, die Villa zu kaufen, damit sie sie mir schenken kann. Geld hat sie ja schließlich mehr als genug. Was haben wir für ein Glück, dass wir zur Generation Erben gehören.«

Als Reederswitwe schwamm Katharina Alberti geradezu in Geld, verteilte es allerdings in der Regel nicht so gern.

Doch seit Emma auf der Welt und das zweite Baby unterwegs war, entwickelte sie auf ihre alten Tage offenbar doch noch Muttergefühle. »Robert und ich werden unsere Wohnung in Hamburg behalten, und für Nina habe ich mir auch etwas überlegt.«

So fröhlich hatte ich Stella schon lange nicht mehr erlebt. Ich hätte sonst etwas darum gegeben, sie jetzt sehen zu können.

»Du willst Alexander meine Wohnung anbieten?«, sagte ich aufs Geratewohl – Ninas Traummodell: zwei getrennte Wohnungen in einem Haus.

»Richtig«, entgegnete Stella und klang mächtig stolz. »Und dann machen wir es so: Wir treffen uns jedes letzte Wochenende im Monat in der Villa, ohne Anhang. Robert und die Kids bleiben in Husum, und Alexander wird eh viel auf Reisen sein. Dann ist es fast wieder wie früher. Na, wie findest du das?«

Ich dachte an die drei Gläser, die oben in meinem Zimmer standen. Nun würden sie doch eine Einheit bilden – und zwar in der Villa.

»Das ist …«, ich suchte nach den passenden Worten, »… der totale Wahnsinn. Ich freue mich riesig.«

»Und wieso klingst du dann, als wäre jemand gestorben?«, fragte Stella besorgt. Ohne Umschweife erzählte ich ihr von meiner Liebesnacht mit Markus und dem bösen Erwachen am Morgen danach. Stella schwieg einen Augenblick, bevor sie das einzig Richtige tat und sagte: »Ich bin in spätestens einer Stunde bei dir. Bis gleich.«

40

Kaum hatte ich die Tür geöffnet, stürmte ein kleiner Wirbelwind auf mich zu, und ich wäre beinahe zu Boden gegangen.
»Hallo, Emma, meine Süße«, rief ich erfreut.
»Tja, leicht wie eine Feder ist sie nicht mehr«, bemerkte Stella und stellte ihren Trolley im Flur ab.
Ich schwenkte die fröhlich kreischende Emma ein paarmal im Kreis herum, bevor mir die Puste ausging und ich die Kleine absetzte. »Tut mir leid, aber mehr schaffe ich heute nicht.«
»Hast du ein Planschbecken?«, wollte Emma wissen und schaute mich kokett an. »Ich habe meinen Badeanzug an.« Und schwups, zog sie ihr türkisfarbenes Kleidchen hoch. Darunter kam ein blau-rot geringelter Einteiler zum Vorschein.
»Leider nein«, sagte ich. »Aber einen Gartenschlauch.«
»Nee, das ist voll doof.« Emma verzog das Gesicht und ließ das Kleidchen wieder nach unten fallen.
Stella lachte über ihr enttäuschtes Gesicht und nahm sie bei der Hand. »Komm, ich leg dir im Garten eine Decke hin, dann kannst du spielen, während Leonie und ich uns unter-

halten, ja? Nachher fahren wir vielleicht nach Stade, da ist heute Jahrmarkt. Du hast doch sicherlich Lust, Karussell zu fahren.«

»Du bist ja bestens informiert«, sagte ich. »Hast du gegoogelt?«

»Als Mutter ist es immer gut, solche Dinge im Blick zu haben«, antwortete Stella. »Wollen wir es uns auch draußen gemütlich machen, und du erzählst mir genauer, was passiert ist? Ich gebe zu, ich habe vorhin nicht alles mitbekommen.«

Ich kochte eine Kanne grünen Tee, schmierte drei Brötchen und trug alles in den Garten, wo Emma bereits fröhlich mit ihren Stofftieren spielte und versuchte, ihnen ein Lied beizubringen.

»Ach Mann, das tut mir ja so leid für euch beide«, sagte Stella, nachdem ich geendet hatte und mir die Tränen über die Wangen liefen. Sie tupfte mein Gesicht mit einem Taschentuch ab, was mich wiederum zum Lachen brachte. »Hey, ich bin nicht Emma, aber trotzdem danke.«

Stella steckte das Taschentuch wieder ein.

»Wann seht ihr euch wieder? Ich weiß nicht so recht, einerseits freue ich mich unglaublich für dich, und mein Bauchgefühl sagt mir, dass aus euch beiden ein Paar wird. Andererseits ist das natürlich der totale Hammer. Spielsucht?! Ich dachte, so etwas passiert nur im Film oder in Büchern.«

»Tja, so geht es mir auch«, sagte ich bedrückt. »Ich mag mir gar nicht vorstellen, wie es ist, so von einem Freund hintergangen zu werden. Das ist doch doppelter Betrug, auch wenn es dafür eine plausible Erklärung gibt. Allerdings braucht Markus die Einnahmen aus der Cateringfirma dringend, um die Wintersaison im Alten Land zu überbrücken. Das Ganze ist eine totale Katastrophe.«

Stella stieß einen Seufzer aus. Schweigend beobachteten wir Emma, die unberührt von allem in ihrer kindlichen Zauberwelt lebte, wo das Gute über das Böse siegte und alles möglich schien.

»Meinst du denn, Markus geht wieder nach München?«, stellte Stella schließlich die Frage, deren Antwort mich am meisten ängstigte.

»Ich habe nicht den Hauch einer Ahnung. Aber eines weiß ich: Vom Elbherz alleine kann er nicht leben, und im Alten Land einen Arbeitsplatz zu finden ist alles andere als leicht. Da stünden die Chancen in Hamburg schon besser.«

»Und ausgerechnet jetzt ziehst du hierher, um dir in Steinkirchen ein neues Leben aufzubauen. Mensch, reicht es nicht, dass das La Lune seine Schotten dicht gemacht hat und wir nach Husum umziehen? Natürlich ist das Jammern auf hohem Niveau angesichts dessen, was andere Menschen mitmachen müssen, aber ich wünsche mir von Herzen, dass du endlich die Liebe findest, die du verdienst. Und nach allem, was ich über Markus weiß, scheint er der Richtige zu sein.«

»Das empfinde ich auch so«, murmelte ich. In der vergangenen Nacht hatte Markus mir mehrfach gesagt, wie verliebt er in mich sei und dass er mit mir zusammen sein wolle.

»Wenigstens läuft es bei dir bestens. Was macht eigentlich das Baby?«

Man sah Stella die zweite Schwangerschaft deutlicher an als damals bei Emma.

Ihr Busen hatte eine Körbchengröße mehr, das Gesicht und die Arme waren deutlich fülliger geworden, und ihr Bauch wölbte sich stark. Sie umgab die Aura einer glücklichen Frau, die ihren Platz im Leben gefunden hatte.

»Zum Glück sind alle Untersuchungsergebnisse super«, antwortete sie und unterdrückte ein Gähnen. »Ich bin nur etwas schlapp. Man darf mich echt nicht unbeaufsichtigt lassen, sonst ist alles aus. Neulich habe ich sogar beim Pfannkuchenbacken einen Sekundenschlaf am Herd hingekriegt. Keine Ahnung, wo das noch hinführen soll.«

»Am besten direkt ins Bett«, sagte ich. »Leg dich doch einen Augenblick oben aufs Ohr, bevor wir nach Stade fahren. Nachher zeige ich dir, wo meine Eltern in Zukunft wohnen werden, falls sie am Montag den Zuschlag für die Wohnung bekommen.«

»So weit seid ihr schon mit euren Planungen?«, fragte Stella und wurde mit einem Schlag putzmunter. »Das ist ja super. Aber eines verstehe ich nicht. Warum hat deine Mutter noch bis vor ein paar Wochen so getan, als wollte sie sich von deinem Vater trennen und bei dieser Jacqueline leben? Und nun ziehen die beiden auf einmal in eine gemeinsame Wohnung? Das ist mindestens so gaga wie mit Nina und Alexander. Allerdings sollten deine Eltern alt genug sein, um es besser zu wissen, oder nicht?«

»Tja, das könnte man meinen. Doch wie heißt es so schön? Alter schützt vor Liebe nicht. Oder war es Torheit? Die beiden haben sich endlich ausgesprochen, erkannt, dass sie jede Menge Fehler gemacht haben und sich trotz allem noch lieben. Ist das nicht wunderbar?«

Stella strahlte über das ganze Gesicht: »Oh ja. Irgendwie kann ich mir deine Eltern nur zusammen vorstellen.«

»Weiß Nina eigentlich schon, dass die Villa nicht mehr zum Verkauf steht?«

»Ja. Und sie ist überglücklich, und Alexander auch. Keine

Ahnung, wie sie es geschafft hat, ihn davon zu überzeugen, doch nicht aufs Land zu ziehen, aber es ist ihr gelungen. Das müssen wir auf jeden Fall feiern.«

»Ja, unbedingt«, murmelte ich und dachte wieder an Markus. Wie gern würde ich ihn meinen Freundinnen vorstellen. Eine solche Feier wäre die perfekte Gelegenheit dafür gewesen. »Und wie geht es bei euch in Husum voran? Läuft alles?«

Es tat gut, über etwas anderes zu reden – und Emma zu beobachten.

Gerade noch war sie versunken in ihr Spiel gewesen. Doch als sie merkte, dass ich sie anschaute, stand sie auch schon von der Decke auf und fragte: »Wann kann ich Karussell fahren? Gibt's da auch Zuckerwatte?«

»Von mir aus gern gleich«, antwortete ich, da ich wusste, dass es schwer war, Emma bei Laune zu halten, wenn wir jetzt nicht nach Stade fuhren.

»Ich bin startklar«, sagte Stella und gab Emma einen Kuss. »Komm, Süße, zieh deine Schuhe wieder an, und dann ab ins Auto.«

Während der Fahrt erzählte ich Stella, dass ich mir morgen einen Golf anschauen würde.

Gerade als ich mit leichtem Unbehagen daran dachte, dass ich Henning morgen treffen würde, bekam ich eine SMS, die meine Laune sogleich hob:

Ich denk an dich, meine Liebste. Und setze alles daran, so schnell wie möglich wieder bei dir zu sein.
Markus

Kurz darauf saß Emma glücklich und mit zuckerwatteverschmiertem Gesicht auf einem Karussellpferd. Stella winkte ihrer Tochter zu, und ich dachte: Auch wenn ich nicht weiß, wie die Zukunft aussieht, ich liebe diese beiden Menschen, ich liebe Nina und meine Eltern. Dies konnte mir keiner mehr nehmen.

»Schling nicht so, Emma«, sagte Stella, als wir am nächsten Morgen mit meinen Eltern um den Frühstückstisch versammelt saßen. Obwohl es gestern Zuckerwatte, Kuchen und abends noch einen Kartoffel-Gemüseeintopf gegeben hatte, schien Emma solchen Hunger zu haben, als hätte sie seit Tagen nichts gegessen.
Über Nacht hatte es einen Wetterumschwung gegeben. Es war ein grauer Montag und schüttete wie aus Eimern, hoffentlich kein schlechtes Omen.
Meine Eltern warteten nämlich auf die Rückmeldung der Maklerin und ich auf einen Anruf von Markus.
»Deine Kleine ist wirklich zauberhaft, Stella«, sagte meine Mutter und betrachtete Emma mit liebevollem Blick, als wünschte sie sich selbst noch ein Kind.
Mein Vater nickte und schenkte Emma Kakao nach. Vor dem Frühstück hatte er mit ihr Verstecken gespielt und sprühte nur so vor guter Laune.
»Um wie viel Uhr bist du eigentlich mit Henning verabredet?«, fragte er mich
»Um halb zwei«, antwortete ich.
Als das Telefon klingelte, sprang meine Mutter auf. Fast wäre sie über den Teddy von Emma gestolpert, den diese achtlos fallen gelassen hatte. Gleich darauf ertönte ein Jubelschrei,

und damit war klar: Meine Eltern hatten die Wohnung bekommen.

»Wir könnten schon zum ersten Juli rein«, sagte sie mit hochroten Wangen. »Und wir sollen morgen vorbeischauen, um den Vertrag zu unterschreiben.«

»Aber dann bleibt uns ja nur noch eine Woche, um zu packen. Muss das denn wirklich sein?«, fragte mein Vater. Seine gute Laune war wie weggeblasen. Aber so war er eben: Nichts durfte holterdiepolter gehen.

»Kannst ja nachkommen, wenn du so weit bist«, gab meine Mutter mit einer Mischung aus Spaß und Provokation zurück. »Ich liebe Ausmisten.« Und schon suchte sie im örtlichen Telefonbuch nach der Nummer der Stadtreinigung, um die Abholung des Sperrmülls in Auftrag zu geben.

»Dass ihr Frauen aber auch immer alles so schnell machen müsst«, brummelte mein Vater, lächelte jedoch. »Man könnte meinen, hinter euch sei der Teufel her, wenn ihr euch erst einmal was in den Kopf gesetzt habt. Wir können das auch in Ruhe besprechen und entscheiden, wie wir am besten vorgehen.«

»Ach Unsinn«, widersprach meine Mutter, notierte die Nummer und schaute selbstbewusst in die Runde. »Wo wären wir denn, wenn wir Frauen nicht mit Elan Dinge anpacken würden?!«

»Tja, das ist eine gute Frage«, bemerkte Stella. »Die Wahrheit liegt wohl irgendwo dazwischen. Aber können wir euch irgendwie helfen?«

»Im Haus nicht mehr. Aber ich würde mich freuen, wenn du Zeit hättest, mit mir nach Stade zu fahren. Du hast so ein tolles Händchen für Inneneinrichtung.«

»Ist ja schließlich auch ihr Beruf«, knurrte mein Vater und verschanzte sich demonstrativ hinter der Zeitung.
Stella ignorierte ihn geflissentlich und bot meiner Mutter an, jederzeit vorbeizukommen und ihr zu helfen, sofern ihre Zeit es zuließ. Schließlich würde sie selbst bald mit ihrer Familie umziehen.
Alles und alle waren im Umbruch.
Nun klingelte es ein zweites Mal, doch diesmal war es mein Handy.
Endlich kam der ersehnte Anruf von Markus.

Epilog

Drei Monate später

Die Zeit bis zum großen Apfel- und Kürbisfest des Obsthofs Schuback verflog wie im Nu.
Ich hatte alle Hände voll mit dem Umzug ins Alte Land, dem Umbau des *Apfelparadieses* und mit dem Fest zu tun, das meine Eltern heute anlässlich ihrer neu erwachten Liebe feierten. Es war so anrührend, wie verliebt die beiden nach all den Jahren miteinander turtelten. Die Pause, die räumliche Trennung, aber auch das scheinbar nötige Quentchen Eifersucht hatten dazu beigetragen, dass sie den Rest ihres Lebens miteinander verbringen wollten.
Auch ich war schwer verliebt und kostete es voll aus, dass endlich alles seinen Platz gefunden hatte.
Nach der Zeit der zart keimenden Gefühle zwischen Markus und mir brach nun die Zeit der Reife, der Ernte an.
»Schau nur, das ist doch unglaublich«, rief Markus aus, als wir in Jork an einer Haustür vorbeiradelten, vor der gefühlte einhundert Kürbisse gestapelt waren.

Ich hatte schon ganz vergessen, wie sehr einen diese üppige Dekoration umhauen konnte, wenn man so etwas noch nie zuvor gesehen hatte: ein Meer von orangefarbenen Kürbissen, drapiert vor einer graublauen Prunktür mit weißen Intarsien, das perfekte Postkartenmotiv. Neben uns standen Dutzende Besucher und fotografierten die ungewöhnliche Auslage.

»Was machen die denn später damit?«, fragte Markus, immer noch erstaunt.

»Kürbissuppe kochen? Halloween feiern? Kürbisweitwurf?«, sagte ich vergnügt und gab Markus einen Kuss.

Ich konnte immer noch nicht fassen, dass er seit einer Woche wieder aus München zurück war und nun dauerhaft hier bei mir, im Alten Land, leben würde.

In den vergangenen Wochen hatten wir uns nur sporadisch getroffen. Mal hatte er im Elbherz nach dem Rechten gesehen, wo seine Mitarbeiterin Gott sei Dank alles im Griff hatte. Ein paarmal hatte ich ihn in München besucht. Es war eine harte Zeit gewesen, doch die widrigen Umstände hatten uns zusammengeschweißt. Und wir genossen jede einzelne Minute.

Der Polizei war es vor einer Woche gelungen, Markus' Partner zu fassen, der das meiste Geld allerdings in Kasinos verspielt hatte.

Während die Behörden nach Ralph fahndeten, hatte Markus alle Hebel in Bewegung gesetzt, um die Cateringfirma zu verkaufen. Der Betrug seines Freundes war für ihn ein Signal, endgültig mit der Münchner Vergangenheit abzuschließen und noch einmal von vorne zu beginnen.

Nun lotete Markus die Möglichkeit aus, im Alten Land auch in den Wintermonaten Geld zu verdienen.

»Willst du wirklich zum Hof der Schubacks? Da wird es auch irre voll sein«, sagte ich. Der Touristenrummel und die ganze Knipserei gingen mir ein wenig auf die Nerven.
»Als frischgebackener Altländer sollte ich mich da auf alle Fälle blicken lassen«, meinte Markus. »Außerdem habe ich dort eine wichtige Verabredung, wie du weißt. Komm, ich bin spät dran.«
Das, was Markus plante, würde ihn zwar nicht reich, dafür aber viele Menschen glücklich machen. Er hatte sich nämlich, inspiriert durch seine Vermieterin Martha Heinrich, dazu entschlossen, nebenbei für alte Leute zu arbeiten, die Hilfe in Alltagsdingen benötigten: Einkäufe erledigen, Gartenarbeit machen, sie zum Arzt fahren. Wenn alles klappte, bekam er dafür regionale Fördergelder, da nicht alle älteren Menschen es sich leisten konnten, diesen Dienst in Anspruch zu nehmen.
»Aber wir dürfen nicht zu lange bleiben, denk an die Zeremonie meiner Eltern«, ermahnte ich ihn mit einem Blick auf die Uhr und schwang mich wieder aufs Fahrrad.
»Du klingst schon wie eine Ehefrau«, sagte Markus lachend und gab mir einen Stups auf die Nase. »Aber keine Sorge, ich will es ja schließlich auch nicht verpassen, wenn die beiden ihr Eheversprechen erneuern. Außerdem komme ich nie zu spät, wie du weißt. Selbst bei der Willkommensparty für Nina und Alexander war ich pünktlich, obwohl die Bahn eine Stunde länger gebraucht hat.«
Das stimmte allerdings.
Markus war immer zur Stelle.
Er hatte mir beim Umzug nach Steinkirchen geholfen und Paul und Paula besänftigt, die verängstigt in ihren Körben

auf dem Rücksitz maunzten. Glücklicherweise hatten sie sich gut in ihrem neuen Zuhause eingelebt.
Er war bei der Einweihungsfeier von Nina und Alexander in der Villa und meiner Eltern in Stade dabei gewesen.
Er hatte mich getröstet, wenn es mit dem Umbau des *Apfelparadieses* nicht so schnell voranging.
Und er hatte sich bereit erklärt, das heutige Fest anlässlich der Versöhnung meiner Eltern im Elbherz auszurichten.
An diesem Abend würden alle kommen: Nina, Alexander, Robert, Stella, Moritz und Emma. Gaston, einige Kollegen aus dem La Lune, Sonja Mieling und sogar Jacqueline. Während sie tatsächlich Malkurse im *Apfelparadies* geben würde, hatte Gaston sich bereit erklärt, Koch-Workshops anzubieten.

Nach Markus' Besprechung fuhren wir nach Jork. Meine Mutter und mein Vater standen vor der Hochzeitsbank in der Nähe des Rathauses, in die bei ihrer Eheschließung die Namen und das Datum eingraviert worden waren.
Nachdem der Pastor sie zum zweiten Mal vermählt hatte, küssten sich meine Eltern lange und zärtlich. Mein Vater hatte mit meiner Hilfe einen traumhaft schönen Ring gekauft, den meine Mutter nun ansteckte.
Derart innig hatte ich die beiden nie miteinander erlebt und war sehr bewegt.
Sie hatten die zwischen ihnen entstandene tiefe Kluft überwunden – ein wahres Wunder.
Markus hielt mich fest umschlungen, während ein befreundeter Fotograf Bilder machte, die mein Vater torpedierte, indem er wie ein kleiner Junge Faxen machte und Grimassen schnitt.

»Und wehe, du postest die auf Facebook oder auf deinem Blog«, drohte er spielerisch, als Mama und Jacqueline neugierig die Bilder durchsahen und darüber diskutierten, welches am besten gelungen war.
»Ach was, das würde ich doch nie tun«, antwortete meine Mutter und zwinkerte mir verstohlen zu. Ich fand es sagenhaft, dass sie den Blog weiterführte und nun ausführlich über regionale Themen berichtete. Ihre Follower lobten ihre Rezepte, Gartentipps und ihr Wissen über das Landleben. Sobald das *Apfelparadies* eröffnet hatte, würde sie alle Events, Kurse und Workshops begleiten und bewerben und daran arbeiten, Jacqueline als Malerin im Alten Land bekannt zu machen.
Als ich mitbekam, wie die beiden mit geröteten Gesichtern, zwei aufgeregten Teenagern ähnlich, miteinander flüsterten, wusste ich, wie sehr meiner Mutter eine gute Freundin gefehlt hatte.
Mein Blick wanderte zu Stella, die sich an Robert schmiegte. Er streichelte liebevoll ihren kugelrunden Bauch.
Emma flocht gerade ihrer Puppe Zöpfe, während Moritz mit seinem Freund auf dem Smartphone herumdaddelte. Dann schaute ich zu Nina, die Alexander anstrahlte.
»Señora Kahlo und Señor Rivera, wie läuft's an der Wohnfront?«, wollte ich von ihr wissen, als wir zu den Autos gingen, um nach Cranz zum Elbherz zu fahren.
»Erstaunlich gut«, sagte Nina, und ihre Augen blitzten. »Oder, Alexander?«
»Wenn man davon absieht, dass ich nichts mehr zu melden habe, würde ich sagen, bestens«, antwortete er und knuffte Nina in die Seite, woraufhin sie ihm einen Kuss gab.
Eine halbe Stunde später trafen wir im Elbherz ein, das

Markus und Jenny heute besonders hübsch dekoriert hatten. Es war ein schöner Spätsommertag, durchaus keine Selbstverständlichkeit im September, und die Feierlichkeiten fanden im Freien statt. Zu essen gab es Spezialitäten aus der Region, angefangen bei der berühmten Altländer Hochzeitssuppe bis hin zur Stader Torte, die Markus extra vom Café im Goebenhaus hatte liefern lassen.

»Wenn ich noch ein Stück esse, platze ich«, sagte Stella, die sich irgendwann neben mich stellte, als ich auf die Elbe schaute.

Hier hatte ich so oft gesessen und von einem Leben als Märchenprinzessin geträumt. Jetzt war ich älter, reifer und klüger und hatte so manch negative Erfahrung gemacht.

Doch ich hatte auch gelernt, dass alles so kam, wie es kommen sollte, und dass jede noch so schwierige Veränderung letztlich ihr Gutes hatte.

Man musste nur geduldig durchhalten – und Vertrauen haben, dass das Leben es gut mit einem meinte. Der heutige Tag war der beste Beweis dafür, dass Menschen trotz vieler Irrungen, Widerstände, Verführungen und Streit zueinandergefunden hatten, weil sie zusammengehörten.

»Wollen wir in den Apfelplantagen spazieren gehen, ich möchte einen Augenblick mit dir alleine sein«, flüsterte Markus mir ins Ohr.

»Gern.« Ich nahm meine Jacke von der Garderobe und verließ mit ihm Hand in Hand das Elbherz.

Nur wenige Laternen erhellten den Weg. Allmählich wurde es dunkel, und die Sterne glänzten am Himmel.

»Mhm, wie das duftet«, sagte Markus. »Eine Mischung aus Spätsommer, Obst und Meer.«

»Das ist der Duft des Alten Landes«, antwortete ich, pflückte einen Herbstprinz und biss hinein. »Nirgendwo duftet es so gut wie hier. Ich hoffe, dass mich jetzt keiner verhaftet, weil ich fremder Leute Äpfel stibitze.«

Markus lachte und pflückte ebenfalls einen Apfel. »Wenn so etwas passieren sollte, müssen sie mich auch mitnehmen. Ich plädiere für eine Doppelzelle.«

Was für eine Vorstellung! Ich kicherte.

Mit Markus konnte ich lachen und das Leben von der leichten Seite nehmen.

Mit ihm fühlte ich mich wohl, sicher und geborgen.

Ihm konnte ich vertrauen.

Und dann sah ich ihn.

Den Marienkäfer.

Er setzte sich auf Markus' nackten Oberarm.

Mit angehaltenem Atem zählte ich die Sekunden, bis er wieder seine gepunkteten Flügelchen ausbreitete und davonflog.

Es waren zwei gewesen, maximal drei.

»Warum lächelst du so selig?«, fragte Markus, der nichts bemerkt hatte und genüsslich seinen Apfel aß.

»Ich habe gerade eine schöne Botschaft bekommen«, antwortete ich. »Was für eine, verrate ich dir allerdings erst, wenn ich es für richtig halte. Jede Frau braucht ihr Geheimnis.«

Rezepte

Polentabrot mit Peperoncino Fillet of Soul (Hamburg)

Zutaten:

Schritt 1:
200 g Mehl
300 g Maismehl oder Polenta
2 gut gehäufte EL Backpulver
1 gehäufter TL Natron
3 TL Salz
2 TL Cayennepfeffer
2–3 gehackte Chilis
etwas gehackter Rosmarin
miteinander vermengen.

Schritt 2:
200 g Öl (halb Olive, halb Raps)
700 g Joghurt
4 Bio-Eier
miteinander vermengen.

Danach Zutaten 1 + 2 miteinander vermischen und in eine rechteckige Backform füllen.
Bei 200° C Umluft ca. 20–25 Minuten backen.

Altländer Drei-Gänge-Menü

Erster Gang
Altländer Hochzeitssuppe

Zutaten:
1 kg Röhren- oder Markknochen
1,5–2 kg mageres Rindfleisch
1 Stück Macisblüte (notfalls gemahlen)
2 Stangen Porree
1 Sellerieknolle
2–3 Petersilienwurzeln
Salz
3–4 l Wasser
90 g Butter
90 g Mehl
3 l Brühe
3–4 Eigelb
150 g Rosinen
½ Rosinenbrot

Zubereitung:
Die Hälfte des Suppengemüses in Würfel schneiden. Knochen mit dem Suppengemüse, Salz und Gewürzen zum Kochen bringen und 1,5 Stunden köcheln lassen. Die Brühe durch ein Haarsieb gießen. Das Fleisch in größere Würfel schneiden.
1 l Wasser zum Kochen bringen. Fleisch und das Suppengrün (gebündelt) in das kochende Wasser geben und gar kochen.

Aus Butter, Mehl und Brühe eine Schwitze zubereiten. Kurz vor dem Servieren das Eigelb mit etwas Brühe verschlagen, dann alles in die heiße Brühe geben und kurz durchschlagen. Das heiße Fleisch in eine Suppenterrine füllen, die fertige Brühe darübergeben und die Suppe servieren.

Dazu werden abgewellte Rosinen und Rosinenbrot gereicht.

Tipp: Bereitet man Brühe und Fleisch getrennt zu, kann man es in der Terrine besser einteilen.

Zweiter Gang
Birnen, Bohnen und Speck

Zutaten:
500 g magerer, geräucherter Speck
½ l Wasser
1 kg grüne Bohnen
je 1 EL frisches Bohnenkraut und Petersilie, gehackt
500 g Kochbirnen
Kartoffeln

Zubereitung:
Den durchwachsenen Speck im Wasser etwa 20 Minuten garen. Dann den Speck herausnehmen und beiseitestellen. Bohnen putzen und waschen. Bohnenkraut und gehackte Petersilie in den Sud geben. Grüne Bohnen darin garen, nach 10 Minuten die gewaschenen Birnen (mit Stiel und Schale) zugeben und alles 30 Minuten kochen lassen. Mit gehackter Petersilie bestreuen und eventuell mit etwas Pfeffer würzen. Dazu reicht man Salzkartoffeln.
Tipp: Sehr gut schmeckt es auch, wenn man noch einige Wurzeln – in dünne Scheiben geschnitten – mitkocht.

Dritter Gang
Altländer Obstauflauf

Zutaten (für vier Personen):
5 EL Sonnenblumenöl
3 EL Honig
3 Eier
150 ml Milch
75 g Buchweizenmehl
75 g Weizenvollkornmehl
je 150 g Birnen und Äpfel
Saft einer unbehandelten Zitrone
1 EL Nüsse

Zubereitung:
Das Öl und den Honig mit den Eiern und der Milch verquirlen. Die beiden Mehlsorten unterrühren und 30 Minuten quellen lassen. Eine runde Auflaufform fetten. Die Äpfel und Birnen schälen und würfeln, sofort mit dem Zitronensaft mischen. Die Nüsse grob hacken. Das Obst in der Form verteilen, den flüssigen Teig darübergießen und mit den Nüssen bestreuen.
Bei 180° C Heißluft ca. 45 Minuten backen.
Guten Appetit!

Danksagung

Wie immer konnte dieses Buch nur so authentisch werden, weil es einen helfenden Menschen gab, der mir die Region gezeigt, erklärt und mich auf ihre Besonderheiten aufmerksam gemacht hat. So gilt mein allergrößter Dank **Ina Voß**, die mich mehrere Male durchs Alte Land gefahren, mich an einem schwierigen Punkt regelrecht »gerettet« und mir immer wieder geduldig all meine Fragen beantwortet hat. Danke, liebe Ina! Ohne dich, deine Kontakte und Ideen hätte ich es nicht geschafft!

Ein ganz, ganz großes Dankeschön geht an den **Landfrauenverein Altes Land** und hier besonders an die beiden Vorsitzenden **Adelheid Rehder** und **Heike Budde**. Schön, dass wir die tollen Rezepte aus den beiden Kochbüchern abdrucken durften. Und natürlich tausend Dank für den informativen, lauschigen Nachmittag im Hotel Altes Land in Jork, an dem ich Ihnen beiden Löcher in den Bauch fragen durfte. Ich freue mich auf die Lesung im November vor dem Landfrauenverein.

Ans Herz legen möchte ich allen Lesern, die sich für den Obstanbau interessieren, das Buch *Wachsen Äpfel auch im Winter?* (Husum Verlag, ISBN 978-3-89876-660-9), das Landfrau Marion Schliecker aus Jork zusammen mit ihren Söhnen Jan und Lasse geschrieben hat. Danke, liebe Marion, für einen spannenden und kenntnisreichen Nachmittag auf eurem Hof. Nun weiß ich auch, was es bedeutet, wenn Äpfel »Sonnenbrand« haben, und was man tun kann, damit Blüten nicht erfrieren.

Ebenfalls ans Herz legen möchte ich meinen Lesern das Café im Goebenhaus in Stade (www.goebencafe.de), in dem die berühmte Stader Torte gebacken und verkauft wird. Ein Teil des Erlöses geht an den Verein »Die Brücke« (www.die-bruecke-stade.de), der es sich zur Aufgabe gemacht hat, Menschen mit seelischen Problemen zu helfen. Da wir alle in unserem Leben mal auf Hilfe angewiesen sind, finde ich diese Einrichtung wirklich unterstützenswert.

Den Anstoß zum Kontakt mit den Altländer Landfrauen verdanke ich zum einen **Hanno Kreie**, dem Vertreter für Norddeutschland.
Und meiner wunderbaren Lektorin und Programmleiterin **Dr. Andrea Müller**, die sich für dieses Thema so begeistert hat. Dank Ihnen bin ich jetzt süchtig nach Landzeitschriften, die sich hier mittlerweile stapeln. Wenn ich bald umziehen muss, ist das Ihre Schuld. ☺

Danke wie immer auch der Zweiten im Bunde, der klugen und kritischen Außenlektorin **Friederike Arnold**, die bereits den Vorgängerroman *Eine Villa zum Verlieben* liebevoll betreut hat.

An dieser Stelle auch sehr wichtig: **Patricia Keßler** für die grandiose Pressearbeit und dafür, dass sie vielen meiner spleenigen Einfällen gegenüber offen ist.

Mein kulinarischer Dank geht an **Stephan Seele**, Koch des Hamburger Restaurants **Fillet of Soul**, dafür, dass ich das Rezept des ultraleckeren Polentabrots abdrucken durfte. Das Movie-Dinner war ein absoluter Hochgenuss!

Wie immer möchte ich einen dicken, papiernen Dankeschön-Kuss an alle schicken, die mir so nett auf **Facebook** folgen, egal, ob Blogger, Book-Tuber, Leser oder Menschen, die sich dafür interessieren, was ich so alles treibe. Ohne euch würde das Ganze nur halb so viel Spaß machen.

Zum Schluss möchte ich all meinen Freundinnen danken, die seit vielen Jahren an meiner Seite sind. Es ist so schön, dass es euch gibt. Dieses Buch ist für euch ☺ … und ganz besonders für meine Freundin Bettina, ohne die es dieses Buch gar nicht geben würde …

Gabriella Engelmann

Wintersonnen-glanz

1

Gedankenverloren steckte ich die Kirschzweige, die ich heute Morgen geschnitten hatte, in eine große Vase, wie jedes Jahr am Barbaratag: einen Zweig für meine Großtante Bea, den zweiten für meinen Mann Leon. Der dritte und vierte waren für Beas beste Freundin Vero und ihren Mann Hinrich bestimmt, Nummer fünf, sechs, sieben und acht für meine Freunde Nele, Paula, Adalbert und Olli.

Vor einem Jahr war Nummer neun dazugekommen – der Zweig für unsere geliebte Tochter Liuna-Marie, die nun eineinhalb war. Während ich noch überlegte, wo die Vase am sichersten stand, krabbelte meine Kleine vergnügt auf dem Wohnzimmerboden herum und ging ihrer Lieblingsbeschäftigung nach: die Schubladen des Vitrinenschranks ausräumen. »Hey, du süßer Krabbelkäfer, lass das bitte bleiben. Heute Nachmittag kommen alle zum Adventskaffee, und da muss es ordentlich aussehen.« Oder zumindest ein bisschen, dachte ich seufzend und holte Liuna-Marie die Holzklötze aus dem geflochtenen Weidenkorb neben dem Sofa. Es war immer wieder drollig, dabei zuzusehen, wie sie versuchte, aus den bunten Klötzchen Türme zu bauen.

»Alles klar bei dir, oder brauchst du Hilfe bei den Vorbereitungen?«, fragte Leon und gab mir einen Kuss auf den Nacken. Ich hatte, wie meistens, meine blonden Haare zu einem hohen Pferdeschwanz gebunden. »Mmh, wie du wieder duftest«, raunte er mir ins Ohr und drehte mich zu sich herum. »Nach Tannennadeln, Honig und Zimt. Wie machst du das nur immer?«

Verliebt schlang ich die Arme um meinen Mann, der ein gutes Stück größer war als ich, weshalb ich mich auf die Zehenspitzen stellen musste. »Keine Ahnung. Vielleicht ist es mein Parfum? Oder der Duft des zweiten Advents?« Ich gab ihm einen Kuss. »Und was die Vorbereitungen angeht: Lieb, dass du fragst, aber so weit ist alles im grünen Bereich. Aber sag mal, musst du heute eigentlich in die Redaktion? Es ist so schönes Wetter, und ich dachte, wir könnten vor dem Mittagessen noch eine Runde mit unserer Maus drehen.«

Leon seufzte bedauernd. »Leider ja. Ich muss noch mit dem Fotografen die Abstimmung für einen Artikel zu Ende bringen. Aber ich beeile mich, versprochen. Lass uns spazieren gehen, bevor alle kommen – oder du marschierst gleich alleine los, wenn ihr beide jetzt schon an die frische Luft wollt.« Mit diesen Worten nahm er Liuna-Marie hoch und gab ihr einen Kuss auf die zarte Wange. Die Folge war lautstarkes Gebrüll. Unsere Tochter – ein echtes Friesenmädchen – konnte es nämlich gar nicht leiden, beim Spielen unterbrochen zu werden. Erschrocken setzte Leon sie zurück auf den Boden, und ich musste lachen, weil er total verwirrt dreinschaute. Sosehr er es liebte, Papa zu sein, so sehr verunsicherte es ihn gelegentlich, mit so einem energischen, kleinen Wesen zu tun zu haben, das nicht immer leicht zu durchschauen war.

»Keine Panik, sie beruhigt sich schon wieder. Los, los, geh jetzt, sonst kommst du zu spät in die Redaktion und dann auch zu spät zum Mittagessen. Bis nachher, Schatz.«

Nachdem die Haustür hinter Leon ins Schloss gefallen war, setzte ich mich an den langen Esstisch, der ebenfalls in unserem geräumigen Wohnzimmer untergebracht war, und schenkte mir eine Tasse Tee ein. Wie bei den Friesen üblich, ließ ich den schwarzen Tee über einen goldbraunen Kandis-Stick in meinen Lieblingsbecher laufen. Danach gab ich Sahne dazu und stellte die Kanne auf das Stövchen zurück. Während ich genüsslich trank, wanderte mein Blick zum Fenster unseres urigen Friesenhäuschens, in dem wir seit Anfang des Jahres wohnten. Obwohl die Immobiliensituation auf Sylt gelinde gesagt eine Katastrophe war, war es uns dank Beas tollen Beziehungen gelungen, dieses Schmuckstück in der Nähe des Keitumer Watts anzumieten. Ich liebte die Aussicht auf unseren Garten, der hoffentlich bald von einer weißen Decke aus Schneekristallen bedeckt sein würde. Bislang hatte es auf der Insel – bis auf wenige zarte Flocken – noch nicht geschneit. Dabei wünschte ich mir so sehr, endlich zusammen mit meiner Tochter einen Schneemann zu bauen und zum ersten Mal weiße Weihnachten feiern zu können. Nachdem ich den Tee ausgetrunken hatte, setzte ich mich zu Liuna-Marie auf den Teppich aus Lammfell-Imitat, der vor dem Kamin lag. Sobald die Gäste da waren, würden wir die Holzscheite anzünden, die Leon gestern schon auf dem Kaminrost gestapelt hatte, und ins prasselnde Feuer schauen können.

Meine Tochter war vollkommen versunken in ihr Spiel. Friedliche Stille lag über dem Raum.
Selbst Blairwitch, die betagte schwarze Katze meiner Freundin Nele, die wir zurzeit in Pflege hatten, schlief zusammengerollt auf einem Kissen.
An Tagen wie diesen konnte ich mein Glück kaum fassen. Alles war wunderbar: Ich war verheiratet mit einem tollen Mann, den ich sehr liebte, und nun endlich Mutter einer süßen, quietschlebendigen Tochter, die das Herz aller im Sturm erobert hatte. Bis dahin war es allerdings ein langer, schwieriger Weg gewesen, an den ich nur ungern zurückdachte.
Kaum auf der Welt, war Liuna-Marie aber auch schon der erklärte Liebling und Mittelpunkt des Büchernests, der Buchhandlung mit kleinem Café im Herzen Keitums, wo ich arbeitete.
Sie genoss die Liebe und Aufmerksamkeit, die ihr von unseren Kunden entgegengebracht wurde, von der Sekunde an, als ich sie zum ersten Mal in der Babyschale an meinen Arbeitsplatz mitgenommen hatte. Die Kleine liebte die Atmosphäre des heimelig nach Papier duftenden Ladens genauso sehr wie den Duft von frisch gebackenen Friesenwaffeln, der Spezialität von Vero, die das Café des Büchernests betrieb und stets höchstpersönlich hinter dem Herd stand. Mit fröhlichem Glucksen und großen Augen begrüßte mein kleiner Sonnenschein jeden neuen Tag, als sei er einzig dafür gemacht, sie zu beglücken und ihr zu gefallen.
Meine Freundin Paula, Leiterin der Kindertagesstätte Inselkrabben, die ebenfalls zum Büchernest gehörte, nannte sie liebevoll »meine kleine Krabbe«. Als Patentante verwöhnte

sie Liuna-Marie nach Strich und Faden – sofern ich es ihr erlaubte.
Ihr Mann Patrick war ebenso hingerissen von der Kleinen wie Veros Mann Hinrich, der nach einer zweiten Herz-OP immer wieder grummelig graue Tage hatte und es damit Vero nicht gerade leicht machte. Doch kaum sah er Liuna-Marie, wurde sein faltiges Gesicht wieder glatt, und er wirkte mit einem Schlag zwanzig Jahre jünger.
Ihre größten »Fans« aber waren Bea und ihr gleichaltriger Lebensgefährte Adalbert. Während meine Großtante mit ihren zweiundsiebzig Jahren noch immer äußerst temperamentvoll, resolut und energiegeladen durchs Leben spazierte, war Adalbert weit emotionaler und deutlich sanfter als sie – was seiner Verliebtheit aber keinerlei Abbruch tat. Beide fungierten als Großelternersatz für Liuna-Marie, da meine Eltern früh bei einem Autounfall verstorben waren und Leons Eltern nur wenig Zeit für ihre Enkelin hatten. Als fröhliche Pensionäre genossen sie ihren Lebensabend und waren viel auf Reisen.
Nachdem ich einen zweiten Becher Tee getrunken und währenddessen überlegt hatte, ob auch wirklich alles für den Adventskaffee bereit war, klingelte das Telefon.
Am Apparat war Bea.
»Lissy, du ahnst nicht, was ich gerade gemacht habe«, sagte sie, anstatt mich zu begrüßen. Meine Großtante war eben immer für eine Überraschung gut.
»Hm, lass mich raten«, entgegnete ich. »Du hast eine Studienreise nach Lappland gebucht? Einen Rentierschlitten gekauft? Nein, warte, jetzt weiß ich's: Du wirst Wale züchten!«, zählte ich Möglichkeiten auf, die mir spontan

einfielen, eine absurder als die andere – aber durchaus denkbar, wenn es um meine Großtante ging.
Mit einem Auge war ich bei Liuna-Marie, die nun die Bauklötze satthatte und stattdessen am Fell ihres Teddys herumzupfte. Ein sicheres Zeichen dafür, dass ihr langweilig war.
»Ich habe gebacken.« Beas Tonfall klang so triumphierend, als wollte sie mir sagen, dass sie gerade zur Bürgermeisterin von Keitum gewählt worden sei.
»Du hast bitte was?!« Ich musste etwas falsch verstanden haben. »Du hast gepackt? Willst du verreisen?«
»Du hast schon richtig gehört«, erwiderte Bea. »Ich habe GEBACKEN«, wiederholte sie mit Nachdruck.
Ich schmunzelte. Die Frau, die sich lange Zeit dem Kochen verweigert hatte und eine Rührschüssel kaum von einem Wok unterscheiden konnte, sollte tatsächlich gebacken haben? »Schließlich wollte ich auch einen Beitrag zum heutigen Adventskaffee leisten. Aber keine Sorge, es sind nur Plätzchen, den Stollen und den Baumkuchen überlasse ich natürlich wie immer Vero.«
Erleichterung überflutete mich. »Na dann … wow, das ist … super. Bin schon gespannt. Denkst du aber bitte trotzdem noch an den Glühwein und den alkoholfreien Punsch?«
»Also hör mal, Lissy!« Bea klang beleidigt. »Wie könnte ich das vergessen? Ich bin doch nicht schusselig. Adalbert hat die Getränke schon vor einer Woche besorgt. So wie er überhaupt immer so viel kauft, als gäbe es morgen nur noch leere Regale in den Läden und wir müssten alle verhungern.« Sie seufzte tief. »Ich sag's dir, das Zusammenleben mit ihm ist nicht immer leicht.«
»Aber trotzdem wunderschön«, ergänzte ich Beas Satz, denn

ich kannte ihre ewige Litanei bezüglich Adalbert in- und auswendig und nahm sie keine Sekunde wirklich ernst. Die beiden liebten einander und passten zusammen wie Topf und Deckel. Das einzige Problem dabei war, dass Bea es als ausgesprochener Freigeist nicht so mit Töpfen und Deckeln hatte, genauso wenig wie mit dem Zusammenleben.

»Na, ich weiß nicht«, entgegnete sie. »Wie würdest du es denn finden, wenn Leon den lieben langen Tag Klavier üben würde? Und dich ständig fragt, wie es dir geht, was du denkst, was du fühlst. Ob er dir noch etwas bringen kann.«

»Das wäre natürlich der absolute Alptraum«, antwortete ich schmunzelnd. »Wie kann man nur so egoistisch und unsensibel sein? Tut mir leid, Bea, aber ich muss jetzt Schluss machen. Liuna-Marie rupft ihrem Teddy sonst gleich ein Auge aus, wenn ich sie mir jetzt nicht schnappe und mit ihr rausgehe. Also, bis später. Ich freue mich auf euch … und auf die Plätzchen.«

Zehn Minuten später hatte ich meine Kleine in warme Kleidung und ein Tuch gehüllt, um sie gegen die kalte Winterluft zu schützen, und spazierte mit ihr am Keitumer Watt entlang.

Da es an meiner Lieblingsstelle auf Sylt keinen asphaltierten Weg gab, über den man eine Kinderkarre hätte schieben können, musste ich Liuna-Marie tragen, was mittlerweile nicht mehr ganz leicht war. Müde vom Spielen und der frischen Nordseeluft, döste meine Tochter schon nach wenigen Metern ein, so dass ich Zeit hatte, meinen Gedanken freien Lauf zu lassen und den Anblick des Wattenmeers zu genießen.

Für mich einer der schönsten Flecken auf dieser Erde.

Die Wintersonne tauchte die Landschaft in gleißendes Licht und erhellte diesen vierten Dezember mit ihrem vorweihnachtlichen Glanz. Eisschollen glitzerten, das wogende Seegras war mit weißem Raureif bedeckt. Austernfischer und Möwen saßen in Kolonien auf dem Eis und sahen aus, als seien sie dort festgefroren. Ihr Gesang wurde vom kalten Wind nach Amrum und Föhr getragen; die Natur verband die Nachbarinseln mit Sylt.

Versonnen dachte ich an die Kirschzweige, die ich gemäß der Tradition des Tags der heiligen Barbara für meine Liebsten in die Vase gestellt hatte. Ihre Zweige galten als zukunftsweisende Vorboten: Erblühten sie zu Beginn der Raunächte, also kurz nach Heiligabend, verhießen sie denjenigen, denen sie zugedacht waren, ein glückliches neues Jahr. *Frügelk Jööl en en lekelk nii Jaar,* wie es auf Friesisch hieß.

Früher hatte ich Barbarazweige nur für Bea, Vero und mich geschnitten, doch im Laufe der Jahre, die ich nun auf Sylt lebte, waren weitere dazugekommen. Einer für jeden neuen Menschen, der in mein Leben getreten war und den ich liebte.

»Moin, Larissa«, ertönte es neben meinem Ohr. Rieke, unsere Auszubildende im Büchernest, parierte neben mir ihr Pferd zum Stehen durch. Sie würde im kommenden Sommer ihre Ausbildung als Buchhändlerin beenden, und ich hoffte sehr, dass sie bei uns bleiben und Bea und mich künftig weiter entlasten konnte.

»Moin, alles gut bei dir?«, begrüßte ich sie.

Rieke schwang sich aus dem Sattel, hielt ihr Pferd am Zügel und beugte sich zu Liuna-Marie, die sanft in ihrem Tragetuch schlummerte. »Hallo, Süße«, murmelte sie so verzückt, als sähe sie sie zum ersten Mal. »Du bist eine echte kleine Zaubermaus.«

»Vor allem wenn sie schläft«, entgegnete ich schmunzelnd. »Denkst du übrigens daran, dass morgen unsere neue Praktikantin anfängt? Wäre toll, wenn du sie ein bisschen unter deine Fittiche nehmen könntest. Bea und ich müssen nämlich noch unsere Buchpräsentation am Abend vorbereiten.«

»Klar, kein Thema«, antwortete Rieke, weiterhin damit beschäftigt, meine schlafende Tochter zu bewundern. Die Stute schnaubte zufrieden und stieß ihren warmen Pferdeatem in die Winterluft, beinahe so, als wollte sie meine Kleine wärmen. »Die kommt doch aus Berlin und ist siebzehn, nicht wahr? Wie heißt sie gleich noch mal?«

»Kathinka Köster, kurz Tinka«, half ich Rieke, die zuweilen ziemlich zerstreut war, auf die Sprünge. »Sie bleibt bis Ende Januar bei uns.«

»Und wie ist sie an das Praktikum gekommen?«, wollte Rieke wissen.

»Sie ist die Enkelin von Inken und Eycke Hansen aus Morsum und hat schon als Kind immer ihre Oma begleitet, wenn sie Bea in der Buchhandlung besucht hat.«

»Ah ja, jetzt erinnere ich mich wieder«, murmelte Rieke. »Die war doch letzten Sommer in so 'ne dramatische Geschichte um eine Surfer-Clique aus Westerland verwickelt. Voll krasse Sache!«

»Auf die du sie aber besser nicht mehr ansprechen solltest«, entgegnete ich. »So, jetzt muss ich weiter, sonst frieren mir gleich die Zehen ab. Hab noch einen schönen zweiten Advent und grüß deine Familie von mir. Wir sehen uns dann morgen.«

Rieke schwang sich wieder in den Sattel und winkte kurz, bevor sie in Richtung Munkmarsch davontrabte. Außer ihr war keine Menschenseele unterwegs.
Die Touristen kamen in der Regel erst nach dem zweiten Weihnachtsfeiertag auf die Insel, die Besitzer der Ferienhäuser kurz vor Heiligabend. Die Sylter selbst waren, bis auf wenige Ausnahmen, gerade damit beschäftigt, das Mittagessen zu kochen oder ein vorweihnachtliches Treffen mit Familie und Freunden vorzubereiten. Ich liebte diese stillen Momente, wenn man für einen Augenblick das Gefühl hatte, die Welt hörte auf zu rotieren. Gerade in der Hektik der Vorweihnachtszeit eine echte Wohltat.
Als ich nach einem ziemlich langen Marsch wieder zurück in unser kuschelig warmes Friesenhäuschen kam, war Leon zu meiner Überraschung schon da und hatte den Tisch gedeckt. »Hallo, Schatz«, sagte ich und gab ihm einen Kuss auf die Wange, was er mit einem »Brrrr, du bist ja eine echte Eisprinzessin« quittierte. Dann nahm er mir Liuna-Marie ab, die nun erwachte, sich die himmelblauen Augen rieb und dabei herzhaft gähnte.
Nachdem ich mir die Hände gewaschen und mich ein wenig frisch gemacht hatte, aßen wir die Kartoffelsuppe, die ich am Abend zuvor gekocht und heute mit frischen Krabben, krossen Croûtons und einer Sahnehaube verfeinert hatte.
Nun war ich gestärkt für den Besuch meiner Lieben und konnte es kaum erwarten, alle wiederzusehen.
Alle würden da sein – bis auf meine beste Freundin Nele, die leider, wie üblich, als rastlose Künstlerin in der Weltgeschichte herumgondelte. Obwohl ich in Paula eine echte

Freundin gefunden hatte, mit der ich vieles teilen und über fast alles reden konnte, fehlte mir Nele.
Nele, der bunte, verrückte Paradiesvogel, dem Bea und ich schon so manches Mal aus der Patsche geholfen hatten. Die aber wiederum ihrerseits ein großes Herz hatte und gerade durch ihre Einzigartigkeit, ihren Charme und das Anderssein bestach. Und immer wieder frischen Wind in mein Leben pustete, das in den vergangenen Jahren eine doch eher behäbige Gangart eingelegt hatte.
»Kommst du?«, hörte ich Leon rufen, der mich mit seiner Frage aus meinen Gedanken riss. »Es hat geklingelt. Unsere Gäste sind da.«

2

Unzählige »Moin« wirbelten durch die Luft und erfüllten den Flur mit ihrer fröhlichen Herzlichkeit.
Bea, Adalbert, Vero und Hinrich waren zusammen gekommen, und nun stellte es eine kleine Herausforderung dar, ihnen zur selben Zeit die dicken Wintermäntel abzunehmen und diese an der Garderobe aufzuhängen.
Im schmalen Flur war leider zu wenig Platz.
»Paula, Patrick und Olli kommen aber auch, oder?«, fragte Bea, die mir eine rote Papiertüte, bedruckt mit goldenen Sternen, in die Hand drückte, während Adalbert Leon die mitgebrachten Getränke übergab.
»Sie verspäten sich um ungefähr zwanzig Minuten«, gab ich zur Antwort und folgte Vero, die zielstrebig in Richtung Küche ging, mit Bea im Schlepptau. »Mmh, das sieht ja wieder toll aus«, lobte ich Veros Backkünste, als sie den Stollen und den Baumkuchen aus den Plastikboxen holte und auf die Kuchenteller drapierte, die ich bereitgestellt hatte. Die kleine, rundliche Vero strahlte übers ganze Gesicht.
»Der Stollen ist dieses Mal extra auf deinen Wunsch ohne Zitronat und Orangeat«, erklärte sie und zupfte an ihren

kurzen grauen Haaren herum, die sie bis vor kurzem noch als Dutt getragen hatte. »Und ohne Rosinen.«

»Was das gute Stück zu etwas macht, das den Namen Stollen gar nicht mehr verdient«, unterbrach Bea ihre beste Freundin und begann nun ihrerseits, die Schätze aus der roten Papiertüte zu holen, die ich auf die Anrichte gestellt hatte. Vero verfolgte jeden ihrer Handgriffe gebannt, während Blairwitch ihr maunzend um die Knöchel strich.

»Zimtsterne, Vanillekipferl und Friesenkekse«, zählte Bea auf, nahm drei tiefe Teller aus dem Hängeschrank über der Spüle und verteilte ihr Backwerk darauf. Optisch gab es nichts zu meckern, die Kekse sahen aus, wie sie sollten.

»Sag bloß, du hast gebacken?« Vero nahm die Lesebrille aus der Tasche ihrer Strickjacke und beäugte die Weihnachtsplätzchen skeptisch.

Bea, heute mit einer schwarzen Hose und einem anthrazitfarbenen, engen Rolli bekleidet, reckte das Kinn und antwortete: »Ja, hab ich. Hast du ein Problem damit?«

Ich unterdrückte ein Kichern. Im Laufe der letzten Jahre waren die Freundinnen ein bisschen wunderlich geworden. Und kabbelten sich immer häufiger, wenn auch auf liebevolle Weise.

Zumindest meistens.

Es hatte aber auch schon Momente gegeben, in denen sie sich so verkracht hatten, dass Wochen vergingen, ehe eine von beiden sich dazu durchringen konnte, sich mit der anderen wieder zu versöhnen. Nicht ganz leicht für alle Beteiligten, da sowohl Bea als auch Vero im Büchernest arbeiteten und die Arbeitsatmosphäre deutlich unter den Streitereien litt.

»Nein, natürlich nicht. Wieso sollte ich?«, entgegnete Vero und schnappte sich dann die Teller mit dem Stollen und dem Baumkuchen. »Ich bin einfach nur verwundert.« Mit diesen Worten verließ sie die Küche und stellte das Gebäck in die Mitte der langen Tafel, die ich zuvor mit frischem Tannengrün und weiß-blauen Schleifen dekoriert hatte – den Farben Nordfrieslands. Den üppigen Adventskranz hatte ich auf den Wohnzimmertisch vor dem Sofa umgesiedelt, damit wir mehr Platz hatten. Leon zündete gerade die zweite Kerze an.

Nachdem alle sich gesetzt hatten und mit Tee und Kaffee versorgt waren, klingelte es erneut an der Tür. Paula und Patrick entschuldigten sich für ihr Zuspätkommen, und Paula überreichte mir einen wunderschönen Strauß aus dunkelgrünen Tannenzweigen, dekoriert mit kleinen roten Äpfeln, Walnüssen, Zimtstangen und weiß bemalten Holzsternen.

»Ach was, kein Problem. Hauptsache, ihr seid da«, antwortete ich, bedankte mich für das schöne Mitbringsel und überlegte, in welche Vase ich den Adventsstrauß stellen sollte. »Schließlich wollen wir euch doch alle noch mal sehen, bevor ihr weg seid.« Die attraktive, brünette Mitvierzigerin Paula gehörte seit über drei Jahren zu unserem Freundeskreis, genau wie ihr Mann Patrick. Früher hatte sie in Hamburg eine eigene Galerie gehabt, nun lebte sie auf Sylt und widmete sich hingebungsvoll ihrer Aufgabe als Leiterin der Inselkrabben. »Geht doch schon mal ins Wohnzimmer. Ich komme gleich nach.«

Bevor ich mich wieder unter die Gäste mischte, huschte ich in den ersten Stock hinauf, um nach Liuna-Marie zu schauen, die nach dem Mittagessen erneut so müde geworden war, dass ich beschlossen hatte, sie in ihr Bettchen zu legen. Allerdings wusste man bei ihr nie genau, ob sie auch wirklich schlief oder beschäftigt werden wollte. Doch in der Tat, sie schlummerte selig, und ich konnte mich kaum von ihrem Anblick lösen. Dieses zarte Zauberwesen war immer noch wie ein Wunder für mich.

Sanftes Klopfen an der Kinderzimmertür erinnerte mich jedoch daran, dass heute nicht nur sie im Mittelpunkt stand.

»Darf ich auch mal kurz schauen?«, fragte Paula, die durch den Türspalt schlüpfte und sich neben mich stellte. Paula und Patrick konnten keine Kinder bekommen, und so hatte ich während der Schwangerschaft beschlossen, Paula zu Liuna-Maries Patentante zu machen. »Ich werde sie vermissen, wenn ich weg bin. Zwei Monate sind eine lange Zeit«, flüsterte Paula und lehnte sich über das Gitterbettchen. Dann zog sie die Decke ein Stückchen höher in Richtung Liuna-Maries Kinn.

»Komm, lass uns gehen, nicht dass wir sie noch wecken«, wisperte ich. Doch als ich Paulas wehmütigen Gesichtsausdruck sah, musste ich lächeln. Es stimmte. In Liuna-Maries Alter waren zwei Monate ein langer Zeitraum. »Oder bleib du noch einen Moment, ich muss auf alle Fälle wieder zu den anderen. Bis gleich.«

Im Wohnzimmer angekommen, legte ich das Babyphone neben meinen Teller. Inzwischen war an der Kaffeetafel eine heiße Diskussion über das Thema Backen im Gange. Nur Ollis Platz war noch leer – merkwürdig! Ich checkte mein Handy, doch er hatte keine Nachricht geschickt.

»Bea, deine Plätzchen schmecken wirklich fantastisch«,

schwärmte Patrick gerade und nahm sich zwei Zimtsterne. Paulas Mann war ein echter Gourmet, daher zählte sein Lob doppelt.
»Beinahe so wie von Bäcker Paulsen«, sagte Vero schmallippig und schaute ihre Freundin herausfordernd an. Adalbert blickte verwirrt zwischen beiden hin und her.
»Was soll das heißen, wie von Bäcker Paulsen?«, entgegnete Bea schnippisch, anstatt sich über das Lob zu freuen.
»Das soll weiter gar nichts heißen, außer, dass sie einfach perfekt sind. Freu dich doch«, erwiderte Vero.
Neugierig nahm ich mir je ein Plätzchen der drei Sorten und begann mit dem Vanillekipferl, meine persönlichen Lieblinge.
Um wirklich gut zu schmecken, durfte das Kipferl weder zu süß sein noch zu trocken. Und Bea war dieses Kunststück gelungen.
»Mmh, ein Traum«, lobte ich meine Großtante. »Wer hätte gedacht, dass in dir eine so begabte Bäckerin schlummert?«
Bea konnte nicht antworten, weil es erneut an der Tür klingelte. Endlich würden wir vollzählig sein.
Leon stand auf, um zu öffnen, und ich hörte zu meiner Verwirrung eine Frauenstimme. Sollte Olli, der Männer liebte, eine Bekannte mitgebracht haben, ohne mir vorher etwas davon zu sagen?
»Blairwitch, meine Süße, ich hab dich vermisst«, hörte ich und war auf einmal wie elektrisiert. »Komm, lass dich knuddeln.«
Träumte ich, oder war das die Stimme meiner besten Freundin Nele? Auch Bea und Vero hielten inne und schauten einander fragend an. Nur Adalbert schmunzelte still vor sich hin.
»Moin, ihr Lieben. Na, was sagt ihr?«, fragte Nele, die plötz-

lich mit hochroten Wangen im Wohnzimmer stand, ihre Katze auf dem Arm, und grinsend in die Runde schaute. Genau wie Olli, der neben ihr im Türrahmen auftauchte. »Überraschung gelungen?«

Ich rief: »Und wie!«, und stürzte mich auf Nele, die ich seit Ewigkeiten nicht mehr gesehen hatte. »Aber was machst du hier? Wir dachten, du bist in Frankreich.«

»Das war nur eine Finte, um euch alle abzulenken«, feixte Olli. »Sorry, dass wir erst jetzt da sind, aber die Nord-Ostsee-Bahn hatte ausnahmsweise mal Verspätung.«

Ich konnte mein Glück kaum fassen. Nun waren wirklich alle Menschen, die mir am Herzen lagen, hier.

Bea stand ebenfalls auf und stürmte auf Nele zu, die Blairwitch mittlerweile auf den Boden gesetzt hatte. Sie liebte meine Freundin genauso sehr wie mich und hatte sie schon lange gekannt, bevor ich auf die Insel gekommen war, um hier zu leben. »Was machst du hier? Und wie lange bleibst du?«, fragte sie und drückte Nele an sich.

»So lange, wie du mich im Pavillon unterbringen kannst«, antwortete diese und begrüßte dann Adalbert, der sich zu Bea gesellt hatte, mit einem Kuss. Ich beobachtete, wie die beiden einander verschwörerisch zuzwinkerten.

Nanu? Was war denn zwischen denen im Gange?

»Dann also für länger«, sagte Bea und strahlte über das ganze Gesicht. »Als hätte ich es geahnt, habe ich im Herbst eine richtige Heizung einbauen lassen. Wir brauchen sie nur noch anzumachen, das Bett zu beziehen, und schon hast du einen kleinen Palast für dich allein.«

»Das klingt super, danke«, antwortete Nele und nahm dann wieder Blairwitch auf den Arm, die mit ihrer rosa Katzenzunge über ihre Nase schleckte. Ich plinkerte ein paarmal, weil ich es immer noch nicht fassen konnte, dass Neles unerwartetes Auftauchen kein Traum war. »Ach Mann, ihr ahnt gar nicht, wie schön es ist, wieder auf Sylt zu sein und euch alle zu sehen.«

»Nun setz dich doch erst mal«, sagte Leon und dirigierte sie zu seinem Platz. »Ich hole noch schnell einen zusätzlichen Stuhl aus dem Büro.«

»Und ich ein weiteres Gedeck aus der Küche«, ergänzte Vero und streichelte Neles Arm, bevor diese Paula und Patrick begrüßen und sich setzen konnte.

Als endlich alle saßen und versorgt waren, sah ich aus den Augenwinkeln, dass sich die schöne Advents-Kaffeetafel, umrahmt von Kerzenschein, im Fenster widerspiegelte. Von solch großen Runden hatte ich schon als Kind geträumt: Menschen, die zusammen aßen und einander von den kleinen und großen Freuden oder auch Sorgen des Alltags erzählten und diese miteinander teilten. Menschen, die einander liebten und füreinander da waren, egal, welche Herausforderungen das Leben für sie bereithielt. Während ich meinen Gedanken nachhing, stand Adalbert auf und flüsterte mir ins Ohr: »Darf ich Sektgläser aus eurer Vitrine holen? Wir haben etwas zu feiern. Den Sekt habe ich draußen im Auto. Ich gehe ihn mal eben holen.«

Ich wunderte mich zwar, nickte jedoch und stand auf, um ihm zu helfen. Leon, der gerade in eine tagespolitische Unterhaltung mit Patrick vertieft war, verfolgte meine Bewegungen mit einem fragenden Blick, und ich zuckte mit den Schultern. Ich hatte keinen blassen Schimmer, was Adalbert vorhatte.

Bea hob den Kopf und blickte ebenfalls verwundert drein. Nachdem Adalbert die Flaschen entkorkt hatte, ging er reihum und füllte alle Gläser, die ich auf die lange Tafel gestellt hatte. In diesem Moment fiel mir der Grund für den Sekt ein: Er wollte Nele willkommen heißen! Bestimmt war er in ihren und Ollis geheimen Plan eingeweiht gewesen, schließlich hatte er vorhin so wissend gelächelt, als sie aufgetaucht war.

Was für eine nette Idee, sie so herzlich zu begrüßen!

»Bitte alle mal herhören«, sagte Adalbert, nachdem jeder von uns einen Schluck des perlenden Getränks vor sich stehen hatte, und stieß mit der Kuchengabel gegen sein Glas. »Und vor allem du, meine Liebste.«

Bea schaute verwirrt drein und suchte meinen Blick.

»Wie ihr vielleicht wisst, war es in früheren Zeiten auf der Insel Brauch, in den Adventswochen zu heiraten …«, fuhr Adalbert mit seiner Ansprache fort. Ein flaues Gefühl machte sich in meinem Magen breit. Ich wagte es kaum, meine Großtante anzuschauen. »Und da dachte ich mir, was die alten Friesen konnten, das kann ich auch. Deshalb habe ich für Sonntag, den achtzehnten Dezember, einen Termin beim Pastor in der Keitumer Kirche gebucht. Ich weiß, dass das alles ein bisschen überraschend kommt und auch arg knapp ist, aber ich wollte einen Zeitpunkt wählen, zu dem unsere Nele wieder auf Sylt ist. Damit sie dabei sein kann, wenn ich dich, meine über alles geliebte Bea, frage, ob du meine Frau werden willst, und dich zum Traualtar führe.«

Stille senkte sich über das Wohnzimmer, und ich konnte sehen, dass Beas Gesicht von einer ungesunden Röte überzogen war.

Im vergangenen Jahr war bei ihr altersbedingter Bluthochdruck diagnostiziert worden, der nun medikamentös behandelt wurde. Wogegen aber garantiert kein Kraut gewachsen war, war ihr unbändiger Freiheitsdrang und friesischer Dickschädel.
So wunderte es bestimmt keinen der Gäste, dass Bea, anstatt zu antworten oder Adalbert gerührt zu küssen und ja zu sagen, einfach aus dem Wohnzimmer stürmte.
Und laut knallend die Haustür ins Schloss fallen ließ.
Zurück blieben unsere Gäste, die reichlich verdutzt an der Advents-Kaffeetafel saßen. Und eine maunzende Blairwitch.

3

Wie beinahe jeden Morgen war ich die Erste, die um halb neun die Tür zu unserem Buchcafé aufschloss, die Kasse mit Wechselgeld füllte, den Anrufbeantworter abhörte und im Computer nachschaute, ob Bestellungen per Mail eingegangen waren.

Ich liebte diese halbe Stunde, bevor alle anderen kamen und der Laden öffnete. In diesen Momenten wusste ich, dass Liuna-Marie gut untergebracht war. Anke war eine tolle Tagesmutter und wohnte nur zwei Häuser entfernt. Dort konnte meine Kleine weiterschlafen und später mit Ankes kleinem Sohn Jelle spielen. Leon war um diese Uhrzeit bereits auf dem Weg in die Redaktion in Westerland, und Bea tauchte in der Regel erst gegen elf auf, nachdem sie Sport getrieben, meditiert und sich in aller Ruhe ihrer Morgenlektüre gewidmet hatte.

Diese Zeit nutzte ich, um zwischen den Regalen auf und ab zu gehen, Bücher gerade zu rücken, zu notieren, welche nachbestellt werden mussten, und den einzigartigen Duft des bedruckten Papiers einzuatmen. Mittlerweile war ein Leben ohne Bücher für mich schier unvorstellbar gewor-

den. Sie konnten eben einfach alles: unterhalten, verzaubern, einen Lachanfall hervorrufen oder Tränen fließen lassen. Man konnte von ihnen lernen, sie einfach nur schön finden oder sich Anregungen für alle Bereiche des Alltags holen.
Sie waren immer da – und würden es immer bleiben.
Genau wie mein geliebtes Büchernest.
Die Erinnerung an Neles und meine erste Begegnung in diesen Räumen amüsierte mich immer wieder aufs Neue. Es fühlte sich an, als seien seitdem Jahrhunderte vergangen, die allerdings unsere Freundschaft gestärkt hatten, obgleich wir einander viel zu selten sahen. Damals waren ihr Café und Beas Buchhandlung noch getrennt gewesen. Mittlerweile war zusammengewachsen, was zusammengehörte.
Wie aufs Stichwort kündigte mein Handy den Eingang einer WhatsApp-Nachricht an. Nele fragte, ob wir später zusammen in der Kleinen Teestube hier in Keitum Tee trinken wollten.
Ich schrieb: *Gern. Um 15 Uhr wäre perfekt!,* und freute mich darüber, endlich mit ihr allein und in Ruhe reden zu können. Zumindest für eine gute Stunde, bevor wir im Laden alles für unsere vorweihnachtliche Bücherpräsentation vorbereiten mussten, die am Abend für unsere Stammkunden auf dem Programm stand.
Als ich in der Küche im ersten Stock die erste Kanne Kaffee des Tages kochte und der aromatische Duft des Getränks den Raum erfüllte, hörte ich Schritte auf der Treppe. Doch es war nicht Vero, wie ich glaubte, oder Olli, sondern Bea.
»Hey, was machst du denn so früh hier? Ist die Yogastunde

ausgefallen?«, fragte ich, nachdem sie ihre Nase durch den Türspalt gesteckt hatte. Insgeheim wusste ich natürlich ganz genau, was meine Großtante so früh hierhergetrieben hatte: Adalberts Heiratsantrag. »Oder möchtest du mit mir über gestern reden? Wo bist du denn eigentlich gewesen, nachdem du so Knall auf Fall abgehauen bist?«

Bea schenkte sich Kaffee ein, obwohl ihr der Arzt geraten hatte, den Konsum deutlich einzuschränken. Doch als echter Sturschädel hielt sie sich nur selten an den Rat anderer, und erst recht nicht an Vorschriften, die ihr gegen den Strich gingen. »Ich habe mich erst in Kampen am Strand durchpusten lassen und war später noch in der Sturmhaube, Glühwein trinken. Und bevor du fragst oder schimpfst: Ich habe das Auto am Strönwai stehen lassen und bin mit dem Taxi zurück nach Keitum gefahren. Kannst du mich nachher dort vorbeifahren, damit wir die Gurke wieder einsammeln können?«

»Ich fürchte, das muss Olli übernehmen, denn ich bin später mit Nele zum Tee verabredet. Aber was hat Adalbert denn dazu gesagt, dass du einfach so ausgebüxt bist? Ich nehme mal an, du hast ihm nicht gesagt, wo du warst?«

Bea grinste schief. »Du kennst mich wirklich gut, liebste Lissy.« Dann machte ihr Lächeln einem grimmigen Ausdruck Platz. »Er war schon im Bett, als ich heimkam. Oder hat geschmollt. Auf alle Fälle habe ich ihn nicht mehr zu Gesicht bekommen. Was auch ganz gut war, weil ich mich sonst vermutlich vergessen hätte. Was für ein Glück, dass wir getrennte Schlafzimmer haben!«

Mir tat Adalbert ehrlich gesagt leid, auch wenn ich seinen gestrigen Antrag immer noch als ziemlich ungeschickt empfand. Andererseits, die Idee, Bea mit einer spontanen Hochzeit zu überraschen, war auch rührend und schön. Schließlich freuten sich die meisten Liebenden über so eine Geste.

Nur, Bea war nicht irgendeine schmachtende Braut in spe, sondern nach dem Tod ihres Mannes Knut vor vielen Jahren bindungsscheu und dickköpfig geworden. Und das wusste Adalbert auch. Doch vermutlich hatte er geglaubt, dass er sie von der Ehe genauso überzeugen konnte wie vom Zusammenleben, indem er einfach Tatsachen schuf.

»Wirst du denn …«, ich suchte nach den passenden Worten, um Bea nicht noch wütender zu machen, »… noch mal darüber nachdenken, oder …«

»Das wüssten wir allerdings auch gern«, sagten Vero und Paula, die mittlerweile ebenfalls in die Küche gekommen waren, im Chor. Beide nahmen sich je einen Becher Kaffee und schauten Bea erwartungsvoll an. Wir drei Frauen waren alle glücklich verheiratet und liebten unsere Männer – auch wenn es zwischen Paula und Patrick einmal so stark gekriselt hatte, dass sie sich beinahe hätten scheiden lassen.

»Was für eine Frage«, schnaubte Bea empört. »Ich sage diesen ganzen Unsinn natürlich ab. Meint ihr allen Ernstes, ich lasse mir die Pistole auf die Brust setzen? Und dann auch noch so kurzfristig? Das kriegt doch jetzt keiner mehr gebacken. Außerdem haben wir Weihnachtsgeschäft im Büchernest, und das geht vor.«

Die Worte *Das kriegt doch jetzt keiner mehr gebacken* ließen mich aufhorchen. Sie klangen nämlich nicht so, als käme eine Hochzeit für Bea *grundsätzlich* auf gar keinen Fall in Frage, sondern eher danach, dass sie sich genügend Zeit für

die Vorbereitungen wünschte. Das sahen Vero und Paula offenbar ebenso, denn beide schmunzelten, taten aber, als nähmen sie Beas vehementes Nein für bare Münze.
»Du, sag mal«, fragte Bea und wandte sich mit zusammengekniffenen Augen an Paula. »Wann wolltet ihr noch mal weg? Heute oder morgen?«
»Wir fahren heute Nachmittag mit dem Autozug nach Hamburg, und dann geht es morgen früh endlich los mit unserer großen Reise quer durch Europa!«, antwortete diese. »Wieso fragst du?«
»Könnte ich vielleicht ein paar Tage in euer Haus ziehen, wenn ihr abgereist seid? Bis sich die Wogen ein bisschen geglättet haben?«
Mir fiel beinahe die Kinnlade herunter. Was war denn in Bea gefahren?
»Im Prinzip gern«, antwortete Paula, ebenfalls sichtlich irritiert. »Du weißt, dass du Patrick und mir jederzeit willkommen bist. Und Olli würde sich bestimmt auch freuen.«
»Worüber würde ich mich freuen?«, fragte Olli wie aufs Stichwort. »Wobei, ich freue mich ja fast immer über alles.«
Ich schaute auf die Uhr. Pünktlich wie ein Uhrwerk war unser Mädchen für alles fünf Minuten vor neun im Büchernest eingetroffen. Olli sah mit seinem smarten Lächeln und den verstrubbelten, hellblonden Haaren wieder so attraktiv aus, dass ich mich wunderte, dass es ihm immer noch nicht gelungen war, einen Mann zu finden, der ihn so liebte, wie er es verdiente.
Bea straffte die Schultern und reckte energisch das Kinn. »Dann ist es also abgemacht«, konstatierte sie. »Ich wohne so lange in eurem Haus, bis ich Adalbert wieder unter die Au-

gen treten kann, ohne den Wunsch zu verspüren, ihm eins überzubraten. Danke, Paula, du bist ein Schatz.«

Olli schaute nun betreten drein und streichelte seiner Chefin sanft über die Schulter. Er war Ende zwanzig und arbeitete genauso lange wie Paula bei uns im Büchernest. Die beiden waren dicke Freunde, und Olli lebte zusammen mit ihr in einem entzückenden Haus am Keitumer Watt, das Paula von Adalbert gemietet hatte, als dieser zu Bea ins Kapitänshaus gezogen war. »Du weißt, dass ich mir kaum eine lustigere und schärfere WG-Braut wünschen kann als dich, Bea. Aber solltest du dich nicht lieber wieder mit Adalbert vertragen? Er hat doch nichts Schlimmes gemacht. Er liebt dich und möchte dich gerne heiraten, das ist alles. Ich wünschte, es gäbe in meinem Leben einen Mann, der mich so lieben würde wie Adalbert dich.«

Bea zeigte sich vollkommen unbeeindruckt, auch wenn keiner von uns begriff, wieso sie so hart gegen sich selbst und Adalbert war. »Das ist ja alles schön und gut, aber der Zweck heiligt nun mal nicht die Mittel. Der spinnt doch, einfach so vor euch allen um meine Hand zu bitten. Das ist Erpressung, wenn ihr mich fragt. Auf Erpressung kann man nur mit Härte reagieren, und genau deswegen ziehe ich heute noch zu euch ins Watthaus, Olli. Du müsstest bitte mein Auto in Kampen abholen, während ich meine Sachen packe, und mich später einsammeln. Geht das?«

»Aber natürlich«, murmelte Olli und hängte einen Beutel Cranberry-Tee in seinen Keramikbecher mit Tannenbaum-Motiv, den ich ihm letztes Jahr zum Nikolaus geschenkt hatte. »Vielleicht helfen dir ja ein paar Tage Auszeit, um ein bisschen Dampf abzulassen.«

Paula räusperte sich und trank ihren Kaffee in einem Zug leer. »So, ich muss nur eben noch ein paar Telefonate mit einigen Eltern führen, dann sage ich auch schon tschüss. Wird komisch sein, zwei Monate ohne euch, das Büchernest und meine Inselkrabben.«

»Dafür haben du und Patrick endlich mal wieder richtig Zeit füreinander«, entgegnete ich. »Bei all der Pendelei zwischen Hamburg und Sylt und der vielen Arbeit bleibt euch ja kaum noch Zweisamkeit. Außerdem habt ihr euch den langen Urlaub und die schöne Europareise verdient, nachdem es im letzten Jahr schon nicht geklappt hat. So, ich muss jetzt aufschließen. Bis nachher.« Mit diesen Worten ging ich die Treppe hinunter und sah mit Erstaunen, dass schon einige Kunden vor der Glastür warteten. Es war mittlerweile zehn nach neun, ich war in der Tat zu spät dran. Ich begrüßte die Wartenden mit dem auf Sylt üblichen »Moin«, ließ sie in die warme Buchhandlung und sah, wie mein Atem kleine Wölkchen bildete. Es war mit minus zehn Grad lausig kalt. Viel zu kalt für Schnee. Rieke würde Handschuhe brauchen, wenn sie die Ständer mit den Postkarten und Kalendern nach draußen schaffte.

Aber wo war Rieke eigentlich?

Und Tinka?

Irritiert stellte ich fest, dass dieser Montagmorgen ganz anders verlief als erwartet oder geplant.

Und damit meinte ich nicht nur Beas dramatische Überreaktion. Auch Leon war heute Morgen ungewöhnlich brummig gewesen, bevor er zur Arbeit gegangen war.

»Tut mir leid, ich hab total verpennt«, sagte Rieke, die an mir vorbei in den Laden stürmte und einen Schwall Kälte mit sich brachte. Sie schmiss ihre überdimensional große Tasche hinter die Ladentheke, auf der die Kasse stand, und begann dann, einen Postkartenständer nach dem anderen vor das Büchernest zu schieben. Dabei wippte die hellblaue Bommelmütze fröhlich auf ihrem Kopf, wohingegen Rieke selbst wirkte, als hätte sie in eine Zitrone gebissen.

Was war denn heute nur los?

Kopfschüttelnd ging ich hinüber ins Café, wo Vero gerade dabei war, kleine Glasfläschchen mit Tannenzweigen, um die sie rot-weiß karierte Schleifen gebunden hatte, auf die einzelnen Tische zu verteilen. Zumindest hier hatte alles seine Ordnung.

Veros Stammgast Fiete war ebenfalls im Anmarsch, um seine geliebten Spiegeleier zu bestellen.

Und es duftete nach heißer Schokolade und frisch gebackenen Pfannkuchen, die Vero in der Adventszeit auf die Speisekarte gesetzt hatte. Ich nickte Vero, die die Kissen auf der weiß lackierten Sitzbank am Fenster aufschüttelte, kurz zu und ging dann wieder zurück in den Laden.

Dort belagerten die Kunden Rieke, die gar nicht wusste, was sie zuerst tun sollte. Und plötzlich fiel mir siedend heiß ein, wieso halb Keitum um diese Zeit schon auf den Beinen war, um das Büchernest zu stürmen: Heute war der fünfte Dezember, und die Kunden waren auf der Suche nach kleinen Geschenken, die sie ihren Liebsten am Abend in die Stiefel stecken konnten, schließlich war morgen Nikolaus. Mit Schrecken stellte ich fest, dass ich noch gar nichts für Leon hatte. Für Liuna-Marie hingegen eine ganze Menge. Während Rieke und ich um die Wette Geschenke einpackten und kassierten, sah ich beim Aufblicken Bea mit ihrer guten Freundin Inken reden. Neben den beiden stand ein hübsches Mädchen mit blonden, halblangen Haaren und einer schwarzen Nerd-Brille auf der Nase: Tinka, unsere neue Praktikantin aus Berlin. Die drei unterhielten sich angeregt, ohne sich von dem Trubel, der sie umgab, auch nur im Geringsten beeindrucken zu lassen.

»Äh, Bea, ich brauch dich hier mal!«, rief ich zwischendurch, weil Rieke gerade damit beschäftigt war, besonders viele Kleinigkeiten einzeln zu verpacken, und die Schlange sich einmal um die Kasse wand. Doch Bea reagierte nicht, so dass ich zu ihr gehen und sie um Hilfe bitten musste. Erst jetzt schien sie zu registrieren, wie viele Kunden darauf warteten, bedient zu werden, und wirkte ein wenig so, als wüsste sie gar nicht, wo sie sei.

Mann, Mann, Mann – war die heute neben der Spur.

»Tinka, schön, dass du da bist, ich bin gleich bei dir«, rief ich über das Getöse hinweg. »Geht doch sonst schon mal nach oben, Inken. Du kennst dich ja bei uns aus.«

Nachdem Tinka und ihre Großmutter die Treppe hinaufgegangen waren, hatten Rieke und ich einen kurzen Moment, um durchzuatmen. Und Bea war auf einmal wie vom Erdboden verschluckt, was ich überhaupt nicht lustig fand.

Wenn das heute so weiterging, würde ich keine Zeit haben, um mich gemütlich mit Nele zum Tee zu treffen. Es sei denn, Tinka erwies sich als Naturtalent im Geschenkeverpacken und Kassieren.

Wieso musste Bea ausgerechnet heute ausziehen?

Sie würde garantiert Stunden brauchen, um sich zu entscheiden, was sie alles mit ins Watthaus nehmen würde. Außerdem musste sie doch noch mit Adalbert sprechen.

Oder hatte sie womöglich vor, ihn auch über ihren vorläufigen Umzug in Unkenntnis zu lassen?
Und wann wollte sie mir eigentlich bei der Vorbereitung der Buchpräsentation, die um neunzehn Uhr stattfinden sollte, helfen? Ich musste später dringend mit ihr reden und sie bitten, ihre akute Adalbert-Krise wenigstens um einen Tag zu verschieben.
»Kann ich dich einen Moment alleine lassen und zu Inken und Tinka nach oben gehen? Ich bringe dir dann Tinka gleich runter, nachdem ich ihr alles erklärt habe. Dann zeigst du ihr, wie wir im Büchernest die Geschenke verpacken, und hast zumindest für heute das Thema von der Hacke.«
»Jou, alles klar«, antwortete Rieke, und ich ging wieder nach oben. Zum Glück ließ Rieke sich nicht so schnell erschüttern.
»Moin, Tinka, willkommen auf Sylt. Wie lange bist du denn schon bei uns auf der Insel?«, fragte ich, als ich die neue Praktikantin in der Küche beim Plausch mit ihrer Oma antraf. Tinka lächelte ein wenig verlegen, Teenager eben. »Seit Samstagmittag. Ich wollte ein bisschen früher kommen, um Okke und die Clique im Twisters zu treffen. Hab die alle schon viel zu lange nicht mehr gesehen.«
»Mmh, ich liebe die Süßkartoffel-Pommes im Twisters, darin könnte ich mich wälzen«, antwortete ich, konnte mich aber zugleich nicht mehr erinnern, wann ich zuletzt in dem coolen Surfer-Imbiss in der Paulstraße in Westerland gewesen war. Seit der Geburt von Liuna-Marie war ich kaum aus Keitum herausgekommen. Besorgungen in Westerland übernahm Leon, weil er sowieso täglich dort war. Die Inselspitzen List und Hörnum hatte ich auch schon seit

Ewigkeiten nicht mehr gesehen … So ein kleines Kind veränderte die Lebensgewohnheiten eben doch sehr.
Nachdem ich Tinka erklärt hatte, wo sie ihre Sachen lassen konnte und wie ihre künftigen Aufgaben aussahen, gingen wir gemeinsam nach unten, gefolgt von Inken, die ihrer Enkelin einen Kuss auf die Wange gab und sich verabschiedete. Dann übergab ich Tinka Riekes Obhut.
Die beiden würden sich bestimmt gut verstehen, also konnte ich mich auf die Suche nach Bea machen.
Und die war genau dort, wo ich sie als Erstes vermutet hatte, nämlich nebenan im Café. Dummerweise trank sie schon wieder Kaffee. Leichenblass im Gesicht und mit zitternden Händen, einen leichten Schweißfilm auf ihrer vom Alter fein gekräuselten Oberlippe.
»Hey, du siehst aber gar nicht gut aus«, sagte ich und setzte mich auf den Stuhl neben ihr. »Meinst du nicht, du solltest das mit dem Kaffee lieber lassen?«
Bea antwortete nicht, starrte nur stur geradeaus und dachte gar nicht daran, mich anzusehen. Im Hintergrund konnte ich Vero mit den Töpfen klappern hören. »Ist alles okay bei dir?«, startete ich einen nächsten Versuch, sie zum Sprechen zu bewegen. »Soll Olli mir helfen, die Buchpräsentation vorzubereiten?«
Nun schaute Bea mich an, allerdings mit leerem Blick. »Welche Buchpräsentation?«, fragte sie und wirkte, als würde sie angestrengt nachdenken.
Schauer überliefen meinen Körper, eine Flut von Bildern stürzte plötzlich über mich herein: Bea, die vor dem Kühlschrank stand und nicht mehr wusste, was sie dort gesucht hatte.

Bea, wie sie nach ihrem Schlüssel kramte und Adalbert ihn schließlich in der Trommel der Waschmaschine wiederfand. Bea, die den Geburtstag ihrer guten Freundin Inken verpasst hatte und eine Woche später bei ihr auftauchte, weil sie glaubte, die Feier würde an diesem Abend stattfinden.
Ich wagte nicht, den Gedanken, der sich heimtückisch an mich heranpirschte, zu Ende zu denken.
Dann schlug sie sich mit der flachen Hand an die Stirn. »Oje, unsere Buchempfehlungen für Weihnachten, die hab ich ja in all dem Wirrwarr wegen Adalbert total vergessen! Ich sage Olli gleich, dass ich erst morgen umziehe, in Ordnung, Lissy?«
Beklommen nickte ich und versuchte, mich mit aller Macht gegen meine Angst zu wehren.
Nicht auszudenken, wenn Bea tatsächlich hatte, was ich gerade befürchtete …

4

Nanu? Wer ist das denn so früh?«, fragte Leon, als es um halb acht an der Haustür klingelte. »Erwartest du jemanden?«

Ich schüttelte den Kopf und fütterte Liuna-Marie weiter mit Früchtebrei, weil sie heute Morgen so müde war, dass sie beinahe beim Essen einschlief.

Leon stand vom Küchentisch auf und öffnete die Haustür.

»Moin, hat jemand von euch Lust auf frische Brötchen?«, tönte Neles Stimme durch den Flur. Keine Sekunde später stand sie neben mir und gab erst meinem Töchterchen und dann mir einen Kuss auf die Wange.

»Alles in Ordnung bei dir?«, fragte ich grinsend und nahm ihr die Brötchentüte ab. »Bist du aus dem Bett gefallen, oder warst du gar nicht erst drin?« Es war schön, Nele wenigstens heute zu sehen, nachdem ich unsere gestrige Verabredung wegen des ganzen Trubels hatte absagen müssen.

»Ich würde ja gern noch mit euch beiden Hübschen quatschen, aber ich muss jetzt los. Habt einen schönen Tag«, rief Leon vom Flur aus. »Bis heute Abend.«

Ich ging kurz hinaus, um ihn zu umarmen, und dann wie-

der zurück in die Küche, wo Nele sich inzwischen ein weiteres Gedeck aufgelegt und Tee eingeschenkt hatte. Neben meinem Teller stand ein etwa zehn Zentimeter hoher Stiefel aus dunkelrotem Filz mit Puschel-Besatz aus weißer Watte.
»Happy Nikolaus«, sagte Nele schmunzelnd, und ich untersuchte verwundert den Inhalt des Stiefels. Zugleich hatte ich ein schlechtes Gewissen, weil ich kein Geschenk für meine Freundin hatte. Schließlich hatte ich bis Sonntag gar nicht gewusst, dass sie hier sein würde, und der gestrige Tag war viel zu durchgeknallt gewesen, um daran zu denken, auch Nele etwas zu besorgen. Selbst Leon hatte sich heute Morgen mit einer simplen Packung Marzipan begnügen müssen, die ich in seinem Hausschuh versteckt hatte, während er im Bad gewesen war. Früher hatte ich ihm selbst gemachte Adventskalender geschenkt, mit kleinen Geschenken, die ihm zeigen sollten, wie sehr ich ihn liebte. Allerdings war da unsere Tochter noch nicht auf der Welt gewesen.
»Aber du sollst doch nicht …«, protestierte ich und zog neben einer kleinen knuffigen Stoffmaus für Liuna-Marie einen Gutschein für einen Wellness-Tag im A-Rosa-Spa in List heraus, mit dem Datum von heute.
Der Gedanke, einfach mal dem Alltag zu entfliehen und mich so richtig verwöhnen zu lassen, war äußerst verlockend. Eine Massage würde nicht nur meinem Rücken guttun, sondern auch meiner Seele. Genau wie Saunagänge und Schwimmen und das Seewelle-Meersalzpeeling, das für uns beide gebucht war.
»Keine Sorge, Lissy, es ist alles geregelt«, kam Nele meinem Protest zuvor. »Rieke, Bea und Olli schmeißen heute den Laden, außerdem ist Tinka auch noch da. Und um Liu-

na-Marie kümmert sich Anke ausnahmsweise den ganzen Tag, Leon wird sie später dort abholen, während wir beide genüsslich in der Sansibar speisen. Das habe ich gestern heimlich mit ihm abgemacht. Das Abendessen in der Sansi ist übrigens mein vorgezogenes Weihnachtsgeschenk für dich.«

Wellness-Tag?! Sansibar?!

Ich wagte kaum zu atmen, so überwältigt und gerührt war ich von Neles spontaner Einladung. »Hast du im Lotto gewonnen?«, fragte ich und überlegte, ob ich überhaupt repräsentabel genug fürs Spa aussah. Und wo mein Badeanzug und die Flip-Flops waren.

»Paulas ehemalige Galerie hat gerade wieder eines meiner Bilder verkauft, und zwar für einen sehr guten Preis. Also mach dir keine Gedanken, sondern trink deinen Tee aus, pack deine Sachen und dann nichts wie ab nach List. Du hast dir einen Tag Auszeit mehr als verdient.«

Gesagt – getan. Eine Stunde später fuhren wir mit meinem Auto in Richtung der Nordspitze Sylts.

Kurz darauf saßen Nele und ich – zum Glück fast allein – in der Sauna des Spa Resorts. Ich atmete den Duft von Eukalyptus und Rosmarin ein und ließ mich von sanftem Vogelgezwitscher einlullen. Nach der eisigen Kälte der vergangenen Tage tat es gut, jede Faser des Körpers einmal so richtig durchzuwärmen. Nele lag eine Etage über mir. Sie vertrug eindeutig mehr Hitze als ich und hatte sich genüsslich auf dem flauschigen Saunatuch ausgestreckt.

»Ich bin im Himmel«, murmelte ich, nachdem ich nach einer erfrischenden Runde im Pool neben Nele in eine Fleecedecke gekuschelt im Ruhebereich lag und frisch gepressten Orangensaft trank. Auch hier war es ziemlich leer, was daran lag, dass zurzeit einfach keine Saison auf der Insel war. »Weißt du, wie lange ich so was nicht mehr gemacht habe? Ich kann mich gar nicht mehr daran erinnern.«

»Was man – ehrlich gesagt – an deinem Badeanzug sieht«, entgegnete Nele kichernd. »Von wann ist der eigentlich? Aus den Neunzigern? Ich glaube, wir müssen mal shoppen gehen. Und zum Friseur. Du kannst doch nicht ewig mit deinem Klein-Mädchen-Zopf herumrennen. Außerdem habe ich graue Haare entdeckt, aber das nur so am Rande.«

Ich warf Nele ein Kissen an den Kopf, was zur Folge hatte, dass sich ihre karottenrote Turmfrisur, die kunstvoll in ein Frotteehandtuch gewickelt war, aus dem Turban löste und über die Schultern ergoss. Nele war mit ihren grünen Katzenaugen und den wilden, roten Locken eine interessante und bildschöne Frau, die zudem auch noch ein Händchen für Styling hatte und daher immer originell und toll gekleidet war. Ich hielt es hingegen momentan eher simpel: Jeans, Hoodie oder Wollpullover beziehungsweise T-Shirt, je nach Jahreszeit und Temperatur. Meine Frisur und meine Kleidung sollten vor allem praktisch sein, damit ich nach Herzenslust mit Liuna-Marie auf dem Fußboden herumrobben oder im Büchernest umherwirbeln konnte.

Mit einem Mal beschlich mich die bange Frage, ob ich Leon in diesem Look überhaupt noch gefiel.

Wann hatte er mich zuletzt in einem Rock oder Kleid und mit Schuhen gesehen, deren Absatz höher als zwei Zentimeter war?

»Erzähl mir mal lieber was von dir, anstatt an meinem

Aussehen herumzunörgeln«, versuchte ich mich von dem unguten Gefühl abzulenken, das mich gerade beschlich. »Wir haben zwar ohne Ende geskypt, aber du hast mir nie so richtig gesagt, wie es dir wirklich mit dieser ganzen Herumreiserei geht. Kommst du denn überhaupt noch in Ruhe zum Malen?«

Nele räusperte sich, ein untrügliches Zeichen dafür, dass ich das falsche Thema angesprochen hatte. Bei unseren letzten Skype-Telefonaten hatte sie immer betont aufgekratzt gewirkt und pausenlos erzählt, wie blendend es ihr ging. Auf mich hatten ihre Erzählungen allerdings eher den Eindruck einer Rastlosen gemacht, der es an Bodenhaftung mangelte. »Und was macht eigentlich die Liebe? Ich habe lange nichts mehr von einem Mann gehört.« Nun verdüsterte sich Neles Miene endgültig, und sie schlang sich wieder das Handtuch um die Löwenmähne.

»Das Thema habe ich mir endgültig aus dem Kopf geschlagen«, antwortete sie und nestelte an der Schlaufe ihres Bademantels herum. »Du weißt, dass ich ein fatales Händchen für die falschen Männer habe. Sie sind entweder verheiratet oder gerade frisch getrennt, hängen aber immer noch an ihrer Ex. Oder sie haben den totalen Sockenschuss, was ich aber meist erst herausfinde, wenn es zu spät ist. Ganz ehrlich? Ich hab's satt. Und ich glaube bald an gar nichts mehr. Besser, ich finde mich damit ab, dass es in meinem Leben keinen Mann wie Adalbert geben wird, der mich anschmachtet und sogar heiraten will.«

Das Wort *heiraten* wirkte wie ein Fremdwort aus Neles Mund. Meine Freundin war ein bunter, exotischer Schmetterling, der hin und her flatterte, sich für vieles schnell begeisterte, aber ebenso schnell das Interesse verlor. Die einzige Konstante in ihrem Leben bildete die Kunst: Neben dem Malen wunderschöner, mittlerweile sehr gut verkäuflicher Acryl-Bilder zählte dazu auch das Illustrieren von Kinderbüchern.

»So ein Blödsinn«, erwiderte ich. »Schau dich doch mal an. Du bist wunderhübsch, interessant, klug, und es wird nie langweilig mit dir. Irgendwo wartet schon der Richtige auf dich, da bin ich mir ganz sicher. Und wenn nicht, dann backen wir dir eben einen.«

»Lass das mal lieber Bea machen, die ist ja seit neuestem Expertin auf dem Gebiet«, antwortete Nele kichernd. Ihre Sorgenfalte auf der Stirn hatte sich wieder geglättet, die grünen Augen funkelten wieder.

Das war der Vorteil ihrer sprunghaften Launen: Wie bei einem kleinen Kind wechselten sich Regen und Sonnenschein minütlich ab. »Der Pavillon ist übrigens superschnuckelig geworden. Da könnte ich es eine Weile aushalten, wenn Bea mich dort wohnen lässt.«

»Willst du denn diesmal länger bleiben?«, fragte ich hoffnungsvoll. Es wäre ein absoluter Traum, Nele wieder dauerhaft auf Sylt zu wissen.

»Mal schauen …«, antwortete sie vage. »Lust hätte ich ja schon. Aber du kennst mich. Spätestens nach zwei Wochen habe ich wieder Hummeln im Hintern und das Gefühl, hier wegzumüssen. Diese Insel ist doch recht klein, wenn man auf Dauer hier lebt, erst recht im Winter. Bei dir ist das etwas anderes, weil du hier ein erfülltes Leben mit Leon und Liuna-Marie, mit Paula und den anderen hast. Von Bea mal ganz zu schweigen. Apropos: Was gibt es denn Neues an der

Hochzeitsfront? Ich habe Bea seit Sonntag nicht mehr gesehen. Adalbert hat mir den Pavillon zurechtgemacht und sich darum gekümmert, dass ich alles habe, was ich brauche.«

»Bea wohnt seit gestern Abend im Haus von Paula und Olli. Sie ist supergenervt von Adalberts Antrag und nimmt sich jetzt ein paar Tage Auszeit, um ungestört schmollen zu können«, antwortete ich und fragte mich, ob ich Nele von meiner Sorge um Bea und ihrem seltsamen Verhalten erzählen sollte. Doch dann entschied ich mich dagegen. Schließlich war der heutige Tag dazu gedacht, meinen Energietank wieder aufzufüllen, damit ich genug Kraft für das bevorstehende Weihnachtsgeschäft und alles hatte, was die Adventszeit an Aktivitäten mit sich bringen würde – wie zum Beispiel Veranstaltungen im Rahmen der Reihe *Lebendiger Adventskalender.* Plätzchen backen, Weihnachtsgeschenke kaufen, das Haus auf Hochglanz polieren, alles für die Inventur vorbereiten, die im neuen Jahr anstand. Und die Kataloge der Verlage mit den Neuerscheinungen durchschauen, bevor sich ab Januar die Verlagsvertreter im Büchernest die Klinke in die Hand gaben. Ein Haufen Arbeit, auf den ich mich zwar freute, der aber immer mehr zum Kraftakt wurde, seitdem Liuna-Marie auf der Welt war. Zeit für mich selbst war zum Luxus geworden.

Umso mehr genoss ich die entspannende Massage und das Meersalz-Peeling. Nachdem wir uns ausgiebig hatten verwöhnen lassen und zwischen den Anwendungen immer wieder entspannt weggedöst waren, fuhren wir schließlich von List in die entgegengesetzte Richtung nach Rantum, wo Nele nach rechts auf den großen Parkplatz vor der Sansibar abbog. Mittlerweile knurrte mein Magen unüberhör-

bar, und ich freute mich riesig auf das leckere Abendessen bei Kerzenschein.
Auch an diesem Ort war ich seit Ewigkeiten nicht mehr gewesen.
Nele hingegen schaute in dem Szene-Restaurant immer mal wieder vorbei, wenn sie auf Sylt einen ihrer berühmten Insel-Stopps einlegte.
»Ihr Tisch ist da vorne, mit Blick auf die Dünen, Frau Sievers«, sagte ein freundlicher, äußerst smarter Kellner zur Begrüßung und brachte uns dann die Speisekarte.
»Ist das nicht traumhaft?«, fragte ich, nachdem wir uns an den rustikalen Holztisch gesetzt hatten. »Dieser unverstellte Blick auf die Dünen und das mit Raureif bedeckte Seegras …« Ich wandte meinen Blick vom Fenster ab und ließ ihn durch den Innenraum wandern, der in einen goldenen Schimmer getaucht war. Überall brannten Lampen und verbreiteten eine heimelige Stimmung. »Danke für dieses tolle Geschenk«, sagte ich gerührt. »Ich weiß gar nicht, wie ich mich dafür revanchieren soll.«
»Ach was, revanchieren«, winkte Nele ab und bestellte – ohne mich zu fragen – Rosé-Prosecco als Aperitif. Sie wusste eben genau, was ich mochte. »Genieß es einfach, und mach dir keine Gedanken. Wozu hat man schließlich eine Freundin, wenn nicht, um sie auch mal zu verwöhnen und ihr eine Freude zu machen? Und falls du es vergessen haben solltest: Du hast auch schon jede Menge für mich getan!«
Nele prostete mir zu und nahm einen Schluck von ihrem Prosecco. »Aber was ich dich schon die ganze Zeit fragen wollte: Was genau macht Bea eigentlich so fuchsig an Adalberts Antrag? Die beiden leben doch ohnehin schon zusam-

men, und das klappt doch so weit ganz gut, oder etwa nicht?«

»Im Grunde ja«, antwortete ich gedehnt, weil ich mir selbst kaum erklären konnte, was Bea in letzter Konsequenz davon abhielt, sich ganz auf Adalbert einzulassen. »Manchmal ist Adalbert ihr aber wohl zu lieb und anhänglich. Und sie braucht viel Zeit und Raum für sich, wie zum Beispiel ihr eigenes Schlafzimmer. Sie ist schon so, seit ich denken kann, aber ich habe den Eindruck, dass ihre Marotten im letzten Jahr ein wenig zugenommen haben … genau wie … ihre Vergesslichkeit.«

So, jetzt war es raus.

Auch wenn ich das schöne Abendessen eigentlich nicht mit diesem Problemthema hatte belasten wollen. Andererseits konnte ich außer mit Leon mit niemandem über meine Sorgen reden, da ich weder Vero noch Adalbert beunruhigen wollte.

Und Nele liebte Bea.

»Wie meinst du das genau?«, fragte sie bestürzt. »Meinst du … also willst du damit andeuten, dass …« Auch ihr fiel es sichtlich schwer, das Wort *Demenz* auszusprechen.

»Ganz ehrlich, ich weiß es nicht. Bea hat immer wieder Phasen, in denen sie vollkommen klar und konzentriert ist, und dann macht sie wiederum Sachen, die ich mir kaum erklären kann. Ein bisschen schusselig sind wir ja im Alltag alle mal, aber keiner von uns steckt den Haustürschlüssel in die Waschmaschine oder kommt eine Woche später zu einer Geburtstagseinladung.«

»Dann muss die Ursache für Beas Vergesslichkeit schleunigst geklärt werden«, sagte Nele resolut und tippte etwas in ihr

Smartphone ein. »Hast du denn schon mal mit ihr über deine Beobachtungen gesprochen und ihr vorgeschlagen, einen Arzt zu konsultieren?«

Ich schüttelte den Kopf. So richtig waren mir die Zusammenhänge ja auch gerade erst klargeworden. »Nein, habe ich nicht. Und ich weiß auch gar nicht, wie ich das anstellen soll. Du kennst doch Bea. Entweder sie kommt selbst drauf, oder ich kann es gleich lassen. Was hat sie für ein Theater gemacht, als Adalbert gesagt hat, dass er ihr Schnarchen sogar durch die Wand hören kann! Danach war sie total eingeschnappt und hat tagelang nicht mit dem armen Kerl gesprochen, obwohl er recht hat. Auch Vero weigert sich inzwischen, auf Reisen ein Zimmer mit Bea zu teilen, weil sie das Geschnarche sogar durch die Ohrstöpsel hindurch hört und kein Auge zubekommt. Ein Wunder, dass Bea bei diesem Lärm selbst schläft.«

»Aber vielleicht kann sie das ja auch gar nicht …«, murmelte Nele mit Blick auf ihr Handy. »Ich habe gerade mal das Stichwort *Vergesslichkeit* gegoogelt. Da steht, dass auch Schlafapnoe eine Ursache dafür sein kann. Hier, schau mal. Man muss ja nicht immer gleich vom Schlimmsten ausgehen.«

Ich überflog die Seite und klammerte mich an den vermeintlichen Rettungsanker, den Nele mir zugeworfen hatte. Um herauszufinden, ob an dieser Theorie etwas dran war, würde ich allerdings meine ganze Überredungskunst aufbringen müssen, denn es entsprach garantiert nicht Beas Vorstellung von einer schönen Nacht, diese im Schlaflabor zu verbringen.

Und erst recht nicht so kurz vor Weihnachten …

5

Hast du Lust, heute Nachmittag mit mir auf den Weihnachtsmarkt zu gehen?«, fragte ich Bea am nächsten Vormittag, als ich mich – erfrischt durch das gestrige Wellness-Programm – im Büchernest ans Werk machte.
Bea half Tinka gerade dabei, das große Schaufenster leer zu räumen, um später darin die neuen Jahreskalender zu dekorieren. Rieke beriet unterdessen Kunden, und Olli wirbelte, fröhlich *Last Christmas* summend, an der Kasse herum.
»Auf welchen Weihnachtsmarkt denn bitte schön?«, fragte Bea sichtlich erstaunt. »Die meisten finden doch erst ab dem achtzehnten Dezember statt, und der Jule-Basar in der Hans-Meng-Skolen war schon Anfang November.«
Nun kam ich etwas ins Schleudern, weil ich im Grunde nur nach einem Vorwand gesucht hatte, um Bea auf den Zahn zu fühlen. Und ich hatte gehofft, dass ein Glühwein mit Schuss sie vielleicht ein bisschen auflockern würde.
»Wir können auch einfach an einer der Buden in der Friedrichstraße etwas trinken und danach am Strand spazieren gehen«, schlug ich vor in der Hoffnung, dass Bea auf meine Idee ansprang. »Dabei könnte ich dich betrunken machen,

dich unauffällig nach deiner geheimen Wunschliste ausfragen«, zählte ich auf und setzte grinsend ein »und sie dann an den Weihnachtsmann weiterleiten« drauf. »Außerdem würde ich gern noch nach einer Mütze für Liuna-Marie suchen, weil sie die letzte schon wieder irgendwo verloren hat.«

Meine kleine Tochter war Weltmeisterin darin, alles, was nicht an ihrem Körper oder am Buggy befestigt war, fallen zu lassen und damit auf Nimmerwiedersehen zu verlieren. »Bei Jensen finde ich bestimmt etwas«, sagte ich und hoffte, dass das Kaufhaus unter der Woche nicht ganz so voll war.

Bea nickte zustimmend. »Gut, dann lass uns das machen, ich muss eh noch was bei Jensen besorgen. Außerdem wollte ich mich auch mal in dieser schönen Boutique mit den skandinavischen Kleidern und Schals umschauen. Hab nur gerade den Namen des Geschäfts vergessen …«, murmelte sie und starrte angestrengt vor sich hin.

Das Wort *vergessen* durchzuckte mich wie ein Blitz und fuhr mir mitten ins Herz. Ich musste Bea unbedingt davon überzeugen, zum Arzt zu gehen und sich gründlich untersuchen zu lassen.

Und was wollte meine Tante, eine klassische Hosenträgerin und gänzlich uneitel, eigentlich mit einem Kleid?

Nachdem wir vereinbart hatten, um spätestens sechzehn Uhr nach Westerland zu fahren, musste ich mich um einen Babysitter für Liuna-Marie kümmern. Zum Glück konnte Leon sich Arbeit mit nach Hause nehmen, die Kleine abholen und mich auf diese Weise entlasten.

»Wann sehen wir beide uns eigentlich mal wieder in Ruhe?«, fragte er, nachdem wir telefonisch alles Wichtige geklärt hatten. Ich saß in meinem Büro und trank gerade einen Becher heißes Wasser mit frischem Ingwer, je einer Scheibe Zitrone und Orange sowie einem Löffel Honig. Mein momentanes Lieblingsgetränk, um mich aufzuwärmen und das Immunsystem zu stärken. »Momentan geben wir uns doch nur noch die Klinke in die Hand, besprechen Organisatorisches, haben Besuch, oder du kommst spät heim, weil du noch im Laden zu tun hast. Ich vermisse dich, Lissy. Ich vermisse meine tolle Frau.«

Oh nein, nicht auch das noch!

Wie oft hatte ich in Magazinen gelesen – oder von Bekannten gehört –, dass Männer sich schnell vernachlässigt fühlten, sobald ein Kind die Aufmerksamkeit der Mutter beanspruchte. Und wenn diese Mutter dann auch noch arbeitete, obwohl ihr Kind noch klein war, oder anderweitige Verpflichtungen hatte, kam die Liebe unweigerlich zu kurz. Doch genau das wollte ich vermeiden, denn ich liebte Leon über alles.

»Glaub mir, Schatz, ich würde auch gern mehr Zeit mit dir verbringen, gerade im Advent«, sagte ich mit einem wehmütigen Seufzer. »Aber momentan geht einfach so vieles drunter und drüber. Nele ist wieder da – und ich mache mir Sorgen um Bea. Ehrlich gesagt will ich gar keine Weihnachtseinkäufe mit ihr machen, sondern sie davon überzeugen, sich mal richtig durchchecken zu lassen.« Ich erzählte Leon von meiner Befürchtung, Bea könnte dement werden. Einen Moment lang war es still in der Leitung, und ich hörte Leon schwer atmen. Dann sagte er: »Das solltest du in der Tat nicht auf die lange Bank schieben, denn jetzt, wo du es sagst, ergeben einige Merkwürdigkeiten in ihrem Verhalten im Nachhinein Sinn. Oder erklären zumindest einiges. Dann drücke ich dir mal die Daumen, dass es dir gelingt, Bea zu überzeugen – das stelle ich mir echt nicht ganz einfach vor. Sag mir Bescheid, solltest du meine Hilfe brauchen. Ich rufe nachher mal Adalbert an und lade ihn zu uns ein. Sicher fühlt er sich einsam so ganz allein im Kapitänshaus. Und vielleicht kann ich ihn unauffällig aushorchen und dabei herausfinden, ob ihm ebenfalls etwas an Bea aufgefallen ist.«

»Das ist eine Superidee«, stimmte ich ihm zu. »Es ist noch Pastinakensuppe im Kühlschrank, und wir haben auch noch Unmengen von Plätzchen und Stollen übrig. Macht es euch gemütlich, und grüß Adalbert ganz lieb von mir. Er soll sich wegen Bea keine grauen Haare wachsen lassen, die kommt in ein paar Tagen sicher wieder zu ihm nach Hause.«

»Du vergisst, dass Adalbert schon weiße Haare hat«, entgegnete Leon lachend, und mir wurde warm ums Herz. Ich liebte sein Lachen und wollte es keinen Tag missen. Nein, ich durfte auf gar keinen Fall zulassen, dass Zeitmangel und andere Widrigkeiten sich negativ auf unsere Ehe auswirkten.

Vielleicht sollten wir Anfang Januar einfach mal zu dritt verreisen? Ja, das könnte in der Tat ein schönes Weihnachtsgeschenk für uns alle sein. Sobald ich einen Moment Luft hatte, um nachzudenken, würde ich mir ein schönes Reiseziel überlegen. Doch vorher musste ich noch mit Tinka die Dekoration des Schaufensters besprechen.

»Na, alles klar?«, fragte ich, nachdem ich wieder unten im Laden war. Tinka hatte alle Kalender auf einem Bücherwagen gestapelt. Auf der zweiten Etage des Wagens befanden sich Reise- und Gartenbücher sowie einige Kochbücher. Tinka deutete auf die Bildbände und Reiseführer und sagte in beinahe entschuldigendem Tonfall: »Ich dachte mir, es könnte ganz schön sein, zu den jeweiligen Kalender-Themen auch noch passende Bücher ins Schaufenster zu stellen. Die Leute machen ja am Ende des Jahres gern Pläne für das neue, und so verkaufen wir sicher noch das eine oder andere Buch zum Kalender dazu.«

Ich schmunzelte, weil Tinka schon *wir* sagte und mich an die Zeit vor vielen Jahren erinnerte, als ich selbst neu im Büchernest gewesen war und versucht hatte, Bea von Neuerungen zu überzeugen. Nicht immer mit Erfolg, denn meine Großtante war auch schon damals ein Sturkopf gewesen.

»Das ist eine sehr nette Idee, Tinka. Mach einfach, wie du denkst, und ich schaue mir das Ergebnis später an. Wäre übrigens toll, wenn du Rieke zwischenzeitlich die Social-Media-Arbeit bei Facebook abnehmen könntest. Aber nur, wenn du Lust zu so was hast.«

»Seid ihr denn nur bei Facebook?«, fragte Tinka und schaute dabei so ungläubig drein, als hätte ich gerade behauptet, das Internet sei abgeschafft worden. »Was ist mit Twitter, Pinterest, Snapchat und vor allem Instagram?«

Nun kam ich ins Schwimmen.

Twitter und Instagram waren mir natürlich ein Begriff. Allerdings hatte ich mich bisher noch nie ausführlicher damit beschäftigt, weil mir dazu schlicht die Zeit fehlte.

Aber was bitte waren Pinterest und Snapchat?!

»Wenn du magst, kannst du dich ja nachher mal mit Rieke zusammensetzen und das Büchernest bei all diesen Plattformen anmelden. Vorausgesetzt, das macht Sinn, passt zu unserer Buchhandlung und Rieke hat später Zeit, das alles zu pflegen. Ich bin nämlich kein Fan davon, solche Dinge anzufangen und dann wieder schleifen zu lassen.«

»Klar, das würde ich total gern machen«, antwortete Tinka und strahlte dabei über das ganze Gesicht. »Man könnte auch mal über einen YouTube-Kanal nachdenken, in dem Bea, du und Rieke eure Lieblingsbücher vorstellt. Und ihr könntet auch Lesungen, die hier stattfinden, ins Netz stellen. Ihr macht doch welche, oder? Ich glaube, ich war mal ganz früher bei einer Kinderbuchpremiere, als ich bei Oma und Opa in Morsum zu Besuch war.«

Ich erinnerte mich daran, dass bereits Rieke etwas in dieser Art vorgeschlagen hatte, doch irgendwie war das Ganze dann im Sande verlaufen. Mir schien, als sei es an der Zeit, mal wieder frischen Wind durchs Büchernest zu pusten. Aber momentan wusste ich gar nicht, was ich zuerst anpacken sollte, und war heilfroh, dass vor Februar nächsten Jahres keine Lesungen anstanden.

»Gute Idee, das mit YouTube. Ich würde gern live kochen und Rezepte aus dem Café vorstellen«, mischte sich nun auch Vero in die Unterhaltung ein. Beas beste Freundin umwehte ein köstlicher Duft von Äpfeln und Zimt. Vermutlich machte sie gerade in der Küche ihre berühmten Bratäpfel mit Preiselbeer-Marzipan-Füllung. »Sag mal, Lissy, was ich dich noch fragen wollte: Steht die Idee mit dem Lebendigen Adventskalender am Freitagabend noch? Und wenn ja, was wollen wir unseren Gästen anbieten?«

Himmel, das hatte ich ja total vergessen.

Freitag lasen nach Ladenschluss einige Sylter Autoren kleine

Weihnachtsgeschichten für alle aus dem Dorf, die Zeit und Lust hatten, zu kommen. Traditionellerweise gab es zu diesem Anlass heißen Apfelpunsch mit Zimt, Friesen-Tee und Glühwein.

Und natürlich kleine Leckereien zum Naschen.

»Ehrlich gesagt habe ich gerade keinen blassen Schimmer«, antwortete ich leicht betreten. »Hast du nicht irgendeine Idee? Sonst besorg ich dir gern ein paar Kochzeitschriften zur Inspiration, wenn du magst.«

»Oder du schaust mal in unseren Weihnachtsbüchern nach. Da vorne auf dem Sondertisch sind ein paar mit echt coolen Rezepten dabei, wie zum Beispiel karamellisierte Mandeln mit Meersalz oder Schokotrüffel«, schlug Tinka, die dem Gespräch interessiert folgte, grinsend vor. »Das wäre doch ein bisschen einfacher, oder?«

»Kluges Kind, kommst ganz nach deiner Oma«, lobte ich sie augenzwinkernd. »Ich glaube, ich sehe gerade den Wald vor lauter Weihnachtsbäumen nicht mehr. Also, Tinka. Hättest du zufällig Lust, Teil des Komitees für die Aktion Lebendiger Adventskalender zu werden? Hat zwar nicht wirklich etwas mit deinem Praktikum als Buchhändlerin zu tun, aber …«

»… es macht Spaß, und ich kann euch auch noch helfen«, ergänzte Tinka strahlend. »Ja, klar, ich bin gern dabei, wenn Vero nichts dagegen hat. Aber nur, damit ihr es wisst: Ich schnibbel auf gar keinen Fall Himbeeren klein – sonst mach ich fast alles.« Vero und ich schauten einander fragend an. »Weil ich Angst vor den Würmern drin habe«, erklärte Tinka. »Fragt meine Oma, die kennt das schon. Ich fange an zu schreien, wenn ich einen Wurm sehe, und das wollt ihr doch nicht, oder?«

»Nein, auf gar keinen Fall«, antworteten Vero und ich im Chor und prusteten laut los. Es tat gut, mal wieder so richtig schön albern zu sein.

Genauso unbeschwert ging es später mit Bea weiter.

Bei Leysieffer hatten wir uns zum Start unseres Bummels einen Glühwein gegönnt, entsprechend angeheitert waren wir, als wir auf dem Weg zum Westerländer Kaufhaus H.B. Jensen an der Boutique vorbeikamen, die Bea für sich zum Shoppen im Auge gehabt hatte. Sie hieß Scandic und bot überwiegend skandinavische Modemarken und Deko-Accessoires an.

Bereits die Treppenstufen vor dem Geschäft in der Friedrichstraße waren aufwendig dekoriert und luden zum Stöbern und Entdecken ein.

»Meinst du, das steht mir?«, fragte Bea und hielt sich ein pinkfarbenes Wollkleid mit roten Ornamenten vor die Brust.

»Kommt darauf an, was du damit vorhast«, entgegnete ich leicht verunsichert. »Willst du zu einem Frühlingsball? Wo du doch so unheimlich gern tanzt.«

»Ein bisschen mehr Respekt vor deiner uralten Großtante, wenn ich dich bitten darf, ja?«, antwortete Bea und streichelte verzückt über den weichen Stoff. »Im tiefsten Inneren meines Herzens bin ich eine brasilianische Salsa-Tänzerin.«

»Du meinst Samba, oder?«, korrigierte ich sie schmunzelnd und versuchte, trotz der Verwechslung meine gute Laune zu bewahren.

»Nein, ich meine Salsa, so, wie man in Argentinien Wiener Walzer tanzt. Und Tango in Budapest.« Mir wurde abwechselnd heiß und kalt. Bis ich Beas triumphierendes Lächeln sah.

Alles klar – sie nahm mich auf den Arm. »Wo ist eigentlich dein Sinn für Humor geblieben, Lissy?«, fragte sie und musterte mich ernst. »Wenn man dich in den letzten Wochen so beobachtet, könnte man meinen, du willst den Preis für die korrekteste Frau des Jahres gewinnen. Sei doch mal ein bisschen locker. Also, wie findest du dieses hier?«

Bea hatte das pinke Kleid zurück auf die Stange gehängt und zeigte mir nun eines in Silbergrau, mit tiefem Ausschnitt, eng an der Taille anliegend, unten glockig fallend. Oberteil und Saum waren mit wunderhübschen weißen Mustern bestickt.

»Auch wenn du mich gerade total unlocker findest, muss ich leider sagen, dass das einen Tick zu mädchenhaft für dich ist. Wie wäre es denn stattdessen mit diesem hier?« Begeistert von meiner Entdeckung zog ich ein dunkelblaues, relativ gerade geschnittenes Wollkleid mit kleinen, grauen Sternchen am Saum hervor.

»Ich dachte bei dem Kleid eigentlich eher an dich. Probier es doch mal an.«

Aha! Daher wehte der Wind. Bea suchte gar nichts für sich, sondern nach einem Weihnachtsgeschenk für mich. Wie süß von ihr.

Und in der Tat. Das silbergraue Kleid stand mir genauso gut wie das dunkelblaue, das ich für Bea ausgesucht hatte. Nachdem sie mit einem Schal geliebäugelt hatte, verließen wir den Laden wenig später, bepackt mit je einer Einkaufstüte. Ich hatte auch noch hübsche knallbunte Handschuhe und eine Mütze für Nele entdeckt und war sehr glücklich.

Nachdem wir bei Jensen ebenfalls fündig geworden waren, brachten wir unsere Einkäufe ins Auto.

»Hast du denn jetzt überhaupt noch Lust auf einen Strandspaziergang?«, fragte ich Bea.

»Aber klar doch. Nach dem ganzen Trubel in der Friedrichstraße würde ich jetzt gerne irgendwohin, wo es ein bisschen ruhiger ist. Was hältst du davon, in Richtung Ineke zu laufen?«

Ineke Alwarts war eine alte, wohlhabende Dame, die in einem Wäldchen nahe der Klinik von Westerland lebte – zurückgezogen und allein in einem kleinen Hexenhäuschen, wo sie in einem Atelier unterm Dach wunderschöne Kunstobjekte aus Sylter Strandgut kreierte. Vor zwei Jahren hatte Paula eine Ausstellung mit der eigenwilligen Künstlerin organisiert, die ungern in der Öffentlichkeit stand. Der Verkaufserlös der Objekte hatte den Grundstein zur Gründung der Inselkrabben gelegt. Also antwortete ich: »Gute Idee. Dann können wir sie auch gleich fragen, ob sie am Freitag zum Lebendigen Adventskalender kommen will.«

So stapften wir kurz darauf über den halb gefrorenen Strand in Richtung Klinik. Es war schon lange dunkel, und unser Weg wurde nur durch das Mondlicht, das Funkeln der Sterne und die Reflexion des Sandes erhellt. Eine magische Stimmung, die die Welt um uns herum mit einem Mal unwirklich erscheinen ließ. Wir sprachen beide kaum, und wenn, hatte ich das Gefühl, unsere Atemwolken würden gleich zu Eis gefrieren. Genau wie die Schollen, die auf der Nordsee schwammen, wie Treibgut.

Die Tetrapoden aus Beton, die dem Küstenschutz dienten, wirkten im fahlen Licht des Mondes wie gestrandete Kegelrobben oder Wesen aus einer fremden Galaxie. Als wir rechts abbogen, um zum Waldstück zu gelangen, atmete ich den frischen Duft von Tannennadeln ein, der sich mit dem der salzigen Nordseeluft zu einem einzigartigen Cocktail mischte. Der gefrorene Sand knirschte unter meinen Schuhen.

Inselwinter.

Inselweihnacht.

Wie viele Menschen gäben sonst etwas darum, häufiger hier sein zu können, und konnten doch nur wenige Tage ihres Urlaubs auf der Insel verbringen. Mir hingegen war das große Geschenk zuteilgeworden, auf Sylt leben und mittlerweile vollkommen heimisch sein zu dürfen.

»Schau mal, bei Ineke brennt Licht«, sagte Bea, als wir kurz darauf vor dem alten Häuschen standen. »Mal sehen, ob sie uns öffnet.«

Wir klingelten ein paarmal, doch die Künstlerin reagierte nicht.

»Dann lassen wir es besser sein, sie will heute Abend offensichtlich keinen Besuch mehr«, sagte ich, als Bea ihr Handy zückte, um die alte Dame anzurufen.

Doch Bea drückte bereits auf *Wählen*.

»Ich will zumindest sichergehen, dass es ihr gutgeht«, flüsterte sie. »In ihrem Alter weiß man ja nie.«

Dieser Satz ließ meinen Atem stocken.

Sprach Bea gerade wirklich von Ineke – oder von sich?

»Hm. Da läuft nur der Anrufbeantworter.« Bea hinterließ eine Nachricht, verbunden mit der Frage, ob alles in Ordnung sei und Ineke Lust habe, Freitagabend ins Büchernest zur Adventslesung zu kommen. Als sie aufgelegt hatte und wir im Begriff waren, den Rückweg anzutreten, erblickte ich einen Schatten am Atelierfenster. Ineke Alwarts war sehr wohl daheim und wollte offensichtlich einfach nur ihre Ruhe haben, so wie wir alle gelegentlich.

»Wie geht es denn jetzt eigentlich mit Adalbert und dir weiter? Wie lange willst du noch bei Olli wohnen?«, fragte ich auf dem Rückweg, kurz bevor wir den Parkplatz erreicht hatten.

»Es dauert, so lange es dauert.«

Mehr wollte Bea dazu nicht sagen.

Die Fahrt zurück nach Keitum verlief ebenfalls schweigend, ein absoluter Kontrast zu dem fröhlichen Nachmittag in der Friedrichstraße. Bea sagte lediglich »Bis morgen«, als ich sie vor Paulas Haus am Watt absetzte, und ging dann durch die Tür, ohne sich noch einmal zu mir umzudrehen und kurz zu winken, wie sie es sonst immer tat.

Als ich zu Hause ankam, empfing Leon mich mit einem Lächeln und einer liebevollen Umarmung. Adalbert war gar nicht gekommen, so dass Leon sich einen netten Nachmittag mit Liuna-Marie gemacht hatte, die im Wohnzimmer gerade mit ihren Stofftieren spielte und fröhlich vor sich hin gluckste.

»Und? Was hat Bea gesagt?«, fragte Leon und schaute mich erwartungsvoll an.

Ich antwortete ein wenig bedrückt: »Nichts. Ich habe es einfach nicht übers Herz gebracht, sie auf das Thema anzusprechen. Die Geschichte mit Adalbert hat sie übrigens total abgeblockt. Wenn Bea nicht will, dann will sie nicht.«

»Ärgere dich nicht, Schatz. Es kommt sicher bald eine andere Gelegenheit«, versuchte Leon, mich zu trösten. »Lass uns lieber für den Moment alles vergessen, den Kamin anmachen und später davor kuscheln, wenn die Kleine im Bett ist«, sagte er und nahm mich erneut in den Arm.

»Das ist eine wunderbare Idee«, murmelte ich, an seine Brust gelehnt. »Und ich weiß auch schon, was wir nachher noch tun könnten …«

6

Zwei Tage waren seit meinem kleinen Ausflug mit Bea vergangen, und sie machte immer noch keine Anstalten, wieder zurück ins Kapitänshaus zu Adalbert zu ziehen. Im Büchernest war sie stets pünktlich zur Stelle, sogar früher als sonst, was sehr hilfreich war, weil wir in diesen Tagen alle Hände voll zu tun hatten. Neben dem regulären Verkauf gingen jede Menge Online-Bestellungen ein. Außerdem mussten postalische Weihnachtsgrüße an Stammkunden in ganz Deutschland verschickt werden, eine Tradition, die wir auch in diesem Jahr aufrechterhalten wollten.

Auch Nele half im Laden mit, um sich für die Unterbringung in Beas Pavillon zu revanchieren.

Tinka lief zur Hochform auf. Sie hegte eine echte Leidenschaft fürs Lesen und kannte sich gerade im Bereich Jugendbuch besonders gut aus, so dass ich sie mittlerweile junge Kundinnen selbständig beraten ließ.

»Sag mal, hast du hier irgendwo Kopfschmerztabletten?«, fragte Nele, die gerade den Tisch am Eingang umsortierte. Mittlerweile hatten sich die Buchbestände im Büchernest deutlich dezimiert, so dass wir immer wieder neu dekorieren mussten. Eine wunderbare Gelegenheit, um auch mal Romane in den Mittelpunkt zu stellen, die sonst nicht so viel Beachtung fanden, aber großartig waren. Ich kramte in der Schublade an der Kasse, fand dort allerdings nur eine leere Packung Paracetamol.

»Leider nein«, antwortete ich. »Aber ich kann dir welche mitbringen, ich muss eh rüber in die Apotheke. Mir ist meine Nachtcreme ausgegangen.«

»Dann komme ich mit«, beschloss Nele, weil es gerade ziemlich ruhig im Büchernest war. »Ich wollte nämlich in der einen Boutique nach einer Winterjacke schauen, die hoffentlich reduziert ist. Und dann gehe ich einen Augenblick runter ans Watt, ein bisschen frische Luft schnappen, wenn das okay für dich ist.«

Als wir die Apotheke am Tipkenhoog betraten, stand ein großer, breitschultriger Mann in coolen Jeans und dunkelgrünem Parka mit dem Rücken zu uns am Verkaufstresen und nieste in einer Tour. »Haben Sie etwas gegen Pferdehaarallergie?«, fragte er und putzte sich anschließend die Nase.

Nele stellte sich neben ihn, tat so, als inspizierte sie die Bonbons und Duschgelproben an der Kasse, und betrachtete ihn ungeniert. Die Apothekerin mit den schlohweißen Haaren und hellblauen Augen strahlte.

Und ich schmunzelte in mich hinein.

Nele hatte also Witterung aufgenommen!

»Mensch, Sven, auch mal wieder auf der Insel?«, fragte die Apothekerin. »Warst ja seit Ewigkeiten nicht mehr hier. Geht's Arfst gut? Man hört und sieht ja kaum mehr was von dir und deinem Opa. Was macht der Reiterhof?«

»Bitte geben Sie dem armen Mann doch erst mal ein Antiallergikum, bevor er stirbt«, mischte sich Nele ungefragt in die Unterhaltung und stellte sich nun direkt neben den Herrn namens Sven. »Sehen Sie nicht, dass seine Augen schon ganz blutunterlaufen sind? Nicht dass er gleich einen anaphylaktischen Schock bekommt.«

»Bitte entschuldige, Sven. Ich schaue gleich mal nach, was wir haben. Sonst musst du zu Doktor Ingwersen gehen, wenn es dich wirklich so schlimm erwischt hat. Ist aber komisch, du warst doch früher nicht allergisch gegen die Gäule.«

Mit diesen Worten verschwand die Apothekerin im hinteren Teil des Ladens, und ich durchsuchte das Regal mit den Kosmetika nach meiner heiß geliebten Nachtcreme.

»Danke für den Rettungsversuch«, sagte Sven und schaute nun seinerseits Nele an. »Aber ich bin schon groß und komme ganz gut alleine klar.«

Ups, was war denn mit dem los? Normalerweise war kaum ein Mann gegen Neles Charme – und ihr Aussehen – immun.

Keine Minute später verließ der Kunde die Apotheke wieder, in der Tasche zwei Sorten Allergietabletten. Er verabschiedete sich mit einem knappen »Tschüss« und schenkte weder Nele noch mir einen Blick.

»Wer war das denn? Ist der immer so unfreundlich?«, fragte Nele sichtlich schockiert.

Die Apothekerin blickte nachdenklich drein und wiegte den Kopf hin und her. »Ich kenne Sven schon von Kindesbeinen an. Er ist der Enkel von Arfst Groot, der den Reiterhof hier in Keitum hat. Sven lebt seit Jahren in Hamburg und kümmert sich nicht wirklich um seinen Großvater. Keine Ahnung, wieso er gerade jetzt hier ist. Und warum er so miese Laune hat. Er war früher so ein entzückender kleiner Kerl mit seinen dunklen Locken und dem glockenhellen Stimmchen.«

Svens dunkle Locken waren nun mit einigen grauen Strähnen durchsetzt, und die glockenhelle Stimme war einem rauen, dunklen Timbre gewichen. Sehr männlich-markant, genau wie Svens Gesicht, auf das ich einen kurzen Blick hatte werfen können, bevor er gegangen war. Er entsprach eindeutig Neles Beuteschema. Und war äußerst attraktiv.

»Davon ist jetzt aber nichts mehr übrig«, erwiderte Nele schnippisch und zerrte mich aus der Apotheke, kaum dass ich gezahlt hatte. Erst als wir draußen in der Kälte standen, fiel ihr wieder ein, dass sie eigentlich Kopfschmerztabletten hatte besorgen wollen. »Geh ruhig schon wieder zurück ins Büchernest«, sagte sie. »Wir sehen uns später, sobald ich mich ausgelüftet und abreagiert habe. Was für ein arroganter Sack. Ich hab ihn doch nur vor dem Tod bewahren wollen.«

»Ja, ja, schon klar – völlig uneigennützig«, gab ich grinsend zur Antwort. Dann ging ich in Richtung Büchernest zurück, vorbei an den schönen reetgedeckten Friesenhäusern, die zum historischen Dorfkern Keitums gehörten. Allmählich dämmerte es, und ich erfreute mich an den unzähligen Lichtern, die die Hauseingänge und Buchsbäume schmückten, die in ganz Keitum als Dekoration in den Eingängen standen.

In diesem Jahr waren Herrnhuter Sterne besonders angesagt; sie hingen in den kahlen Ästen der Bäume, an Hauswänden sowie in Fenstern und verströmten stimmungsvolles Licht. Dieser Weihnachtsschmuck aus der Oberlausitz symbolisierte den Stern von Bethlehem und war mit seinen zahlreichen sternförmig aufgesetzten Pyramiden unglaublich schön anzusehen – aber auch sehr schwer zusammenzubauen. Leon hatte Ende November einen ganzen Sonntagnachmittag damit zugebracht, zwei dieser Sterne zusammenzubasteln, weil ich mir in den Kopf gesetzt hatte, sie links und rechts von unserer Eingangstür zu befestigen. »Das ist ja schlimmer als eine Einbauküche von Ikea«, hatte er geflucht, meinen Wunsch aber letzten Endes erfüllt.

Zurück im Laden, ging ich als Erstes zu Vero, um mir bei ihr einen Chai Latte zu holen und sie zu fragen, wie weit sie mit den Vorbereitungen für das Fingerfood war, das es heute Abend geben sollte.

»Alles im grünen Bereich«, antwortete sie strahlend. »Ich glaube nicht, dass einer unserer Gäste verhungert. Ach, ich freue mich schon so. Habe ich dir schon mal gesagt, wie sehr ich die Vorweihnachtszeit liebe?«

Ich schmunzelte. »Ich meine, mich dunkel an so etwas zu erinnern. Aber sag mal, weißt du, ob Adalbert und Bea schon die Trauung abgesagt haben? Die sollte ja immerhin heute in einer Woche stattfinden. Und Bea ist momentan ein bisschen arg zerstreut, wie ich finde. Nicht dass sie vergessen hat, sich darum zu kümmern«, bemerkte ich in ungezwungenem Plauderton und hoffte, mit dieser Bemerkung Vero dazu zu animieren, etwas zu diesem Thema zu sagen.

Vero nickte, ihre Mundwinkel zeigten nach unten. »Ja, das ist sie. Keine Ahnung, wieso. Leider kann ich rein gar nichts zu dem Thema Hochzeit sagen, weil Bea jedes Gespräch in dieser Richtung abblockt und sich ansonsten bei Olli verschanzt. Sie geht weder ans Telefon noch spricht sie im Büchernest mehr als das Nötigste mit mir und lässt sich auch nicht von mir zum Abendessen einladen. Nicht einmal zu meinem berühmten Tomaten-Kartoffel-Zucchini-Gratin.« Diesem Satz folgte ein tiefer Seufzer. »Und weißt du was? Also … ich wollte ja eigentlich nichts sagen, weil es so wirkt, als hätte ich ein Problem damit, dass Bea seit neuestem versucht zu backen, aber …«

»Los, raus mit der Sprache! Was ist los? Ich erzähl's auch nicht weiter«, versprach ich in der Hoffnung, einen Hinweis auf Beas Zustand zu erhalten.

»Na ja, neulich war ich bei Bäcker Paulsen … und da hab ich Bea gesehen …«, druckste Vero herum. Ich sah sie aufmunternd an. »Ums kurz zu machen: Ich stand in der Schlange hinter ihr, als sie die Plätzchen gekauft hat, die sie zu eurem Adventskaffee mitgebracht hat. Bea hat mich allerdings nicht gesehen.«

Also doch! Irgendwie hatte das Gebäck zu perfekt geschmeckt, um von einer Anfängerin gebacken worden zu sein. Ich erinnerte mich an meine ersten Versuche, als die Zimtsterne verbrannt und die Vanillekipferl auseinandergebröckelt waren. Mal ganz abgesehen davon, dass sie nach allem anderen ausgesehen hatten, nur nicht nach Sternen und Kipferln.

»Aber wieso hat sie sie dann als ihre eigenen ausgegeben?«, fragte ich mehr mich selbst als Vero. »Bea ist doch alles andere als unehrlich.«

Vero wiegte den Kopf hin und her. »Das stimmt. Deshalb ist die einzige Erklärung, die mir dafür einfällt, dass sie es zuerst versucht hat, dabei allerdings etwas schiefgegangen ist. Und weil sie sich so in den Gedanken verliebt hatte, ebenfalls etwas Gebackenes beizusteuern, hat sie die Plätzchen schließlich gekauft.«

»Diese Theorie würde allerdings voraussetzen, dass sie zuvor angekündigt hätte, Gebäck mitzubringen«, widersprach ich. »Aber Adalbert und sie waren für die Getränke zuständig.«

Aus gutem Grund. »Ist dir denn … ich meine, kommt dir Bea in letzter Zeit auch irgendwie ein bisschen … verändert vor?«

Als hätte man einen Schalter umgelegt, wurden Veros Augen auf einmal feucht. »Ja, sie ist komisch. Und ich mache mir ehrlich gesagt ein bisschen Sorgen um sie. Hinrich findet auch, dass sie unheimlich tüddelig geworden ist. Ich … ich wollte dich bis jetzt nicht darauf ansprechen, du hast schließlich schon genug um die Ohren. Und ich weiß, wie sehr du sie liebst.«

Nun bekam auch ich feuchte Augen, und das Schlucken fiel mir schwer. »Wir müssen versuchen, sie davon zu überzeugen, zum Arzt zu gehen«, sagte ich und kämpfte dagegen an, zu weinen. »Vielleicht gibt es ja für alles eine harmlose Erklärung. Bea ist doch insgesamt so robust und fit. Sie lebt gesund, ist viel an der frischen Luft, macht Yoga, meditiert, macht Gehirn-Jogging, liest viel und genießt ihr Leben mit Adalbert.« Während ich all dies sagte, flüsterte eine innere Stimme mir zu: *Aber gegen diese Krankheit ist kein Kraut gewachsen!*

»Du weißt, dass wir sie erst betäuben und dann gefesselt und geknebelt zum Arzt schleppen müssten, damit der mal einen Blick auf sie werfen kann«, wandte Vero ein. »Selbst Adalbert hätte momentan keine Chance, sie dazu zu bringen, weil er ja gerade bei ihr auf der Abschussliste steht. Wirklich schade, denn ich mag ihn sehr, und ich würde es schön finden, wenn die beiden nächste Woche heiraten, egal, wie knapp der Termin auch ist. Mit vereinten Kräften hätten wir schon eine tolle Hochzeitsfeier organisiert.«

»Okay, ich rede mit ihr!«, beschloss ich, befeuert durch die Einschätzung Veros und ihres Mannes. Ich würde es mir nie verzeihen, wenn ich – aus Scheu vor einer Auseinandersetzung – Bea nicht zumindest ehrlich gesagt hätte, was mir auf der Seele lag.

»Wir können das auch gern zusammen machen«, bot Vero an. »Ich kenne sie schließlich, seit ich denken kann. Wenn sie auf mich böse ist, ist das nicht so schlimm, denn das bin ich gewohnt und kann es ganz gut aushalten. Wenn *du* dich aber deshalb mit ihr verkrachen würdest, wäre das eine ganz andere Geschichte.« Veros Vorschlag tat gut und ergab Sinn. »Weißt du was? Ich lade sie einfach für Sonntagnachmittag ein. Hinrich ist bei seinen Freunden zum Kartenspielen, und ich hätte große Lust, den Feuerkorb auf der Terrasse anzumachen, vielleicht sogar zu grillen und draußen Punsch zu trinken. Ich weiß, dass das Bea auch gefallen würde.«

Das stimmte allerdings. Bea liebte offene Kamine, Lagerfeuer und natürlich das Biikebrennen zur Vertreibung der Wintergeister, das alljährlich am 21. Februar auf den Nordfriesischen Inseln stattfand.

»Gute Idee. Lass uns das so machen«, stimmte ich Vero zu. »Leon ist am Sonntag eh mit Liuna-Marie bei seinen Eltern zu Besuch. Ich wollte zwar eigentlich an diesem Nachmittag backen, Weihnachtskarten schreiben und die ersten Geschenke einpacken, ohne dass mich jemand dabei stört, aber das kann alles warten. Bea ist mir tausendmal wichtiger.«

Ein wenig ermutigt von der Aussicht, hoffentlich bald etwas bewegen zu können und nicht mehr ganz allein mit meinem Kummer zu sein, ging ich wieder zurück in den Laden. Nele war mittlerweile von ihrem Wattspaziergang zurückgekehrt und hatte etwas Farbe bekommen. Die frische Luft schien ihr gutgetan zu haben, denn sie fing sofort an, draufloszuquasseln, als sie mich sah.

»Also, ich hab den Typen mal gegoogelt, kein Wunder, dass er so überheblich ist. Der verdient seine Kohle als Unternehmensberater und wohnt in der HafenCity in Hamburg. Geht's denn noch bekloppter und klischeehafter?«

Im ersten Augenblick verstand ich kein Wort von dem, was Nele erzählte, doch plötzlich dämmerte es mir: Sie sprach von Sven Groot, dem Enkel des Reiterhofbesitzers Arfst, den wir vorhin in der Apotheke getroffen hatten.

»Dann verabrede dich doch mit ihm und sag ihm, wie dämlich du ihn findest«, schlug ich vor. »Wenn er wirklich so ist, wie du ihn gerade beschreibst, könnt ihr ja gemeinsam nach Kampen fahren, euch duellieren und später im Pony oder Gogärtchen ein Glas Friedens-Champagner trinken.«

Eigentlich hatte ich das nur so vor mich hin gesagt, weil ich in Gedanken noch bei Bea war, aber in Neles Augen glomm Vorfreude auf.

»Gute Idee«, sagte sie grinsend und tippte auf ihrem Smartphone herum. »Mal sehen, ob er meine Freundschaftsanfrage auf Facebook annimmt. Auch wenn ich mit so einem Arsch natürlich gar nicht befreundet sein will. Aber anders kann ich ihn nicht erreichen, es sei denn, ich rufe auf seinem Firmenhandy an.«

Ich grinste, weil Nele so in Fahrt war, wie ich es früher schon häufig erlebt hatte, wenn sie sich einen bestimmten Mann angeln wollte. Je schwerer die Beute zu erlegen war, desto mehr lief sie als Jägerin zur Höchstform auf.

»Tja, dann bin ich ja mal gespannt, ob dein Plan klappt«, sagte ich und musste an meine Anfangszeit mit Leon denken. Unsere Liebe hatte mit einer Freundschaft begonnen und nicht mit einer stürmischen Kabbelei. Allerdings war ich auch nicht im Entferntesten so temperamentvoll und draufgängerisch wie Nele. Und Leon alles andere als arrogant.

Nachdem ich Buchbestellungen an Grossisten geschickt und mich davon überzeugt hatte, dass im Büchernest so weit alles lief, kam Bea zurück, die gerade einer Kundin, die sich auf eisglatter Straße das Bein gebrochen hatte, persönlich all die Bücher gebracht hatte, die diese zu Weihnachten verschenken wollte. Für mich wurde es Zeit, mich zu verabschieden, Liuna-Marie bei Anke abzuholen und nach Hause zu fahren. Ich freute mich darauf, ausgiebig mit ihr zu knuddeln und sie später zu baden, bevor es für mich zurück ins Büchernest zum Lebendigen Adventskalender ging.

Nachdem wir in unserem Häuschen eingetroffen waren, breitete ich die hellblaue Fleecedecke mit den weißen Sternen auf dem Teppich aus und legte drei Bilderbücher mit Weihnachtsmotiven darauf, die ich aus dem Büchernest mitgebracht hatte. Leider war Liuna-Marie noch viel zu klein, um ihr *Weihnachten in Bullerbü* oder *Tomte Tummetott* von Astrid Lindgren vorzulesen, was ich ebenso sehr liebte wie *Pettersson kriegt Weihnachtsbesuch* oder *Morgen, Findus, wird's was geben* von Sven Nordqvist. Für mich spiegelten die Kinderbücher dieser schwedischen Autoren alles wieder, was ich mir an heiler Welt und Kuscheligkeit für meine kleine Tochter wünschte. Liuna-Marie stürzte sich mit Begeisterung auf die zwei Bücher aus Pappe und das eine aus weichem Stoff, an dem ein kleiner Eisbär befestigt war.

Ich erklärte meiner Kleinen Begriffe wie *Schneemann* oder *Schlitten* und fragte mich, wann die eisige Kälte milderen Temperaturen weichen und damit die Chance auf Schneefall erhöhen würde. Liuna-Marie kaute auf der Ecke des Stoffbilderbuches herum und versuchte die Worte, die ich sagte, nachzuplappern, was ich so süß und zauberhaft fand, dass mein Herz vor Mutterliebe beinahe überquoll.

Dann wanderte mein Blick zu den Barbarazweigen, die in der Vase auf dem Fensterbrett standen.

Würden sie rechtzeitig zu Weihnachten erblühen?

7

Sonntagmorgen erwachte ich, weil meine Nase kitzelte und ich niesen musste.
Durch den Spalt der hellblau-weiß gestreiften Vorhänge unseres Schlafzimmers fiel ein Sonnenstrahl herein, und es war für acht Uhr morgens erstaunlich hell. Beschwingt schlug ich die Bettdecke beiseite und schlich aus dem Zimmer, darauf bedacht, Leon nicht zu wecken, um nach nebenan zu Liuna-Marie zu gehen, die heute Nacht durchgeschlafen hatte. Zum Glück schlummerte sie immer noch friedlich. Also ließ ich sie weiterschlafen und ging nach unten.
Im Wohnzimmer angekommen, öffnete ich die Vorhänge und stieß einen kleinen Juchzer aus, als ich sah, weshalb es so hell war: Es hatte über Nacht geschneit, obwohl die Wettervorhersage nichts dergleichen angekündigt hatte.
Verzückt von dieser Überraschung blieb ich eine ganze Weile am Terrasseneingang stehen und bestaunte den Garten. Der Schnee hatte sich wie eine weiße Kuscheldecke über die kahlen Äste der Bäume, das Vogelhäuschen, die wetterfesten Gartenmöbel, die Büsche und die Holzbank

gelegt. Als hätte die Welt einen neuen, sauberen Anstrich erhalten. Und die Möbel neue, weiße Polster.
Ein traumschöner Anblick.
Und ein absolut perfektes Timing für unseren Plan, heute Nachmittag bei Vero den Feuerkorb anzumachen und im Schein der prasselnden Holzscheite Punsch zu trinken und Stockbrot zu essen. Der Schnee hatte mildere Temperaturen mit sich gebracht und glitzerte in der Wintersonne wie Millionen winzigster Spiegelscherben. Nachdem ich mir den Daunenmantel übergeworfen hatte und mit den Flauschsocken an den Füßen in die Gummistiefel geschlüpft war, öffnete ich die Tür und trat ins Freie. Dann schloss ich die Augen und atmete tief ein. Schneeluft … so klar und rein, als sei die Welt frisch gewaschen. Da unser Garten relativ windgeschützt lag, wärmte die Sonne mein Gesicht und meine Hände, eine echte Wohltat nach Tagen beißender Kälte.
Sobald wir gefrühstückt hatten, würde ich Liuna-Marie den Schneeanzug, Fäustlinge und die neue Mütze anziehen und sie mit hinaus in die weiße Pracht nehmen. Ich konnte es kaum erwarten zu sehen, wie meine Kleine darauf reagierte. Über meinem Kopf schwangen sich Möwen in die Lüfte und drehten dort beschwingt ihre Kreise. Auch sie genossen diesen Traumtag.
»Du bist ja früh wach«, rief Leon, der direkt über mir seinen Kopf aus dem Fenster streckte. »Warte, ich komme auch gleich und bringe Kaffee mit. Den müssen wir unbedingt draußen trinken.«
»Gute Idee, aber vergiss bitte das Babyphone nicht«, antwortete ich und blinzelte gegen die Sonne nach oben zu unserem Schlafzimmerfenster. Dann stapfte ich zum Schup-

pen, in dem wir neben Gartengeräten auch das Vogelfutter aufbewahrten. Ich war sehr stolz darauf, dass Amseln, Spatzen und andere Kleinvögel das blaue Holzhäuschen, das Paula uns zum Einzug geschenkt hatte, als Futterstelle angenommen hatten. Liuna-Marie liebte es, den Vögeln zuzuschauen, und klatschte begeistert in die Hände, wenn diese Hirse, Sonnenblumen- und Hanfkörner aufpickten, was allerdings in der Regel die Vögel aufscheuchte und sie erschrocken davonflattern ließ.

Immer noch ein wenig verträumt füllte ich den Trinknapf mit Wasser auf und Körnerfutter nach. »Na, Vogelmama, hast du gut geschlafen?«, fragte Leon, gab mir einen Kuss und drückte mir einen Becher dampfend heißen Kaffee mit Milch in die Hand. Aus der Tasche seiner Daunenjacke ragte das Babyphone.

»Wie ein Stein«, antwortete ich. »Obwohl ich schon ein bisschen Muffensausen wegen heute habe. Ich würde es viel netter finden, zu Vero zu gehen, ohne das Thema mit Bea anschneiden zu müssen. Aber es geht nicht anders, wir müssen das endlich hinter uns bringen.«

Leon nahm mir den Becher aus der Hand und stellte ihn zusammen mit seinem auf den Holztisch. Dass die beiden halb im Schnee versanken und aus dem Kaffee gleich Eiskaffee werden würde, schien ihn nicht zu stören.

»Das schaffst du«, versuchte er, mir Mut zu machen, und umarmte mich so fest, dass ich für einen Moment glaubte, nichts und niemand auf dieser Welt könne mir etwas anhaben, wenn Leon mich nur in seinen Armen hielt. »Ich wünschte, ich könnte dabei sein, aber ich will den Termin bei meinen Eltern nicht absagen. Sie freuen sich schon so auf Liuna-Marie. Aber du kannst mich jederzeit erreichen, solltest du meine Unterstützung brauchen.«

»Das ist lieb, aber Vero und ich werden das schon schaffen«, murmelte ich, an seine Brust geschmiegt. »Macht euch mal lieber einen schönen Nachmittag. Liuna-Marie freut sich bestimmt auch, wenn sie mit Oma und Opa spielen kann.«

Kurz vor drei Uhr nachmittags verabschiedete ich mich von den beiden und ging in den Garten, um Ilex-Zweige vom Strauch zu schneiden, die ich zu einem Strauß für Vero binden wollte.

Die roten Beeren der Stechpalme waren zum Teil vom Schnee bedeckt, genau wie die immergrünen Blätter mit den gezackten Rändern. Das sah so hübsch aus, dass ich mir wünschte, ich könnte die puderzuckerartige Schneeschicht auf der Pflanze konservieren. Nachdem ich den Strauß mit Kiefernzweigen und Tannenzapfen veredelt hatte, machte ich mich auf den Weg nach Morsum.

Im Gegensatz zu Keitums puppenstubenartigem Charakter war das Nachbardorf nach wie vor eher von Landwirtschaft geprägt. Nicht selten lag der Geruch von Kuhdung in der Luft, was ich immer amüsant fand, weil es so gar nicht zum Klischee von Sylt als Party-Insel passte. Ich liebte diesen beschaulichen Ort mit seinen Rotklinker- und Fachwerkhäusern, der Seifenmanufaktur am Morsumer Bahnhof, den Reitställen und alten Bauerngehöften.

Vero und Hinrich wohnten in einem friesischen Längshaus, an das ein Stall und ein großer Nutzgarten grenzten, in dem Vero Gemüse und Obst anbaute. Die Terrasse thronte über dem abschüssigen Garten, weshalb man von dort einen tollen Ausblick hatte.

»Moin, Lissy«, begrüßte mich Hinrich, nachdem ich in der Auffahrt geparkt hatte. Er war gerade im Begriff, sich aufs Rad zu schwingen. »Alles gut bei euch da drüben?«
Ich wusste, mit *da drüben* meinte er Leon, Liuna-Marie und Bea.
»Moin, Hinrich, schön, dich zu sehen. Bei uns ist so weit alles okay«, antwortete ich. »Aber glaubst du, dass es eine gute Idee ist, bei diesem Wetter mit dem Rad zu fahren? Unter dem Schnee liegt an einigen Stellen noch Eis.«
»Du bist genauso eine Angsthäsin wie meine Frau«, entgegnete Hinrich mit einem Schulterzucken und befestigte Klemmen an den Beinen seiner dunkelblauen Hose, damit der Stoff sich nicht in den Speichen verfing. »Es sind doch nur ein paar Meter bis zu Eycke und Inken.«
Ich verkniff mir die Bemerkung *Dann kannst du die Strecke doch genauso gut zu Fuß gehen,* die mir auf der Zunge lag. In dieser Hinsicht ähnelten sich Hinrich und Bea ein bisschen: Beide ließen sich nur ungern etwas sagen. Bei Hinrich hatte sich dieser Widerstand verstärkt, seitdem Vero ihn nach seinem Herzinfarkt behandelte wie ein rohes Ei und hinter jedem Stück Sahnetorte, jeder Tasse Kaffee und jeglicher Form von körperlicher Anstrengung eine potenzielle Bedrohung für sein Leben witterte.
»Dann wünsche ich dir viel Spaß dort. Grüß mir die beiden und auch Tinka, wenn sie da ist. Sie macht sich wirklich gut als Praktikantin.«
Hinrich schwang sich aufs Rad, tippte einmal gegen seine blaue Wollmütze und verschwand alsbald hinter der nächsten Kurve. Währenddessen hatte Vero mich offensichtlich durchs Fenster erspäht, denn sie öffnete die Tür und strahlte

mich an. »Moin, meine Süße, schön, dass du da bist. Bea müsste auch jeden Moment kommen.«

Ich betrat den Flur, folgte Vero in ihr gemütliches Heim und übergab ihr mein Mitbringsel. »Danke, Lissy. Der Strauß ist wunderschön. Wir haben ja leider keine Ilex-Sträucher im Garten … Da fällt mir ein: Am Sechzehnten wollen wir traditionsgemäß Krähenbeeren in den Dünen sammeln, magst du mitkommen? Oder sollen Hinrich und ich dir welche mitbringen?«

Ich überlegte kurz. Der Sechzehnte war am kommenden Freitag, am Samstag fand im Büchernest das allseits beliebte Wichteln für Mitarbeiter, Aushilfen und Stammkunden statt. »Sammelt bitte welche für mich mit. Ich habe zurzeit so irre viel zu tun, dass ich dankbar bin für alles, was nicht mehr auf meiner To-do-Liste steht«, antwortete ich. »Aber ich würde gern einen Kranz aus Krähenbeeren als Deko für den Laden binden und einen als Geschenk für Bea. Vielleicht hat ja auch Nele Freude daran.« Krähenbeeren wurden auch Glockenheide oder Krähenheide genannt und gehörten zu den Pflanzen, die auf Sylt als Bodendecker den sandigen Boden befestigten. Im Sommer blühte das Heidekraut sonnig gelb, im Herbst in Bronzetönen, im Winter dann in goldenem Bernstein. Zusammen mit Zwergkiefern und Gräsern war es auch in den Gärten ein echtes Schmuckstück.

»Was krieg ich als Geschenk?«, fragte Bea, die unbemerkt ins Haus gekommen war, und schaute uns neugierig an. »Ich sag euch doch immer, dass ich mir nichts zu Weihnachten wünsche. Dieser ganze Konsumwahnsinn muss ja nun wirklich nicht sein. Geschenke nur noch für die Kinder. Wir Alten haben doch schon alles, was wir brauchen.«

Schmunzelnd dachte ich an das schöne Kleid von Scandic, das Bea mir dieses Jahr unter den Tannenbaum legen würde. In den Augen meiner Großtante würde ich wohl immer die kleine Lissy bleiben, obwohl ich mittlerweile selbst Mutter war.

»Wollen wir erst in der Stuv Kaffee trinken, oder möchtet ihr jetzt schon das Feuer anmachen?«, fragte Vero. »Ich habe auf der Terrasse jede Menge Birkenholz aus dem Schuppen gebunkert. Wir können also bis tief in die Nacht draußen bleiben, wenn ihr mögt. Außerdem habe ich heute Vormittag Nordseewellen für uns gebacken. Und zum Grillen steht natürlich auch schon alles in der Küche bereit.«

Ich gab Vero spontan einen Kuss auf die Wange. »Vielen, vielen Dank, du Küchenfee. Was würden wir nur ohne dich machen?«

Bea knurrte etwas Undefinierbares, entschied sich dann aber dafür, unsere kleine Adventsfeier ins Freie zu verlegen. Dank eines besonders guten Kaminholzanzünders loderte das Feuer innerhalb weniger Minuten und wärmte augenblicklich durch seine Glut. Vero schenkte uns allen Apfelpunsch mit Zimt ein und träufelte in Beas Becher einen kleinen Schuss Calvados. Nervös trat ich von einem Fuß auf den anderen, weil ich nicht wusste, wie wir die Kurve kriegen und Bea zu einem Gespräch über ihren Zustand bekommen konnten. Der Ausblick auf Veros verzauberte Gartenlandschaft, das heimelige Feuer und das wohlig wärmende Getränk verführten dazu, die Realität auch diesmal außen vor zu lassen und stattdessen diesen wundervollen Moment stressfrei zu genießen.

»Was macht Adalbert denn heute?«, fragte Vero, offensicht-

lich nicht gewillt, sich von der kuscheligen Stimmung einlullen zu lassen.
Bea zuckte mit den Schultern. »Keine Ahnung. Ist sicher bei einem Freund oder gibt irgendeinen Kurs. Wir haben nur das Nötigste gesprochen, seit ich ihn gebeten habe, den Termin in der Kirche und alles andere abzusagen.«
»Und wie lange willst du noch im Watthaus bleiben?«, fragte ich, bemüht, Vero zur Seite zu springen. »Ihr müsst euch doch irgendwann wieder vertragen. Bald ist Weihnachten … und …« Ich rang nach den richtigen Worten, doch Bea verzog keine Miene, sondern trank seelenruhig ihren Punsch. »… ihr wollt doch Heiligabend nicht etwa getrennt feiern?«
Seit ich denken konnte, hatten wir diesen Tag alle gemeinsam verbracht. Das Büchernest schloss um ein Uhr seine Türen, danach ging jeder zu sich nach Hause, um sich noch ein bisschen hinzulegen oder letzte Geschenke zu verpacken. Gegen achtzehn Uhr trafen wir uns dann bei Vero, die stets ein einfaches, aber köstliches Abendessen zubereitet hatte. Nachdem alle satt und zufrieden waren, gab es Bescherung, anschließend besuchten wir gemeinsam den späten Gottesdienst in der Keitumer St.-Severin-Kirche. Wenn wir danach noch in Form und munter genug waren, gingen wir häufig noch zu Bea ins Kapitänshaus, spielten Spiele und tranken zum Abschluss ein Glas Glühwein oder Tee.
»Kann sein, dass ich dieses Jahr wegfahre«, behauptete Bea, und ich verschluckte mich beinahe an meinem Apfelpunsch. »Ich meine, man muss doch nicht immer so in Routine erstarren, findet ihr nicht?«
»Und wo willst du hin?«, fragte Vero sichtlich irritiert.

»Ich dachte an Kopenhagen oder Hamburg. Oder Lübeck. Ganz genau weiß ich es noch nicht, aber bis dahin sind ja noch ein paar Tage Zeit, nicht wahr? Aber keine Sorge, ich fahre erst am vierundzwanzigsten, um euch noch im Büchernest zu helfen. Und Silvester bin ich wahrscheinlich auch schon wieder da. Allerdings möchte ich mich darauf noch nicht festlegen.«

Oje, Bea schien es wirklich ernst zu meinen.

Mein Herz verkrampfte sich, als ich an den armen Adalbert dachte. Das hatte er weiß Gott nicht verdient!

Er liebte Weihnachten und die Festtage, und es gab für ihn kaum etwas Schöneres, als mit uns allen gemeinsam zu feiern.

»Aber willst du denn gar nicht dabei sein, wenn Liuna-Marie ihren ersten Heiligabend als Kleinkind erlebt?«, fragte ich, in der Hoffnung, eine echte Trumpfkarte auszuspielen. »Letztes Jahr war sie noch ein Baby und hat kaum etwas mitbekommen.« Ich selbst freute mich schon seit Wochen wie verrückt auf die Augen meiner kleinen Tochter, wenn sie zum ersten Mal bewusst den geschmückten und von Lichterglanz erhellten Tannenbaum sah.

Bea blickte immer noch scheinbar ungerührt in die Runde. »Dann macht doch Fotos und schickt sie mir per WhatsApp«, antwortete sie in einem Ton, der mich frösteln ließ.

Was in drei Teufels Namen war in meine Großtante gefahren?

Als Liuna-Marie auf die Welt gekommen war, war Bea vor Freude außer sich gewesen und hätte am liebsten jede freie Minute mit ihr verbracht. Doch auch diese Momente konnte man in den letzten Wochen an einer Hand abzählen.

Sie zog sich sukzessive von allen Menschen zurück, die ihr am Herzen lagen.
»So, jetzt reicht's aber, Bea!«, schrie Vero ohne Vorwarnung los. Ihre Wangen hatten die Farbe von Klatschmohn, was sicher nicht nur von der Glut des Feuers herrührte. »Was ist eigentlich los mit dir? Du benimmst dich in letzter Zeit wie eine Verrückte und verletzt alle, die dir nahestehen. Und damit meine ich nicht nur Adalbert. Außerdem hast du uns angeschwindelt. Die Plätzchen, die uns allen so gut geschmeckt haben, hast du bei Bäcker Paulsen gekauft. Und streit das jetzt ja nicht ab. Ich hab dich dort gesehen.«
Nun wurde Bea feuerrot, und ich machte mir sofort Sorgen wegen ihres Blutdrucks. Jede Art von Stress war Gift für sie.
»Schrei mich nicht an!«, brüllte sie zurück, und ich wich instinktiv einen Schritt zurück. »Ich finde es überhaupt nicht nett von dir, mich vor Lissy bloßzustellen. Und so was nennt sich Freundin. Außerdem kann es euch allen mit Verlaub schietegal sein, was ich mit Adalbert mache oder nicht mache und wo ich die Weihnachtsfeiertage verbringe. Ich brauche euch alle nicht. Keinen Einzigen von euch, ist das klar?«
Das Feuer im Korb sprühte Funken und spuckte kleine Flammen, genau wie Bea, der personifizierte Feuerdrache.
»Und was heißt hier überhaupt *Verrückte?!*«, fuhr sie mit ihrer Tirade fort. »Wenn hier einer total bekloppt ist, dann doch du! Ständig bist du hinter Hinrich her wie eine Mutter hinter einem Kleinkind. Lass den armen Mann doch mal atmen! Und dann dieses andauernde Gekoche und Gebacke. Hast du eigentlich gar nichts anderes im Kopf?«
Das Blut sauste in meinen Ohren, mir wurde schwindelig.

Ich hatte mit allem gerechnet, nur nicht damit, dass Bea ihre beste Freundin derart bösartig attackierte. Egal wie häufig die beiden sich schon gezofft hatten – die Streitereien waren immer respektvoll vonstattengegangen und niemals so verletzend. Vero war mittlerweile kreidebleich und nahm Bea den Becher aus der Hand, den sie noch kurz zuvor nachgefüllt hatte. Dann schüttete sie den Inhalt kurzerhand in den Schnee und fegte den Teig und die Holzstäbe, die für das Stockbrot gedacht gewesen waren, vom Terrassentisch. »Wenn du so erbärmlich findest, was ich tue und liebe, dann brauchst du weder etwas davon zu essen noch zu trinken. Im Übrigen möchte ich dich jetzt bitten zu gehen. Denn du benimmst dich mir gegenüber gerade wie eine Irre, und das lasse ich nicht zu. Und was Hinrich betrifft: Ich liebe ihn und achte darauf, dass es ihm gutgeht. So macht man das eben mit Menschen, die einem am Herzen liegen. Aber so was kennst du ja nur vom Hörensagen, also misch dich nicht in meine ehelichen Angelegenheiten ein.«
Unfähig, mich zu rühren oder einzugreifen, blieb ich zunächst stumme Beobachterin dieser heftigen Szene, die so surreal wirkte, als sei sie einem bösen Traum entsprungen.
Bea stürmte in Richtung Wohnzimmertür, und ich hechtete ihr hinterher, nachdem wieder Leben in mich gekommen war.
»Halt, stopp. Bleib stehen!«, rief ich, nun ebenso aufgebracht. »Du kommst sofort zurück und entschuldigst dich bei Vero. Das kann doch wohl alles nicht wahr sein! Weihnachten, das Fest der Liebe. Dass ich nicht lache. Du benimmst dich gerade wie ein bockiges Kleinkind, weißt du das?«
Doch Bea dachte gar nicht daran, zurückzukommen. Ich

hörte die Haustür ins Schloss fallen und kurz darauf den Motor ihres Landrovers aufheulen. Als ich durchs Küchenfenster in das Dunkel des späten Winternachmittags schaute, war meine Großtante verschwunden.

»Tut mir leid, Bea ist auf und davon«, sagte ich zu Vero, die ich zitternd auf dem Sofa im Wohnzimmer vorfand. »Ist alles in Ordnung mit dir?«

Veros Unterlippe bebte, und ich sah Tränen in ihren Augen glitzern. »Wir müssen unbedingt etwas unternehmen, Lissy. Bea ist nicht mehr sie selbst. Sie hätte sonst niemals derart scheußliche und schlimme Dinge zu mir gesagt.«

»Das stimmt allerdings«, murmelte ich betreten.

Was für ein grauenvoller dritter Advent!

»Wenn du mich fragst, sollten wir zusammen zu Adalbert fahren und mit ihm sprechen«, schlug Vero vor. »Wir müssen wissen, was er zu dieser ganzen Misere zu sagen hat.«

Eine gute Idee, der ich ohne zu zögern zustimmte.

8

Nachdem wir uns telefonisch vergewissert hatten, dass Adalbert daheim war und Zeit für uns hatte, stiegen wir beide in mein Auto und fuhren von Morsum in Richtung Keitum.

Veros Wangen glühten immer noch vor Zorn, dennoch hatte sie die ganze Fahrt über geschwiegen.

»Wollen wir eine Runde unten am Watt drehen, bevor wir zu Adalbert gehen?«, fragte sie, als Beas Kapitänshaus in Sichtweite kam. »Ich möchte ihm nämlich erst unter die Augen treten, wenn ich mich ein bisschen abreagiert habe. Schließlich will ich nicht schlecht über Bea reden.«

Da ich Veros Vorschlag gut fand, parkten wir den Wagen in der Einfahrt und gingen dann über eine Treppe hinunter ans Watt, das gerade trockengefallen war. Ein bläulicher Schimmer lag über der Winterlandschaft. Im Schein einiger Laternen konnte ich Austernfischer, Lachmöwen und Seeschwalben erkennen, die sich mit aufgeplustertem Gefieder auf den Eisschollen tummelten. Der Wintermond hing als fahle Sichel über der Nordsee und tauchte den Nationalpark Wattenmeer in silbergraues Licht. Im Halbdunkel war es schwer zu unterscheiden, wo der Sandweg endete und der Wassersaum begann.

»Wir leben hier in einem Paradies und können uns glücklich schätzen, dass wir hier sein dürfen und es uns allen so gutgeht«, murmelte Vero, als wir Seite an Seite in den Himmel schauten. »Bea sollte das auch alles genießen können, solange es noch geht. Und darum werde ich es nicht zulassen, dass irgend so eine blöde Was-weiß-ich-Geschichte von ihrer Persönlichkeit Besitz ergreift und sie zerstört. Die Jahre, die uns noch bleiben, sollten wir gemeinsam in Frieden und Harmonie genießen, anstatt uns gegenseitig an die Gurgel zu gehen.«

In meinem Hals bildete sich ein dicker Kloß, denn ich konnte mir ein Leben ohne Bea oder Vero nicht vorstellen.

»Sag nicht so was, Vero, ihr habt noch viele tolle Jahre vor euch«, widersprach ich. »Ihr seid zum Glück alle fit und gesund. Selbst Hinrich hat sich nach seinem Infarkt super erholt. Wir werden Bea helfen, alles, was bei ihr gerade schiefläuft, wieder ins Lot zu bringen, versprochen. Ich lass dich in dieser Sache nicht alleine.«

»Genau wie *ich* immer für *dich* da bin, egal was auch passiert«, flüsterte Vero und drückte meine Hand. »Auch wenn wir nicht miteinander verwandt sind, sind wir doch im Laufe der Jahre zu einer großen Familie zusammengewachsen, nicht wahr?« Ich nickte bestätigend. Die vielen kleinen und großen Krisen des Lebens hätten wir alle nicht halb so gut bewältigt, wenn wir auf uns allein gestellt gewesen wären. »Versprich mir bitte, dass wir uns nicht voneinander entfernen, egal was passiert. Machst du das?«

Berührt von ihren Worten murmelte ich: »Aber natürlich«,

drückte ebenfalls ihre Hand und schaute dann auf die Uhr. »Ich denke, wir sollten wieder nach oben gehen, sonst wundert Adalbert sich, wo wir bleiben.«

Beas Lebensgefährte nahm uns herzlich in den Arm, nachdem er die Tür des altehrwürdigen Kapitänshauses geöffnet hatte. Doch sosehr er sich auch bemühte, gute Laune zu heucheln, misslang ihm der Versuch. Unter seinen Augen lagen tiefe Schatten. Überhaupt hatte ich diesen sympathischen, lebenslustigen Mann noch nie so eingefallen und grau im Gesicht gesehen. »Schön, dass ihr da seid«, sagte er. »Wollen wir es uns im Wohnzimmer gemütlich machen?«

Beklommen registrierte ich, dass im Flur weder eine von Beas Jacken hing noch ein paar Schuhe zu sehen war. Auch die gerahmte Fotografie ihres verstorbenen Berner Sennenhundes Timo war von der Kommode im Flur verschwunden. Vermutlich stand sie jetzt auf Beas Nachttisch in Paulas Haus.

»Nele ist übrigens auch da.«

»Hi, ihr Süßen«, tönte es auch schon fröhlich von der Couch, wo Nele sich in eine Mohairdecke eingemummelt hatte. Vor ihr stand ein Stövchen mit einer Kanne Tee darauf. »Fröhlichen dritten Advent euch beiden.«

»Von fröhlich kann leider keine Rede sein«, entgegnete Vero seufzend und setzte sich neben Nele aufs Sofa.

»Hab ich schon von Adalbert gehört«, murmelte Nele und spielte währenddessen an ihrem Smartphone herum. »Mögt ihr noch mal erzählen, was passiert ist?«

Vero gab die denkwürdige Begegnung mit Bea zum Besten, versuchte aber, sie so neutral wie möglich zu schildern, was ich ihr hoch anrechnete. Dennoch konnte sie nicht umhin, anzudeuten, dass Bea sie ziemlich angegangen hatte, was bei Adalbert ein peinlich berührtes Räuspern hervorrief.

»Und wo ist sie jetzt?«, fragte Nele sichtlich verstört und legte endlich das Handy beiseite.

»Im Watthaus wohl eher nicht, zumindest brannte dort kein Licht, als wir eben vorbeigegangen sind«, antwortete ich. »Olli scheint auch unterwegs zu sein, aber vielleicht weiß er ja irgendwas, das uns weiterhilft. Ich habe ihm jedenfalls auf die Mailbox gesprochen. Und ich versuche später auch noch mal, Bea irgendwie zu erreichen. So, wie ich sie kenne, muss sie sich erst mal abreagieren, bevor sie überhaupt ans Telefon geht.«

Im Geiste ging ich die Liste der Leute durch, bei denen meine Großtante Unterschlupf gesucht haben könnte, darunter Eycke und Inken. Im Grunde konnte sie allerdings überall sein, denn Bea war auf Sylt bekannt wie ein bunter Hund. Und zudem äußerst beliebt.

»Was ich jetzt gern von dir wissen möchte, Adalbert, ist, ob dir in letzter Zeit etwas an Bea aufgefallen ist, das irgendwie … nun ja …« Ich stockte zunächst und atmete dann tief durch. Jetzt war es an mir, endlich Klartext zu sprechen. »Ich denke, es hat keinen Sinn, länger um den heißen Brei herumzureden … das irgendwie auf eine Krankheit wie Demenz hindeuten könnte.«

Für einen Moment herrschte Totenstille.

Dann sagte Adalbert leise: »Bea ist in den letzten Wochen sehr in sich gekehrt. Sie wirkt traurig, um nicht zu sagen irgendwie verloren und depressiv.« Er warf Vero und mir einen unsicheren Blick zu. »Ein wenig launisch war sie ja immer schon, aber zurzeit weiß man einfach nicht, wann sie

hochgeht wie eine Rakete und wann sie auf Dinge, die sie an sich nerven müssten, eher gelassen reagiert. Außerdem ist sie sehr schusselig geworden und vergisst recht viel, das muss ich leider sagen.« Adalbert räusperte sich. »Das ist übrigens auch der Grund dafür, weshalb ich ihr so spontan einen Heiratsantrag gemacht habe, obwohl ich weiß, dass sie es nicht mag, wenn man ihr die Dinge aus der Hand nimmt.«
Es dauerte eine Weile, bis Adalberts Worte in mein Bewusstsein sickerten. Er hatte also schon länger dieselbe Befürchtung gehabt wie wir und wollte meine Großtante als Reaktion darauf heiraten. Wie unfassbar liebevoll von ihm.
»Hast du sie denn schon mal offen auf deine Beobachtungen angesprochen?«, wollte nun Nele wissen. Auch Vero schaute Adalbert mit weit aufgerissenen Augen an.
»Natürlich habe ich das«, antwortete dieser. »Aber was glaubt ihr, was da los war? Sie hat mich beschimpft und tagelang in ihrem Zimmer geschmollt, ohne mit mir zu reden. Das Zusammenleben mit ihr war in den vergangenen Wochen wahrlich kein Kinderspiel. Wenn Bea will, kann sie einem das Leben echt schwer machen.«
»Und trotzdem möchtest du, dass sie deine Frau wird«, murmelte Nele, offensichtlich tief beeindruckt. »Das ist wahre Liebe. Sag, Adalbert, ich bin nicht rein zufällig auch dein Typ?«
Ihr flapsiger Witz lockerte die Stimmung auf, und wir mussten lachen, obwohl die Situation gerade alles andere als komisch war.
»Wenn du nächsten Freitag Zeit hast, können wir gern heiraten«, parierte Adalbert charmant und zwinkerte Nele zu.
Mir lag indessen die Frage auf der Zunge, ob Sven Groot

mittlerweile Neles Freundschaftsanfrage auf Facebook angenommen hatte, auch wenn es momentan wichtigere Dinge gab, über die ich mir Gedanken machen sollte.
»Ach, Adalbert, so einen tollen Mann wie dich findet man nicht alle Tage«, entgegnete Nele seufzend. »Schade, dass du keinen Sohn hast. Aber jetzt wieder zurück zum eigentlichen Thema: Fällt uns denn nicht irgendeine List oder ein Vorwand ein, unter dem wir Bea zumindest mal zu Doktor Ingwersen locken können? Dem vertraut sie doch.«
Ich dachte nach, Neles Idee war nämlich gut. »Ich könnte sie bitten, mit mir in die Praxis zu kommen, um auf Liuna-Marie aufzupassen, während ich angeblich einen Arzttermin habe …«, hob ich an und überlegte, ob dieser Trick funktionieren könnte.
»Und dann bittet Doktor Ingwersen Bea in den Behandlungsraum, und sie folgt ihm brav?« Adalbert schüttelte den Kopf. »Ganz ehrlich, ich glaube nicht, dass das klappt. Wir müssen im Grunde abwarten, bis Bea sich selbst zu diesem Schritt entschließt, nur dann hat das Ganze überhaupt eine Chance.«
Betreten murmelte ich: »Ich fürchte, du hast recht«, und nippte am Tee, den Nele mir eingeschenkt hatte. Dann knurrte mein Magen. Wegen Beas dramatischem Abgang hatten wir natürlich nichts von dem gegessen, was Vero vorbereitet hatte, und nun fiel ich vor Hunger beinahe um.
»Soll ich noch mal nach Morsum fahren und das Essen holen, das ich vorbereitet habe?«, fragte Vero schmunzelnd. »Ich glaube, Lissy braucht dringend was zwischen die Zähne.«
»Das können Lissy und ich doch machen«, bot Nele an,

womit sonnenklar war: Sie wollte allein mit mir reden. »Aber wäre dir das denn überhaupt recht, Adalbert, oder sollen wir lieber alle zu Vero umziehen?«
Mein Gott, was für ein Hin und Her!
Gut, dass beide Dörfer so nahe beieinanderlagen.
Nachdem Vero und Adalbert Neles Idee zugestimmt hatten, rief ich Olli an, um zu hören, was er für Pläne hatte und ob er Lust hatte, sich uns spontan anzuschließen. Da er gerade auf dem Heimweg von einer Verabredung mit einem Freund in Hörnum war, freute auch Olli sich über die Aussicht auf ein gutes Essen und ein nettes Beisammensein.
Schließlich war heute der dritte Advent – Familienzeit.
»Und? Hast du jetzt schon eine Verabredung mit Sven?«, fragte ich Nele, kaum dass ich im Auto hinter dem Lenkrad Platz genommen hatte.
Nun war ich doch neugierig.
»Nein«, antwortete Nele grummelig und schnallte sich an. »Der Typ hat meine Anfrage nicht angenommen und mir stattdessen geschrieben, dass er auf Facebook nur mit Leuten befreundet sein will, mit denen er es auch im echten Leben ist.«
»Und wie geht's jetzt weiter?«, wollte ich wissen, insgeheim ein Lächeln unterdrückend. Diese Art von Ansage war der perfekte Weg, um Nele heiß zu machen. Falls Sven sie so weit durchschaut hatte und das Ganze Absicht war, verhielt er sich goldrichtig.
»Ich habe heute in der Zeitung eine kleine Notiz gelesen, dass Sven auf der Insel ist, um gemeinsam mit seinem Großvater zu überlegen, was aus dem Reiterhof werden soll. Die beiden denken daran, zu verkaufen oder das Anwesen in

etwas anderes umzufunktionieren, da Sven den Hof nicht übernehmen will.«

Ich dachte an Svens Niesattacke in der Apotheke. »Kein Wunder, wenn er allergisch gegen Pferde ist«, antwortete ich, und meine Fantasie schlug Purzelbäume. Der Hof, die angrenzenden Koppeln und das Weideland lagen am Rand von Keitum in Richtung Bahndamm. Es war ein wunderschönes Stück Land, das man für alles Mögliche nutzen konnte.

Aber garantiert unbezahlbar.

»Dann biete ihm doch einfach an, dass du ihn als kreative, künstlerische Beraterin bei seinen Überlegungen unterstützen willst«, schlug ich vor, und Nele stieß einen spitzen Schrei aus. »Superidee, Lissy. Genau das mache ich! Und dann wollen wir doch mal sehen, ob Mister Arrogant sich immer noch zu fein dafür ist, meine Freundschaftsanfrage anzunehmen.«

Ich schmunzelte in mich hinein und ertappte mich bei dem Gedanken daran, wie es wohl wäre, wenn Sven Groot und Nele ein Paar werden würden. Mein Instinkt sagte mir, dass die beiden zusammenpassten, auch wenn Sven sich noch zierte.

Doch wenn es jemandem gelingen konnte, eine harte Nuss zu knacken, dann Nele.

Schließlich hatte sie absolut Übung in diesen Dingen.

9

Montagvormittag fehlte noch immer jede Spur von Bea.

Laut Olli war sie nicht in Paulas Haus am Watt aufgetaucht, um dort wie gewohnt zu übernachten, und auch Adalbert wusste nichts über ihren Verbleib. Allmählich begann ich, mir ernsthaft Sorgen zu machen.

Als sie gegen Mittag immer noch nicht im Büchernest war und ich zum wiederholten Male nur ihre Mailbox zu fassen bekam, ging ich zu Vero in die Küche, um sie zu fragen, was wir jetzt tun sollten.

»Oh du meine Güte, das ist alles meine Schuld«, sagte Vero sofort und schlug die Hände über dem Kopf zusammen. »Ich hätte sie nicht so provozieren und anbrüllen dürfen. Meinst du, wir sollten die Polizei verständigen?«

»Ich fürchte, dafür ist es noch zu früh«, antwortete ich. »Wenn sie ein Kind wäre, würde man uns ernst nehmen, aber in diesem Fall … Lass uns mal lieber überlegen, wo sie sein könnte. In Morsum sicher nicht, denn das hätte Tinka uns bestimmt erzählt. Vielleicht bei Ineke in Westerland?«

Vero nickte. »Wäre möglich, schließlich hat sie sich seit der

Ausstellung in unserer Scheune sehr mit ihr angefreundet. Andererseits – sie könnte auch auf dem Festland sein.«
Ich ging erneut im Geiste die Liste der Freunde und Bekannten durch, die Bea außerhalb Sylts hatte. Da kamen zwar einige in Frage, aber ich wusste von den meisten nicht mehr als den jeweiligen Vornamen. »Soll ich Adalbert bitten, nachzusehen, ob Beas kleines rotes Telefonbüchlein noch in ihrem Schreibtisch liegt? Dann könnten wir gemeinsam die Adressen durchgehen und uns nach und nach durchtelefonieren«, schlug ich vor, weil mir gerade nichts Besseres einfiel.
Vero wiegte den Kopf hin und her, schien aber nicht recht überzeugt. »Ja, das wäre eine Idee. Allerdings fürchte ich, dass wir noch ein bisschen abwarten müssen, bevor wir die Pferde scheu machen. Schließlich wirft es kein besonders gutes Licht auf Bea, dass sie einfach abgehauen ist, ohne uns Bescheid zu geben, wo sie ist und wie lange sie wegbleibt.« Vero warf einen Blick in Richtung Laden, und ihr Gesicht verdüsterte sich. »Mal abgesehen davon, dass ich mir Sorgen mache, finde ich es übrigens unverantwortlich, dich mitten im Weihnachtsgeschäft mit allem alleinzulassen.«
Das stimmte allerdings!
Rieke hatte ihren freien Tag, mir standen also lediglich Tinka und Olli zur Seite sowie Nele, die ich gerade angerufen und gebeten hatte, zu kommen. Ich würde mich also spätestens morgen um eine Aushilfe kümmern müssen, sollte Bea bis dahin verschwunden bleiben.
»Okay, dann warten wir noch einen Tag ab«, stimmte ich Veros Vorschlag zu. »Auch wenn mir das echt nicht leichtfällt, wenn ich ehrlich bin. Ich hoffe ja immer noch, dass Bea

irgendwann zur Vernunft kommt und einsieht, was sie durch ihr kindisches Verhalten angerichtet hat.«

Als ich zurück in den Laden kam, erblickte ich zu meinem großen Erstaunen Sven Groot vor dem Regal mit der Abteilung *Reisen & Regionalia.*

»Kann ich Ihnen behilflich sein, oder wollen Sie sich erst einmal in Ruhe umschauen?«, fragte ich und freute mich diebisch auf Neles Gesicht, wenn sie sah, dass Sven bei uns im Büchernest war. Dies setzte allerdings voraus, dass er noch mindestens eine halbe Stunde blieb.

Und Nele ausnahmsweise pünktlich war.

»Moin«, antwortete Sven, lächelte erfreut und runzelte dann die Stirn. »Sie sind … Sie kommen mir irgendwie bekannt vor.« Sein prüfender Blick wanderte an mir rauf und runter und blieb schließlich an meinen Lippen hängen. Mir wurde ein wenig warm, und ich nestelte verlegen an meinen Haaren herum. Es war länger her, seit ein Mann mich so bewusst von oben bis unten angeschaut hatte. Und Sven Groot war verdammt attraktiv!

»Wir haben uns neulich in der Apotheke getroffen, als Sie ein Antiallergikum gekauft haben«, versuchte ich, seinem Gedächtnis auf die Sprünge zu helfen. »Haben die Tabletten denn gewirkt?« Genervt bemerkte ich, dass meine Stimme beim letzten Teil des Satzes unnatürlich hoch geworden war.

»Ah, stimmt, jetzt erinnere ich mich wieder. Sie sind die Freundin dieser Nele Sievers, die mich gerade angeschrieben und ihre Hilfe bei der Umgestaltung des Reiterhofs angeboten hat.« Sein Gesichtsausdruck ließ nicht erkennen, ob er Neles Frage dreist oder gut fand. Ich nickte zustimmend.

»Was hat sie denn für eine Qualifikation, wenn ich fragen darf?«
»Oh, sie kennt die Insel wie ihre Westentasche, ist ungeheuer kreativ und hat mal das Café geführt, das jetzt zur Buchhandlung gehört. Sie hat ein unglaubliches Händchen für Inneneinrichtung und …«
»Halt! Stopp! Ich hab's kapiert. Nele Sievers ist so etwas wie ein Wunderkind«, wandte Sven lachend ein. In diesem Moment bekam sein sonst eher strenges, markantes Gesicht einen viel weicheren Ausdruck, was ihn sofort jünger erscheinen ließ.
Ich konnte mir gut vorstellen, dass ihn sein Job als Unternehmensberater über kurz oder lang hatte hart werden lassen. Andererseits: Wer so einen Beruf wählte, musste schon von Haus aus tough sein und durfte nicht allzu viel Skrupel haben. Schließlich musste er Leute entlassen, Sparmaßnahmen durchsetzen und auch sonst jede Menge Dinge entscheiden, die unangenehm waren.
»Was ich momentan suche«, riss Svens Stimme mich aus meinen Gedanken, »ist eine Übersicht über die gastronomischen Angebote auf der Insel und alle Hotels beziehungsweise Pensionen.«
Kurzerhand reichte ich Sven den Titel *Sylt à la carte* und einige Magazine, die er interessiert überflog.
»Ich habe im Tagesspiegel gelesen, dass Arfst und Sie überlegen, den Reiterhof aufzugeben und in etwas anderes umzuwandeln«, sagte ich, während Sven aufmerksam in dem kulinarischen Inselführer blätterte. »Wollen Sie aus dem Hof ein Hotel machen oder reine Gastronomie? Ich würde es schön finden, wenn es trotzdem etwas für Familien mit

Kindern wäre. Die Kids, die auf dem Hof ihre Ferien verbringen, haben sich immer sehr wohl gefühlt.«

Und jede Menge Pferdebücher bei uns gekauft.

»Leider habe ich momentan noch keinen Plan, wie es weitergehen soll«, antwortete Sven und fuhr sich mit der Hand über den dunklen Bartschatten. Als wir ihn in der Apotheke getroffen hatten, war er glatt rasiert gewesen. »Arfsts Frage, ob ich mir vorstellen könnte, den Hof zu übernehmen beziehungsweise zu sanieren, hat mich unerwartet getroffen, wenn ich ehrlich bin. Bislang war ich zum einen davon ausgegangen, dass seine Mitarbeiter den Hof noch länger weiterführen. Oder dass er einfach verkauft und auf dem Grundstück neuer Wohnraum entsteht. Nun hat mein Großvater sich aber in den Kopf gesetzt, dass er einen großen Teil der Substanz dieses alten Familienbesitzes erhalten und unsere Tradition weiterführen will, was ich im Prinzip auch gut finde. Da ich aber allergisch gegen Pferde bin und zudem auch noch einen Job in Hamburg habe, gestaltet sich das alles ein bisschen schwierig für mich.«

»Verstehe«, murmelte ich in Gedanken. »Wenn Sie möchten, kann ich Sie mal mit meiner Großtante Bea bekannt machen, die hier schon Zeit ihres Lebens wohnt und arbeitet. Und mit ihrer Freundin Vero, die das Café führt und fantastisch kocht. Die beiden kennen alle wichtigen Leute auf der Insel und haben immer gute Ideen.«

Sven lächelte. »Ich kenne Ihre Großtante, weil ich schon als kleiner Junge meine Bücher hier ausgesucht habe, wenn ich Geburtstag hatte oder Weihnachten anstand. Bea Hansen ist wirklich eine äußerst bemerkenswerte, temperamentvolle Dame. Arfst kennt sie natürlich auch und schwärmt in den höchsten Tönen von ihr. Ich glaube sogar, dass er eine Weile in sie verliebt war«, setzte er augenzwinkernd hinzu. »Aber er hat sich die Zähne an ihr ausgebissen, wenn ich mich richtig erinnere.«

»So wie ich mir an Ihnen?«, hörte ich Nele sagen, die auf einmal neben mir stand und Sven den arrogantesten Blick zuwarf, zu dem sie fähig war. Die Raumtemperatur sank deutlich unter null, und ich verabschiedete mich unter dem Vorwand, dringend telefonieren zu müssen.

Dann ging ich nach oben, um mir im Badezimmer einen Zopf zu binden. Natürlich war ich bislang nicht dazu gekommen, zum Friseur zu gehen, obwohl Nele mich mehrfach daran erinnert hatte.

Als ich im Schränkchen des Badezimmers nach einem Haargummi suchte, fiel mein Blick auf den Rand der Badewanne. Da in diesen Räumen früher eine Wohnung gewesen war, hatten wir die Wanne übernommen und gelassen, auch wenn sie praktisch nie benutzt wurde.

Aber wieso stand dort plötzlich ein Shampoo?

Verwundert nahm ich die Flasche in die Hand und las auf dem Etikett, dass sie als Anti-Aging-Produkt zur Stärkung altersschwacher Haare gedacht war. Da wohl kaum eine der jüngeren Mitarbeiterinnen des Büchernests so ein Haarwaschmittel benutzte, kamen nur zwei Personen in Betracht: Vero – und Bea! Nachdem ich mich bei Vero vergewissert hatte, dass das Shampoo nicht ihr gehörte, überkam mich der Verdacht, dass Bea die Nacht hier im Laden verbracht hatte. Also öffnete ich die Tür zu unserem gemeinsamen Büro, das ich heute noch gar nicht betreten hatte, und unterzog das Sofa, das dort stand, einer genaueren Betrachtung.

Und siehe da, die Kissen waren eingedellt, in der Mitte hatte sich eine Kuhle gebildet.
In gewisser Weise war ich erleichtert, weil nun ziemlich klar war, dass Bea Sylt nicht verlassen hatte. Andererseits fand ich es ziemlich albern von ihr, auf einer unbequemen Couch, die maximal für ein kleines Mittagsschläfchen taugte, zu übernachten anstatt in Paulas breitem, komfortablem Ehebett im Haus am Watt.
Aber so war Bea nun mal …
Ein wenig beruhigt von der Aussicht, ihr auf die Spur gekommen zu sein, erzählte ich erst Vero und dann auch telefonisch Adalbert von meiner Vermutung, und wir beschlossen, nun erst recht ein, zwei Tage abzuwarten, bevor wir wegen Beas Verschwindens die Polizei verständigten. Nachdem ich all dies geklärt hatte, ging ich wieder in den Laden, neugierig darauf zu erfahren, ob Nele immer noch mit Sven dortstand oder ob beide sich bereits gegenseitig die Augen ausgekratzt hatten.
»Na? Hast du ihn in die Flucht geschlagen?«, fragte ich Nele, da weit und breit nichts mehr von Sven Groot zu sehen war. »Oder habt ihr jetzt ein Date? Ich habe ihm in höchsten Tönen von dir vorgeschwärmt und deine vielfältigen Talente gelobt.«
Nele lächelte schief. »Danke, aber das hat wohl nichts genützt. Der Typ ist echt ein harter Hund. Der hat bei Tinka gezahlt und ist dann einfach gegangen, ohne noch irgendwas zu mir zu sagen. Ist das zu fassen? Aber na ja, was soll's! Wer nicht will, der hat schon. Außerdem: Was soll ich überhaupt mit einem Typen, der die Ausstrahlung einer Tiefkühltruhe hat und sich vermutlich selbst obertoll findet?«

Ich wollte gerade protestieren und sagen, wie nett wir uns unterhalten hatten, bevor Nele aufgekreuzt war, und dass ich gar nicht den Eindruck hatte, Sven sei arrogant oder ein *harter Hund*. Auf mich hatte er eher gewirkt, als würde er die Aufgabe, die vor ihm lag, sehr ernst nehmen und alles dafür tun, um die richtige Entscheidung zu treffen.
Aber das musste ich Nele ja nicht auf die Nase binden. Schließlich hatte Svens Abfuhr sie ohnehin mehr verletzt, als sie zugeben wollte. Dafür kannte ich meine beste Freundin inzwischen lange genug.

10

Von irgendwoher aus der Ferne hörte ich ein Klingeln … Das Klingeln glich einer Alarmsirene, doch ich brachte es nicht fertig, die Augen zu öffnen.

Wie durch eine Nebelwand hörte ich Leon »Wer in aller Welt ruft denn so früh hier an? Es ist doch erst sechs Uhr« sagen und wurde schlagartig wach.

Leon stand auf und ging in den Flur, wo das Festnetztelefon stand. Er sagte: »Oh nein, wie schrecklich!«

Und als Nächstes: »Larissa und ich kommen sofort.«

»Was ist passiert?«, rief ich, schlagartig hellwach, und sprintete in den Flur.

Leon hielt mit der rechten Hand das Telefon in der Hand und murmelte: »Danke für den Anruf, bis gleich«, während er mich mit der linken zurück ins Schlafzimmer dirigierte. »Setz dich erst mal hin.«

Panik ergriff mich, und Schauer von Gänsehaut überzogen meinen Körper in Wellen.

Oh mein Gott, war Bea etwas zugestoßen?

Oder irgendjemand anderem, den ich liebte?

»Bitte reg dich jetzt nicht auf, Schatz, es ist nicht so schlimm, wie du denkst. Keiner ist ernsthaft zu Schaden gekommen … nur das … Büchernest«, stammelte Leon, der nun neben mir saß und zärtlich meine Wange streichelte.

Das Büchernest?!

»Das am Telefon war Vero. Als sie ins Café gehen wollte, hat sie gesehen, dass dort alles unter Wasser steht – genau wie im Laden. Der Boden … es … es scheint übel auszusehen …«

Leons Worte drangen nur nach und nach zu mir durch.

Doch ich war unfähig zu realisieren, was er sagte.

Was war passiert?

Ein Wasserschaden?!

Aber wie konnte das sein?

»Am besten ziehen wir uns schnell an und bitten Nele, auf Liuna-Marie aufzupassen und sie zu füttern. Die Feuerwehr ist auch schon auf dem Weg ins Büchernest, genau wie Hinrich, der sich um Vero kümmert, die total unter Schock steht.«

Ich war dankbar und froh, dass Leon die Nerven behielt, die Dinge in die Hand nahm und sich mit Hinrich in Verbindung setzte, um von ihm zu erfahren, ob die Feuerwehr schon eingetroffen war. Mir selbst brummte der Schädel, und ich fühlte mich, als würde ich gleich den Boden unter den Füßen verlieren.

Ein Wasserschaden im Büchernest, noch dazu so kurz vor Weihnachten, war eine absolute Katastrophe.

Nachdem ich mich wie in Trance angezogen und nach Liuna-Marie geschaut hatte, tauchte Nele auf, die sich einfach den Wintermantel über den Schlafanzug geworfen hatte und zu uns gejoggt war. Ich gab meinem Töchterchen ein Abschiedsküsschen, erklärte Nele, was sie Liuna-Marie zu essen geben sollte, und setzte mich dann zu Leon auf den Beifahrersitz unseres Autos. Normalerweise wären wir die kurze Strecke zu Fuß gegangen, aber ich war mir nicht sicher, ob meine Beine mich tragen würden. Kurz darauf parkten wir neben einem Feuerwehrwagen.

»Da seid ihr ja endlich!«, rief Vero aus und eilte mir entgegen, als ich ausstieg. Ihre Augen waren vom Weinen verquollen, die Haare standen kreuz und quer ab. »Es ist alles aus, Lissy. Wir sind ruiniert!«

»Nein, das seid ihr nicht, min Deern. Nu mach mal nicht so ein Drama aus der Sache«, versuchte Hinrich, sie zu trösten, und legte den Arm um sie. »Wozu gibt es schließlich Versicherungen? Lass erst mal die Experten ihre Arbeit tun, dann sehen wir weiter. Die Hauptsache ist doch, dass keinem was passiert ist.«

Hinrichs Worte klangen tröstlich, und so schöpfte ich ein kleines bisschen Hoffnung.

»Gut, dass die schon den Laden auspumpen«, sagte Leon, und ich beobachtete, immer noch starr vor Schreck, drei Feuerwehrleute bei der Arbeit.

»Klempnermeister Wohlerts ist auch auf dem Weg, genau wie Lars Lührs von der Versicherung«, erklärte Hinrich, die Gelassenheit in Person. »Je ruhiger wir jetzt alle bleiben, desto schneller bekommen wir einen Überblick über die Lage.«

»Hast du versucht, Bea zu erreichen?«, fragte ich Vero, die am ganzen Leib zitterte.

Vero nickte. »Ja, habe ich. Aber da läuft mal wieder nur die Mailbox. Einer der Feuerwehrleute sagt, dass die Badewanne übergelaufen ist, weil jemand vergessen hat, den Hahn zuzudrehen. Aus irgendeinem Grund war wohl das Überlaufventil verstopft, so dass zahllose Hektoliter heißes Wasser in den Laden gelaufen sind.«

Die Badewanne?!

Ich hatte natürlich als Erstes an den klassischen Wasserrohrbruch gedacht, schließlich war es ein ziemlich kalter Winter, da konnte so etwas schon mal passieren.

Dann fiel mir die Shampoo-Flasche ein, die ich gestern im Bad gefunden hatte. Ich wagte es kaum, Vero anzusehen, die vermutlich denselben Gedanken hatte wie ich.

Bevor wir uns jedoch darüber austauschen konnten, traf der freundliche Klempner ein, der damals beim Umbau der Küche des Büchernests geholfen hatte, und keine Minute später Herr Lührs von der Versicherung.

Verfroren trat ich von einem Bein aufs andere – über Nacht hatte es erneut geschneit, und der Schnee glitzerte silbrig in der Dezembersonne. Doch in diesem Moment hatte ich kein Auge für diese winterliche Pracht, sondern nur das Bedürfnis, mir die Decke über den Kopf zu ziehen und erst dann wieder darunter hervorzukriechen, wenn dieser Alptraum vorbei war.

Nun versammelten sich auch Nachbarn vor dem Büchernest, die wissen wollten, wie es zu dem Unglück gekommen war, und ihre Hilfe anboten.

Liuna-Maries Tagesmutter Anke eilte ebenfalls herbei und brachte zwei Thermoskannen mit Tee und Kaffee sowie selbst gebackene Kekse mit. »Damit ihr was Warmes in den Bauch bekommt«, sagte sie. »Nele hat mich angerufen und gesagt, was passiert ist und dass Liuna-Marie erst mal bei ihr bleibt. Sagt, kann ich irgendetwas tun?«

Lieb gemeinte Fragen und mitfühlende Worte wie diese schwirrten durch die kalte Winterluft und wärmten ein wenig mein Herz. In diesem Moment fühlte ich mich den Dingen nicht mehr ganz so ohnmächtig ausgeliefert, denn ich spürte deutlich: Was auch geschah, ich war nicht allein.

»Habt ihr irgendeine Vorstellung davon, wie lange es dauern wird, bis wir den Laden wieder öffnen können?«, fragte ich Leon und Hinrich, aber beide zuckten nur mit den Schultern.

»Dieses Jahr ganz bestimmt nicht mehr«, antwortete Hinrich schließlich, woraufhin sich mein Magen augenblicklich verkrampfte. »Der Holzfußboden hat jede Menge Wasser gezogen, muss also herausgerissen und später neu verlegt werden. Zudem müssen die Räume komplett austrocknen, was in der Regel auch eine ganze Weile dauert. Außerdem ist die Decke des ersten Stocks durchgeweicht, da sie ebenfalls aus Holz ist. Die Feuerwehr stützt sie gerade mit Balken ab.«

»Aber wie soll ich denn dann unsere Gäste bewirten, und wie soll der Buchverkauf laufen? Wir machen doch gerade vor Weihnachten den meisten Umsatz und sind darauf auch angewiesen, weil der Laden in diesem Jahr nicht so gut lief wie sonst. Das ist eine Katastrophe!«, schluchzte Vero vollkommen aufgelöst.

»Uns fällt schon etwas ein, wir finden eine Lösung«, sagte Leon und legte Vero beschwichtigend die Hand auf die Schulter. Währenddessen schaute ich durch das Schaufenster des Büchernests, um ein Gefühl dafür zu bekommen, ob auch die Bücher in Mitleidenschaft gezogen worden waren. Auf den ersten Blick konnte ich keinerlei Schäden erkennen, wenn ich jedoch an den Wasserdampf dachte, den das austretende Heißwasser verursacht hatte, wurde mir übel. Bestimmt mussten auch die Regale erneuert werden, da sie die ganze Nacht über im Wasser gestanden hatten und ebenfalls aus Holz waren.

Klempnermeister Wohlerts und einer der sympathischen Feuerwehrleute bestätigten leider meine Befürchtung.

Kurz darauf kam Lars Lührs zu uns nach draußen und schaute so ernst, dass mir das Herz vor Panik bis zum Hals schlug.

»Also, die Ursache für den Wasserschaden steht fest«, begann er etwas zögerlich. »Jemand hat die ganze Nacht lang heißes Wasser in die Wanne laufen lassen. Der Überlauf war verstopft, weil sich ein Waschlappen unglücklich darin verheddert und dann vollgesogen hat …« Er zuckte bedauernd mit den Schultern. »Ich werde gleich mal ein Protokoll für die Versicherung schreiben, aber ich sage es euch gleich: Die werden nicht zahlen. Das ist leider ganz eindeutig ein Fall von Selbstverschulden. Kinners, wie konnte das denn bloß passieren?« Herr Lührs musterte uns alle, Klempnermeister Wohlerts hüstelte verlegen.

»Und das ist wirklich dein letztes Wort dazu, Lars?«, fragte Hinrich und schaute dem jüngeren Versicherungsfachmann unverwandt in die Augen.

»Jou, Hinrich, das ist es. So leid es mir auch tut. Wenn ich jetzt was anderes behaupte, wäre das Versicherungsbetrug. Ich drücke euch die Daumen, dass die Renovierungsarbeiten nicht zu lange dauern und ihr euch bald von dieser Geschichte erholt. Das Protokoll maile ich euch nachher zu.« Mit diesen Worten ging Lars Lührs.

Vero weinte, und auch ich kämpfte mit den Tränen. Gleichzeitig war ich so wütend auf Bea, dass es mich beinahe in Stücke riss. Ich konnte mir gut vorstellen, wie das Ganze passiert war: Bea hatte ein Bad nehmen wollen, war durch irgendetwas abgelenkt worden und hatte dann vergessen, den Wasserhahn zuzudrehen. Danach musste sie das Büchernest verlassen und woanders geschlafen haben.

»Leute, ich geh dann auch mal«, sagte Klempnermeister Wohlerts. »Ich kümmere mich um das Überlaufventil der Badewanne und schaue mir auch alle Armaturen, Dichtungen und Abflüsse an, sobald die Feuerwehr hier raus ist. Ich melde mich bei euch, okay? Und keine Sorge, ich berechne euch dafür nichts, ich habt jetzt genug Probleme am Hacken.«

»Das ist sehr nett, aber das werden wir auf gar keinen Fall annehmen«, widersprach Leon. »Mach du mal deinen Job und stell wie immer eine Rechnung. Du musst auch hart für dein Geld arbeiten.«

Die umstehenden Nachbarn hatten alle gebannt gelauscht. Nun drückte einer nach dem anderen sein Bedauern aus und bot erneut Unterstützung bei der Renovierung und Ähnlichem an.

Ich schwankte zwischen dem Gefühl der Rührung, ohnmächtiger Wut und totaler Hilflosigkeit.

»Wir lassen euch nicht im Stich«, sagte Anke zum zigsten Mal und forderte dann alle Nachbarn auf, wieder zu gehen,. wofür ich ihr sehr dankbar war. Auch ich wollte jetzt nur noch eins: nach Hause, mit Liuna-Marie kuscheln, kurz die Welt um mich herum vergessen und Kraft tanken für die schwierige Zeit, die nun vor uns lag.

»Wer von uns verständigt Bea?«, fragte Vero, nachdem die Menge sich aufgelöst hatte und nur noch wir vor dem Büchernest standen. »Egal, wo sie ist, sie muss auf der Stelle kommen und sich dem Chaos stellen, das sie angerichtet hat.«

Hinrich und Leon wechselten fragende Blicke. Wir würden beiden später erklären müssen, weshalb wir gerade Bea in Verdacht hatten, die Verursacherin dieser Katastrophe zu sein.

»Ich rufe sie an, sobald ich daheim bin«, sagte ich. »Wollt ihr noch mit zu uns kommen oder lieber nach Morsum zurückfahren?«

Traurig stellte ich fest, dass ich ab sofort keinen Grund mehr haben würde, im Büchernest zu sein. Außer um ein Schild mit dem Hinweis *Wegen Renovierungsarbeiten auf unbestimmte Zeit geschlossen* an die Tür zu hängen. Doch ich durfte jetzt nicht weinen, sondern musste handeln und mich um die nächsten Schritte kümmern, die unternommen werden mussten, um größeren Schaden abzuwenden. Falls das überhaupt noch möglich war.

»Ich denke, ich bringe Vero jetzt besser heim«, antwortete Hinrich anstelle seiner Frau und legte den Arm um sie. »Lasst uns später einfach telefonieren, wenn die Feuerwehr hier fertig ist und wir einen besseren Überblick über die Situation haben.«

Vero ließ sich widerspruchslos mitziehen und murmelte nur noch: »Bis später.«

Ich selbst ging mit Leon zum Auto, während tausend Gedanken in meinem Kopf herumwirbelten. Ich würde nachher eine Liste machen müssen, um nicht den Überblick zu verlieren. Dann fiel mir ein, dass ich auch Rieke und Tinka darüber verständigen musste, dass sie nicht ins Büchernest zu kommen brauchten. Beim Gedanken an Tinka wurde mir heiß und kalt.

Wo sollte sie denn nun ihr Praktikum machen?

Und Rieke ihre Ausbildung beenden für den Fall, dass wir aus irgendeinem Grund das Büchernest nicht wieder eröffnen konnten?

»Kannst du nicht einen deiner Buchhändlerkollegen fragen, ob einer von ihnen Tinka übernimmt?«, schlug Leon pragmatisch vor, als ich ihm von meiner Sorge erzählte. »In der Weihnachtszeit freuen sich doch alle über eine Aushilfe – und erst recht über eine, die schon so gut eingearbeitet ist und viel Spaß an der Sache hat.«

In meinem Kopf ratterte es immer noch, aber Leons Vorschlag war wirklich gut. Am besten rief ich noch vom Auto aus Rolf Klaumann von der Badebuchhandlung in Westerland an, bevor ich Tinka unnötig verunsicherte. Tatsächlich gelang es mir, den sympathischen Buchhändler an die Strippe zu bekommen, weil ich seine private Nummer hatte. Zunächst war er entsetzt, als er von dem Wasserschaden im Büchernest hörte, doch dann bot auch er sofort seine Hilfe an. »Schick Tinka gerne heute noch vorbei, dann können wir alle Details besprechen. Wir könnten sowohl hier in Westerland als auch in unserer neuen Filiale in Wenningstedt durchaus eine helfende Hand gebrauchen. Dasselbe gilt übrigens auch für Rieke. Wir haben schon vor Wochen wegen einer Weihnachtsaushilfe inseriert, aber leider niemanden bekommen. Dann müsstet ihr Rieke auch kein Gehalt zahlen, solange das Büchernest geschlossen hat.« Erleichterung überflutete mich. »Außerdem könnte ich Ware, die ich vor Weihnachten noch brauche, einfach bei euch einkaufen statt beim Großhändler, wenn ihr die entsprechenden Titel auf Lager habt.«

Ich versprach, mich diesbezüglich zu melden, sobald ich mir einen Überblick über alles verschaffen konnte, und verabschiedete mich von Rolf Klaumann.

Ob es wirklich noch unbeschädigte Bücher im Laden gab, stand allerdings auf einem ganz anderen Blatt.

»Das war eine Superidee«, sagte ich zu Leon, der das Auto mittlerweile in der Einfahrt vor unserem Haus geparkt hatte.

»Das freut mich, Schatz«, antwortete er und nahm mich in den Arm. »Kann ich dich denn jetzt alleine lassen, oder soll ich mich für heute in der Redaktion krankmelden?«

»Nein, nein, lass nur. Wird schon gehen. Nele ist ja da, und vielleicht gelingt es mir ja endlich, Bea zu erreichen. Fahr du mal lieber los, du hast mir eh schon so geholfen.«

Und es ist gut, dass wenigstens einer von uns beiden einen Job hat und Geld verdient.

Nachdem ich mich vergewissert hatte, dass es Liuna-Marie gutging, rief ich nacheinander Rieke und Tinka an, die sich gerade auf den Weg zur Arbeit hatten machen wollen. Die zwei waren zunächst bestürzt, aber auch erleichtert, als sie hörten, dass ich bereits eine gute Lösung für sie gefunden hatte. Auch wenn dies hieß, dass beide künftig in Westerland beziehungsweise Wenningstedt würden arbeiten müssen.

Nach den Telefonaten setzte ich mich zu Nele ins Wohnzimmer, wo sie gerade mit Blairwitch schmuste, während Liuna-Marie auf ihrer Kuscheldecke auf dem Wohnzimmerboden in den Weihnachtspappbilderbüchern blätterte und vor sich hin brabbelte. Ich wollte unbedingt noch einen Moment durchatmen, bevor ich Bea anrief.

Und natürlich Nele detaillierter berichten, was geschehen war.

»Oh, mein Gott, das ist jetzt nicht dein Ernst, oder?«, fragte sie vollkommen entsetzt, nachdem ich sie ins Bild gesetzt hatte. »Aber was wollen wir denn jetzt machen?« Neles *wir* war tröstlich inmitten all des Irrsinns, dessen kompletter Tragweite ich mir noch gar nicht bewusst war.

»Im Grunde gar nichts, außer abzuwarten, wie lange es dauern wird, bis wir wieder aufmachen können – und natürlich zu wissen, was uns der ganze Spaß kostet. Ich darf gar nicht daran denken, dass wir den Dielenboden im Café erst vor einem Jahr neu haben verlegen lassen, damit er zum Stil der Buchhandlung passt. Und was das alles gekostet hat …«

»Gut, dass Paula die Inselkrabben-Kita bis zu ihrer Rückkehr geschlossen hat«, sinnierte Nele. »Sonst müsstet ihr auch noch die Kids woanders unterbringen. Wenn ihr Glück habt, ist das Büchernest fertig renoviert, bis Paula und Patrick von ihrer Reise zurück sind.«

Das stimmte allerdings!

Nur – wovon sollten wir das alles bezahlen? Das Café lief zwar sehr gut, aber die Umsätze der Buchhandlung waren saisonalen Schwankungen unterworfen, und auch vor uns hatte die Branchenkrise keinen Halt gemacht. Die vielen Online-Portale, über die gebrauchte Bücher verkauft wurden, gruben dem Buchhandel seit längerem das Wasser ab und führten – nicht nur bei uns – zu kontinuierlich sinkenden Umsätzen.

»Moin, seid ihr in der Stube?«, schallte es plötzlich durch den Flur. Die Stimme klang ganz nach Bea.

Nele und ich antworteten beide: »Ja, sind wir.«

Und ich setzte noch ein »Wo zum Teufel hast du gesteckt?« hinterher, bevor meine Großtante das Wohnzimmer betrat.

Bea war weiß wie die Wand, als sie sich auf den Sessel fallen ließ, der gegenüber vom Sofa stand. Heute hatte sie noch nicht einmal Augen für Liuna-Marie, die sie freudig anstrahlte und »Ommmama, Ommmammma« brabbelte.

»Ich komme gerade vom Büchernest und habe gehört, was passiert ist. Und ich … also … ich fürchte, ich habe Schuld an diesem ganzen Kladderadatsch.«

Kladderadatsch?!

So konnte man das Ganze natürlich auch nennen.

»Bea, ich fürchte, es ist jetzt höchste Zeit, Klartext zu reden«, hob ich an, auch wenn ich ein bisschen Panik vor dem Ausgang des Gesprächs hatte. »Du benimmst dich in den letzten Wochen äußerst seltsam, machst komische Sachen, verschwindest klammheimlich und hast nun offensichtlich auch den Wasserschaden verursacht, weil du baden wolltest und vergessen hast, den Wasserhahn abzudrehen. Du hast mit dieser Aktion gerade unser aller Existenz aufs Spiel gesetzt, ist dir das eigentlich klar?«

Erschrocken über meinen harschen Tonfall, begann Liuna-Marie zu weinen. Dass Nele sie zu sich auf den Schoß nahm, tröstete die Kleine kein bisschen.

Und auf einmal begann auch Bea zu weinen, was in all den Jahren, in denen ich auf der Insel lebte, noch nie vorgekommen war.

Meine Wut verrauchte augenblicklich, und ich stürzte zu

ihr, um sie in den Arm zu nehmen. Sie musste wirklich in allerhöchster Not sein, wenn sie derart in Tränen ausbrach.
»Es … es ist doch nur, weil ich befürchte, dass ich dement werde. Oder Alzheimer habe …«, schluchzte sie. »Immerhin habe ich total vergessen, dass ich noch baden wollte. Ineke hat mich angerufen und gefragt, ob ich sie besuchen will. Und weil wir uns verquatscht haben und es spät geworden ist, habe ich bei ihr geschlafen. An die Wanne habe ich nicht eine Sekunde mehr gedacht.«
Dann hatte ich mit meiner Vermutung also recht gehabt.
Mir wurde heiß und kalt bei dem Gedanken daran, dass Bea ernsthaft krank sein könnte. Die Sorge um die Finanzen und das Büchernest traten sofort in den Hintergrund, und alles, was ich denken konnte, war: Bitte lass das nicht wahr sein!
»Und Adalberts Antrag habe ich nicht angenommen, weil er sich nicht an eine Schwerkranke binden soll«, fuhr Bea schluchzend fort, was mir beinahe das Herz zerriss. »Das ist auch der Grund, warum ich Weihnachten wegfahren wollte. Ich wollte mich schon mal an das Gefühl gewöhnen, ohne euch alle zu sein. Schließlich möchte ich euch nicht zur Last fallen …«

11

Natürlich müssen wir noch ein MRT machen, aber momentan gehe ich davon aus, dass es für deine Konzentrationsschwierigkeiten und die Vergesslichkeit andere Ursachen gibt als Demenz, Bea.«
Erleichtert drückte ich Beas Hand, die auf dem Stuhl neben mir im Behandlungszimmer der Praxis unseres Hausarztes saß. Doktor Ingwersen hatte am gestrigen Mittwoch und auch heute verschiedene Tests mit Bea durchgeführt, und nun warteten wir beide gebannt auf die Einschätzung des erfahrenen Mediziners.
Diesmal hatte sie sich nicht gesträubt, sondern selbst vorgeschlagen, so schnell wie möglich einen Arzt aufzusuchen.
»Was trinkst du denn den Tag über so alles?«
Bea räusperte sich und rutschte auf dem Stuhl hin und her. »Wie meinst du das? Spielst du auf Alkohol an? Oder auf Kaffee, den du mir verboten hast?« Doktor Ingwersen verzog weder eine Miene noch antwortete er. »Nun, ich trinke viel grünen Tee, viel Schwarztee, viel …«
»Wie sieht es mit Wasser aus? Kräutertees? Säften?«, fragte der Hausarzt.

Bea schüttelte den Kopf. »Stilles Wasser finde ich stinklangweilig, mit Sprudel geht auch nicht, weil ich die Kohlensäure nicht vertrage. Kräutertees schmecken so nach Kranksein, und Säfte sind mir zu süß.«

»Ah ja«, antwortete Doktor Ingwersen und notierte sich etwas in der Patientenakte. »Gut, dann wäre das auch geklärt. Als Nächstes gehst du bitte nach nebenan, wo Stefanie einen Hörtest mit dir durchführen wird.«

»Einen Hörtest? Aber wieso das denn?« Bea war sichtlich schockiert.

»Weil das in deinem Alter regelmäßig gemacht werden sollte, genau wie Untersuchungen der Schilddrüse, Sehtests, Blutdruckmessungen und andere Vorsorgemaßnahmen. Wir sind nicht mehr die Jüngsten, vergiss das nicht.«

»Aber auch nicht steinalt!«, empörte sich Bea, folgte der Assistentin aber dennoch widerspruchslos ins Nebenzimmer. Zehn Minuten später stand fest: Sie hatte auf beiden Ohren nur noch knapp vierzig Prozent Hörvermögen und würde demnächst ein Hörgerät brauchen.

»Wenn ich mir das hier alles so anschaue, verstärkt sich mein Eindruck, dass deine Befürchtung, an einer Erkrankung wie Demenz zu leiden, unbegründet ist«, sagte Doktor Ingwersen, und mein Herz begann zu pochen. »Die Gedächtnissprechstunde mit den Tests war völlig in Ordnung, die neurologischen Untersuchungen, die ich selbst durchführen konnte, ebenfalls. Momentan vermute ich, dass du einfach zu wenig trinkst, was man auch daran sieht, dass du sehr trockene Haut hast. Ich rate dir dringend, das zu ändern. Eineinhalb Liter Wasser oder Schorle, möglichst zuckerfrei, sollten es ab sofort täglich sein, wenn du es schaffst, auch gern noch mehr.« Er sah Bea bei diesen Worten eindringlich an, und zu meinem Erstaunen hörte sie ihm aufmerksam und ruhig zu. »Sobald du das Hörgerät hast, wird sich bestimmt ebenfalls einiges ändern, da ich mir gut vorstellen kann, dass einige Verwechslungen schlicht darauf zurückzuführen sind, dass du etwas falsch verstanden hast. Trotzdem möchte ich gern auch noch eine Szintigraphie deiner Schilddrüse machen lassen und natürlich das MRT. Sobald wir diese Ergebnisse haben, können wir ganz sicher sein. Und du bist deine Ängste los.«

»Aber das ist ja fantastisch!«, rief ich aus und drückte Beas Hand. Auch ihre Wangen hatten endlich wieder ein bisschen Farbe angenommen.

»Ich habe hier zwei Überweisungen für die Klinik und setze mich persönlich dafür ein, dass du die Auswertung noch vor Heiligabend bekommst, damit du beruhigt mit deinen Lieben Weihnachten feiern kannst. Na? Klingt das gut?« Doktor Ingwersen schenkte uns beiden ein beruhigendes, warmes Lächeln, wahrer Balsam für die Seele.

»Ja, das tut es«, murmelte Bea, sichtlich überfordert von der Fülle an Informationen. »Und das heißt dann auch, dass ich in nächster Zeit kein Pflegfall werde und niemandem zur Last falle?«

Doktor Ingwersen schüttelte den Kopf, und mir fiel ein Stein vom Herzen. »Ich glaube nicht, Bea, aber versprechen kann ich heute natürlich nichts. In ein paar Tagen wissen wir mehr, und dann kannst du feiern. Also: Geh heim, ruh dich aus. Stefanie ruft dich nachher wegen des MRT-Termins an.« Erleichtert verabschiedeten wir uns und bedankten uns bei Doktor Ingwersen für seine Hilfe.

»Wenn das alles wirklich so harmlos ist, dann könnte ich Adalberts Antrag ja vielleicht doch annehmen«, murmelte Bea, als wir im Auto saßen, um von Westerland zurück nach Keitum zu fahren.

Sie war am Dienstagabend nach der Aussprache mit mir zurück ins Kapitänshaus gezogen, wo Adalbert sie mit offenen Armen empfangen und ihr keinerlei Vorwürfe gemacht hatte. Er kannte Bea gut genug, um zu wissen, wie sehr der Fehler, mit dem sie das Büchernest in Schwierigkeiten gebracht hatte, an ihr nagte. Sie hatte bereits angeboten, ihre ganzen Ersparnisse zur Verfügung zu stellen und einen Kredit aufzunehmen, um den Schaden ein wenig zu verringern.

»Es wäre wirklich schön, wenn ihr heiraten würdet«, sagte ich erfreut. In diesem Moment war es mir fast egal, dass das Büchernest seit nunmehr zwei Tagen geschlossen hatte, mein Leben gerade völlig aus dem Takt geraten war und ich nicht die leiseste Ahnung hatte, wie es weitergehen sollte.

Momentan standen sowohl im Laden als auch im Café große Trocknungsmaschinen, um die Feuchtigkeit aus den Räumen zu ziehen und damit auch der Bildung von Schimmel vorzubeugen. Leon, Freunde von ihm, Olli, Hinrich, Adalbert und Eycke hatten geholfen, die Dielenbretter herauszureißen und sie abzutransportieren. Die Bestellung für den neuen Boden konnten wir allerdings erst in Auftrag geben, wenn wir wussten, wie lange das Büchernest geschlossen bleiben musste und wie viel uns die ganze Misere kosten würde. Und dass es teuer werden würde, war klar, denn fast der gesamte Buchbestand war, wie ich befürchtet hatte, durch die Feuchtigkeit vernichtet worden. Einzig und allein das Buchlager im Keller war verschont geblieben. Zum Glück. Denn einen Großteil der Titel hatte tatsächlich die Buchhandlung Klaumann übernommen, wofür ich sehr dankbar war.

»Magst du noch auf einen Sprung mit reinkommen?«, fragte Bea. »Wir müssen noch besprechen, wie es mit Olli weitergeht. Der Junge kann unmöglich den ganzen Tag untätig herumsitzen.«

Und trotzdem weiter bezahlt werden …

»Olli hat sich bereits gestern für verschiedene Gastro-Jobs beworben«, antwortete ich. »Und ich schätze, die Chancen stehen gut, zumal spätestens ab dem zweiten Weihnachtsfeiertag in den Restaurants die Hölle los sein wird. Um ihn brauchen wir uns also keine Sorgen zu machen, glaube ich. Und was dein Angebot angeht: Ein anderes Mal gern, aber ich fahre gleich zu Anke, nachdem ich dich daheim abgesetzt habe, sammle Nele ein und hole Liuna-Marie ab. Dann machen wir drei uns einen gemütlichen Nachmittag. Wir wollen Plätzchen backen und mit der Kleinen Schlitten fahren.« Ich seufzte tief. »Ich brauche nämlich ganz dringend mal so etwas wie Normalität und Alltag.«

Bea nickte schuldbewusst. Dann verabschiedete sie sich von mir, nachdem sie uns dreien einen schönen Nachmittag gewünscht hatte.

Doch kaum hatten Nele und ich uns warm genug angezogen, um mit Liuna-Marie ans Watt zu gehen, erhielt Nele eine Nachricht von Sven Groot. Er fragte, ob sie und ich spontan Zeit hätten, um sich mit ihm auf dem Reiterhof zu treffen.

»Hey, hey!«, rief Nele begeistert aus. »Da geht ja doch noch was. Wer hätte das gedacht? Meinst du, wir können Liuna-Marie mit dem Schlitten auch zum Reiterhof ziehen, oder muss es unbedingt das Watt sein?«

Darüber brauchte ich nicht lange nachzudenken. Mein Töchterchen war ganz begeistert von Tieren aller Art und mochte am liebsten Pappbilderbücher mit den Themen Bauernhof und Zoo. Und auf dem Reiterhof gab es Ponys.

»Na klar machen wir das«, antwortete ich und zog Liuna-Marie den Schneeanzug an. »Schreib Sven, wir sind ungefähr in einer halben Stunde da.«

Kurz darauf bogen wir in die Süderstraße ein und gingen am traditionellen Restaurant-Café *Salon 1900* vorbei. Schnee bedeckte das Reetdach wie eine Haube aus Puderzucker. Die hübsche Friesentür schmückte ein üppiger Kranz aus Tannenzapfen, der von einer Schicht Raureif überzogen war. Neben dem Eingang stand ein alter Nähmaschinentisch, darauf ein kleiner Tannenbaum in einem schneeweißen Topf.

In der Laterne neben dem Tisch flackerte eine Kerze, bauchige Weinflaschen in unterschiedlichen Größen dienten ebenfalls als Deko. Liuna-Marie interessierte das natürlich kein bisschen; sie war vollauf damit beschäftigt, auf dem Schlitten zu thronen und allen, die vorbeikamen, zuzuwinken – huldvoll, wie eine Königin. Ich zog den Schlitten, Nele lief nebenher und stützte Liuna-Marie mit der Hand, damit sie nicht herunterpurzelte.

Als Nächstes gingen wir am Romantik-Hotel Benen-Diken-Hof vorbei, in dem ich zu gern einmal übernachtet hätte, weil es so traumhaft schön war.

»Orte wie diesen nennt man wohl Winterwunderland, was?«

Nele seufzte wohlig und reckte ihr Gesicht der Sonne entgegen. »So schön ich es auch woanders finde, aber Sylt ist im Winter einfach unschlagbar. Ich kann mich gar nicht sattsehen an all den hübschen Friesenhäusern, den Hecken aus Ilex, dem Efeu, den schneebedeckten Friesenwällen. Das ist wie im Bilderbuch … oder wie im Märchen.«

»Hottehü!«, rief Liuna-Marie plötzlich und deutete auf eine Koppel am Ende der Süderstraße. Ich musste lachen, da auf der Weide keine Pferde standen, sondern zwei Galloway-Rinder mit puscheligem Winterfell. Meine Tochter zeigte mit den Fingerchen in Richtung Koppel. Sie wollte sofort zu den Tieren.

»Weißt du eigentlich, wem dieses Anwesen gehört oder wer da wohnt?«, fragte Nele, als wir an einem wunderschönen, weiß getünchten Reetdachhaus auf der linken Straßenseite vorbeikamen. Es lag versteckt hinter Buchsbaumhecken und Kiefern. In der Mitte des Reetdaches über den Sprossenfenstern prangte das für Friesenhäuser typische weiß lackierte Gaubenfenster. Die Eingangstür war ebenfalls weiß gestrichen und mit hellblauen Intarsien verziert. Ich zuckte mit den Schultern und blieb kurz stehen. Das Haus sah nicht bewohnt aus. Es stand weder ein Fahrrad vor der Tür noch brannte irgendwo Licht. Aus dem Briefkasten, der am Wegesrand befestigt war, ragten mehrere Ausgaben der Sylter Tageszeitung hervor.

»Ehrlich gesagt habe ich hier noch nie bewusst jemanden wahrgenommen«, antwortete ich. »Kann sein, dass das hier genauso ein Spekulationsobjekt ist wie viele andere auf Sylt.«

»Oder es gehört reichen Besitzern, die nur zweimal im Jahr

auf der Insel sind und es ansonsten leer stehen lassen«, murmelte Nele. »Eine Schande ist das! Ich wünschte, ich hätte auch Geld wie Heu, dann würde ich es euch sofort geben, damit ihr das Büchernest wieder aufbauen könnt und eure Sorgen los seid.«

»Ja, das wäre schön«, sagte ich leise, in Gedanken einmal mehr bei der Büchernest-Misere. »Aber das Leben ist nun mal kein Ponyhof, und wir beide können leider nicht hexen, also müssen wir die Dinge jetzt so nehmen, wie sie kommen, so schwer mir das auch fällt.«

»Kann ich dir denn irgendwie anders helfen, als dich einfach nur abzulenken?«, fragte Nele. »Vielleicht ein bisschen Geld leihen? Dreitausend Euro könnte ich bestimmt lockermachen.«

»Danke, das ist total lieb«, antwortete ich gerührt. »Doch der Betrag hilft uns unterm Strich leider kaum weiter. Du arbeitest selbst hart für dein Geld und weißt schließlich auch nie, wie es mit deiner Kunst läuft. Glaub mir, ich bin schon froh zu wissen, dass du da bist und ich mit dir auch über andere Themen reden kann als über das Büchernest. Komm, lass uns zur Koppel gehen. Heute will ich einfach mal abschalten.«

Nachdem Liuna-Marie die Galloway-Rinder bestaunt und mit einem fröhlichen *Muh* verabschiedet hatte, gingen wir weiter in Richtung Bahndamm, wo ich schon lange nicht mehr gewesen war. An diesem Ort war es mucksmäuschenstill, da gerade kein Zug fuhr. Auch hier war alles mit feinem Puderschnee bedeckt, der im Licht der Wintersonne glitzerte und funkelte wie ein Teppich aus Diamanten.

»Schau mal da, der Hügel«, rief Nele begeistert und deutete

auf einen ziemlich hohen Sandhaufen, der durch den Schnee aussah wie ein kleiner Berg. »Das ist doch die perfekte Piste für unsere Kleine!«

In der Tat! Der Sand war so fest gefroren, dass wir es wagen konnten, mit dem Schlitten hinunterzufahren. Ich setzte mich selbst auf den Hörnerschlitten und hielt meine Tochter zwischen den Beinen festgeklemmt, damit sie nicht hinunterfiel. Natürlich war die Fahrt innerhalb von Sekunden vorbei, doch Liuna-Marie juchzte vor Freude und klatschte begeistert in ihre kleinen Hände.

Keine Frage, dass wir den Weg zum Hof von Arfst Groot erst nach unzähligen »Nochma« meiner Tochter fortsetzen konnten. Doch Sven nahm unsere Verspätung zum Glück gelassen. »Schön, dass ihr beide kommen konntet«, sagte er und gab uns zur Begrüßung die Hand. »Hallo, Kleine. Na, soll ich dir mal unsere Ponys zeigen?«

»Genau deshalb bin ich hier«, antwortete ich und versuchte zu ignorieren, dass Neles Gesicht sich gerade verfinsterte, weil Sven mir und Liuna-Marie eindeutig mehr Beachtung schenkte als ihr. »Aber natürlich auch, um bei der Beratung zu helfen, wenn ich kann. Ich bin schon sehr gespannt zu sehen, wie der Hof und die Gästeunterkünfte aussehen.«

12

Drei Ponys standen auf der Weide hinter dem Reiterhof und kamen neugierig angetrabt, als wir uns der Koppel näherten. Sven drückte mir eine Möhre in die Hand und schlug vor, dass ich zusammen mit Liuna-Marie eines der süßen Pferdchen fütterte.

»Was ist denn aus Ihrer Pferdehaarallergie geworden?«, fragte Nele sauertöpfisch und funkelte Sven an.

»Ich nehme das Antiallergikum, was natürlich auf Dauer keine Lösung ist, und nähere mich der Koppel nur in Ausnahmefällen wie diesen«, entgegnete Sven und grinste Nele frech an. »Wenn Sie Lust haben, zeigen ich Ihnen das Anwesen, während die beiden sich hier mit den Ponys vergnügen.«

»Ja, macht ruhig, Liuna-Marie und ich sind beschäftigt«, antwortete ich und sah mit Freude, wie sich Neles Gesicht wieder merklich erhellte. »Später würde ich aber gerne nachkommen, denn ich habe, glaube ich, schon eine Idee für die Umgestaltung.«

Nachdem die beiden gegangen waren, ließ ich meinen Blick über das Gelände schweifen. Der Grootsche Hof lag am Rande des Dorfs und war ein kleines Schmuckstück, bestehend aus Stallungen, einem reetgedeckten Haupthaus, in dem Arfst wohnte, und einem neueren Anbau im friesischen Stil, in dem fünf Ferienwohnungen und zwei kleinere Apartments untergebracht waren. Dies wäre der perfekte Ort, um das Büchernest und das Café umzusiedeln, solange das Büchernest renoviert wurde, dachte ich seufzend.

Morgen Vormittag hatten Bea und ich einen Termin bei unserer Hausbank in Westerland, und ich betete inständig, dass uns der bitter nötige Kredit gewährt wurde, um die Renovierung zu bezahlen und für die Wiedereröffnung im neuen Jahr Ware zu kaufen. Ich durfte gar nicht daran denken, was passierte, sollte unser Antrag abgelehnt werden.

»Huhu, kommt ihr?«, rief Nele eine ganze Weile später vom Eingang des Haupthauses aus und winkte mir zu. Ich setzte Liuna-Marie wieder auf den Schlitten, da ich sie sonst nicht von den Ponys hätte loseisen können. Das Resultat war lautes Gebrüll; meine Kleine mochte es gar nicht, wenn sie ihren Willen nicht bekam.

»Oha!«, kommentierte Sven das Geschrei schmunzelnd. »Da ist aber jemand böse. Vielleicht freut sie sich ja über Sam, unseren Hofhund?«

Wie aufs Stichwort kam ein Golden Retriever mit besonders wuscheligem Fell angetrottet und wedelte freudig mit dem Schwanz, als er uns sah. Liuna-Maries Gebrüll verstummte augenblicklich, und sie krabbelte vom Schlitten, um den Hund zu streicheln.

»Keine Sorge, Sam ist der liebste Hund der Welt«, sagte Sven, als ich versuchte, meine Tochter zurückzuhalten, und tätschelte dessen Kopf. »Und zum Glück eines der wenigen

Tiere, gegen das ich nicht allergisch bin. Sollen wir jetzt einen Rundgang machen?«, fragte er mich, schaute dabei aber Nele an.

Irrte ich mich, oder herrschte auf einmal eine vollkommen andere Stimmung zwischen den beiden?

»Macht ihr nur, ich amüsiere mich hier so lange mit Liuna-Marie und Sam«, sagte Nele und strahlte über das ganze Gesicht. Also folgte ich Sven, der mir das Du anbot, und ließ mir das ganze Gehöft inklusive einiger Wohnungen zeigen.

»Und? Was denkst du?«, fragte er, nachdem ich mir die Ferienwohnungen angesehen hatte.

Sollte ich ehrlich sein?

»Nun, ich …«, druckste ich herum. »Ich denke, dass man hier mal kräftig renovieren müsste. Das Ganze hat noch den Charme der siebziger Jahre, wenn du weißt, was ich meine. Zwar ganz gemütlich, aber wohl nicht mehr dem Geschmack der meisten Sylt-Urlauber entsprechend. Allerdings habt ihr auch ganz moderate Preise, insofern erwarten eure Gäste sicher keinen übermäßigen Luxus.«

Sven lächelte. »Und genau das ist auch der Grund, weshalb ich mir wünsche, dass Arfst verkauft und in eine Wohnung umzieht, in der er auch betreut werden kann, wenn er das später einmal brauchen sollte. Wenn man das hier richtig anpackt, kostet das Ganze nämlich eine ziemliche Stange Geld. Und es gibt schon genug traumhafte Hotels hier in Keitum, genau wie wunderschöne Ferienwohnungen. Um Erfolg zu haben, müsste man hier etwas komplett anderes aufziehen.«

»Wie wäre es mit einer Heuherberge?«, schlug ich vor, denn

dieser Gedanke geisterte mir im Kopf herum, seitdem ich von dem geplanten Verkauf gehört hatte. »So etwas gibt es hier auf der Insel noch nicht, und du würdest damit gezielt Familien mit Kindern ansprechen. Die Ponys würde ich an eurer Stelle behalten, die Reitpferde hingegen verkaufen. Ich bin felsenfest davon überzeugt, dass dieses Konzept aufgeht.«

»Eine Heuherberge, soso …«, murmelte Sven und fuhr sich über den ehemaligen Dreitagebart, der nun noch ein Stückchen länger war, was ihm ausgesprochen gut stand. »Keine schlechte Idee!«

»Schau dir doch mal im Netz welche an, oder fahr rüber auf Föhr. Da gibt es eine in Süderende, die sehr beliebt ist. Das alles würde aber natürlich voraussetzen, dass du den Betrieb selbst übernimmst oder jemanden beauftragst, dem du vertraust. Könntest du dir denn überhaupt vorstellen, wieder nach Sylt zu ziehen und deinen Job in Hamburg aufzugeben?« Dies fragte ich, wenn ich ehrlich war, eher Neles wegen als aus eigener Neugier.

»Da geht es mir ein bisschen wie deiner Freundin«, antwortete Sven. »Ich bin zwar sehr gerne auf der Insel, habe aber Panik vor dem Inselkoller, speziell im Winter. Andererseits hadere ich schon eine ganze Weile mit meinem Beruf als Unternehmensberater, weil der mich immer mal wieder an meine ethisch-moralischen Grenzen bringt. Vielleicht ist es ja tatsächlich an der Zeit, mein Leben zu überdenken und noch mal ganz von vorne anzufangen …« Der letzte Teil des Satzes war mehr ein Raunen. Ganz klar: Sven rang mit sich und sprach mehr zu sich selbst als zu mir.

»Ich bin damals von Hamburg nach Sylt gekommen, um

Bea zu vertreten, als sie mit Vero auf Weltreise gegangen ist«, begann ich, meine Geschichte zu erzählen. »Damals hatte ich großen Liebeskummer, weil mein Freund sich von mir getrennt hatte. Ich hatte kaum Ahnung von Büchern, kannte die Insel nicht und fühlte mich anfangs sehr fremd und einsam hier. Aber es dauerte gar nicht lange, bis ich zu schätzen gelernt hatte, dass das Leben hier sehr viele Vorzüge hat. Die Menschen achten aufeinander, kümmern sich umeinander und helfen sich gegenseitig, wo sie nur können.«

Ich dachte an die vielen netten Grüße, die mich in den letzten Tagen erreicht hatten, um mich wegen des Büchernests zu trösten. Nachbarn hatten Plätzchen oder Suppe vorbeigebracht, Blumen – und einer sogar eine große Flasche Friesengeist *für den Notfall.* »Als Bea dann wiederkam und schwer erkrankte, hatte ich mich mittlerweile so in Sylt verliebt, dass ich beschloss, ganz hierherzuziehen und auf Dauer im Büchernest einzusteigen.«

»Aber hat nicht die Tatsache, dass du dich in einen Insulaner verliebt hast, einen großen Teil dazu beigetragen, dass du dein altes Leben in Hamburg aufgegeben hast?«, wandte Sven ein.

Ich dachte nach. Nach all den Jahren verwischten die Konturen der Erinnerung ein wenig, Bilder schoben sich übereinander und blieben untrennbar miteinander verbunden.

»Dass ich Leon, aber auch Nele kennengelernt hatte, trug sicher zu meiner Entscheidung bei. Aber das war nicht der ausschlaggebende Punkt. Viel wichtiger war das eben beschriebene Gefühl der Geborgenheit, die Liebe zur Natur, ein Verzücktsein von dem Licht hier, von den Dörfern, vom Meer …«

»Alles klar«, meinte Sven schmunzelnd. »Du liebst Sylt, genau wie ich. Ich finde deinen Vorschlag wirklich gut, Larissa, und werde ihn mir mal durch den Kopf gehen lassen. Und ich werde auch mit meinem Großvater darüber sprechen. Bestimmt wäre diese Art von Hotellerie ganz in seinem Sinne. Nichtsdestotrotz muss das Ganze aber auch finanzierbar sein.«

»Wem sagst du das«, entgegnete ich seufzend. »Bea und ich haben morgen früh einen Termin bei der Bank, weil wir einen Kredit für die Renovierung des Büchernests aufnehmen müssen. Drück uns bitte die Daumen, dass das klappt.«

»Na klar, mache ich«, sagte Sven, als wir zurück zu Nele und Liuna-Marie gegangen und im Begriff waren, uns auf den Heimweg zu machen. »Wir halten uns einfach gegenseitig auf dem Laufenden, ja? Macht's gut. Und danke, dass ihr da wart. Tschüss, Liuna-Marie, komm bald wieder und besuch unsere Ponys.«

»Na? Wie findest du ihn?«, fragte Nele auf dem Heimweg mit hochroten Wangen. »Ist er nicht unglaublich toll?«

»Ja, das ist er«, antwortete ich und lächelte still in mich hinein. Sven war souverän genug, um es auf Augenhöhe mit Nele aufzunehmen, vorausgesetzt, er fand Gefallen an ihr. »Ich fände es wirklich schön, wenn er meinen Vorschlag annehmen und den Reiterhof in eine Heuherberge umwandeln würde. Schnöde Eigentumswohnungen und Ferienhäuser haben wir hier schließlich zur Genüge.«

»Und ich könnte ihm bei allem helfen«, sagte Nele schwärmerisch und summte dann vor sich hin. Den Rest des Rückwegs gingen wir schweigend nebeneinanderher, jede von uns in ihrer eigenen Gedankenwelt versunken. Nur Liuna-Marie war putzmunter und brabbelte fröhlich vor sich hin. Ich war mir ziemlich sicher, dass sie heute Nacht bestens schlafen und von Ponys und Hunden träumen würde.

»Magst du noch mit reinkommen, oder wird dir das für heute zu viel?«, fragte ich Nele, als wir bei uns daheim angekommen waren. »Ich wollte noch Plätzchen backen und mir Gedanken über das Wichteln machen, das für Samstag im Büchernest geplant war. Keine Ahnung, wohin wir das verlegen könnten.«

»Geht das nicht bei Vero?«, schlug Nele vor, und ich addierte im Geiste die Zahl der Personen, die normalerweise beim traditionellen Julklapp im Büchernest dabei waren. Einschließlich aller Mitarbeiter und Stammkunden kamen gut und gerne vierzig Personen zusammen, ein Heidenspektakel, bei dem wir jedes Jahr diebischen Spaß hatten. »Oder in Adalberts Watthaus? Im Seminarraum müsste doch genug Platz für alle sein.«

Neles Vorschlag war in der Tat eine gute Idee, setzte allerdings voraus, dass ich Paula erreichte, um sie um Erlaubnis zu bitten. Dabei fiel mir ein, dass ich ihr noch gar nichts von dem Wasserschaden erzählt hatte, dem das Büchernest – und somit auch ihre Kita – zum Opfer gefallen war.

»Manchmal bist du ein echtes Superhirn«, gab ich lachend zur Antwort. Ich würde gleich versuchen, Paula per WhatsApp zu erreichen, da ich nicht genau wusste, wo Patrick und sie sich zurzeit aufhielten. »Kommst du morgen früh als Maskottchen mit zum Banktermin?«

Nele schüttelte den Kopf. »Wenn es okay für dich ist, würde ich das lieber lassen. Du weißt, ich habe keine guten Erinnerungen an den Laden und glaube, dass ich euch eher Unglück bringen würde als Glück. Ruf mich aber gleich an, sobald ihr da raus seid, dann können wir in Westerland feiern, dass es mit dem Büchernest bald wieder bergauf geht.«

13

Anstelle von bergauf ging es am Freitag leider bergab. Und zwar so richtig!

»Frau Hansen, ich würde Ihnen ja gern etwas anderes mitteilen, aber seit der Bankenkrise sind wir gezwungen, alle Kreditanträge noch strenger zu prüfen. Und leider steckt die Buchbranche, wie Sie selbst sagen, seit einigen Jahren in einer Phase des Umbruchs, um nicht zu sagen, ebenfalls in einer Krise. Zudem sind Ihre Umsatzzahlen im vergangenen Jahr deutlich zurückgegangen, wie ich anhand Ihrer Bilanz sehen kann. Wenn ich Ihre Zahlen genau analysiere, erkennt man ganz deutlich, dass fehlende Umsätze aus dem Buchverkauf durch Einnahmen aus dem Café kompensiert wurden. Würden Sie uns nach einem Kredit für Ihren gastronomischen Betrieb fragen, gäbe es kein Problem. Aber so …« Leif Ohlsen, unser zuständiger Mitarbeiter bei der Bank in Westerland, blickte uns bedauernd an. »Könnten Sie sich denn prinzipiell vorstellen, komplett auf Gastronomie umzusatteln? Sylt boomt, die Urlauber geben haufenweise Geld für Essen aus, und in Keitum gibt es nicht so viel Konkurrenz.«

Ich sah aus den Augenwinkeln, wie Bea abwechselnd rot und dann wieder blass wurde.

»Genauso gut könnten Sie mich fragen, ob ich morgen nach Grönland ziehen möchte«, schnaubte sie empört und funkelte den Bankangestellten an. »Ich weiß gar nicht, was Sie haben. Ich bin seit Jahren eine gute Kundin Ihres Hauses und nur selten mit einer Zahlung im Rückstand. Die fehlenden Umsätze im Buchbereich haben wir durch elektronische Medien und Non-Book-Artikel wettgemacht. Außerdem verkaufen wir unsere Titel online in den gesamten deutschsprachigen Raum und gedenken dies auch weiterhin zu tun. Krisen kommen und gehen und gehören zum Leben, das wissen Sie so gut wie ich.«

Leif Ohlsen räusperte sich und warf mir einen hilfesuchenden Blick zu. »Das ist absolut richtig, und ich habe auch enormen Respekt vor Ihrer Leistung, gerade in Ihrem … Alter … Aber auch mir ist natürlich zu Ohren gekommen, dass Sie leider – so schwer es mir auch fällt, dies zu sagen – nicht ganz unschuldig an diesem verheerenden Wasserschaden sind. Und nun sind wir natürlich in Sorge, dass sich etwas in dieser Art wiederholen könnte …«

Bea sprang vom Stuhl auf, rief: »Larissa, wir gehen!«, und stolzierte hoch erhobenen Hauptes aus Leif Ohlsens Büro.

Ich konnte gerade noch »Wir melden uns« sagen und fand mich auch schon im Foyer der Bank wieder, wo Bea gegen einen Feuerlöscher trat, der an der Wand befestigt war.

»Nicht zu fassen, was man sich alles bieten lassen muss«, schrie sie, und ich legte beruhigend die Hand auf ihre Schulter.

»Komm, lass uns hier weg«, sagte ich, darum bemüht, nicht die halbe Bank am Ausbruch meiner Tante teilhaben zu lassen. »Dann können wir draußen in Ruhe über alles sprechen.«

Bea folgte mir nur widerstrebend und kickte im Hinausgehen auch noch einen Papierkorb um. »Diese Banker sind doch alle Verbrecher!«, zischte sie. »Wenn du sie brauchst, lassen sie dich im Stich. Kräftig auf ihre Konten einzahlen, ja, das darfst du, ohne auch nur einen Cent für deine Einlage zu kriegen. Aber wehe, du willst was von denen, dann ist Schicht im Schacht.«

»Was hältst du davon, wenn wir an den Strand gehen und uns dort ein bisschen auslüften?«, schlug ich vor in der Hoffnung, meine Großtante zu beruhigen. Zum Glück ging Bea auf meinen Vorschlag ein, so dass wir bald an der Promenade waren und von dort am Wasser in Richtung Hotel Miramar stapften. Über uns spannte sich ein tiefblauer Himmel, nur von wenigen Wolken durchsetzt. Die Sonne schickte ihre Strahlen über den hellen Sand und ließ das Meer silberblau funkeln, während in mir tiefste Dunkelheit herrschte. Austernfischer spazierten am Wassersaum entlang, Seeschwalben ließen ihren Gesang ertönen – ein Tag viel zu schön, um Trübsal zu blasen oder sich mit Existenzängsten verrückt zu machen.

Doch leider blieb uns nichts anderes übrig. Wir mussten uns den Dingen stellen.

»Meinst du, es hat Sinn, die Bank zu wechseln?«, fragte Bea, die als Erste das Wort ergriff.

»Ich fürchte nein«, antwortete ich wahrheitsgemäß. Mir war erst im Gespräch mit Leif Ohlsen klargeworden, dass Beas Verschulden des Schadens bei der Beurteilung einer Kreditvergabe eine nicht unerhebliche Rolle spielen würde.

Das erschwerte unsere Lage natürlich sehr. Die Pragmatikerin in mir suchte nach einer Lösung und klammerte sich an die Aussage, dass wir eventuell Geld bekommen würden, wenn wir uns künftig auf Gastronomie spezialisierten, am besten mit Vero als offizieller Geschäftsführerin. Teilhaberin des Cafés war sie eh seit einem Jahr.

Aber ein Leben ohne Bücher?

Allein die bloße Vorstellung genügte, um mir Tränen in die Augen zu treiben. Auch wenn ich den Beruf der Buchhändlerin nie gelernt hatte, war er mir in den vergangenen Jahren so ans Herz gewachsen, dass ich mir unmöglich vorstellen konnte, mein Geld auf andere Weise zu verdienen.

»Sollten wir auf Ohlsens Vorschlag eingehen und das Büchernest in ein reines Café umwandeln?«, fragte Bea zu meinem großen Erstaunen. »Vielleicht können wir da ja trotzdem Bücher ausstellen, zum Lesen für die Gäste, während sie auf das Essen warten. Oder für den Kaffee danach.«

»Das ist jetzt aber nicht dein Ernst, oder?«, fragte ich, vollkommen irritiert von Beas Vorschlag.

Was war denn nun auf einmal los?

Erst hätte sie am liebsten vor Wut die Bank in Schutt und Asche gelegt, nun war sie plötzlich fromm wie ein Lamm auf dem Weg zur Schlachtbank. »Nein, nein, so schnell geben wir nicht auf. Ich denke, wir sollten einen Termin bei einem guten Anwalt machen und ihn fragen, ob wir unsere Position dadurch stärken können, dass wir die Besitzverhältnisse neu ordnen.« Kaum waren mir die Worte entströmt, bereute ich sie. Dummerweise klang mein Vorschlag so, als wollte ich mir das Büchernest unter den Nagel reißen. »Versteh mich bitte nicht falsch«, versuchte ich zurückzurudern. »Es geht mir nur darum, dich bei der ganzen Sache aus der Schusslinie zu bringen. Wie wäre es denn, wenn du den Laden auf Adalbert umschreiben lässt? Ihr wollt doch eh bald heiraten.«

»Lissy, Schätzchen, Adalbert ist genauso alt wie ich. Dasselbe gilt auch für Vero. So eine Bank will jemanden als Inhaber, der noch jung und vital ist. Und das bist nun mal du, meine Liebe. Wer weiß, ob das Ganze nicht ein Wink des Schicksals ist und ein Zeichen, diese Angelegenheit endlich mal neu zu regeln. Du bist doch sowieso die künftige Erbin all dessen, was ich aufgebaut habe, warum also nicht jetzt schon handeln?«

Allein das Wort *Erbe* verursachte mir einen ziehenden Schmerz in der Brust. Ich konnte den Gedanken daran, dass es Bea irgendwann nicht mehr geben würde, kaum ertragen. In meinen Augen war sie so etwas wie unsterblich.

»Das ist lieb«, sagte ich, darum bemüht, mir meine wahren Gefühle nicht anmerken zu lassen, »aber ich weiß nicht, ob eine Umschreibung des Ladens auf mich Leif Ohlsen umstimmt. So, wie ich ihn verstanden habe, räumt er der Buchbranche keine große Zukunft ein und tut sich allein schon deshalb schwer mit der Kreditvergabe. Wir sollten also besser überlegen, woher wir sonst noch Geld bekommen könnten. Lass uns stattdessen lieber mit dem Börsenverein des deutschen Buchhandels sprechen und da mal nachfragen, ob die uns helfen können. Außerdem haben Leon und ich auch ein bisschen was gespart, das wir …«

»Das kommt auf gar keinen Fall in Frage!«, protestierte Bea. »So weit kommt's noch. Ihr braucht eure Reserven für euch und Liuna-Marie. Ihr werdet sicher nicht auf Dauer zur Miete wohnen wollen, und es gibt auch sonst noch tausend Dinge im Leben, für die man das Geld besser ausgeben könnte als dafür, etwas auszumerzen, woran allein ich schuld bin. Nein, nein, wenn hier jemand einen Plan B finden muss, dann ja wohl ich.«

Ich seufzte schwer, weil ich wusste, dass Bea recht hatte. Leon verdiente als Redakteur zwar ganz ordentlich, aber auch nicht die Welt. Und Sylt war nun mal ein teures Pflaster, egal, wie man die Dinge drehte und wendete.

»Was hältst du davon, wenn wir für den Rest des Tages aufhören, uns den Kopf zu zermartern, und uns stattdessen eine schöne heiße Schokolade bei Leysieffer gönnen?«, schlug Bea vor. »Heute können wir sowieso nichts mehr machen. Außerdem müssen wir noch den morgigen Julklapp vorbereiten. Hast du Paula erreicht?«

Ich erzählte, dass Paula meiner Bitte, das traditionelle Weihnachtswichteln in ihr Haus am Watt zu verlegen, sofort zugestimmt hatte. Um sie nicht im Urlaub mit Problemen zu belasten, hatte ich ihr den Wasserschaden verschwiegen und behauptet, dass wir den Julklapp bei ihr abhalten wollten, um unseren Kunden ein bisschen Abwechslung zu bieten.

Erst als wir bei Leysieffer in der Friedrichstraße angekommen waren, spürte ich, wie kalt es am Strand gewesen war, trotz der Sonne. Da es vielen Urlaubern genauso ging, war das Café proppenvoll, und wir bekamen erst einen Platz, nachdem ein Pärchen gezahlt hatte und gegangen war. Ja, Sylt boomte. Und genau deshalb würden wir auch bestimmt einen Weg finden, um finanziell über die Runden zu kommen. Wir durften jetzt nur nicht die Nerven verlieren und mussten darauf vertrauen, dass sich alles zum Guten wendete.

»Schau mal, da ist Ineke«, sagte Bea und deutete auf die alte Dame, die gerade selbst gemachte Pralinen am Tresen kaufte. »Soll ich sie fragen, ob sie Lust hat, morgen zum Julklapp zu kommen?«

»Wenn du meinst, dass sie Spaß an so was hat, gern«, antwortete ich, da ich große Sympathien für die Künstlerin hegte.

Bea winkte Ineke an unseren Tisch und lud sie für morgen ein. Zu meinem großen Erstaunen sagte sie zu. Und ich freute mich darüber, dass wir eine so illustre Gästerunde haben würden.

Ja, die Abwechslung und das Zusammensein mit netten Menschen waren jetzt genau das, was Bea, Vero und ich brauchten. Es hatte tatsächlich keinen Sinn, von morgens bis abends Trübsal zu blasen und sich von Ängsten niederstrecken zu lassen. Angst war niemals ein guter Ratgeber. Außerdem würde das Leben auch weitergehen, wenn wir den Traum unseres heiß geliebten Büchernests würden aufgeben müssen.

Die Hauptsache war schließlich, dass es allen Menschen, die ich liebte, gutging.

14

Am Samstag waren Vero, Bea, Nele und ich tagsüber vollauf mit den Vorbereitungen für das Wichteln beschäftigt.

Aus alter Tradition schenkten wir uns gegenseitig Bücher, Hörbücher, CDs oder Filme. Allerdings musste jedes dieser Präsente mit Literatur zu tun haben.

Vero war schon seit zwei Tagen dabei, zu kochen und zu backen, und das in Mengen, mit denen man die gesamte Insel hätte versorgen können.

»Ach komm, lass mir das Vergnügen«, hatte sie gestern gesagt, als sie mir am Abend, wie versprochen, die Krähenbeeren vorbeibrachte, die Hinrich und sie in den Dünen gesammelt hatten. »Was übrig bleibt, friere ich ein oder gebe es später denen mit, denen ich eine Freude damit machen kann.« Nicht umsonst gehörte zu Veros Julklapp-Ausstattung immer auch eine Ladung Schüsseln, in die sie später die Reste verpackte und den Gästen zum Abschied in die Hand drückte. »Außerdem halte ich es dieses Jahr vergleichsweise einfach: Es gibt nur Lachstorte, Muschelsalat nach Hausmannsart, Krabbenfrikadellen und dazu Weißbrot. Und zum Naschen biete ich Sylter Kekse, Makronentorte und Gefüllte Sandkugeln an.«

»Gefüllte Sandkugeln? Was ist das denn?«, hatte ich verwirrt gefragt und dabei erfahren, dass es sich bei diesem Dessert um Gebäck handelte, in dessen Teigmulde Johannisbeermarmelade gefüllt wurde. Gehackte Mandeln und Vanillezucker sowie eine Prise Zimt verliehen den Kugeln etwas Weihnachtliches.

»Na gut, wenn du meinst«, hatte ich geantwortet, wohl wissend, dass Vero in diesem Punkt ähnlich stur sein konnte wie Bea. Wenn sie Gäste einlud, war es Ehrensache, dass diese später rundum glücklich und zufrieden den Heimweg antraten, immer noch den köstlichen Geschmack der einen oder anderen Leckerei auf der Zunge.

»So. Mehr Stühle haben wir nicht«, sagte Olli, nachdem er eine lange Tafel aus Tapeziertischen aufgebaut und mit Tischdecken verhüllt hatte. »Oder sind noch ein paar Klappstühle von den Lesungen im Büchernest vorhanden?« Kaum hatte er das Wort Büchernest ausgesprochen, schlug Olli sich mit der Hand auf den Mund. So ging es andauernd, seitdem Bea den Laden und das Café unter Wasser gesetzt hatte. Jeder, mit dem ich sprach, war verlegen, senkte seine Stimme und war darauf bedacht, das Thema Wasserschaden so gut wie möglich zu umschiffen.

»Ich kann gleich mal im Keller nachschauen«, bot Adalbert an. »Muss sowieso noch mal rüber und mich vergewissern, dass die Trocknungsmaschinen noch alle laufen. Wenn ich Stühle finde, die heil geblieben sind, bringe ich sie mit.«

Mit diesen Worten war er auch schon verschwunden, und Olli schaute mich mit einer Mischung aus Bedauern und

Mitgefühl an. »Duuuu, Larissa. Es kann übrigens sein, dass ich schon am Montag im Samoa Seepferdchen als Servicekraft anfangen kann. Seit der Erweiterung kommen die mit dem Personal kaum hinterher, dort ist genauso die Hölle los wie in der Sansibar. Wäre das denn okay für dich?«

»Hey, das ist ja toll«, antwortete ich erfreut, denn dies bedeutete sofort eine Sorge weniger. »Ich drück dir die Daumen, dass es klappt.«

Olli sah allerdings nicht ganz so begeistert aus. »Die Sache hat nur einen Haken«, fuhr er fort. »Die brauchen mich dann für mindestens ein halbes Jahr. Andernfalls wollen sie mich gar nicht erst einarbeiten. Das gilt übrigens für die meisten freien Stellen, auf die ich mich beworben habe.«

Meine Laune sank in den Keller.

Das bedeutete ganz konkret, dass Olli uns als Mitarbeiter fehlen würde, wenn wir im neuen Jahr das Büchernest wieder eröffneten. Andererseits konnte ich ihm diese tolle Chance unmöglich verwehren. Zumal zurzeit auch noch überhaupt nicht klar war, ob wir die Finanzierung für die Wiedereröffnung tatsächlich stemmen konnten.

»Alles gut, mach dir keinen Kopf. Nimm die Stelle an und denk nicht an uns«, antwortete ich und hoffte, dass Olli das leise Zittern in meiner Stimme entging. »Wer weiß schon, wie … oder *ob* es mit uns überhaupt weitergeht. Das Samoa Seepferdchen ist ein tolles Restaurant mit einem netten Team, da passt du perfekt hin. Genieß morgen noch deinen freien Sonntag, und fang am Montag da an. Vielleicht kommen Leon und ich dich ja auch mal besuchen, wenn Bea oder Vero auf Liuna-Marie aufpassen. Wir waren schon lange nicht mehr zu zweit essen.«

Viel zu lange, dachte ich seufzend, während mir prompt Leons Bemerkung einfiel, dass wir uns nur noch die Klinke in die Hand gaben. Es war dringend an der Zeit, wieder mehr Romantik in unsere Beziehung zu bringen.
In diesem Moment kam Nele in den Raum gestürzt. »Haben wir noch Platz für Sven?«, fragte sie beinahe atemlos. »Ich habe ihn vorhin zufällig auf der Straße getroffen, als er mit Sam Gassi gegangen ist, und habe ihn spontan zum Wichteln eingeladen.«
»Und dazu hat er tatsächlich Lust?«, fragte ich verdutzt. Svens coole Unternehmensberater-Fassade bröckelte von Tag zu Tag mehr, was mir ausnehmend gut gefiel. Und nicht nur mir, wie ich an Neles Augen erkennen konnte, die vor Vorfreude glänzten.
»Entweder das, oder er nimmt diesen ganzen Julklapp-Kram in Kauf, um mich zu sehen. Wobei ich ihm natürlich auch gesagt habe, dass heute Abend einige Leute aus Keitum da sein werden, die man kennen sollte, wenn man vorhat, sich hier auf der Insel eine berufliche Existenz aufzubauen.«
»Will er das denn wirklich? Ich meine, hat er sich jetzt entschieden?«, fragte ich nach, während ich die lange Tafel deckte. An den beiden Enden dekorierte ich die Kränze aus Krähenbeeren, Tannenzweigen und Ilex, die ich gestern Abend gebunden hatte, nachdem Liuna-Marie endlich eingeschlafen war. Nele schnappte sich das Silberbesteck, das ich schon auf einem Beistelltisch bereitgelegt hatte, polierte es und legte es zu den Gedecken.
»Offensichtlich gefällt ihm deine Idee mit dem Heuhotel, denn er hat schon mit seinem Großvater darüber gesprochen, der ebenfalls nicht abgeneigt zu sein scheint. Aber

noch ist natürlich nichts entschieden. Schließlich schmeißt man ja nicht so mir nichts, dir nichts sein ganzes Leben über den Haufen, nur weil man die Möglichkeit hat, einen alten Reiterhof zu übernehmen, das kenne ich schließlich von mir selbst. So ein Insel-Leben muss man echt wollen, sonst kann man es auch gleich lassen.«

Ich hielt einen Moment mit meiner Arbeit inne. »Und wie denkst du darüber? Könntest du dir vorstellen, hier wieder sesshaft zu werden, wenn Sven sich dazu entschließen sollte?«

Kaum hatte ich diese Frage gestellt, flackerten Neles Augen. »Das … nun, das weiß ich nicht«, stammelte sie. »Diese Frage hat sich mir bislang nicht gestellt. Du weißt, wie sehr ich die Abwechslung und das Reisen liebe und es schätze, dass ich meine Bilder im Prinzip überall auf der Welt malen kann. Genau wie meine Kinderbücher.«

»Aber wo fühlen Sie sich verwurzelt? Was bedeutet Heimat für Sie?«, fragte Ineke Alwarts Nele, als wir einige Stunden später mit dem Wichteln fertig waren, nach dem Hauptgang nebeneinandersaßen und auf das Thema Sylt als Wohnort zu sprechen gekommen waren. »Ich zum Beispiel beziehe einen Großteil meiner Inspiration aus dieser Insel. Sie hat so viel Schönes zu bieten, zeigt innerhalb weniger Stunden die unterschiedlichsten Gesichter und überrascht immer wieder aufs Neue.«

Nele sah nachdenklich aus, wusste aber keine Antwort auf diese Frage.

»Kennen Sie den Song *Heimat* von Anna Depenbusch?«, fragte Ineke weiter, und ich stutzte. Die alte Dame kannte die Hamburger Liedermacherin, die ich ebenfalls gerne hörte?! Nele schüttelte den Kopf, machte aber große Augen. Sven stand abseits von uns und unterhielt sich mit einigen Geschäftsleuten aus Keitum, die ebenfalls zu den Stammkunden des Büchernests gehörten. Vero war gerade mit Hilfe von Rieke und Tinka dabei, die Reste der Hauptspeisen abzuräumen. Gleich würde es das Dessert und weihnachtliche Getränke wie Tote Tante und Sylter Weihnachtspunsch geben.

Alle anderen Gäste waren ebenfalls lebhaft ins Gespräch vertieft, was mich sehr freute. Schließlich diente der alljährliche Julklapp in erster Linie dazu, die Keitumer zum Ende des Jahres noch einmal zusammenzubringen, um den Zusammenhalt unserer Gemeinde zu stärken. Ebenso wie die Verbundenheit zu unser aller Heimat.

»Der Text geht in etwa so«, sagte Ineke und begann, leise zu singen. »Meine Heimat und ich sind wie Schatten und Licht eng verbunden …« Ich bekam sofort Gänsehaut, da dieser Song in meinen Augen zum Besten gehörte, was je über dieses Thema geschrieben worden war. »Es hat mich immer ins Weite getrieben, ich bin ihr jedes Mal treu geblieben, weil ich hierhergehör, ob ich will oder nicht.«

»Wow, das ist wunderschön«, hauchte Nele, sichtlich ergriffen. »Und trifft den Punkt. Ich komme zwar ursprünglich aus Bremen, wie Sie wissen, lebe aber schon so lange in einer, man kann fast sagen offenen Zweierbeziehung mit Sylt und anderen Ländern, dass ich mich zuweilen tatsächlich ein bisschen wurzellos fühle. Allerdings zieht es mich immer wieder hierher, zu den Menschen, die ich liebe und ohne die ich mir ein Leben gar nicht vorstellen könnte. Aber wie

Anna Depenbusch es ganz richtig formuliert, ist Sylt beides für mich: Schatten und Licht. Mal überwiegt das eine, mal das andere.«

Ineke wiegte den Kopf hin und her, so als summte sie in Gedanken den Song weiter.

Mittlerweile war Sven zu uns getreten. »Haben Sie immer schon auf Sylt gelebt, Frau Alwarts?«, fragte er und stellte sich dicht neben Neles Stuhl. Ich konnte die Energieströme zwischen beiden förmlich spüren, auch wenn ich nicht wusste, ob dies den beiden überhaupt klar war.

»Ich bin auf der Insel geboren und werde auch hier sterben«, antwortete Ineke ohne einen Funken Wehmut in der Stimme. »Sylt und mich verbindet eine bewegte Geschichte, das können Sie mir glauben. Schließlich gab es kaum Tourismus, als ich klein war, und auch Immobilien-Spekulationen und überteuerter Luxus spielten noch keinerlei Rolle. Die Insel, wie ich sie aus meiner Kindheit kenne und liebe, gibt es in dieser Form nicht mehr. Aber es nützt nichts, sich gegen den Lauf der Zeit zu wehren. Von hier wegzugehen wäre für mich niemals eine Option gewesen, so sehr mich diese Vorstellung auch gelegentlich in den Fingern gejuckt hat. Schließlich haben sich die Dinge hier nicht unbedingt zum Vorteil Sylts und schon gar nicht der Insulaner entwickelt. Statt wegzulaufen, habe ich mich aber dafür entschieden, im Stillen dafür zu kämpfen, dass sich hier zumindest einiges zum Besseren wendet. Denn Sylt ist meine große Liebe. Und was man liebt, beschützt man.«

Immer noch Inekes Worte im Ohr, sank ich nach diesem langen Tag erschöpft, aber auch zufrieden in die Kissen.

Leon, der nicht beim Julklapp gewesen war, schlief bereits, auch Liuna-Marie lag friedlich eingekuschelt in ihrem Bettchen.

Für mich ist Heimat da, wo die Menschen sind, die ich liebe, war das Letzte, was ich dachte, bevor ich sanft ins Reich der Träume entglitt.

15

Was hältst du davon, wenn wir heute die Familie ausnahmsweise mal Familie sein lassen und nur für uns bleiben?«, fragte Leon, als wir am Sonntagmorgen beim Frühstück saßen. »Wir könnten Bea und Adalbert fragen, ob sie Liuna-Marie nehmen, und uns zu zweit einen richtig schönen Tag machen.«

»Aber heute ist doch der vierte Advent«, protestierte ich und dachte mit Schrecken an all die Dinge, die in den vergangenen Tagen liegen geblieben waren, weil die Schließung des Büchernests und die Folgen dieser Katastrophe alles andere überschattet hatten. »Ich muss noch die Popen für den Jöölboom backen, das Weihnachtsmenü festlegen, Karten schreiben und überlegen, in welchen Farben wir dieses Jahr schmücken wollen.«

Und mich auf die Raunächte vorbereiten, die bald kommen, fügte ich in Gedanken meiner To-do-Liste hinzu.

Leon stand von seinem Stuhl auf, beugte sich zu mir herab und küsste mich, was Liuna-Marie dazu veranlasste, vergnügt mit dem Löffel auf dem Tischchen ihres Hochstuhls herumzutrommeln. »Siehst du, unsere Tochter findet auch, dass

wir mal ein bisschen Zeit für uns brauchen«, sagte Leon schmunzelnd. »Du kannst all diese Dinge doch auch morgen machen, schließlich …« Leon hielt erschrocken inne.
»… ist das Büchernest ja sowieso zu«, vollendete ich seinen Satz. »Ich finde deine Idee grundsätzlich schön und würde nichts lieber tun, als diesen ganzen Mist und meine Ängste mal für einen Tag hinter mir zu lassen, glaub mir. Aber ich kann nicht. Die Bank hat uns eindeutig die rote Karte gezeigt, also müssen Bea und ich uns etwas anderes einfallen lassen. Vielleicht ist es ja tatsächlich an der Zeit, den Tatsachen ins Auge zu sehen: Bea und Vero sind nicht mehr die Jüngsten, unsere Einnahmen waren im vergangenen Jahr ziemlich rückläufig, ich kann zurzeit sowieso nur halbtags arbeiten … Vermutlich wäre es wirklich besser, die Dinge jetzt ruhen zu lassen und mir stattdessen einfach einen Job zu suchen. Vielleicht stellt Rolf Klaumann mich ja in seiner neuen Filiale in Wenningstedt ein. Oder ich arbeite stundenweise in der neu umgebauten Buchhandlung an der Wilhelmine. Notfalls helfe ich auch irgendwo in einem Büro aus.«
Diese Worte auszusprechen fiel mir unglaublich schwer, und ich hatte das Gefühl, dass sich alles in mir verkrampfte, während ich versuchte, nach außen cool und beherrscht zu wirken.
In Momenten wie diesen beneidete ich Nele um ihr Temperament, um ihre kompromisslose Emotionalität. Sie hätte keines dieser Gefühle in sich hineingefressen, wie ich es seit Tagen tat, sondern hätte ihren Schmerz, ihre Enttäuschung, die Wut und ihre Ängste in die Welt hinausgeschrien. Und sie hätte der Welt klargemacht, dass es ein großer Fehler war,

ihr, Nele, Steine in den Weg zu legen, denn das hätte sie auf gar keinen Fall verdient.

»Wein ruhig, meine Tapfere«, sagte Leon, zog mich an sich und wiegte mich im Arm wie ein kleines Kind. »Lass es endlich raus, du wirst sehen, wie gut das tut.«

»Aber nicht vor Liuna-Marie«, antwortete ich, während erste Tränen wie ein feines Rinnsal an meinen Wangen hinabrollten. »Es würde sie nur erschrecken.«

»Ein Grund mehr, Bea zu fragen, ob sie sie heute nehmen kann«, entgegnete Leon und ließ mich los. Während er in den Flur ging, um zu telefonieren, putzte ich mir die Nase. Bea war sofort einverstanden, so dass Leon keine zehn Minuten später aufbrach, um unsere Tochter mit dem Schlitten ins Kapitänshaus zu bringen. Während die beiden von dannen zogen, räumte ich den Tisch ab und notierte, was in den kommenden Tagen alles zu erledigen war und wen ich anrufen könnte, um nach einem Kredit zu fragen. Das Verhängnisvolle an unserer Situation war, dass wir keine Einnahmen hatten, die Fixkosten für das Büchernest jedoch weiterliefen: Miete, Strom, Telekommunikation und vieles mehr mussten bezahlt werden. Jeder Tag, an dem wir keine Bücher verkauften, kostete also doppelt und dreifach. Was in der Konsequenz bedeutete, dass Bea und mir nicht mehr viel Zeit blieb, um eine endgültige Entscheidung zu treffen.

Wie hieß es doch so schön?

Besser ein Ende mit Schrecken als ein Schrecken ohne Ende.

Und eines stand auf alle Fälle fest: Außer mir brauchte keine von uns das Büchernest wirklich. Nele war sowieso nur vorübergehend hier und hatte schon vor Jahren das Café

an Bea abgetreten, weil sie keine Geschäftsfrau war. Vero konnte ihre Begeisterung fürs Kochen und Backen auch anderweitig ausleben. Sowohl Bea als auch sie waren finanziell abgesichert, Bea durch ihre Witwenrente und Ersparnisse, Vero durch die Ehe mit Hinrich, ihre eigenen Altersbezüge und das Geld, das auch sie beiseitegelegt hatte. Rieke würde ihre Ausbildung aller Voraussicht nach bei Klaumann beenden, und Olli hatte bereits als Servicekraft im Samoa Seepferdchen angeheuert.
Die Einzige, die bald ebenfalls auf dem Trockenen sitzen würde, war Paula mit ihrem Kita-Projekt. Sosehr ich Paula und Patrick die wohlverdiente Auszeit gönnte, ich würde über kurz oder lang mit ihr sprechen müssen. Doch das würde ich erst tun, wenn ich kapitulieren musste – und so weit war ich definitiv noch nicht. Noch gab ich die Hoffnung darauf, dass am Ende alles gut werden würde, nicht auf.

»Soll ich mal in der Redaktion fragen, ob der *Tagesspiegel* eventuell bereit wäre, als Kooperationspartner bei euch einzusteigen?«, schlug Leon vor, als wir das Auto geparkt hatten und den Weg durch die Heide in Richtung des Kampener Leuchtturms gingen. »Oder wie wäre es mit der *Sylter-Quelle?* Die fördern doch immer wieder kulturelle Projekte.«
Mittlerweile war der Sonnenschein von heute Morgen einem grauen Wolkenband gewichen, das schwer und drückend über der Landschaft hing. Trotzdem hatten wir beschlossen, auf der Seeseite der Insel spazieren zu gehen, um uns den Kopf freipusten zu lassen. Die Kartoffelrosenhecken

waren zu dornigem Gestrüpp geworden, das ab und zu von roten Beeren durchsetzt war, bedeckt von einer Haube aus Schnee. Links und rechts erstreckten sich Flächen von lilabraunem Heidekraut und Bäumen, die sich der Kraft des ewigen Windes ergeben hatten und nun mit gekrümmtem Rücken am Wegesrand standen. Wir kamen an prächtigen, von Kiefern umsäumten Anwesen vorbei; Kampen gehörte zu den exklusivsten und teuersten Orten auf Sylt. *Keiner von diesen Besitzern hat Geldsorgen,* dachte ich seufzend, als ich die weiß getünchten Reetdachhäuser betrachtete, deren parkähnliche Gärten fachmännisch in Schuss gehalten wurden, wie man deutlich sah.

Ich dachte über Leons Vorschlag nach, konnte aber nicht recht warm damit werden.

Ein Fremder als Investor?

Was mich betraf, so konnte ich mir das ja noch ansatzweise vorstellen. Aber Bea?! Sie hatte das Büchernest vor Jahren aufgebaut, Stück für Stück erweitert und zum Erfolg geführt.

»Ich werde morgen mit Bea über deinen Vorschlag sprechen«, antwortete ich und drückte dankbar Leons Hand. »Aber du kennst sie, ich glaube nicht, dass das in ihrem Sinne ist.«

»Aber immer noch besser, als zu wissen, dass du sonst in einer anderen Buchhandlung arbeiten musst, oder?«, widersprach Leon. Inzwischen standen wir auf der Düne vor dem Leuchtturm, unter uns lag der Strand.

Grau schäumend ergoss sich das Meer über den hellbraunen Sand, der von einer Schicht aus gefrorenem Schnee bedeckt war. Möwen staksten am Wassersaum entlang und flogen empört schreiend in den Himmel, wenn eine Welle ihr zartes Gefieder benetzte. Außer uns war so gut wie niemand hier, alle hatten sich in ihren Häusern verkrochen und feierten dort den vierten Advent. Heute war der achtzehnte Dezember, bis Heiligabend waren es nur noch sechs Tage. Mir fiel ein, dass wir üblicherweise am zwanzigsten Dezember den Weihnachtsbaum kauften. Doch momentan erschienen mir all diese liebgewonnenen Traditionen so weit entfernt, als blickte ich als Außenstehende auf ein Leben, das zwar einmal zu mir gehört hatte, es nun aber nicht mehr tat.

»Wollen wir nach dem Spazierengehen im Grande Plage Kuchen essen und was Heißes trinken oder lieber im Kaamp Meren, diesem neuen Café-Restaurant an der Hauptstraße?«, fragte Leon.

Ich schmunzelte. Egal, wie groß die Probleme auch waren, Leon konnte – wie die meisten Männer – beinahe zu jeder Tages- und Nachtzeit Kuchen essen.

»Es gibt ein neues Café in Kampen?«, fragte ich leicht irritiert. Vor Liuna-Maries Geburt war ich immer auf dem Laufenden gewesen, was die Sylter Gastronomie betraf, allein schon Neles wegen, die bei jedem ihrer Besuche scharf darauf war, neue Lokalitäten zu testen, sofern sie ihr interessant erschienen. Natürlich führten wir auch im Büchernest alle Sylt-Magazine, in denen Neuigkeiten wie diese standen, und ich blätterte ausgesprochen gern in Zeitschriften wie *A la carte,* die sich regelmäßig der Insel Sylt widmeten. Doch seit knapp zwei Jahren war ich schon froh darüber, wenn ich es schaffte, mein Leben und meinen Alltag zu organisieren, oder mal eine freie Minute hatte, um die Orte aufzusuchen, die ich gern mochte, wie die Kleine Teestube in Keitum.

Während der starke Wind uns in den Nacken pustete, begann es zu nieseln. Ich zog die Kapuze meiner Daunenjacke über die Wollmütze und versuchte, mich bestmöglich gegen den Regen zu schützen. Nach zehn Minuten war ich jedoch so durchgefroren, dass ich das Projekt Adventsspaziergang kurzerhand für beendet erklärte und beschloss, das Kaamp Maren auszuprobieren. »Aber vorher würde ich gern noch ein bisschen Schaufenstergucken«, erklärte ich Leon. »Ich war schon so lange nicht mehr hier. Wer weiß, was es an neuen Geschäften gibt, von denen ich Nele erzählen kann.«
Eine Viertelstunde später klebte ich förmlich an der Auslage des *Wunderkind*-Stores von Wolfgang Joop. Doch so schön und fantasievoll ich seine Mode auch fand: Ich war weder der Typ, um sie zu tragen, noch im Ansatz in der Lage, derartig viel Geld für Kleidung auszugeben.
Als ich darüber nachdachte, stach mir mit einem Mal die Existenzangst ins Herz wie eine Pfeilspitze. Zahllose unbeantwortete Fragen wirbelten durch meinen Kopf: Würde Leons Gehalt notfalls reichen, um uns zu ernähren, falls ich nicht so schnell wie gehofft einen neuen Job fand?
Was, wenn wir die fortlaufenden Kosten für das Büchernest nicht mehr tragen konnten?
Würden Bea und Vero wirklich klarkommen, wenn ihr Lebensinhalt von heute auf morgen wegfiel?
»Komm, lass uns gehen, ich bekomme gerade eine kleine Krise«, sagte ich und zupfte Leon am Ärmel. Und auch das Nächste, was ich sah, trug nicht gerade dazu bei, meine Laune zu heben: Vor einer Boutique am Strönwai standen – akkurat aufgereiht – Bobbycars in den Farben Grün, Schwarz

und Blau. Auf jedem von ihnen prangte ein dicker Mercedes-Stern.

Mir wurde schwindelig angesichts dieser Dekadenz, und ich konnte in diesem Moment nur eines denken: Bitte, bitte, liebes Universum, schick mir jemanden, der unseren Geldsorgen endlich ein Ende bereitet! Das ist mein allergrößter Weihnachtswunsch.

16

Montagmorgen erwachte ich von meinem eigenen Schrei: Ich hatte geträumt, an einem Abgrund zu stehen. Jemand wollte mich hinunterstoßen.
Hilfesuchend tastete meine Hand nach Leon, doch seine Seite des Bettes war leer. Stöhnend richtete ich mich auf, wischte Tränen aus meinen Augenwinkeln und erschrak, als ich sah, dass es schon halb zehn war. Wie von der Tarantel gestochen sprang ich aus dem Bett, stieß mir dabei den großen Zeh an der Türschwelle und humpelte leise fluchend in Liuna-Maries Zimmer.
Doch auch das war leer. Mit nackten Füßen tappte ich nach unten, wo ich einen Zettel auf dem Esstisch fand:

Du hast so tief und fest geschlafen, dass
ich Dich nicht wecken wollte. Also habe ich
unsere kleine Maus zu Anke gebracht.
Genieß den Tag und mach Dir keine Sorgen.
Uns fällt schon etwas ein!
Ich liebe Dich,
Dein Leon

Erleichtert und immer noch ein wenig benommen ließ ich mich auf einen der Stühle sinken. Dann wanderte mein Blick zum Fenster. Es war – trotz der Uhrzeit – fast stockdunkel. Der Schnee war zum Teil geschmolzen, da es gestern Abend deutlich milder geworden war und zu regnen begonnen hatte.
Kahle Äste, grauer Matsch auf dem Rasen, selbst im Vogelhäuschen war keine Spur von Leben. Und dann dieser Alptraum, dessen Bilder mich noch fest im Griff hatten.
Konnte dieser Tag noch deprimierender werden?
Doch, er konnte!
Als ich nach einem hastigen Frühstück Bea anrief, um sie zu fragen, wie wir weiter vorgehen sollten, erzählte sie mir, dass sie am Vormittag bereits mit vier weiteren Banken gesprochen hatte. Aber alle waren sich einig: Sie brauchten Sicherheiten, die Bea als betagte Besitzerin und Verursacherin des Wasserschadens nicht bieten konnte.
»Die letzte Chance wäre, das Kapitänshaus als Bürgschaft einzubringen«, fuhr Bea fort.
»Das kommt auf gar keinen Fall in Frage!«, protestierte ich. Beim bloßen Gedanken daran, dass irgendetwas schiefging und Bea gezwungen sein könnte, ihr geliebtes Haus zu verkaufen, das seit Generationen im Besitz der Familie war, brach mir der Angstschweiß aus. »Entweder wir finden jemanden, der uns hilft, weil er an unser Konzept glaubt und uns vertraut. Oder eben nicht. Keiner von uns wird etwas aufs Spiel setzen, das er zum Leben braucht. Was würdest du eigentlich dazu sagen, wenn wir versuchen, den *Tagesspiegel* oder die *Sylt-Quelle* mit ins Boot zu holen?«
»Als Teilhaber?«, fragte Bea und schnaufte hörbar. »Hm …

also ich weiß nicht. Das würde ja bedeuten, dass die ein Mitspracherecht haben und am Gewinn beteiligt sind. Und du weißt selbst, dass wir mit den Einnahmen zwar einigermaßen über die Runden kommen, aber in erster Linie, weil wir alle keine so hohen Umsatzerwartungen haben und recht bescheiden leben. Es bleibt unterm Strich einfach nicht genug übrig, um einen Investor zufriedenzustellen.«

Diesem Argument konnte ich nicht widersprechen.

»Aber mal was ganz anderes: Ich habe heute am frühen Nachmittag den Termin fürs MRT in der Klinik und danach einen zweiten beim Hörgeräteakustiker. Das ist eine ganz schöne Prozedur, kann ich dir sagen. Hoffentlich komme ich mit den Dingern klar und das Ganze wird nicht so ein Debakel wie damals die Geschichte mit der Gleitsichtbrille. Wärst du so lieb, mich zu begleiten?«

»Aber natürlich komme ich mit, schließlich will ich wissen, was beim MRT herauskommt«, antwortete ich, während es in meinem Kopf immer noch ratterte. »Ich muss sowieso noch ein paar Sachen in Westerland besorgen und würde anschließend gern in Tinnum schon mal die ersten Großeinkäufe für die Feiertage erledigen. Vorher muss ich aber noch mit Vero das Menü abstimmen. Und wo wir gerade bei diesem Thema sind: Hast du dich eigentlich schon bei ihr für deinen Ausbruch entschuldigt?« Mit Schaudern dachte ich daran, wie Bea Vero beleidigt hatte, indem sie ihr vorwarf, nichts anderes als Kochen und Backen im Sinn zu haben. Vor diesem Hintergrund war es besonders skurril, dass die Bank uns nur dann einen Kredit gewähren wollte, wenn wir das Büchernest als reines Café-Restaurant unter Veros Leitung weiterführten.

»Ja, ich hab ihr gesagt, wie sehr mir mein Ausbruch leidtut«, kam es kleinlaut von Bea. »Ich weiß nicht, was da in mich gefahren ist. Zum Glück ist Vero eine Seele von Mensch und nicht nachtragend. Momentan nervt sie mich allerdings damit, dass sie ständig fragt, ob ich auch genug trinke und ob ich mein Schnarchen nicht doch mal in einem Schlaflabor untersuchen lassen will. Das kann sie sich allerdings abschminken. Es reicht jetzt allmählich mit diesen ganzen Arztbesuchen!« Bea schnaubte unwillig. »Was hältst du davon, wenn du mich um zwölf abholst und wir noch etwas bei Gosch schnabulieren, bevor ich in die Röhre muss?«

»Gute Idee, aber vorher muss ich noch fragen, ob Liuna-Marie heute länger bei Anke bleiben kann.«

Nachdem die Tagesmutter sich bereit erklärt hatte, meine Kleine heute länger zu betreuen als sonst, schrieb ich eine Liste mit den Einkäufen, die ich später in Tinnum erledigen wollte. Doch immer, wenn ich dabei war, etwas Kostspieligeres zu notieren, begann meine Hand zu zittern. Vielleicht sollte ich Vero offen sagen, dass wir es in diesem Jahr an den Feiertagen etwas sparsamer angehen sollten als sonst, da ich einfach nicht einschätzen konnte, wie es finanziell weiterging. Während sich das Sorgenkarussell weiterdrehte, dachte ich an Leons Worte – *Genieß den Tag* –, die zwar nett gemeint waren, aber nicht einfach umzusetzen.

Wirklich entspannen konnte ich mich sowieso erst, wenn das Ergebnis von Beas Untersuchung Entwarnung brachte. Alles andere würde sich dann schon irgendwie fügen, egal wie sehr ich mich gerade ängstigte.

»Adalbert hat übrigens angeboten, sein Haus am Watt zu verkaufen, um uns beim Wiederaufbau des Büchernests zu helfen, als ich ihm von der Pleite mit den anderen Banken erzählt habe«, sagte Bea scheinbar beiläufig, als wir mittags am Tresen des Gosch-Imbisses in der Westerländer Friedrichstraße standen und die Auslage begutachteten. Normalerweise lief mir angesichts der dort präsentierten Köstlichkeiten das Wasser im Mund zusammen, doch heute fehlte mir der Appetit. Deshalb bestellte ich aus Gewohnheit eine Ofenkartoffel mit Kräuterquark und gegrilltem Flusskrebsfleisch, wohingegen Bea sich ein Gratin mit Jakobsmuscheln und Blattspinat gönnte.

»Meine Henkersmahlzeit«, erklärte sie mit schiefem Grinsen, als wir zu dem freien Tisch am Fenster gingen, um auf unser Essen zu warten. »Also, Lissy, was sagst du zu Adalberts Vorschlag? Du bist gerade stumm wie ein Fisch.«

Das stimmte allerdings. Ich war nämlich viel zu sehr damit beschäftigt, darüber nachzudenken, wie ich Adalberts großzügiges Angebot finden sollte, um spontan etwas dazu zu sagen.

»Ich weiß nicht, ob das wirklich so eine gute Idee ist«, antwortete ich, darum bemüht, die richtigen Worte zu finden. »Ihr beide heiratet, da müssen die Besitzverhältnisse natürlich geklärt werden. Aber denkt dabei auch an Paula und Olli, die bei der angespannten Immobiliensituation auf Sylt so schnell keine neue Bleibe finden werden. Du weißt, wie lange Olli auf dem Campingplatz in Hörnum leben musste, weil er keine Wohnung bekommen hat. Außerdem müsste Adalbert dann externe Räume für seine Yoga- und Meditationsseminare anmieten, was ebenfalls so gut wie unmöglich ist. Diese Kurse sind Adalberts Lebensinhalt, und er verdient damit zudem noch gutes Geld zu seiner Rente.«

Bea senkte betreten den Kopf und nickte dann. »An all das habe ich gar nicht gedacht«, murmelte sie. »Aber ich weiß momentan leider keinen anderen Ausweg. Das Haus würde sehr, sehr viel Geld einbringen, obwohl du natürlich mit deinen Argumenten recht hast.«

»Dann lass uns den Gedanken an den Hausverkauf doch einfach als letztmögliche Option im Hinterkopf behalten«, schlug ich vor. »Und bis dahin loten wir noch andere Möglichkeiten aus, spielen Lotto oder kaufen uns ein paar von diesen Rubbellos-Adventskalendern in Tannenbaumform …«

Zum Glück signalisierte der Pieper in diesem Moment, dass unser Essen fertig war. Schnell stand ich auf und ging zur Theke hinüber. Nicht dass ich Bea mit meiner Stimmung noch ansteckte. In meiner heutigen Verfassung hätte ich mich am liebsten irgendwo verkrochen und wäre erst wieder aus meinem emotionalen Winterschlaf aufgetaucht, wenn es Frühling war, die Blumen blühten und die Sonne alles in ein milderes, freundlicheres Licht tauchte.

Nach dem Essen gingen wir zu Fuß zur Klinik, wo Bea zum Glück pünktlich drankam. Keine halbe Stunde später tauchte sie auch schon wieder im Wartezimmer auf, wo ich gerade in die Lektüre eines Reisemagazins vertieft war und von einem sorgenfreien Urlaub in der Provence träumte.

»Leider sagen mir die Ärzte heute nichts zum Untersuchungsergebnis«, erklärte Bea und zog die Mundwinkel nach unten. »Sie schicken die Unterlagen zu Doktor Ingwersen, und der wird sie dann mit mir durchgehen.«

»Oh«, antwortete ich enttäuscht. Ich hatte so gehofft, dass dieser Tag zumindest in diesem Punkt Klärung bringen würde. »Und wie schnell bekommst du einen Termin bei ihm?«

»Das weiß ich gleich«, entgegnete Bea und zückte ihr Handy, das sie zu meinem Erstaunen recht häufig benutzte, seit Adalbert sie von dessen Vorzügen überzeugt hatte. Nach einem kurzen Wortwechsel mit der Sprechstundenhilfe stand fest, dass wir morgen Vormittag Näheres erfahren würden. Bis dahin hieß es also noch: abwarten und Tee trinken.

Dasselbe galt für den Termin beim Hörgeräteakustiker, der Bea klarmachte, dass sie ein paarmal würde kommen müssen, damit er das optimale Gerät für sie anfertigen konnte.

Wie so häufig in den letzten Tagen dachte ich, dass mir gar nicht aufgefallen war, dass Beas Hörfähigkeit nachgelassen hatte. Nun gut, sie sprach ein kleines bisschen lauter als sonst und fragte hin und wieder mal nach, aber taten wir das nicht alle ab und zu?

»Hast du denn wirklich große Probleme beim Hören?«, fragte ich Bea, um mir ein differenzierteres Bild zu machen. Bislang war dieses Thema ja durch alles andere in den Hintergrund gedrängt worden, aber nun wollte ich es genau wissen.

»Eigentlich kaum«, antwortete sie. »Es geht wohl nur um bestimmte Frequenzen, wenn ich Doktor Ingwersen richtig verstanden habe. Ich überhöre zum Beispiel häufig die Türklingel, das Handy oder das Summen der Waschmaschine, wenn der Waschgang fertig ist.«

In meinem Kopf fügten sich einige Puzzleteilchen zusammen, was mich sehr erleichterte. Wie oft hatte ich mich schon darüber gewundert, dass Bea inmitten des größten Trubels im Büchernest seelenruhig dagestanden und sich mit jemandem unterhalten hatte, obwohl ich die Klingel gedrückt hatte, die an der Kasse stand und signalisierte, dass ich Hilfe brauchte. Mindestens ebenso häufig war Bea nicht ans Telefon gegangen und war erstaunt gewesen, als ich sie gefragt hatte, wieso sie nicht zurückrief. Solche Reaktionen hatte ich natürlich ihrem friesischen Eigensinn zugeschrieben und wäre nicht im Traum auf die Idee gekommen, dass sie einfach nur schlecht hörte.

Während wir gemeinsam zum Auto gingen, fragte ich sie, wie es Nele ging, von der ich seit dem Julklapp am Samstagabend weder etwas gehört noch gesehen hatte.

»Das kann ich dir gar nicht so genau sagen«, antwortete Bea. »Gestern Morgen kam sie mir im Garten entgegen, als ich kurz draußen war, um die Wetterlage zu checken, hatte es aber offensichtlich eilig. Danach waren Adalbert und ich mit Liuna-Marie beschäftigt, und heute … nun, das weißt du ja selbst.«

Merkwürdig!

Normalerweise war ich über fast jeden Schritt von Nele informiert, genau wie sie über meine, zumindest, wenn sie auf Sylt war. Bedeutete ihr plötzliches Abtauchen, dass sich zwischen Sven und ihr etwas angebahnt hatte?

Das Knistern zwischen beiden war schließlich mehr als deutlich zu spüren gewesen. Ich würde versuchen, sie nach dem Einkaufen zu erreichen, um zu fragen, wie es ihr ging. Doch vorher musste ich noch mit Vero das Festtagsessen und das Weihnachtsmenü besprechen, auch wenn ich mir gerade überhaupt nicht vorstellen konnte, wie wir dieses Jahr gemeinsam fröhlich unterm Tannenbaum sitzen wollten, wenn doch die Zukunft unseres heiß geliebten Büchernests gerade auf wackligen Beinen stand.

17

Bäh, ist das ’ne eklige Matschepampe da draußen!«, fluchte Nele, nachdem ich sie ins Haus gebeten hatte, zog die dicken Boots aus und stellte sie auf das Handtuch, das im Flur ausgebreitet war. Normalerweise konnten all unsere Besucher die Schuhe anlassen, doch heute wollte ich vermeiden, dass wir alle das Gemisch aus Schneematsch und Streusalz ins Haus trugen. »Und so eine fiese Kriechkälte, die durch alle Poren dringt. Nee, nee, nee, dieses Wetter ist definitiv nichts für mich, ich will wieder in den Süden.«

»Wie wär’s mit einem heißen Bad?«, fragte ich, nahm Neles Daunenjacke sowie ihren Schal und hängte beides an die Garderobe.

»Echt jetzt?« Nele machte kugelrunde Augen.

»Echt jetzt«, antwortete ich, weil ich wusste, dass ich ihr mit meinem Vorschlag eine große Freude machte. »Ich habe neulich von einer Kundin tolles Badesalz mit dazu passendem Badeöl geschenkt bekommen, und zwar in den Duftrichtungen Winterbeere und Schoko-Cranberry. Während du dich in der Wanne aalst, koche ich uns einen Tee, und dann hauen wir uns gemütlich auf die Couch und feiern, dass bei Bea alles in Ordnung ist. Was sagst du dazu?«

»Dazu sage ich, dass das alles ganz verlockend und wunderbar klingt, wir aber *erst* die Popen für den Jöölboom backen und *danach* auf dem Sofa rumlümmeln sollten. Baden würde ich allerdings trotzdem gern. Und zwar mit dieser Schokomischung.«

»Wie du magst«, antwortete ich. »Ich lasse schnell das Wasser ein, lege dir Handtücher raus, und du kannst währenddessen versuchen, Liuna-Marie ins Bett zu bringen. Mal sehen, wie sie das findet.«

Zu meinem Erstaunen ließ sich meine kleine Tochter ohne Protest von Nele auf den Arm nehmen und nach oben tragen. Nele konnte wirklich gut mit Kindern, auch wenn sie selbst von sich das Gegenteil behauptete. Ob sie wohl jemals sesshaft werden und eine eigene Familie gründen würde?

Während das heiße Wasser in die Wanne lief, musste ich unweigerlich an das Büchernest denken und daran, was Beas Fehler für schreckliche Konsequenzen hatte. Wäre der Überlauf nicht durch einen Waschlappen verstopft gewesen, den Bea – warum auch immer – darübergehängt hatte, wäre nichts passiert, und wir hätten alle sorgenfrei Weihnachten feiern können. Die größte Sorge von allen waren wir allerdings los, da Doktor Ingwersen heute bestätigt hatte, dass das MRT keinerlei Auffälligkeiten aufwies. Diese gute Nachricht war ein Geschenk, das alle Probleme weit in den Schatten stellte.

»So, Madame können jetzt baden«, sagte ich zu Nele, die Liuna-Marie gerade ein Schlaflied vorsang. »Es liegt alles bereit.«

Nele gab meiner Tochter einen zarten Kuss auf die Wange und schlüpfte dann durch den Türspalt in Richtung Badezimmer.
Ich beugte mich über das Bettchen und vergewisserte mich, dass es Liuna-Marie gutging und das Babyphone funktionierte.
Leon war heute Abend mit Freunden zum Glühweintrinken unterwegs, das traditionell immer nach dem Kauf des Weihnachtsbaumes stattfand, und würde sicher erst spät in der Nacht zurückkommen, also passten Nele und ich auf die Kleine auf.
Ich selbst hatte den halben Tag Plätzchen sowie Lebkuchen für das Lebkuchenhäuschen gebacken, nur die Sylter Popen wollte ich zusammen mit Nele zubereiten.
Morgen stand dann die Weihnachtsdeko auf dem Programm. Dafür musste ich noch Äpfel mit Zuckerguss verzieren. Während ein Teil als Schmuck am Tannenbaum befestigt wurde, wollte ich den Rest in einer Schale mit Orangen dekorieren, die mit Nelken gespickt waren und köstlichen Weihnachtsduft verströmten.
Die Schließung des Büchernests hatte, zumindest in diesen Tagen, einen Vorteil, wenn man das so nennen konnte: Ich hatte zum ersten Mal seit Jahren genügend Zeit und musste nicht nach Ladenschluss herumhetzen, um alles zu besorgen, und bis tief in die Nacht backen und dekorieren. Im Buchhandel waren diese Wochen nun mal die wichtigsten und umsatzstärksten des Jahres, aber auch die nervenaufreibendsten. Nicht selten empfahl ich nachts in meinen Träumen weiter Bücher, packte Romane und Bildbände in Goldpapier ein und gab Bestellungen der Titel durch, die

noch dringend vor Heiligabend benötigt wurden. Morgens erwachte ich dann wie gerädert und hatte zuweilen das Gefühl, dass ich Tag und Nacht arbeitete.
All die Mühe lohnte sich aber, denn ich wusste, dass die Kunden, die bei uns ihre Geschenke besorgt hatten, ihren Lieben eine große Freude machten, da alles sorgfältig ausgewählt und individuell auf die Wünsche der Beschenkten abgestimmt worden war.
Buchhändlerin zu sein war ein unglaublich schöner Beruf, den ich um nichts auf der Welt missen wollte.
Ich versuchte, gegen die Welle von Traurigkeit anzukämpfen, die mich erneut zu überrollen drohte, und dachte an Beas Worte von heute Vormittag: »Lass uns jetzt mal eine Auszeit von den Sorgen nehmen und in den kommenden Tagen nicht darüber nachdenken, was mit dem Büchernest passiert. Die Advents- und Weihnachtszeit ist viel zu kostbar, um sie mit negativen Gedanken zu verschwenden. Im neuen Jahr setzen wir uns dann erholt und frisch zusammen und suchen gemeinsam nach einer Lösung, einverstanden?«
So schwer es mir auch gefallen war, ja zu Beas Vorschlag zu sagen, war es in der Tat das Klügste, die Dinge über die Feiertage ruhen zu lassen. Man konnte in dieser Zeit weder jemanden erreichen, der vielleicht helfen würde, noch waren wir in der Lage, Entscheidungen zu treffen. Morgen sollten aller Voraussicht nach die Räume trocken sein, danach würden wir sehen, was die Handwerker und Experten zum Zustand des Büchernests sagten.
»Träumst du?«, fragte Nele, die auf Frotteesocken an den Füßen zu mir in die Küche getappt war, ohne dass ich sie gehört hatte. Sie trug eine gemütliche Jog-Pant und ein

graues Kapuzensweatshirt, genau die richtige Kleidung für einen netten Mädelsabend. Die wilden roten Locken hatte sie mit Klammern hochgesteckt, damit sie beim Backen nicht in den Teig hingen. »Also, womit wollen wir anfangen?«

»Als Erstes mache ich uns Musik an und koche einen Tee, würde ich sagen«, schlug ich vor, doch Nele kräuselte die Nase. »Och, hast du nichts Besseres? Mir ist danach zu feiern, dass Bea gesund ist. Außerdem bin ich verwirrt und brauche dringend deinen Rat. Hast du nicht noch irgendwo eine Flasche fertigen Glühwein rumstehen oder Rosé-Prosecco? Wobei mir Glühwein deutlich lieber wäre, wenn ich ehrlich bin. Ich fröstle immer noch vor mich hin, trotz Wanne.«

»Oje, hoffentlich wirst du nicht krank«, sagte ich und schaute Nele genauer an. Sie war trotz des heißen Bades blass, wie alle im Winter, wirkte aber ansonsten kerngesund. Also öffnete ich einen der Küchenschränke und wurde fündig: Vom Adventskaffee waren nach Beas dramatischem Abgang mehrere Flaschen Glühwein übrig geblieben. »Meinst du, die reichen?«, fragte ich augenzwinkernd.

»Wenn nicht, holen wir noch welche von der Tankstelle in Westerland. Zu Fuß«, antwortete Nele und blitzte mich vergnügt mit ihren grünen Katzenaugen an. »Also her mit dem edlen Gesöff und einem Topf, dann lege ich schon mal damit los. Hast du eine Orange?«

Während Nele die Orange wusch und anschließend in Scheiben schnitt, überflog ich zur Sicherheit das Rezept des hellen Keksteigs, der als Grundlage für die Popen diente. Später kamen die Teigfiguren dann als traditionelle Deko an den Jöölboom, den hölzernen Sylter Tannenbaum, den die meisten Friesen in der Weihnachtszeit aufs Fensterbrett stellten. Sobald Hahn, Pferd, Hund, Mann und Frau ausgebacken und abgekühlt waren, wurden sie mit Fliederbeersaft bestrichen, der ihnen eine ganz besondere Färbung verlieh. Nachdem ich alles bereitgelegt hatte, holte ich die alte Blechdose mit den Ausstechformen, die mir Vero vor Jahren geschenkt hatte. Danach verrührte ich die Zutaten mit dem Mixer in einer Schüssel, während Nele zwei Bleche mit Backpapier auslegte und die Teigrolle mit Mehl bestäubte.

»Auf einen schönen Abend«, sagte Nele, nachdem sie zwei dickwandige Gläser mit Glühwein gefüllt und mir eines davon gereicht hatte. »Und auf die Liebe. So verwirrend sie auch manchmal ist.«

»Ich platze vor Spannung«, antwortete ich kichernd, da mir bereits der erste Schluck ein wenig zu Kopf stieg, und begann, den Keksteig auszurollen. »Also, was ist los? Wieso warst du seit Samstagabend wie vom Erdboden verschluckt? Hat Sven zufällig etwas damit zu tun – und mit dem Funkeln in deinen Augen?«

»Ja und nein«, meinte Nele vage, leerte ihr Glas in einem Zug und schnappte sich dann zwei Ausstechformen. Dass sie sich für die Motive *Frau* und *Mann* entschied, war sicher kein Zufall. »Momentan bin ich viel zu verwirrt, um sagen zu können, ob die Sache mit Sven etwas Gutes ist oder eher die nächste Vollkatastrophe, in die ich schlittere. Du kennst schließlich meinen fatalen Hang zu Männern, die mir in der Regel nicht gerade guttun.«

»Oh ja, den kenne ich«, antwortete ich und spürte, wie sich mein Magen verkrampfte. Wie oft hatte ich Nele trösten müssen, weil sie riesigen Liebeskummer hatte. »Allerdings kenne ich auch Männer, die dir gutgetan hätten, dir aber genau deshalb zu langweilig waren. Also: Zu welcher Kategorie gehört Sven? Ist er überhaupt frei?«

»Ich glaube schon«, sagte Nele, und sofort begannen alle Alarmsirenen bei mir zu schrillen. »Es gibt da wohl in Hamburg eine Frau, mit der er länger in einer Firma gearbeitet und bis vor kurzem auch zusammengelebt hat … Aber das scheint vorbei zu sein, wenn ich ihn richtig verstanden habe.«

»Es *scheint* vorbei zu sein – oder es *ist* vorbei?«

Nele zuckte mit den Schultern und füllte ihr Glas ein zweites Mal. »Sven hat sich da nicht ganz klar ausgedrückt, und ich wollte nicht nachhaken, denn das wäre total uncool. Du weißt doch, dass die meisten Männer nichts so sehr hassen, wie gleich am Anfang in die Fragemangel genommen zu werden.«

»Unter Umständen verhindert diese Art von Fragen aber ein Fiasko«, entgegnete ich und fühlte mich zeitgleich unglaublich spießig und bieder. Aber ich hatte Angst davor, dass Nele wieder einmal verletzt werden würde. »Meinst du denn, er erwidert deine Gefühle, oder will er sich mit dir nur die Zeit auf Sylt vertreiben?«

»Ich habe keinen blassen Schimmer«, antwortete sie seufzend. »Die beiden letzten Nächte waren wundervoll, allerdings bin ich jetzt total übermüdet und deshalb auch voll von der Rolle. Mit Sven zusammen zu sein fühlt sich gut an, aber das habe ich ja leider schon häufiger gedacht, wenn ich einen Mann kennengelernt habe. Und sag jetzt bitte nicht, ich hätte es langsamer angehen lassen und nicht gleich mit ihm schlafen sollen. Er ist einfach so irre attraktiv und charmant und hat auch gar keine Anstalten in diese Richtung gemacht …«

Aha. Daher wehte der Wind. Sven hatte nicht versucht, sie ins Bett zu bekommen wie die meisten Männer, und genau das hatte Nele wild gemacht. »Und weißt du, welcher Song mir jetzt die ganze Zeit im Kopf herumgeistert? Kennst du *Mädchen und Rabauken* von Pohlmann?« Ich schüttelte den Kopf, und Nele begann zu singen: »Und was man nicht bekommt, das will man haben, selbst wenn man dabei sein Herz verliert …« Parallel suchte sie mit teigverklebten Fingern auf ihrem Smartphone nach dem Song, um ihn mir vorzuspielen.

»Ich möchte aber nicht, dass du dein Herz an jemanden verlierst, der womöglich nichts damit anfangen kann, weil er nicht frei ist oder gerade nicht offen für die Liebe«, entgegnete ich, während ich mal wieder das Schlimmste befürchtete. »Sven scheint gerade in einer Umbruchphase zu sein, und das könnte unter Umständen schlecht für dich ausgehen, wenn du nicht auf dich aufpasst«, fuhr ich fort, nachdem die letzten Töne des YouTube-Clips verklungen waren. »Hat er sich denn schon entschieden, ob er den Hof von Arfst übernehmen und hier auf Sylt sesshaft werden will?«

Mittlerweile hatten wir alle Popen ausgestochen und auf die Backbleche verteilt. Jetzt mussten die Kekse im vorgeheizten Ofen zwölf Minuten backen, dann waren sie fertig und wir konnten sie auf Kuchengitter legen, damit sie auskühlten.

»Genau das ist ja das Tolle an Sven«, entgegnete Nele schwärmerisch. Ihre Wangen glühten, die Augen glänzten mit den Kerzen um die Wette. »Er ist in diesen Dingen genauso ambivalent wie ich und hat mindestens so viel Angst davor, in festgefahrenen Strukturen stecken zu bleiben, wie ich. Endlich mal ein Mann, der versteht, wie ich mich fühle.«

Na toll, dachte ich. Das konnte ja heiter werden. Zwei, die sich nicht festlegen wollten, die Sylt zwar liebten, aber nicht hier leben wollten. Zwei flatterhafte Schmetterlinge. Andererseits paarten sich auch Schmetterlinge, wenngleich in einem vergleichsweise komplizierten Ritual, wie ich im Biologieunterricht gelernt hatte: Die Balz startet mit einem Flug. Während dieses Fluges berühren sich die Flügel der beiden Schmetterlinge zeitgleich, oder das Weibchen berührt mit ihren Fühlern die Flügel des Männchens.

Nun blieb abzuwarten, ob Nele und Sven im Gleichklang flogen …

18

Am nächsten Morgen erwachte ich von Blairwitchs Schnurren. Neles Katze hatte sich zwischen Leon und mir zusammengerollt und fühlte sich in unserem Bett sichtlich wohl, obwohl sie normalerweise gar nicht hier reindurfte. Doch irgendwie hatte sie es scheinbar geschafft, sich ins Schlafzimmer zu schmuggeln, und nun dröhnte das Schnurren so laut in meinen Ohren, dass ich Blairwitch kurzerhand aus dem Zimmer beförderte.

»Wwassisssnlos?«, nuschelte Leon und rieb sich verschlafen die Augen. Seine Haare standen kreuz und quer vom Kopf ab, und er roch nach Zigaretten und Alkohol. Ich kippte das Fenster und ließ einen Schwall frische Winterluft herein, was dringend nötig war.

»Gar nichts, mein Schatz, ich habe nur Blairwitch rausgeschmissen, weil ihr Schnurren mich genervt hat.«

Leon grinste und setzte sich auf. »Kann es sein, dass ihr gestern Abend ein bisschen zu tief ins Glas geguckt habt? Ich kenne nämlich noch jemanden, den ich heute Nacht gern nach draußen befördert hätte … Wusstest du eigentlich, dass du schnarchst?«

Ich schnappte mir eines der grau-weiß gemusterten Kissen, die auf der Kommode am Fußende des Bettes lagen, und warf es nach Leon. »Schnarchen? Du spinnst wohl! Du hast mich garantiert mit Blairwitch verwechselt. Frechheit!«
Leon warf das Kissen zurück, und ich konnte gerade noch rechtzeitig in Deckung gehen, um es nicht ins Gesicht zu bekommen. Dann schleuderte ich es zurück, woraufhin Leon aus dem Bett sprang, mich schnappte und durchkitzelte.
Ich kreischte und kicherte, versuchte, mich zu wehren, und irgendwann lagen wir ineinander verkeilt im Bett und konnten gar nicht mehr aufhören zu lachen.
»Weißt du, dass du eine tolle Frau bist, Larissa?«, fragte Leon und küsste mich. »Und dass es schön ist, dich endlich mal wieder albern zu erleben. Erzähl mal, wie war's gestern Abend? Läuft da was zwischen Nele und diesem Sven?«
Ich schlug die Decke beiseite und stand auf. »Das erzähle ich dir, wenn du uns beiden einen Kaffee kochst, einen Toast schmierst und danach wieder zurück ins Bett kommst. Ich schaue inzwischen nach unserer Maus.«
Liuna-Marie war ebenfalls wach und gluckste fröhlich, als ich sie aus dem Bettchen nahm. Ich atmete den Duft ihrer Haut ein und dachte kurz daran, wie schön es wäre, noch einmal schwanger zu werden, damit Liuna-Marie kein Einzelkind blieb. Auch Leon würde sich freuen, das wusste ich. Vielleicht sollte ich beim Frühstück im Bett lieber darüber mit ihm sprechen als über Neles neueste Eskapade?! Doch vorher musste ich unbedingt eine Kopfschmerztablette nehmen, da mir der gestrige Glühwein in der Tat nicht bekommen war, ganz wie Leon vermutet hatte. Anstatt etwas Sättigendes als Grundlage für den Alkohol zu

essen, hatten wir beim Quatschen auf dem Sofa abwechselnd von den Plätzchen genascht, die ich am Nachmittag gebacken hatte, und dazu Erdnüsse und Pistazien geknabbert.

»Au Mann, hab ich einen Schädel«, stöhnte Leon, als er das Tablett mit zwei Bechern Kaffee und einem Teller mit Toasts ins Schlafzimmer balancierte und dann auf die Kommode vor dem Bett stellte. »Das war gestern echt ein bisschen heftig mit den Jungs. Blöderweise bin ich später noch auf die Idee gekommen zu rauchen, was ich mir besser hätte sparen sollen. Kann es sein, dass wir alt werden?«

Ich legte Liuna-Marie in unser Bett und kuschelte mich neben sie. »Manche von uns werden nächstes Jahr vierzig«, sagte ich grinsend. »Gut, dass ich nicht dazugehöre. Aber mir geht's grad nicht besser als dir. Der Glühwein war auch für mich ein bisschen zu viel – zumal es nicht bei einer Flasche geblieben ist. Aber sag mal, musst du nicht langsam mal in die Redaktion? Oder meldest du dich heute krank, weil es dir so schlechtgeht?«

»Gar keine blöde Idee«, antwortete Leon und verzog das Gesicht, als würde er Höllenqualen leiden. »Machst du bitte ein Foto von mir und schickst es meinem Chef?«

»Du vergisst, dass du der Chef bist«, entgegnete ich grinsend, schnappte mir aber trotzdem das Handy und knipste ein Foto von Leon, der Liuna-Marie mittlerweile auf den Schoß genommen hatte, ein absolut hinreißendes Bild. »Und weil du das bist, könntest du doch heute einfach mal blaumachen und mich bei der Dekoration des Weihnachtsbaums beraten. Ich kann mich einfach nicht entscheiden, in welchen Farben ich dieses Jahr schmücken will. Eher traditionell rot-grün oder etwas cooler in grau-silber? Blau-weiß?«

Leon fasste sich mit der einen Hand stöhnend an den Kopf und streichelte mit der anderen Liuna-Maries Köpfchen, was sie sehr liebte. »Du und deine Weihnachtsdeko. Was soll ich denn dazu sagen? Mach, worauf du Lust hast, aber denk dran: Wir brauchen nichts Neues, der halbe Keller steht voll von all dem Schnickschnack, den du in den letzten Jahren angesammelt hast. Sollten wir mal dringend Geld brauchen, müssen wir nur diesen ganzen Kram verkaufen und sind auf einen Schlag steinreich. Apropos Geld: So gern ich auch weiter mit euch hier herumturnen möchte, ich muss in die Redaktion. Aber bald haben wir ja gemeinsam frei. Dann haben wir alle Zeit der Welt.«

»Okay, okay, ich kaufe nichts Neues«, brummelte ich, denn Leon hatte recht. Es war jedes Jahr dasselbe. Ich brauchte an sich keine weitere Deko, ließ mich dann aber trotzdem von den Non-Book-Artikeln verführen, die wir für das Büchernest bestellten, oder schaute in Westerland *nur mal kurz* bei Depot oder in anderen Läden, die Wohnaccessoires führten, vorbei und war auch schon verloren.

Doch ab sofort war Sparen angesagt, also würde ich in der Tat gleich die Kisten im Keller inspizieren, sobald ich Liuna-Marie zu Anke gebracht hatte. Obwohl wir mit unseren Finanzen haushalten mussten, hatten wir beschlossen, die Kleine wie geplant bis zum dreiundzwanzigsten bei Anke zu lassen, da sie mit dem Geld rechnete und ich immer wieder im Büchernest nach dem Rechten schauen oder andere Dinge erledigen musste.

Eine Stunde später durchstöberte ich im Keller die Kartons

mit den Weihnachtssachen und legte bei der Gelegenheit auch CDs mit Weihnachtsliedern zur Seite, die ich in den nächsten Tagen hören wollte. Ich liebte Sampler mit ihrem bunten Mix, und von Songs wie Bing Crosbys *White Christmas, Last Christmas* von Wham! oder *Driving Home for Christmas* von Chris Rea konnte ich nie genug bekommen. Neben den kleinen Stapel legte ich die Weihnachtsbücher, die ich über die Feiertage durchblättern wollte, darunter schöne Bildbände mit Dekoideen, Sachbücher über Weihnachtsrituale und Raunächte, aber auch der Roman *Das Weihnachtsglas* von Jason F. Wright. Dieses Buch gehörte, neben dem *Weihnachtshund* von Daniel Glattauer, zu meinen absoluten Lieblingen.

In diesem Roman ging es um die Tradition des Weihnachtsglases, genauer gesagt um ein Einmachglas, randvoll gefüllt mit Geldscheinen und Münzen, das der anonyme Spender Heiligabend an einem beliebigen Ort abstellte in der Hoffnung, dass sein Inhalt einem Menschen in Not helfen würde. Ich war sehr gerührt von der Geschichte, als mir ein Verlagsvertreter davon erzählt hatte, und empfahl es von da an jedes Jahr zu Weihnachten meinen Kunden. Dieses Jahr war der Titel mein Beitrag zum Julklapp gewesen.

Nachdem ich die Bücher, CDs und meine Lieblingsweihnachtsfilme auf DVD in einen leeren Karton geräumt hatte, um alles nach oben ins Wohnzimmer zu bringen, sammelte ich im Keller alles zusammen, was rot-weiß war, genau wie die Farben auf dem Cover des Romans, das ein rotes Herz mit Schleife und eine Engelsputte zierte. Damit war die Entscheidung bezüglich der Farbskala in diesem Jahr gefallen. Und ich brauchte wirklich nichts Neues mehr zu kaufen.

Wieder oben angekommen, kochte ich mir einen starken Friesentee und legte den Soundtrack zu *Tatsächlich … Liebe,* dem Film mit dem leider viel zu früh verstorbenen Alan Rickman, Emma Thompson und dem wunderbaren Liam Neeson, auf. Nele und ich waren schon verabredet, um den Film gemeinsam zu schauen, und ich freute mich sehr darauf.

Dann begann ich mit dem Dekorieren und hörte erst wieder damit auf, als es Zeit war, ins Büchernest zu gehen, um dort mit den Handwerkern zu sprechen.

»Und? Wie sieht's aus? Müssen wir die Decke im ersten Stock komplett erneuern?«, fragte Hinrich gerade, als ich um die Ecke bog, und schaute den Handwerkermeister fragend an.

Vero und Bea standen zusammen mit Adalbert daneben und machten ebenfalls gespannte Gesichter.

»Ich fürchte, ja«, antwortete Sören Harksen. »Das Problem ist, dass der Holzboden oben offenbar auch vorher schon ziemlich morsch und wurmstichig war. Mit dem hättet ihr ohnehin früher oder später Probleme bekommen. Aber nun haben das heiße Wasser und der dadurch entstandene Dampf dem Ganzen den Rest gegeben. Aus diesem Grund darf die Galerie im ersten Stock erst betreten werden, wenn alles renoviert wurde. Und das wird teuer. Unten ist – den Umständen entsprechend – alles so weit okay, die Wände und der Estrich unter dem ehemaligen Dielenboden sind jetzt trocken. Man könnte also die Bücher abholen lassen und …«

»… zumindest unten provisorisch wieder öffnen?«, fragte Vero hoffnungsvoll.

»Aber wie willst du das denn ohne Ware machen?«, wider-

sprach Bea. »Schließlich ist jedes einzelne Buch von der Luftfeuchtigkeit aufgequollen und muss entsorgt werden.«
Mir wurde übel, als ich an die riesige Menge von Titeln dachte, die nun auf die Müllhalde wandern sollten. Die konnte man doch nicht einfach so wegwerfen!
»Nein, nein, wir sollten auf gar keinen Fall aus der Hüfte schießen und auf einer halben Baustelle wieder eröffnen«, sagte Bea resolut. »Sören, schick uns bitte so schnell wie möglich den Kostenvoranschlag, dann sehen wir weiter. Die gute Nachricht ist, dass die Räume wieder trocken sind und damit die Gefahr von Schimmel gebannt ist. Streichen und einen neuen Boden verlegen lassen, das kann noch warten. Vorher müssen wir eine endgültige Entscheidung darüber treffen, ob wir hier überhaupt noch mal neu durchstarten wollen und wenn ja, woher wir das Geld dafür bekommen.«
»Klare Worte, Bea, so kenne ich dich.« Sören Harksen gab jedem von uns nacheinander die Hand. »Ich würde auch sagen: Erst mal die Feiertage abwarten, 'n büschn zur Ruhe kommen und dann weitersehen. Alles Gute für euch.«
Mit diesen Worten ging er davon, und wir fünf blieben ratlos zurück.
»Was haltet ihr von einem Abstecher in die Kleine Teestube?«, fragte Adalbert. »Ich lade euch alle ein.«
Keine halbe Stunde später saßen wir bei Kuchen, frischen Waffeln und anderen Leckereien.
Dazu bestellten wir natürlich alle Tee.
Doch es wollte einfach keine gute Stimmung aufkommen, egal wie sehr wir uns darum bemühten, so zu tun, als sei *Abwarten und Tee trinken* die beste Möglichkeit, um mit der Situation umzugehen.

19

Kaum zu glauben, dass morgen schon Heiligabend ist«, sagte ich zu Nele, die neben mir auf dem Sofa saß und einen Becher Tote Tante trank. »Die letzten Tage sind wie im Flug vergangen, und ich kann dir gar nicht mehr so genau sagen, was ich eigentlich gemacht habe.«

»Du meinst, außer dich sorgen?«, fragte Nele und stellte ihre heiße Schokolade mit Rum auf dem Couchtisch ab.

Ich nickte und spielte unschlüssig mit der DVD herum, die wir gleich schauen wollten.

»Ja, blöd, ich weiß. Ich bemühe mich, ein bisschen locker zu lassen, aber ich kann einfach nicht abschalten. Wenn wenigstens klar wäre, dass wir das Büchernest aufgeben, dann könnte ich anfangen, mich damit auseinanderzusetzen, und mir einen neuen Job suchen. Aber solange alles in der Schwebe ist, macht mich die Situation echt fertig. Dabei sollte diese Zeit doch die schönste und besinnlichste im Jahr sein.«

Draußen war es schon lange dunkel, im Wohnzimmer war alles mit flackernden Kerzen erleuchtet und festlich dekoriert, bis auf die Nordmanntanne, die ich morgen gemeinsam mit Leon und Liuna-Marie schmücken würde.

Normalerweise liebte ich den Abend vor dem großen Fest, denn dann war im Prinzip alles geschafft: Das Büchernest hatte seinen Umsatz gemacht, alles war für die Feiertage vorbereitet, ich hatte mir ein ausgiebiges Bad gegönnt und war beim Friseur gewesen. Leon verbrachte den Vorweihnachtsabend traditionell ohne mich mit seinen Eltern, bevor diese am vierundzwanzigsten verreisten, damit ich ein bisschen Zeit für mich allein hatte. Nach dem anstrengenden Weihnachtsgeschäft eine absolute Wohltat, da ich endlich tun und lassen konnte, wozu ich Lust hatte. Und sei es die Stunden zu nutzen, um in Ruhe letzte Kleinigkeiten zu erledigen oder Geschenke einzupacken.

»Vielleicht sollten wir gleich einen anderen Film schauen als *Tatsächlich … Liebe*«, wandte Nele ein. »Der ist schließlich streckenweise ganz schön traurig, und das ist momentan überhaupt nicht gut für dich. Wie wäre es stattdessen mit *Liebe braucht keine Ferien* mit Kate Winslet und Cameron Diaz? Ich liebe diese Wohnungs- und Lebenstausch-Geschichte.«

»Momentan würde ich auch gern das Leben eines anderen führen«, murmelte ich betrübt. »Und zwar das eines Menschen, für den Geld keine Rolle spielt. Dann würde ich das Büchernest komplett sanieren und neu einrichten. Und ich könnte es auch verschmerzen, wenn die Umsätze nicht mehr ganz so hoch sind. Stattdessen würde ich mich einfach darüber freuen, dass wir eine Begegnungsstätte für Menschen geschaffen haben, die Bücher lieben und sich gerne darüber austauschen. So eine Art literarischer Salon, wie es ihn früher gab.«

»Das klingt très bohème«, meinte Nele schmunzelnd. »Ich

sehe dich schon in einem schwarzen Kleid, mit Federboa, langen Handschuhen aus Satin und einer Zigarettenspitze in der Hand. Und ich sitze am Klavier und begleite deine Soireen musikalisch. Ups, da fällt mir gerade ein, ich kann ja gar nicht Klavier spielen.«

»An den Wänden hängen natürlich deine Bilder, und Bea wäre so etwas wie Gertrude Stein, die klug und eloquent mit Autoren und Künstlern plaudert und alle miteinander bekannt macht«, fabulierte ich weiter, und die Idee nahm in meinem Kopf immer mehr Gestalt an. »So ein bisschen wie bei *Midnight in Paris* von Woody Allen. Paula könnte den Part der Galeristin übernehmen …«

»… und Vero ist, wie immer, für das leibliche Wohl zuständig und serviert Häppchen, während wir uns die Köpfe über Literatur, Musik, Theater und bildende Kunst heiß reden«, vervollständigte Nele das fantasievolle Szenario. »Und vielleicht könnte ja Sven auch etwas dazu beitragen, obwohl ich ihn nicht gut genug kenne, um sagen zu können, über welche Talente er noch verfügt, außer …«

»Halt! Stopp! So genau will ich das gar nicht wissen«, unterbrach ich lachend ihre Ausführungen, die in den letzten Tagen immer wieder zum selben Punkt führten – einem totalen Schmachtanfall, mit Sven in der Hauptrolle. »Hat er sich denn nach eurem letzten Intermezzo noch mal gemeldet?«, fragte ich, weil Nele zurzeit emotionale Achterbahn fuhr. Mal wollte sie die ganze Welt umarmen, weil sie eine schöne Nacht mit Sven verbracht hatte, dann wiederum war sie enttäuscht, weil sie sich mehr von ihm erhoffte, als er zu geben bereit schien.

»Nein, natürlich habe ich nichts von ihm gehört«, antwortete Nele düster. »Wahrscheinlich bin ich nur sein Sylter Betthäschen und nichts weiter. Ich sollte also entweder cooler sein und alles mitnehmen, was geht, oder ihn in die Wüste schicken. Außerdem müsste er sich allmählich mal entscheiden, ob er den Hof nun übernehmen will oder nicht. Dann weiß ich nämlich endlich, woran ich bin.«

»Würdest du denn auf Sylt bleiben, wenn er sich entschließt, hier wieder sesshaft zu werden?«, wagte ich erneut einen Vorstoß. Mein Herz pochte vor Aufregung. Wie lange wünschte ich mir schon, Nele häufiger sehen zu können als in den vergangenen Jahren?

Wie sehr hatte mir ihre bloße Anwesenheit, ihre mitunter flapsige, leicht naive Art in den letzten Wochen Kraft gegeben und mich auf andere Gedanken gebracht!

»Wenn ich wüsste, wo ich wohnen kann, vielleicht schon«, murmelte sie und band sich ihre feuerroten Haare zu einem Knoten. »Auf Dauer ist Beas Pavillon nämlich keine Lösung. Ich brauche Platz für mein Atelier und Raum, um frei atmen zu können. Aber so, wie es auf der Insel momentan aussieht, ist es erstens utopisch, überhaupt etwas zu bekommen, und zweitens unbezahlbar. Und ich kann mir kaum vorstellen, dass Sven mir einen Antrag macht und anbietet, zu ihm auf den Reiterhof zu ziehen. Also sitzen wir beiden Hübschen momentan im selben Boot, das den schönen Namen *Abwarten und Tee trinken* trägt, auch wenn uns das überhaupt nicht passt.«

»Wenn du auf Sylt bleiben möchtest, finden wir schon einen Weg«, entgegnete ich, nicht bereit, schon im Vorfeld zu kapitulieren. »Leon und ich haben dieses Häuschen doch auch durch Beas Kontakte gefunden. Wenn es das

Universum will, dann schenkt es dir auch etwas Passendes. Du musst es nur visualisieren und dir von ganzem Herzen wünschen.«

Wie aufs Stichwort schloss Nele die Augen, zog ihre Beine an und verschränkte sie im Schneidersitz. Dann murmelte sie: »Liebes Universum, ich habe eine Bitte an dich. Ach nee, mehrere. Ich hoffe, ich muss mich nicht entscheiden, denn das wäre echt schwer für mich. Sind drei Wünsche zu viel, oder verkraftest du das?« Ich schmunzelte, weil Nele mit einem Mal so rührend kindlich wirkte. »Außerdem ist morgen Weihnachten, und da darf man sich was wünschen. Also, schenk bitte Lissy und Bea ein neues Büchernest – und mir Sven und eine tolle Unterkunft. Das wäre supertoll, danke.« Dann öffnete sie ihre grünen Augen wieder und strahlte mich an. »Na, was meinst du? Habe ich das Universum überzeugt, oder sollte ich ihm noch einen Kuchen backen? Was es wohl gern isst? Friesentorte oder Eierlikörpuffer?«

»Da es das Sylter Universum ist, bestimmt Friesentorte«, antwortete ich grinsend. »Also, lass uns anstoßen und darauf trinken, dass all unsere Wünsche wahr werden. Ich finde, wir haben es uns verdient.«

In diesem Moment hörte ich Liuna-Marie durchs Babyphone, offenbar war sie gerade wach geworden. »Moment, ich schaue mal eben nach der Kleinen, das klingt ja gar nicht gut. Bin gleich wieder da.«

Im Zimmer meiner Tochter angekommen, beugte ich mich über ihr Bettchen. Liuna-Marie hatte sich frei gestrampelt, ihr Kopf war hochrot. Ich befühlte ihre glühend heiße Stirn und ging dann ins Badezimmer, um ein Fieberthermometer zu holen. Kurz darauf rief ich Doktor

Ingwersen an, da Liuna- Marie hohes Fieber hatte und kaum Luft bekam. Mittlerweile war auch Nele bei mir und wiegte die brüllende Kleine im Arm. Zum Glück erreichte ich den Arzt sofort. Er wollte innerhalb der nächsten Viertelstunde da sein.

»Deine süße Maus hat es leider erwischt«, diagnostizierte er, nachdem er sie gründlich untersucht hatte. »Ich hoffe, dass das Fieberzäpfchen ganz schnell hilft, genau wie die Nasensalbe, damit sie besser Luft bekommt. Und die Tropfen gegen die schmerzhafte Mittelohrentzündung. Wenn ihr morgen mit ihr spazieren geht, dann wirklich nur ganz kurz. Am besten wäre es eigentlich, wenn sie daheim in ihrem Bettchen bleibt und möglichst viel schläft. Aber mach dir keinen Kopf, Larissa, das wird schon wieder. Kinder erholen sich schnell. Meld dich einfach, wenn etwas sein sollte, gern auch nachts.« Mit diesen Worten verabschiedete sich der Hausarzt und wünschte uns noch einen schönen Abend.

»Heißt das, dass wir Weihnachten umplanen müssen?«, fragte Nele, während ich Liuna-Marie Tee gab, den sie gierig trank. »Wenn sie in ihrem Bettchen bleiben soll, können wir sie unmöglich mit zu Vero und Hinrich schleppen.«

»Stimmt, morgen ist ja Heiligabend, das habe ich jetzt echt kurz mal vergessen«, murmelte ich und streichelte das Köpfchen meiner Tochter. Sie so zart, klein und hilflos zu sehen zerriss mir beinahe das Herz. »Dann müssen Leon und ich eben alleine feiern, und du schließt dich den anderen an. Du kannst natürlich auch zu uns kommen, ganz wie du magst.«

Nele schien zu überlegen, denn sie zog die Nase kraus, wie

immer, wenn sie nachdachte. »Oder wir verlegen die Party hierher. Was meinst du? Wenn du willst, rufe ich alle an.«

»Lass mich bitte erst mit Leon darüber reden«, antwortete ich, während es in meinem Kopf ratterte. Es wäre das erste Mal, dass wir Heiligabend nicht in Morsum feierten.

Andererseits: Was sprach dagegen, außer dass wir ein bisschen Arbeit hatten? Aber es packten ja eh alle mit an.

Nachdem ich Leon davon überzeugt hatte, dass er nicht sofort heimkommen musste, weil ich Liuna-Maries Grippe ganz gut im Griff hatte, und er unserer Idee zugestimmt hatte, begann Nele zu telefonieren. Keine halbe Stunde später war alles organisiert, und ich war wieder einmal glücklich darüber, wie sehr unser Zusammenhalt funktionierte. Olli würde noch ein paar Leckereien aus dem Samoa Seepferdchen mitbringen, und Vero war sofort bereit, das gesamte Weihnachtsmenü allein zu kochen. Hinrich und Adalbert kümmerten sich um die Getränke und Bea um den Nachtisch, Kastanienauflauf mit Beerenragout.

»Dann bin ich ja mal gespannt, was Bea da fabrizieren wird«, meinte Nele grinsend, nachdem sie mir erzählt hatte, wer welche Aufgabe übernahm. »Ich bleibe heute Nacht bei euch und kümmere mich morgen früh darum, das Haus auf Vordermann zu bringen, den Tisch zu decken und alles zu machen, was noch gemacht werden muss, um ein schönes Fest zu feiern.«

»Danke, du bist ein Schatz«, sagte ich und legte Liuna-Marie, die mittlerweile eingeschlafen war, behutsam zurück in ihr Bett. »Was hältst du davon, Arfst und Sven einzuladen? Die beiden würden doch gut in die Runde passen. Und auf zwei Gäste mehr kommt es nun auch nicht mehr an. Rücken wir eben alle ein bisschen zusammen. Ist eh viel gemütlicher.«

Nele stieß einen Juchzer aus, schlug sich aber mit Blick auf die schlafende Liuna-Marie erschrocken auf den Mund. »Echt? Das wäre okay für euch?«

Ich nickte und dachte insgeheim: Dann wollen wir doch mal sehen, ob wir dem Glück der beiden nicht auf die Sprünge helfen können.

20

Die Nacht vor Heiligabend war grauenvoll.
Liuna-Marie hatte in einer Tour gebrüllt und kaum Schlaf abbekommen, genau wie ich.
Leon und ich hatten uns damit abgewechselt, unsere kleine Tochter zu trösten, ihr etwas vorzusingen oder sie durch die Wohnung zu tragen. Am meisten schienen ihr die Schmerzen, verursacht durch die Mittelohrentzündung, zuzusetzen. Ich konnte nur hoffen und beten, dass Doktor Ingwersens Prognose stimmte und sie ganz schnell wieder gesund wurde.
Während ich unter der Dusche stand und versuchte, wach zu werden, dachte ich wehmütig an das Weihnachtsfest im vergangenen Jahr. Liuna-Marie war quietschfidel gewesen, Bea hatte noch keinerlei Anzeichen von merkwürdigem Verhalten gezeigt. Die Umsätze des Büchernests waren zwar geringer ausgefallen als im Vorjahr, doch keiner von uns hatte sich deshalb wirklich Sorgen gemacht. *Das sind konjunkturbedingte Schwankungen,* hatte Bea gesagt und mit den Schultern gezuckt. *Das nächste Jahr läuft wieder besser, ihr werdet sehen.*
Doch nun standen wir vor den Trümmern unserer Existenz,

Liuna-Marie war krank und ich mittlerweile mit den Nerven am Ende. Zu viel war in den letzten Wochen passiert. Wenn nicht bald Ruhe in unser aller Leben einkehrte, konnte ich nicht dafür garantieren, dass ich nicht auch irgendwann einmal schlappmachte. Hoffentlich klappte heute wenigstens alles mit der Feier!
Als ich fertig angezogen war, ging ich nach unten, wo es köstlich nach frisch gebrühtem Kaffee duftete.
Bevor ich mich aber zu Nele an den Küchentisch setzte, ging ich zu der Vase mit den Kirschzweigen im Wohnzimmer, die ich am Barbaratag in Beas Garten geschnitten hatte. Zu meiner großen Enttäuschung erblickte ich zwar zartrosa Knospen, doch sie waren fest verschlossen.
Auch das noch!
Dem Orakel nach stand denjenigen, die diese Zweige geschnitten hatten, ein gutes Jahr bevor, wenn diese an Heiligabend aufgeblüht waren. Im vergangenen Jahr waren ebenfalls keine Blüte zu sehen gewesen, doch das hatte daran gelegen, dass ich die Zweige ausnahmsweise in einem Blumenladen gekauft hatte. Wie Vero mir später sagte, sei das keine gute Idee gewesen, da die Floristen die Zweige immer Tage zuvor schnitten, damit diese pünktlich zum vierten Dezember in den Läden standen. Bis dahin waren die Knospen oft schon im Vorwege vertrocknet und konnten später gar nicht mehr erblühen.
Bevor ich Gefahr lief, noch mehr Trübsal zu blasen, ging ich zu Nele in die Küche, wo Leon gerade Tee für Liuna-Marie kochte. Ich sagte »Moin« und ließ mich seufzend auf meinen Stuhl gleiten. Nele schenkte mir gerade Kaffee ein, als ihr Handy klingelte, und verschüttete diesen prompt.

Zum Glück schwamm lediglich die Untertasse, die ich schnell mit einer Serviette trockentupfte, während Nele »Das ist ja fantastisch, dann sehen wir uns um achtzehn Uhr« flötete.

»Wir brauchen heute Abend zwei Gedecke mehr«, verkündete sie freudestrahlend, nachdem sie das Telefonat beendet hatte. »Sven und Arfst haben tatsächlich zugesagt und freuen sich sehr über unsere Einladung. Sie bringen Champagner mit und einen großen Topf Suppe, die wir nach der Kirche essen können, wenn wir noch Hunger haben.«

»Fein, dann kannst du ja jetzt wieder in normaler Tonlage mit uns sprechen«, erwiderte Leon grinsend. »Und wenn ich dir einen Tipp geben darf: Sei ein bisschen cooler. Wir Männer stehen auf Frauen, die schwer zu kriegen sind.«

Normalerweise hätte ich in diese Frotzelei mit eingestimmt, doch heute gelang es mir einfach nicht, gegen die tiefe Traurigkeit anzugehen, die meine Seele immer noch umklammert hielt. Ich war so müde, so gereizt und so deprimiert, dass ich am liebsten die Zeiger der Uhr vorgestellt hätte und erst wieder im neuen Jahr wach geworden wäre – vorausgesetzt es wurde nicht so furchtbar, wie ich es mir ausmalte, weil die Kirschzweige nicht aufgeblüht waren.

»Hey, Schatz, alles in Ordnung mit dir?«, fragte Leon und gab mir einen Kuss. »Du kannst dich auch gern wieder hinlegen, wenn du noch müde bist, Nele und ich haben hier alles im Griff.«

»Das würde ich ehrlich gesagt tatsächlich gern machen, vielleicht sieht die Welt dann später ein bisschen freundlicher aus. Ich habe ja noch nicht mal Appetit.«

Leon befühlte besorgt meine Stirn. »Ja, leg dich hin und ruh dich aus. Nicht dass du uns auch noch krank wirst.«
»Okay, überredet. Bis später also«, sagte ich, stand vom Küchentisch auf und ging wieder nach oben. Ich hörte Nele Leon fragen, was sie heute Abend tun sollte, um Sven endgültig zu ködern, und hoffte insgeheim, dass die ganze Sache kein Reinfall wurde. Danach vergewisserte ich mich erneut, dass Liuna-Marie, deren Bett wir in unser Schlafzimmer gerollt hatten, schlief, und zog mir anschließend die Decke über die Ohren.

Als ich wieder aufwachte, war es bereits dunkel.
Erschrocken sah ich, dass es bereits vier Uhr war. Ich hatte geschlafen wie ein Murmeltier, meine Tochter ebenfalls, ein gutes Zeichen. Beglückt darüber, dass Liuna-Marie immer noch tief und fest schlummerte, ging ich nach unten, wo Leon und Nele gerade dabei waren, die Tannenbaumdeko zu sortieren. »Hallo, da bist du ja wieder«, sagte Leon und nahm mich in den Arm. »Ich hätte dich auch gleich geweckt, denn in zwei Stunden kommen unsere Gäste. Hat dir das Schlafen gutgetan?«
»Abgesehen davon, dass ich jetzt einen totalen Dröhnschädel habe, schon«, antwortete ich. »Ich glaube, ich drehe noch eine kleine Runde, um wieder zu mir zu kommen, wenn das für euch okay ist.«
»Sollen wir inzwischen den Tannenbaum schmücken oder lieber warten, bis du wieder da bist?«, fragte Nele.
Zu meinem Erstaunen fehlten mir sowohl der Antrieb als auch die Lust, mich jetzt kreativ auszutoben. »Macht das gerne, wenn ihr mögt, ich hab da grad keinen Nerv dazu. Bis

gleich, ihr beiden.« Ich zog meine dicke Daunenjacke, Boots, Schal und Mütze an und machte mich dann auf den Weg. Mir blieb nur noch wenig Zeit, um meine Laune wieder in den Griff zu bekommen, und das gelang mir normalerweise am besten bei einem Wattspaziergang.

Immer noch ein wenig benommen, ging ich an den Häusern vorbei, in deren Fenstern Jöölbäume und Lichterpyramiden standen oder die mit Leuchtgirlanden geschmückt waren. Stille Vorfreude auf das nahende Fest lag über Keitum, außer mir war keine Menschenseele unterwegs, ein magischer Moment an einem magischen Tag. Obwohl ich es eigentlich anders geplant hatte, verspürte ich plötzlich den Wunsch, noch einmal beim Büchernest vorbeizuschauen, den Schlüssel hatte ich zum Glück dabei.

Die Auslagen waren immer noch mit Packpapier verhängt, damit keiner in das Innere des Ladencafés schauen konnte. In den Fenstern und an Tür hingen Schilder mit dem Hinweis *Wegen Renovierungsarbeiten auf unbestimmte Zeit geschlossen*.

Mit zitternden Händen öffnete ich die Tür und knipste das Licht an. Die Buchhandlung wirkte wie eine traurige, leere Hülle, da der ehemalige Dielenboden nur noch aus Estrich bestand und sowohl die Regale als auch die Bücher in den Keller gebracht worden waren. Ich ging hinunter, um meinen Lieblingen, die in Kartons verpackt waren, einen letzten Besuch abzustatten. Nach kurzem Zögern öffnete ich eine Kiste und fuhr mit den Fingern zärtlich über die Rücken der Titel, die durch die Feuchtigkeit aufgequollen waren. Es fühlte sich an, als streichelte ich einen geliebten Menschen, der schwer erkrankt war.

»Es tut mir so leid«, flüsterte ich, während sich meine Kehle zusammenschnürte. Unzählige Bücher waren dem Wasserschaden zum Opfer gefallen, jedes einzelne von ihnen lag mir am Herzen. Ich hatte mir vom Verlagsvertreter seine Geschichte erzählen lassen, es zusammen mit Bea ausgewählt, es bestellt, registriert und persönlich an seinen Platz ins Regal gestellt. Ich hatte es abgestaubt, wenn es länger keinen Käufer gefunden hatte, hatte es auf Tischen präsentiert, um es ganz besonders herauszustellen, oder im Kundengespräch empfohlen.

Mit einem Mal verlor ich die Kontrolle und begann, hemmungslos zu weinen.

All die Tränen, die ich in den vergangenen Wochen unterdrückt hatte, all die Gefühle, die ich beiseitegeschoben hatte, all die aufgestauten Ängste und zerstörten Hoffnungen bahnten sich nun ungehindert ihren Weg. Weil mir die Beine wegzusacken drohten, setzte ich mich auf einen der verschlossenen Kartons und ließ meinem Kummer endlich freien Lauf. Keine Ahnung, wie lange ich so dagesessen und ein Taschentuch nach dem anderen verbraucht hatte, doch auf einmal spürte ich eine warme Hand auf der Schulter, jemand strich mir zärtlich durchs Haar.

»Es wird alles wieder gut, versprochen. Wir halten zusammen, egal was kommt. Ich bin immer für dich da.«

Ich drehte mich um und blickte verwundert in die grünen Augen von Nele.

Nele, meine beste Freundin, die ich genau an diesem Ort vor vielen Jahren kennengelernt hatte.

»Was wollen Sie hier, können Sie nicht lesen?«, hatte sie mich angeblafft, als ich in ihr damaliges Café Möwennest gestürmt war, weil sie so laut Musik gehört hatte, dass mir beinahe die Ohren abfielen. »Tussi« hatte sie mich damals genannt, und ich hatte sie innerlich als *Zimtzicke* bezeichnet. Kaum zu glauben, dass dieser Moment der Beginn einer wunderbaren Freundschaft gewesen war, der schönsten, die ich je hatte.

»Nele, was machst du denn hier?«, fragte ich und wollte mir erneut die Nase putzen. Doch die Packung mit den Taschentüchern war alle.

»Ich bin dir nachgegangen, weil ich so ein komisches Gefühl hatte«, antwortete Nele und reichte mir ein Tempo. »Und da du nicht von innen abgeschlossen hast, konnte ich rein. Ach Süße, was machen wir denn bloß mit dir? Ich würde dir so gerne helfen, aber ich weiß nicht, wie.«

»Ich habe gerade beschlossen, Bea nach den Feiertagen zu sagen, dass es aus meiner Sicht keinen Sinn macht, das Büchernest neu zu eröffnen. Erstens weiß ich immer noch nicht, woher wir das Geld dafür nehmen sollen, es sei denn, Adalbert verkauft sein Haus, was er nur im äußersten Notfall tun sollte. Und zweitens hat sich die Situation des stationären Buchhandels von Jahr zu Jahr verschlechtert.« Ich schneuzte mich noch einmal. Dann sah ich Nele fest in die Augen. »Ich werde mir einen Job suchen und mich wieder auf mein Familienleben konzentrieren. Meine Ehe ist viel zu kurz gekommen, seit Luna-Marie auf der Welt ist und ich zusätzlich noch arbeite.«

Nele wiegte sachte den Kopf. »Meinst du nicht, dass du momentan einfach erschöpft bist und die Dinge deshalb so schwarz siehst? Du bist übermüdet, deine Kleine ist krank, und natürlich stecken dir die Sorge um Bea und der Schock mit dem Wasserschaden immer noch in den Knochen. Steig mal ein paar Tage aus dem ewigen Gedankenkarussell aus, genieß die Feiertage, geh spazieren und in die Sauna, und du wirst sehen, dass die Welt zum Jahresende sehr viel besser aussieht. Wenn du genug Kraft getankt hast, kannst du auch wieder die Welt aus den Angeln heben. Ich kenne dich doch, du bist ein Stehaufmännchen.« Sie boxte mir liebevoll gegen den Arm. »So, und jetzt müssen wir los. Oder willst du etwa so verheult und in diesen Klamotten unterm Weihnachtsbaum sitzen?«

Nele reichte mir die Hand und zog mich von dem Karton hoch. So schwer es mir auch fiel, mich aus meiner Starre zu lösen, so dankbar war ich Nele dafür, dass sie mich antrieb. Sie hatte recht, es war halb sechs, und mir blieben nur noch wenige Minuten, um mich hübsch anzuziehen, mir das Gesicht zu waschen und mich zu schminken.

Aufstehen, Krone richten!

Diesen Spruch hatte ich schon so oft auf den Postkarten gelesen, die wir im Büchernest verkauften. Nun war es an der Zeit, mich selbst daran zu halten.

21

Moin, Lissy, hübsch siehst du aus«, sagte Adalbert, der Punkt achtzehn Uhr zusammen mit Bea vor der Tür stand. »Dieses Kleid steht dir ausgesprochen gut, ist das neu?«

»Das ist Larissas Vor-Weihnachtsgeschenk«, erklärte meine Großtante mit Stolz in der Stimme. »Eigentlich hätte sie es später hübsch verpackt unterm Baum vorfinden sollen, aber ich habe mir gedacht, warum so lange warten, wenn sie es doch schon zum Fest tragen kann. Also habe ich es ihr neulich schon gegeben.«

»Eine sehr gute Idee«, stimmte Leon zu, der Bea und Adalbert die Mäntel abnahm. Keine zwei Sekunden später trafen Vero und Hinrich ein, gefolgt von Arfst und Sven. Kurz darauf kam dann auch Olli mit breitem Lächeln im Gesicht und etlichen Delikatessen auf einer silbernen Platte, die er aus dem Samoa Seepferdchen mitgebracht hatte.

Während Nele, die vollkommen aufgedreht war, sich um Sven und seinen Großvater kümmerte, ging ich mit Vero und Olli in die Küche, wo Vero sofort begann, mit Töpfen und Pfannen zu hantieren.

»Na, was strahlst du so?«, fragte ich, weil Olli auffallend gut

gelaunt wirkte. Er war zwar generell ein Sonnyboy, aber heute freute ihn etwas ganz besonders, das konnte ich sehen.
»Ich habe am Vormittag beim Einkaufen einen echt heißen Typen wiedergetroffen, den ich die letzten drei Abende schon im Samoa bedient habe«, antwortete Olli mit verklärtem Blick. »Er war immer alleine da und hat sich jedes Mal in den Bereich setzen lassen, in dem ich kellnere. Und heute habe ich ihn zufällig bei Edeka getroffen, ist das zu fassen?«
»Und? Habt ihr euch unterhalten?«, fragte ich neugierig. Wie lange wünschte ich mir schon, dass Olli endlich den Mann seiner Träume fand. »Seht ihr euch wieder?«
»Ich habe tatsächlich all meinen Mut zusammengenommen und ihn angesprochen, als ich ihn beim Weinregal gesehen habe. Er heißt Jörg und ist aus Hamburg. Wohnt dort in der Langen Reihe, wenn du verstehst, was ich meine …«
Es dauerte einen Augenblick, bis ich Ollis Anspielung verstand. Im Hamburger Stadtteil St. Georg wohnten viele Homosexuelle, also standen die Chancen gut, dass dieser Jörg an Männern interessiert war.
»Leider fährt er am zweiten Feiertag zu seiner Familie nach Düsseldorf, aber er bleibt noch bis morgen Nachmittag auf der Insel.«
»Na dann, nichts wie ran an den Speck«, sagte Vero, die unsere Unterhaltung aufmerksam verfolgt hatte, während sie das Dressing für den Feldsalat zubereitete. »Schnapp dir den Mann. Hast du seine Telefonnummer?«
»Ja, habe ich.« Olli wirkte aber mit einem Mal ein wenig verlegen. »Er hat sie mir gegeben, weil er gern Ausgehtipps

für heute Abend hätte. Nachdem er für sich alleine gefeiert hat, möchte er nämlich noch in eine Bar.«

»Also, wenn das keine Aufforderung zu einem Date ist, dann weiß ich auch nicht«, sagte Vero, die nun begann, den Salat zu waschen. »Aber hat denn heute Abend überhaupt irgendetwas geöffnet? Frag ihn doch sonst, ob er hierherkommen möchte, auf eine Person mehr oder weniger kommt es jetzt auch nicht mehr an, oder, Lissy?« Ich schüttelte den Kopf. »Dank Arfst und Sven gibt es sogar Champagner. Die beiden haben wohl etwas zu feiern und möchten uns später den Grund dafür erzählen, wie ich vorhin im Vorbeigehen mitbekommen habe.«

»Soso, du hast also gelauscht?«, neckte Olli Vero und half ihr dann, den Feldsalat von seinen Wurzeln zu befreien, während ich Äpfel schälte und sie in Spalten zerteilte, die nachher zusammen mit Walnüssen, Sylter Ziegenkäse und Granatapfelkernen auf den Salat kamen.

»Sagen wir es mal so: Ich behalte die Dinge um mich herum gern im Blick«, entgegnete Vero ungerührt, während Olli seine Tätigkeit kurz unterbrach und in den Flur ging, um zu telefonieren. Eine halbe Stunde später begannen wir mit der Vorspeise des Weihnachtsmenüs sowie diversen Antipasti aus dem Samoa Seepferdchen. Ich hatte allerdings weder Appetit noch war ich in feierlicher Stimmung, obwohl unser Wohnzimmer festlich dekoriert und von Kerzen erleuchtet war. Allerdings gab ich mir Mühe, das vor unseren Gästen so gut wie möglich zu verbergen. Schließlich reichte es, wenn einer von uns Trübsal blies.

»Sag mal, Arfst, was gibt es denn Neues in Sachen Reiterhof?«, fragte Bea und schaute Svens Großvater neugierig an.

»Ihr wolltet doch irgendetwas feiern.« Auch Nele blickte von ihrem Essen auf; ich konnte förmlich spüren, wie es in ihr rumorte.
»Sven und ich sind uns einig, wir werden den Hof zu einem Heuhotel umbauen«, antwortete Arfst. »Die Reitpferde verkaufen wir an das Nachbargestüt und behalten nur noch zwei Ponys …«
»… um die sich dann jemand kümmern wird, der nicht allergisch gegen Pferde ist«, ergänzte Sven und blickte Nele dabei unverwandt an.
»Meinst du mit *jemand* etwa mich?«, fragte sie und legte das Besteck beiseite. »Nee, nee, da muss ich leider passen. Ich bin keine Pferde-Lady. Und außerdem weiß ich auch noch gar nicht, wie lange ich auf Sylt bleiben werde, im Gegensatz zu dir. Gibst du denn dann deinen Job in Hamburg auf?«
»Da ich das Gefühl habe, dass es allmählich Zeit ist, etwas in meinem Leben zu ändern, habe ich in der Firma gekündigt, mir allerdings die Option vorbehalten, freie Jobs für das Unternehmen zu übernehmen, gerade in den Wintermonaten, wenn auf Sylt nicht so viel los ist«, antwortete Sven.
»Dann lasst uns doch auf diese schöne Neuigkeit anstoßen«, sagte Bea und lächelte strahlend in die Runde. »Ich freue mich wirklich sehr, dass der Hof in seiner Struktur erhalten bleibt und auf dem Grund und Boden keine weiteren neuen Ferienhäuser gebaut werden. Auf die Familie und den familiären Zusammenhalt!« Sie erhob ihr Glas. »Es gibt nichts Schöneres und Wichtigeres.«
Nachdem wir einander alle zugeprostet hatten, servierten Vero und Olli den Hauptgang, Zander auf Weinkraut und

getrüffeltes Kartoffelpüree. Alle unterhielten sich lebhaft, selbst meine Stimmung besserte sich etwas, nur Sven und Nele waren auffallend ruhig.

War es von Nele wirklich geschickt gewesen, zu sagen, sie wisse nicht, wie lange sie auf Sylt bleiben würde?

Nachdem auch das Dessert, Beas ausgesprochen köstlicher Kastanienauflauf mit Beerenragout, aufgegessen war, stand die Bescherung auf dem Plan. Da wir uns alle nur Kleinigkeiten schenkten und lediglich Liuna-Marie, der es zum Glück inzwischen wieder besserging, etwas Größeres bekam, waren wir pünktlich zum späten Gottesdienst damit fertig.

»Oh weh, ich habe eindeutig zu viel gegessen«, stöhnte Hinrich, als wir beide das schmutzige Geschirr in die Spülmaschine räumten. »Wie gut, dass wir noch einen kleinen Fußmarsch bis zur St.-Severin-Kirche vor uns haben.«

»Ja, das stimmt, denn ich hatte eindeutig ein Glas Champagner zu viel«, murmelte Adalbert, der zu uns gestoßen war, und fasste sich an den Kopf. »Also nichts wie raus an die frische Luft.«

Nachdem wir uns alle warm angezogen hatten, verabschiedete ich mich von Olli, der sich bereit erklärt hatte, auf Liuna-Marie aufzupassen, während wir alle in der Kirche waren.

Im Eingang von St. Severin verteilte ein Mädchen Steine und selbst gebastelte Sterne an jeden Besucher. Ich wunderte mich zwar, nahm jedoch – genau wie alle anderen – beides in Empfang. Nachdem der Gottesdienst begonnen hatte, folgte die Erklärung für die kleinen Geschenke.

Die Steine symbolisierten das Schwere, die Probleme und

Sorgen des vergangenen Jahres. Der Stern stand für das Helle und Leuchtende, das jedem von uns widerfahren war.
»Denken Sie in den nächsten Minuten in aller Stille darüber nach, für welche Geschenke Gottes Sie in diesem Jahr dankbar sind und bei welchen Themen Sie ihn um Hilfe bitten möchten«, sagte der Pastor.
Während die Organistin zu spielen begann, hatte die Gemeinde Zeit, innezuhalten und das Jahr Revue passieren zu lassen. Auch wenn ich vorhin noch das Gefühl gehabt hatte, vom Pech verfolgt zu sein, gab es doch so viel Schönes und Gutes in meinem Leben, das Gott mir geschenkt hatte und wofür ich unendlich dankbar war: Geborgenheit innerhalb meiner Familie, eine glückliche Ehe, ein wundervolles Kind, eine tolle Freundin, das Leben auf dieser traumhaften Insel, einen Beruf, der mich erfüllte, Gesundheit. In diesem Moment wurde mir warm ums Herz, und mein Kummer wegen des Büchernests wog nicht mehr ganz so schwer.
Ich war glücklich über die Zeit, die ich in diesem wundervollen Buchcafé verbringen durfte, doch nun musste ich endlich nach vorne schauen und mit Bea sprechen, auch wenn es mir noch so schwerfiel.
»Wenn Sie mögen, können Sie die Steine und die Sterne hier bei uns in der Kirche lassen«, sagte der Pastor, nachdem die Gemeinde zum Abschluss *Oh du fröhliche* gesungen hatte. »Aber natürlich steht es Ihnen auch frei, beides mitzunehmen.«
Ich beobachtete, wie einige ihre Steine auf einen Tisch neben den Altar legten, so auch Bea, Vero, Adalbert und Arfst.
»Ich nehme den hübschen Stern mit, denn er soll mir im

neuen Jahr Glück bringen«, murmelte Nele, die neben Sven saß.
Meine Hand umschloss den glatten, kühlen Stein, den die Nordsee blank poliert hatte. Ich würde ihn auf alle Fälle behalten, denn meine Sorgen und Nöte gehörten genauso zu meinem Leben wie das Glück.
Nachdem wir Bekannten, Nachbarn aus Keitum und anderen Gemeindemitgliedern frohe Weihnachten gewünscht hatten, traten wir aus der Kirche, wo wir neben Rieke und ihrer Familie auch auf Eycke, Inken und Tinka trafen. Alle erkundigten sich nach dem neuesten Stand in Sachen Büchernest und wünschten uns frohe Festtage. Ich war erleichtert zu hören, dass sowohl Tinka als auch Rieke sich in der Buchhandlung Klaumann bestens aufgehoben fühlten und es beiden gutging.
»Seht mal, es schneit!«, sagte Sven begeistert, nachdem wir uns verabschiedet hatten. »Sieht das nicht wunderschön aus?«
»Ja, das tut es«, murmelte ich und drückte Neles Hand. »Sylt trägt wieder Weiß, die Farbe des Neubeginns.«
Während des Heimwegs beobachtete ich, wie die zarten Flocken im Licht der Straßenlaternen hin und her tanzten, bevor sie sich schließlich auf dem Boden niederließen. Einige von ihnen zogen meine Nase als Landeplatz vor, und ich genoss es, den eiskalten Schnee auf meiner Haut zu spüren. Mir kamen die ersten beiden Zeilen eines Weihnachtsgedichts von Rainer Maria Rilke in den Sinn: *Es gibt so wunderweiße Nächte, drin alle Dinge Silber sind …*
Liuna-Marie würde sich freuen, wenn sie endlich wieder Schlitten fahren konnte, das wusste ich genau.

Und auch ich freute mich auf schöne, entspannte Spaziergänge mit meinem Mann und Nele.
»Na, mein Schatz, alles gut bei dir?«, fragte Leon und hakte sich bei mir unter, während Nele zu Sven ging, der ein wenig verloren wirkte. Für ihn würde sich im kommenden Jahr einiges ändern, und ich fand es beeindruckend, dass er den Mut gefunden hatte, einen so sicheren und gut bezahlten Job zu kündigen, um auf Sylt noch einmal ganz von vorne zu beginnen.
»Ja, alles bestens«, flüsterte ich. »Alles ist gut, solange ich nur euch habe. Ich liebe dich, weißt du das?«
Leon blieb stehen und schaute mir fest in die Augen. »Ja, das weiß ich, und ich bin sehr glücklich darüber. Ich liebe dich auch und bin dem Schicksal, oder dem lieben Gott, jeden Tag dankbar dafür, dass er dich hierher nach Sylt gebracht hat – zu mir.«
Danach gab er mir einen langen, zärtlichen Kuss, den ich erwiderte, und erst als mir bewusst wurde, dass wir nicht allein waren, löste ich mich wieder von ihm.
»Schaut mal, was ist das denn?«, fragte Bea, als wir daheim angekommen waren, und deutete auf eine bauchige Teekanne mit friesischem Muster, die auf der Fußmatte vor unserer Haustür stand. Neugierig hob Bea sie auf und öffnete den Deckel. Dann zog sie einen Schlüsselbund heraus sowie einen verschlossenen Umschlag und einen Zettel. Ich fiel beinahe in Ohnmacht, als ich las, was darauf stand:

Willkommen im neuen Büchernest und frohe Weihnachten.

22

Dies ist der Schlüssel zu Haus Nummer 118 in der Süderstraße. Das Anwesen kann sowohl zur Unterbringung des Büchernests als auch als Wohnung für jemanden genutzt werden, der eine Bleibe auf Sylt braucht. Der beiliegende Blankoscheck soll dazu dienen, den Wiederaufbau des Büchernests zu finanzieren, damit diese wichtige Sylter Institution erhalten bleibt. Die Rückzahlung des zeitlich unbefristeten Darlehens kann in kleinen Raten an die unten stehende Kontonummer vorgenommen werden. Das Haus ist wieder freizugeben, sobald sich die Dinge im Büchernest geregelt haben und derjenige, der eine Wohnung braucht, ein neues Zuhause gefunden hat.

Frügelk Jööl en en lekelk nii Jaar

Bea ließ den Brief sinken und putzte sich die Nase. »Es steht kein Absender auf dem Umschlag. Ist das nicht verrückt?«

»Das ist ja wie in dem Roman *Das Weihnachtsglas*«, murmelte ich und hielt Leons Hand umklammert. Wir saßen alle auf dem Sofa, auf Sesseln und Stühlen verteilt, um den

Zeilen des anonymen Weihnachtsengels zu lauschen, der unsere Sorgen und Nöte äußerst gut kannte.
»Sag mal, ist das nicht das Haus, an dem wir neulich auf dem Weg zu Sven vorbeigekommen sind?«, fragte Nele. »Du weißt schon, das eine, das leer steht.«
Ich ließ im Geiste unseren Spaziergang Revue passieren, gab dann im Smartphone die Adresse ein, und siehe da, es stimmte. Schauer überzogen meinen Körper. Wenn es wahr war, was der anonyme Absender des Geschenks uns anbot, wären all unsere Probleme auf einen Schlag gelöst.
»Das ist es, in der Tat«, sagte ich leise, während ich immer noch ungläubig auf das Display starrte. »Es hätte die perfekte Größe, um dort unsere Kunden zu bedienen, solange das Büchernest renoviert wird. Und du, Nele, könntest darin wohnen, solange du auf der Insel bist. Platz für ein Atelier ist da hundertprozentig. Mann, das wäre ja alles wirklich zu schön, um wahr zu sein.«
»Kannst du mal bitte versuchen, im Internet etwas über die Eigentümerverhältnisse des Hauses herauszufinden?«, fragte Hinrich. »Nicht dass wir hier einem makabren Scherz eines Spinners aufsitzen und uns umsonst freuen.«
Adalbert räusperte sich. »Aber wer sollte denn so etwas Fürchterliches tun?«, fragte er entsetzt. »Nein, das glaube ich nicht. Hier hat jemand, der uns und unsere Situation sehr gut kennt, ein Weihnachtswunder geschehen lassen.«
Das Wort *Weihnachtswunder* hing bedeutungsvoll im Raum, und ich hielt den Atem an. Ich schaute in das Licht der zahllosen kleinen Birnen an unserem Weihnachtsbaum und hörte das Knistern des Kaminfeuers, das Olli angezündet hatte, während wir in der Kirche gewesen waren.

Draußen schneite es unterdessen wie verrückt, und – ich traute meinen Augen kaum, als ich dies sah – in der Vase waren im Laufe der vergangenen zwei Stunden alle Knospen der Barbarazweige rosarot erblüht. Ein gutes, nahezu märchenhaftes Omen für ein hoffentlich wundervolles neues Jahr.

»Das ist bestimmt das Werk von Ineke«, murmelte Bea ergriffen. »Ich hatte sie für den heutigen Abend zu uns eingeladen, aber sie wollte lieber alleine sein und etwas Wichtiges erledigen.« Meine Großtante schüttelte den Kopf und schien in Gedanken weit, weit weg zu sein. »Das ist nun schon das zweite Mal, dass sie uns in einem wichtigen Moment zur Seite steht.«

Mir fielen die Worte ein, die Ineke anlässlich des Julklapps geäußert hatte. Ich wirke lieber im Stillen für die Insel, hatte die alte Dame sinngemäß gesagt. Eine Institution wie das Büchernest war in ihren Augen sicher eine erhaltenswerte Sache, das konnte ich mir bestens vorstellen. Und wer weiß, vielleicht nutzte sie das Haus in der Süderstraße schon seit Jahren ohne unser Wissen für ähnlich gute Zwecke. Außerdem war sie diejenige gewesen, die beim Wichteln *Das Weihnachtsglas* bekommen hatte.

»Mal eine ganz andere Frage«, meldete sich nun auch Vero zu Wort. »Brauchen wir das Haus denn überhaupt als Ausweichquartier, wenn wir diesen Kredit für die Renovierung und die Anschaffung neuer Ware haben können?«

Ich überlegte einen Moment, ehe ich antwortete. »Das wäre schon ganz sinnvoll, alleine um das Darlehen so klein wie möglich zu halten«, sagte ich dann. »Wir könnten auf diese Weise Umsatz machen, während das Büchernest wieder fit gemacht wird. Ich habe in den letzten Tagen viel darüber nachgedacht, was wir strukturell verändern könnten für den Fall, dass wir neu eröffnen. Vielleicht ist dieser Schnitt ja der Startschuss für eine ganz neue Ära.«

»Du meinst so eine Art Büchernest 2.0?«, fragte Arfst, der die ganze Zeit gebannt unserem Gespräch gelauscht hatte.

»Wohl eher 3.0, denn die ursprüngliche Version bestand ja aus zwei getrennten Unternehmen«, verbesserte Sven seinen Großvater. »Damals gab es das Möwennest, das von Nele geführt wurde, und Beas Bücherkoje.« Er warf mir einen fragenden Blick zu. »Was haltet ihr davon, wenn wir uns in den kommenden Tagen mal ganz in Ruhe zusammensetzen und gemeinsam überlegen, ob uns nicht etwas einfällt, wie wir beide Unternehmen, also unseren Hof und das Buchcafé, neu aufstellen können?«

»Macht doch ein Kulturhotel aus dem Hof anstelle der Heuherberge«, platzte es aus Nele heraus. »Lissy und ich haben neulich schon mal ein bisschen herumgesponnen und uns ausgemalt, wie es wäre, wenn man die schöne Tradition des klassischen Salons wieder aufleben lassen würde. Es wäre doch toll, eine Begegnungsstätte auf Sylt zu schaffen, wo sich Menschen über Kunst, Musik, Literatur, Theater und anderes austauschen könnten. Man könnte dort Lesungen veranstalten, Ausstellungen, Konzerte …«

Eine Weile war es still im Raum, nur leises Maunzen war zu hören. »Blairwitch findet die Idee schon mal gut«, sagte Nele lachend und streichelte ihre Katze, während ihr Vorschlag in meinem Kopf rotierte.

»Und ich mag sie auch«, antwortete Arfst zu meiner großen Überraschung. »Sven, was sagst du dazu? Könntest du dir vorstellen, die Welt der schönen Künste bei uns zu beherbergen anstatt unzählige Ballen Stroh?«

»Ich finde den Gedanken auch reizvoll, und ehrlich gesagt liegt diese Variante mir persönlich mehr als das Heuhotel«, gestand Sven. »Allerdings unter einer Voraussetzung.« Ich hielt gespannt den Atem an, als ich das Funkeln in seinen Augen sah. »Nele bleibt hier auf Sylt und hilft uns, wenn es um Ausstellungen geht.«

Nele wurde feuerrot. Dann antwortete sie mit leicht brüchiger Stimme: »Jetzt, wo ich ein neues Heim in Inekes Haus gefunden habe, sieht die ganze Geschichte natürlich vollkommen anders aus.« Und als würde ihr die Tragweite der Situation erst in diesem Moment bewusst, breitete sich ein verschämtes Lächeln auf ihren Lippen aus. »Sag mal, Arfst, ist noch was von dem Champagner übrig? Ich finde, darauf sollten wir trinken! Hey, Leute, wer hätte das gedacht? Ich bleibe auf Sylt.«

Meine Augen wanderten zu Bea, die die ganze Zeit still dagesessen und kein Wort gesagt hatte, genau wie Vero. Natürlich musste sie dem Ganzen nicht zustimmen, schließlich hatte sie nichts mit dem Hotel zu tun, aber es wäre mir lieber gewesen, sie hätte sich an der Diskussion beteiligt.

»Leute, ich finde euren Plan grandios«, meldete sich nun auch Olli zu Wort, der zuvor ununterbrochen WhatsApp-Nachrichten auf dem Handy getippt hatte. »Aber ich werde ein anderes Mal mit euch darauf anstoßen, denn ich muss jetzt los, weil ich mich mit Jörg treffe. Also, meine Süßen, macht's gut, ich bin gespannt, was ihr heute Nacht noch so alles ausbrütet.«

Nachdem Olli Luftküsschen in die Runde verteilt und wir ihm alle viel Spaß gewünscht hatten, ruhten alle Augen auf Bea und Vero, die beide angestrengt nachzudenken schienen. Vero meldete sich als Erste zu Wort. »Ich biete mich hiermit gerne als Köchin an, wenn ihr im Hotel besondere Essensangebote plant, wie zum Beispiel ein Krimi- oder Meeres-Dinner. Außerdem könnten wir als Büchernest bei Events dieser Art auch die passenden Bücher verkaufen. Seien wir doch mal ehrlich: Simple Lesungen hauen heutzutage kaum mehr jemanden vom Hocker. Wenn man aber spezielle Themenabende anbietet und womöglich sogar noch mit passender Musik untermalt, kommen die Leute garantiert!«

Bea nickte zustimmend, doch etwas anderes schien sie weit mehr zu beschäftigen als die Planung literarischer Menüs. »Arfst, glaubst du, es wäre möglich, mit dem Umbau des Hotels noch zu warten, bis Biike ist? Ich habe nämlich gerade überlegt, dass der 21. Februar das perfekte Datum wäre, um Adalbert zu heiraten. Dann könnten wir zum einen bei euch feiern und zum anderen alle Gäste bei euch unterbringen. Was meint ihr?«

Arfst und Sven wechselten bedeutungsvolle Blicke.

Vero stieß einen verzückten Schrei aus. »Echt? Ihr wollt zum Biikebrennen heiraten? Was für eine wundervolle Idee! Und damit stehen auch schon das Essen und die Getränke fest: Grünkohl mit Kohlwurst und danach jede Menge Friesengeist.«

Adalbert schmunzelte und gab Bea einen Kuss. »Wenn wir eines haben, dann ist es jede Menge Friesengeist. Und das ist auch gut so! Also, fröhliche Weihnachten, meine Lieben.

Lasst uns auf ein grandioses neues Jahr voller Überraschungen anstoßen«, sagte er und erhob das Glas.
»Und auf eines voller Wunder«, murmelte ich, glücklich wie schon lange nicht mehr.

* * *

In einem Hexenhäuschen im Waldstück am Rande von Westerland dankte eine andere Person dem lieben Gott, dass er sie so reich beschenkt hatte, dass sie Menschen eine Freude machen konnte. Denn diese Menschen trugen dazu bei, den Charme und die Ursprünglichkeit ihrer über alles geliebten Insel zu erhalten, die Ineke Alwarts so am Herzen lag, als sei Sylt ihr eigenes Kind.

Danksagung & Nachwort

Mit *Wintersonnenglanz* durfte ich mir dank des Knaur Verlags einen kleinen Traum erfüllen. Ich liebe die Advents- und Weihnachtszeit, seit ich denken kann, da geht es mir nicht anders als Lissy aus dem Büchernest.
Ich hoffe, der Roman beschert Ihnen in den Herbst- und Wintertagen ein paar gemütliche Lesestunden und der von mir persönlich gestaltete Adventskalender vermag Sie zu verzaubern!

Ich danke:
Wie immer dem Verlagsteam, insbesondere Dr. Andrea Müller, Steffen Haselbach und Christine Steffen-Reimann für ihr Vertrauen.
Meiner Lektorin Sabine Franz erneut für ihre tolle Arbeit und Geduld mit mir.
Meiner lieben Kollegin Antje Szillat für ihren grandiosen »weihnachtswunderlichen« Tipp.
Ein mindestens ebenso herzlicher Dank geht an Achim Wöffler und Frank Deppe auf Sylt für die Abdruckgenehmigung einiger Passagen aus dem wundervollen Buch *Weihnachten*

auf Sylt – Jööl üp Söl. Schade, dass dieses kostbare Kleinod nicht mehr lieferbar ist.

Ein Dank geht an das Hotel Stadt Hamburg sowie an Rolf Klaumann.

Allen, die Weihnachten und die Insel Sylt ebenso sehr lieben wie ich, wünsche ich eine besinnliche Weihnachtszeit.

Adventskalender

1. Dezember

Die Geschichte des Adventskalenders

Advent, Advent, ein Lichtlein brennt …
Wir alle lieben den Brauch, der die Advents- und Weihnachtszeit einläutet. Ob mit Schokolade oder Marzipan gefüllt – oder mit persönlich ausgewählten kleinen Geschenken. Das tägliche Öffnen der Türchen des Adventskalenders macht nicht nur Freude, sondern führt uns schrittweise an Weihnachten heran.
Doch woher kommt diese Tradition?

Der erste Kalender wurde aller Wahrscheinlichkeit nach um 1851 gefertigt. Man hängte in der damaligen Zeit ab dem 1. Dezember täglich ein Bild an die Wand oder malte 24 Striche an die Tür, von denen die Kinder dann Tag für Tag einen wegwischten. Diese Markierungen dienten in der Adventszeit als Orientierungshilfe bis zur Geburt Christi, der Wiedergeburt des Lichts.

Haben Sie nicht Lust, für Ihre Lieben selbst einen Kalender zu basteln?
Eine schöne Idee ist es zum Beispiel, einen Kranz aus Tannenzweigen mit einer breiten Satinschleife an die Decke zu hängen und am Kranz 24 kleine Päckchen zu befestigen. So haben Sie Adventskranz und Kalender in einem.

2. Dezember

Zeit der Besinnung

Unternehmen Sie einen Winterspaziergang, egal wie das Wetter ist. Atmen Sie die frische Luft tief ein und versuchen Sie, sich auf die vor Ihnen liegende Weihnachtszeit einzustimmen.

Worauf freuen Sie sich?
Was sollte vorbereitet werden?
Was wollen Sie Ihren Lieben schenken?
Wie wollen Sie das Fest der Liebe feiern?
Wen wollen Sie einladen?

Nehmen Sie sich die Zeit, Ihre Umgebung wahrzunehmen, aber auch, in sich hineinzuhorchen. Entsprechen all Ihre Vorhaben auch Ihren eigenen Wünschen, oder müssen Sie eher den Erwartungen anderer gerecht werden? Gibt es etwas, das Sie in diesem Jahr anders machen wollen?
Nehmen Sie diese Gedanken und Empfindungen mit nach Hause und machen Sie es sich bei einem heißen Getränk gemütlich.
In Nordfriesland wird im Winter gern *Schietbüddel* getrunken.

Und so wird's gemacht: Erwärmen Sie Apfelkorn, füllen Sie ihn in schöne Gläser und bedecken Sie ihn mit einer Haube aus geschlagener Sahne. Anschließend eine Prise Zimt darüberstreuen.

Nun nur noch genießen – und die Gedanken ziehen lassen. Ihre To-do-Liste können Sie später schreiben.

3. Dezember

Advent

von Rainer Maria Rilke

Es treibt der Wind im Winterwalde
die Flockenherde wie ein Hirt,
und manche Tanne ahnt, wie balde
sie fromm und lichterheilig wird;
und lauscht hinaus. Den weißen Wegen
streckt sie die Zweige hin – bereit,
und wehrt dem Wind und wächst entgegen
der einen Nacht der Herrlichkeit.

Quelle:
Rainer Maria Rilke:
Die Gedichte. Insel Verlag 1986.

4. Dezember

Barbarazweige und andere Weihnachtsblüher

Am Barbaratag, dem 4. Dezember, schneidet man Zweige von Obstbäumen und stellt sie in eine Vase mit leicht erwärmtem Wasser in der Hoffnung, dass sie bis zu Beginn der Raunächte aufblühen. Dieses Brauchtum basiert auf dem Martyrium der heiligen Barbara im 3. Jahrhundert in Kleinasien. Seit jeher wurden vorwiegend Kirschzweige als Orakel benutzt.

Erblühten sie zu Weihnachten, so verhieß es ein gutes Jahr zu werden, insbesondere für die Landwirte, denen eine reiche Ernte bevorstand.

Junge Mädchen banden um die Zweige einen Zettel mit dem Namen der jungen Männer, die für eine Heirat in Frage kamen. Derjenige, dessen Zweig an Heiligabend Blüten trieb, würde der künftige Ehemann werden.

Auch andere Blumen und Pflanzen werden mit der Weihnachtszeit in Verbindung gebracht, weil sie mit ein bisschen Glück zu dieser Zeit zu blühen beginnen: weiße oder hellgrüne Christrosen, leuchtend rote Weihnachtssterne, der pinkfarbene Christusdorn, die grüne Stechpalme Ilex mit ihren roten Beeren sowie der Weihnachtskaktus.

Persönlicher Tipp: Keine Zweige von Obstbäumen im Blumenladen kaufen. Diese werden bereits Tage im Voraus geschnitten, um sie pünktlich an den Handel zu liefern. Das Ergebnis sind vertrocknete Knospen, aus denen niemals eine Blüte wird. Und wer will schon so ein schlechtes Omen?

5. Dezember

Veros Bratäpfel mit Marzipan-Preiselbeer-Füllung

Zutaten (für 4 Personen):
1 Bio-Orange, 4 Bio-Äpfel, säuerlich schmeckend, 2 EL getrocknete Cranberrys, 4 TL Wildpreiselbeeren (aus dem Glas), 40 g Butter, 80 g Marzipanrohmasse, 4 TL Mandelstifte

Zubereitung:
Die Orange heiß abspülen, die Schale reiben und anschließend den Saft auspressen. Die Cranberrys hacken und zusammen mit 2 EL Orangensaft und der geriebenen Schale mit der Marzipanmasse verkneten. Den Backofen auf 180° C vorheizen und eine ofenfeste Form mit Butter ausstreichen. Die Äpfel waschen, abreiben, mit einem Kugelausstecher oder Messer aushöhlen und vom Kerngehäuse befreien. Die Höhlung mit Orangensaft ausreiben. Dann die Äpfel nebeneinander in die Form setzen. Je ein Viertel der Marzipanmasse in die Öffnung geben und anschließend je 1 TL Wildpreiselbeeren daraufgeben. Den restlichen Orangensaft in die Form gießen.
Die übrig gebliebene Butter schmelzen, die Äpfel damit bestreichen und dann die Mandelstifte darüberstreuen.
Anschließend die Äpfel im vorgeheizten Backofen 35 bis 40 Minuten backen und warm servieren.

6. *Dezember – Nikolaus*

Guter Nikolaus

von Christian Fürchtegott Gellert

Guter Nikolaus,
komm in unser Haus,
triffst ein Kindlein an,
das ein Sprüchlein sagen kann
und schön folgen will!
Halte bei uns still,
schütt dein Säcklein aus,
guter Nikolaus!

Ach, du lieber Nikolaus,
komm doch einmal in mein Haus!
Hab so lang an dich gedacht!
Hast mir auch was mitgebracht?

Quelle:
Christian Fürchtegott Gellert:
Werke, Band 1: Fabeln, Gedichte, Lustspiele.
Herausgegeben von Gottfried Honnefelder,
Insel Verlag 1979.

7. Dezember

Weihnachtskugeln am Stiel

Haben Sie nicht Lust, einen Teil der Weihnachtsdeko selbst zu basteln? Dieser Schmuck ist einfach zu machen und sieht wunderschön aus!

Material:
Bindfaden, 5 einfarbige Weihnachtskugeln, z.B. in Silber oder Gold, Glitter-Klebestifte in den Farben Ihrer Wahl, Glitter-Pulver, Holzscheit (ca. 8 x 20 cm), Bohrer, Holzleim, 5 Zweige (Hartriegel oder Ähnliches), Heftzwecken mit weißem Kopf

Und so wird's gemacht:
Binden Sie je ein Stück Bindfaden an die Aufhängung der Weihnachtskugeln. Bemalen Sie die Kugeln nach Lust und Laune mit den Glitter-Klebestiften und streuen Sie anschließend Glitter-Pulver darüber. Schütteln Sie danach etwaigen Überschuss vorsichtig ab und hängen Sie die Kugeln zum Trocknen auf. Bohren Sie anschließend 5 Löcher, passend zum Durchmesser der Zweige, in das Holzscheit. Bepinseln Sie das Ende der Zweige mit Leim und stecken Sie sie in die Löcher im Holz. Kürzen Sie die Zweige nach Belieben auf unterschiedliche Längen. Entfernen Sie danach die Aufhängung der Kugeln und stülpen Sie sie kopf-

über auf die Zweige. Drücken Sie die Kronen der Aufhängung flach und drücken Sie sie ins Holz. Zusammen mit den weißen Heftzwecken entstehen so Muster, die an Schneeflocken oder Blumen erinnern.

8. Dezember

Weihnachtskaffee & Punsch

Sylter Weihnachtskaffee

Zutaten (für 4 Personen):

4 Tassen schwarzer Kaffee, 4 Stück Würfelzucker, 8 cl Rum, je 1 Messerspitze Nelkenpulver, Kardamom und Muskat, 250 g geschlagene Sahne, 1 TL Zimt, 4 Zimtstangen

Zubereitung:

Kaffee, Gewürze und Rum in einen Topf geben, verrühren und erwärmen. Parallel vier Tassen mit heißem Wasser füllen, damit sie warm sind. Anschließend den Kaffee in die Tassen füllen, je ein Stück Würfelzucker dazugeben. Danach eine Sahnehaube daraufsetzen und Zimt darüberstreuen. Die Zimtstangen anstelle von Löffeln zum Umrühren verwenden.

Sylter Weihnachtspunsch
Zutaten:
2 Flaschen trockener Rotwein, ½ Flasche Weißwein, 2 Bio-Zitronen, 4 Stangen Zimt, 8 Nelkenköpfe, 125 g Rohrzucker, 0,25 Liter Rum (42 %)

Zubereitung:
Zwei Flaschen Rotwein zusammen mit zwei in Scheiben geschnittenen Zitronen, den Gewürzen sowie dem Rohrzucker in den Topf geben und erwärmen. Anschließend zwei Tage stehen lassen. Danach die Masse abseihen, die Flüssigkeit erneut erwärmen, den Rum und die halbe Flasche Weißwein hinzugeben.

9. Dezember

Zelebrieren Sie die Adventszeit stilecht mit einer Sylter Spezialität, die schnell zubereitet ist und köstlich schmeckt.

Gefüllte Sylter Sandkugeln
Zutaten:
200 g Butter, 200 g Zucker, 1 Päckchen Vanillezucker, 1 Ei, 125 g Stärkemehl, 300 g Mehl

Zutaten zum Verzieren:
3 Eigelb, 2 EL Wasser, 1 Päckchen Vanillezucker, 2 EL Zucker, 30 g gehackte Mandeln, 3 EL Johannisbeermarmelade

Zubereitung:

Zimmerwarme Butter schaumig schlagen, Zucker und Vanillezucker einrieseln lassen. Ei, Stärkemehl und Mehl unterkneten. Zum Verzieren Zucker, Vanillezucker und gehackte Mandeln in einem tiefen Teller mischen. Drei Eigelb mit zwei Esslöffeln Wasser mischen.

Aus dem Teig kleine Kugeln formen und in der Mitte etwas eindrücken. Die Teigkugeln in dem mit Wasser verrührten Eigelb und anschließend im Zucker-Mandel-Gemisch wenden.

Kugeln auf ein gefettetes oder mit Backpapier ausgelegtes Blech setzen und in die Vertiefungen je einen Teelöffel voll Johannisbeermarmelade füllen.

Bei 175–185° C ca. 10–15 Minuten backen.

10. Dezember

Friesische Adventszeit

»Die Adventszeit war keine Zeit der Muße, sondern ausgefüllt mit vielen Arbeiten innerhalb des Hauses. Die erste Pflichtübung war die gründliche Reinigung aller Zimmer, das ›Potsi en faagi‹ (Friesisch: ›Putzen und fegen‹). Hinzu kam das Putzen des Messinggeschirrs und der silbernen Teeutensilien – diese waren der Stolz einer jeden Sylter Frau, da es ja sonst kaum Kostbarkeiten im Hause gab.«

Quelle: Achim Wöffler und Frank Deppe:
Weihnachten auf Sylt – Jööl üp Söl. 2009.

Auch ich nutze die Adventszeit, die im Jahreswechsel mündet, um aufzuräumen, aber vor allem um auszumisten. Ich gehe gern mit dem Bewusstsein in die Weihnachtsfeiertage, dass alles sauber und aufgeräumt ist. Vor allem aber reise ich gern mit »leichtem Gepäck« in das neue Jahr.
Versuchen Sie es doch auch mal.

Tipp für alle, die sich schwer damit tun, Dinge loszulassen: Machen Sie ein Foto davon und verschenken Sie den jeweiligen Gegenstand. So haben Sie zum einen ein Erinnerungsbild und können zum anderen jemandem eine Freude machen.

11. Dezember

Weihnachtsbesuch, Tote Tante und Pharisäer

Zu den angenehmen Abwechslungen der Vorweihnachtszeit gehörte das »Äpseten« (Friesisch: »Aufsitzen«) – der abendliche Besuch bei Nachbarn, ohne diesen anzukündigen.

Machen Sie es doch wie die Sylter früher: Besuchen Sie Nachbarn, Bekannte, liebe Freunde oder Menschen, denen es gerade nicht so gutgeht.
Oder laden Sie Gäste zu sich nach Hause ein. Sie müssen ja nicht gleich ein Drei-Gänge-Menü kochen. Es geht schließlich in erster Linie darum, zusammen zu sein und sich auszutauschen. Das geht auch bei einem Glas Wein und einem Schälchen Oliven oder Käse. Oder bei Toter Tante und Pharisäer, Getränken, die an der Nordsee sehr beliebt sind.

Und so werden sie zubereitet:
Füllen Sie eine vorgewärmte Tasse mit heißem Kakao und geben Sie anschließend ein Schnapsglas voll Rum in die flüssige Schokolade. Setzen Sie darauf eine Haube aus geschlagener Sahne. Fertig ist die Tote Tante.

Wenn Sie Kaffee anstelle des Kakaos nehmen und ein Stück Würfelzucker ins heiße Getränk geben, heißt das Ganze Pharisäer. Aber Achtung: Nicht umrühren! Sonst müssen Sie die nächste Runde ausgeben ;-)

12. Dezember

Sylter Liedgut

Eigene friesische Weihnachtslieder gibt es nicht. So sang man üblicherweise nur die Weihnachtslieder, die man aus dem Gesangbuch auf Hochdeutsch kannte. Überliefert ist, dass im 19. Jahrhundert die Kinder am 24. und 25. Dezember von Haus zu Haus zogen und das Lied *Jesus ist kommen* sangen. Die beiden Sylter Andreas Hübbe und Max Bossen waren dann die Ersten, die im 20. Jahrhundert Weihnachtslieder mit sylt-friesischen Texten verfassten. Zum Beispiel dieses hier (nach der Melodie von *Vom Himmel hoch*):

Hurom die Kloken deling ring?
Ja wel üüs frügelk Türing bring:
Hat es jaa Jööl! Nü frügi juu,
en let juu daagligs Aarber ruu.

Versuchen Sie, den Text zu übersetzen und selbst zu singen. Gar nicht so einfach, nicht wahr? Hier kommt die Übersetzung:

Warum die Glocken heute klingen?
Sie wollen uns frohe Botschaft bringen.
Es ist ja Weihnachten! Nun freuet euch,
und lasset eure tägliche Arbeit ruhn.

Quelle: Achim Wöffler und Frank Deppe:
Weihnachten auf Sylt – Jööl üp Söl. 2009.

13. Dezember

*Wo die Nordseewellen schlagen
an den Strand …*

Rezept Nordseewellen
Zutaten:
200 g Butter, 3 Eier, 200 g Zucker, 250 g Mehl, 3 EL Kakao, ½ Tüte Backpulver, 2 Gläser Sauerkirschen, 1 Becher Schlagsahne, 1 Tafel Schokolade oder 1 Packung Schokoraspel

Zubereitung:
Alle Teigzutaten mit Ausnahme des Kakaos zu einem Rührteig vermischen. Danach die Hälfte des Teigs in eine separate Schüssel umfüllen. Unter die eine Hälfte das Kakaopulver rühren. Die andere Hälfte auf einem gefetteten Backblech verteilen. Darüber dann den Teig mit dem Kakao geben. Den Inhalt der zwei Gläser Sauerkirschen abtropfen lassen und diese anschließend auf der Teigoberfläche verteilen.
Bei 160–175° ca. 25–30 Minuten backen.

Vor dem Verzehr geschlagene Sahne daraufgeben, Schokoraspel darüberstreuen und anschließend mit Hilfe einer Gabel Wellenlinien ziehen.

14. Dezember

Der Adventskranz

»Der Brauch des Adventskranzes ist sehr alt. Er stellt das Rad des ewigen Lebens und den Sieg des ewigen Lichts dar. Er wird aus immergrünen Zweigen gebunden und symbolisiert das Schicksalsrad, das in dieser Zeit neu ausgelotet wird, die vier Wege, die vier Himmelsrichtungen und die vier Hauptkräfte im Universum. Er steht auch für den Prozess der Schöpfung, der Materialisation. Er sagt uns: ›Was wir säen, werden wir ernten, und was wir in den großen Kreislauf geben, kehrt zu uns zurück.‹ Die Weihnachtszeit ist eine alchemistische Zeit, die mit den Schicksalsmächten und Schöpfungskräften in Verbindung steht.«

Heute basteln oder kaufen wir einen Adventskranz und zünden jeweils zu den vier Sonntagen vor Weihnachten eine Kerze an.

Quelle:
Jeanne Ruland: *Advents- und Weihnachtsrituale. Warten auf das Licht des neuen Morgens*

15. Dezember

Vorweihnachtstreffen am Feuerkorb

Kaum etwas ist so gemütlich und stimmungsvoll, wie mit Freunden und Familie an einem Feuerkorb zu stehen, in die Flammen zu schauen und dem Knacken der Holzscheite zu lauschen. Servieren Sie Kinderpunsch, Tee und Glühwein. Diese Getränke wärmen von innen und machen warme Füße.

Insbesondere Kindern macht es große Freude, Stockbrot oder Marshmallows und Äpfel in die Glut zu halten. Für besonders verfrorene Gäste sollten Sie Fleecedecken bereithalten oder ihnen anbieten, später in das warme Wohnzimmer umzuziehen.

Rezept für Stockbrot

Zutaten:

400 g Mehl, 1 Päckchen Trockenhefe, 1 EL Zucker, 300 ml warme Milch, ½ TL Salz, 2 EL Öl

Außerdem:

Gewässerte und geschälte Weidenstöcke

Zubereitung:

Zutaten vermengen, mit den Knethaken des elektrischen Handrührgerätes zu einem glatten Teig verkneten.

Den Teig ca. 15 Minuten an einem warmen Ort gehen lassen, anschließend in 12 Portionen teilen.

An der Feuerstelle die Portionen jeweils zu einem ca. 20 cm langen Teigstrang ziehen und spiralförmig um einen Stock wickeln. Den Stock im Abstand von ca. 20 cm für etwa 10 Minuten über die heiße Glut halten.

16. Dezember

Mistelzweige, Sternengucker und Fackellaufen

Unter dem Mistelzweig küsst es sich angeblich am besten, so sagt es ein alter Brauch. Paare, die sich unter diesem Zweig küssen, so heißt es, bleiben ein Leben lang zusammen.
Meistens werden die immergrünen Zweige mit den milchig weißen Beeren über dem Türbalken als sogenannter »Kusszweig« aufgehängt. Veredeln Sie das Arrangement doch mal mit Leuchtgirlanden und einer weißen Satinschleife – das sieht stimmungsvoll und festlich aus.

Ab Dezember erscheint Merkur über dem südwestlichen Horizont in der Morgen- und Abenddämmerung. Zwischen Weihnachten und Neujahr ist die beste Zeit, um ihn zu beobachten, obwohl es nicht ganz leicht ist, ihn am Himmel zu finden, denn er ist der Planet, der die Sonne am engsten umkreist.

Die kalten, langen Dezembernächte bescheren Beobachtern von Sternschnuppen viele Gelegenheiten, um sich etwas zu wünschen. Die Chi-Orioniden schicken nämlich gleich zu Beginn des Monats einige Sternschnuppen Richtung Erde.

Ein ganz besonderes Erlebnis ist es, in der dunklen Jahreszeit eine Fackelwanderung mit Freunden durch den Wald zu unternehmen. Im Schein der Fackeln beginnt der Wald lebendig zu werden, alles ist in ein märchenhaftes, magisches Licht getaucht.

17. Dezember

Beas Kastanienauflauf mit Beerenragout

Teig-Zutaten (für 4–6 Personen):
90 g Butter, 200 g Kastanienpüree, 50 g Staubzucker, 4 Eigelb, 4 Eiweiß, 40 g Zucker, 40 g griffiges Mehl, Butter und Semmelbrösel zum Auskleiden der Dariolförmchen

Zubereitung:
Butter, Kastanienpüree und Staubzucker schaumig schlagen und anschließend mit den Eidottern flaumig rühren.
Eiklar und Zucker cremig schlagen und zusammen mit dem Mehl unter die Masse heben. Dann in die mit Butter und Semmelbröseln ausgekleideten Förmchen füllen. Bei 160° C ca. 25 Minuten backen.

Beerenragout-Zutaten:
250 g gemischte Beeren (TK), etwas Himbeergeist, ¼ l Himbeersaft, 10 g Zucker, Saft einer Bio-Zitrone, 1 TL Maisstärke

Zubereitung:
Die gemischten Beeren mit dem Himbeergeist marinieren. Anschließend den Himbeersaft mit dem Zucker in einem Topf aufkochen und mit Maisstärke abbinden. Dann den Topf vom Herd nehmen und die marinierten Beeren in den noch warmen Saft einrühren. Mit Zitronensaft nach Belieben abschmecken.
Je nach Geschmack kalt oder warm servieren.

18. Dezember

Winternacht

von Christian Morgenstern

Es war einmal eine Glocke,
die machte baum, baum.
Und es war einmal eine Flocke,
die fiel dazu wie im Traum.

Die fiel dazu wie im Traum.
Sie sank so leise hernieder,
wie ein Stück Engleingefieder
aus dem silbernen Sternenraum.

Es war einmal eine Glocke,
die machte baum, baum.
Und dazu fiel eine Flocke,
so leis als wie ein Traum.

So leis als wie im Traum.
Und als vieltausend gefallen leis,
da war die ganze Erde weiß,
als wie von Engelflaum.

Da war die ganze Erde weiß,
als wie von Engleinflaum.

Quelle:
Christian Morgenstern:
Gedichte in einem Band. Insel Verlag 2003.

19. Dezember

Der Sylter Jöölboom und die Popen

»Im Westen der Insel wurde der hölzerne Kreis des Jöölboom mit den Zweigen der Krähenbeere, im Osten mit den Zweigen des Buchsbaums umrankt. Dieses Grün ist ein Attribut für die Hoffnung und des Wachsens in der Natur.«

Die am Jöölboom befestigten Figuren wurden »Popen« genannt, aus einem hellen Keksteig hergestellt und dann mit Fliederbeersaft bemalt: Zuoberst hängt am Jöölboom der Hahn als Symbol für Fruchtbarkeit und Wachsamkeit. Das Pferd darunter ist kennzeichnend für die Arbeit, die es für die Menschen einst leistete. Der Hund wird für seine Treue zum Menschen gewürdigt. Die Frau und der Mann sind als Symbol für Adam und Eva, aber auch für die Liebe zwischen Mann und Frau zu verstehen. Der Baum selbst verdeutlicht das Leben, während die an seinen Querstreben hängenden Äpfel den Dank für die vergangene Ernte versinnbildlichen. So also verbindet der Brauch des Jöölboom die heidnischen Zeiten mit den christlichen.

Quelle: Achim Wöffler und Frank Deppe:
Weihnachten auf Sylt – Jööl üp Söl. 2009.

20. Dezember

Vorbereitung auf die Julnacht

Heute ist es an der Zeit, sich über den Weihnachtsbaum Gedanken zu machen und den Christbaumschmuck hervorzuholen. Weihnachtskugeln sind Teil eines sehr alten Brauchs. Früher waren es Äpfel und Nüsse, die an die immergrünen Bäume gehängt wurden. Sie galten als Symbol des Dankes für das zurückliegende Jahr. Der vergoldete Apfel gilt als Vorläufer der Weihnachtskugel.

In der Julnacht, die am nächsten Tag folgt, können wir für die Menschen, die uns am Herzen liegen, selbst bemalte Weihnachtskugeln basteln. Um sie später mit lieben Wünschen zu verschenken. Dabei ist der Fantasie in der Gestaltung keine Grenze gesetzt. Wichtig sind die guten Wünsche, die Sie den Beschenkten mit auf den Weg geben möchten.

Sie können diese Wünsche auch aufschreiben, das Papier zusammenrollen und es ins Innere der Kugel stecken. Sollten Sie mit vielen Freunden und Familienmitgliedern Heiligabend feiern, können Sie auch für jeden Gast eine Kugel an den Baum hängen und sie am Ende des Fests der jeweiligen Person zum Abschied geben.

Achten Sie zuvor jedoch darauf, die Kugeln so zu markieren, dass Sie sie später den Gästen richtig zuordnen können.

21. Dezember

Wintersonnwende – Julnacht

Die Julnacht gehört bereits zu den magischen Raunächten. Am Vorabend ist es ratsam, aufzuräumen, alle Räume zu putzen und den Weihnachtsbaum aufzustellen. Wer mag, kann auch ein Räucherritual mit Salbei durchführen, um die negativen Energien des vergangenen Jahres zu verbannen.

Wenn man die Nacht der Wintersonnwende, ab der die Tage wieder länger werden, gebührend zelebrieren möchte, kann man Folgendes tun: Löschen Sie abends alle Lichter, auch die der Kerzen, und verbringen Sie die Zeit bis Mitternacht im Dunkeln. Sie werden sehen – dies ist eine ganz besondere, existenzielle Erfahrung, die Sie – wenn Sie mögen – auch mit Familie und Freunden teilen können.

Zünden Sie Punkt Mitternacht eine spezielle Kerze (das Jullicht) an, die Sie vorher zu diesem Zweck ausgesucht haben. Erst danach alle anderen. Die Flammen dieser Kerzen symbolisieren das Licht, das in der Wintersonnwende neu geboren wird und sich immer wieder erneuert.

Denken Sie an all die Dinge und Vorkommnisse, für die Sie im vergangenen Jahr dankbar waren, und stimmen Sie sich auf die neue, vor Ihnen liegende Zeit ein.

22. Dezember

Zum 24. Dezember 1890

von Theodor Fontane

Ruhig sein, nicht ärgern, nicht kränken,
Ist das allerbeste Schenken;
Aber mit diesem Pfefferkuchen
Will ich es noch mal versuchen.

Quelle:
Theodor Fontane:
Gedichte in einem Band.
Herausgegeben von Otto Drude,
Insel Verlag 1998.

Rezept Brün Peepernööten / Sylter Braune Pfefferkuchen

Zutaten:

750 g Mehl, 250 g brauner Zucker, 375 g Sirup, Backpulver, Nelkenpulver, Zimt, Kardamom, 250 g Schmalz

Zubereitung:

Mehl, Zucker, Sirup, Backpulver, Nelkenpulver, Zimt und Kardamom vermischen. Das Schmalz schmelzen, leicht abkühlen lassen, zum Mehlgemisch hinzufügen und zu einem Teig verkneten. Den Teig dünn ausrollen, in Rechtecke (ca. 5 x 4 cm) schneiden und diese auf dem Backblech verteilen. Bei 200° C etwa 6 Minuten backen.

Quelle: Achim Wöffler und Frank Deppe:
Weihnachten auf Sylt – Jööl üp Söl. 2009.

23. Dezember

Pai
(Sylter Blechkuchen mit Backpflaumen)

Zutaten:
Für den Teig:
500 g Mehl, Backpulver, 1 Ei, ¾ Tasse Zucker, ½ Tasse Wasser, 200 g Butter, 130 g Schweineschmalz

Für den Belag:
800 g Backpflaumen, Wasser, Zimt, 1 EL Kartoffelstärke

Zubereitung:
Die Backpflaumen über Nacht in kaltem Wasser einweichen. Butter und Schmalz schmelzen und abkühlen lassen. Mehl, Zucker, Wasser, Ei, Backpulver und das Fett zu einem Teig verarbeiten. Den Teig auf einem Blech verteilen (etwas Teig übrig lassen für das Gitter), die abgetropften Pflaumen (Saft auffangen!) auf dem Teig verteilen. Den Pflaumensaft mit Zimt und Kartoffelstärke andicken und über die Pflaumen gießen. Nun aus dem restlichen Teig Streifen formen und als Gitter über die Pflaumen legen. Bei 175° C etwa 35 bis 40 Minuten backen.

Quelle: Achim Wöffler und Frank Deppe:
Weihnachten auf Sylt – Jööl üp Söl. 2009.

24. Dezember – Heiligabend

Weihnachtslied

von Theodor Storm

Vom Himmel in die tiefsten Klüfte
Ein milder Stern herniederlacht;
Vom Tannenwalde steigen Düfte
Und hauchen durch die Winterlüfte,
Und kerzenhelle wird die Nacht.

Mir ist das Herz so froh erschrocken,
Das ist die liebe Weihnachtszeit!
Ich höre fernher Kirchenglocken
Mich lieblich heimatlich verlocken
In märchenstille Herrlichkeit.

Ein frommer Zauber hält mich wieder,
Anbetend, staunend muß ich stehn;
Es sinkt auf meine Augenlider
Ein goldner Kindertraum hernieder,
Ich fühl's, ein Wunder ist geschehn.

Quelle: Theodor Storm:
Sämtliche Gedichte in einem Band.
Insel Verlag 2002.

Quellen

Apfelblütenzauber:

Der Auszug aus dem Gedicht »Behüt dich Gott, du Heimaterde« von Wilhelm Stubbe stammt aus: »Het Groene Hart – Dat Ole Land«, hrsg. vom Kulturverein Steinkirchen und Umgebung e.V./Doris Marks. Steinkirchen, 2013. Die Rezepte des Altländer Drei-Gänge-Menüs auf den Seiten 390–393 sowie das Apfelkuchenrezept auf den Seiten 159–160 werden abgedruckt mit freundlicher Genehmigung des Landfrauenvereins Altes Land. Sie sind folgenden Quellen entnommen:

Landfrauenverein Altes Land (Hrsg.):
Leckere Früchte in köstlichen Gerichten aus dem Alten Land.
Verlag Sparkasse Altes Land, Stade, 1999 (ISBN 978-3-000-05139-2)
Renate Frank & Landfrauenverein Altes Land: Gesunde Küche – kinderleicht.
Schnelle Rezepte der Altländer LandFrauen, Verlag Sparkasse Altes Land, Stade, 2007 (ISBN 978-3-981-19100-4)

Wintersonnenglanz:

Das Zitat auf S. 544 stammt aus: »Heimat« von Anna Depenbusch